NARRATIVA

616

Tina Reber

UNA STELLA NEL MIO CIELO

Romanzo

TRADUZIONE DI
ANNA RICCI

EDITRICE NORD

Titolo originale
Love Unrehearsed

ISBN 978-88-429-2386-2

Per essere informato sulle novità
del Gruppo editoriale Mauri Spagnol visita:
www.illibraio.it
www.infinitestorie.it

UNA STELLA NEL MIO CIELO

Mamma,
questo romanzo è dedicato a te.
Avevi ragione tu.
Non passa giorno in cui non senta la tua mancanza.
Grazie per i saggi consigli.

Ore 06.49

«Lui è mio!» gridava Lauren Delaney mentre si faceva largo tra la folla, spingendo con violenza i malcapitati che avevano la sventura di trovarsi sul suo cammino.

Il suo volto da star, truccato alla perfezione da una squadra di quotatissimi make-up artist hollywoodiani, era distorto in una smorfia psicotica, quasi fosse posseduta dal demonio.

A quella vista, un'improvvisa e violenta sensazione di terrore s'impossessò di me, diffondendosi in tutto il corpo. I muscoli si contrassero, pronti ad affrontare l'ormai inevitabile scontro.

Nonostante l'atteggiamento minaccioso, quella stronza infida riusciva lo stesso a mantenere una certa eleganza mentre avanzava decisa verso di me, col suo scintillante abito argentato e coi tacchi alti. Era evidente che la grande attrice non aveva nessuna intenzione di giocare pulito, quella sera. La folla si aprì un varco per lasciarla passare, e mi ci volle qualche istante prima di notare il bagliore della lunga lama del coltello che lei stringeva in pugno.

Il cervello mi ordinò di correre.

Ero perfettamente in grado di affrontare le grida isteriche, anche se sarebbe stato più opportuno un luogo defilato per la controffensiva verbale che meditavo di sferrare contro di lei. Non avrei avuto problemi nemmeno con qualche tirata di capelli e dei pugni da femminuccia, se proprio mi fossi ritrovata in condizione di dovermi difendere. Dio solo sapeva quanto desiderassi farla a pezzi e ballare sulla sua tomba, dopo tutti i problemi che mi aveva creato. In quel momento, però, non ero affatto preparata a respingere un assalto all'arma bianca.

I fotografi sciamavano come api arrabbiate, e fui accecata da migliaia di flash, che mi ferivano gli occhi a ogni scatto. Non appena sollevai le mani per nascondere il viso a quei paparazzi senza scrupoli, Lauren mi colpì in pieno petto, strappandomi l'aria dai polmoni, e mi gettò a terra. Colpii il tappeto rosso con la nuca, e in quello stesso istante una fitta di dolore lancinante mi attraversò il cranio. Mentre cercavo di recuperare lucidità, vidi danzare davanti agli occhi puntini bianchi in un mare vermiglio.

«Levati di dosso!» gridai, con lei cavalcioni su di me.

Quando sollevò il coltello, le afferrai il polso e lottai per impedirle di pugnalarmi.

«Credi davvero di poterlo avere?» mi sfidò, avvicinando la lama al mio viso. Piazzata sopra di me, godeva di un indubbio vantaggio e, quando la punta affilata del coltello mi sfiorò una guancia, il morso del gelido acciaio mi fece trasalire. «Sei pronta a morire per lui, stronzetta?»

Non poteva sapere che, il giorno in cui avevo creduto di aver perso Ryan, una parte di me era morta. Ma era il rischio che avevo dovuto correre quando avevo deciso di avere una relazione con un personaggio famoso, consapevole che mi sarei potuta ritrovare col cuore a pezzi. Per fortuna il miracolo del nostro riavvicinamento mi aveva dato nuova vita, e il mio cuore e la mia anima feriti erano in piena ripresa. Sapevo di essere ormai in grado di resistere a tutto.

Mentre lottavo con quella donna, sentii l'oscurità incombere sui miei pensieri, e mi si gelò il sangue nelle vene. All'improvviso, mura minacciose si levarono attorno a noi, accerchiandoci, in un assedio che mi gettò nel panico. Eravamo sepolte, e il terrore della morte imminente s'insinuò dentro di me.

Cercai di gridare, ma le dita di Lauren serrarono la presa sulla mia trachea, fino a spezzare il prezioso flusso d'aria.

Un'immagine di mio padre, simile a un ricordo sbiadito, mi balenò davanti agli occhi, sempre più reale. La sua collera era palpabile; sembrava pronto a lanciarsi in un assalto omicida. Scaricava pugni rabbiosi contro un uomo più gracile. Poi, le sue mani insanguinate si strinsero attorno alla gola di un ragazzo, proprio come quelle di Lauren su di me. I due continuavano a lottare, scaraventando a terra di tutto al loro passaggio. Un grande oggetto metallico volò via dalla parete per infrangersi al suolo, strappandomi un grido dalla gola quando mi mancò di qualche centimetro appena. Le lacrime mi facevano bruciare gli occhi e scorrevano fuori controllo lungo il mio viso.

Mi sforzavo di vedere il volto del ragazzo nella nebbia, ma, per quanto provassi a metterli a fuoco, i suoi lineamenti restavano nascosti da lunghi capelli corvini arruffati.

Tutto d'un tratto, per ragioni che non sapevo spiegarmi, non m'importava più di me stessa. Né di mio padre. Né di Lauren. Volevo aiutare quel ragazzo. Sentivo il bisogno di soccorrerlo, difenderlo. Dovevo impedire che mio padre lo uccidesse.

Lui guardò dritto verso di me e, mentre mio padre continuava a strangolarlo, mi parlò in fretta: «Ti voglio bene, piccolina. Non ti farei *mai* del male».

Una minuscola parte di me sapeva che era sincero. Eppure, il mio corpo tremò quando lui mi sorrise, scoprendo i denti bianchi, ora tinti di un rosso spaventoso.

«Non la toccherai mai più!» gridò mio padre.

Una lacrima di sangue scivolò lungo la guancia del giovane. Seguita da un'altra. Volevo correre da lui, abbracciarlo, perché è ciò che si fa quando qualcuno è triste. Un bell'abbraccio riesce sempre a fermare il pianto.

La mano di Lauren, stretta attorno al collo, mi strattonò, riguadagnando all'istante la mia attenzione.

Mentre osservavo la lama calare su di me, ormai rassegnata a lasciarmi prendere dalla Morte e avvolgere dalle tenebre, un'ultima parola echeggiò nell'aria: «Stop!»

1

A CARTE SCOPERTE

«Ma che diavolo...» La testa di Ryan si sollevò di scatto dal cuscino. Il mio grido l'aveva strappato dal sonno profondo.

Spinta dal disperato bisogno di liberarmi, mi misi a sedere e scalciai via le lenzuola mentre tentavo di alleviare il dolore fantasma che ancora mi bruciava il petto. *Merda. Merda. Maledizione, era così reale. Okay, cerca di calmarti. Era soltanto un sogno. Nient'altro che un sogno.*

Ryan si tirò su, appoggiato alla montagna di cuscini forniti dall'albergo. Lo vidi scrutare la stanza, in cerca di un pericolo. «Tar, va tutto bene?» Mi afferrò una gamba e si avvicinò. «Taryn, cos'è successo?»

Avrei voluto rispondere, ma in quel momento ero sconvolta e incapace di mettere in fila due parole, ancora persa in quella foschia spaventosa che ammanta il confine tra sogno e realtà. Cercai di dire qualcosa, ci provai davvero, ma dalla mia bocca uscirono soltanto respiri concitati, affannosi.

Per fortuna non ci misi molto a capire dove mi trovavo, perché erano passate meno di ventiquattr'ore da quando avevo preso un aereo e lasciato Providence, nel Rhode Island. Tremavo e annaspavo per un po' d'aria nella lussuosa suite di un hotel di Los Angeles, svegliata di soprassalto dai miei assurdi pensieri.

Ryan mi sollevò il mento. «Guardami», disse in tono brusco, e mi scostò i lunghi capelli dagli occhi. «Taryn, ti senti bene? Tar? Rispondimi.»

Io gli presi il braccio e riuscii ad annuire appena. «Sì, tutto okay. Sono... Scusa se ti ho svegliato.»

«Non devi preoccuparti per me», insistette lui, abbracciandomi.

Ma, a giudicare dal modo in cui gli pulsavano le vene, ero sicura di averlo spaventato a morte.

Mi accarezzò i capelli, fermando qualche ciocca dietro un orecchio. «Cos'è successo? Hai avuto un incubo?»

Feci cenno di sì, nella speranza di non dover dare ulteriori spiegazioni.

Ryan sospirò. «Santo cielo, tesoro. Vieni qui, cerca di rilassarti.» Mi attirò contro il suo petto e coprì entrambi con le lenzuola.

La sua pelle era calda, e la mano che mi accarezzava la schiena mi diede un tale conforto che sentii il respiro irregolare cominciare a placarsi.

«Va tutto bene. Ci sono io.» Mi diede un bacio sulla testa e lasciò le labbra in quel punto, mentre mi abbracciava.

Lì, tra le sue braccia, mi sentivo al sicuro. Fuori, però, in mezzo alla gente, perdevo il controllo. Avevo imparato molto presto che il fattore ansia cresceva in modo esponenziale rispetto alla notorietà. E *frequentare* un personaggio famoso era la stessa cosa, anzi, era addirittura peggio quando le fan più scatenate sviluppavano una gelosia ossessiva, si mostravano possessive fino all'eccesso e il loro unico desiderio era che ti levassi di torno. Anche le persone normali, sane di mente, perdevano la testa quando c'era di mezzo qualche celebrità. Se poi si aggiungeva il fatto che il mondo è pieno di pazzi, le minacce si facevano davvero concrete.

Ero felice che il giorno prima Ryan avesse insistito affinché Mike venisse all'aeroporto per scortarci all'uscita, altrimenti sarei finita in pasto ai fotografi. La sua proposta pubblica mi era valsa un bel cartello dietro la schiena. Un conto era essere il «flirt» con cui se la faceva mentre era in un posto... ma, quand'era cominciata a girar voce che mi avesse addirittura messo un anello al dito, era diventata tutt'altra storia.

La capacità che avevano avuto di riconoscermi tra tutta la gente che correva avanti e indietro per l'aeroporto era impressionante. Tentare di superare il cordone di paparazzi era stato più o meno come attraversare un campo minato. E, se da un lato la protezione di Mike mi tranquillizzava, non potevo fare a meno di pensare che i fotografi mi avessero notata soltanto perché avevano riconosciuto la guardia del corpo di Ryan.

Era pazzesco come qualsiasi foto di Ryan scattata in pubblico negli ultimi tempi, da qualche parte, svelasse sempre la presenza di Mike, ogni volta impegnato a respingere le fan e a tener d'occhio un perimetro invisibile attorno al suo protetto, col fare di un cacciatore esperto. Con quel corpo da favola e il sorriso smagliante, Mike Murphy cominciava a essere famoso quanto Ryan Christensen.

«Ti va di dirmi cosa ti ha spaventata tanto da farti svegliare così?»

Oh, merda. Scrollai le spalle, perché non volevo rovinare la prima mattina in cui potevo finalmente stare tra le sue braccia per colpa di una sciocchezza. «Era soltanto... Non me lo ricordo nemmeno più. Non devi preoccuparti.»

Ryan sospirò, e io aspettai che mi rimproverasse per quella piccola bugia. «L'hai sognata di nuovo?»

M'irrigidii, incerta su chi fosse la «lei» cui si riferiva.

Non ottenendo risposta, mi abbracciò più stretta. «È in prigione, Taryn. Non può più farci nessun male.»

Be', almeno aveva capito che si trattava di una pazza psicotica. Peccato, però, che avesse scelto quella sbagliata. Non era Angelica, la nostra stalker ormai dietro le sbarre, a monopolizzare i miei pensieri. Ma decisi di non correggerlo. «Lo so. Era soltanto uno stupido sogno.»

«Perché non me lo racconti? Se ne parli, ti sentirai meglio.»

Una parte di me voleva farlo, ma che diavolo gli avrei detto? *Ho sognato la tua famosissima e stronzissima ex ragazza che cercava di uccidermi? E come se non bastasse, a volte, quando sogno mio padre lo vedo pieno di sangue che cerca di strangolare un ragazzino coi capelli neri?* Ci sono cose di cui è meglio non parlare.

Ryan fece un lungo sbadiglio e stiracchiò le gambe, premendo contro di me l'unica parte del suo corpo che era già in allerta. Aveva la barba di due giorni, e sentirla sfregare contro la schiena era una sensazione meravigliosa. Mi diede un bacio su una spalla e disse: «D'accordo. Non ti farò altre domande. Me ne parlerai se te la senti. Che ore sono?»

Lanciai un'occhiata alla sveglia sul comodino. «Quasi le sette.»

Mentre lui scivolava fuori dalle lenzuola calde, l'aria fresca mi accarezzò il corpo nudo. Cercai di scacciare dalla mente gli ultimi brandelli dell'incubo che ancora restavano aggrappati ai pensieri, ma alcune parti continuavano a rivivere davanti ai miei occhi, come un video incantato. Non era la prima volta che sognavo il ragazzo coi capelli neri e coi denti insanguinati. Era una visione ricorrente nei miei sogni, da sempre, e ogni volta era mio padre a tentare di ucciderlo.

La presenza di Lauren Delaney, però, era una novità sgradita che andava ad aggiungersi all'incubo.

Stronza malefica.

Chissà com'era stata contenta quand'era quasi riuscita a distruggere il mio rapporto con Ryan. Per fortuna, alla fine, le era andata male. L'odio che provavo nei suoi confronti divenne ancora più forte. Non potevo permetterle di farmi soffrire, nemmeno in sogno.

Scossi il capo, come se quel gesto potesse aiutarmi ad allontanare le visioni terrificanti. Dovevo rendermi conto che erano i miei pensieri inquieti a tormentarmi, nient'altro. Nella realtà, Lauren non mi avrebbe mai aggredita in quel modo. No, i suoi attacchi erano più subdoli e si lasciavano dietro una scia di false prove per indurmi a credere che lei e Ryan avessero riallacciato la loro antica relazione. Ancora mi faceva male il cuore al pensiero che appena cinque giorni prima avevo creduto davvero che i genitori di Ryan fossero venuti per portarlo via da casa mia.

Guardai il mio anello di fidanzamento col solitario, simbolo della promessa che Ryan sarebbe rimasto per sempre con me. L'intenzione che fosse «per sempre» era incisa all'interno della fascetta.

Giurai a me stessa che avrei fatto qualsiasi cosa per dimostrare a lei e a tutti gli altri che si sbagliavano. Ryan Christensen era la cosa migliore che mi fosse mai capitata. Il suo amore era come un mantello invisibile che avevo il privilegio d'indossare ogni giorno. Ma, se la nostra storia doveva superare la prova del tempo, era fondamentale che cominciassi a gestire le cose in modo diverso.

Seguii con lo sguardo i movimenti di Ryan che camminava sulla moquette. Quando si tirò indietro i capelli biondi spettinati, le braccia muscolose si piegarono, mettendo in risalto i bicipiti. I miei occhi si spostarono verso il basso, passando per la bocca impegnata a sbadigliare, indugiando su quel corpo nudo e tonico, fino al suo membro ancora in parte eretto.

Qualsiasi foto mai scattata a quell'uomo, tutti i poster che lo ritraevano non gli avrebbero mai reso giustizia. Nello splendore del suo metro e novanta di fisico statuario da star del cinema era uno spettacolo in grado di distrarre mente e corpo come nient'altro al mondo.

Non avrei mai creduto di poter amare tanto un uomo e di esserne ricambiata. Non mi aveva mai abbandonata, neanche nei momenti peggiori. E quello la diceva lunga. Un sorriso mi comparve sulle labbra, mentre nella mente mi balenava l'idea di mangiare lui, per colazione.

«Cosa c'è?» mi chiese con un sorrisetto assonnato, e tornò a infilarsi nel letto, prendendomi tra le braccia.

Dentro di me speravo che dopo il brusco risveglio che gli avevo inflitto sarebbe riuscito a riaddormentarsi, considerato che, la sera prima, la sua famiglia e i nostri amici erano andati via dalla suite ben oltre la mezzanotte. Ryan aveva fatto in modo che Marie, Gary, Pete e Tammy potessero venire con me a Los Angeles; un'altra sorpresa di cui non sapevo nulla. In aereo avevo spiegato a Marie quanto detestassi le sorprese, anche se lui desiderava soltanto rendermi felice. Nelle ultime settimane, lei e Ryan erano diventati culo e camicia.

Notai lo champagne aperto sul comodino. Subito la mia mente tornò al modo in cui lui mi aveva torturato i seni col bordo ghiacciato della bottiglia, fino a renderli dolorosamente sensibili. A come, in seguito, avevo pareggiato i conti, nascondendomi un cubetto di ghiaccio in bocca per poi vendicarmi sui suoi capezzoli, cui avevo dedicato le stesse attenzioni.

«Sono tutto appiccicoso», sussurrò piano.

«Ci stavo proprio pensando. Appiccicoso, sì, ma ne è valsa la pena.»

Emise un sospiro contro il mio orecchio. «Secondo me dobbiamo rifarlo. Magari la prossima volta potremmo provare del miele superappiccicoso?»

«O il cioccolato fuso.»

«Ottima idea.» Mi spostò i capelli di lato e cominciò a baciarmi e mordermi il collo. «Be', c'è un milione di cose con cui vorrei cospargere il tuo corpo per poi leccarle via. Infinite possibilità.»

Il modo in cui mi solleticò mi diede un brivido simile a una scarica elettrica.

In un attimo i suoi occhi furono nei miei. Mi sorrise. «Sai che non permetterei mai che ti accadesse qualcosa di brutto. Lo sai, vero?»

Doveva aver male interpretato la mia reazione. Sapevo che era in buona fede, ma alcune cose sfuggivano al suo controllo... a parte quando qualche tizio non cercava di parlare con me. A quel punto, il fidanzato protettivo e geloso alzava la testa e si gettava nella mischia. «Lo so.»

Ryan mi strinse un braccio. «Okay. Forse dovremmo farci una doccia. Voglio fare colazione con tutti gli altri, prima di andare.» Affondò il viso nel mio collo. «Cazzo, sarà una giornata lunga.»

Il pensiero di dover abbandonare quella posizione aggrovigliata mi strappò un lamento. Mi strinsi ancora di più a lui, trattenendo la sua testa contro la mia spalla. «Sto troppo comoda. Non potremmo restarcene abbracciati qui?»

Ryan mugolò e mi posò una mano sulle natiche. «Ah, è una tentazione *enorme*.»

Sospirai, consapevole del programma serrato che attendeva il famosissimo Ryan Christensen, con una serie di comparsate e interviste per pubblicizzare il lancio del suo ultimo film, *Reparation*. Era a Los Angeles da un giorno prima di me e aveva già dovuto posare per diversi servizi fotografici.

Ebbi un tuffo al cuore al pensiero che nell'arco di qualche giorno appena ci saremmo ritrovati a prendere aerei su aerei, verso destinazioni come Londra e Parigi, città in cui non ero mai stata. Ma, per quanto una tournée europea potesse sembrare emozionante, a me bastava poter stare tra le sue braccia per sentirmi appagata, senza bisogno di andare da nessuna parte.

«Datti malato. Io ti reggo il gioco», sussurrai.

Il suo petto fu scosso da una risata. «David, annulla tutto. La mia splendida fidanzata si è incollata al mio corpo e non provo il minimo desiderio di rimettermi le mutande... né ora né mai.»

Non potei fare a meno di ridere con lui.

Ryan si attorcigliò una lunga ciocca dei miei capelli attorno a un dito. «Credimi, se non avessi tutti questi impegni resteremmo nudi per giorni, forse settimane.»

Premetti le dita nel suo posteriore sodo, perdendomi nella sensazione del suo calore, della sua forza. «Allora, forse, dovremmo prenderci un mese o due di pausa? Dopo tutto lo stress che abbiamo sopportato, secondo me ce lo meritiamo.»

Ryan mi spinse verso il cuscino. «Sarà una nostra priorità.» Il suo sorriso di colpo si spense, e l'espressione allegra e giocosa si fece seria. «Taryn, sei la cosa più preziosa che ho. Spero che tu ne sia consapevole.» Mi accarezzò la guancia col pollice. Lo sguardo divenne tenero, poi contrito. «So che le ultime settimane sono state difficili.»

Difficili? Bell'eufemismo. Forse sarebbe stato più corretto dire: *Una prova di sopravvivenza alla peggior delusione d'amore di sempre.* Spostai il braccio sinistro che era in mezzo a noi e ruotai il polso. Cominciava a darmi noia, schiacciato com'era sotto di lui e piegato in un angolo innaturale. A volte mi sembrava ancora di portare il gesso, anche se l'avevo tolto da quasi due settimane.

Ryan fece una smorfia. «Ti fa ancora male?»

Scrollai le spalle. «Sento un po' di fastidio. A volte s'irrigidisce.»

Lui socchiuse gli occhi, concentrandosi su un altro pensiero. Intanto mi accarezzava dolcemente la pancia. «Hai… hai più visto la ginecologa, dopo…?»

Annuii. «La scorsa settimana. Mi ha accompagnata Marie.»

Ryan serrò i denti. Sembrava seccato.

«Cosa succede?»

«Perché non me l'hai detto?»

Non riuscivo a credere che mi stesse facendo quella domanda, tanto più in tono così infastidito. La settimana precedente era stato impegnato nelle riprese di *Thousand Miles* e, a quanto pareva, stava ancora decidendo cosa provava per me, visto che di sicuro non avevamo avuto nessuna conversazione particolarmente romantica.

Mi diede di gomito per sollecitare una risposta.

Lo guardai negli occhi. «Cosa vuoi che ti dica? Quasi non ci parlavamo, la settimana scorsa. Pensavo non t'importasse più. Aspettavo soltanto che mi dicessi che era finita», risposi, con un filo di voce.

Mi afferrò la mano sinistra e mi baciò le dita, girando attorno al mio nuovo anello scintillante. «Oh, tesoro... mi spiace tanto. Sono stato un coglione. È che stavamo... ed ero fuori di me. Merda.»

Gli accarezzai la guancia. «Lo eravamo entrambi.»

Lui si accigliò e posò il viso nella mia mano. «Ti prego, adesso dimmelo, però. Cosa ti ha detto la dottoressa?»

«Che sta tornando tutto alla normalità. Mi ha rinnovato la prescrizione della pillola. Devo tornare per un controllo tra un anno, a meno che non abbia problemi.»

Doveva aver trattenuto il fiato, perché espirò di colpo. «Okay. Bene.» Si sfregò una mano sulla fronte, tirandosi indietro i capelli. «Dio, non so nemmeno come fare per scusarmi con te. So che ti ho fatto del male. Credimi, lo so bene. Ma passerò il resto della mia vita a farmi perdonare, te lo giuro.»

Deglutii, consapevole che erano state le mie azioni e reazioni istintive a far sì che per poco non ci lasciassimo. «È colpa mia. Mi dispiace di non essermi fidata di te.»

Lui sollevò una spalla, poi la lasciò ricadere e mi guardò. «Credo che entrambi abbiamo imparato la lezione a nostre spese... Una lezione che spero possiamo lasciarci alle spalle, traendone forza.»

Assentii, stanca di dover affrontare difficoltà. «Mi piace l'idea di andarcene da qualche parte. Noi due soli.»

Quelle parole lo rallegrarono, e l'espressione tesa sul suo viso si addolcì. «Controlliamo la mia agenda e programmiamo delle vacanze. Possiamo andare dove vuoi, tesoro. Ovunque.» Inclinò il capo e le sue labbra trovarono le mie. Erano così dolci, amorevoli.

Restammo distesi a lungo, i corpi nudi intrecciati, persi l'uno negli occhi dell'altra, sussurrandoci parole d'amore.

Dio, se era bello, con quelle spalle larghe e le braccia muscolose strette attorno a me. I capelli arruffati dal placido sonno.

Per quanto mi sforzassi di non pensarci, non potevo fare a

meno di sentirmi compiaciuta, sapendo che la maggior parte delle sue fan avrebbe donato volentieri un arto, un membro della famiglia e anche un rene pur di vederlo senza vestiti. *Mi spiace, signore. Mi addolora dovervi dare una brutta notizia, ma è tutto mio.*

Affamata di lui, tracciai una scia di baci provocanti lungo il suo corpo tonico, sottoponendolo a un misto di sensazioni diverse: gli passai le unghie sui pettorali e mordicchiai l'addome muscoloso, facendo scivolare su di lui la lingua umida.

Ryan chiuse gli occhi e si lasciò ricadere sui cuscini quando accolsi il suo membro tra le labbra. Avevamo così poco tempo per noi che non volevo perdere nemmeno un istante prezioso.

«Oh, *Tar*», sussurrò, contorcendosi sotto il mio assalto. Mi affondò le dita tra i capelli, tirandomi, spingendomi, guidandomi avanti e indietro mentre gli davo piacere. E per me non c'era niente di più eccitante. Feci scorrere le mani sul suo petto e lo presi più a fondo dentro di me, strappandogli gemiti di resa, guardandolo mentre mi guardava.

Avevo appena cominciato a inventare qualche nuovo movimento con la mano e la bocca, quando il trillo del suo cellulare spezzò il momento d'intimità.

«Argh... ma perché?! Chi diavolo è che mi disturba proprio ora?» ruggì lui, lo sguardo verso il comodino.

Trattenni una risata, pensando alla persona che davvero aveva la capacità di chiamare sempre nei momenti peggiori. Doveva avere un sesto senso che le diceva con precisione quando suo figlio stava per andare a letto con qualcuna.

«Ignoralo», mormorai, e lo feci affondare più che potei. Volevo che si rilassasse, fargli dimenticare l'incessante squillare del telefono, le scalette infernali che doveva rispettare, e a giudicare dal respiro affannoso e dal fatto che aveva appena esclamato: «Oh, Dio!» speravo che nel giro di qualche minuto avrebbe persino dimenticato come si chiamava. Desideravo che la persona che aveva deciso di telefonare desistesse al più presto; quel suono continuo era davvero fastidioso.

Due minuti dopo, però, il cellulare mandò un altro segnale. «Ma che cavolo», si lamentò Ryan, che si voltò per prenderlo, ma era fuori dalla sua portata.

«Mmm-mmm.» Lo tenni giù, inchiodandogli i fianchi al letto.

«Lascia almeno che lo spenga.»

«No. Leggeresti i messaggi. Lascia stare.»

«No, non lo... ah... che...» sibilò, inspirando di colpo tra i denti. «Dio, che meraviglia. Mmm...»

Eh, già, sapevo che avresti gradito.

Le sue mani tornarono all'istante su di me, scostandomi i capelli dal viso mentre io mi sforzavo di non contare quante volte suonava il telefonino.

Ryan mi sollevò il mento, dicendomi in un sussurro roco: «Fermati, tesoro. Fermati. Non voglio venire, non ancora». Nell'istante in cui lo guardai, mi spostò le mani dietro il collo e mi attirò verso la sua bocca. «Vieni qui.»

Avrei voluto che ogni cellula del suo corpo si riversasse nel mio. Portarlo in luoghi nuovi dove amore e piacere erano necessari quanto respirare. Gli succhiai il labbro superiore, spinta da un desiderio e un bisogno irrefrenabili.

Lui gemette sulla mia bocca e mi avvolse con un braccio. Con un rapido movimento, senza nessuno sforzo, mi fece girare, e si mise sopra di me.

Le sue lunghe dita tracciavano scie di fuoco sulle mie cosce e s'insinuavano profonde dentro di me, mentre lui banchettava sul mio seno come un bambino affamato. Il desiderio di sentire qualcosa di più delle sue dita mi scorreva addosso come un formicolio, eppure ogni pensiero più erotico abbandonò la mia mente nel momento in cui il suo stramaledetto cellulare ricominciò a suonare.

«Brutto figlio di...» Rotolò via e la sua mano si abbatté sulla fonte di disturbo.

A essere sincera, ormai ero curiosa di sapere chi diavolo fosse così insistente.

Guardò il display e sbuffò, rispondendo al mio sguardo interrogativo. «Era Marla. Tutte e quattro le volte. Ora lo spengo.»

Non appena lo disse, il telefono sul tavolo della suite emise un fragoroso squillo, che ebbe il potere di far alzare dal letto un uomo tanto furioso quanto insoddisfatto. Qualcuno stava per ricevere una scarica d'insulti.

«Che c'è?» disse in tono velenoso, per far capire all'interlocutore cosa pensava di quell'intrusione. «Stavo cercando di dormire. *Adesso?* E perché? Non si può aspettare un'ora? No, mi sono appena svegliato. E va bene. Dammi dieci minuti», borbottò, teso. «*Ho detto*: dieci minuti.»

Ryan raccolse i vestiti dal pavimento e imprecò. Non lo vedevo così furibondo da un bel po' di tempo. «Tar, devi alzarti e vestirti.»

«Perché? Che succede?»

Mi guardò affranto e s'infilò i jeans sulle gambe nude.

Cominciavo a preoccuparmi. «Ehi... cosa c'è?»

Fece una smorfia disgustata. «Marla e David stanno salendo.»

A quel punto anch'io rantolai. Non sarebbe stata la prima volta che la sua addetta stampa e il suo manager facevano irruzione nella sua vita in un momento poco opportuno. Dire che erano dei prepotenti era poco.

Ryan si mise a frugare tra i vestiti nella valigia aperta, in preda alla frustrazione, facendo scattare la mia domanda successiva: «Perché?»

Si sfregò la fronte. «Sono state trafugate alcune foto», borbottò.

Un'ondata di terrore mise in allerta i miei nervi. «Quali foto?»

Osservai la sua nuca che oscillava. «Qualcuno al bar ha scattato foto di me che ti chiedevo di sposarmi, sabato», bofonchiò da sopra una spalla. «Internet è piena d'immagini e video.»

Inspirai a fondo, pervasa da un improvviso senso di collera. Ryan era così nervoso che non riusciva a scegliere tra due magliette.

Me l'hai chiesto in pubblico. È ovvio che qualche cliente abbia scattato foto col cellulare. Cosa ti aspettavi? «E allora? Che problema c'è?»

Lui sospirò forte prima di voltarsi con uno sguardo di scuse. «Tar, lo sai come vanno queste cose. Le foto sono finite sui siti delle fan e su Twitter quella sera stessa.»

Mi fissai i piedi, sforzandomi di capire. Non era una cattiva notizia, no?

«Taryn.» Ryan mi lanciò i jeans, interrompendo il flusso dei miei pensieri.

Sospirai di nuovo e infilai il piede destro nella gamba dei pantaloni. «Perché non mi hai avvisata che sarebbe stato un problema?»

«Tar… lo sai perché. Non discutiamo, va bene, tesoro? Ti prego», mormorò, mentre indossava una T-shirt.

«Ma…»

Sembrava rassegnato, ma anche teso. «'Ma' cosa? Non voglio che ti preoccupi di queste cose, ecco perché.»

Scossi il capo. «Non è… sono un po' confusa. Ieri, quando Mike è venuto a prenderci all'aeroporto, mi ha detto che i paparazzi ci avrebbero perseguitati, e io gli ho chiesto se dovevo nascondere l'anello. Allora ti ha chiamato per domandartelo e mi ha riferito che hai risposto: 'Cazzo, no che non deve togliersi l'anello'. Quindi non era un problema che mi facessi vedere con quello al dito e che venisse fuori che siamo fidanzati. Perché, invece, oggi lo è?»

Socchiuse gli occhi. «E tu l'hai fatto?»

Restai sorpresa per un attimo, sapendo che, in realtà, quel tono brusco non era rivolto a me. «Ho fatto cosa? Vuoi sapere se ho tenuto l'anello al dito o se mi sono fatta fotografare mentre lo indossavo?»

Scrollò le spalle. «Tutte e due le cose.»

Immaginai che avesse bisogno di saperlo, prima di essere bombardato. «Sì, ho tenuto l'anello, perché non lascerà *mai* il mio dito; ma, no, non ho permesso a quei ladri schifosi di guadagnare sulla nostra felicità. Avevo la mano infilata in tasca.»

Annuì con un cenno secco. «Okay, be', tienilo a mente», disse dirigendosi verso la porta.

Marla Sullivan, la glaciale addetta stampa di Ryan, mi salutò con qualcosa che era a metà tra un sorriso e un ringhio mentre entrava a passi decisi nel soggiorno della nostra suite. Anche se era ancora presto, indossava già un frusciante abito da lavoro griffato. I capelli neri tagliati corti erano altrettanto perfetti. Tra le dita dalle unghie rosse e appuntite teneva una borsa oversize. «Siediti», ordinò.

Per un momento, Ryan le rivolse uno sguardo di fuoco, poi scostò una sedia dal grande tavolo da pranzo.

«*Weekly Reporter*, *CV Magazine*…», dichiarò lei in tono sprezzante, facendo cadere le pagine fresche di stampa sul tavolo davanti a lui. «Sei su tutti i giornali. Immagino sia per questo che non rispondi al telefono da quattro giorni.»

Ryan quasi non li degnò di uno sguardo. Si appoggiò allo schienale e cominciò a strofinarsi la fronte, mentre con l'altra mano spingeva via i fogli. «Li ho già visti. E allora?»

Mi avvicinai. Fu in quel momento che per la prima volta vidi le foto scure e sgranate di Ryan su un tavolo rotondo di quercia che ben conoscevo, e un'altra di lui in ginocchio davanti a me. Foto rubate del sabato sera in cui mi aveva chiesto di sposarlo davanti a tutti, nel mio pub, erano state sbattute sulle prime pagine dei tabloid. Il cuore mi sprofondò nel petto di fronte a quell'esposizione così sfacciata.

«'E allora?' Ryan, eri in piedi sul tavolo in un bar! Cosa ti è saltato in mente?» Lo sgridava come se fosse un ragazzino.

Ryan poggiò i gomiti sulle ginocchia e chinò il capo, astenendosi dal risponderle.

«Be', di sicuro è una risposta agli scatti che ritraevano lei mentre se ne stava in mezzo alla strada, a Miami, due settimane fa», aggiunse Marla, cinica, con un cenno del mento nella mia direzione.

Non c'era bisogno che mi ricordasse quanto mi ero resa ridicola standomene sotto un acquazzone a fissare quello che ero convinta fosse Ryan che mi tradiva con la sua coprotagonista, Lauren Delaney, mentre in realtà stavano soltanto girando.

Lui raddrizzò la schiena, seccato da quel commento. «Non ci provare», le intimò a denti stretti, scoccandole un'occhiata furibonda.

Non importava se Kyle Trent, la mia ex guardia del corpo, e Lauren Delaney, coprotagonista nonché ex fidanzata di Ryan, avevano stretto una folle alleanza con lo scopo di distruggere la nostra relazione. L'unica cosa che interessava alla stampa erano le prove fotografiche del mio crollo emotivo di fronte alla presunta infedeltà di Ryan. COLTO IN FLAGRANTE! dicevano i titoloni.

E adesso i titoloni gridavano: SI È FIDANZATO!

Due settimane di alti e bassi sotto l'occhio vigile della stampa (RYAN E LAUREN STANNO INSIEME, TARYN SCOPRE IL TRADI-

MENTO DI RYAN, RYAN E TARYN SI SONO LASCIATI, IL VOLO SEGRETO DI RYAN A SEAPORT, NEL RHODE ISLAND) culminavano nelle nuove prove fotografiche che dimostravano che Ryan era davvero salito su un tavolo.

«Ryan, ne abbiamo già discusso. Vuoi mandare a rotoli la tua carriera?» Marla agitò una mano verso di me. Era evidente che fossi *io* la rovina di cui parlava.

«No, certo che no!» tuonò lui.

Lei sbuffò e puntò un dito su un giornale. «Ti avevo detto di mantenere il massimo riserbo su questa tua sciocca decisione. Ed ecco i risultati.»

Ero senza fiato. *Sciocca?* Davvero se ne stava là a fare la ramanzina al mio fidanzato, dando a intendere col tatto di un elefante in una cristalleria che l'idea di chiedermi di sposarlo era stata un'idiozia?

«Non pensi che avresti almeno potuto avvisarmi, prima di mettere in atto il tuo piano?» Sbatté un foglio sul tavolo, davanti a lui. «Invece di farmi tornare da Monterey per essere colta alla sprovvista anche da questo?»

Alzai gli occhi al cielo di fronte a quell'esclamazione e alla sceneggiata da quattro soldi. Poi, la mia attenzione fu attirata dalle sue scarpe di vernice nera dal tacco vertiginoso. Immaginai che il suo cuore, quel giorno, fosse dello stesso colore.

«È stato un *gesto istintivo*. E poi sono affari miei», borbottò Ryan, remissivo di fronte alle imposizioni di quella stronza.

Era la prima volta in cui lo vedevo retrocedere davanti a qualcuno. Non era il suo solito atteggiamento che diceva: *Non rompermi le palle*, e che usava col resto del mondo. Quella donna riusciva ad abbatterlo come un colpo di vento fa con un castello di carte.

Serrai le labbra, mordendomi la lingua.

«*Un gesto istintivo?* Sarebbe questa la tua *giustificazione*?» chiese lei, incredula.

Ryan la guardò con occhi di fuoco e, non appena sentì bussare di nuovo, si alzò di scatto. «David», salutò in tono piatto, rifiutandosi di sollevare lo sguardo quando il suo manager entrò nella suite.

David Ardazzio scosse lentamente il capo, fissandolo, per manifestare il fastidio che provava per essere stato convocato lì.

Il mio cuore accelerò mentre osservavo quell'atteggiamento. Adesso, entrambi gli «amministratori» di Ryan erano lì a metterlo sotto. La Strega e il Verme, pronti a coalizzarsi per costringerlo a seguire i loro dettami.

Non avevo nessuna intenzione di permettere loro di farlo sentire uno schifo per avermi chiesto di sposarlo. Sentii le mie mani stringersi a pugno, pronte a lanciarsi nella lotta che si andava delineando.

«David. Bene, parliamo di riduzione del danno», fece Marla salutando il manager, mentre sbuffava, seccata. Distese le braccia ossute che aveva tenuto incrociate, scelse qualche stampata e gliela lanciò. «Ci sono anche un paio di video su YouTube con lui che canta.»

«Lo so. Amico mio, tu sì che sai come sollevare una tempesta di merda mediatica», ridacchiò, mentre fingeva di guardare le foto.

Ma ero sicura che le conoscesse già benissimo.

Ryan era troppo occupato a ribollire di rabbia e fissare il pavimento per rispondere. Quindi, mezzo secondo dopo, lo sguardo furioso di David era puntato su di me. Non era la prima volta che aveva da ridire nei miei confronti, e cominciava a essere chiaro che non saremmo mai riusciti ad andare d'accordo. Ed era un male, senza dubbio.

«Non capisco perché ne stiate facendo un tale dramma», sbottò Ryan, prima di lanciare un'occhiata nella mia direzione.

«Nemmeno io», aggiunsi, per dargli il mio sostegno. Se era così che gestivano le belle notizie, non volevo sapere come avrebbero affrontato una tempesta di merda di quelle serie.

David non parve turbato dal mio intervento. «Sai, Taryn, devi capire che la carriera di Ryan potrebbe dipendere da quanto bene andrà il lancio di *Reparation*. Questo è il suo primo ruolo importante da protagonista dopo la serie *Seaside*, e la critica, le case di produzione più in vista, tutti aspettano di vedere se è in grado di reggere un film da solo. È un lancio grosso, e tutto si gioca sul controllo dell'immagine. Niente che tu già non sappia, Ryan.»

Controllo dell'immagine? Tornai a guardare uno dei fogli. «Scusate, ma continuo a non capire. Che cosa c'entra il nostro fidanzamento?»

Marla si voltò di scatto. «Sono sicura che comincerai a capirlo quando gli arriveranno soltanto proposte per ruoli marginali e non avrà più un soldo.»

Avrei fatto volentieri a meno del suo sguardo da mi-sembrava-evidente-ma-forse-sei-troppo-stupida-per-capire.

Ryan sferrò un pugno al tavolo. «*Non* rivolgerti così a lei», le intimò, puntandole un dito contro.

«Marla...» intervenne David, nel tentativo di placarla.

«A me non interessano i suoi soldi. Anche se non ci credete, i miei sentimenti per lui non sono legati al successo né ai beni che possiede. State cercando di dire che la gente smetterà di andare a vedere i suoi film e che non gli offriranno più ruoli perché siamo fidanzati?»

Notai che a quelle parole le labbra di Ryan ebbero un tremito.

«No, no.» David provò a sminuire la cosa con un gran gesticolare. «Aaron e io abbiamo...»

Marla, però, lo interruppe: «La carriera di Ryan sta iniziando a sbocciare ora. Le prospettive future dipendono tutte dalle decisioni che prende adesso. Vuoi forse vederlo crollare?»

«Cristo», mugolò Ryan.

Lei lo ignorò e continuò a rivolgersi a me: «Allora, dovrete entrambi accettare che la percezione del pubblico rispetto al suo status e al suo comportamento influisce in modo sostanziale sulla sua spendibilità sul mercato. Deve mantenere un profilo basso ed essere sempre professionale, senza dare adito a scandali o permettere a qualche opportunista di approfittare della sua buona stella».

Quell'ultima affermazione fu come uno schiaffo.

«Insinui che io sia quel genere di persona?»

Ryan si preparò a lanciarsi in mia difesa, ma si fermò quando Marla parve sul punto di scusarsi. Per un istante, credetti che stesse cercando di mostrarsi gentile.

«In questo campo, le impressioni negative creano strascichi che durano anni, e in alcuni casi compromettono la carriera di un attore in modo irreparabile. Ryan è qui per promuovere il suo film con la stampa, non per essere travolto da domande sullo stupido spettacolo che ha messo su. Il gossip sta oscurando l'importanza del lancio di *Reparation*. E non dimenticare che è pagato da persone molto influenti per promuovere la pellicola, non per spiegare cosa l'ha spinto a salire su un tavolo», ci comunicò Marla in tono aspro. Dopodiché puntò lo sguardo su Ryan. «Quante volte devo ricordarti che non vuoi quel genere di pubblicità?»

«So quali sono le mie responsabilità!» scattò lui, rabbioso.

«E allora dovevi controllarti e capire da solo che metterti in piedi su un tavolino al centro di un bar affollato era una pessima idea!» lo rimbeccò lei.

Ryan distese le dita, come se avesse una gran voglia di strozzarla. «Vuoi *davvero* continuare a rinfacciarmelo? Guarda che ho capito.»

«Be', qualcuno deve pur indicarti il giusto compor...»

Aaaargh!

«Basta! Piantala!» intervenni. «Non m'interessa chi sei. Non ti permetto di prendere uno dei momenti più belli delle nostre vite e trasformarlo in qualcosa per cui lui debba sentirsi in colpa. Non te lo lascerò fare!»

Mi piazzai dietro Ryan e gli posai le mani sulle spalle, temendo che, se l'avessi lasciato andare, tavolo, sedie e corpi dei presenti sarebbero stati sbalzati in aria.

«È salito su un tavolo e mi ha chiesto di sposarlo. E allora? Da come ne parlate sembra che si sia drogato e abbia ucciso a bastonate dei cuccioli di foca, prima di chiedermelo. Sono sicura che questa... questa *rivelazione* possa essere trasformata in qualcosa di positivo.»

Marla mi fissava, inespressiva, quasi fosse stupita che avessi trovato il coraggio di aprir bocca di nuovo.

Poi riportò l'attenzione su di lui. «Ryan, forse sarebbe meglio se David e io proseguissimo questa riunione con te in privato, per discutere un piano d'azione. Sono sicura che Taryn ha altre cose da fare.»

«Come, scusa?» le domandai, furiosa, fuori di me all'idea che avesse anche solo pensato di estromettermi dalla discussione. Quella stronza aveva un bel coraggio.

Ryan scostò la sedia accanto a sé, facendomi trasalire. «Non credo proprio. Quel che dovete dire a me, potete dirlo anche davanti alla mia fidanzata. Riguarda la sua vita tanto quanto riguarda la mia. E sarò *io* a decidere quali questioni non richiedono il suo coinvolgimento. Chiaro?»

Marla era senza parole.

«*È chiaro?*» ripeté lui, con maggior foga.

Lei espirò, infastidita, e si sistemò sulla sedia. «Certo.»

Sollevata, mi misi a sedere e, di nascosto, gli accarezzai una gamba per ringraziarlo. Lui coprì la mia mano e l'anello di diamanti con la sua.

«Allora... informeremo tutti i giornalisti presenti alla visita sul set di oggi che le domande sulla vita privata sono proibite. Ci sarà sempre qualcuno per assicurarsi che domande del genere siano evitate, in modo che tutta l'attenzione si concentri su *Reparation* e sui nuovi episodi di *Seaside*. Porremo le stesse condizioni anche per tutte le tue apparizioni durante la fase promozionale.»

Ryan aveva l'espressione di chi è appena stato legato alla sedia elettrica e aspetta che la mano fatale azioni l'interruttore. Avrei giurato che l'unico pensiero che gli frullava in mente fosse cercare la miglior via di uscita. Gli passai le dita sulla schiena, nella speranza di placarlo.

«Quando stasera parteciperai al *Jimmy Collins*, e domani al *Night Life* con Nigel Allen, dovrai comportarti bene. Ormai dovresti sapere come evitare quel tipo di domande. Ma nel caso mi sbagliassi...» andò avanti Marla.

Mentre proseguiva la sua filippica, raccolsi la pagina di un tabloid, osservando quella che doveva essere una copertina scandalosa.

«Concorderemo gli argomenti nelle pre-interviste...» continuava a blaterare.

Cercavo di ascoltare con interesse le sue parole esasperanti, ma di colpo la mia mente riuscì soltanto a domandarsi come farla fuori per metterla a tacere una volta per tutte.

A me la copertina del tabloid non sembrava affatto male, paragonata ad altri articoli usciti in passato su Ryan e me. Persino il trafiletto non era troppo odioso. Testimoni oculari avevano riferito che «Ryan ha cantato una splendida canzone suonando la chitarra, e poi ha dichiarato il suo amore alla proprietaria del locale, Taryn Mitchell». Che c'era di tanto sconvolgente?

Era in momenti come quelli che desideravo che i superpoteri dei film esistessero davvero, come la capacità di bloccare l'afflusso di ossigeno nei suoi polmoni con la forza del pensiero, o di farla volare dall'altra parte della stanza semplicemente volendolo. So che sono pensieri malvagi, ma quella donna sapeva tirare fuori il peggio di me. Soprattutto quando continuava a muovere le labbra, impartendo al mio futuro marito una lezione sui comportamenti che si confanno a importanti stelle del cinema, e istruendolo sulle risposte criptiche che avrebbe dovuto dare quel giorno, per evitare di parlare in pubblico della nostra relazione.

Bussarono di nuovo alla porta, e Ryan e io sussultammo. Ma qualsiasi interruzione che mi distogliesse dall'idea di ammazzare quella donna era la benvenuta.

Attraverso lo spioncino riconobbi subito la ragazza dai lunghi capelli biondi dietro la nostra porta; avevo avuto modo di vederne il volto radioso e il sorriso amichevole durante le numerose chiacchierate via computer che avevamo fatto negli ultimi due giorni. Aveva in spalla una grande borsa a tracolla e teneva stretta al petto una busta portadocumenti.

«Ehi, entra pure», le dissi con gentilezza dopo aver aperto. Le ramanzine in corso mi avevano fatto dimenticare che Trish, l'assistente di Marla, sarebbe venuta ad aiutarmi a vestirmi in modo adeguato per la prima. Nell'istante in cui mise piede nella stanza, mi parve che l'aria fosse tornata di colpo respirabile. «Sono felice di conoscerti di persona.»

Lei entrò allegra e mi abbracciò, come se fossimo ex compagne dell'università che si ritrovavano. «Anch'io. Ma devo dire che mi sembra di conoscerti da sempre.» Mi accorsi che guardò oltre me, verso dov'era seduta Marla, ancora impegnata a sgridare Ryan. «Come sta andando?»

Mi strinsi nelle spalle. Cosa potevo dire? Che pensavo che il suo capo fosse una grandissima stronza e che volevo farla precipitare dall'ultimo piano dell'hotel?

«Ha per caso detto di voler stilare un comunicato stampa sul vostro fidanzamento?» sussurrò lei.

«Si può sapere cos'hai? Perché ti comporti così?» domandò brusco Ryan a Marla, cercando di non alzare troppo la voce.

Guardai Trish e scossi il capo. «No, niente del genere.»

Marla emise il suo colpetto di tosse isterico, quello che somigliava al verso di un gatto in procinto di vomitare un bolo di pelo. «Ti stai comportando in modo impulsivo e irrazionale, e intanto noi siamo costretti a sistemare i tuoi casini.»

«Di che casini parli? Mi sono fidanzato. Tutto qua. Non sono certo il primo attore che lo fa. Non riesco a capire perché ce l'hai così tanto con lei.»

Trish si accigliò e guardò Marla, che si prese tutto il tempo per rispondere. «Ryan, non ce l'ho affatto con lei. Come non ce l'avrò con la tua prossima ragazza. Sei giovane. Hai il mondo ai tuoi piedi. Il mio lavoro è aiutarti a controllare la percezione che il mondo ha di te, così che le sue porte continuino ad aprirsi al tuo passaggio.»

A quel punto Ryan quasi gridò: «Te lo dico fin da subito, non ci sarà nessun'altra. Ficcatelo in testa».

Trish e io andammo in soggiorno. Lei posò con cautela la busta piena sul tavolo accanto a Marla, quasi con un inchino.

«Sono le nuove cartelle stampa?»

«Sì, fresche di tipografia», rispose Trish in tono gentile.

Marla aprì la busta ed esaminò con calma il contenuto. Stava per lamentarsi di un errore che aveva trovato, quando Ryan la interruppe: «Abbiamo finito?»

Lo fissai incredula. L'uomo tranquillo e pacato che amavo era scomparso. Al suo posto c'era una bomba a orologeria pronta a esplodere. Il tono minaccioso con cui aveva parlato mi spaventò. Marla, invece, finse di non averlo sentito. Com'era possibile?

«David, dobbiamo fissare una riunione con Len Bainbridge. Abbiamo già ricevuto offerte per un'esclusiva. Celeste Crawfield mi ha lasciato dieci messaggi in segreteria; *Glam* vuole l'anteprima per una storia di copertina. Stanno cominciando ad arrivare offerte sostanziose e sappiamo tutti e due che confusione si crea coi profitti generati dalle notizie di fidanzamenti e matrimoni.

Len deve preparare subito una bozza di accordo prematrimoniale per Ryan, prima che la sua fortuna sia compromessa e...»

Ryan si alzò, gettando a terra la sedia e attirando l'attenzione di tutti. «Basta così. Non abbiamo nient'altro da dirci. Andatevene. *Tutti.*» Afferrò i fogli sul tavolo e li lanciò verso Marla. «E portati via questa merda.»

Lei sospirò come una madre iperprotettiva delusa. «Sai bene che gli aspetti legali sono molto importanti.»

«Non me ne frega niente! Non sono cavoli tuoi!» urlò lui.

David, indifferente all'ordine di Ryan, si sistemò le maniche e diede un'occhiata all'orologio. A quanto pareva, gli accessi di collera delle stelle del cinema erano la normalità. «Chiamerò gli avvocati e dirò loro di mettersi al lavoro. La tua auto sarà qui alle nove, e...»

«Ho detto di andarvene! *Fuori!*» gridò Ryan, le vene del collo che minacciavano di scoppiare. Fece un cenno verso l'uscita.

Non l'avevo mai visto così furioso. Se avesse urlato in quel modo contro di me, sarei corsa verso l'ascensore.

Cinque secondi dopo, la porta della nostra camera veniva sbattuta.

Ryan se ne stava con entrambi i palmi poggiati contro la finestra, la testa bassa tra le braccia, e ansava come se fosse appena uscito da uno scontro all'ultimo sangue. Temevo che sarebbe bastato sussurrare il suo nome per farlo esplodere.

Mi sedetti in silenzio sul bordo del letto sfatto e gli diedi tutto il tempo per calmarsi, mentre rimuginavo su come fosse possibile che la notizia della nostra felice unione si fosse trasformata in una paternale di venti minuti.

Avremmo dovuto ricevere abbracci, coppe di champagne e congratulazioni, accompagnati da sorrisi e pacche sulla schiena; invece era successo il contrario: la squadra che gestiva la vita di Ryan gli aveva riservato soltanto collera e astio crudele, conditi di accuse e ipotesi infamanti.

Mi domandai se si fosse pentito delle sue azioni, mentre l'osservavo addossato a quella finestra.

Temevo che, prima o poi, uno di noi due l'avrebbe fatto.

Ma non volevo che accadesse, così mi avvicinai. Lui mi guardò con occhi disperati, poi mi strinse forte a sé.

2

DIVERGENZA

Ryan aveva appena cominciato a mangiare l'omelette, quando il suo scaltro manager, David Ardazzio, si presentò nel ristorante dell'hotel per portarlo via. La mano che nascosta sotto il tavolo mi accarezzava dolcemente una coscia di colpo si fermò, irrigidendosi.

David, come al solito, era intento a sistemarsi l'orologio da polso. Credo fosse il suo modo per dire: *È ora di andare,* senza sembrare troppo stronzo.

Socchiusi gli occhi, lanciandogli il mio silenzioso messaggio di risposta, che diceva a chiare lettere: *Fai incavolare di nuovo il mio uomo, oggi, e ti pianterò questa forchetta nel petto per controllare se davvero c'è un cuore, là dentro.*

Fantastico! Ventiquattro ore a Los Angeles, e già ero diventata cinica e spietata.

Considerato che avevo appena trascorso quasi quaranta minuti nel tentativo di cancellare l'espressione assassina dal viso di Ryan – cinque dei quali li avevamo passati abbracciati sotto la doccia scusandoci a vicenda per il nostro amore –, la mia ostilità aveva piena giustificazione. Certo, la preziosa riserva idrica poteva essere impiegata in modi di gran lunga migliori, come lavar via il sudore del sesso mattutino – che invece era stato interrotto – o, ancor meglio, in una seconda sessione di sesso bollente sotto la doccia che facesse seguito a quella del risveglio.

Invece no: purtroppo avevamo usato l'acqua per lavarci, per nascondere la tristezza e cercare di allontanare demoni sgraditi dai nostri pensieri.

L'unico motivo per cui Ryan si era rianimato almeno un pochino era la presenza di sua madre, che era seduta a tavola con noi, allegra e inconsapevole. Sapevamo entrambi che sarebbe bastato un nonnulla per indurla a farci mille domande. E Dio solo sapeva quanto poco eravamo dell'umore per subire uno dei suoi interrogatori.

Ryan aveva già fin troppo cui pensare. Lo aspettava una giornata piena di interviste, un servizio fotografico, una conferenza stampa e, infine, un'apparizione televisiva al *Jimmy Collins Show*. La registrazione iniziava alle cinque del pomeriggio.

«Sei pronto, Ry?» chiese Mike Murphy, la sua guardia del corpo, mentre si alzava lentamente dal grande tavolo. Si pulì la bocca con cura col tovagliolo e si passò una mano tra i capelli castani corti, in attesa, mentre Ryan si ficcava in bocca un altro po' di cibo.

Era un sollievo per me sapere che in tutti quei mesi Mike gli era rimasto accanto. Era l'unica persona del suo entourage di cui mi fidassi davvero. Quando ho perso il bambino, era con noi in ospedale. Ci aveva difesi quando avevamo avuto a che fare con la nostra stalker psicotica ed era stato al nostro fianco così tante volte che non avrei nemmeno saputo contarle.

Ryan lo considerava uno dei suoi migliori amici, e per me era il nostro salvatore.

Lanciai un'occhiata dall'altra parte del tavolo e mi accorsi che Marie cercava di non far notare i suoi sguardi, ma per me era evidente. Eravamo amiche del cuore da molto tempo, e sapevo quando stava spogliando un uomo con gli occhi. In quel momento s'immaginava l'ex marine disteso supino sul tavolo, che le chiedeva pietà. E non potevo certo biasimarla. Mike aveva trentadue anni, era un single convinto, alto più di un metro e novanta e con un fisico impressionante. Limitarsi a dire che era bello sarebbe stato un insulto.

«Tesoro, devo andare», mi sussurrò Ryan in un orecchio prima di darmi un rapido bacio che mi strappò da quei pensieri. Si diede un colpetto su una tasca dei jeans. «Se hai bisogno di qualcosa, chiamami. Ho messo la vibrazione. Mike ti ha organizzato un cordone di sicurezza per lo spettacolo di stasera, in più hai la nostra carta di credito e tutto il resto, se ne hai bisogno. Divertiti a fare shopping. Comprate tutto ciò che desiderate. Okay?»

«D'accordo.»

Mi rivolse uno sguardo molto serio. «Dico davvero.»

Era il suo modo di ricordarmi che dovevo smetterla di farmi problemi a spendere i suoi soldi.

«Sì, lo so. Ho capito.»

«Bene.»

Si chinò per darmi un altro bacio. «Prendi qualcosa di sexy da indossare per me… anzi, più di qualcosa, okay?» mormorò roco sulle mie labbra.

Ero felice di sapere che il pensiero di me in biancheria di pizzo lo aiutava a superare le sue paure. «Ci puoi scommettere. Prenderò straccetti da sgualdrina di tutti i colori.» Nell'istante in cui pronunciai quelle parole, mi accorsi che una cameriera ci stava scattando una foto col cellulare.

Ryan mi sollevò il mento e sorrise, rinfrancato da quello scherzo tutto nostro, e ignorando la ragazza che rubava un attimo della nostra felicità. «Ora riconosco la mia fidanzata. Ci vediamo dopo.»

Mentre gli altri finivano di fare colazione e chiacchieravano, mi ritrovai a perdermi di nuovo tra i pensieri, contemplando il vuoto che Ryan aveva lasciato accanto a me.

Spinsi un pezzetto di ananas in giro per il piatto, mentre le labbra ancora mi formicolavano dopo il suo ultimo bacio. Era un peccato che fosse dovuto andare via così di corsa, e detestavo che, quand'eravamo in pubblico, non ci lasciassero mai in pace.

Marie e Gary, suo marito, ricominciarono ad accapigliarsi, attirando la mia attenzione sulla loro lite fatta di sussurri concitati. Negli ultimi tempi discutevano spesso, e anche la domenica precedente, durante la nostra festa di fidanzamento improvvisata, che si era svolta a casa loro, avevano avuto uno scontro violento. Gary si era infuriato al punto che, alla fine, aveva preso la macchina e se n'era andato, facendoci sentire tutti come degli intrusi. Ogni volta che avevo chiesto a Marie cosa stesse succedendo, lei aveva fatto cadere l'argomento, limitandosi a dire che lui aveva ripreso a comportarsi da stronzo.

Quindi non indagai. Piuttosto, mi lasciai di nuovo trascinare dai miei problemi, riflettendo su quanto il crollo nervoso delle ultime settimane fosse stato un assurdo spreco di energie. Se avessi saputo prima quel che sapevo adesso, avrei evitato tutti i dolori e le angosce che avevano monopolizzato i miei pensieri.

Guardai verso l'altra mia amica, Tammy, che stava imburrando una fetta di pane tostato mentre Pete, il suo futuro marito nonché mio amico di lunga data, parlava e rideva allegro con Nick e Janelle, il fratello e la cognata di Ryan. Lui aveva fatto in modo che tutte le persone più importanti per noi fossero lì. Un altro motivo per cui lo amavo con tutto il cuore.

Nell'osservare i visi dei miei cari, fui colta da un triste pensiero: mentre due settimane prima, a Miami, mi aggiravo disperandomi come una ragazzina immatura, piangendo e sostenendo che Ryan mi avesse tradita con Lauren Delaney, tutte le persone sedute a quel tavolo sapevano che stava per chiedermi di sposarlo.

Da quanto tempo ne erano a conoscenza? Settimane, mesi?

All'improvviso mi sentii di nuovo una povera scema e provai un imbarazzo incredibile per il mio comportamento irrazionale che aveva costretto i miei amici a buttare giù la porta della camera per raggiungermi. Ero distrutta da un punto di vista sia emotivo sia fisico e mi ero nascosta al mondo intero, devastata dal pensiero del tradimento di Ryan. Non c'era da stupirsi che Marie mi avesse presa a schiaffi, quando mi ero lasciata sopraffare dall'isteria. Agli occhi di tutti loro, dovevo sembrare una perfetta idiota.

Ma ormai il flusso era partito, e non potevo più fermarlo. Mi stava sommergendo.

Guardai il tessuto candido della tovaglia. *Quanto sono andata vicino a rovinare questa relazione, anzi, a distruggerla? Ma non devo più pensarci. Ryan mi è stato fedele e devoto. Mi adora, e io ho bisogno di lui più dell'aria che respiro.*

«Taryn?» Delle dita mi toccarono la spalla, facendomi sussultare. C'era Trish alle mie spalle; aveva i capelli biondi tirati indietro dagli occhiali scuri che teneva sopra la testa. «Siete pronte, ragazze?»

Con un sorriso, annuii e presi la borsa.

Un'immensa Suburban con autista si fermò davanti all'ingresso e tutte noi salimmo a bordo. Venti minuti dopo eravamo al «salone dei mille vestiti». O almeno Marie lo chiamava così. E aveva ragione.

«Ah, che giornata», sospirò Trish, mentre ammirava uno scintillante abito di Prada bordeaux.

Io mi ero allontanata dal resto del gruppo per seguirla tra gli espositori. «Scommetto che sei felice di essere qui, anziché in ufficio», le dissi, immaginando che fare shopping le piacesse più che lavorare.

«Non sai quanto. Soprattutto se consideriamo che oggi *lei* è sul piede di guerra», sospirò.

Mi accigliai un poco, compiangendo i poveretti che erano costretti ad avere spesso a che fare con Marla. «Certo che non riesco a capire perché è sempre così rabbiosa», mormorai.

«Io sì», rispose Trish, impegnata a cercare il BlackBerry che aveva appena emesso un segnale. «È venuta a sapere dai rotocalchi scandalistici che il suo miglior cliente si era fidanzato. Sei fortunata a esserti persa la scena. È andata fuori di testa.»

«So già che mi disprezza. Un dettaglio che aggiunge un bel po' di stress a Ryan», borbottai.

«Ah, ma non devi sentirti speciale. Lei odia tutti», dichiarò Trish, pragmatica, mentre coi pollici premeva i tasti del cellulare. «Lavoro con lei da sette anni, eppure ancora non sono riuscita a farmi apprezzare.»

Girai il cartellino di un abito color crema. «Be', non mi è piaciuto il tono che ha usato con lui stamattina. Gli gridava contro come se fosse un bambino, e mi ha fatto venir voglia di prenderla a pugni.»

«Quanto vorrei che l'avessi fatto», mi sussurrò.

«Anche tu la odi così tanto?» le chiesi scherzosa, seguendola dietro la fila successiva di abiti.

Lei ridacchiò, un po' a disagio. «Alcuni giorni sono peggio di altri. Purtroppo, in questa città è difficile sfondare, anche se si è molto bravi. Per questo molti attori fanno i camerieri. E nelle pubbliche relazioni, poi... se non lavori per uno studio importante, puoi anche morire di fame. E, dato che a me piace mangiare, ho imparato a tenere la bocca chiusa ed eseguire gli ordini.»

L'assalto di quella mattina, però, mi turbava ancora. «Trish, davvero è *tanto* grave che la gente sappia del nostro fidanzamento?»

Lei si fermò. «Be'... il punto è che i *suoi* affari privati ora sono di pubblico dominio. Sul serio è salito in piedi su un tavolo, quando te l'ha chiesto?» aggiunse, avvicinandosi.

Feci un sorrisetto timido e annuii.

Il sorriso di Trish si allargò. «Posso vedere l'anello?» chiese emozionata, prima di prendermi la mano. «Wow, è incredibile! Ecco com'è un anello da mezzo milione. Ha fatto bene ad andare da William Goldberg. Ha dei gioielli da togliere il fiato. Adoro i grandi brillanti laterali. Non c'è dubbio, i nostri sforzi sono stati ripagati! È perfetto...» esclamò con un risolino, mentre l'osservava.

Non capivo; il mio cervello si era bloccato nel momento in cui lei mi aveva rivelato quanto era costato quell'anello. Scossi il capo, nel tentativo di far smettere il fischio nelle orecchie e contrastare il bisogno di perdere i sensi. «Ehm... ma... cosa vuoi dire? Di che sforzi parli?»

«Consentire a Ryan di sgattaiolare via per andare dai gioiellieri?» fece lei, incerta. «Mi ci sono volute ore per organizzare tutto. Senza offesa, Taryn, ma, quando non sei riuscita ad arrivare agli Oscar, per me è stato un sollievo. Stavo cercando in tutti i modi di fissare un incontro senza che tu lo sapessi.»

Tornai con la mente alla fine di febbraio, quando mi stavo riprendendo dopo essere stata investita da un'auto e avevo perso la prima occasione di andare con lui alla cerimonia degli Oscar. Mi guardai la mano, riconoscente.

«Be', ti ringrazio dal profondo del cuore per il lavoro che hai fatto. Lo apprezzo davvero.» Ma proprio in quel momento mi venne in mente qualcos'altro. «Aspetta... Se l'hai aiutato tu a trovare l'anello, allora perché Marla è così furiosa? Voglio dire, doveva saperlo...»

Trish assunse un'aria colpevole. «Sapeva che aveva comprato un anello, ma, dato che è una perfida stronza, Marla ha cercato di co... Senti, sai che ti dico? Lasciamo stare.»

Avrei dovuto capirlo. «Ha cercato di convincerlo a lasciar perdere», bofonchiai, concludendo la frase per lei. «Danneggio la sua carriera.»

Lei parve sorpresa. «Perché pensi una cosa del genere?»

Mi sorprendeva che me lo chiedesse. Del resto, il suo capo aveva già fatto di tutto, a parte pronunciare a voce alta quelle stesse parole. Le azioni e i commenti di Marla non lasciavano certo spazio all'immaginazione.

«E le fan? Lo abbandoneranno perché non è più single?» le chiesi.

Trish ridacchiò a quella domanda che doveva sembrarle sciocca. «Le sue fan non lo abbandoneranno a meno che non cominci a fare film schifosi. Però non posso credere che Marla gli abbia detto di evitare l'argomento con Jimmy Collins, stasera. Male, male, male...» sussurrò, scuotendo il capo.

La fissai e mi chiesi perché la pensasse così, proprio lei che lavorava sodo per fare colpo su quella stronza malefica del suo capo.

Lei serrò le labbra, poi, di fronte a un abitino nero, sorrise. «Che ne dici di questo per la tua amica Marie? Secondo me le starebbe benissimo. I vestiti che abbiamo selezionato per te sono nei camerini, devi soltanto andare a provarli. E poi, ora che siete fidanzati ufficialmente, dobbiamo curare il tuo abbigliamento. Prima regola della moda: devi sempre sapere di quale stilista è il capo che indossi. È la prima domanda che fanno tutti.»

Quasi non guardai nemmeno il vestito che mi mostrava. «Trish, dimmelo: che cosa deve fare Ryan?»

«Niente. Finirà tutto sul conto, e...»

«Non sto parlando dei vestiti. Parlo dell'intervista di stasera. Mi sembra di capire che secondo te dovrebbe gestirla in modo diverso. Ryan pensava che Marla gli avrebbe detto di confermare il nostro fidanzamento. Se fossi tu a decidere, che cosa gli consiglieresti?»

Lei trasalì. «Taryn, non te lo posso dire! Se lei scoprisse che ti ho dato dei suggerimenti, mi licenzierebbe in tronco. Non posso.»

La seguii facendo il giro di un espositore circolare, alla ricerca di un modo diverso di porre la questione. Volevo conoscere la sua opinione più di qualsiasi altra cosa al mondo. «E va bene. E se ti assumessi io per rappresentarmi... allora mi consiglieresti?»

Si voltò a guardarmi, sconvolta. «Non capisci. Io non ho clienti, sono tutti di Marla. La mia casa è un buco schifoso che fatico a pagare, ho una macchina di merda e finirò di saldare i prestiti scolastici quando sarò una vecchia decrepita.»

«Trish, te lo giuro, non lo saprà nessuno. Sarà il nostro segreto», insistetti.

Lei inspirò a fondo. «Aaah...» gemette, lanciandosi attorno occhiate furtive. «Se mai dovesse scoprire che ti ho parlato, giuro che quando resterò senza casa verrò a vivere con te e Ryan... Insomma, il punto è che la storia è già nota, con tanto di prove fotografiche. Tutte quelle donne, le fan, sperano in cuor loro di poter vivere una storia d'amore con lui, e vederlo in piedi su un tavolo e poi in ginocchio che ti chiede di sposarlo... be', è la cosa più romantica dell'universo. Ryan dev'essere sincero.»

Annuii.

«Ma sono affari suoi. È una *sua* scelta e... be', anche tua, se vorrete mantenere privata o no la vostra vita personale.»

«Taaar?» sentii Marie che mi chiamava dai camerini.

Trish fu assalita dal panico. «Maledizione, se Marla scopre che ho parlato...»

«Non dirò niente, te lo giuro. Ma vorrei che Ryan potesse ascoltare una seconda opinione, prima di andare in scena stasera. Crede a tutto ciò che gli dice Marla.»

Dei clienti entrarono nel negozio, e Trish lanciò loro un rapido sguardo. «Ha già chiamato il produttore di Jimmy Collins.»

Pensai a Ryan di fronte alle telecamere che si limitava a dare risposte vuote e preconfezionate. «Se riesco a farvi incontrare da soli, ci parlerai? Potresti davvero rappresentare una svolta nella sua carriera.»

Trish era scioccata. Continuava a scuotere la testa. «Taryn, no! Non posso!»

«Ma finirà per sembrare un cretino», borbottai.

«Taryn, hai già provato qualcuno dei tuoi vestiti?» chiese Ellen, la madre di Ryan.

Risposi a gesti. In realtà, non li avevo nemmeno guardati.

Lei mi mostrò un abito blu scuro, ma ero così presa dai miei pensieri e preoccupata che finsi soltanto di ammirarlo.

«Vieni.» Ellen mi prese per un braccio, sventolando il vestito griffato con l'altra mano. «Dobbiamo metterci d'impegno, non abbiamo molto tempo.»

Tentai di scacciare dalla mente la filippica condiscendente di Marla e di godermi il resto della giornata, ma, nel momento in cui la vidi seguire Ryan mentre entrava nei camerini del *Jimmy Collins Show*, l'odio assoluto che provavo per quella donna mi rimontò dentro.

E, nonostante le apparenze, sapevo che in fondo anche lui era ancora di malumore.

Cercai di mostrarmi allegra per entrambi; dopotutto ero emozionata di poter essere dietro le quinte, e la presenza di suo padre e Pete aiutò a tenere alto il morale. Parlavano dei playoff della Stanley Cup, scherzando sul fatto che quella sera, al ristorante, avrebbero scelto i posti in base alla posizione del televisore. Per fortuna il fratello di Ryan tenne per sé i suoi soliti commenti sarcastici e sprezzanti. Ryan aveva già abbastanza pensieri, e non aveva certo bisogno di provocazioni.

Marla gli ronzava attorno. Si comportava come se lui fosse una *sua* proprietà, e faceva di tutto per tenere lontano chiunque volesse avvicinarsi. Lo interruppe in modo sgarbato mentre parlava coi suoi familiari, e fui quasi sopraffatta dalla collera. Ma ancor più irritante era che si rifiutasse di guardarmi in faccia. Che modo di fare arrogante e infantile.

La tristezza mi avvolse di nuovo quando si mise a istruirlo sulle risposte da dare nel corso dell'intervista, o su come dovesse reagire alle domande inattese che Jimmy Collins avrebbe potuto fargli. Il cuore nero di Marla non aveva affatto cambiato colore.

Dentro di me ribollivo e, mentre camminavo avanti e indietro alle spalle del grande divano di pelle, mi misi a giocherellare col diamante che avevo al dito, per tenere occupate le mani.

La madre di Ryan mi guardò preoccupata. «Taryn, ti va di sederti?» mi chiese, dando un colpetto sul posto accanto a lei. «Su, vieni qui.»

Scossi appena il capo, gli occhi fissi sul mio fidanzato. «Va tutto bene, mamma. Grazie, sto bene così», risposi piano.

Trish scivolò nella stanza e si guardò attorno, cogliendo all'istante la tensione che vi regnava. Sperai che riuscisse a leggere il mio linguaggio del corpo e capisse quanto fossi in collera.

Sentimmo tutti chiaramente Marla dire a Ryan che doveva «cercare di non mandare tutto a puttane».

A quel punto affondai le dita nello schienale del divano per impedirmi di saltarle alla gola. Ellen emise un sospiro e schioccò la lingua, seccata, lanciando strali con gli occhi verso la manager.

Trish intervenne: «Marla, scusami, un assistente mi ha appena detto che il direttore di scena ti cerca».

«Proprio adesso?» protestò lei. Guardò l'orologio e prese la borsa. «Resta con lui», le ordinò.

Ryan era seduto su una poltroncina girevole e si sfregava la fronte.

Trish si avvicinò piano, con aria incerta. «Ryan... possiamo scambiare due parole?»

Lui la seguì nell'angolo più lontano della stanza.

«Allora, sei pronto? Sai tutto del format?»

Lui scrollò le spalle. «Penso di sì.»

«Trish, ti prego, diglielo», implorai, fissando nervosamente la porta. Sapevo che avevamo soltanto dieci minuti per informare Ryan.

«Cosa deve dirmi?» fece lui, confuso.

Lei si schiarì la gola. «Sai che Collins ti farà comunque domande sulla proposta di matrimonio.»

«Sì, lo so. Vuole l'esclusiva», sospirò.

«Mi stavo chiedendo... se non avessi ricevuto i consigli di Marla, come gestiresti la cosa?»

«Non lo so. Perché?»

Trish prese un respiro profondo. «Ho paura che l'idea di Marla possa essere sbagliata.»

Ryan mi guardò, come a volermi chiedere perché gli stessimo facendo quello, proprio quando stava per andare in scena.

«So che sono affari tuoi, ma vedila così: se neghi di essere fidanzato quando ci sono foto e video che dimostrano il contrario, potresti perdere credibilità.» D'istinto, Trish si lanciò un'occhiata dietro le spalle per assicurarsi che Marla non fosse tornata. «Quando Collins tirerà fuori l'argomento, credo che dovresti ammetterlo. Non infiocchettare la storia con informazioni personali; in un certo senso, non devi fare altro che essere aperto e sincero. Le tue fan ti ameranno ancora di più se mostrerai loro il tuo lato romantico e sensibile.»

«Ho paura che i media punteranno ancora di più l'attenzione su Taryn», disse lui, con aria preoccupata e colpevole al tempo stesso.

«Non devi preoccuparti per me», gli risposi, risoluta.

Lui mi scoccò un'occhiata che stava a significare che non poteva fare diversamente.

«Se non confessi ora, i media continueranno a perseguitarti e la situazione non farà che peggiorare. Nascondere la verità farà ancora più notizia, e Collins sa già che Taryn è qui.»

Ryan annuì. «La conferenza stampa di domani?»

«È coperta, come quella di oggi. Soltanto botta e risposta sul film», rispose lei.

«Ma è tutto il giorno che evito l'argomento», fece lui, sfinito.

«Lo so, ma lo stesso Jimmy ti punterà addosso i riflettori in diretta TV, perciò devi essere pronto ad affrontarlo. Ryan, qui siamo davanti a una storia grossa, e sai che lui la vuole! Collins sta rinnovando il contratto con la rete e ha bisogno di qualcosa che gli dia più potere di negoziazione. Se riesce a farti confessare...»

Ryan sgranò gli occhi. «Che cosa? Marla non me l'aveva detto.»

Trish frugò nella borsa e tirò fuori un foglio di carta che gli porse subito. «Il solo fatto di averti nel suo programma stasera, alla luce degli eventi, gli ha dato dei punti. Vedi? Dovrai rispondere, in un modo o nell'altro.»

Ryan trattenne un'imprecazione. «E come faccio domani, con *Night Life*?»

«Allo stesso modo», gli suggerì lei, tornando a infilare le prove nella borsa. «Se stasera confessi con Jimmy, domani Nigel Allen insisterà ancora di più per strapparti altri dettagli. Le sue quotazioni saliranno già se stasera ammetterai il fidanzamento, sempre che tu decida di farlo. Ma, se lo farai, allora avrai in pugno sia Collins sia Allen, e potrai sfruttare la cosa quando ne avrai bisogno. Ora, però, non pensiamoci. Devi concentrarti su *questa* apparizione.»

Ryan guardò verso la porta che dava sul corridoio principale. «Marla non ne sa niente, vero?» chiese, puntando un dito verso di me e, poi, su di lei.

«No. Trish si sta giocando la carriera per proteggere la tua reputazione», risposi.

Lei sospirò. «Credo proprio che stasera perderò il lavoro. Ma devi trasformare lo scandalo in un'opportunità, Ryan. Agisci con onestà. Jimmy ha detto che, se riesce a farti parlare del fidanzamento, cercherà di fare un paragone tra le tue ammissioni e le scene romantiche del film. Ero presente quando Marla ha parlato con lui e il produttore, poco prima che tu arrivassi per la pre intervista.»

A labbra strette, Ryan buttò fuori tutta l'aria che aveva nei polmoni.

«Sarebbe un buon aggancio per ripassare dalla tua vita privata al film. Se decidi di parlarne, cerca di non entrare troppo nello specifico e non avere fretta di dire niente, o rischi di tirar fuori questioni troppo private», gli consigliò Trish.

«Tricia!» ruggì Marla dalla porta aperta. I suoi tacchi alti picchiettavano spietati nella nostra direzione. Quando ci raggiunse, Ryan si allontanò, immerso nei suoi pensieri.

Mi chiesi se non fosse il caso di seguirlo, così da non dover stare vicino a quella donna, ma non potevo lasciare che Trish affrontasse da sola la sua furia. Dopo quel che aveva appena fatto per noi, non l'avrei abbandonata.

Trish era pronta a respingere con pacatezza e risposte concise la collera di Marla, che era stata mandata via senza un motivo reale. Distolsi lo sguardo in modo che non si notasse il mio sorrisetto.

Ryan mi venne vicino e mi prese la mano, portandomi in disparte. «Come te la passi?» sussurrò.

Gli risposi col mio «Tutto okay» più convincente, accompagnato da un cenno del capo e un occhiolino, anche se il mio sguardo continuava a tornare verso Marla.

Lui dovette accorgersene, perché fece un gran sospiro.

«Tu come stai?» gli chiesi.

«Scusi, signore, siamo pronti per far accomodare i suoi ospiti», disse un operatore a Ryan.

«Ci vediamo dopo», mi mormorò lui, attirandomi a sé per un bacio lieve.

«Okay, tesoro. Buona fortuna!» L'osservai mentre si allontanava, guidato da un assistente di produzione.

Noi venimmo portati nel corridoio e poi accompagnati a prendere posto nel pubblico; avevamo una zona riservata alla sinistra del palco. Io mi accomodai accanto alla madre di Ryan, mentre dall'altro lato avevo Janelle, sua cognata. Il padre di Ryan, Bill, continuava ad agitarsi sulla sedia, come tutti noi in trepidante attesa che suo figlio salisse sul palco. Era l'ospite d'onore della trasmissione, quindi sarebbe stato il primo.

Janelle si chinò verso di me. «Tutto bene?»

Stavo fissando i monitor, e intanto facevo ruotare l'anello, oltre a picchiettare a terra coi piedi. Scrollai le spalle. «Un po' nervosa.»

«Perché?» mi domandò, perplessa.

Mi avvicinai. «Circolano foto della proposta di matrimonio.»

Lei non parve turbata. «E allora?» Poi capì. «Ah, quindi ora gli faranno domande in proposito, vero?» Sembrava ne fosse contenta.

Annuii a lungo, senza staccare gli occhi dal palco.

Trattenni il respiro quando la telecamera puntò sul conduttore, Jimmy Collins, che si era seduto alla scrivania dopo il monologo iniziale. Tra le dita aveva una rivista, poggiata a faccia in giù davanti a lui.

«A meno che non viviate su un altro pianeta, di sicuro saprete che il nostro primo ospite di stasera ha sfondato nel ruolo di Charles Conroy, sicario e viaggiatore nel tempo, nel blockbuster *Seaside*. È qui stasera per parlarci del suo nuovo film, *Reparation*, che uscirà nelle sale di tutto lo Stato venerdì. Eccolo qui, sulla copertina di *Entertainment Week*. Un bell'applauso per Ryan Christensen!»

Lo studio fu invaso da una musica fragorosa e Ryan sbucò da dietro un angolo. Il pubblico balzò in piedi all'unisono. Le donne attorno a noi persero la testa e cominciarono a saltare lanciando grida isteriche. Le loro urla erano assordanti.

Ryan salutò con la mano e sorrise grattandosi la fronte, prima di essere accolto da Jimmy Collins. Sembrava nervoso, sopraffatto da quel benvenuto.

Quando fu seduto, si chinò in avanti, fino quasi a nascondere la testa tra le ginocchia per lo sgomento causato da quella folle eccitazione. Dalla sua espressione avrei giurato che fosse sconvolto da tanto affetto. Ero felice di vedere che ancora ne era onorato. Janelle mi si avvicinò, dandomi di gomito tutta allegra mentre applaudiva suo cognato.

«Le tue fan sono scatenate! Grazie per essere venuto qui, stasera. Come va?» chiese Jimmy a Ryan, per dare il via all'intervista.

Finalmente il pubblico abbassò la voce quel tanto che bastava per farci sentire cosa si dicevano.

«Bene! Molto bene, grazie. Sono felice che mi abbiate invitato», rispose Ryan.

«Sai, non sei l'unico capace di far gridare così le donne. Certo, il mio problema è che mi urlano dietro delle oscenità», scherzò Jimmy.

Il pubblico rise.

Ryan sorrise, a disagio, e prese un sorso dalla tazza che gli avevano messo accanto. «A volte le oscenità arrivano anche a me», ammise.

«Ho sentito dire che hai avuto una bella accoglienza da una fan, quando sei arrivato», lo stuzzicò Jimmy.

«Eh, già, ero appena sceso dalla macchina e stavo autografando qualche foto e altro, quando ho alzato lo sguardo e questa ragazza si è sollevata la maglietta mostrandomi le...» Si spiegò a gesti, insieme sconvolto e divertito.

L'idea che una ragazza avesse mostrato il seno al mio fidanzato mi fece trasalire.

«Voleva che gliele firmassi?» fece Jimmy, imitando il suo gesto.

Lui rise. «A dire il vero, non so cosa volesse. Saltava e gridava. Era complicato sostenere una conversazione con quelle cose che... rimbalzavano a quel modo.»

Jimmy rise a sua volta e riprese: «Divertentissimo! E allora, come vanno le cose? Mi sembra che l'ultima volta in cui sei stato qui sia stata circa sei mesi fa, e si parlava di *Seaside*».

Le donne nel pubblico andarono in delirio nell'udire quella parola. Ryan si voltò a guardarle, scuotendo il capo per la meraviglia di fronte a tanta devozione.

Jimmy si sfregò un orecchio. «E, da quel che vedo, la reazione delle fan è triplicata, da allora. Wow! È un po' come premere un tasto erotico. Quando voglio che a mia moglie vengano certe voglie, mi basta entrare in camera da letto e gridare: '*Seaside*'. Ed ecco che lei comincia a spogliarsi.»

Ryan ridacchiò, un po' teso. «Sono felice di sapere che il sistema funziona.»

«Certo, quando metto la maschera di 'Charles', va ancora meglio. Voglio dire, tu e io siamo così simili di costituzione che di sicuro lei non si accorge della differenza», ghignò Jimmy, alzando platealmente gli occhi al cielo per scatenare l'ilarità del pubblico. «E negli ultimi tempi cosa combini?»

«Va tutto a meraviglia, davvero! Sono appena tornato da Miami, dove ho girato un film intitolato *Thousand Miles*. È una specie di thriller.»

Bravo, tesoro, spingi i tuoi film. Tieni il ritmo.

«E fra altre due settimane tornerò sul set a Vancouver, per il prossimo progetto», aggiunse, grattandosi il collo con fare nervoso.

«Che sarebbe?»

«Una pellicola che s'intitola *Slipknot*. Il regista è Jonathan Follweiler. È la prima volta che lavoro con lui, e sono molto emozionato. In più farò un po' di arrampicate, e devo dire che non vedo l'ora di cimentarmi. Non l'ho mai fatto prima. Il fascino del rischio.»

«Però ho sentito dire che ti sei esercitato. Arrampicandoti sui tavoli, per dirne una, è corretto?» lo pungolò Jimmy, inarcando le sopracciglia e, con una serie di colpetti, attirò l'interesse degli spettatori sui fogli che aveva sul tavolo.

Attorno a noi si sollevò un boato di risa.

Controllai se Ryan avesse cambiato espressione e mi parve proprio che fosse arrossito per l'imbarazzo.

Jimmy passò subito alla domanda seguente: «Il secondo episodio di *Seaside* è concluso, oppure stai lavorando anche a quello?»

Ryan si sistemò sulla poltrona. «No, abbiamo finito. Abbiamo chiuso la lavorazione a dicembre.»

Ed ecco che il pubblico ricominciò a gridare.

«E dove l'avete girato?»

«Questo è stato girato in una cittadina di nome Seaport, nel Rhode Island. Un posto meraviglioso sulla costa.»

Cominciai a respirare a fatica.

«E... cos'hai fatto mentre eri là? Hai incontrato qualcuno di speciale?» domandò Jimmy col fare di una madre impicciona.

Ryan aprì e richiuse la bocca diverse volte; sembrava non riuscire a trovare le parole e continuava a grattarsi la fronte, agitandosi.

In un attimo, nella mia mente balenarono almeno nove diverse risposte che avrebbe potuto dare, l'una dopo l'altra. La mia speranza era che decidesse d'indicarmi e dire al mondo che mi amava alla follia.

«Abbiamo conosciuto un sacco di gente interessante», fece infine, evasivo, sorridendo al pubblico che nel frattempo aveva ripreso le grida entusiaste. Lanciò un'occhiata nella mia direzione e per un brevissimo istante mi parve che i nostri sguardi s'incrociassero. «Sono stati tutti fantastici con noi.»

Sorrisi orgogliosa al mio futuro marito.

«Allora, Ryan, sono tutti curiosi, quindi te lo chiederò e basta. Girano un bel po' di voci a proposito di foto che ti ritraggono in piedi su un tavolo. Quindi ti prego... togli la croce a queste povere donne e raccontaci: sei un uomo impegnato, adesso?»

D'istinto afferrai i braccioli mentre trattenevo ogni briciola di ossigeno nei polmoni, in attesa... in trepida attesa. Jimmy aveva disatteso gli accordi presi per l'intervista facendogli quella domanda diretta.

Lui sorrise, con aria ritrosa e colpevole, e per un momento pensai che se lo sarebbe fatto sfuggire, che quella notizia riservata gli sarebbe scivolata fuori dalle labbra.

Ma altrettanto in fretta lo vidi riprendersi.

«E quand'è che non sono impegnato?» scherzò, cercando di riderci su. «Mi limiterò a dire che in questo momento sono molto, *molto* felice di come sta andando la mia vita.»

Il pubblico rispose con qualche gridolino e battito di mani, ma non ci fu altro. Neanche una parola di più sulla sua vita privata o sulla donna cui aveva giurato amore eterno sul tavolo di un pub, davanti ai suoi genitori, ai miei amici e a un discreto numero di sconosciuti.

Un senso di delusione quasi fisico mi provocò un violento formicolio, come se mi avessero conficcato migliaia di aghi nelle braccia, e alla fine mi costrinsi a espirare.

Ma perché non ha...?

Janelle mi rivolse un'occhiata di scuse, sembrava dispiaciuta per me. Ma io distolsi lo sguardo: non volevo essere compatita.

Dopo tanto tempo, dopo la persecuzione da parte della stampa, dopo che i giornali avevano speculato sul nostro fidanzamento, restavo comunque una parte della sua vita da rinnegare di fronte al pubblico.

3

ESPIAZIONE

«Wow», espirò Ryan quando uscii dalla camera da letto, poggiando il cappotto grigio scuro sulla sedia.

«Che cosa?» gli domandai. Non ero sicura che ciò che vedeva gli piacesse, considerato che nelle ultime due ore ero stata truccata, spazzolata, arricciata e laccata. Mi sentivo come in una pubblicità di cosmetici.

Mi passai le mani sul corpetto dell'abito senza spalline per assicurarmi di essere a posto. La costumista aveva scelto un tubino nero di seta e chiffon, con un sottile strato di pizzo argentato, di Versace. Aveva uno spacco profondo che mostrava parte di una coscia e scivolava come acqua sulle mie curve. A completare il look, una collana con un ciondolo a goccia di diamanti e orecchini coordinati.

«Sei favolosa», disse lui, senza fiato, scandendo le parole come se volesse dar loro la giusta enfasi.

Il modo in cui si muoveva e il suo sguardo affamato mi dicevano che non ero la sola ad avere una gran voglia di spogliare entrambi. Era meraviglioso, vestito elegante. Il desiderio di strappargli via la camicia e passare la lingua sul suo petto muscoloso mi rendeva famelica e accaldata.

«Che ne dici? Secondo te vado bene?» Non sembrava convinto del suo abbigliamento e cercava di sistemarsi i vestiti.

Non era la prima volta che lo vedevo in abito elegante, ma quella sera, con un completo tre pezzi di Armani realizzato su misura, era di una bellezza sconvolgente.

Annuii convinta, anche se indugiai sul pensiero di vederlo senza addosso niente, a parte quella camicia, molto, molto presto. *E sbottonata, così da mettere in mostra il petto e gli addominali delineati*. Gli sistemai il nodo della cravatta dal motivo scuro e sorrisi. «Dico che somigli a una splendida star del cinema.»

Ryan mi prese il viso tra le mani e, con un sorriso gentile, mi baciò dolcemente, come sempre. I suoi occhi azzurri, incorniciati da quelle meravigliose ciglia lunghe, si fissarono nei miei. «Ti amo», sussurrò.

Ricambiai il bacio e quella dichiarazione, anche se dentro di me soffrivo. Avevo cercato di superare il malumore per tutto il giorno e, benché lo amassi con ogni cellula del mio corpo, non potevo fare a meno di sentirmi delusa. Anzi, se dovevo essere sincera, ero molto delusa.

«Ehi, cosa succede?» mi chiese, prendendomi con delicatezza per un braccio quando mi voltai per allontanarmi.

Non volevo discutere dei miei sentimenti feriti con la prima del suo film così imminente. Era meglio non caricarlo di ulteriore tensione. Mia madre diceva sempre che bisogna «dormirci sopra una notte», prima di prendere decisioni affrettate.

Forse, se avessi fatto passare un po' di tempo, avrei visto le cose sotto una luce diversa. Avevo passato quasi tutta la notte precedente in attesa di un'illuminazione.

«Non succede niente», risposi, e cercai di respingere la sua acuta osservazione dipingendomi in volto un sorriso forzato, nella speranza che desistesse.

Ma lui fece una risatina e mi seguì in bagno. «Stronzate. Credi che non mi renda conto che sei turbata, Tar? Per chi mi hai preso?» Mi bloccò contro il lavandino, il petto premuto sulla mia schiena. Sentivo il suo respiro caldo sull'orecchio. «Ti conosco meglio di quanto credi.»

Deglutii con forza, felice di sapere che gli importava dei miei sentimenti, ma incerta se fosse il caso di parlargliene prima di averli compresi io stessa.

«Sei così da ieri sera a cena e, ogni volta che ti ho chiesto cos'avevi, hai fatto in modo di non rispondere. Ora però ti prego, smettila di dirmi che stai *bene*. Cos'hai?» Mi posò un languido bacio su una spalla.

Decisi di evitargli un confronto con la mia sensibilità ferita. «Non è niente d'importante. Ne possiamo parlare dopo. Hai già abbastanza cose cui pensare, in questo momento.»

Incrociò le braccia sul mio ventre, stringendomi a sé. «No, non voglio aspettare. Ci siamo fatti una promessa, ricordi?

Che saremmo stati sempre sinceri e aperti. Voglio sapere cosa ti turba, e voglio saperlo subito.»

Lo guardai riflesso nel grande specchio, in attesa.

«Subito», ripeté in un tono che si era fatto perentorio.

La mia risolutezza vacillò. «Credevo che ieri sera, durante l'intervista, avresti detto qualcosa, tutto qui.» Per addolcire l'impatto aggiunsi una scrollata di spalle indifferente.

«A proposito di cosa?»

Esitai, incerta se fosse il caso di avventurarmi per quella strada. «Sul fidanzamento. Ho pensato che... dato che non avevi detto niente a Jimmy Collins, magari l'avresti fatto nel corso di *Night Life*, e invece no. Non voglio essere una di quelle che hanno bisogno di continue conferme, soltanto che non capisco perché non hai ammesso nulla di fronte a una domanda diretta.»

Speravo che il motivo per cui l'aveva fatto non fosse nessuno di quelli che avevo immaginato.

Ci mise dieci secondi buoni a interrompere il contatto visivo con me ed emettere una serie dei suoi tipici rumori di gola, prima di liberarmi. Poi, fu il turno della mossa «fissa il pavimento e grattati la fronte».

Puntai lo sguardo sul ripiano accanto al lavandino. Era l'ennesima volta che mi ritrovavo a dover affrontare con le pinze un argomento simile con un uomo, e cominciavo a stancarmi. «Ascolta, è per questo che non te lo volevo nemmeno dire. So che hai i tuoi motivi, Ryan. Solo che... credevo di essere la tua fidanzata, e invece non posso fare a meno di sentirmi come il tuo segreto scandaloso.»

Lui chiuse il coperchio del water e si sedette. «Non sei un segreto scandaloso, Taryn. Non lo sei mai stata.»

«Ti vergogni di me?»

Impallidì, come se l'avessi schiaffeggiato. «Ma no! Come ti viene in mente?»

«Hai negato di essere fidanzato con me in televisione e in ogni intervista. Non capisco perché, a parte il fatto che te l'ha consigliato Marla. Cos'altro dovrei pensare? Scusami, ma non posso fare a meno di sentirmi così.»

«Cosa diavolo vuoi che faccia?» ringhiò, e si diede una manata sulle cosce.

Sostenni il suo sguardo, temendo potesse pensare che avevo intenzione di trasformare quella discussione in una lite. «Ti amo... con tutto il cuore. Voglio essere tua moglie, la tua compagna. Voglio stare al tuo fianco in ogni occasione. Ma non so cosa devo fare o che ruolo dovrei avere. Aiutami a capire, Ryan. Aiutami a far parte del tuo mondo.»

Lui sospirò, di nuovo in preda alla frustrazione. «Tar, hai visto come vanno le cose... i paparazzi, quei cavolo di tabloid. Mi strappano via *tutto*. Tutto ciò che ho di più caro. Non potremmo mantenere privata la nostra vita insieme? Se do loro in pasto anche questo, cosa mi resta? Nulla.»

Fui travolta da un senso di confusione, seguito all'istante dalla collera. «Allora forse dovrei rimanere qui. Così resterò una questione privata», borbottai guardando le piastrelle del pavimento.

«No, cazzo.»

Per un istante osservai il ricamo in pizzo del mio abito, prima di cercare disperatamente spiegazioni nei suoi occhi. «Rispondi solo a una domanda. Perché l'hai fatto? Se non vuoi ammettere che siamo fidanzati, se dev'essere un segreto da proteggere, perché mi hai chiesto di sposarti in pubblico?»

«Non capisci.» Sbuffando, Ryan si alzò e mi girò attorno, per poi andare verso la porta.

Fantastico. È proprio come tutti gli altri: quando la conversazione si fa difficile, si tirano indietro. Fine. E vanno via. «Hai ragione. Non capisco.»

Ryan si fermò sulla soglia e afferrò lo stipite con entrambe le mani, cogliendomi alla sprovvista. Abbassò il capo per un attimo. «Non ho detto niente a Jimmy Collins perché quello stronzo voleva strapparmi una confessione soltanto per aumentare il suo potere contrattuale.»

Si voltò e rientrò nel bagno, misurandolo a grandi passi, fino alla doccia con le piastrelle scure di arenaria, e fece avanti e indietro un paio di volte. «I dettagli personali della nostra vita privata *non* verranno discussi in pubblico, Tar. E non permetterò che qualcuno li sfrutti per arricchirsi. Si tratta della *nostra* vita, sono affari nostri.»

Feci un rapido inspiro quando si spostò ancora per mettersi dritto di fronte a me.

«Io sono un attore. È questo il mio mestiere. Se partecipo a un talk show, lo faccio per parlare del mio lavoro, per sollevare interesse verso i miei film. Non per rivelare segreti sulla mia vita privata.»

«Ma gran parte della tua vita si svolge in pubblico. Ho sempre pensato che un fidanzamento fosse una buona notizia.»

Mi prese le mani, e in quel momento il suo sguardo duro si addolcì. «*È* una buona notizia. Tu sei tutto per me, Taryn, non un segreto. Soltanto che non voglio condividere col mondo intero, in un talk show, ciò che ho di più sacro al mondo. Tu sei il mio mondo, tesoro. Il mio. Non il loro. Possono avere me, ma non concederò a nessuno di avere anche te.» La sua mano destra mi accarezzò una guancia, toccando molto più della pelle.

Aggrottò la fronte, come se fosse indeciso. «Volevo cantarti una canzone diversa, quando ti ho chiesto di sposarmi. Avevo preparato tutto. Doveva avvenire in privato. Ma poi è successo un casino e non avevo più tempo.» Si passò una mano sulla testa. «Maledizione, pensavano tutti che ti avessi tradita, Taryn... anche tu. In quel momento, tutto considerato... be', ho pensato che ci volesse un gesto plateale.»

Trassi un respiro profondo, pentita, perché sapevo bene di aver dubitato di lui.

Ryan chinò il capo per incrociare di nuovo il mio sguardo. «Ero arrabbiato, ferito, e poi ho pensato... Dio, avevo il terrore di perderti», disse, tenendomi il viso tra le mani.

Lacrime di rammarico mi riempirono gli occhi mentre il ricordo della falsa lettera d'amore e del disastroso viaggio in Florida mi tornava in mente. «Credevo di averti perso.»

Lui fece cenno di no, in silenzio.

Mi asciugai gli occhi. «La canzone, quella che mi hai cantato... mi è piaciuta da morire. Era bellissima. Perfetta. Mi piacerebbe tanto sentirla di nuovo, prima o poi.»

Sorrise. «L'ho scritta in aereo. Volevo farti sapere quanto prendo sul serio il nostro rapporto. Quanto ti voglio nella mia vita, Taryn. Quando ho detto 'per sempre', dicevo davvero. È *questo* che sei per me. Ma la persona che si è inginocchiata davanti a te, quella che adesso ti sta di fronte, non è la stessa che vedi sotto i riflettori. Lì c'è soltanto una facciata, non il cuore. Quello appartiene a te», aggiunse, portandosi una mano sul petto.

Dio, dal modo in cui mi guardava dritto nell'anima sapevo che era sincero. Posai le dita sulle sue, sul cuore. «Sai che ti amo, Ryan. Amo tutto di te. A volte...»

«Tesoro, ne abbiamo passate tante.» Aveva la voce rotta. Mi accarezzò l'addome col pollice. «Ci sono cose di cui non voglio parlare apertamente, soprattutto sulle reti televisive nazionali. Tu mi dai pace. È una gioia concessa soltanto a me, non a loro.»

«E spero tu sappia che voglio tentare di capire come funziona tutto questo. Ecco perché non ne volevo nemmeno parlare. Stavo cercando di risolvermela da sola. E a volte faccio davvero fatica a capire come ragiona Marla.»

«Capita anche a me, ma mi fido del suo giudizio. Ha i suoi buoni motivi per proteggermi... per proteggere noi. Non voleva che sparassi la notizia in televisione, anche se tanto la storia circola già.» Scrollò le spalle e mi sistemò una ciocca di capelli dietro l'orecchio. «D'altra parte, tra meno di un'ora lo sapranno milioni di persone. Per quanto desideri proteggerti dall'assoluta follia che è la mia vita, non potrò farlo per sempre. Quindi stasera cambierà tutto, e si farà a modo mio.» Mi sorrise con dolcezza, facendomi scorrere il pollice sulle labbra.

Emisi un sospiro di sollievo, ma non durò a lungo, perché venti minuti dopo lo trovai che girava per la stanza alla frenetica ricerca di qualcosa.

«L'orologio è nella sacca che hai in valigia», gli dissi, sapendo cosa stava cercando.

«Come fai a...? Grazie. Non so cosa farei senza di te», mormorò.

Mi chiesi se fosse il caso di rispondere con una battuta, ma decisi di lasciar perdere. Era di pessimo umore fin dall'ora di pranzo, quando Trish aveva richiamato la sua attenzione su tutte le stroncature pubblicate quella mattina dai giornali. Ryan le aveva fatto presente che i giudizi negativi non gli interessavano, ma era evidente che non fosse così.

Invece di mettersi seduto e rilassarsi, camminava avanti e indietro. E più camminava, più si avvicinava l'ora in cui dovevamo andare, più sembrava agitato. Prese la giacca e la posò di nuovo, soltanto per riprenderla ancora una volta. Poi si tastò le tasche, controllando per la centesima volta se aveva preso il cellulare.

Stavo infilando il rossetto nella borsetta da sera, quando Ryan espirò con forza. «Non fa caldo, qui dentro?» Cominciò a tirarsi il colletto della camicia e mi accorsi che era un po' pallido.

Scossi il capo. A me sembrava facesse addirittura freddo.

Si asciugò la fronte. «Sto sudando di brutto.»

Cominciavo a pensare che non fosse colpa della temperatura se stava così. «Ti senti male?»

«Un po'. In effetti mi gira la testa. Cavoli, che caldo.»

Oh, no. Non proprio adesso.

Feci la prima cosa che mi venne in mente: gli procurai dell'aria.

Ryan era appoggiato alla parete, proprio sotto il getto dell'aria condizionata, quando i nostri amici e familiari entrarono nella suite.

Ellen diede un'occhiata oltre la porta a doppio battente della camera da letto. «Che cos'ha Ryan?»

Cercai d'impedirle di curiosare, sbarrandole la strada. «Ha un po' di nausea. Ma non è niente, tra un minuto starà bene», mentii.

L'avevo già visto in quello stato e sapevo benissimo cosa stava succedendo. Anche se non l'avrebbe ammesso con nessuno, era terrorizzato. E non mi era difficile capire cosa l'avesse ridotto in quelle condizioni.

«Scenderà non appena sarà pronto», dissi a David, quando fece capolino dalla porta. Non volevo essere scortese, ma non potevo permettere che Ryan subisse altra pressione in quel momento. Gli attacchi di panico non hanno un programma preciso.

Quando Mike prese in mano la situazione e fece uscire tutti, mi sentii sollevata.

Massaggiai la schiena e le spalle di Ryan. La prima volta in cui l'avevo visto così, era stata di fronte al marciapiede davanti al mio pub, invaso dalle fan. «Tutto bene?»

Abbassò il capo in un lento cenno d'assenso; respirava a fatica.

Vederlo soffrire in quel modo mi dava una stretta al cuore.

«Mike ti starà accanto per tutto il tempo. Sai bene che non permetterà che ti accada niente.»

«Sì... ma ora è tutto diverso», sussurrò, mentre cercava di rallentare il respiro.

«L'hai già fatto migliaia di volte. Andrà tutto bene. Le tue fan ti adorano.»

Mi tese le mani tremanti. «Non sono preoccupato per me. Non hai idea... non hai idea. Non sai quanto può essere facile per qualcuno nascosto tra la folla tirar fuori un coltello, un ago o... o una pistola... Dio, se dovesse succederti qualcosa...»

Capii che il panico aveva raggiunto il picco. «Ehi, forza. Respira con me.» Gli cinsi la vita con le braccia e gli diedi il ritmo: inspiro lento, espiro ancora più lento. Speravo che l'aiutasse a calmarsi, com'era successo la volta precedente. «Nessuno ci farà del male.»

Mi strinse le braccia, quasi con troppa forza, e mi piantò addosso uno sguardo furente. «Il mondo è pieno di squilibrati, Taryn. Hai visto di cosa sono capaci alcune delle mie fan, quindi *non venirmi a dire che non c'è pericolo*! Angelica era soltanto una tra centinaia.»

Trasalii.

Lui dovette capire quanto avesse serrato la presa, perché l'allentò un poco. «Stasera voglio che tu stia il più vicino possibile alla sicurezza. Se ti dicono di fermarti o di muoverti, devi obbedire, d'accordo? Non fare domande. Seguirai i loro ordini. Capito?»

«Sì.»

«Non scherzo, Tar. Tu non hai idea. Sarà sconvolgente. Non hai mai visto una ressa del genere. Se succede qualche casino, la sicurezza m'impedirà di raggiungerti.» C'era qualcosa di nuovo, di spaventoso nella sua espressione. Andava al di là del panico. La sua stretta possessiva si rinsaldò. «Mi bloccheranno, io non potrò venire a proteggerti, e Mike...»

Tremante, mi strinsi forte a lui. «Ryan, ti prego. Così mi fai paura. Ho capito.»

Sospirò forte tra i miei capelli. «D'ora in poi chiederò delle guardie del corpo extra. Farò in modo che tu sia ben protetta.»

«Tesoro, devi calmarti. Stai tremando. Oggi hai preso la medicina?»

Si mise su una sedia. «No. Me l'andresti a prendere? Chissà, magari farà il miracolo.»

Cercai nella sua borsa il farmaco per l'ansia. Nessuno sapeva che il famoso Ryan Christensen soffriva di agorafobia. I grandi spazi affollati lo facevano morire di paura.

«Sai che devi prenderla ogni giorno. Non sono ammesse eccezioni.»

Finì il bicchiere d'acqua mentre io speravo che avessimo ancora abbastanza tempo da permettere alla medicina di fare effetto. Di solito bastava mezz'ora perché stesse meglio.

Un leggero colpo alla porta ci fece sussultare entrambi.

Mike ci stava aspettando. Aveva dismesso l'abbigliamento comodo della mattina per indossare un completo nero con camicia bianca e cravatta blu cobalto che gli davano un fascino incredibile. Mi era già capitato di apprezzare la sua bellezza, ma vestito così elegante era davvero uno schianto.

Guardava Ryan con affetto e comprensione fraterni, preoccupato e amorevole. «Tutto a posto, amico? La tua squadra insiste che dobbiamo sbrigarci, ma se ti serve più tempo basta che tu me lo dica. Li farò aspettare.»

Ryan era quasi tornato in sé, anche se era ancora agitato. L'ansia se ne stava nascosta appena sotto la superficie, pronta a esplodere da un momento all'altro.

Guardò Mike con fare serio. «Sono pronto. Andiamo. Ma voglio della sicurezza extra su Taryn, stasera. Quando non è con me, voglio che abbia accanto almeno due uomini. Non sono ammessi errori. Ci siamo capiti?»

Mike annuì e disse: «È già tutto organizzato, Ry. Abbiamo quattro uomini che ci aspettano in sede, soltanto per la tua famiglia».

Nell'istante in cui uscimmo dall'ascensore, David ci fu addosso. «Ryan, ti devo parlare un momento», gli disse agitato, trascinandolo per una spalla.

Restai aggrappata alla sua mano finché potei, ma alla fine le nostre dita si staccarono. David non si era nemmeno preso il disturbo di chiedergli come si sentisse.

Una serie di berline nere ci attendeva all'esterno, pronte per condurci alla prima di *Reparation*. Marla corse a parlare con un autista, un tizio tarchiato con la barba. David teneva una mano sulla schiena di Ryan e lo spingeva verso la prima macchina della fila. Guardò verso di me, poi fece un rapido cenno d'intesa a Marla.

Immaginai che Ryan sarebbe tornato a prendermi, non appena avesse finito di parlare col suo manager. Ma, mentre cercavo di capire perché ci mettessero tanto, il grosso autista mi fermò.

«Mi scusi, devo andare con...» Indicai verso Ryan.

«Signora, lei è in quest'auto», mi comunicò.

«Ma sono la sua...»

«Da questa parte, prego.» Mi spinse verso lo sportello aperto.

Ellen sembrava confusa quanto me. «Ma, Taryn, non dovresti andare con Ryan?»

Janelle si spostò per farmi spazio.

Non sapevo se protestare o chiamare Ryan, ma alla fine eseguii gli ordini, mi sistemai il vestito e mi sedetti accanto a lei sul sedile. A quanto pareva, non avevo voce in capitolo; non solo mi era stato impedito fisicamente di avvicinarmi a lui, ma la sua macchina era già partita senza di me.

Non mi sarei mai aspettata di arrivare alla prima del mio fidanzato a bordo di un'auto diversa dalla sua, soprattutto visto che lui aveva appena avuto un attacco di panico. Guardai fuori dal finestrino e in cuor mio sperai che anche Ryan fosse seccato della situazione, pregando che almeno ci pensasse. E se invece non gli importava? Avevo dato per scontato che saremmo andati insieme. Mi lambiccai il cervello nel tentativo di ricordare se ne avessimo parlato o no, convinta che avrei dovuto saperlo.

Forse è necessario che arrivi da solo? Dopotutto è lui la star, non io. Però sua madre ha detto...

Mi chiesi se non fosse il caso di chiamarlo, ma poi mi dissi che, se fossi dovuta stare con lui, mi avrebbero fatta salire sulla sua auto. Ryan avrebbe fatto in modo che fosse così.

E invece... non l'aveva fatto.

Passai rapidamente dallo sconcerto alla collera.

Sarebbe stato così il nostro futuro? Il *mio* futuro? La vita della moglie barista separata da quella della grande stella del cinema? Quel pensiero mi fece rimontare la rabbia. *Taryn, il piccolo segreto di cui vergognarsi.*

Cominciai a sentirmi nelle orecchie la voce di Marla che consigliava a Ryan di lasciare a casa Taryn, d'ora in poi. Quella viscida lingua biforcuta che gli sussurrava all'orecchio che forse mi sarei annoiata, che sarei stata d'intralcio ai suoi impegni. Chissà se Ryan sarebbe stato d'accordo con lei?

Sbuffai, infastidita anche dal modo in cui ero stata messa in tiro da un team di stylist, come se fossi una che vuole mettersi in mostra. Mi chiesi per quanto tempo ancora avrei dovuto sopportare l'accusa di danneggiare la sua immagine pubblica.

Quanto avrei voluto trovarmi sull'altra auto, con Marie e Tammy. Marie mi avrebbe spiegato senza mezzi termini come secondo lei funzionavano le cose a Hollywood, mentre Pete avrebbe tentato di convincermi che Ryan non voleva ferire i miei sentimenti.

Ciononostante, anche se avessi trovato il modo di giustificare quanto stava accadendo, in futuro non sarei stata disposta a tollerare una situazione del genere. *Non finché ho al dito questo gigantesco anello di diamanti. Non m'interessa che lavoro fa mio marito. La moglie che voglio essere sarà al suo fianco, non una fonte d'imbarazzo da nascondere.* Stavo cominciando a prepararmi un discorsetto intitolato «Perché sono così incazzata», quando il mio cellulare suonò.

«Tar, perché sei coi miei genitori?»

Mandai giù la collera e sospirai. «Perché mi hanno detto di salire su questa macchina. Ho immaginato che non mi volessi con te.»

Ryan imprecò e mi disse di resistere, anche se non capii cosa intendesse.

Quando le auto cominciarono a rallentare, vidi una folla compatta ammassarsi dietro transenne di metallo, ma, invece di fermarsi davanti al cinema, la nostra vettura continuò ad avanzare lungo Hollywood Boulevard. Proseguimmo per diversi isolati e alla fine svoltammo in una stradina tra due edifici.

Bill ed Ellen guardarono fuori dai finestrini, nervosi, quando il nostro autista scese e venne di corsa ad aprire il mio sportello.

Vidi David scendere dall'auto di Ryan e fermarsi per controllare l'orologio. Ryan non aspettò che Mike gli aprisse la portiera, e si precipitò verso di me. «Tar, mi spiace. Vieni con me, tesoro.» E mi prese per mano.

Marla emerse dalla sua macchina, avanzando sui tacchi griffati. Era agitatissima. «Qualcuno mi spiega che ci facciamo qui? Abbiamo un programma serrato. Devi essere sul red carpet tra cinque minuti. Non c'è tempo per le deviazioni.»

Ryan si mise davanti a me e l'affrontò. «Se solo *provi* a farmi un altro scherzo come questo...» ruggì.

Come da copione, lei finse di cadere dalle nuvole, portandosi una mano al petto. «Cosa vuoi dire con 'scherzo'? Di cosa stai parlando, Ryan? No, no! Dovete tornare in macchina, e subito!» ordinò, battendo le mani più volte per richiamare l'attenzione di tutti.

Pete mi guardò con occhi socchiusi, mentre come gli altri si chiedeva cosa stesse succedendo.

«Sai *perfettamente* di cosa parlo», l'accusò Ryan.

«No, temo proprio di no, invece.»

«Non prendermi per il culo! *Tu e David*... Se fate di nuovo una cosa del genere, vi caccio tutti e due, cazzo!» gridò Ryan.

«Ehi, aspetta, ti ho già detto che non c'entro nulla con l'assegnazione dei posti auto», si affrettò a intervenire David.

Ryan gli lanciò un'occhiata carica d'odio.

Mi venne quasi da ridere: il suo manager era proprio uno stronzo bugiardo.

«Ryan, ti prego. Non capisco. Perché sei così furibondo?» intervenne Marla.

Nonostante lo sbattere di ciglia e il tono fintamente sorpreso, era evidente che stava cercando di coprire le sue menzogne.

Ryan digrignò i denti, fuori di sé. «Ti ho detto che avrei aspettato fino alla sera della prima, e poi basta. Ne abbiamo parlato proprio oggi, Marla! Spiegami per quale cazzo di motivo la mia fidanzata è stata messa su un'auto diversa dalla mia.»

Lei mi piantò gli occhi addosso. Anch'io ero in attesa di una spiegazione, e mi sentivo sollevata al pensiero che lui non fosse soltanto in collera per quel che era successo: era furioso.

«Per questo sei così arrabbiato? Che assurdità», bofonchiò lei. «Ryan, non sei un novellino. Sai cosa accadrà quando arriveremo. Forza, adesso andiamo, torniamo tutti in macchina. Non vorrai far tardi.» Cercò di prenderlo per un braccio, ma lui si sottrasse con uno strattone.

«Non vado *da nessuna parte* se non mi rispondi», le disse in tono di sfida.

Lei sospirò: sembrava seccata da tanta insolenza. «Non so che genere di risposta cerchi. Siamo qui per promuovere il tuo personaggio e il tuo film, non per mostrare al mondo la tua vita privata. Conosci bene il genere di caos che si solleva al tuo arrivo. Non sarai in grado di badare a lei e alle tue fan allo stesso tempo, tutto qui. È impossibile», concluse.

«E così io non avrei voce in capitolo? È così che funziona, adesso?»

«Be', ciò che desideri e ciò che è meglio per la tua carriera possono essere due cose molto diverse. Per questo ci siamo noi. Per guidarti.»

Sentii la mano di Ryan stringere la mia più forte, mentre fissava con odio quella donna. «Ho capito cosa cerchi di fare, e ti avviso: la devi piantare *subito* con queste stronzate.»

«Ryan, adesso esageri», lo rimproverò Marla.

«*Esagero?*» ripeté lui, fuori di sé.

«Figliolo, cosa succede?» intervenne Bill.

«Niente, papà. Non ti preoccupare», ribatté lui, conciso, e gli fece cenno di allontanarsi.

«Già, esageri. Hai dei doveri ben precisi nei confronti della casa cinematografica e dei produttori, e trascinarti lei sulla passerella non è il modo migliore per farla conoscere. La stampa vorrà intervistarla. E lei che cosa dirà?»

Dio, quella donna mi faceva venire davvero i nervi. «Credo di potermela cavare.»

Marla sembrava incredula che l'avessi interrotta, ma poi riprese il suo discorsetto: «Non è abituata a parlare con la stampa. Non saprà rispondere in modo adeguato alle domande. Non possiamo correre il rischio che faccia degli errori proprio ora. Tu farai le interviste, e poi prenderemo gli accordi del caso per le foto...»

«No, non ho più intenzione di nascondermi!» esclamò Ryan, fermo. «Lei arriverà con me, stasera. Punto e basta.»

Mi sentii come una bambina che sarebbe dovuta restare a casa con la babysitter.

Marla sospirò, e si strinse il dorso del naso tra le dita. «Perché non mi ascolti solo per un attimo? Lei non è mai stata a una prima. Falle prendere confidenza con l'ambiente, e magari la prossima volta...»

Non ne potevo quasi più di vedere Ryan sottoposto a un tale stress. Dovevo mettere da parte i miei desideri e le mie necessità. «Ryan, non ci sono problemi. Andrò coi tuoi genitori e resterò in disparte, senza parlare con nessuno. Niente fotografi, interviste... niente. Te lo giuro. Lascia stare, non voglio che arrivi tardi per colpa mia.»

«No!» ruggì lui, di nuovo.

Lo tirai per una mano, ma era irremovibile.

«Aspetta, tesoro. Queste sono tutte *stronzate*. Cal e Kelly sono arrivati insieme quando c'è stata la prima di *Seaside* a Los Angeles, e io adesso devo litigare in uno stramaledetto vicolo perché voglio arrivare alla *mia* prima con la *mia* fidanzata.»

David tentò di placare gli animi: «Ryan, amico mio, cerca di calmarti. Se vuoi che lei sia in auto...»

Marla però non ne voleva sapere. «La tua immagine pubblica è una mia responsabilità, Ryan. Mia! Esci con questa ragazza da pochissimo, hai già avuto la sconsideratezza di metterla incinta una volta, e adesso hai deciso che siete fidanzati? Hai idea di che razza d'immagine folle dai di te? E quanto credi che durerà, prima di trasformarsi in una battaglia legale? Ti basta un passo falso, una frase sbagliata... Non serve altro per rovinarti. Abbiamo discusso milioni di volte delle tue frequentazioni, abbiamo predisposto protocolli di sicurezza, abbiamo mantenuto un profilo basso per la tua vita privata in modo che l'attenzione dei media sia puntata soltanto sulla tua carriera, eppure sembra che a te non importi niente. Sto solo cercando di proteggere la tua professionalità. Se per una volta in vita tua facessi quel che ti si chiede, invece di correre via come un adolescente alla prima cotta, sarebbe tutto molto più semplice», sbuffò.

Avevo lo stomaco sottosopra e una gran voglia di vomitare. Un istante dopo, fui colta dall'impulso di correre via per il vicolo e puntare dritta verso l'aeroporto. Il mio timore di essere considerata dannosa per lui aveva appena trovato conferma. Come avrebbe fatto il nostro amore a sopravvivere a quei continui bombardamenti, accuse e angosce?

Ryan la guardava con disprezzo. «Che cosa? È questo che pensi di me? Eh, no. Allora è proprio finita», tuonò.

«Calmati, Ryan», ripeté David, dandogli delle pacche sulle spalle per placarlo.

Lui si scansò con un gesto violento. Il suo volto era una maschera di collera, e le labbra, il naso erano contratti in un ringhio. Per un attimo temetti che stesse per prenderlo a pugni.

«No! Al diavolo tutta questa storia. Non ne posso *più*! Sono stufo di starti a sentire, Marla. Taryn è stravolta. Io sono distrutto. La stampa mi dà del coglione perché non ho voluto parlare del fidanzamento, soltanto perché ho dato ascolto a te e alle tue stronzate. D'ora in poi faremo a modo mio. E voglio avere rapporti soltanto con Trish. Almeno so che per lei i miei desideri sono importanti. Avrei dovuto dare ascolto a lei, invece che a te.»

Cazzo. Non potei fare a meno di strizzare gli occhi di fronte a quella gaffe.

Marla restò di stucco, ma si ricompose all'istante puntando gli occhi sulla sua manicure. «Temo non sia possibile.»

Ryan si sfregò la fronte, poi riprese: «D'accordo, allora te lo dico così... in modo più semplice, Marla. Assumerò un altro addetto stampa. Fine».

«Non minacciarmi, Ryan, è davvero indecoroso. Stai perdendo di vista il tuo lavoro.»

Lui le rise dietro. «Invece no. Con te ho chiuso.» Si allontanò, trascinandomi via per mano, poi si fermò di colpo e si voltò un'ultima volta, raddrizzando le spalle. «Marla... sei licenziata.»

Restai senza fiato per la sorpresa. E anche lei.

«Ryan, non fare così», riprese Marla, correndoci dietro mentre lui aumentava il passo. «David?» chiamò, in cerca d'aiuto.

Lui tentò di mediare: «Ryan, non puoi fare sul serio. Non

nel bel mezzo di un tour promozionale. E dai, amico. Devi rilassarti. Vieni con me. Facciamo due passi per sbollire la collera. Non c'è bisogno di licenziare nessuno».

Ma lui spinse via la sua mano. Mike intervenne all'istante, mettendosi tra Ryan e il suo manager.

«Non ci credo! Chi è che prende le decisioni, qui, tu o io? O sono soltanto una pedina? Ho detto sul serio. È licenziata. E *tu*...» Ryan puntò un dito contro il viso di David. «Cambierai atteggiamento, e subito, o farai la stessa fine. Sono io che ti pago, ricordi? Tu lavori per me. Non te ne dimenticare.»

David avanzava lentamente. «Hai firmato un contratto con la sua agenzia, Ryan.»

«E allora fa' il tuo stramaledetto lavoro e scioglilo.»

Alcune macchine si fermarono in fondo al vicolo con un gran stridere di pneumatici. Dei paparazzi si lanciarono fuori dalle portiere.

Ryan imprecò a mezza voce. «Taryn, andiamo. Papà, riporta la mamma in auto, subito!» gridò.

Corsi verso la berlina che ci attendeva, la mano di lui sulla schiena.

«Ryan», fece Marla in tono condiscendente.

«Va' a casa. Non lavori più per me», le disse mentre mi teneva aperta la portiera.

I fotografi accerchiarono la nostra vettura, scattando foto su foto. Ci schermammo entrambi il volto, per sottrarci meglio che potevamo ai loro flash.

«Andiamo! Parti!» ordinò Ryan.

I paparazzi continuarono a correre accanto all'auto mentre ci allontanavamo lenti; gridavano i nostri nomi, sperando che ci voltassimo a guardarli. Il cuore mi batteva all'impazzata. Sembrava di vivere la scena di un brutto thriller con zombie e inseguimenti ad alta velocità. Fu un sollievo quando imboccammo la strada principale.

Col traffico, ci vollero quasi venti minuti per tornare davanti al Grauman's Chinese Theatre. Ryan mi strinse e mi baciò la mano mentre cercavo di farlo calmare e concentrare, ringraziandolo per l'amore che mi dimostrava e scusandomi tra una parola e l'altra. Il mio uomo era sconvolto, ben più di me, ma era il momento d'indossare la maschera dell'attore. La nostra auto stava accostando al marciapiede.

Ci siamo. È ora di andare. Non sono mai stata tanto nervosa in vita mia.

Ryan emise un lungo respiro affaticato, e incrociò il mio sguardo. «Ricorda quel che ti ho detto: occhi e orecchie aperti. Pronta?»

Non appena posò un piede a terra, le fan si misero a gridare.

L'urlo assordante della folla mi paralizzò.

Ryan fece un rapido cenno di saluto, si allacciò il bottone della giacca e poi si voltò verso la portiera per tendermi la mano.

Oh, cazzo.

Non esistevano parole, nulla avrebbe potuto prepararmi a ciò che provai in quell'istante.

Migliaia di persone, come un mare agitato di corpi fluttuanti, gridavano, ammassate le une alle altre dietro le transenne che le contenevano a stento. Molte agitavano poster, libri e foto nella speranza che Ryan li autografasse, urlando a squarciagola per attirare la sua attenzione.

In un attimo mi balenarono nella mente le parole «folla in delirio» e «Dio, sto per morire».

Non c'era da stupirsi se prima Ryan aveva avuto un attacco di panico. Tutta quella gente così vicina che strepitava richiamando attenzione andava ben oltre il concetto di «terrificante». Temevo che da un momento all'altro le barriere potessero cedere, lasciando che l'orda impazzita ci calpestasse, uccidendoci. L'istinto di sopravvivenza prese il sopravvento e mi ritrovai a scrutare il red carpet alla disperata ricerca di vie di fuga.

C'erano molte altre persone all'interno della zona transennata, che camminavano avanti e indietro e controllavano la situazione: era un'esperienza folle, sconvolgente. Su di noi incombevano enormi locandine di *Reparation*.

C'era già chi parlava nell'orecchio di Ryan, dandogli indicazioni su dove andare e guidandolo avanti. Mano nella mano, cominciammo ad avanzare, sempre sotto la custodia della nostra fida guardia del corpo, Mike Murphy.

Dall'altra parte della barriera c'erano i fotografi, che spingevano, scattavano e ci chiamavano a gran voce. Non soltanto avevano attrezzature costose, ma notai che diversi di loro avevano con sé anche computer portatili, per inviare le immagini in tempo reale alle agenzie e ai tabloid.

Trish raggiunse Ryan di corsa. «Mi ha appena chiamata Marla: dice che devo andarmene. Non... non capisco.» Il suo sguardo correva dal viso di lui al cellulare che stringeva fra le dita.

«Marla non lavora più per me», la informò Ryan senza perdersi in dettagli.

«Che cosa? Ehm... io...» balbettò.

Lui firmò qualche altro autografo, tra un sorriso, una posa e un saluto alle fan.

«Cerchi lavoro?» le chiese di nascosto, tenendomi sempre per mano.

«Mr Christensen, da questa parte, prego», lo chiamò un uomo in giacca e cravatta, incitandoci a seguirlo.

«Trish, mi serve un addetto stampa, e subito», riprese Ryan, che restò concentrato nonostante il caos che ci circondava.

Lei spalancò la bocca, ma non riuscì a emettere nessun suono. Con mio grande sollievo, però, ebbe bisogno soltanto di qualche secondo prima di annuire e passare all'azione, prendendo in mano l'apparizione in pubblico del suo cliente.

Ryan mi tenne accanto a sé, sempre a pochi centimetri dal suo corpo, anche quando si fermò a salutare altre fan adoranti.

«Ryan, abbiamo prima *Access Hollywood* e ReelzChannel», gli comunicò Trish. «Taryn, tu resta qui. Guarda verso di lui mentre parla, perché verrai inquadrata. Mi servono altre guardie del corpo qui.» Lo tirò per un gomito per farlo muovere.

Io rimasi al suo fianco, ma un po' più a distanza, e l'osservai felice mentre rilasciava brevi dichiarazioni. Il suo sorriso, il suo fascino e la sua modestia, anche in quel momento di esaltazione, non lo abbandonarono mai mentre Trish lo guidava da un microfono all'altro.

Diverse volte i giornalisti gli chiesero quando ci saremmo sposati, e lui rispose allegro: «Non so. Ci siamo appena fidanzati. Non abbiamo ancora deciso».

E così, con tre semplici frasi, il nostro fidanzamento era diventato una notizia ufficiale e confermata.

Dopo essersi congratulata con noi per le nozze imminenti, l'inviata di *Entertainment Tonight* mi chiese cosa pensassi del film. Un microfono minaccioso fu puntato verso di me e per qualche strano motivo mi ritrovai col deserto del Sahara in bocca, visto che la saliva aveva deciso di abbandonarla. Sentii Ryan stringermi la mano, rassicurante.

«Non ho ancora avuto occasione di vederlo. Stasera sarà la prima volta», risposi con un sorriso, sollevata per essere riuscita a non fare la figura dell'idiota.

«E io non vedo l'ora di osservare le sue reazioni», aggiunse Ryan, orgoglioso.

Per fortuna la giornalista non ebbe tempo di fare altre domande, perché fummo sospinti verso il microfono successivo.

Mentre passavamo davanti al fuoco incrociato dei reporter, riuscii a capire perfettamente perché Ryan si fosse sentito male, poco prima. Fermati, mettiti in posa, sorridi, voltati, guarda, rispondi, firma... il tutto accompagnato da urla esaltate e gridolini di migliaia di fan scatenate.

Vedere Ryan interagire con loro era un'esperienza affascinante e spaventosa allo stesso tempo. Temevo per la sua incolumità, vedendo il modo in cui si protendevano verso di lui. Quando arrivò un momento di tregua, ne fui felicissima. Due guardie del corpo imponenti mi accompagnarono dai familiari di Ryan, dove aspettai mentre lui rilasciava altre interviste e si faceva scattare altre foto. La zona VIP, dove cercai di comportarmi con disinvoltura benché mi sfilassero davanti diverse star conosciutissime, sembrava un posto sicuro. E fu anche il luogo in cui riuscii a ritrovare qualche viso noto, come Cal Reynolds e sua moglie, Kelly Gael. Ero felice che fossero venuti a sostenere Ryan nel giorno della prima.

Mentre parlavamo, una donna molto elegante dai capelli lisci, castani, lunghi fino alle spalle mi si avvicinò. Doveva avere sui quarant'anni ed era molto in forma, ma a Los Angeles era facile sbagliarsi sull'età delle persone. Mentre la osservavo, mi accorsi che aveva il sorriso più accattivante e le guance più rosee che avessi mai visto.

«Scusami... ciao! Tu devi essere Taryn, giusto?» mi chiese.

«Sì, ciao!» ricambiai il saluto gentile.

Mi tese la mano. «Io sono Anna, Anna Garrett. Sono uno dei produttori esecutivi del film. Esperienza travolgente, eh?»

«Sì, davvero! E anche spettacolare, incredibile», risposi guardandomi attorno.

«Ho sentito tanto parlare di te, sono felice di conoscerti, finalmente. Oh, e direi che hai già incontrato mio marito, vero?» aggiunse con un accento inglese impeccabile.

Un leggero senso di panico mi serrò la gola: speravo di non stare per ricevere qualche falsa accusa. Lei tirò la manica del cappotto di un uomo e, nell'istante in cui lui si voltò, lo riconobbi.

Era l'unico regista che conoscessi di persona.

«Oh, sì! Ma certo, Mr Follweiler. Che bello rivederla!»

«Taryn, mia cara!» Jonathan Follweiler sorrise e mi abbracciò, un po' impacciato. La sua barba grigia ispida mi punse la guancia. «Oh, anch'io sono contento di vederti. Come stai? Spero bene.»

Annuii convinta.

«Hai un'aria davvero radiosa», si complimentò, ammirandomi con sincerità.

«Anche lei sta benissimo, signore», risposi.

Il fazzoletto e la cravatta color zaffiro gli stavano d'incanto.

«Signore? No, no, Taryn, ti prego, dammi il tu. Allora, come se la passa il nostro ragazzo?» aggiunse, e si voltò in direzione di Ryan.

«Benissimo.» Cercai di essere positiva, nonostante quello che aveva appena passato. «E non vede l'ora di tornare al lavoro.» *E scappare da questa follia.*

«Ottimo! Anch'io», ammise di nascosto. «Verrai anche tu a Vancouver?»

«Sì, non appena rientreremo dal tour promozionale in Europa», risposi.

Lui mi sorrise con calore. «Che splendida notizia. Così tu e Anna potrete tenervi compagnia.»

Sentii una mano che mi sfiorava la spalla. Era Trish. «Scusate, mi spiace interrompervi. Taryn, siamo pronti per il servizio fotografico di te e Ryan.»

«Va bene, non ti preoccupare. Ci rivediamo dopo», disse Anna, che mi strizzò l'occhio.

«Non vedo l'ora di ritrovarvi al party di stasera», risposi, e li abbracciai entrambi.

Mi dava un senso di beatitudine sentirmi finalmente accettata da alcune di quelle persone così influenti che facevano parte della mia nuova vita... della *nostra* nuova vita.

Ryan era sorridente e sembrava felice di rivedermi, ma non appena lo raggiunsi si rabbuiò, incerto. «Ti senti pronta?»

«Sì, sono pronta», lo rassicurai.

Lui mi prese per mano e mi fece fermare davanti a una grande parete decorata col logo del film *Reparation*. Fece un rapido passo dietro di me e si fermò alla mia destra anziché a sinistra.

«Okay», ridacchiai nervosa, senza capire perché si fosse spostato.

«Poggiami la mano sul petto», mi sussurrò Ryan in un orecchio, dopodiché rise allegro, per far credere a tutti che stessimo scherzando tra noi. «Voglio che *tutti* vedano il tuo anello», aggiunse convinto e con uno sguardo così tenero da essere ipnotico. «Ormai ci giochiamo il tutto per tutto. Tutti devono sapere che sei mia.»

Ci mettemmo in posa mentre ci scattavano un milione di foto. I fotografi ci chiamarono così tante volte che non avevo idea di dove dovessi guardare.

Il sorriso di Ryan era contagioso. «Ti ho già detto quanto sei incredibilmente bella, stasera?»

Quando lo guardai negli occhi, non era la vanità a dominare le mie emozioni. Così gli dissi ciò che sentivo davvero: «Non sai quanto sono orgogliosa di te».

Le nostre fronti si toccarono, e il mio sorriso si allargò.

«Ti amo. Non dovrai mai dubitarne», mormorò, sollevandomi con delicatezza il mento. E poi, davanti a centinaia di videocamere, con dolcezza e pura adorazione, mi baciò.

4

FESTA

Quando la passerella di Ryan fu conclusa, entrammo nel sontuoso cinema per la proiezione di *Reparation*. Ogni dubbio era svanito per lasciare il posto a un nuovo senso di sicurezza rispetto al mio ruolo di fidanzata.

Provai a concentrarmi sul film, ma non era facile, poiché sapevo che Ryan era più attento alle mie reazioni che allo schermo. L'aveva già visto durante le proiezioni private, quando aveva lavorato sulle voci fuori campo, e in più sapevo che non gli piaceva guardare le pellicole in cui recitava. Diceva che quell'aspetto narcisistico del suo lavoro lo infastidiva.

Stupito, mi sussurrò: «Ehi, stai *piangendo*?»

«Sstt!» Gli diedi una piccola gomitata e mi asciugai la guancia. Non potevo farci niente: il personaggio di Ryan aveva appena salvato dal suicidio una ragazzina vittima di bullismo che aveva cercato d'impiccarsi nel bar della scuola. Dire che era stata una scena straziante sarebbe stato un eufemismo.

Ryan era molto preoccupato delle mie reazioni emotive. Ridacchiava, a disagio, e mi pungolava, come se volesse spezzare la presa che il film aveva su di me. Ma, visto che non cedetti alle sue provocazioni, si voltò a guardare indietro e sospirò quando si accorse che anche sua madre piangeva.

Gli presi la mano e me la portai alle labbra. Non sapevo in che altro modo dirgli quanto fossi colpita.

«Oh, mio Dio!» esclamò Marie, girandosi verso di noi alla fine della proiezione. Lei e Tammy si passavano le dita sotto gli occhi per impedire alle lacrime di scivolare lungo il viso.

Quando partirono i titoli di coda, afferrai Ryan per il bavero e lo attirai a me per un bacio fugace. Mi strinsi a lui, asciugandomi gli occhi, e cercai di tornare alla realtà dopo quel turbine di emozioni. Il mio futuro marito era davvero eccezionale. Non mi ero mai sentita tanto orgogliosa di un uomo in vita mia.

Meno di un'ora dopo, arrivammo all'hotel dove avrei partecipato al mio primo favoloso after-party hollywoodiano.

Prima che l'auto si fermasse del tutto, Ryan mi diede qualche istruzione dell'ultimo momento: «Restami vicino, okay? Non lasciare la mia mano. E non guardare i paparazzi, non parlare con loro. Seguimi e basta».

Il battito del mio cuore prese un ritmo irregolare. I fotografi assalirono l'auto da tutti i lati, con grida, urla e illuminando il cielo notturno coi flash abbaglianti. Pensavo che Mike mi avrebbe aperto subito la portiera, invece si fermò e intimò loro di allontanarsi. Accompagnare Ryan da un posto all'altro doveva essere un compito a dir poco terrificante. I tre o quattro paparazzi che l'avevano perseguitato nel Rhode Island, mentre era con me, non erano nulla in confronto alla schiera di almeno cinquanta persone da cui eravamo circondati. Alcuni cameramen si avvicinarono, stringendo il cerchio come serpenti affamati all'ora di pranzo.

Delle guardie muscolose aiutarono Mike a farci avanzare. Sentii la mano di Ryan sempre più tesa, mentre camminava rapido verso l'ingresso.

Il suo agente, Aaron Lyons, ci accolse subito quando entrammo nell'elegante sala da ballo, mi abbracciò con trasporto e mi diede un tenero bacio sulla guancia. Mi sentii di nuovo sollevata. Almeno lui era amichevole e gentile.

Aaron sapeva benissimo come muoversi in un ambiente permeato dal denaro e dal potere di Hollywood: ci presentò alle persone più importanti e ci tenne alla larga da chi non riteneva degno del nostro tempo prezioso. Fu molto cordiale con me, e mi presentò sempre come «la fidanzata di Ryan, l'adorabile Ms Taryn Mitchell».

Chiacchierammo con produttori, registi, sceneggiatori, soggettisti, direttori della fotografia, tecnici del suono e con tutte le fidanzate, mogli, tutti i mariti e compagni che li affiancavano. Fu un continuo estrarre biglietti da visita, che accettai con gioia quando mi vennero offerti. Scambi di contatti d'alto livello, in stile Hollywood. Niente a che vedere con la gestione di una piccola impresa personale, ma potevo cavarmela lo stesso.

Almeno avevo abbastanza spirito imprenditoriale da sapere

che, nonostante le differenze tra un'industria e l'altra, gli affari sono comunque affari, e hanno regole ben precise. Quasi sempre il successo o l'insuccesso dipendono dalla prima impressione.

Quello era il mondo di Ryan e, se volevo sperare di sopravvivere, dovevo cominciare a prestare attenzione alle regole del gioco. Così iniziai dalle basi. Era facile, dal momento che in quella stanza c'erano soprattutto uomini. E, dopotutto, gli uomini sono sempre sensibili al buon vecchio fascino femminile.

Poi mi concentrai su un'altra ovvietà, che non richiedeva grandi sforzi. La prima regola degli affari: se si vuole sapere come funziona qualcosa, bisogna seguire il flusso del denaro; così si scopre come si fa e chi comanda. A quel punto sì che si parla la stessa lingua.

Ryan e io chiacchieravamo con la coprotagonista e oggetto dell'amore di Ryan in *Reparation*, Jenna Rayford, insieme con Jonathan Follweiler e sua moglie Anna, quando all'improvviso Marla apparve dal nulla e s'insinuò tra noi, con stampato in volto quel sorriso falso con cui si presentava al mondo.

«Jonathan! Che bello vederti», disse con trasporto, mandandogli un bacio.

Ryan prese un sorso di birra dalla bottiglia e distolse lo sguardo, emettendo quel leggero risucchio tra i denti che faceva sempre quand'era seccato. Gli strinsi la mano con delicatezza e cercai una via di fuga. Non ci misi molto a trovarla. «Vorrei andare a scambiare due parole con Kelly e Cal, prima che vadano via. Mi accompagni?» gli dissi in un orecchio dopo averli notati seduti a un tavolo.

Lui non ebbe esitazioni e ci scusammo educatamente con gli altri.

Marla, però, ci corse dietro e lo richiamò: «Ehm, Ryan? Mi chiedevo se possiamo parlare un momento».

Maledizione, non siamo stati abbastanza veloci.

Lui si fermò con un lamento. «Che c'è? Cosa vuoi?» le disse secco.

«Oh, andiamo... sono sicura che non sei più in collera con me. Quel che è successo prima ormai è acqua passata. So che non volevi dire tutte quelle cattiverie, e desidero che tu sappia che ti perdono.»

Ryan sbuffò. «Sei incredibile, Marla. Non posso credere di essere stato così cieco per tutti questi anni. Tanto per non dare adito a dubbi, non sono pentito di quel che ti ho detto. Non sei più la mia addetta stampa.»

Ero orgogliosa di come difendeva le sue decisioni.

Marla scosse appena il capo, cercando di riprendersi. La vidi chiaramente intingere nel veleno la replica successiva. «Permettimi di ricordarti che, se interrompi il rapporto con me, lo farai anche con la società per cui lavoro.»

«Perfetto. Sono sicuro che mi manderai il conto», fece lui, impassibile.

Le labbra di lei ebbero un tremito. «*Tricia*», tuonò verso il bar dove la ragazza si nascondeva, osservando la scena di nascosto. Marla schioccò le dita, impaziente.

Dio, quanto detestavo quel gesto. Mi faceva venire voglia di spezzarle quelle piccola dita ossute.

Con un sorriso forzato, disse: «Tricia, Mr Christensen ha preso l'assurda decisione di rescindere il contratto con la Brown and Sullivan. Ho la netta sensazione che tu abbia qualcosa a che fare con questa storia».

Trish, mortificata, scosse il capo per negare.

«In ogni caso, non ha più importanza. Ti ho dato istruzioni precise, prima, e tu hai deciso d'ignorarle. Non posso permettere che i miei sottoposti si sentano in diritto di fare di testa loro.»

«Marla, credevo che volessi...» cercò di spiegare lei.

Ma l'altra la interruppe agitando una mano: «Come ho detto, cara, non ha più nessuna importanza. Il tuo rapporto di lavoro con la Brown and Sullivan cessa a partire da questo preciso istante. Puoi contattare l'ufficio risorse umane per prendere appuntamento e passare a ritirare le tue cose lunedì. Dammi il tuo badge». Tese la mano aperta.

Sentii un tuffo al cuore per lo sgomento, e poi mi si serrò la gola. Ciò che speravo non accadesse si stava verificando davanti ai miei occhi. Non avevo la certezza assoluta che Ryan facesse sul serio, quando le aveva offerto un lavoro.

«Mi licenzi?» chiese Trish. L'angoscia e lo shock le fecero vibrare il labbro inferiore.

Marla ghignò. «Ehi, sei perspicace. Magari nel prossimo lavoro sarai anche un po' meno disonesta», aggiunse in tono condiscendente.

Trish cercò nella borsa, le mani che tremavano. Avevo una gran voglia di abbracciarla e di mettermi a urlare insulti contro Marla per essersi comportata da stronza totale. Era di una freddezza incredibile.

Ryan si grattò la fronte. «Senti, se sei incazzata con me va bene, ma non puoi prendertela con lei.»

Marla incrociò le braccia e batté un piede sui suoi tacchi alti. «La cosa non ti riguarda.» Schioccò le dita un'altra volta per far sbrigare Trish. «Ha disobbedito ai miei ordini.»

«Sono stato io a ignorarli! Le ho chiesto io di restare», insistette lui.

«E io che pensavo fossi in grado di sopravvivere senza la mia agenzia», ribatté lei in tono perfido, sbattendo le palpebre.

Trish le porse una tessera appesa a una catenina e tirò su col naso per frenare le lacrime.

Ero preda di un turbine di emozioni. Rabbia, rifiuto, odio e senso di colpa si accalcavano nei miei pensieri, nel tentativo di ottenerne il predominio. Ryan era senza parole, in cerca di una soluzione che non arrivava. Dovevo intervenire.

«Ehm... Ryan? Credo che Trish ora sia disponibile per la posizione di addetto stampa. Ed è più che qualificata per gestire le tue relazioni pubbliche», dichiarai. Dopodiché gli lanciai uno dei nostri segnali segreti, scoccando una rapida occhiata verso Marla, per poi grattarmi il mento per comunicargli che doveva dirle di andare al diavolo.

Lui s'illuminò e annuì. «Sì, hai ragione.»

«E, guarda caso, tu hai proprio bisogno di qualcuno che ti rappresenti.» *Bravo, tesoro. Vai così.*

Marla poteva anche prendersela là dove non batte il sole. Forse non avremmo salvato del tutto Trish, ma avrei fatto in modo che almeno mantenesse integra la dignità.

«Abbiamo finito, allora?» chiese Ryan a Marla, congedandola come se non contasse più nulla.

Fu davvero uno spasso vederla crollare sotto il peso della sconfitta. Quanto avrei voluto poter riprendere la sua espressione con una videocamera, per vederla e rivederla e farci quattro risate.

Ryan mi prese la mano e la strinse forte, poi guardò la sua bottiglia di birra vuota. «Signore, che ne dite di andare a discutere del nuovo stipendio di Trish davanti a qualche shot di tequila? Sempre se ti va di lavorare per me...»

Lei aveva un sorriso che andava da un orecchio all'altro. «Cavolo, sì!» esclamò, entusiasta.

«Non potete», disse Marla, ma non aveva più nessuna autorità.

Ryan le sorrise. «Scommettiamo?»

Dopo due ore di chiacchiere con persone che non conoscevo, mi sentivo in colpa per non aver passato nemmeno un po' di tempo coi miei amici. Li cercai nella sala, e mi accorsi che uno di loro era seduto da solo, a un tavolo.

«Ehi, cosa ci fai qui tutto solo?» chiesi a Pete, accomodandomi accanto a lui.

Lui parve non capire. «Non sono solo. Gary è appena andato al bagno.»

«Ah. E le ragazze?» Mi guardai attorno, in cerca di Marie e Tammy.

Lui indicò un angolo della sala. «Sono laggiù a scambiare due parole. Gary è incazzato nero perché Marie continua a toccare quel tizio col vestito scuro. Magari puoi provare a calmarlo, prima che faccia qualche sciocchezza. È piuttosto ubriaco.»

Guardai nella direzione che m'indicava e vidi le mie due migliori amiche che ridevano di cuore con un gruppo di persone. Non conoscevo il tipo in questione, ma aveva capelli castani tagliati corti e da lontano sembrava un fotomodello.

Non avevo avuto modo di passare un po' di tempo coi miei amici da quand'eravamo arrivati lì, ma mi ero accorta che Gary aveva trascorso tutta la serata al tavolo dove mi trovavo io ora, con un'espressione truce.

«Ci penso io... tra un attimo.» Allungai il collo per una visuale migliore. «Quella alla sinistra di Tammy è Marcia Gay. Aveva il ruolo da protagonista, ricordi?»

Pete annuì, ma mi sembrava che non gli importasse affatto. Le celebrità non lo impressionavano, a meno che non indossassero divise da football o baseball. In realtà sembrava stanchissimo, pronto per andare a dormire. Lo capivo.

«E Ryan dov'è?»

Feci cenno nella sua direzione. «Laggiù. Sta parlando con Edward Zwick.»

Pete mi guardò, smarrito.

«Il regista, hai presente?»

«Aaah, sta parlando col regista», ripeté lui in tono canzonatorio, come se il fatto che il mio fidanzato parlava col personaggio più in vista di Hollywood non avesse la minima importanza. Poi tornò serio. «Sei proprio sicura che ce la farai?» Piantò gli occhi nei miei, cercando di leggermi dentro.

Mi morsi il labbro e riflettei sulla sua domanda. Quella sala era stracolma di gente piena di soldi e presunzione, e noi due ci sentivamo fuori posto.

«So cosa stai cercando di dire, ma quello che vedi qui non è il *vero* Ryan. Anche lui è a disagio in queste situazioni.»

Pete annuì, abbastanza d'accordo con me.

«D'altro canto, forse, è proprio questa la vita giusta per me. Non sono stata me stessa per lungo tempo, ho sempre gestito il bar per... per senso di colpa. Se mio padre fosse ancora vivo, forse me ne starei seduta dietro una scrivania a Manhattan, annientata dalla tristezza, invece che qui.»

«Già. Forse sì. Ma avresti potuto far fortuna anche da sola», fece lui.

Mi uscì un «bah» sottovoce, poi aggiunsi: «Sì, come no».

«Non prendermi per il culo, Taryn. Sai benissimo che è così. Invece di cercare di fare la modella, hai permesso a quegli idioti a scuola di farti sentire inadeguata.»

I ricordi di com'ero stata isolata e vessata, sottoposta a continue derisioni per le dimensioni eccessive del mio seno e perché il mio migliore amico era cicciottello non erano affatto pensieri graditi in quel momento. Persino Marie e Melanie mi avevano chiesto perché all'epoca frequentassi tanto Pete. Ma per me la loro opinione non era importante tanto quanto lui. Era l'unica persona che fosse venuta a soccorrermi quando Emily Howard mi aveva buttata a terra in cortile, il primo giorno di scuola, e per anni era stato il fratello che non avevo mai avuto.

All'inizio delle superiori, Pete era dimagrito, cresciuto in altezza e si era unito alla squadra di wrestling, ma una cosa era rimasta sempre la stessa: non mi aveva mai abbandonata. Da allora era il mio migliore amico.

Agitò un dito in aria. «Si sono voltate almeno venti teste quando sei venuta qui. Mi sorprende che tu non sia scivolata su qualche lingua bavosa, mentre passavi. Ho temuto di dover rifilare dei calci in culo per tenerli a bada.»

«Piantala.»

Pete sembrava divertito. «No, piantala tu! Credo sia proprio questa la cosa che mi piace di più di te: sei la persona con meno autostima che conosca, eppure non ne hai motivo.»

Trasalii. Che assurdità. «È solo che sono tutti curiosi di sapere chi è la donna che ha stregato Ryan, tutto qui.»

«Lo vedi? Non sei nemmeno capace di accettare un complimento sul fatto che non sai accettare complimenti. Sei una contraddizione vivente, Ms Mitchell. Un vero arcano.»

Assunsi una falsa espressione sgomenta. «Come mi hai chiamata? 'Ano' cosa?»

«Sì, giusto. Un dito in culo, ecco cosa sei.»

Risi, divertita. La nostra era sempre stata una bella amicizia, che aveva resistito anche quando lui aveva perso la testa per Melanie, la sorella di Thomas, il mio ex. Negli anni mi era capitato spesso d'immaginare che fossimo davvero fratelli, separati alla nascita da un tragico errore commesso in ospedale. Era sempre presente, in ogni circostanza, e vegliava su di me proprio come avrebbe fatto un fratello.

Qualcosa attirò la sua attenzione. «Ryan è un brav'uomo… *davvero* un brav'uomo, Taryn. Sono felice che tra voi abbia funzionato. Finalmente hai trovato una persona che non mi fa venire voglia di sfasciarle la testa.»

Tanta generosità mi fece sorridere. «Grazie.» Mi scaldava il cuore sapere che Pete e Ryan si stimavano molto.

L'angosciante ricordo di quando, appena una settimana prima, avevo pensato che i suoi genitori fossero venuti a portarlo via da casa mia fece di nuovo capolino.

«Avrei voluto che uno di voi mi avesse detto cosa stava succedendo.»

Pete riportò l'attenzione sul suo drink, ma ormai era arrivato il momento di parlarne. «Per poco non l'ho fatto. Sono stato sul punto di vuotare il sacco diverse volte. Non sopportavo vederti soffrire in quel modo. Sappi soltanto... che mi ha devastato.»

«E allora perché non l'hai fatto?»

Fece roteare il ghiaccio nel bicchiere, esitando. «Vuoi la verità? Perché non ne ero sicuro. Non avevo la certezza assoluta che Ryan l'avrebbe fatto davvero. Voglio dire, a noi aveva detto di sì. Cavolo, ci ha persino chiesto la nostra benedizione. Ma poi voi due siete stati in rotta per tanti giorni, e...» Squadrò le spalle e mi guardò negli occhi. «Se ti avessimo detto che voleva chiederti di sposarlo, e poi non fosse andata così... Dio, Taryn, non potevo farti una cosa del genere.»

Gli accarezzai una spalla con delicatezza, nel tentativo di alleviare il rimorso. «Lo capisco... solo che mi sento così sciocca per come sono andate le cose. Quando l'ho visto baciare Lauren in quel ristorante e, poi, ho trovato quella maledetta lettera... Era così convincente. So che non avrei mai dovuto dubitare di lui, ma di fronte a quella scena mi è sembrato di rivivere l'incubo di Thomas. Con la differenza che stavolta faceva un milione di volte più male.»

Le labbra di Pete s'incurvarono nel sorriso comprensivo che ben conoscevo.

«So cosa stai per dire», lo anticipai, decifrando la sua espressione. «Devo gettarmi tutto alle spalle e non permettere mai più a me stessa di abbassarmi a tanto.»

«Brava», confermò ridacchiando. «Ma devi anche ricordarti che stavolta stai con un uomo perdutamente innamorato di te.»

Non avevo bisogno di un interprete per capire a cosa si riferisse. Ma, nonostante il modo in cui si era comportato e l'opinione di Pete, Thomas mi amava davvero. Me l'aveva persino detto, una volta. Peccato che non avesse idea di come dimostrarmelo.

Pete lanciò un'occhiata verso Ryan. «Voglio dire, guardalo: ha attorno donne di tutti i tipi, ma non le vede nemmeno... Mai. È così dal giorno in cui ha messo piede nel tuo pub. Si comporta come se tu fossi l'unica donna sul pianeta. Ma la parte migliore è che, ovunque ti trovi in una stanza, lui sa sempre dove sei. Magari sta parlando con qualcuno di ricco e famoso, ma ti tiene costantemente d'occhio. Poveraccio, è proprio un caso disperato.»

A quella presa in giro, alzai gli occhi al cielo.

«A proposito di casi disperati... Prima che me ne dimentichi, Tammy mi sta assillando: sai che abbiamo ancora una questione in sospeso che ti riguarda, per il matrimonio. Se preferisci Ryan, non voglio chiedere a mio cugino, ma... vuoi che lo chieda a Ryan?»

«Cosa mi devi chiedere?»

Sollevai la testa di scatto, sorpresa di sentire la sua voce. Ryan mi accarezzò con dolcezza una guancia, e mi salutò con un piccolo movimento delle labbra. In quell'istante, il resto del mondo svanì. L'amore che provava per me cancellava tutto, e qualcosa di nuovo, di profondissimo, ci legò più saldamente che mai. Gli presi subito la mano e vi posai un bacio.

«Ah, ciao», fece Pete, lanciandomi una delle sue occhiate alla ecco-cosa-intendevo, che ben conoscevo.

Ryan si sedette cavalcioni sulla sedia accanto a me, il corpo premuto contro il mio. In un istante non riuscii a pensare ad altro se non a quanto mi sarebbe piaciuto accoccolarmi tra le sue braccia e mettere fine a quella giornata così faticosa. Cominciavo a sentirmi proprio come Pete: esausta. Ryan mi baciò la pelle nuda di una spalla e mi fece scorrere la punta del naso sul collo in modo seducente. *Accidenti alle provocazioni.*

Pete si schiarì la gola. «Ryan, mi domandavo se ti andrebbe di accompagnare Taryn al nostro matrimonio. Sarei felice di averti tra i miei testimoni.»

Lui si rianimò. «Sul serio? Wow. Certo, penso di sì. Ehm... aspetta, però. Non lo so.» Mi poggiò la fronte sulla spalla.

«Credevo fossi libero la prima settimana di settembre.» Presi il telefono e controllai la sua agenda, sicura di non aver fissato impegni per quei giorni, ma un momento dopo capii.

«Credo di sì. Non è quello il problema. Pete, sono davvero onorato che tu me l'abbia chiesto, ma non so se è una buona idea. Sai che, ovunque vada, porto sempre con me un certo trambusto. Non voglio rovinarti le nozze. Quel giorno dev'essere speciale, tutto per voi.»

Posai la borsetta sul tavolo e sospirai, immaginando il caos che si sarebbe sollevato se Ryan e io ci fossimo trovati insieme in una chiesa. I tabloid di quella mattina avevano annunciato che mi aveva chiesto di sposarlo perché ero incinta. «Sì, ha ragione. Non credo che tu voglia un'invasione di paparazzi, al tuo matrimonio.»

«Ah, chi se ne frega. Voglio che tu ci sia», ribatté lui, convinto, e piantò un dito nella tovaglia per sottolineare la sua determinazione.

Più ci pensavo, più immaginavo il matrimonio di Tammy rovinato dagli imbucati e dalle centinaia di fotografi alla ricerca di un'immagine di Ryan in smoking. «No. Non è una buona idea. Meglio sentire tuo cugino», dissi afflitta.

Ryan fece un colpetto di tosse. «Non mi sembra di aver detto di *no*», mi corresse. «Posso farti sapere, Pete?»

Non capivo perché Ryan avesse bisogno di tempo per rifletterci. Dopo il putiferio sollevato dalle foto della sua proposta di matrimonio, potevo soltanto immaginare cosa avrebbe inventato la stampa vedendoci entrare e uscire insieme da una chiesa.

E cosa sarebbe successo, quando ci fossimo sposati noi due? Mi passarono davanti agli occhi le immagini di elicotteri che sfrecciavano nel cielo, guardie del corpo con auricolari nascosti come agenti segreti, che perquisivano gli addetti al catering per assicurarsi che non fossero giornalisti sotto mentite spoglie.

Proprio quando i miei pensieri cominciavano a perdersi nel turbine di quelle visioni angoscianti, il mio fidanzato, un po' alticcio, mi diede un morso leggero ma deciso sulla nuca. Poi, quando mi sussurrò: «Balli con me?», fui attraversata da un formicolio rovente.

Mi prese per mano e mi condusse via, mescolandosi agli altri ospiti che danzavano lenti sulla pista. La sfera specchiata che roteava al centro della sala mandava riflessi di luce nell'oscurità, e mi trascinò ancora di più nella magia di quell'incredibile serata.

Gli accarezzai il collo mentre mi stringeva forte tra le braccia, posandomi una guancia sulla tempia. Era meraviglioso poter condividere un momento di pace in quella giornata così stressante.

Ryan sorrise con dolcezza. «Ti diverti?»

Lo guardai raggiante e annuii. «Sì, molto. Grazie per avermi regalato un'altra serata stupenda.»

Abbassò la voce: «Grazie a te per averla condivisa con me. Mi ha davvero colpito la disinvoltura con cui hai chiacchierato coi ricconi della Universal. Te la cavi alla grande nelle questioni finanziarie».

Scrollai le spalle. «Ne so abbastanza da essere pericolosa. Ma volevo imparare tutto ciò che potevo di questo campo specifico, ecco tutto.»

«Imparare? Dall'espressione di Jeff Westfield quando hai cominciato a dirgli tutta quella roba sul rapporto prezzo-utili e su come può diversificare i suoi affari, avrei detto che fossi tu a insegnare qualcosa, mia cara.»

Discutibile. Anche se cercavo di fare una buona impressione, non volevo essere presa per una bambolina con le tette.

«Non sei convinta? Ma se ti ha persino offerto un *lavoro*... alla Universal.»

«La frase 'Se ti capita di venire a Los Angeles e dovessi aver bisogno di qualcosa, vieni pure a trovarmi' non è un'offerta di lavoro, Ryan. Voleva soltanto essere gentile.»

Lui però non era d'accordo. «Per essere una che capisce al volo la gente, con lui ti sbagli di grosso.»

«Io capisco te», risposi orgogliosa.

«Davvero? Quindi sai anche cosa sto pensando adesso?» La sua espressione furba mi diede diversi spunti.

I nostri sorrisi si tramutarono in un bacio, uno piuttosto indecente, considerato che ci trovavamo in mezzo a diverse centinaia di persone. Lui dischiuse le labbra e con la lingua cercò la mia, che non poté fare a meno di accoglierlo.

Il sapore di whisky e birra si mescolò con lo champagne e il cioccolato, creando un aroma tutto nostro.

«Dio, non sai cosa ti farei in questo momento... Che ne dici se ce ne andiamo? Ho bisogno di portarti a letto», sussurrò sulle mie labbra.

«Oh, davvero?» scherzai, ma ero senza fiato.

«Eh, già», annuì lui con aria cospiratoria. Poi mi scrutò, serio. «Perché, non ti va?»

«No, no, certo che mi va, solo…»

«'Solo' cosa?»

«Sono curiosa. Che cosa mi faresti *di preciso*? Sai, vorrei… vorrei sapere cosa mi aspetta, se proprio devo abbandonare questa festa magnifica.»

Ryan ridacchiò, poggiandomi una mano in fondo alla schiena, e guidò il movimento dei nostri fianchi. «Pensavo d'improvvisare. Di decidere il da farsi una volta lì. Però, intanto, posso dirti che ho qualcosa di *gigantesco* da darti.»

Feci una smorfia, e al pensiero mi morsi il labbro. «Ehm… non so. Speravo in qualche dettaglio in più. Credo che dovrai tirar fuori un copione migliore.»

Si portò le mani di entrambi al petto e cominciammo a dondolare a tempo. «Che ne dici di giocare al poliziotto cattivo e alla prostituta? Mi piacerebbe ammanettarti.»

Avevo una gran voglia di provocarlo, e lo presi un po' in giro: «È un film già visto. Forse dovresti ingaggiare uno sceneggiatore. Credo di averne conosciuti diversi, stasera. Aspetta, vado a cercarne uno…»

Ryan mi tirò di scatto verso di sé, senza lasciarmi le mani. «Credevo che avremmo potuto fare uno sfo… sfor… sfor-zo co-mu-ne. Merda.»

«*Fantastico*… Cinque pessimi minuti di sesso da ubriachi», brontolai, continuando a prenderlo in giro.

Lui mi lanciò uno sguardo malizioso e mi strinse più saldamente a sé. «Donna, credimi, non sono per niente ubriaco. Ho intenzione di prendermela comoda con te», sussurrò mentre mi sfiorava l'orecchio con le labbra. «Userò le lenzuola per legare il tuo culetto provocante al letto. Poi ti punirò per aver dubitato di me. Vedremo quanto a lungo sopporterai le torture inflitte dalla mia lingua, prima di metterti a gridare.»

Quelle parole cariche di erotismo mi toccarono nel profondo, facendo vibrare le mie corde più sensibili. Le attenzioni della sua lingua erano una prospettiva allettante.

Gli accarezzai il petto tonico, per poi scendere verso il ventre, immaginando che le mie unghie si trasformassero in artigli e, senza sforzo, strappassero via la camicia bianca che m'impediva il contatto con la sua pelle. Quindi, mormorai: «Scommetto che ti addormenterai non appena toccherai il cuscino».

Lui mi afferrò per la nuca in una presa bramosa e si mordicchiò il labbro inferiore. «È una scommessa che perderai, amore mio, perché ho tutta l'intenzione di tener fede alle mie parole.»

Gli piantai le dita nelle natiche, inducendolo a spostare in avanti i fianchi con più decisione, come se fosse già nudo tra le mie gambe. Non m'importava più se eravamo in pubblico.

La musica era avvolgente e le luci ci danzavano attorno, facendomi ribollire il sangue nelle vene. Le dita di Ryan scivolarono su di me seducenti, scesero lungo il collo, nell'incavo della gola, fino al solco della scollatura. Lo immaginai seguire quello stesso percorso con la lingua.

Lui sospirò, quasi incupito, rassegnato. «La cosa più difficile è sapere che sotto questo vestito così sexy ci sono un bustino di pizzo e delle mutandine velate che ti sei infilata mentre pensavi che non ti guardassi. Ma devo confessarti che… guardavo, *eccome*.»

Gli diedi una gomitata leggera. «Doveva essere una sorpresa!»

Ma la voglia di scherzare era svanita, per lasciare il posto a determinazione e desiderio.

Posò le labbra sulle mie, impossessandosi della mia bocca, dei miei sensi. Un tocco della sua lingua mi bastò per dischiudermi e lasciarlo entrare.

«Non ti arrabbiare… Sono un attore, ricordi? Posso far finta di essere sorpreso», mi sussurrò, ricordandomi che ero in balia di lui.

La mia mente si perse nell'immagine del suo corpo snello e forte che mi bloccava sul letto. Voleva giocare a fare il sorpreso? Be', la sorpresa gliel'avrei fatta io.

«È evidente che non sei poi così bravo a fare il guardone, dato che non ti sei accorto che indosso l'indumento che preferisci.»

Abbassò lo sguardo. «I tacchi a spillo?»

Scossi il capo.

Sgranò gli occhi, che scintillavano, pieni di speranza, come se gli avessi appena detto che Babbo Natale esisteva davvero. La sua mano corse lungo la mia coscia, in cerca di una conferma e, quando trovò la fascia elastica delle autoreggenti, un gemito profondo e animalesco gli uscì dalla gola.

Gli mordicchiai l'orecchio con tenerezza. «Preferirei che giocassimo al dottore perverso.»

A quel punto perse il controllo. «Ti farò mia con quelle scarpe addosso. E anche le calze. Quando arriveremo in camera, non devi toglierle.» Mi afferrò la mano e mi guidò rapido tra la folla.

Non c'era modo di fermarlo. Aveva una missione.

5

OUI

Sotto il velo di beatitudine che mi appesantiva gli occhi, quasi non feci caso alla nuova e principesca suite d'albergo appena rischiarata dalla luce tenue di una lampada da tavolo. Gli ultimi undici giorni erano stati un susseguirsi di viaggi, pasti sontuosi, inseguimenti di fotografi, fughe in limousine, flash accecanti e grida delle fan, tanto che ormai ero nella confusione più totale.

La bocca di Ryan mi accarezzò lenta la base del collo, ansando forte dopo lo sforzo fisico. Mi facevano male i polmoni, quasi fossero sul punto di collassare per aver respirato affannosamente per tanto tempo.

Lui inarcò la schiena muscolosa, e i nostri corpi madidi di sudore trovarono il conforto di una leggera corrente d'aria. Poi si spinse in avanti ancora una volta, innescando una nuova ondata dentro di me, mentre con le mani mi teneva i polsi inchiodati al letto. Sentii il pizzicore della barba corta del suo mento su una guancia, poi Ryan sollevò il viso e mi guardò negli occhi.

«Benvenuta a Parigi», disse piano, per poi farmi scorrere la punta della lingua lungo il collo, assaggiandomi prima di coprirmi le labbra con le sue.

In realtà, dato che il nostro volo da Heathrow era atterrato appena due ore e mezzo prima ed eravamo stati portati direttamente in quel magnifico hotel, avevo visto ben poco di Parigi. Il nostro primo impegno dopo aver trascorso qualche ora in aereo a provocarci a vicenda era stato spogliarci e fare l'amore in quel letto immacolato.

Per rispondere a quella provocazione, sapendo quanto era orgoglioso della propria capacità di mettermi al tappeto, ebbi bisogno di qualche istante. Quasi tutti i cuscini erano finiti a terra, le lenzuola erano in uno stato disastroso, e ancora ero scossa dai tremiti che seguirono l'orgasmo devastante appena provato.

Sfruttai una pausa momentanea concessa alle mie labbra per esalare l'unica parola francese che conoscevo: «*Oui*».

Persino articolare quel suono minuscolo mi parve un'impresa titanica.

Lo sguardo di Ryan era pensieroso e intenso, e mi diceva in silenzio tutto ciò che le parole non avrebbero potuto esprimere. Fui sopraffatta dal desiderio di mordicchiarlo e feci scorrere i denti lungo i bicipiti muscolosi per poi tirargli i capelli e succhiare il lobo carnoso tra le mie labbra. Ryan emise un ruggito di piacere, poi trovò di nuovo la mia bocca con la sua.

La trepidazione per quel che mi attendeva, sapendo che lui era ben lungi dall'aver finito con me, mi avvolse di un calore ancor più potente. Era un amante attento, mi dava tempo per riprendermi prima di riversarmi addosso un'altra dose delle sue attenzioni maliziose.

Cercai di recuperare un ritmo regolare del respiro e del cuore, mentre sentivo la fronte imperlata dal sudore causato dai nostri movimenti d'amore. I nostri corpi erano caldi, bagnati e intrecciati: la nostra pelle unita in modo indissolubile. Feci scorrere le dita sulla sua schiena muscolosa e sulle spalle; lo strinsi più forte, come se aggrappandomi a lui potessi spingerlo più a fondo nella mia anima.

Quando gli portai le mani sui fianchi, per poi scendere sul suo incredibile sedere, lui si contrasse e si spinse ancora dentro di me, con lentezza, ma sempre possente e irrefrenabile. Col bacino mi solleticò e accarezzò di nuovo, muovendo i fianchi avanti e indietro, spinto da una foga carnale che sembrava dover raggiungere la parte più profonda di me.

Inclinai il capo all'indietro, dandogli pieno accesso alla mia gola. Se il mondo fosse finito in quel preciso istante, sarei morta da donna molto soddisfatta. Sentii i suoi denti sfiorarmi la pelle, la brama inarrestabile che trovava sfogo.

All'improvviso, Ryan si fermò, mi scostò qualche ciocca di capelli dagli occhi e fissò lo sguardo nel mio. Aveva un'espressione calma, eppure serissima. Deglutì, prese fiato e mi disse: «*Je t'aime. Je t'adore. Veux-tu m'épouser?*»

Il tono della sua voce mentre mi seduceva parlandomi in

una lingua straniera e quelle mani che conoscevano ogni millimetro del mio corpo scatenarono un tremito che mi corse lungo le gambe.

Affondai le dita tra i suoi capelli mentre lui mi posava morbidi baci sensuali sul viso, agli angoli della bocca e sul collo. Era davvero difficile convincere le mie labbra a fare qualcosa di diverso dal baciarlo, mentre mi prendeva così.

«Non sapevo... che... parlassi... francese.»

Catturò le mie labbra tra le sue, trascinandomi in una passione sconvolgente a ogni bacio, ogni tocco della sua lingua, ogni assaggio famelico della sua bocca ipnotica. Continuava a muovere i fianchi, ricordandomi che eravamo ben lungi dall'aver finito.

«Non lo parlo, ma ho voluto imparare qualche parola per quando saremmo stati a Parigi. Come adesso. Mentre faccio l'amore con te.»

Mi mancò il fiato per i sentimenti che evocò con quelle parole. «L'avevi deciso in anticipo?»

Mi sfiorò il naso col suo e, invece di rispondere, mi diede un bacio profondo. La sua lingua diceva di sì.

«Dimmi... dimmi cosa significa», ansai.

Durante una spinta serrai i muscoli interni, strappandogli un gemito carico di eccitazione. Mi tirò indietro i capelli e mi prese il viso tra le mani.

Le parole gli uscirono in un sussurro sensuale: «*Je t'aime* significa 'ti amo'».

Spostò le cosce muscolose per trovare un nuovo punto d'appoggio sul letto. Io allargai le gambe ancora di più, per accoglierlo. Lo sentivo tutto dentro di me, un piacere di un'intensità incredibile. Mi riempiva come nessun altro avrebbe mai potuto. Mi marchiava come sua dall'interno, con tutto ciò che aveva. Mi fece spostare le braccia sopra la testa e intrecciò le dita con le mie.

Senza fiato, ma con grande convinzione, riprese: «*Je t'adore* vuol dire 'ti adoro'».

Nuove ondate d'emozione mi attraversarono il petto mentre, con gli occhi nei suoi, sentivo l'amore assoluto di quell'uomo riversarsi dentro di me, suscitando una sorta di stupore per la sua presenza, i suoi modi gentili, e per il fatto che ormai aveva preso possesso del mio cuore. Lacrime di gioia mi riempirono gli occhi e scivolarono sul cuscino.

«Anch'io ti adoro. Sei mio per sempre, *mon amour.*»

La bocca di Ryan sigillò la mia, i fianchi che si sollevavano e scendevano come una marea irrefrenabile. Sentivo la pressione aumentare dentro di me, il corpo che si preparava a una nuova ondata di piacere.

Ma, come se fosse stato colto da un momento di profonda riflessione, si fermò del tutto e si schiarì la gola, diverse volte. «*Veux-tu m'épouser* significa 'vuoi...'» Con delicatezza, accarezzò le scie umide lasciate dalle mie lacrime, e le asciugò con grande attenzione. «Significa 'vuoi sposarmi?'»

Quando compresi la portata di quelle parole, mi mancò il fiato. Altre lacrime mi scesero lungo le guance, accompagnate dalla sensazione bruciante delle emozioni che si radunavano nel mio petto, nella gola. Mi sembrava di poter esplodere da un momento all'altro.

Sollevai una mano e gli accarezzai il volto dolcemente. I suoi occhi scintillavano come due specchi d'acqua limpida, brillavano come il diamante sull'anello di fidanzamento che portavo alla mano sinistra.

Si spinse con impeto dentro di me, in profondità. «Sposami, Taryn. Voglio sentirti dire di sì di nuovo. Dimmi che mi vuoi.»

Mi tremavano le labbra per lo sforzo di parlare. «Ti voglio.» Gli feci scorrere le dita lungo il collo. «Ho bisogno di te per respirare. Sì. Per sempre. Finché la morte non mi toglierà il respiro.»

Posò di nuovo le labbra sulle mie, legando la sua domanda e la mia risposta in un'unione indissolubile.

La sua mano forte mi afferrò un fianco. «*Mon amour*, con te mi sento a casa», mi disse sulla bocca. «Sarai sempre la mia casa, Taryn.»

Gli cinsi le spalle con le braccia e affondai il viso nel suo collo, baciandone ogni centimetro, senza potermi trattenere. Quella che era nata come una sfida tra noi a fare l'amore in ogni Paese che avessimo visitato si stava trasformando in qualcosa di più profondo. Rinsaldava la nostra unione, rendeva reale la promessa che c'eravamo fatti l'un l'altra, oltre i confini dell'amore fisico.

Risposi con le uniche parole che mi sembravano adatte, anche se per certi versi le sentivo inadeguate: «Ti amo con tutto il cuore».

La forza dei suoi movimenti aumentò; il letto sbatteva ritmicamente contro la parete. Nello sguardo di Ryan potevo leggere un piacere quasi doloroso. «Io ti amo di più.»

Sorrisi e gli piantai le unghie nelle natiche, aggrappandomi a lui, cercando di farlo risalire su, fin nella mia anima.

Lui passò le braccia sotto di me, sollevandomi dal calore del letto in un abbraccio ancora più ardente. Mi ritrovai a cavalcioni su di lui; facevo leva sulle cosce, mentre lui mi guidava avanti e indietro tenendomi le mani sul sedere.

Si distese supino, e mi aiutò a sistemare le gambe. «Prendimi... prendimi tutto», ansimò.

Continuava a premere dentro di me. Unii le dita dietro la sua nuca, tenendogli la testa ferma in modo che mi guardasse negli occhi.

Sigillai le mie parole sulle sue labbra: «Fino al giorno in cui morirò. Sarò tua. Per sempre».

Lui mi prese per i capelli per impedire alla mia bocca di lasciarlo. «Vieni con me, tesoro», mi sussurrò implorante, facendomi sfregare sul suo osso pubico.

Mantenne un ritmo implacabile, spietato. Mi sembrò di essere fatta a pezzi e rimessa insieme, tutto nello stesso istante.

Lasciai ricadere la testa sulla sua spalla mentre il mio corpo era investito da una scarica bruciante di sensazioni, un'onda d'urto impossibile da contenere.

Con un ruggito profondo il suo corpo vibrò, scosso da spasmi. Sentii il calore del suo piacere liberarsi dentro di me, legandoci per sempre.

Mentre Ryan si faceva la barba nel bagno, chiamai Marie. «Me l'ha chiesto di nuovo, in francese!»

«Mentre facevate l'amore?»

«Mmm-mmm.»

«Oh, Dio, Taryn, è la cosa più romantica che abbia mai sentito. Porca miseria, aspetta che lo racconti a Tammy!»

Spostai il cellulare sull'altro orecchio, in modo che potesse gridarmi la sua esaltazione da quella parte. «No! Ti prego, Marie, non dirlo a nessuno, nemmeno a Tammy. È una cosa molto personale. Non avrei nemmeno dovuto raccontartelo... solo che... sono rimasta sconvolta. È stato meraviglioso. Non avevo mai...» Al solo pensiero, gli occhi mi si riempirono di nuovo di lacrime. «Be', cambiamo argomento. Dimmi qualcosa tu. Come va da quelle parti? Il nostro pub come procede?»

«Ma chi se ne frega! Voglio altri racconti di sesso in Paesi stranieri.»

«Marie...» brontolai.

«Il bar esiste ancora, Tar. È sempre pieno, anche se penso che sarai felice di sapere che le fan scatenate non vengono più. Ah, e il frigo da un metro e mezzo è morto. Non posso credere che ti abbia chiesto di sposarlo *di nuovo*, in francese, poi! Dio, quanto ti sto odiando. Maledetto Ryan Christensen, nudo, a Parigi, che ti sussurra paroline d'amore mentre fa sesso con te. Uffa! Non è per niente giusto. Ma perché non sono andata io ad aprire il pub, quel giorno?»

Ridacchiai. «Non sarebbe successo niente. Sei sposata, ricordi?»

Marie sbuffò, ma non stava scherzando. «Sì, già. Non per molto, però.»

Afferrai lo zaino col computer portatile e mi maledissi per non aver saputo tenere la bocca chiusa. «Oh, Marie, andiamo. Lo sai che non ti ho chiamata per vantarmi. Abbiamo... ehm... abbiamo già ricevuto il modulo delle tasse? E cosa dicevi a proposito del frigo che non funziona?»

Sospirò forte. «Vuoi proprio fare la guastafeste, eh? Tar, sono felice per te, sul serio. Spero che tu mi creda.»

«Lo so.»

«Bene. Allora raccontami ancora del tuo viaggio. Preferisco parlare di quello, anziché di come va qui. Ti prego, dimmi che Ryan se ne va in giro nudo.»

Cercai il caricabatterie nella borsa e risi di fronte a tanto entusiasmo. «Asciugamano.»

«Maledizione. Siete dei perversi.»

«A quanto pare, sì. Sai, mi piacerebbe poter restare più a lungo nelle varie città. Due o tre giorni non sono niente. È incredibile, tra meno di trentasei ore saremo a Barcellona. Il tempo vola davvero.»

«Aaah, ma allora forse farete sesso anche in spagnolo. Mi puoi chiamare quando succede? Dio, quanto vorrei sentirlo. Dovrebbe inserirlo nel prossimo film...»

«Marie!»

«Che c'è? E dai, Tar! Se non posso nemmeno brillare di luce riflessa, sarò costretta a uccidermi. Credo che dovrei venire anch'io in tournée mondiale con voi. Non potrei portarvi le valigie o roba del genere? Spargere petali di rose al passaggio di Ryan?»

«Che cos'ha il frigo?»

Marie emise un altro sbuffo. «Qualcuno dovrebbe farci sesso sopra. Magari così si aggiusterebbe.»

«Chiama Gary. Sono sicura che sarà felice di aiutarti.»

Sentii il suono familiare del registratore di cassa, che si apriva con lo stridore tipico dell'oggetto decrepito che era. *Un'altra cosa che dovremmo sostituire.*

«Eh, certo. Non mi parla da quando siamo tornati da Los Angeles, e se devo essere sincera non me ne frega niente. Sono stufa di lui.»

«Perché? Cos'è successo?» Sentii Ryan far cadere qualcosa in bagno e sussultai. Sembrava la lattina della schiuma da barba sulle piastrelle del pavimento.

«Ricordi il tizio della festa per *Reparation* che credeva fossi un'agente di casting? Nate... quel bel ragazzo col culo pazzesco?»

La sua immagine mi tornò nitida in mente. Era alto, capelli scuri. Spalle larghe e vita stretta. Materiale perfetto per *GQ*. «Sì. E allora? Gary si è arrabbiato perché parlavi con lui?»

«Già. Quando siamo tornati in camera abbiamo litigato di brutto. Mi ha trattata malissimo, accusandomi di aver flirtato con quel tizio come una puttana e roba del genere. È... diciamo che è stata una brutta discussione.»

Deglutii con forza, immaginando la collera di Gary nella

sua peggior manifestazione. *Se le ha messo le mani addosso, lo uccido.* «Quanto brutta?»

Ci fu qualche istante di silenzio.

«Marie, ti ha picchiata?»

Sospirò. «No, anche se per un attimo ho temuto... Era *così* furioso. Ha detto che non è più felice con me e... che vuole il divorzio.»

Mi si strinse il cuore. Ero senza fiato. «Oh, Dio, no! E tu cos'hai detto?»

La sentii inspirare a fondo. «Gli ho risposto che, se è questo che vuole, per me va bene. In fondo è un po' che non andiamo più d'accordo.»

Oh, merda. «Perché non me l'hai detto prima?»

«E cosa dovevo dire? Sai bene com'è fatto. Quando cerco di parlargli dei miei problemi, lui si chiude in se stesso o m'ignora. Abbiamo litigato anche prima di partire per Los Angeles, quando ho scoperto che aveva speso *altri* tremila dollari dal nostro conto per comprare l'ennesima auto sfasciata da riparare. Quando gli ho detto che ero furibonda perché l'aveva acquistata senza parlarne prima con me, mi ha ricordato quanto guadagna, e poi ha avuto il coraggio di dirmi che dovevo tenere chiusa la mia cazzo di bocca.»

«Scherzi?»

«No, per niente. È stato... non so, credo che abbia un'altra.»

Mi parve di morire. «Mi prendi in giro?»

«Non ne sono sicura, ma ho quella sensazione, sai? È che si comporta in modo davvero strano, mi grida sempre contro. Tre settimane fa mi ha detto che andava a bere qualcosa col suo amico Tony, e poi non è tornato a casa. Mi ha spiegato che si era addormentato da lui, ma secondo me era una bugia. Non era mai successo, e quando ho fatto altre domande si è incazzato di brutto. So soltanto che non ce la faccio più. Spero non ti dispiaccia, ma sono due giorni che dormo a casa tua.»

Adesso sì che mi sentivo un mostro per averle raccontato della seconda proposta di Ryan. Ero così presa dal mio piccolo mondo che non mi rendevo conto di quanto stesse soffrendo lei.

«Marie, sei la mia migliore amica. Per te farei qualsiasi cosa.»

«Grazie. Comunque Pete ha dato un'occhiata al frigo. Dice

che il compressore è andato. Quando siamo tornati abbiamo trovato il pavimento allagato. Ho chiesto qualche preventivo per sostituirlo.»

Non m'importava niente di quel cavolo di frigorifero. «Aspetta. Quindi cosa farai… lo vuoi lasciare?»

Sbuffò. «Non so, Taryn, ma non posso più vivere così. È una persona orribile. Mi fa sentire malissimo. Mi evita sempre di più, ormai quasi non mi parla nemmeno.»

«Tesoro, mi dispiace tanto.»

Sentii che cominciava a piangere. «Ti spiace se resto da te per un po'?»

La sua disperazione mi stava spezzando il cuore. «No, certo che no. Puoi restare tutto il tempo che vuoi.»

Dentro di me imprecai, furibonda con Gary che l'aveva trattata così e ancora di più con me, per averla caricata di tutte le mie responsabilità mentre era da sola.

«Ah, una tipa della United Fidelity Bank ha cercato tuo padre. Parlava di una lettera e di alcune rate per una cassetta di sicurezza che non sono state pagate… Ho preso il numero. Ma, tanto perché tu lo sappia, abbiamo smesso di rispondere al telefono. Cerco di filtrare i messaggi, ma sono troppi.»

Mi sfuggì un lamento. Dover gestire le proprietà dei miei genitori e al tempo stesso la persecuzione della stampa era una lotta infinita. «Devo tornare.»

«No, per una volta devi goderti il viaggio e prenderti cura di te e Ryan, lasciando che siano gli altri a occuparsi di questa roba.»

«Detesto non poterti stare vicina.»

«Invece ci sei, Tar. Ci sei. Ti prego, non dire così.»

Mi appoggiai alla parete accanto alle portefinestre che davano sulla terrazza, incantata dalla vista mozzafiato della Torre Eiffel che brillava nel cielo notturno. Mia madre aveva sognato per tutta la vita di vederla, ma non c'era mai riuscita.

Dopo aver salutato Marie e aver riattaccato, mi sentivo malissimo all'idea di averle mollato tutti i miei affari per potermene andare libera in giro per il mondo, proprio quando lei aveva più bisogno di me.

D'altro canto, però, avere qualcuno che si occupasse del bar era un sollievo immenso, e mi concedeva la pausa di cui avevo un bisogno disperato da una vita che non avevo scelto di fare.

M'inginocchiai per sistemare il disastro che Ryan aveva lasciato quando aveva posato il suo zaino a terra. La parte di giornale che aveva letto in aereo era appallottolata in cima a un mucchio di altri oggetti sparsi.

Curiosa, lo sfogliai e mi soffermai su un articolo che parlava di un altro attore famoso. Ricordavo chiaramente che quella era stata l'ultima pagina che aveva letto, perché poco dopo l'avevo visto innervosirsi per qualcosa e infilare il giornale nello zaino con un gesto brusco. Poi aveva intrecciato le dita alle mie e le aveva strette. Avevo pensato che ci fosse una recensione negativa per *Reparation*, invece non scorsi nulla che avesse a che vedere con le nostre vite.

Mentre leggevo la storia con attenzione, mi ritrovai senza fiato. L'articolo parlava di una coppia che aveva messo fine a una relazione di quattro anni, perché le carriere dei due li avevano allontanati sino a farli lasciare.

Lanciai un'occhiata a Ryan, che con uno schiocco lasciò andare la fascia elastica dei boxer neri appena indossati, concedendomi un'altra dolce visione dei suoi addominali scolpiti. Era forse quello il motivo per cui prima si era irritato?

Quattro anni. Ecco quanto erano riusciti a resistere in una relazione di alto profilo. Quattro miseri anni. Forse per loro poteva bastare così.

A mio modo di pensare, chiudere una relazione dopo quattro anni avrebbe significato imprimere una cicatrice profondissima, provare il genere di disperazione e angoscia capace di annientare per sempre una parte della propria anima.

Abbassai lo sguardo sul cellulare che ancora stringevo tra le dita. Non potevo neanche immaginare di avere soltanto quattro anni con Ryan. Ma eccomi là, all'apice della felicità e allo stesso tempo costretta ad assistere al fallimento del matrimonio di Marie.

6

TOUR

«Dio, che bella Parigi.» Mi nascondevo dietro la tenda, mentre con la mia macchina fotografica cercavo di fare qualche scatto nitido del sole che sorgeva sulla città. «Ho una stanza con vista sulla Torre Eiffel!» esclamai esaltata, per poi lanciarmi in una breve danza della felicità sculettando.

Ryan rise. «Lo sai che tutte le foto avranno il riflesso del vetro? Togli il flash e va' in terrazza», bofonchiò con lo spazzolino da denti in bocca.

Giocherellai col menu, nel tentativo di capire come funzionasse la mia nuova fotocamera digitale tascabile. «Non posso. E non credo che le tue fan vogliano vedere me.»

Con un lamento, lui mi abbracciò da dietro, guardando oltre la mia spalla. «Quante ce ne sono?»

«Troppe per poterle contare.» Chiusi la tenda.

«Possiamo sempre tornare. Di solito, quando non sanno che ci sono, va meglio. Hai pieno accesso alla mia agenda: se c'è un posto in cui vuoi andare, basta che tu lo inserisca in calendario. Sta a te gestire la mia vita privata, futura moglie.»

Ah, davvero? Quelle parole mi strapparono un sorriso. Poi sopraggiunse un pensiero triste. «Ci vorrà un po' prima che tu abbia tempo per un viaggio di piacere.»

Ryan mi posò un lungo bacio delicato sul collo. «Lo so. C'inventeremo qualcosa. Dobbiamo anche iniziare a pensare a costruirci una casa. È giunto il momento di avere un posto tutto nostro, non credi?»

Casa. Quella parola fece sprigionare un'ondata di beatitudine, che mi riempì il cuore e mi stampò in volto un sorrisone.

«Una grande casa di legno, con una grande camera da letto... Che ne dici?» sussurrò, premendomi le labbra sul collo.

«Mi sembra perfetto. Perché avremo bisogno di una camera davvero grande per contenere questo...» Afferrai l'erezione che mi premeva tra le natiche. «Abbiamo appena fatto sesso nella doccia. Sei insaziabile.»

Mi poggiò le mani sui seni ed emise un ringhio scherzoso. «Non posso farci niente se mi ecciti così. È colpa tua.»

Allungai le braccia dietro il suo collo, come un gatto che si stiracchia. «Scommetto che se andassi fuori adesso, con quell'attrezzo gigante, faresti morire d'infarto centinaia di donne.»

Con l'aria di un ragazzaccio pronto a combinare qualche marachella, Ryan pareva divertito dalla sfida che gli avevo lanciato. «Be', dato che non ho abbastanza tempo per portarti a letto come si deve, vogliamo verificare se la tua teoria è esatta?»

«No, non ci provare!» esclamai, agitata.

Lui s'infilò i jeans e una maglietta, e nel passare mi diede una sculacciata. «Non ti preoccupare. Soltanto tu hai il diritto di contemplare le mie parti più intime, amore mio. Dammi la macchina fotografica.»

A piedi nudi, scivolò fuori nel sole del mattino. Tenni la finestra socchiusa e lo guardai andare verso la ringhiera. Sentii levarsi grida sempre più forti dalla folla sottostante. Sembrava lo starnazzare di diecimila uccelli impazziti che cercavano di levarsi in volo. Ryan si sporse e salutò, poi cominciò a scattare foto alla calca, al panorama, e a me che restavo accanto alla portafinestra. «Tar, vieni qui.»

Uscii e mi avvicinai a lui. Era strano salutare quelle ragazze urlanti come se fossi una persona importante. *Ehm, sì, ce ne stiamo quassù a guardare voi laggiù*. Di sicuro non ero io il motivo per cui si erano radunate fuori dal nostro albergo e gridavano a pieni polmoni. E per fortuna tra noi e loro c'erano otto piani.

Ryan mi osservò e inarcò le sopracciglia. «Ti va di dare un po' di spettacolo?»

«No! Oh, Dio, mi odierebbero di sicuro.»

«Ehi, parlo soltanto di un bacio sincero in pubblico. Qualche scatto rubato con un bel po' di lingua in azione. Tra l'altro, varrebbero milioni.»

L'assurdità di quell'idea mi fece quasi strozzare. «Come se qualcuno fosse disposto a pagare un milione di dollari per una foto di noi due che ci baciamo.»

«Non ridere. Aspetta che comincino a fioccare le offerte per l'esclusiva del matrimonio.»

«L'esclusiva del matrimonio?»

Lui fece qualche altro scatto, fermandosi per guardarle sul display. «Il nostro. Quando ci sposeremo. Resterai senza parole davanti alle cifre che ci offriranno. Resta lì, ti faccio una foto con dietro la Torre Eiffel.»

Mi appoggiai al parapetto: al solo pensiero mi girava già la testa. «Dici sul serio?»

Sollevò lo sguardo oltre la fotocamera. «Ti sembra che stia scherzando?»

L'idea di una cifra a molti zeri per le foto del matrimonio mi pareva insensata. «Parli di milioni?»

«Credo *diversi* milioni. Vedremo... Sempre se decideremo di venderle. Dai, sorridi!»

Poi mi venne accanto, per immortalare entrambi.

«Davvero lo faresti? Venderesti le nostre foto?»

Sistemò le impostazioni della macchina fotografica e scrollò le spalle. «A essere sincero, no. È una cosa privata. Ma sono anche soldi facili per una copertina e un articolone centrale. Potremmo sempre darli in beneficenza.»

Che idea nobile. Di sicuro così mi sembrava più fattibile. «Lo faresti? Devolveresti i soldi in beneficenza?»

«Certo. Ci sono un sacco di associazioni cui darli. Enti che si occupano di bambini in difficoltà. Di bambini malati.» Portò di nuovo l'obiettivo davanti a noi e scattò. «Sai, non dobbiamo per forza aspettare di essere sposati per fare del bene. Parlane con Trish.»

Pensai alla scatola da scarpe piena di foto che avevo a casa mia. «È difficile credere che delle immagini private possano avere più di un valore sentimentale. Però, se è possibile, mi piacerebbe fare qualcosa per aiutare i bambini.»

«Durante le riprese di *Seaside* abbiamo aderito a qualche iniziativa benefica. Comunque possiamo sempre decidere di vendere le foto del matrimonio in un secondo momento. Per ora preferisco godermi la fase del fidanzamento. Di gran lunga», aggiunse stringendomi a sé. Aveva un sorriso da togliere il fiato.

«Non vorrai baciarmi in pubblico?»

Assunse un'espressione malandrina. «Ci puoi scommettere il tuo bel culetto. E immortalerò anche l'attimo.»

Le sue labbra furono sulle mie così in fretta che quasi non ebbi tempo di respirare. Era incredibile il modo in cui, quando mi baciava, ogni pensiero scivolava via, trasformandosi in un'ombra indistinta.

Mi spinse fin quando il mio corpo non entrò in contatto con la porta a vetri e con una mano scattò foto di noi due, estasiati da quel momento di allegria.

«Quanto ci metteranno le foto dei paparazzi ad arrivare su Internet?» ridacchiai, caracollando all'indietro nella nostra suite.

«Ah, che cosa c'importa? Devi smettere di preoccuparti di queste cose.»

Per lui era facile dirlo. Ma di sicuro quel bacio aveva riacceso l'interesse dei tabloid nei miei confronti.

Le interviste di Ryan con la stampa cominciarono puntuali alle nove del mattino, in un altro hotel di Parigi.

Salimmo a bordo di una berlina con autista, ed ebbi la possibilità di ammirare il panorama. Fu allora che me ne resi conto: era incredibile quanto fossi fortunata.

Feci scivolare la mano in quella di Ryan, domandandomi come potevo ringraziarlo per un dono del genere.

David, Trish e l'agente di Ryan, Aaron, erano nell'auto davanti alla nostra. Mentre scendevamo, Mike distese le braccia per farci scudo. Giornalisti, fotografi della stampa estera e una piccola schiera di fan gridavano per richiamare l'attenzione, immortalando il nostro arrivo.

«Quanto ci vorrà?» chiesi a Trish, nella speranza di avere il tempo di passare allo sfarzoso negozio di souvenir e magari anche alla boutique poco più avanti, che aveva in vetrina una giacca di pelle davvero fantastica.

Guardò l'orologio. «Circa tre ore.»

Sapevo che, una volta iniziati gli appuntamenti, non mi avrebbero permesso di restare vicino a Ryan. La suite era stata sistemata in modo da ospitare le interviste singole del cast.

Dietro una poltrona con lo schienale alto c'era una locandina di *Reparation*.

Afferrai il braccio di Ryan prima che fosse troppo preso dai suoi impegni. «Vado a fare un po' di shopping, okay?»

Lui s'irrigidì di colpo. «No.»

All'improvviso mi sentii imprigionata e mi tornarono in mente le lunghe e noiose ore trascorse a Londra. Mi fece pentire di non essere rimasta nella nostra suite, ma dentro di me avevo deciso che l'avrei fatto comunque, con o senza il suo permesso.

«Voglio soltanto prendere qualche souvenir, e magari trovare qualcosa di più elegante da indossare stasera a cena. Ci tengo a fare buona impressione.»

Lo sguardo duro di Ryan si addolcì. «Ti adoreranno, qualsiasi cosa avrai indosso. E poi, dopo le interviste, abbiamo l'evento da Burberry, quindi non devi preoccuparti. Avrai un espositore di vestiti da cui scegliere gratis.»

Non volevo affidare alla sorte la presenza di raffinati abiti da cocktail tra quelli in omaggio. È incredibile come le grandi aziende ti regalino di tutto, quando sei famoso. D'altra parte, però, avevo promesso a Marie che le avrei preso un regalo dozzinale in tutte le città in cui sarei stata. Il mio sguardo corse verso la porta: ero pronta a sfidare Ryan.

Lui sospirò. «Preferirei che non lo facessi, sul serio.»

Era evidente che in quel momento non aveva nessuna voglia di lanciarsi in un braccio di ferro con me. Alla fine cedette: «Immagino di non poterti chiedere di startene seduta da una parte senza far nulla. Però cerca qualcuno che ti accompagni, okay? Credo che ci sia qualche amica di Jenna da queste parti. Ti chiedo soltanto di non andare da sola».

Gli sfiorai il ventre. Non volevo imporre la mia presenza alla coprotagonista del film o ai suoi familiari. «Devi smetterla di preoccuparti tanto.» Mentre lo dicevo, gli scoccai un'occhiataccia e un *col cavolo* che non ebbi bisogno di pronunciare a voce alta.

Lui serrò le labbra e controllò l'orologio. «Non perderti. Due ore, e poi riporterai il culo qui.»

Non gli diedi il tempo di cambiare idea. Con un rapido bacio me ne andai verso l'ascensore, emozionata dalle possibilità che avevo di fronte a me.

Dieci metri mi separano dalla libertà... Magari potrei prendere un taxi e andare al Louvre? Cogliere l'occasione per visitare la Torre Eiffel come si deve? Domani mattina alle dieci saremo in aereo, diretti a Barcellona, e stasera non avremo tempo di fare i turisti.

Stavo inforcando gli occhiali da sole, quando vidi i paparazzi e un gruppo di donne accanto all'ingresso. A cinque metri dalla libertà, mi fermai. *Maledizione. Chissà se mi riconoscono? Riusciranno a capire chi sono, se non sono vicino a Ryan? Ah, che importa? C'è un solo modo per scoprirlo.* Seguii alcuni clienti che stavano andando via e cercai di dileguarmi senza dare nell'occhio.

La regola «evita il contatto visivo» mi era stata ripetuta diverse volte. Tuttavia, anche se non vidi sollevare macchine fotografiche, mi accorsi che un tizio dava di gomito a un collega, allontanandosi dall'hotel.

Puntai nella direzione da cui mi sembrava fossimo arrivati, sperando di trovare la vetrina col manichino bianco e con la giacca corta di pelle. Una rapida occhiata alle mie spalle mi confermò che Mostro Uno e Mostro Due mi stavano seguendo. Guardai di nuovo, e il mio cuore mancò un battito. *Merda.* Avevo pensato fossero paparazzi, ma nessuno dei due aveva una fotocamera. Male, molto male. Per fortuna il marciapiede era abbastanza affollato ed era pieno giorno.

Negozio, negozio, negozio... dove diavolo sei? Avevo già percorso tre isolati. Le distanze ingannano, quando ti portano in macchina.

Alla fine, in fondo all'isolato successivo, trovai la vetrina che cercavo e, con un'enorme sensazione di sollievo, entrai.

I due uomini si fermarono di scatto e sbirciarono da dietro il vetro per accertarsi che fossi là. Forse erano state le mutandine da donna in vetrina a indurli a non varcare la soglia. Il cuore mi batteva all'impazzata, e non era affatto un buon segno.

Una ragazza bionda molto magra, con gli zigomi affilatissimi, mi si avvicinò e cominciò a parlarmi in francese. Dal tono di voce capii che mi domandava se avessi bisogno di aiuto, ma in quel momento non sapevo se mi serviva più per l'abbigliamento o per quei due loschi inseguitori. Potevo sempre chiamare un taxi e mettermi in salvo.

«*Mademoiselle?*»

Avevo gli occhi puntati sulla vetrina e osservavo i due attraversare la strada trafficata. Almeno non erano più davanti al negozio. Per fortuna avevano lasciato perdere. La commessa mi sfiorò un braccio, strappandomi a quello stato di allerta.

«*Oui, oui. Ehm, parlez-vous anglais?*»

«*Oui*. Certo. Posso aiutarla?»

Adesso che avevamo superato la barriera linguistica, era il momento di pensare agli affari.

Cercai di controllare la strada senza dare nell'occhio, fingendo di osservare gli abiti, ma sempre molto preoccupata per gli sconosciuti che mi avevano pedinata. Dio, ma quand'è che ero diventata così paranoica?

Per tutta la vita non mi ero lasciata spaventare e non mi ero mai dovuta guardare le spalle col timore che qualche stronzo armato di macchina fotografica digitale mi cogliesse mentre facevo qualcosa d'imbarazzante. Invece ora mi ritrovavo al centro dell'attenzione, in ogni momento.

Persino un gesto innocente come grattarmi il seno o una natica poteva diventare la foto di punta sulla copertina di un tabloid. All'improvviso, l'emozione di andare alla ricerca di capi griffati per i negozi parigini lasciò il posto al terrore e al sospetto. La mia prima volta a Parigi si stava trasformando in un'esperienza davvero amara.

Mi chiesi quanto sarebbero state diverse le cose se ci fosse stato Thomas, lì con me. Non sarebbe fregato niente a nessuno di me.

Al ricordo dei suoi modi rudi, serrai le palpebre.

E in un attimo mi ritrovai a sgridarmi da sola: *Non posso credere di aver permesso a un pensiero del genere di saltarmi in testa!* Era una terribile ingiustizia nei confronti di Ryan. *Come se lui potesse farci qualcosa,* protestò la voce nella mia mente.

Avevo ancora il controllo della situazione, ed ero consapevole che bisognava scendere a compromessi quando si aveva una storia con qualcuno famoso quanto Ryan. Dovevo scegliere se accettare l'attenzione dovuta alla fama, o se rinunciare al vero amore pur di rimanere nell'anonimato.

Decisi invece di rinunciare alla giacca di pelle; scelta facile, dato che costava milleottocento dollari. Non avevo nessuna voglia di spendere una cifra simile, soprattutto se dovevo cambiare un frigorifero da bar molto caro.

Ancora non riuscivo ad abituarmi all'idea di usare la carta di credito di Ryan. Anche se molte donne non ci avrebbero pensato due volte prima di spendere il suo denaro, io non ci riuscivo, perché non ero stata io a guadagnarlo e non l'avevamo versato insieme. Era una forzatura. Forse, se ci fosse stato anche lui, avrei potuto accettarlo. Sarebbe stato qualcosa che facevamo insieme. Quella giacca da migliaia di dollari sarebbe stata un regalo. Ma, dato che ero da sola, mi sembrava di abusare della sua generosità.

Da un'ora mi aggiravo per i negozi dei dintorni e non c'era più traccia dei miei due amici indesiderati, così tornai verso l'albergo coi pochi acquisti fatti. Ma, non appena raggiunsi il primo incrocio, li vidi balzare in piedi dalle sedie di un caffè all'aperto, dall'altra parte della strada. *Merda*. Iniziai a sudare freddo. Per raggiungermi gli sarebbe bastato attraversare; io, invece, ero bloccata in quell'angolo dal traffico.

Mi avvicinai a un uomo alto, vestito con eleganza tipicamente europea; quando mi guardò, gli sorrisi, sperando di farmelo amico e ottenere la sua protezione. Quasi dovetti correre per restare al passo con lui, ma ero decisa a non mollarlo. Quei due stronzi ormai erano a pochi passi da me.

L'albergo era in vista e cominciavo a sentirmi sollevata, quando fui travolta da una nuova ondata di panico. Davanti all'ingresso si era radunata una folla oceanica. La polizia aveva creato un cordone per contenere la gente sul marciapiede, ma continuavano ad affluire persone.

Mi feci strada tra la calca serrata, cercando di evitare i due figuri che mi davano la caccia. Quando infine raggiunsi la testa della coda, un poliziotto mi fermò, sbarrandomi l'accesso alle porte principali.

«No, sono ospite dell'albergo. C'è il mio fidanzato, dentro.»

Tentai di parlare piano e frugai nella borsa. «Mi chiamo Taryn Mitchell. Sono la fidanzata di Ryan Christensen.»

La mia confessione fu accolta come se avessi appena raccontato la barzelletta del secolo. «*Oui, mademoiselle,* proprio come tutte queste altre signore!»

Essere ridicolizzata in quel modo mi mandò su tutte le furie. Frugai freneticamente nella borsetta, ma mi resi conto che non avevo con me un badge che mi consentisse l'accesso, e non avevo preso nemmeno il passaporto.

«A meno che non sia in grado di fornire una prova di quanto dice, non posso lasciarla passare. Si allontani dall'entrata, *s'il vous plaît.*»

Lo implorai di nuovo, perché la situazione si stava facendo davvero difficile.

Diversi agenti si avvicinarono, incuriositi dal mio problema; tuttavia ben presto venni scacciata come una fan impazzita.

Il tono del poliziotto divenne rude: «*Mademoiselle,* si allontani, e subito! È l'ultimo avvertimento».

Cercai di chiamare Trish, ma scattò la segreteria telefonica. Non avevo il numero di David, e l'idea di disturbare Ryan non era nemmeno da prendere in considerazione.

L'ansia e la spia della batteria quasi scarica del cellulare mi mandarono nel panico. *Mike, ti prego, rispondi. Ma perché cavolo nessuno risponde al telefono?*

Continuavano ad arrivare altre fan. La folla cominciava a diventare ingestibile e avevo quasi terminato le mie due ore di tempo. C'erano donne di tutte le età, forme e dimensioni, in lotta tra loro per ottenere il posto con la visuale migliore e per riuscire a farsi fare un autografo. Più mi avvicinavo alla porta, meno erano amichevoli; sembravano belve affamate che proteggevano il loro terreno di caccia.

Mi guardai indietro e vidi che i due persecutori di prima erano a pochi metri da me, e si avvicinavano. Dove cavolo potevo andare? Avrebbero osato aggredirmi mentre ero nella calca? Forse, sapendo che Ryan poteva permettersi di pagare quasi qualsiasi prezzo, volevano rapirmi per chiedere un riscatto. Sarebbe bastata un'iniezione di droga per stordirmi, e mi sarei ritrovata legata e imbavagliata nel bagagliaio di chissà quale auto. Gridare non mi sarebbe servito a niente in quella calca urlante e, se avessi cercato di scavalcare le transenne di legno, la polizia mi avrebbe quasi di sicuro arrestata.

M'infilai tra alcune ragazze, accolta da sguardi ostili.

Intanto, il tipo inquietante con un orribile riporto mi fissava come una tigre famelica pronta all'assalto. Aveva il viso gonfio e butterato, e di certo era in cima alla lista dei peggiori ricercati di Francia. Il suo amico alto, che in testa aveva un berretto da strillone, lanciava occhiate nervose alla polizia, avanti e indietro, come se stesse assistendo a una partita di tennis. Dovevo allontanarmi da loro il più possibile.

Ma, quando lo vidi sollevare un oggetto nero, il terrore mi serrò lo stomaco. Restai impietrita, in preda alla paura. Non riuscivo nemmeno a distogliere lo sguardo. Poi puntò l'aggeggio verso di me e cominciò a fotografarmi.

Mi spinsi gli occhiali scuri sugli occhi e, per defilarmi, riprovai ad avvicinarmi all'ingresso dell'hotel, nascondendo il viso mentre m'insinuavo in quel minuscolo passaggio tra i corpi ammassati.

Sarei entrata a qualsiasi costo.

Chiamai Ryan al cellulare, ma scattò la segreteria. Alla fine qualcuno rispose a una delle mie lentissime chiamate internazionali.

«Mike! Grazie al cielo! Sono davanti all'albergo, ma non vogliono farmi entrare.»

Non feci nemmeno in tempo a dirlo, che qualcuno mi toccò una spalla. «Ma tu non sei Taryn Mitchell?» mi domandò una ragazza dal forte accento francese. Sembrava emozionatissima all'idea, e io non sapevo cosa fare. «Sei tu, non è vero? Non è che potrei farmi una foto con te?» insistette, piena d'entusiasmo.

Altre donne accanto a lei si girarono verso di me, e mi sentii come un topo appena stanato da un branco di gatti affamati.

«Mike! Ti prego, vieni a prendermi. Mi stanno...»

«Potrei avere un autografo, *s'il vous plaît*?» Dal nulla cominciarono ad apparire penne, fogli e macchine fotografiche.

Cercai d'indietreggiare per mettere un po' di spazio tra me e il caos che si stava sollevando, ma inciampai sul piede di qualcuno. Mi voltai per chiedere scusa, ma la ragazza che avevo urtato non sembrava affatto disposta a perdonarmi, e per sottolineare il disappunto fece una smorfia e mi diede una spinta.

Bofonchiai un'imprecazione e senza riflettere la spinsi a mia volta, per difendermi. Ero stanca di subire quei cavolo di assalti dalle fan di Ryan. Da un anno sopportavo battutine, insulti e minacce, più tutta la merda gettata addosso da chi riteneva che non fossi alla sua altezza. E quella era stata l'ultima goccia.

A quel punto intervennero le sue amiche, ed ebbe inizio la guerra di spintoni. Erano tre contro una. Quella con la giacca nera mi diede una manata al volto, facendomi cadere gli occhiali da sole. Non riuscivo a decidere se fosse più importante difendermi o recuperarli, visto che erano un regalo di Ryan.

Qualcuno mi prese per i capelli e mi strattonò, tanto da farmi perdere l'equilibrio. Un'altra spinta forte, e l'inerzia e la forza di gravità presero il sopravvento. Il sacchetto che avevo in mano mi cadde, mentre io andai a sbattere contro il bordo di una transenna di legno e, senza fiato, avvertii un forte dolore al fianco. Nel tentativo di rallentare la caduta mi aggrappai disperata alla vita di un omone davanti a me, ma sentii la pelle lacerarsi quando col braccio sfregai contro la fondina della pistola.

Un istante dopo, ero distesa pancia a terra con pezzi di legno attorno alle gambe, circondata da uomini che gridavano parole incomprensibili.

Mi afferrarono per la parte posteriore della giacca e mi tirarono in avanti. Cercai di sollevarmi sulle braccia, ma me le ripiegarono sotto il corpo e mi tennero premuta contro il marciapiede. Sentii una fitta acuta, come se un macigno di una tonnellata mi fosse piombato sulla schiena, spezzandola. Qualcuno mi schiacciava a terra con un ginocchio. Tentai di spiegare il terribile equivoco, ma con l'unico risultato di graffiarmi il viso sull'asfalto; era come se fossi finita su un vetro frantumato.

Fui assalita dal panico e gridai loro di fermarsi, di ascoltarmi. In tutta risposta, qualcuno mi prese per i capelli e mi sbatté di nuovo il viso a terra, così da stordirmi e mettermi a tacere.

Il sapore ferroso del sangue mi riempì la bocca, mentre mi trascinavano via e mi mettevano sul sedile posteriore di un'auto.

Mai e poi mai avrei immaginato che alle undici del mattino mi sarei ritrovata in manette.

7

FERITE

Ero sicura di avere il labbro inferiore spaccato. Quando ci passavo sopra la lingua, mi bruciava in modo insopportabile, anche se sulla ferita si era già formata una grossa crosta. Il sapore pungente che sentivo in fondo alla gola mi dava una nausea terribile. Sul davanti della maglietta c'erano macchie scure di sangue rappreso. La guancia sinistra mi faceva male, e avrei tanto voluto potermi sciacquare il viso.

Mi ero sentita così a pezzi soltanto quand'ero stata urtata da un SUV, ma stavolta provavo un senso di umiliazione indescrivibile. Che fortuna ridursi in quello stato per ben due volte nell'arco di una sola vita. Forse dovevo essere felice di non essermi fratturata lo stesso polso per la terza volta.

Fissavo confusa le pile di fogli e faldoni sulla scrivania dell'ispettore e cercavo di tenere a bada i capogiri e i tremiti del mio corpo, mentre con tutta me stessa desideravo di poter tornare indietro nel tempo e cambiare le ultime ore. Non era stato un semplice, piccolo imprevisto... quello era un casino monumentale.

Sapevo di dover mantenere la calma. Avrei cercato di spiegare che ero stata spinta contro la mia volontà e che non era come pensavano loro: non volevo sollevare una rivolta e aggredire l'agente. Ma sarebbe stato meglio se mi fossi difesa senza balbettare in preda a una crisi di pianto. Inutile dire che essere arrestata dalla polizia in un Paese straniero era un'esperienza terrificante.

I pochi averi contenuti nella mia borsetta erano sparsi sulla scrivania. L'ispettore controllava il mio rossetto come se fosse un'arma chimica. *È alla ciliegia, stronzo.*

«Non ricordo il nome del mio albergo», ribadii, sempre più frustrata. Avevo la voce rotta, e le manette mi facevano male ai polsi. «È stato l'agente di Ryan Christensen a organizzare il viaggio. Siamo stati accompagnati in hotel da un autista che è venuto a prenderci all'aeroporto. Ripeto, non lo so. La prego, mi lasci fare una telefonata in modo che possa dimostrare la mia identità.»

La mia richiesta fu ignorata.

Stanca di fissare quel volto compiaciuto, alzai lo sguardo e osservai il grande orologio rotondo sulla parete, tirando su col naso per ricacciare indietro le lacrime. Ormai Ryan doveva aver concluso le interviste. Di sicuro il suo team l'aveva portato all'impegno successivo, il servizio fotografico. Potevo soltanto immaginare quanto si sarebbe infuriato con me quando avesse scoperto dov'ero finita.

La mia mente era un turbine di pensieri. Chissà se avrebbe considerato quell'incidente come un'infrazione al nostro accordo? Il mio arresto gli avrebbe causato troppo imbarazzo per continuare la relazione con me? Maledizione, se l'essere salito su un tavolo per chiedermi di sposarlo aveva gettato nel panico Marla, quali sarebbero state le conseguenze per lui dopo che ero finita in galera a Parigi?

Se mi avessero sbattuta in cella, Ryan sarebbe stato costretto a partire per Barcellona senza di me, il giorno dopo? Che cosa poteva fare? Non conoscevo affatto le leggi francesi né avevo idea di quanto tempo sarei rimasta là. Ma, a giudicare dalla lunghezza dei moduli che l'ispettore stava compilando, ero sicura che stessero per sbattermi in prigione.

L'uomo continuava a lanciarmi accuse false, ed ero sul punto di perdere le staffe.

«*Non* stavo cercando di prendere la pistola dell'agente e non lo stavo aggredendo. Perché non mi crede?» continuavo a ripetere, sempre più angosciata.

La mia mente non faceva che dire: *Da cinque a dieci anni per aggressione a pubblico ufficiale.* Cavolo, avrei dovuto dare retta a Ryan. Dovevo restare in quel cazzo di albergo, quando mi aveva detto che non voleva lasciarmi uscire. Fui sopraffatta dal rimorso, che, come una marea, mi premeva contro il petto a ogni ondata.

«Lei non ha un passaporto né un documento d'identità. Dichiara che si trovano in un albergo di cui non ricorda il nome», insistette l'ispettore.

Dio, quanto era irritante. Era la prima volta che mi trovavo all'estero. Non mi era proprio passato per la testa di prendere il passaporto, quando quella mattina avevo cambiato borsa. Ero uscita senza portare quasi niente con me, sicura che mi bastassero una carta di credito e un rossetto. Avevo una gran voglia di togliergli quell'accento a suon di ceffoni.

Lanciai un'occhiata al computer antiquato che aveva davanti a sé. «Può controllare nome e firma sulla mia carta di credito. E, se non mi crede, cerchi il mio nome su Internet. Dovrebbe trovare abbastanza prove fotografiche.» Il mio sguardo era una sfida aperta: speravo che qualche centinaio di foto di me e Ryan insieme sarebbe bastato.

Il sorrisetto sul suo volto, però, diceva chiaramente che non gli importava nulla, e quel modo di fare indifferente ebbe il potere di trasformare la mia angoscia in rabbia.

«Mi ricordi di non tornare mai più a Parigi, se questo è il modo in cui trattate i turisti. Ho il diritto di chiamare un avvocato, oppure anche questo è contro la legge?»

Quel bastardo m'ignorò e continuò a scrivere.

«I paparazzi hanno scattato milioni di foto del suo agente che mi preme un ginocchio nella schiena. Quando le immagini finiranno sui giornali, il vostro turismo ne gioverà da morire.»

L'ispettor Incapace distolse l'attenzione dalle scartoffie il tempo necessario a rivolgermi un'occhiataccia e biascicare qualche parola in francese. Dal tono, ebbi la certezza che, qualsiasi cosa avesse detto, non si trattava di un complimento.

Le spalle cominciavano a farmi ancora più male di quand'ero caduta sull'asfalto. «Che fine hanno fatto le donne che mi hanno aggredita e mi hanno rubato il sacchetto? Perché loro non sono state arrestate?»

Mi stava ancora guardando male, quando squillò il telefono. Nel suo discorso riconobbi la parola *interrogée*.

«Be', a quanto pare qualcuno è venuto a prenderla», disse l'ispettor Coglione.

Col cuore in gola, vidi Ryan che veniva accompagnato all'interno dell'ufficio da diversi uomini vestiti di nero, seguito da Mike, Trish, David e Aaron. L'avevo sentito richiedere a gran voce di vedermi e sapevo che, non appena mi avesse avuta di fronte, sarebbe andato su tutte le furie. Ero distrutta dalla vergogna.

«Taryn, stai bene?» Ryan s'inginocchiò accanto alla mia sedia. Con gli occhi sgranati mi prese il mento tra le dita, cercando di essere delicato nonostante la collera. «Tesoro, cosa diavolo ti è successo?»

All'inizio mi uscirono soltanto singhiozzi. «Ho provato a spiegare chi sono, ma hanno detto che opponevo resistenza all'arresto. Il passaporto... l'ho dimenticato nella suite.» Riuscii a spiegargli che mi avevano seguita, che ero stata accerchiata dalle fan, spinta contro una transenna da donne impazzite e poi immobilizzata e malmenata dalla polizia.

Mentre controllava le mie ferite, vidi passare sul suo viso sgomento, preoccupazione e collera.

L'ispettore cercò di dare la sua versione degli eventi, ma lui lo interruppe bruscamente e si piazzò proprio davanti alla sua scrivania. «Quattro uomini contro una sola donna? Peserà cinquantacinque chili, santo Dio! E c'era bisogno di quattro uomini per bloccarla?»

«Capisco la sua alterazione...»

«No! Lei non ha proprio la minima idea di quanto sono alterato. Non lo vede che sta sanguinando? E se fosse incinta? I suoi uomini hanno pensato a *questo*, mentre la malmenavano?»

Un tizio magro e molto distinto, con un abito blu scuro, posò con cautela una mano sulla spalla di Ryan. «*Monsieur* Christensen, la prego, mi permetta.» Prese il portafoglio dalla tasca interna della giacca e gli mostrò la carta d'identità. «Sono Gérard Bertrand, agente diplomatico del primo ministro, che mi ha dato ordine di sistemare la faccenda. Ho già sentito abbastanza. Lasci che prenda in carico la documentazione e che tolga le manette alla signora, immediatamente.»

Respiravo a fatica, sopraffatta dal sollievo. Ryan era arrivato con la cavalleria al completo. Magari il primo ministro ci aspettava anche a cena con la sua famiglia, quella sera.

C'era così tanta gente in quell'ufficio minuscolo, e tutti parlavano all'unisono, in francese e inglese. Per fortuna mi tolsero le manette. Ryan continuava a preoccuparsi del sangue che avevo sul mento. Trish aveva il telefono incollato all'orecchio. Sapevo che lui era furibondo.

«Mi spiace tanto», dissi disperata, sperando che entrambi fossero disposti a perdonarmi.

Tra tutti i passi falsi che si potevano commettere in società, quello andava ben oltre l'uso della forchetta sbagliata o un errore di pronuncia.

«Sstt. Sistemeremo tutto», mi sussurrò Ryan, scostandomi i capelli da una guancia per asciugare l'ennesima lacrima.

Si avvicinò un uomo alto coi baffoni e con le sopracciglia ispide e grigie. «*Monsieur* Christensen, *mademoiselle* Mitchell, vi prego di accettare le nostre scuse più sentite per il malinteso.»

Ryan scansò la mano che il tipo mi stava porgendo e, di nuovo, strinse le sue a pugno. Quindi, con un ringhio feroce, rispose: «*Malinteso?* La guardi! Ha il coraggio di chiamare un'aggressione brutale un 'malinteso'? E se ora io ammazzassi di botte uno dei vostri uomini, così...»

Mike gli premette una mano al centro del petto.

Senza fare una piega, l'uomo s'infilò la documentazione che mi riguardava sotto un braccio. «Le assicuro che sarà mia cura andare in fondo alla vicenda. Ha la mia parola.»

«La sua parola non conta *niente* per me. Le sue indagini non potranno certo cancellare quel che è successo», ribatté Ryan, rabbioso.

Mi alzai per intervenire. Non volevo che finissimo in guai ancor peggiori. «Scusate, sono libera di andarmene?»

Il tizio mi lanciò un'occhiata e sulle sue labbra apparve un piccolo sorriso. «*Oui, mademoiselle.* Può andare. Non ci sono accuse a suo carico.»

Annuii, posandomi le dita sui tanti graffi che avevo sul viso, come se in quel modo avessi potuto nasconderli. «Qualcuno mi può accompagnare in albergo?»

Ero stufa di essere umiliata e spaventata a morte. Il bisogno di prendere passaporto, occhiali scuri e un aereo che mi portasse via mi spingeva verso la porta.

Ryan mi mise la sua giacca sulle spalle e, premendomi una mano sulla schiena, mi guidò all'esterno e poi sul sedile posteriore di una berlina che ci attendeva.

Trish era indaffaratissima, chiedeva favori e mandava SMS a Dio sapeva chi per insabbiare la vicenda. Io, intanto, desideravo soltanto poter sparire dalla faccia della Terra.

David era molto teso. Guardò l'orologio. «Dobbiamo tornare all'Hôtel Britannique per il servizio fotografico, Ryan. C'è ancora tempo. Possiamo rispettare la tabella di marcia, se superiamo questo intoppo.»

«No», fece lui in tono piatto, stringendomi forte al suo petto quando cercai di divincolarmi.

Ero sicura che, non appena fossimo stati da soli, avremmo litigato.

David riprese: «Senti, so bene che è stato un trauma. La storia di Burberry era un riempitivo. Tutti gli altri sono pronti per le foto e ti aspett...»

«Ho detto 'no'», ribatté lui, secco. Sentivo la tensione nel modo in cui era aggrappato alla mia spalla e, con le labbra premute sulla mia fronte, sussurrò: «Torniamo in hotel».

Nonostante quel che aveva detto, David cercò di convincerlo a rispettare gli impegni in programma anche mentre entravamo nella nostra suite sfarzosa. «Okay, allora cosa devo dire ai produttori quando mi troverò a spiegare che non ti sei presentato al servizio fotografico? E poi la proiezione è alle sei. La nostra auto deve partire da qui per le cinque e mezzo.»

«Parlerò io coi direttori degli studi. Viste le circostanze, credo che capiranno», intervenne Aaron.

David, però, non si arrendeva. «Ma, se vogliamo fare le cose *come si deve*, lui dovrebbe rispettare la scaletta degli impegni presi. Iniziare con un'assenza non farebbe che confermare i sospetti. Deve andare, Aaron. Lo sai bene quanto me.»

Ma Ryan non ascoltava nessuno e se ne andò dritto in bagno. Trish, invece, aveva acceso ogni dispositivo elettronico noto all'uomo e si stava facendo in quattro per evitare che la stampa negativa prendesse il sopravvento.

Io, intanto, me ne stavo sul divano, distrutta dal senso di colpa per aver creato quella situazione. Avrei tanto voluto poter svanire nel silenzio del mio appartamento. Non riuscivo a riprendermi, per quanto mi sforzassi. Il terrore e la mortificazione turbinavano dentro di me come un tornado nel pieno della forza, cancellando al loro passaggio ogni altra emozione.

Non mi ero *mai* messa nei guai con la legge, nemmeno da ragazzina, e quel primo assaggio era stato orribile. Nelle mie scorribande con Marie e l'altra mia migliore amica, Melanie, la sorella di Thomas, c'ero andata molto vicino un paio di volte, ma in qualche maniera ce l'eravamo sempre cavata.

Era capitato pure che Thomas e io rischiassimo l'arresto, come la volta in cui la polizia ci aveva fermati mentre tornavamo da una festa alcolica sulla spiaggia di North Bay. Dio, avevo avuto tanta paura che non ero riuscita a smettere di tremare finché non eravamo arrivati a casa. O quella volta in cui stavamo facendo sesso selvaggio alle due del mattino, vicino alla scogliera, e la guardia costiera ci aveva colti in flagrante.

Nonostante tutto, però, non mi era *mai* capitato niente di così terribile. E la portata delle conseguenze era tale che non potevo neanche immaginarla.

Ryan si sedette accanto a me ed esaminò le mie ferite. Quando mi passò un asciugamano caldo sulla guancia, gemetti per il bruciore.

Il suo sguardo era mortificato. «Scusami, tesoro. Cerco di essere delicato, ma dobbiamo pulire questi tagli.»

Anche se adoravo il modo in cui si prendeva cura di me, avrei voluto togliergli di mano quel panno. Sentivo di non meritare il suo tocco gentile.

David concluse una telefonata. «L'assistente di Marcia Gay Harden verrà qui e terrà compagnia a Taryn finché sarai alla proiezione, Ryan. La squadra di Jenna è tutta impegnata.»

«Non vado», disse piano lui, mentre mi puliva il labbro con estrema attenzione.

Tutti gli occhi gli si puntarono addosso… persino i miei.

David venne colto da una crisi isterica da talent-manager, e continuava a ripetere di non poter credere alle sue orecchie.

«Ho detto che non ci vado», ribadì Ryan.

David fece per rispondere, ma lui non gli prestò attenzione. Era in uno stato di calma surreale.

La quiete prima della tempesta, forse?

Avvertii un leggero tremore nella sua mano quando mi fece

sollevare il mento. «Devo chiamare il concierge e farti portare delle medicine. Ho ripulito le ferite, ma potrò essere più accurato se ti porto sotto la doccia», disse piano.

Gli bloccai la mano. «Ryan, ti prego. Ho già fatto abbastanza danni. Devi andare.»

Sbuffò, allargando le narici. «Non ti lascio in queste condizioni.»

Presi l'asciugamano, ignorando il fatto che il tessuto prima bianco adesso era tinto di rosa. «È soltanto per qualche ora.» Cercai d'incoraggiarlo con un sorriso, ma mi sentivo sporca e contaminata, come la spugna che stringevo tra le dita.

Le sue labbra ebbero un tremito impercettibile. Scosse il capo. «Non posso.»

Guardai David negli occhi, augurandomi che si allontanasse. Stavo per fargli un favore enorme. «Potete lasciarci soli un momento?»

Sperai che il suo manager fosse riuscito a capire che stavo cercando di fare la cosa giusta. Mike, sant'uomo, fece uscire tutti dalla suite.

Ryan si tolse la camicia e la gettò a terra. «Non provare a convincermi ad andare.» Il suo tono non lasciava spazio a discussioni.

Mi rassegnai all'idea che quella sera non sarei andata da nessuna parte, meno che mai a una cena ufficiale col primo ministro francese e con la sua famiglia.

«Non cascherà certo il mondo se mi perdo una prima.»

Questo è quel che pensi tu. Forse era così, ma le fan ci sarebbero rimaste malissimo.

Aprì una bottiglia d'acqua e mi guardò a bocca aperta. «Cosa c'è?»

«Hai dei doveri», sussurrai, esitante.

«Non me ne frega un cazzo.»

Scossi il capo: non ero d'accordo. La sua non era altro che una reazione alla scarica di emozioni negative che io avevo causato.

«È in ballo la tua carriera, il tuo film. Non ti permetterò di rovinare tutto. Non per me.» Cercai nella mia borsa qualcosa che assomigliasse a un'aspirina.

Ryan si fece scuro in volto. «Senza di te non ci vado.»

Mi fermai di fronte a lui, mentre andavo in bagno. «Invece sì.» Quando mi voltai per proseguire, avvertii una nuova fitta dolorosa alle costole.

Mi sollevai la camicia, mi guardai di traverso nello specchio, e i miei sospetti trovarono conferma: avevo un enorme segno blu e nero sulla vita, lungo almeno quindici centimetri. Mi ricordava i colori del cielo al crepuscolo, ma in una versione dolorosa. *Be', almeno non è il lato destro come quando mi ha investita quell'auto, anche se è quasi identico.*

Ryan restò senza fiato. «E quello che *diavolo* è?»

Mi fece trasalire. Abbassai in tutta fretta la camicia, tirando il bordo con forza.

Fu allora che notò anche il taglio dietro l'avambraccio. Le sue lunghe dita mi afferrarono per un polso.

Avevo un'escoriazione gonfia e irregolare sul braccio.

«Non è niente», dissi, divincolandomi.

«Col cavolo.» Si spostò davanti a me e cercò di sollevarmi la camicia, ma io la tenni saldamente per l'orlo. «Lasciami guardare», mi ordinò, ringhiando tra i denti. Non me lo stava chiedendo. Era evidente che aveva del tutto perso la pazienza.

Stanca di lottare, lo lasciai fare. Dall'espressione dei suoi occhi sembrava che anche lui provasse dolore.

Non sapevo cos'altro dire se non: «Mi dispiace». Mi sistemai di nuovo i vestiti, come a voler coprire qualcosa di cui mi vergognavo. «Ti prego, va' alla proiezione. Ho già danneggiato abbastanza la tua carriera, per oggi.»

Aprii l'acqua, decisa a fare una doccia per lavare le ferite e nascondere le lacrime che avevo ancora bisogno di piangere, o rischiavo di esplodere. Dopo la doccia avrei fatto le valigie. Ero sopraffatta dalla sensazione di aver fallito, e volevo soltanto correre a nascondermi.

«No, tesoro, prendermi cura di te viene prima di tutto.»

Se solo avesse saputo che per me era lo stesso.

Ryan si premette con dolcezza contro di me, cingendomi le spalle in un tenero abbraccio, come se fossi un oggetto fragile. «E voglio che tu smetta di chiedere scusa. Non hai nulla di cui scusarti.»

Scossi il capo e provai a staccarmi da lui. Dio, quanto si sbagliava. «Avrei dovuto darti ascolto e non andarmene in giro da sola. Adesso invece… ho umiliato entrambi. Non so nemmeno come fai a essere così gentile con me.»

Sembrava disorientato dalle mie parole. Liberò un braccio e lo allungò per chiudere l'acqua nella doccia. Il bagno si stava trasformando in una sauna, denso di vapore com'era.

«Non credi che, se io facessi un altro lavoro, il tuo primo viaggio a Parigi sarebbe stato diverso?»

Tentai di allontanarlo. «Ryan, non...»

Mi sollevò il mento, rifiutandosi di lasciarmi andare. «Oppure i paparazzi ti avrebbero perseguitata mentre passeggiavi per le tranquille vie di una città straniera? Invece di essere là fuori con te a fare il turista, come una coppia normale, proteggendoti come un uomo dovrebbe fare, sei stata abbandonata a te stessa, *di nuovo*. Credi che questo mi renda felice o degno di te? Te lo dico chiaro: *no*. E adesso, vederti ferita così…»

«Ryan, smettila. Ti prego. Quel che è successo *non* è colpa tua. Non c'entri niente. Sono io che ho deciso di uscire come una stupida. Non mi sono resa conto di cosa significasse andare a far compere da sola. Adesso ho imparato la lezione. È un errore che non ripeterò.»

Emise un brontolio carico di frustrazione. «Non prenderti tutta la colpa, Taryn.»

Cominciavo a perdere la calma. «E come faccio a evitarlo? Tu sei qui per lavorare. Mentre io mi sono conquistata le prime pagine dei giornali per aver aggredito dei poliziotti. Ogni volta che cerco di rendere la situazione più semplice e trovare il mio posto, finisco per peggiorare tutto di almeno dieci volte.» Dovevo riuscire a spiegarmi, prima di crollare del tutto. «Voglio soltanto che tu sia felice, Ryan, senza mettere a rischio la tua carriera. I media ti faranno a pezzi… e non posso sopportarlo, dato che sono stata io a farti soffrire e umiliarti. Non hai idea di quanto mi senta in colpa. Dovevo starmene fuori dai piedi.»

Tornai in camera da letto e cominciai a prendere i miei vestiti, che infilai in valigia.

«E adesso cosa fai?»

«I bagagli.»

«Ma l'aereo è domani mattina.»

Mi aggiravo per la stanza radunando le mie cose, il ginocchio livido che bruciava. Sapevo che se mi fossi fermata avrei ricominciato a piangere, e in quel momento non volevo farlo davanti a lui. «Per oggi ti sei già preoccupato abbastanza di me. Per favore… preparati e va' alla prima», mormorai, triste.

La sua espressione si fece ancora più cupa. «Tesoro, ti fa male qualcos'altro? Mi sembra che tu stia zoppicando.»

Se glielo dico, di sicuro salterà la proiezione. E non voglio che succeda per colpa mia. Cercai d'ignorare il dolore. «No.»

Ryan mi si avvicinò, mi tolse le scarpe di mano e le lanciò dall'altra parte della stanza. «Piantala di fare le valigie, cazzo! Quale parte della frase 'Non vado senza di te' non ti è chiara? Che cosa ti aspetti che faccia, che me ne vada di qui per poi scoprire al mio ritorno che sei scappata?»

Scossi la testa, negando con decisione la sua ipotesi. Non pensavo che in Francia ci fosse una buca grande a sufficienza per nascondermi.

«Credi che ormai non ti conosca abbastanza? Che non sappia quanto ti piace martirizzarti per il mio bene? Maledizione, Taryn. Credi che tutta quella merda sia importante per me? È assurdo che tu possa anche soltanto pensare che ti lascerei sola dopo quel che ti è successo oggi.» Lanciò qualcuno dei suoi vestiti nella valigia aperta. «Vuoi partire? Bene. Andiamo. Prendiamo il primo cazzo di aereo e torniamo a casa.»

Posai la giacca. Quello scatto di nervi mi aveva spaventata. «Non volevo andare via.» *Be', in ogni caso non lo ammetterei mai.* «È che… mi sento uno schifo per averti creato tutti questi problemi. Sono furiosa, imbarazzata e frustrata.» La crosta sul labbro inferiore tirava, ricordandomi che le ferite erano anche esteriori. «Non vorrei mai e poi mai costringerti a scegliere tra me e la tua carriera, Ryan. *Mai.* Non lo farò.» Raccolsi le scarpe da terra. *Non capirò mai come fa a sopportarmi.*

«Che cos'hai detto?»

Restai di sasso. Ero convinta che il mio borbottio non fosse udibile.

«Hai detto 'sopportarti'?»

Annuii, sebbene riluttante.

Ryan afferrò una poltroncina barocca e l'avvicinò energicamente al letto. Tirò su le gambe, incrociandole all'altezza delle caviglie. «Ah, questa cazzata la devo proprio sentire. Forza, va' avanti: spiegami un po' come ti *sopporto*.»

Il buon senso mi disse che non sarebbe finita bene, quindi era inutile iniziare quella discussione. Dovevo tenere la bocca chiusa.

«Allora?» Cominciava a spazientirsi.

E anch'io.

Una décolleté nera di Christian Louboutin rimbalzò sulla valigia quando gliela scagliai contro. Ero così nervosa che ero arrivata al punto di maltrattare le scarpe da migliaia di dollari che Ryan mi aveva comprato. «Volevo soltanto dare un'occhiata a una giacca, e persino quello si è trasformato in un disastro.»

Si guardò attorno. «L'hai comprata? Non vedo sacchetti.»

«No, non l'ho presa.»

«Sei andata a fare shopping e non hai comprato nulla?»

«Ho perso il sacchetto quando sono caduta. Avevo preso dei regali, ma è sparito tutto in quella mischia.»

Ryan raddrizzò la schiena. «Quanto hai perso?»

Scossi il capo. «Non ha importanza.»

«Cosa significa 'non ha importanza'?»

«Ho usato la mia carta di credito, quindi erano soldi miei», bofonchiai contrita.

«Cristo, Tar.» Si alzò e cominciò a camminare per la stanza. «Dov'è la tua borsa?» ruggì, mentre la cercava lanciando oggetti da tutte le parti.

«Perché la vuoi?» Spostai il cappotto e la presi.

«Perché *adesso* mi hai fatto incazzare.» Mi strappò la borsetta di mano e l'aprì. Quindi tirò fuori la mia carta di credito e la esaminò. La tenne sollevata. «Questa adesso è mia. Non esiste più.» Prese l'altra, la carta di credito che apparteneva a entrambi, e la infilò al suo posto.

«Ehi, aspetta...»

Estrasse il portafoglio dalla tasca dei jeans e mi requisì la carta. «Non me ne frega un cazzo se devi fare benzina alla tua cavolo di macchina. D'ora in poi userai la *nostra* carta di credito.»

Si comportava in modo assurdo.

Tesi la mano. «Forza, ridammela.»

Ma lui si rimise in tasca il portafoglio e mi lanciò un'occhiataccia. «Vuoi portare quell'anello?»

«Che cosa?» Mi guardai la mano.

«Vuoi diventare mia *moglie*, sì o no?»

Cominciavo a spaventarmi. «Certo che lo voglio, ma...»

«Niente 'ma'. Devi rispondere 'sì' o 'no', Taryn.»

Raddrizzai le spalle. «Sì.»

«'Sì' cosa?»

Maledizione. «Sì, voglio diventare tua moglie.»

«Bene. E allora piantala con le stronzate. Capito?»

«Ryan, sai bene che...»

«Hai capito?» gridò più forte. «Non accetto più di giocare a questo gioco, Tar. Tutte queste stronzate ci permettono di avere uno stile di vita incredibile, e lo devi accettare. Penso *io* a noi due. Mi prendo cura *io* di ciò che è mio. E, se ti azzardi anche soltanto ad avvicinarti al mio portafoglio per recuperare la carta di credito, giuro su Dio che ti lego, ti chiudo in una cazzo di stanza e ti sottopongo all'ascolto infinito dei Guns N' Roses.»

Trasalii. Adesso sì che giocava sporco. «Non oseresti...»

«Dici? Mettimi alla prova.»

«Non puoi prendere la mia...»

«Ah, no? Pensa, *Welcome to the Jungle*, in continuazione. È questo che vuoi?»

Mi passai un dito sul labbro spaccato, disperata. «No.»

«Bene. Ora che abbiamo trovato un accordo, perché non mi racconti com'è cominciato questo casino?»

«Quando mi sono svegliata stamattina.»

Si accigliò.

Mi sedetti sul bordo del letto. «Quando sono uscita dall'hotel non c'era una ressa esagerata.»

«E?»

«E... quando sono tornata, era diventata immensa. La polizia non mi permetteva di entrare se non dimostravo di aver diritto all'accesso. Ho cercato di avvicinarmi all'ingresso e sono inciampata sul piede di una ragazza.»

Ryan mi fissava, incredulo. «Un piede. Tutto questo è iniziato perché sei inciampata su una ragazza?» chiese, agitando la mano su e giù.

Annuii, vergognandomi di quanto la mia storia fosse ridicola. «Ho provato a chiamarti.» Speravo che il mio sguardo imbarazzato gli facesse capire quanto ero pentita. «Stavo provando a superare quelle donne, ed è successo. Alcune ragazze mi hanno riconosciuta e mi hanno chiesto l'autografo, poi qualcuno ha cercato di fare foto ed è stato allora che sono inciampata su un piede. Volevo scusarmi, ma mi hanno spinta, sono andata a sbattere contro la ragazza dietro di me e... be', mi spintonavano, così mi sono difesa.»

Sembrava divertito all'idea.

«Non c'è niente da ridere.»

Si passò una mano sulle labbra. «Non sto ridendo, ma mi fa piacere che ti sia fatta valere.»

Preferii non rispondere. Era stata proprio quella la mia rovina.

«Quindi ora mi spiegherai in che senso ti sopporto, oppure vogliamo continuare a lanciare scarpe?»

Mi voltai a guardarlo e borbottai: «Sei stato tu a cominciare».

Ma lui era imperturbabile. «Già. E tu stai evitando di rispondere.»

«E va bene. Lo vuoi proprio sapere? Il tuo ufficio stampa, il tuo manager... non è difficile capire che mi disprezzano. L'unica persona gentile con me è Aaron, e credo lo faccia soltanto per farti felice. So che tutti pensano sia rimasta incinta di proposito.» Lanciai l'altra scarpa nella valigia aperta, stavolta con meno foga. «Taryn, la piccola tentatrice pronta a tenderti un tranello e impossessarsi dei tuoi milioni.» Inspirai a fondo.

«Sappiamo entrambi come sei rimasta incinta, tesoro. Forse è stato un incidente e non una decisione ponderata, ma di sicuro non l'hai fatto di proposito. È stato un rischio che abbiamo corso insieme. D'altra parte, se non volessi avere figli con te in assoluto avrei usato il preservativo fin dal primo giorno.»

Quelle parole mi lasciarono di stucco. «In effetti, me lo sono sempre domandato.»

«Che cosa?» mi chiese, inarcando le sopracciglia.

«La questione del sesso non protetto, il primo giorno.»

Ridacchiò, un po' in imbarazzo, come se fosse un suo giochetto. Incrociò il mio sguardo. «Tar, ho capito che eri la donna della mia vita fin dal giorno in cui sono capitato nel tuo pub. Credo di essermi innamorato di te quando mi hai spalmato quella schifezza sui tagli che avevo sul viso.»

Quella confessione mi tolse il respiro.

Un altro pensiero segreto gli attraversò la mente, facendo apparire sul suo volto un sorriso malizioso. «Ho cominciato ad avere fantasie su di te come madre dei miei figli quando mi hai stracciato a biliardo. E a dire il vero, quando alla fine ci siamo messi insieme, non avevo paura di metterti incinta. Poter sentire la tua pelle sulla mia valeva qualsiasi rischio. E, se una gravidanza poteva significare legarti per sempre a me, tanto meglio.»

Quelle parole mi commossero. Anzi, mi fecero sciogliere, morire e volare in paradiso.

Allargò le braccia per accogliermi. Mi raggomitolai sul suo grembo e gli appoggiai il viso sul collo. Non volevo più lasciarlo andare.

Il suo naso si avvicinò al mio. «Sai che desidero avere figli, quindi non me ne potrebbe fregare di meno di quel che pensa Marla o chiunque altro. A me interessano soltanto le decisioni che prendiamo *noi due*, come coppia.»

Gli sfiorai le labbra con le mie, sentendo che lo amavo anche più di quanto ritenessi possibile. Ryan si lasciò andare contro lo schienale, e io gli misi la testa sulla spalla.

In tono cospiratorio, riprese: «Ma per tornare alla questione Marla... Ho scoperto che, il giorno in cui ti ho chiesto di sposarmi, ha beccato suo marito che si sbatteva una barista dello Château, nella doccia di casa sua».

Di scatto, tirai su la testa dal suo petto nudo. «Scherzi?»

«Credo che questo spieghi diverse cose, non trovi?»

Annuii. «Sì, direi di sì.»

Mi tirò indietro i lunghi capelli. «Trish voleva raccontarti dell'e-mail che le è arrivata stamattina, ma credo di averle rovinato la sorpresa, ormai.»

Immaginai Marla che entrava nella sua casa lussuosa e trovava il marito nudo e bagnato nel bel mezzo dell'azione. Ah, poter essere una mosca e assistere alla scena... Eppure, una parte di me conosceva molto bene la sensazione che aveva provato, e non poté fare a meno di compatirla.

«Barista, eh? Penserà che siamo tutte puttane.»

«Be', è un problema suo, non nostro, okay?»

«Okay.»

Ryan mi accarezzò con delicatezza la schiena e mi cullò, per tranquillizzarmi.

«Vorrei soltanto che David non mi odiasse», dissi.

Lui sbuffò. «David ti vede come una distrazione.»

Da come l'aveva detto, ero sicura che non fosse tutto lì.

«E?»

«E... a me non interessa cosa pensa.»

«Ce l'ha con me fin dalla cena con Follweiler.»

«Sì, non gli piace che tu possa influenzare le mie decisioni in merito alla carriera.»

«Allora forse dovrei evitare di esprimere le mie opinioni.»

Lui si agitò. «Non se ne parla. Chi se ne frega. Io voglio sapere cosa pensi. I tuoi punti di vista non sono scontati come i suoi. E poi so bene cos'è temporaneo e cos'è definitivo, nella mia vita.» Mi spostò sulle sue gambe. «C'è qualcos'altro di cui vuoi parlare, dato che ci siamo?»

Mi grattai il labbro gonfio e sussurrai: «Oggi mi hanno arrestata».

«No, non è vero, ricordi? Nessuna accusa a tuo carico.»

«Ma su tutti i giornali ci saranno foto di me portata via dalla polizia, Ryan.»

«E ti aspetti che me la prenda con te per questo?»

«Be', *certo*. Mi aspetto che tu sia furibondo, in realtà.»

«Sono furioso. Sono fuori di me, ma non per causa tua. Mi fa incazzare che quell'orda di donne ti abbia impedito di rientrare in albergo e che tu sia stata malmenata, trattata come una criminale e ferita. Questo sì che mi fa incazzare.»

M'irrigidii. «Non avevi bisogno di questa pubblicità negativa.»

Lui minimizzò: «Ormai quel che è fatto è fatto. Non è uno scandalo, Tar. Alla fine passerà, quindi è inutile sprecare energie, d'accordo?»

«D'accordo.»

Si alzò, sempre tenendomi in braccio. «Cavolo, quanto pesi.» Sorrise e mi diede un bacio, poi mi posò sul letto. «Hai fame? Immagino che in gattabuia non ti abbiano dato da mangiare.»

Quella battuta mi fece accigliare, ma ero troppo impegnata a leggere il menu del servizio in camera per protestare. «Sto morendo di fame.»

Mi lanciò un'occhiata. «Ora che ci penso, però, in un certo senso *sono* arrabbiato con te. Se avevi tanta voglia di provare l'ebbrezza di farti legare, ammanettare e tutto il resto, bastava chiedere. Sarei più che felice di vivere l'esperienza con te. Dobbiamo ancora esplorare a fondo il lato più depravato del sesso. Cavolo, non ci siamo ancora lanciati in questo tipo di sperimentazioni!»

Incredibile che fosse riuscito a trovare il lato comico persino in quella situazione.

Ryan ordinò qualcosa per pranzo, anche se era un po' tardi, dopodiché chiamò la reception chiedendo una crema antibiotica e dell'ibuprofene. Ero felice di sapere che presto sarebbe arrivato da mangiare.

Mi raggomitolai sul letto con un cuscino. «Però devi andare alla prima. Lo sai anche tu, vero?»

Lui afferrò il cellulare. «David, come si chiama la stylist che viaggia con Jenna? No, la truccatrice. Devi trovarla e mandarla qui da noi.»

Dopo aver chiuso la chiamata, salì sul letto con me e io mi rannicchiai contro il suo petto.

«So perché sei sconvolta... e non m'interessa cosa diranno i giornali. Tra una settimana non se ne ricorderà più nessuno, e gli obiettivi saranno puntati su qualcun altro.»

Che sollievo. «Grazie. Sono felice di poter parlare apertamente con te.»

Mi scrutò a lungo e mi accorsi che si stava rattristando. «Quando penso a cosa poteva succedere, e che sarebbe stato anche peggio di quei graffi sulla guancia...»

Lo fermai, posandogli un dito sulle labbra. «Sstt. Non ci pensare.»

Lui, allora, mi fece scorrere una mano lungo il fianco e risalì fino allo stomaco. Serrò gli occhi e deglutì a forza. «Taryn, tu sarai sempre la mia priorità. Sempre. La sola idea che oggi ti sia fatta male mi distrugge.»

Guardai dritto nei suoi occhi. «Non so cos'ho fatto per meritarti. Ti amo da morire. Però... non voglio peggiorare la situazione mostrandomi in pubblico col viso tumefatto. Non...» Mi vidi davanti l'immagine di migliaia di telecamere che inquadravano le mie ferite. «Non ti metterò in imbarazzo. Lo giuro. Mi troverai qui al tuo ritorno. A qualsiasi ora arriverai.»

Ryan si accigliò. «Non credo. Dato che insisti perché vada alla prima, e considerato che mi rifiuto nella maniera più assoluta di lasciarti da sola, credo che dovremo trovare un accordo. Ti farò portare da un'auto tutta per te, in modo che il pubblico non ti noti. Credo che ormai tu sappia come funziona.»

Annuii.

«Puoi evitare la maggior parte delle apparizioni, ma sarai con me in tutti gli altri momenti, stasera. E questo, amore mio, non è negoziabile.»

8

GUARIGIONE

Avevamo appena lasciato i bagagli nell'atrio del nuovo appartamento preso in affitto, quando Ryan cominciò a togliersi i vestiti. Si tirò su la maglietta, scoprendo il corpo muscoloso e gli statuari addominali scolpiti.

Mi venne l'acquolina in bocca ad ammirare quell'opera d'arte in movimento che avanzava verso di me come un predatore affamato, dal fisico cesellato e perfetto. Non c'era da stupirsi se la donne di tutto il mondo gli cadevano ai piedi. Era bello da mozzare il fiato. Ed era tutto mio.

Con un sorrisetto giocoso lanciò la maglia a terra, guidandomi all'interno di una stanza poco illuminata. Erano passati sei giorni dall'imprevisto di Parigi, ma la stampa non ci dava tregua. In più, sapevo che il suo ego era ferito dal momento che *Reparation* non stava sbancando i botteghini come aveva sperato il suo team. Ryan, però, continuava a fingersi indifferente a tutto ciò.

«Sembra un bel posticino», dissi scherzando, senza riuscire a staccare gli occhi dal suo sguardo acceso. Tutto ciò che si trovava attorno a quegli ardenti occhi azzurri sembrava perdersi in una nebbia incolore.

Feci qualche passo indietro, non volendo abbassare la guardia, e andai a sbattere contro una poltroncina. Lo zaino mi scivolò dalla spalla e cadde a terra.

Lui fece un cenno col capo: non gli importava nulla di come fosse la casa. «Trova la camera da letto.»

«Non vuoi disfare i bagagli, prima?»

Il suo sguardo era oscuro e velato dalla lussuria. «No. Prima il sesso. Hai cinque secondi per spogliarti, o ti strappo tutti i vestiti.»

Il mio cuore accelerò. «Qualcuno qui ha un po' di fretta?»

«Hai cominciato tu», rispose, con un sorriso lascivo.

«Ah-ah. Sei tu quello che si vanta. Credi di essere in grado di farmi superare i cinque orgasmi? Non che metta in dubbio le tue folli capacità, sia chiaro.»

«Oh, ho dei progetti per quella tua boccuccia.» Riprese l'avanzata, e mentre camminava si levò i calzini. «Tre secondi, Tar. Levati i vestiti, e subito. O preferisci che ti lasci i segni delle mie dita sul culo?»

«Non provare a...»

Ma il suo sguardo diabolico diceva: *Oh, sì che ci provo.*

«Vuoi che te lo dimostri?» E mi raggiunse.

I suo avvertimenti mi mandavano a fuoco la pelle.

«Magari ti piace», proseguì.

Io riuscii a togliermi una scarpa soltanto mentre mi sfilavo la camicia e indietreggiavo. Ma la mia ritirata fu interrotta dal divano.

«Ottimo posto per cominciare.» Ryan afferrò il davanti dei miei jeans e mi attirò a sé. «Sei meravigliosa quando ti agiti. Lascia che ti dia il benvenuto a Vancouver», sussurrò, facendomi scorrere le dita lungo le guance, con delicatezza, quasi con reverenza. Mi slacciò la cintura, sfilandola dai passanti centimetro dopo centimetro, senza fretta. «Dovremo esaminare con cura le tue cavità. Per essere sicuri che non abbia introdotto illegalmente qualcosa in Canada. Questa però la tengo, nel caso mi trovassi costretto a legarti.» S'infilò la cintura nella tasca posteriore dei jeans.

Il ritmo del mio cuore, già veloce, accelerò ancora di più.

Abbassò la chiusura lampo e mi fece scivolare le mani sulle natiche, incurvando le dita per raggiungere il punto che era più rovente.

Mi aveva stuzzicata per tutto il volo, sfiorandomi il petto con aria innocente, sussurrandomi tutto ciò che aveva in mente di farmi. Mi aveva torturata e portata alla frenesia.

La sua bocca trovò la mia, baciandomi fino a stordirmi. Con dita abili mi slacciò il reggiseno mentre io gli abbassavo i jeans sui fianchi per poi afferrargli il membro con decisione.

«Basta preliminari. Devo entrare dentro di te all'istante», mugolò sulle mie labbra.

Usai un piede per spingere i suoi pantaloni verso il basso, fino alle caviglie. «E che aspetti? Prendi ciò che ti appartiene.»

«Ci stavo proprio pensando. Ma voglio essere sicuro che tu sia pronta.» Si lasciò ricadere sui cuscini, tirandosi con destrezza le mie gambe sulle cosce, in modo che fossi a cavalcioni su di lui.

Quando fu del tutto dentro di me, emise un gemito strozzato. Lasciarmi andare sopra di lui era una beatitudine assoluta, era come essere a casa. Guancia a guancia, le sue mani che mi tenevano per i fianchi facendomi muovere avanti e indietro mentre io facevo leva sulle ginocchia.

Gli succhiai il labbro superiore, perdendomi nei suoi baci e nella sua lingua esperta. Si spostò per baciarmi il mento, il collo. Quando posò la bocca sul mio seno, gli presi il viso tra le mani. Adoravo la sua foga, che mi faceva dimenticare tutto, sovraccaricando i miei sensi di piacere.

Un attimo dopo mi spinse all'indietro, e quando la mia pelle entrò in contatto col legno freddo del tavolino emisi un sibilo.

Lui uscì da dentro di me, ma subito riempì il vuoto con la bocca e le dita. Inarcai la schiena, gemendo al suo tocco. Mi morse una coscia e affondò le dita senza nessuna pietà.

Nell'istante in cui sentii tornare la sua lingua, cedetti.

«E uno.» Il suo sorriso soddisfatto si trasformò in dolci baci sulla pelle. Mi attirò di nuovo sul suo petto, succhiandomi il collo sotto l'orecchio. «Ne mancano cinque.»

Ah, maledizione. Non avrei mai dovuto sfidarlo.

«Alzati», mi ordinò. Ryan mi premette il petto contro la schiena, mi cinse con un braccio e poi, dopo avermi sollevato una gamba da terra, tornò dentro di me. Portò l'altra mano nel punto in cui eravamo uniti. *Oh, cavolo. Sesso da dietro, in piedi.* E lui andava a fuoco, incendiando anche me.

Mi fece chinare sul divano. Dita umide cominciarono a massaggiarmi e pizzicarmi la pelle sensibile.

Solo qualche altro istante così, e arriverò di nuovo al limite. «Non ti fermare», gli ordinai senza fiato.

«Mi manca poco… Vieni con me», ruggì.

La consapevolezza che lo stessi stringendo così forte da farlo esplodere bastò a farmi crollare. Stavolta fu più forte del primo. Con un'imprecazione e un sussulto, quando il piacere mi assalì, gridai. Continuava a spingersi dentro di me con foga, prolungando quell'orgasmo incredibile, tenendomi sospesa sul precipizio del dolore più piacevole.

Mi affondò le mani nella carne mentre anche lui si liberava, gemendo a ogni pulsazione.

Alla fine crollammo sul divano, ansanti e sfiniti. Ero distesa sopra di lui, che mi accarezzava con dolcezza, facendo scorrere la mano dalla nuca lungo tutta la schiena.

«Il divano è comodo», ridacchiò mentre riprendeva fiato.

Risposi con un grugnito. Anche il suo petto lo era. «Sono pronta per un pisolino.»

«Ah, no. Non si dorme. Stiamo solo riposando un po'. Dobbiamo ancora provare la doccia, il letto e quel tavolo da pranzo laggiù. E poi ti mancano altri quattro orgasmi.»

Il mio sorriso era così ampio che quasi faceva male.

Il cellulare di Ryan squillò di nuovo. Fuori c'era ancora luce, ma non m'importava. Ero quasi del tutto sotto le coperte, nuda e abbracciata all'amore della mia vita, in bilico tra la beatitudine e l'incoscienza. Avevo la sensazione che non fosse rimasto più nemmeno un osso nel mio corpo, che fossero svanite tutte a un certo punto, tra il quarto e il quinto orgasmo. Era riuscito a farmi arrivare a sei.

Mi diede un bacio sulla fronte. «Possiamo cominciare a rispondere alle telefonate?»

Anche se a fatica, annuii. «Io sono a posto.»

«Per ora», riprese lui, baciandomi la mano che era ancora nella sua.

Mi chiesi se poteva sentire il mio sguardo scorrere sul suo petto.

Pescò il cellulare dalla tasca dei pantaloni. «Era di nuovo mia madre. La chiamo più tardi. Non ce la faccio a chiacchierare con lei dopo quattro ore di sesso.»

Di colpo mi resi conto di quanti muscoli erano necessari per dar vita a una risatina.

Mentre controllava i messaggi, il telefono emise un altro segnale.

«Wow, siamo famosi.»

Il mio era spento, e mi stupii nel vederlo rispondere.

«Ciao, Marie. No, va tutto bene. Aspetta. Rallenta, non ti capisco.» Si mise a sedere di scatto. «Sì, è qui. Un attimo.»

Nel momento in cui sentii la sua voce, dal modo in cui pronunciò il mio nome, capii che era accaduto qualcosa di terribile. «Cosa succede?»

Marie tirò su col naso. «Ehi, senti... non voglio darti noia, ma ti spiace se prendo in prestito la tua macchina?»

Strano. «Ma certo, prendila pure. Sai dove sono le chiavi. La tua si è rotta?»

Sentii una risatina leggera, priva di allegria. «No. È che... ehm, io non ce l'ho più.»

Ryan mi fissava.

«È venuto Gary, oggi. Si è portato via l'auto.»

Guardai Ryan. «Cosa vuol dire che se l'è portata via?»

Lei si soffiò il naso e cercò di parlare tra le lacrime di rabbia. «Sì. Ha detto che, siccome è intestata a lui, è sua. Mah. Comunque era un catorcio.»

«Perché fa lo stronzo in questo modo?» chiese Ryan.

Sollevai un dito per chiedergli di aspettare. «Non può portartela via così, Marie. Non importa a chi è intestata.»

«È un bene coniugale», aggiunse Ryan.

Provavo un intenso desiderio di prendere Gary a calci nelle palle. «Devi andare subito da un avvocato.»

«Lo so. Devo fare delle telefonate. Adesso è davvero troppo», disse mesta.

Volevo una risposta alla domanda di Ryan, però. «Marie, perché si comporta così? Insomma, è perfido e crudele.»

Lei fece una risata amara. «Non me ne parlare. Taryn, l'ho visto con lei. Sono andata al lavoro per parlargli, e lui era chino sulla sua maledetta macchina. Allora sono andata a casa per prendere le mie cose, e le chiavi non funzionavano più. Ha cambiato tutte le serrature! Ha detto che, siccome non ho mai apprezzato nulla di ciò che ha fatto per me, posso anche farne a meno.»

Ryan mi fece un cenno col capo: voleva capire cosa stesse succedendo.

Scossi la testa, risoluta. «Marie, non può chiuderti fuori da casa tua.»

Alle mie parole, lui sgranò gli occhi, sconvolto.

«Ho provato a capirci qualcosa. Abbiamo iniziato a litigare da gennaio, quand'è uscito coi suoi amici scapoli. Subito dopo ha cominciato a ricevere telefonate misteriose, messaggi e stronzate del genere. Quando gli chiedevo spiegazioni, mi diceva di farmi gli affari miei. Non l'aveva mai fatto, Tar. Mai.»

«Gli hai chiesto apertamente perché si comporta così?»

Sospirò. «Sì. Ma lui non risponde in modo diretto. Mi rinfaccia quanto è stanco di quello che gli faccio passare, qualsiasi cosa significhi. All'inizio pensavo fosse perché non trascorrevamo abbastanza tempo insieme, ma, quando sono a casa, lui se ne sta in garage a lavorare a non so cosa, e m'ignora. Tira fuori cavolate successe anni fa.»

«Santo cielo», gemetti.

Lei tirò su col naso. «Non importa. Adesso basta parlare di questo. Come stai? Sono stata tanto in pena per te dopo che sei partita da Parigi.»

Non potevo assolutamente pensare ai miei sciocchi problemi. «Vuoi che torni a casa? Torno. Non puoi stare da sola. Adesso cerco un volo…»

«Non ci provare. Tu e Ryan dovete godervi questo momento», rispose, interrompendomi.

«Ma…»

«No, sto bene. Tu rispetta i tuoi programmi, ci rivediamo tra qualche settimana, quando tornerai», insistette.

Dopo che ci fummo salutate, Ryan mi chiese spiegazioni, scuro in volto. «Come se la cava?»

Bastò uno sguardo in risposta.

Faticavo a trattenere le lacrime e la collera.

«Si è ripreso l'auto di Marie?»

Annuii. «Si è presentato al bar e ha preteso che gli consegnasse le chiavi.»

«Non posso credere che Gary sia un tale idiota. Non sembra da lui», disse, mentre mi accarezzava la schiena per consolarmi.

«Io, invece, sì. Hanno litigato molto, e sono sicura che lei gli abbia detto cose di cui potrebbe pentirsi. E adesso lui cerca di darle una lezione togliendole tutto ciò che le ha dato. Dio, devo fare qualcosa. Ha le chiavi della mia auto, quindi può ancora muoversi, però...»

«Dovrebbe rivolgersi a un bravo avvocato, ecco cosa deve fare. Lui non ha il diritto di trattarla così. E sai che ti dico? Se fa lo stronzo con lei, non voglio più averci niente a che fare. Sai come la penso su queste cose.»

Ryan si accomodò accanto a me e gli posai la testa sulla spalla. «Devo tornare a casa il prima possibile. Non posso lasciarla da sola a gestire il pub mentre la sua vita va a rotoli. Voglio starle vicino, quando andrà dall'avvocato. Per me è importante essere al suo fianco. È la mia migliore amica.»

Lui sospirò e intrecciò le dita alle mie. «Lo so. Ha anche tutto il mio appoggio, qualsiasi cosa le serva. Sai che possiamo permettercelo. Dopotutto, sono in *enorme* debito con lei. Mi ha aiutato a vedere le cose con chiarezza, quando da solo non ero in grado di farlo.»

Dalla sua espressione capii che parlava di come si era prodigata per farci stare insieme, anche quando sembrava impossibile superare lo scoglio della fiducia. Dovevo fare anch'io lo stesso per lei? Provare a sistemare le cose con Gary prima che la situazione diventasse irreparabile? Una cosa era certa: ero pronta a pagare un avvocato pur di non permettere a suo marito di fare altri danni.

«Tar, dimmi la verità. Da come si comporta lui... Per caso Marie l'ha tradito?»

Sollevai la testa di scatto. «No. No, mai. Ma sospetto che sia vero il contrario.»

Mi accarezzò una spalla. «Tesoro, so che sei sconvolta. E so che sto per dire una cosa da bastardo egoista, ma non voglio mentirti assicurandoti che per me va benissimo se ora scappi a casa. So che vuoi starle vicino, ma questo viaggio insieme è molto importante per *noi*.»

«Lo so. E non sto correndo da nessuna parte.»

Mi fece alzare il mento con dolcezza. «Non voglio che succeda mai niente del genere a noi due. Non lascerò che il nostro amore arrivi a questo, Tar. Mai e poi mai. Lo giuro su Dio. Ti ho detto che per me verrai sempre al primo posto e non ho intenzione di rimangiarmelo, come non ho intenzione di permettere che qualcosa si metta tra noi. Ma il fatto è che qui sono anche sotto contratto. Qualsiasi cosa accada, voglio poter provvedere a mia moglie e alla mia famiglia.»

Mi raggomitolai contro di lui. «Lo so, tesoro. È il tuo lavoro, e io ti appoggio in tutto e per tutto. So bene dov'è il tuo cuore.»

Le sue dita mi scivolarono sulle piccole cicatrici. «Voglio che tu sappia bene cosa significa essere sul set con me. Mi hai chiesto di aiutarti a capire, e non conosco altro modo se non quello di farti provare l'esperienza.»

Annuii. «Anch'io lo voglio. Ma so pure che la mia amica è lontana, sta portando avanti il mio bar e sopportando l'inferno allo stesso tempo. È naturale che la mia reazione spontanea sia cercare di aiutarla.» *E uccidere Gary*.

«Allora chiedi a Cory di occuparsi del locale per un paio di giorni e dille di venire a Vancouver. Magari ha bisogno di un viaggio per distrarsi. Cambiare aria le farebbe bene.»

Ci pensai su per un momento, per essere sicura che la sua offerta fosse reale. «Dici davvero?» Non mi sarei fatta scrupoli a chiudere il locale per qualche giorno, considerato che Cory non sarebbe stato in grado di gestirlo da solo. L'avevo assunto come barista da sei mesi appena.

Lui fece cenno di sì e mi rivolse quel suo sorrisetto rassicurante. «È la tua migliore amica. Ha bisogno di te. E poi domattina comincio l'allenamento per le arrampicate. Voi ragazze potete stare insieme, fare cose da donne.»

Gli afferrai le guance e lo baciai. «Grazie. Non sai quanto è importante per me la tua comprensione.»

Mi bloccò, prendendomi per i polsi. «Ehi! Dove vai?»

«Voglio cercare i voli e prendere i biglietti.»

Ryan scivolò via da sotto di me e mi poggiò scherzosamente la testa sul cuscino. «Sta' ferma, tesoro. Abbiamo un agente di viaggi a disposizione, ricordi? Ci penso io.»

Quando tutto fu organizzato, tornò tra le mie braccia e rispose alla domanda su come potessi ripagare la sua gentilezza con sussurri che parlavano di orgasmi numero sette e otto.

Non vedevo l'ora di sdebitarmi.

Nell'istante in cui vidi Marie all'aeroporto, il suo sorriso beffardo si trasformò in pianto. Avevo faticato un po' a convincerla, ma alla fine ero riuscita a farla partire. Ebbi un tuffo al cuore nel vederla in quello stato. Avevamo affrontato tante prove insieme, tanto dolore e tante sventure, ma il sostegno emotivo che davamo l'una all'altra non era mai venuto meno.

La nostra amicizia aveva superato tanti momenti difficili, come una nave logorata dalle battaglie che si rifiuta di affondare. Lei era stata la mia ancora di salvezza quand'era morta mia madre e quando il senso di colpa e il dolore erano stati troppo forti da sopportare. Mi aveva stretta fra le braccia quando tremavo mentre i paramedici sollevavano il corpo di mio padre dal pavimento del pub e lo portavano via in ambulanza.

Per poco non avevo perso la testa quand'era andata a sbattere con l'auto contro un albero nove giorni dopo il diploma delle superiori, e avevo passato ogni momento a prendermi cura di lei per aiutarla a guarire. Ero stata la sua damigella d'onore.

E adesso, in quel momento, ecco che dovevamo aggiungere una nuova pagina straziante al libro della nostra amicizia eterna.

Le accarezzai i lunghi capelli castani e la strinsi con impeto. «Ce la faremo. Te lo giuro.»

Quando più tardi Ryan tornò dalle lezioni di arrampicata della mattina, anche lui abbracciò Marie a lungo. «Vuoi che lo prenda a calci in culo? Basta che tu me lo dica, e farò qualsiasi cosa», le disse piano.

Mike se ne stava da una parte, con una cassa di birra tra le mani. Sembrava dispiaciuto di averci interrotti.

Ryan scrollò le spalle. «Ho pensato che voi due ragazze voleste passare un po' di tempo per conto vostro, quindi Mike e io ci mettiamo a vedere la partita di hockey, d'accordo?» Sembravano due ragazzini che speravano di ottenere il permesso.

Quando arrivarono le pizze, ci accomodammo in soggiorno coi ragazzi. Piano piano Marie stava ritrovando il buonumore e sembrava un po' più rilassata.

«Aspetta, lascia fare a me», disse Mike, quasi saltando giù dalla sedia per aprirle una bottiglia di birra. Se soltanto avesse saputo quante ne aveva aperte da sola negli ultimi anni di lavoro dietro il bancone del bar... Il suo gesto era molto gentile, ma quasi esilarante.

Alle otto e mezzo circa Ryan decise che non potevamo vivere se non compravamo del cibo spazzatura salato, quindi c'infilammo tutti nell'auto a noleggio di Mike. Marie restò sconvolta quando lo vide correre ad aprirle lo sportello. Ryan, da bravo gentiluomo, mi riservava sempre quelle attenzioni. Mi trattava come una signora.

«Non mi serve la mappa, ho il GPS», scherzò Ryan dal sedile del passeggero, mentre cercava di far funzionare il navigatore nel cruscotto.

«Meno male che Mike è sobrio, o ci ritroveremmo a girare su noi stessi», rise Marie.

Ryan si voltò e le lanciò uno sguardo malizioso. «Ehi, nessuno può parlare del mio uomo, Mike. È fondamentale in questa missione.»

«Grazie al cielo. Dio solo sa quanto hai bisogno di essere difeso quando tutte quelle casalinghe arrapate cercano di saltarti addosso. Quanto scommetti che qualcuna ti chiederà di autografare un arrosto?» scherzò lei.

Mike rise. «Aspetta. La firma dev'essere proprio sulla carne, o per la scommessa valgono tutti i generi alimentari?»

Marie sollevò un sopracciglio e mi guardò. «Tutti i generi alimentari. Perché? Davvero vuoi fare una scommessa?»

«Ma certo, mia cara, direi proprio di sì. Le donne hanno sempre un foglio di carta nella borsetta. Ti concedo qualche minuto per decidere cosa vuoi perdere. Attenta a cosa scegli», ribatté Mike.

Il suo tono provocante non passò inosservato sul sedile posteriore.

Prima di entrare nel negozio, presi un carrello. Ryan era teso: si calcò il berretto da baseball sul capo, lanciandosi attorno occhiate nervose.

Come al solito, Mike entrò per primo. Lo faceva ovunque andassimo, per farsi un'idea dell'ambiente prima di permettere l'accesso a Ryan. Dopo una rapida ricognizione visiva dei prodotti per accertarsi che le verdure non stessero organizzando un attentato, mi venne accanto e mi diede una gomitata. «Santo cielo, ragazza mia, pensavo fossimo venuti a prendere qualche snack. Quanta roba hai in mente di comprare?»

«Visto quanto mangiate voi due, avrei dovuto prenderne almeno due, di carrelli. E, a meno che non ti piaccia indossare tutti i giorni la stessa biancheria, ti suggerisco di stare zitto e scegliere il tuo ammorbidente preferito», risposi, rifilandogli una gomitata scherzosa a mia volta.

Mike sembrava sgomento. «Mi minacci a suon di bucati?»

«Considerato che a noi non sono concessi servizi di lavanderia come a certa gente... be', sì.»

Ryan stava già riempiendo il carrello di frutta e biscotti trovati su un espositore all'ingresso. Guardò Mike di traverso. «A casa nostra non c'è niente da mangiare e, se lei smette di cucinare per me perché fai lo stronzo, giuro che ti ammazzo.»

Mike sollevò le mani in segno di resa. «Non me lo farò ripetere due volte. Se non fosse per Taryn, non mangerei mai un pasto fatto in casa, e poi, se ha tutta questa voglia di lavarmi i calzini... chi sono io per dire di no?»

Presi un po' d'insalata. «Marie cucina molto meglio di me. È in grado di preparare una zuppa con un gambo di sedano e un sasso.»

Lei mi sorrise allegra. Era una delle nostre battute dei tempi affamati del college.

Ryan agitò due pacchi di biscotti, indicando Marie. «Ecco. Trovati una cuoca anche tu.»

Tolsi i biscotti dal carrello. «Il tuo allenatore li ha esclusi dalla dieta, tesoro.»

Lui mise un broncio adorabile. «Niente biscotti?»

Mi sentivo una madre alle prese col suo bambinone. «Niente biscotti. E nemmeno ciambelle.»

Mentre lui mi guardava con occhi spiritati, Mike lanciò un'occhiata furtiva a Marie. Il viso della nostra cara guardia del corpo poteva anche essere impassibile, ma quello sguardo tradiva il fatto che ci stesse facendo un pensierino: valutava le sue possibilità. Marie aveva un fisico eccezionale, con l'aggiunta di un paio di tette capaci di mettere una donna nei guai.

Diverse volte avevo provato il desiderio di conoscere meglio la vita di Mike. Sapevo soltanto che era stato nei Marines per dieci anni ed era in grado di uccidere una persona a mani nude in cento modi diversi, però non avevo voluto metterlo in imbarazzo con le mie domande. La sua vita sentimentale era un argomento di cui non era mai capitato di parlare. Vivere sempre in viaggio come faceva lui non lo aiutava certo a coltivare una relazione. Una volta mi era passato per la mente che potesse essere gay, ma quell'idea era svanita in fretta quando l'avevo visto interessarsi a Trish. Un interesse che, in ogni caso, non somigliava neanche lontanamente al modo in cui pendeva dalle labbra di Marie, come se fosse la donna più affascinante del pianeta.

Nel terzo corridoio del supermercato una donna lanciò uno sguardo per nulla discreto a Ryan, quando lo notò. Divenne rossa in viso, come se fosse agitata anche se ancora non era sicura che si trattasse davvero di lui, tuttavia non tentò di avvicinarsi. Forse era troppo emozionata.

Io, intanto, spingevo il carrello godendomi lo spettacolo di Mike che cercava di chiacchierare con Marie, sfoderando tutta la sua disinvoltura.

«Non hai ancora definito i termini della scommessa. Dieci? Venti? Devi decidere in fretta. Miss Pantaloni Attillati sta armeggiando con la borsetta.»

Marie sembrava sicura di sé, ma anche un po' ritrosa. Mi accorsi che si toccava il dito su cui prima portava l'anello nuziale. Adesso al suo posto c'erano soltanto la pelle e la speranza di un nuovo inizio. «Che ne dici di una cena? Se vinci tu, puoi scegliere quello che vuoi qui al negozio, e io te lo cucinerò. Ma, se vinco io, *tu* metterai il grembiule», ribatté.

Mike rise, e nel frattempo si piazzò con discrezione tra Ryan e un uomo più anziano che gli veniva incontro lungo il corridoio. «Meglio per te se ci ripensi, a meno che non ti piacciano pasta al formaggio e ramen, o abbia una gran voglia di vedermi con addosso un grembiule. In quel caso, non oserei mai contraddirti.»

Con addosso soltanto *un grembiule*, lo corressi tra me, al posto di Marie. *Guardala, sorride. Le nostre menti perverse sono in sintonia.*

Lei si riprese in fretta. «Quindi non sei un gran cuoco?»

«Be', una volta ho provato a fare una zuppa di sedano e sassi, ma non credo sia venuta buona come la tua.»

Ryan prese un vasetto di salsa di pomodoro. Aveva le braccia colme di cibarie. Si avvicinò a Mike. «Aspetta, non avevamo deciso di portarle a cena *fuori*, domani sera? Avevi detto che volevi fare così.»

Mike sembrava avere una gran voglia di strangolarlo, ma alcuni clienti cominciarono ad avvicinarsi nella nostra corsia. Una ragazza prese il cellulare e lo puntò per fare una foto.

Ma, porca... Che vi prende? Credete che la gente famosa non mangi e non vada nei negozi? E dai! Corsi accanto a Ryan, spalla a spalla con Mike, schermandolo il più possibile. Non potevamo lasciarlo solo per due minuti senza che qualcuno tentasse di approfittarne.

Marie tirò fuori il telefono a sua volta e lo puntò verso la ragazza, che si mise a indietreggiare. «Aspetta, dove vai? Devo aggiornare la mia pagina su Facebook.»

Ryan si accigliò, contrariato. «Non fare così. Che scattino pure le foto. Se cominciamo a trattarle male e la cosa viene registrata... Sul serio, lasciale stare.»

«Scusa», si affrettò a dire Marie, ma non sembrava affatto pentita.

Mike le diede una gomitata. «Casinista! A quanto pare hai bisogno anche tu di qualcuno che ti faccia la guardia.»

Cominciavo a chiedermi se si stesse offrendo volontario.

Sorrisi a Marie. Ero sicura che si sarebbe rimessa in piedi, nonostante le cattiverie di Gary.

La sera seguente, Marie e io eravamo in bagno insieme, a truccarci davanti allo specchio. Il suo umore era migliorato dopo un'intera giornata di shopping con in mezzo un ottimo pranzo consumato in tutta tranquillità.

Ancora m'infastidiva un po' che Ryan non mi avesse restituito la mia carta di credito, perché ero costretta a usare quella intestata a entrambi. Sapevo che voleva prendersi cura di me, ma non mi piaceva l'idea di dipendere da qualcuno. Mi dissi che comprare reggiseni e mutandine osé poteva essere un buon modo per ringraziarlo.

Marie si sistemò la maglia nuova e poi, all'improvviso, mi abbracciò. «Grazie ancora per avermi comprato questi vestiti. Non appena le mie finanze torneranno stabili ti restituirò i soldi, lo giuro.»

Le accarezzai la schiena. «Non ce n'è bisogno. Sei stata tu a dirmi che dovevo abituarmi a spendere i milioni del mio futuro marito, no? Consideralo un regalo dal fondo 'Ryan dice che ti sarà debitore in eterno per ciò che hai fatto per noi'.»

Agitò la mano in aria, come a voler allontanare le mie parole. «Ma non è giusto comunque. Detesto non potermi permettere ciò che voglio senza dover fare affidamento sui soldi di Gary. È una situazione di merda.»

Le rivolsi uno sguardo d'intesa.

«Okay, okay, ho capito. Non ti prenderò più in giro sullo spendere il denaro di Ryan. Tu e io non siamo fatte così. Siamo abituate a mantenerci da sole.»

Misi via i miei trucchi e sistemai il ripiano. «Esatto. Sai, sono sicura che esistono milioni di donne disposte a trasformarsi in cuccioli viziati senza batter ciglio, passando le giornate tra gossip e negozi. Ma io non voglio vivere così. Ricordi cosa diceva sempre Melanie?»

Marie sorrise.

«'Non ti devo un cazzo'», esclamammo in coro.

Un attimo dopo Marie sospirò, nascondendo il generoso décolleté. «Accidenti. A Mike basterà vedermi vestita così per pensare che sono una specie di psicopatica disperata pronta a saltargli addosso. Volevo soltanto prendermi una pausa da tutto lo stress che sto vivendo e schiarirmi le idee, non mettere in imbarazzo il primo maschio sexy e stupendo che incontro.»

«Sono sicura che lui non la vede così.» *Almeno spero.* «Nessuno di voi due è costretto a fare nulla. E, da quel che ho potuto vedere, Mike è *molto* disponibile a passare del tempo con te.»

Alzò gli occhi al cielo, ma era la verità, e lo sapeva anche lei.

Mike l'aveva squadrata diverse volte, spesso mostrando una certa indecisione se concentrarsi sul viso o sul seno abbondante.

«Non è troppo presto? Non dovrei disperarmi per almeno un anno?»

«Non so. Ma se non ti senti triste significherà qualcosa, no?»

Lei non ebbe esitazioni. «Sono stata infelice per molto tempo. Mi ha trattata da schifo per anni... Ormai sono diventata insensibile. Però mi basta *guardare* Mike per sentirmi pervadere da una sensazione che mi arriva fino alla punta dei piedi.»

«Posso dirti che è un ragazzo fantastico. Ho avuto modo di conoscerlo meglio soltanto nelle ultime settimane, ma sono dispiaciuta per lui: la sua vita si basa su quella di Ryan. Si sente quasi sempre un intruso fra noi, e quando ci accompagna da qualche parte, proteggendoci per poi scivolare via in silenzio, mi si spezza il cuore. Credo non veda l'ora di poter uscire senza sentirsi il terzo incomodo, almeno per una volta.»

«Be', io non lo considero un appuntamento. Sono sicura che vuole soltanto essere gentile, quindi non ho intenzione di vederci secondi fini.»

Suonò il campanello e lei sussultò. Era ora di andare.

«Scusate il ritardo.» Mike indossava un paio di pantaloni neri eleganti e una camicia button down grigia che evidenziava ogni curva del suo torace.

Quando chiusi la porta, notai qualcosa che gli luccicava sulla schiena. «Voltati», gli dissi di nascosto e, dopo aver staccato l'adesivo gigante dal tessuto, lo appallottolai rapida nella mano. Non avevo mai visto Mike arrossire.

«Ah, cazzo, è imbarazzante, eh?» borbottò.

L'idea che avesse sentito il bisogno di comprare dei vestiti nuovi per la serata mi emozionava. «Non ti preoccupare, sarà il nostro piccolo segreto. A proposito, stai benissimo.»

Si passò le mani sui pantaloni: il suo nervosismo sembrava sincero. «Grazie, Taryn.»

Nel momento in cui Marie mise piede nella stanza, sui loro volti notai il rossore tipico di quando si prova una forte attrazione per un'altra persona.

Era capitato diverse volte, in passato, che Mike lanciasse occhiate a Marie, ma non si era spinto oltre. Una volta o due mi ero accorta che guardava male Gary, quando non si comportava bene con lei. Marie all'epoca era inaccessibile. Adesso, invece, lui aveva campo libero. La fede nuziale non c'era più, al suo posto soltanto una traccia leggera, il ricordo di un periodo della sua vita che piano piano, col tempo, sarebbe sbiadito.

«Oh, wow. Sei... ehm, sei splendida», balbettò lui, con le guance appena arrossate.

Oh, è adorabile! Guarda come continua ad arrossire!

Nemmeno a Ryan sfuggì l'elettricità che aleggiava nella stanza. «Tar, puoi venire un attimo?»

Lo seguii al piano di sopra, in camera da letto.

«Dobbiamo parlare. Ti sei accorta anche tu di cosa sta succedendo tra loro, vero?»

Sorrisi. «Sì. E per me va benissimo. Per te no?»

Lui sembrava teso. «Sei sicura? Ha detto che lascerà perdere, se tu non sei d'accordo.»

Sul serio Mike ha parlato di Marie con Ryan? A giudicare da come l'aveva guardata quand'era arrivata vestita in quel modo, ero sicura che non sarebbe stato per niente facile per lui lasciar perdere.

«Sono sicura. Quel che mi preoccupa è che credevo che a Mike interessasse Trish. So che è solo e non è giusto che sacrifichi la sua vita privata per noi, ma non gli permetterò di provarci con entrambe.»

Ryan annuì con decisione. «No, nemmeno io. Trish gli piace. La trova carina, ma tra loro non è scattato quel qualcosa in più che sente con Marie. Cavolo, non c'è nemmeno bisogno che te lo spieghi, lo vedi bene quanto me. Ma sono anche abbastanza sicuro che in questo momento lui stia cercando di tenere a bada gli ormoni. Sa bene che lei è ferita e non è assolutamente pronta per una storia seria.» Mi accarezzò un braccio, dopodiché riprese: «Ehi, anch'io le voglio bene, sai. E poi è la migliore amica della mia futura moglie. Non permetterò a niente e nessuno di mettere a rischio il vostro legame. Mike conosce bene la sua situazione e l'ho informato sulle difficoltà che la aspettano. Lui vuole vedere come va, ma poco fa in cucina mi è sembrato di andare a sbattere contro un muro di tensione sessuale. Cavolo, mi sorprenderebbe vederli arrivare alla fine della cena».

Quelle parole mi fecero ridere. «È colpa nostra, perché ieri sera li abbiamo lasciati da soli a *parlare*. Comunque sono entrambi adulti. Sono certa che se la caveranno da soli.»

Lui, però, non sembrava altrettanto sicuro. «Be', andiamo a scoprirlo.»

Dopo due ore di meravigliosa cena romantica, Marie e io ci allontanammo per una scappata alla toilette. Chiamatela come volete, ma era la nostra occasione per confrontarci mentre i ragazzi dovevano decidere come comportarsi per andare a segno. Mike e Marie stavano benissimo insieme; erano uno spettacolo strano ed esaltante allo stesso tempo.

«Oh, Dio, credo di essere già innamorata», smaniò lei, mentre camminava avanti e indietro per il piccolo bagno facendosi aria con le mani per calmarsi. Si portò all'indietro i lunghi capelli castani, sollevandoli dal collo. «O almeno provo un'attrazione davvero forte. Hai visto come si è commosso mentre parlava della sua ultima missione militare, quand'era vicino a quell'autobomba in Israele?» Si passò un dito sotto un occhio per sistemarsi il trucco. «Ha cercato di nasconderlo, ma prova un intenso e profondo dolore emotivo, Tar. Gli si legge negli occhi. Per lui è stato difficile parlarne, ma è necessario. Deve buttare tutto fuori, o rischia di esserne distrutto.»

In effetti, il racconto delle sue missioni e di come avesse perso due dei suoi più cari amici nella folle violenza degli scontri in Medio Oriente ci aveva davvero commossi. Sotto l'apparenza dell'uomo forte, Mike nascondeva traumi terribili.

Marie entrò per prima nel gabinetto. «Accidenti. Mi sento in colpa a fare pipì. Solo la prima bottiglia di vino sarà costata almeno duecento dollari. Ma voi due vi date sempre alla pazza gioia così? Coi soldi che spenderemo per questa cena, una famiglia di quattro persone potrebbe mangiare per un mese.»

Anche se nessuna delle due era cresciuta tra le privazioni, era difficile fingere di non badare a quanto spendevamo. «Lo so. E la risposta è: a volte. Ryan voleva che fosse una serata speciale, e sono sicura che Mike vuole far colpo su di te.»

«Be', missione compiuta. Lui sa cos'ha fatto Gary, vero?» mi domandò piantandomi addosso uno sguardo indagatore.

Annuii. «Gliel'ha detto Ryan. Sa pure che vi siete separati e che ora vivi a casa mia.»

«L'avevo capito. L'ho visto irrigidirsi un paio di volte.» Inspirò a fondo. «Ecco... c'è una cosa che non sai. Jeff, il ragazzo dell'UPS, l'altro giorno è venuto al pub. Mi ha detto che era andato a consegnare un pacco a casa mia e voleva sapere chi fosse la bella ragazza che era andata ad aprire con addosso nient'altro che una maglietta. Mi ha chiesto se era la sorella di Gary. Erano le nove del mattino, Tar.»

Ero senza fiato. «Oh, Dio.»

Vidi la rabbia con cui tratteneva le lacrime, mentre dalle sue labbra emergeva quel ricordo doloroso.

«Sai, mi sono chiesta perché diavolo abbia fatto una cosa del genere... andare a vivere subito con una ragazza. E invece eccomi qui, a fare la stessa cosa. Forse ora lo capisco.»

Mi appoggiai al ripiano del lavandino. «Lo ami ancora?»

Lei sbuffò. «Dopo tutto questo schifo... direi proprio di no. Il nostro matrimonio è finito.»

Anche solo pronunciare quelle parole doveva essere stato difficile, perché mi accorsi che il suo sorriso nascondeva altre lacrime.

«Adesso voglio soltanto recuperare le mie cose e guardare avanti. Però mi spaventa non sapere dove andrò a finire.»

Le sorrisi per rassicurarla. «Sai bene quanto me che la vita ha in serbo qualcosa per te. E forse il buon Dio stasera ha messo a tavola con noi novanta chili di bellezza virile proprio per rispondere alla tua domanda.»

Riuscii a strapparle una risata.

«È questo il problema: sono troppo spaventata per sperarci. Non subito, almeno. Magari a lui interessa soltanto una botta e via, mentre io non penso che una notte con Mike mi basterebbe. Certo, a meno che non sia ipodotato e incapace. Ah, cavolo, mi sono già impelagata.»

«Sai... mi viene in mente una persona che una volta mi ha detto di lanciarmi nell'avventura di una notte con Ryan. Come si cambia in fretta idea, quando si è nei panni della sgualdrina, vero?»

Mi fece una smorfia. «È diverso. Il tuo *fidanzato* trasuda sesso da ogni poro, ed è anche l'uomo più desiderato della Terra. Bisognerebbe essere completamente pazzi per lasciarselo scappare.»

«Potrei dire lo stesso. I pori di Mike emanano la stessa sensualità. E anche lui sta diventando famoso, sai. È in quasi tutte le foto e i video di Ryan di questi giorni. Sembrano la coppia più in voga del momento.»

«Lo so.» Fece un sorriso ampio, ma non durò a lungo. La sua espressione si adombrò, e lei si appoggiò al ripiano. «Mi sembra tutto così surreale... ho la sensazione che potrei svegliarmi da un momento all'altro e scoprire che è stato tutto uno scherzo. Non ce la faccio a tornare di là.» Cominciò a iperventilare: sembrava sul punto di dare di stomaco nel lavandino. «Io... se lui... non credo che potrei sopravvivere al secondo rifiuto nel giro di una settimana. Se non valgo abbastanza per un bastardo come Gary, come posso andare bene per uno come Mike? Insomma, guardalo. È alto, bello, perfetto.»

Le accarezzai la schiena per confortarla. Conoscevo benissimo quella sensazione. «Anche tu sei splendida. E vai *benissimo*. Credo sia giunto il momento che qualcuno cominci a trattarti come la dea che sei.»

Storse la bocca.

«Sai anche tu che tutto accade per un motivo. E per qualche assurdo miracolo due degli uomini più belli del mondo sono seduti a tavola e non aspettano altro che torniamo da loro. Siamo le donne più fortunate del pianeta. E, anziché passare il tempo con loro, ci siamo rinchiuse in un gabinetto a preoccuparci del nulla. Perché, invece, non andiamo a scoprire cosa ci riserva il futuro?»

Prese un respiro profondo e raddrizzò la schiena. «D'accordo, andiamo. Fidiamoci del destino.» Si sistemò il seno e inspirò di nuovo. «Forza, rendiamo orgogliose le nostre mamme.»

«Buongiorno», dissi da dietro una tazza di caffè, anche se erano quasi le dieci.

Marie aveva i capelli spettinati e aggrovigliati, e indossava la maglietta della Brown University che le avevo regalato secoli prima. La ragazza evitava il mio sguardo, e cominciò a cercare un'altra tazza, ignorandomi.

«Il tuo sguardo mi sta trapassando», dichiarò concisa, mentre si versava il caffè bollente. «No, non ci sono andata a letto. Sì, ha un'idea molto precisa della posizione di *entrambi* i miei seni e, sì, bacia in modo paz-ze-sco.» Si voltò e mi rivolse un sorriso che raccontava di una notte di follie. Aveva ancora le labbra gonfie. «E, se il rigonfiamento marmoreo che aveva nei pantaloni quando l'ho mandato via doveva darmi un'idea del suo potenziale, allora faccio l'abbonamento completo.»

Non potei fare a meno di ridere. Col piede, le scostai una sedia dal tavolo.

«Quell'impiccione del mio fidanzato voleva sapere a tutti i costi cosa stavate facendo. È persino sceso dal letto per andare a controllare se l'auto di Mike era ancora qui davanti.»

A quelle parole, Marie scosse il capo. «Abbiamo parlato molto. Sa bene che sto affrontando un brutto momento. E non vuole mettermi pressione finché non mi sentirò pronta, cosa che mi è sembrata molto... premurosa.»

Eh, già, aveva proprio perso la testa per lui.

Marie era rimasta soltanto per quattro giorni, e avevamo trascorso tutte le serate insieme con Mike e Ryan. Ero felice di vederla di nuovo piena di speranza. Gary non poteva più spezzarle il cuore, perché lei, ormai, si stava innamorando di un altro uomo.

Mike sembrava davvero triste di vederla partire e si era fatto sostituire nella scorta a Ryan per poterla accompagnare di persona all'aeroporto. Ai miei occhi, quel gesto gli aveva fatto guadagnare ulteriori punti. Mentre ci abbracciavamo, al terminal, lui le disse che sarebbero rimasti in contatto, facendomi sorridere.

Mike pagò il parcheggio. Osservai la sua espressione contrariata, le labbra serrate. Sembrava davvero incazzato.

«Se la caverà», gli sussurrai.

Mi guardò e fece cenno di sì col capo. «Già.»

Fissavo il paraurti dell'auto davanti a noi, sollevata al pensiero che Mike si fosse comportato da gentiluomo per tutto il tempo e non avesse voluto approfittare di Marie per una storiella passeggera. Ma la sua tensione era evidente.

«Come stai?»

Lui strinse i denti e si rabbuiò ancora di più. Non rispose subito ma, quando lo fece, disse: «Ti chiedo solo di avvisarmi se la situazione peggiora. Credo che a me non lo direbbe, quindi voglio che tu sappia che m'interessa saperlo, okay?»

Lo fissai a lungo, un po' sconvolta. «Sicuro di volerti intromettere?»

Mike azionò la freccia e controllò il traffico, poi mi guardò dritto negli occhi. La sua collera svanì subito, per lasciare posto a una sincerità dolce ma irremovibile. «Sì, ne sono sicuro.»

Ricordai come ci si sentiva a scoprire di essere tradite dal proprio uomo. Marie era davvero pronta a passare al «successivo», oppure aveva bisogno di altro tempo per pensare?

Parte della tensione di Mike tornò a farsi vedere. «Per te è un problema?»

Sì che lo è. Però risposi: «Il fatto è che lei non è soltanto un'amica. In pratica è l'unica famiglia che ho, e non voglio vederla soffrire. Un uomo le ha già spezzato il cuore. Non deve succedere ancora».

Lui annuì di nuovo, rigido. «Capito.»

Marie mi aveva raccontato di aver pianto tra le braccia di lui, la sera prima. Detestava essere crollata in quel modo, ma stavano parlando e lui le aveva chiesto perché si fosse accontentata di quell'uomo, e a quel punto era successo.

Mike spense la radio. «Non prendermi per uno senza cuore, ma sono felice che sia accaduto. Cioè, mi spiace che abbia sofferto, ma ho potuto vedere come la trattava quello stronzo, e... non si fa così con una donna. Non si fa, punto e basta. Quando hai la fortuna di avere accanto una persona del genere, devi trattarla bene.» Diede una manata sul cambio.

Non potei fare a meno di sorridere.

Mi guardò. «Cosa c'è?»

Sì, Marie gli piaceva un bel po'. E lei doveva cancellare Gary dalla sua vita il prima possibile.

9

AZIONE

Il lunedì mattina, alle otto in punto, Ryan e io fummo accompagnati da una berlina coi vetri oscurati a una colazione di lavoro con Jonathan Follweiler e il cast principale di *Slipknot*. Mike era seduto davanti, al posto del passeggero, mentre un altro uomo guidava. Da quando avevamo salutato Marie, era di cattivo umore, ma quello stupido macho non l'avrebbe mai ammesso. Io, però, me n'ero accorta.

Guardai l'autista: aveva un collo davvero grosso e si spazientì subito quando dovette allontanare dei curiosi sul marciapiede, dopo aver parcheggiato davanti all'ingresso dell'hotel. Erano i momenti come quello a ricordarmi quanto poco normali fossero le nostre vite. La gente comune raggiungeva i posti per conto suo e non aveva bisogno di farsi aprire le portiere da altri.

La moglie di Jonathan, Anna, anche lei produttore esecutivo del film, era arrivata in città e aveva chiesto che ci fossi anch'io. Mi salutò con un abbraccio affettuoso e un sorriso, ed ebbi la netta sensazione di avere una sorta di «appuntamento» con lei. Immaginai che mi avessero coinvolta in quella colazione soltanto per approfondire la mia amicizia con lei. Doveva avermi puntata come possibile compagna di shopping. Anna aveva in programma di restare a Vancouver per quasi tutto il tempo delle riprese, e non erano passati nemmeno venti secondi che già mi aveva preannunciato che ci saremmo divertite un mondo, insieme.

A essere sincera, ne ero felice. Il suo entusiasmo era contagioso, e il modo in cui mi accettava senza riserve era un vero sollievo. Era molto importante per me farmi degli amici all'interno della sfera sociale di Ryan.

Strinsi la mano al produttore Parker Shay e poi mi presentarono alla coprotagonista di Ryan, Nicole Devin. Non l'avevo mai sentita nominare prima che lui me ne parlasse, quindi avevo fatto precedere il nostro incontro da una ricerca su Google. Così avevo scoperto che suo padre era un agente cinematografico e sua madre una sceneggiatrice di successo. Nicole aveva avuto un ruolo fisso in una serie trasmessa dalla TV via cavo prima di approdare al fianco di Ryan in quella pellicola.

Eravamo più o meno alte uguali, ma lei aveva capelli color caramello che le arrivavano alle spalle, labbra carnose e un naso scolpito da un professionista. Sembrava stanca: aveva gli occhi cerchiati. Invece di stringermi la mano, distese le braccia, prendendomi in un abbraccio che durò un po' troppo rispetto allo standard convenzionale, almeno così mi parve. Fu allora che mi resi conto che i suoi seni gonfiati dalla chirurgia estetica stavano ammaccando i miei, e mi sottrassi alla presa.

Quando l'attore Bill Pullman entrò nella sala, ebbi un lieve sussulto. Sapevo che avrebbe interpretato il ruolo dell'agente dell'FBI, ma era comunque un'emozione vederlo arrivare in carne e ossa, con indosso i jeans e una giacca sportiva color cammello, e dirigersi verso il nostro tavolo. E, nell'istante in cui sfoderò quelle sue fossette da manuale, non potei evitare di essere colta dalle vertigini. Accidenti, adoravo i suoi film.

Mentre ci servivano il caffè, mi accorsi che Nicole mi squadrava, di tanto in tanto. Faceva uno strano sorriso, tirava su col naso, poi sbatteva le palpebre e distoglieva lo sguardo, spesso per puntarlo su Ryan. Fantastico... un'altra attrice bellissima che sbavava sul mio fidanzato e mi osservava per farsi un'idea del livello di competizione. Sentii che stavo stringendo la presa sul coltello del burro.

Cercavo di chiacchierare con Anna, ma il modo in cui Nicole continuava a tirare su col naso mi distraeva. Frugai nella borsa in cerca di un fazzoletto da dare a quella povera ragazza. Speravo che guarisse al più presto da quel raffreddore, quantomeno prima di dover girare qualche scena di bacio con Ryan, perché, con la fortuna che avevo, ero sicura che gli avrebbe attaccato qualcosa, e io mi sarei ritrovata con l'influenza o chissà che.

Mi stavo proprio domandando come una persona dall'aria tanto frivola potesse diventare famosa, quando Jeremy Irons venne verso di noi.

Porca miseria, lui sì che è la quintessenza dell'attore di successo. A vederlo dal vivo si provava quasi un timore reverenziale.

Sapevo che Ryan era nervoso all'idea di lavorare con attori di tale esperienza, soprattutto perché lui aveva il ruolo di protagonista. Temeva sempre che le sue doti attoriali non fossero adeguate. Dal canto mio, mi ero fatta un'idea di quanto le persone dell'ambiente potessero dimostrarsi ciniche e critiche durante la festa che aveva seguito la prima di *Reparation*, quando mi era capitato di ascoltare qualche commento sprezzante sulla sua interpretazione. Per fortuna Ryan non li aveva sentiti, altrimenti sarebbe caduto in una spirale di disperazione.

Tuttavia sapeva bene di essere un astro nascente e di non essersi ancora conquistato a pieno titolo il ruolo che ricopriva. La sua bellezza, unita al successo del primo film, aveva suscitato grande attenzione nei suoi confronti, ma se voleva il rispetto dei suoi pari doveva dimostrare di meritarlo.

E io ero sicura che il timore di fallire fosse la sua maggior preoccupazione, anche se non l'avrebbe mai ammesso apertamente. In effetti, la sua ansia si era manifestata la sera prima, poco dopo mezzanotte. Ryan non aveva fatto altro che girarsi e rigirarsi nel letto, lottando coi cuscini, che aveva ripiegato e picchiato per sottometterli, come se l'avessero fatto infuriare.

Avevamo appena fatto del sesso incredibile e sfiancante, quindi sapevo che l'unico motivo per cui non riusciva a prendere sonno doveva essere nella sua testa.

«Non riesci a dormire?» gli avevo chiesto, nella speranza di farlo parlare e che tornasse ad abbracciarmi.

Lui aveva tirato di nuovo le coperte. «Non trovo la posizione giusta. Chiudi gli occhi, tesoro.»

Già, la sua mente doveva essere un turbine di pensieri.

«Ti va di parlarne?»

«No. Dormi.»

Mi ero voltata a guardarlo. «Sei in ansia per domani?»

Lui aveva sospirato, si era accigliato e poi aveva risposto di no.

Bugia piccola, ma molto evidente. «Tu ci sei già, sai. Soltanto che gli altri hanno bisogno di un po' di tempo per capirlo.»

Lui aveva abbassato il mento per guardarmi, accarezzandomi i capelli. «Dov'è che sono?»

«Dove pensi che loro siano già arrivati con le loro carriere, mentre tu no.»

Aveva emesso un lamento che lasciava trapelare tutto il suo scetticismo.

«Lavori con due uomini che sono nell'ambiente da prima che tu nascessi. So bene che questo ti preoccupa.»

Ryan mi aveva posato sopra l'altro braccio, poggiando il mento sulla mia testa. Il suo sospiro lieve e sofferente era stato la conferma che cercavo.

«Sei bravo e pieno di talento, proprio come loro. Ancora non te ne sei accorto, ma succederà, e anche loro lo noteranno.» Avevo aspettato che rispondesse, ma lui era rimasto in silenzio. Quindi avevo affondato il viso nel suo petto e avevo aggiunto: «E poi tu hai qualcosa che loro non avranno *mai*».

«E sarebbe?»

Avevo chiuso gli occhi, e per un istante mi era sembrato di crollare; il sonno mi stava chiamando a sé a gran voce. «Otto milioni di fan urlanti», avevo mormorato.

Lui aveva ridacchiato e mi aveva dato un bacio sulla fronte. «Ti amo. Ora dormi.»

L'ultima cosa che ricordavo di aver detto era: «Io di più».

Ryan si alzò all'istante per stringere la mano di Jeremy, facendo cadere a terra il tovagliolo, in un gesto goffo. Persino uno famoso come lui poteva cedere all'emozione, di fronte a una celebrità.

Per fortuna Parker Shay li raggiunse e dissipò parte dell'imbarazzo.

Dopo colazione, Anna e io fummo portate via da una Lexus con autista, che ci avrebbe accompagnate nella nostra giornata di shopping. Quasi mi sembrava di sentire le carte di credito che sfrigolavano nella sua borsa.

Sarebbe stata una lunga giornata.

Sfruttai l'opportunità per farle mille domande e imparare tutto ciò che potevo su cosa significava essere un produttore cinematografico, dato che Ryan aveva firmato un contratto anche come produttore esecutivo di *Slipknot*. Fu come avere un'insegnante privata: mi chiarì le idee sui più piccoli dettagli e sulle varie sfumature dell'industria del cinema, e intanto m'introdusse alle meraviglie di uno shopping fatto come se i cartellini dei prezzi non esistessero.

Nei giorni seguenti, Anna mi fece visitare i set, mi presentò alle varie troupe, agli scenografi, ai costumisti e ai microfonisti, spiegandomi meglio che poteva in cosa consisteva il lavoro di ciascuno.

Durante una pausa ascoltai la segreteria telefonica, su cui trovai una serie di proposte d'interviste e domande su chi mi rappresentasse. *E questo cosa diavolo significa? Siccome sono fidanzata con Ryan, adesso ho bisogno di un cavolo di agente? Cancella, cancella, cancella.*

«Salve, Miss Mitchell, sono Sharon Palmer della United Fidelity Bank. La chiamo per l'affitto della cassetta di sicurezza intestata a Daniel Mitchell, il cui pagamento è in ritardo di sessanta giorni. La prego di contattarmi il prima possibile.» Armeggiai nervosa col telefono, accertandomi di non aver eliminato quel messaggio, dato che non avevo una penna per trascrivere il numero.

Quando sarei riuscita a chiudere tutte le questioni aperte sulle proprietà dei miei genitori? Avevo controllato tutti i loro documenti: come diavolo avevo fatto a dimenticare quello? Mi chiesi se avessi ancora copie del certificato di morte di mio padre, mentre col pollice selezionai il messaggio successivo.

«Taryn.»

Restai di sasso. Sentir pronunciare il mio nome da quella voce bastò per sconvolgermi. Di colpo non riuscivo più nemmeno a deglutire.

«Ciao, sono Thomas. Sono passato al bar, l'altro giorno, ma mi hanno detto che sei fuori città. Cazzo... Ehm... senti, ho bisogno di parlarti. È importante. Chiamami al cellulare. Il mio numero è...»

Mille pensieri s'inseguirono nella mia mente. Perché mai aveva bisogno di parlarmi, e di cosa? Centinaia di possibilità mi apparvero davanti agli occhi, tra cui l'idea che avesse delle foto di me nuda e che gli fossero state rubate, o qualche altra assurdità del genere.

Vorrà cercare di riportarmi nella sua vita? Ma era davvero troppo tardi, ormai. Dopo averlo visto darsi al sesso selvaggio con quella puttana, anche se Ryan non fosse esistito non sarei mai e poi mai tornata con lui.

Jonathan Follweiler mi chiamò a gran voce, facendomi cenni con la mano. Infilai il cellulare in tasca e mi domandai se non fosse il caso di dire a Ryan che Thomas mi aveva cercata.

Il regista sembrava agitato, senza fiato. «Ah, mia cara Taryn, siamo un po' alle strette. Ti spiacerebbe metterti in piedi su quel segno? Dobbiamo verificare le luci.»

«Segno?» ripetei, indicando la X segnata a terra col nastro adesivo a qualche metro di distanza, mentre l'eco della voce di Thomas ancora si riverberava nella mia mente.

Jonathan e altri tre uomini attorno a lui si fecero tesi, mentre un altro, che disse di essere il macchinista, sollevò una specie di dispositivo portatile accanto al mio viso. Incerta su come dovessi comportarmi, mi bloccai mentre tutto attorno a me venivano piazzate enormi telecamere e luci gigantesche.

Il primo aiutoregista, che mi avevano detto si chiamasse Denny, mi raggiunse. «Dove? Qui?» chiese, e con una zampona sgraziata mi strattonò per un braccio per riposizionarmi.

Jonathan arrivò di corsa e si abbassò le cuffie sul collo. «Taryn, vedi il primo segno? Devi stare lì sopra, e quando ti chiamo devi camminare da lì a qui.»

«Certo. Nessun problema.» Andai al primo segno e aspettai.

Ripetei la camminata da A a B diverse volte, mentre gli altri si affaccendavano a sistemare inquadrature e luci. Non sapevo perché avessero chiesto proprio a me di camminare avanti e indietro, ma non importava; l'idea di servire a qualcosa e di non essere soltanto d'intralcio era un sollievo. Ryan stava concedendo qualche rapida intervista, quindi in quel momento non avevo proprio niente da fare.

Mentre ero sul secondo segno, lo vidi arrivare sul set, accompagnato da Mike. Un istante dopo, sul suo volto apparve un'espressione spaventata e corse da me con l'aria di un padre che salva il figlio da un'autostrada trafficata. Per fortuna, la sua preoccupazione mi fece dimenticare il pensiero di Thomas.

«Scusami», disse Ryan a Denny. «Taryn... cosa stai facendo?» mi sussurrò, furioso. Cominciò a tirarmi per un braccio, allontanandomi dal segno.

«No, aspetta!» Cercai di restare dov'ero.

«No, no, Ryan, lasciala lì. Avevamo bisogno di una sostituta per Nicole», lo informò l'aiutoregista.

«Ah», fece lui. Sembrava sollevato.

«Jonathan mi ha trovato qualcosa da fare», aggiunsi, saltellando appena sulla punta dei piedi sopra la grande X disegnata a terra col nastro adesivo, nel tentativo di scaldarmi. Anche se era una giornata di sole, la temperatura a Vancouver era sempre molto fresca.

Jonathan mi chiese di restare in zona e io annuii, ma aggiunse che aveva bisogno di una decina di minuti.

«Dio, per un attimo mi è preso un colpo», fece Ryan.

Lo guardai seria. «Non sono il tipo che si piazza davanti alle telecamere senza motivo.»

«Non avevo capito. Scusa. Ehi, pensa un po', il tuo primo impiego ufficiale nell'industria cinematografica è fare la controfigura», aggiunse con aria divertita. Ridacchiava, ma sul suo viso leggevo anche un certo orgoglio. «Sai che ormai ti hanno ripresa? Potremmo chiedere se ci danno una copia dei filmati.»

Gli diedi una piccola gomitata. «Non è un lavoro. È un piacere che ho fatto a Jonathan. Allora, sei pronto? Ricordi le battute?»

Annuì. «Sì, me le ricordo. Ma credo che le abbia imparate anche tu.»

Ovviamente era così.

«Mi hanno dato la mia copia ufficiale del copione», risposi.

«Certo. E Jonathan ti ha già nominata aiutoregista?» scherzò.

Gli diedi un altro colpetto allo stomaco per quella presa in giro. «No. In compenso, però, Denny mi ha assegnato l'incarico di prenderti a calci in culo quando sbagli battuta.»

Quella sfida gli strappò un sorriso. Mi diede una spinta che mi fece perdere l'equilibrio, ma mi ripresi in fretta e gliela restituii. Con le dita lunghe mi afferrò per un braccio e mi guardò torvo, le palpebre socchiuse con aria minacciosa. «Credi di essere forte abbastanza?»

Deglutii, eccitata da quella dimostrazione di superiorità. «Certo. Conosco tutti i tuoi punti deboli.»

La sua espressione si fece più cupa e lui mi afferrò il collo in una stretta gentile ma possessiva, che mi diede una scarica di calore. «Ne sei sicura? Non sai poi molto, dato che il mio peggior punto debole sei proprio tu. Ma non farti illusioni. Ho già avuto modo di posare bocca e mani su ogni angolo del tuo corpo, so come sconfiggerti... e in fretta», ruggì, mordendosi il labbro inferiore, come a volermi istigare a sfidarlo.

Quanto avrei voluto essere da sola con lui, dove potesse mettere in atto le sue minacce.

«Me lo assicuri?» sussurrai, attratta dal tremito delle sue labbra, eccitata dall'effetto che ci facevamo a vicenda.

«Non appena avrò finito qui, te ne darò una dimostrazione», sospirò.

È tanto per dire o è una promessa? «Non vedo l'ora», risposi, emozionata e senza fiato.

«Me l'hai fatto venire duro», aggiunse, lo sguardo che vagava tra le mie labbra e gli occhi.

Lanciai una rapida occhiata al cavallo dei pantaloni ed ebbi la riprova che non stava mentendo. «Vorrei tanto poterti aiutare...» Pensieri su come avrei potuto renderlo inerme e farlo gemere usando le mani e le labbra mi danzavano nella mente. «Ma credo che dovremo rimandare.» E feci un cenno in direzione di Denny.

Ryan sibilò un'imprecazione, si voltò in fretta e si sistemò l'erezione nei pantaloni cercando di non dare nell'occhio. Era difficile non ridere del suo imbarazzo.

«Piantala», si lamentò.

«A quanto pare, il sesso appena svegli non ti è bastato, eh?» scherzai.

Mi lanciò un'occhiata carica di esasperazione. «Quattro o cinque volte al giorno forse potrebbero essere sufficienti. Ricordalo sempre, mia futura moglie.»

Quelle parole mi strapparono una risatina. «Anche se mi piacerebbe tanto poterti rispondere a tono, credo che in questo momento dovremmo concentrarci su altro. Allora... 'Chase. Che cosa ha detto la polizia?'»

«Taryn, so le battute», si lamentò.

«Okay.» Non avevo bisogno di un secondo avvertimento.

Mi misi a osservare la troupe che montava un maxischermo a qualche metro da noi. *Dove metteranno quello schermo enorme? Sembra faticosissimo da spostare.*

Ryan sospirò. «'Niente. Non hanno nuovi indizi.'»

Mi voltai. «Come?»

«La mia battuta, no? Devo rispondere: 'Niente. Non hanno nuovi indizi'.»

«Oh, scusami, non ti avevo sentito.»

Osservare la nuova segretaria di scena di Ryan che cercava di decidere in quale tasca infilare il walkie-talkie e, intanto, inciampava sui cavi di alimentazione era piuttosto divertente. *Sembra giovane e agitata per qualcosa. I riflessi blu nei suoi capelli neri sono davvero belli.*

Ryan si schiarì la gola. «Detesto quando fingi d'ignorarmi. Allora, lo facciamo o no?»

All'improvviso ebbi la sensazione che non fosse una buona idea. «Non ti sto ignorando. Forse dovresti provare con Nicole. Non voglio intromettermi.»

Lui, però, non era d'accordo. «Abbiamo dieci minuti, e lei è ancora al trucco. Hai una copia delle risposte?»

Tirai fuori la mia copia dei dialoghi di scena dalla tasca posteriore.

«Tu mettiti sul suo segno. Pronta?»

«Certo.» Finsi di fare due passi per arrivare sulla X. «'Chase, che cos'ha detto la polizia?'»

«'Niente. Non hanno nuovi indizi. Senza un mandato, Reed non consegnerà l'elenco dei clienti di mio padre. Dovrei...'»

«Aspetta... davvero la farai così?» Anche se aveva recitato a memoria, era stato frettoloso e incerto.

Mi scrutò. «Sì, pensavo di sì. Perché? Cosa c'era di sbagliato?»

«Mi stai solo ripetendo le battute, oppure stiamo provando sul serio come facciamo quando ripassi a casa?»

Incrociò le braccia, sulla difensiva.

«Non te la prendere. È che... non so, sembrava che stessi buttando lì le battute. Credevo che Chase dovesse essere frustrato, e anche più triste. Insomma, io l'avevo immaginato così.»

«Scusami, ma mi hai distratto. Sono arrapato, e nervoso perché in questo momento non posso farci niente.»

«Margaret Thatcher in perizoma.»

Il tentativo di distrarlo con un umorismo alla Austin Powers non fu ben accolto, perché mi rivolse «lo sguardo», quello che conoscevo molto bene.

«Sai che ti dico? Se mi prometti di far bene questa scena, io ti prometto che ti permetterò di farmi quello che ti pare nella tua roulotte, dopo. Cosa ne pensi?»

Non poté trattenere un sorriso. «Stai cercando di corrompermi, Ms Mitchell? E cosa sono queste sciocchezze a proposito di...»

«Silenzio. Queste sono le mie condizioni. Devi essere disposto a sacrificarti per il lavoro.»

Gemette.

«Attore multimilionario, film da fantastilioni? Ti dice niente tutto ciò?»

Serrò la mascella. «Vedrai cosa ti faccio, più tardi. Potrebbe essere persino doloroso. Da farti battere i denti.»

Adoravo quel suo modo di fare da ragazzaccio. «Porta a casa la scena in due ciack, e avrai anche diritto a un bonus.»

Inarcò le sopracciglia, incuriosito.

«Prima, però, devi tirar fuori un'interpretazione da urlo.»

«Sei tosta nelle contrattazioni, eh? E va bene, che cavolo. Riproviamola. Sei pronta?» fece lui, agitando le braccia.

Inspirai a fondo, cercando di trovare la stessa condizione mentale di quando ci esercitavamo da soli, e ripetei le mie battute.

Ryan finse di guardare indietro, verso l'edificio, passandosi una mano sul ventre, dove gli avevano sparato in alcune scene precedenti, e si piegò in avanti per un dolore immaginario. «'Hanno interrogato uno dei soci di mio padre, ma non ne hanno ricavato nessun nuovo indizio.'»

«'Hai detto loro del furgone che ti ha seguito, l'altro giorno?'»

Ryan serrò le labbra e scosse il capo.

«'E l'indirizzo che hai trovato sul cellulare di tuo padre?'»

Distolse lo sguardo. «'No. Non ho voluto'», rispose, secco.

«'Perché no?'» chiesi, insistendo.

Se qualcuno avesse ucciso i *miei* finti genitori, perseguiterei la polizia per conoscere i minimi dettagli dell'accaduto.

Ryan tornò a guardarmi con un'occhiata che diceva: *Non ho nessuna giustificazione valida, quindi me ne starò qui a sbuffarti contro per qualche momento.* «'Perché... sono andato là e non c'era niente, era soltanto un altro buco nell'acqua. Sto sprecando tempo. È come dare la caccia ai fantasmi'», bofonchiò.

Ryan sembrava sinceramente triste. Ricordavo molto bene quella parte del copione, perché era la prima lite tra Chase ed Emily, sul marciapiede di fronte alla stazione di polizia.

Non ero d'accordo con lui, e lo imploravo di dare altre informazioni. «'E i bossoli delle pallottole? Avranno qualche risultato...'»

«'Non hanno niente, Emily. Niente! Smettila di parlarne. Non ci sono impronte. Non ci sono prove. Niente di niente. Piantala e basta! Io ho chiuso.'»

Provai a insistere e, quando si voltò, lo presi con delicatezza per un braccio. «'Quindi è finita? Hai deciso di rinunciare così?'»

Lui mi squadrò con occhi di fuoco. «'Cosa vuoi che faccia? Che torni là dentro e li costringa a fare il loro lavoro? Non è così semplice.'»

«'Ma...'»

Ryan sollevò una mano per impedirmi di proseguire. «'Niente "ma"! Il detective Bennett mi ha detto di starne fuori. Non dovrei nemmeno essere vivo, Emily, ricordi? Chiunque abbia fatto irruzione in casa mia e abbia piantato otto pallottole nel corpo dei miei familiari voleva che morissi anch'io, quel giorno. Non dovevano esserci testimoni.'»

«'Sì, ma non è andata così...'»

«'Certo, ma forse sarebbe stato meglio'», ribatté lui, lasciando che il ruolo di Chase permeasse le sue emozioni.

Era splendido assistere a quella trasformazione, e mi sentivo vicina a lui. Dio. Perdere entrambi i genitori. Sapevo bene cosa significava.

«'È questo che vuoi? Sprecare il dono più prezioso che hai

ricevuto desiderando la morte? Per questo sei stato così folle da arrampicarti su quel crepaccio al Viper's Pass senza nessuna protezione, perché hai pensato che, se i proiettili non avevano portato a termine il lavoro, magari un volo da cento metri d'altezza ti avrebbe fatto fuori?'»

Ryan gemette, incredulo, come se le mie parole l'avessero colpito in pieno.

«'Guardami. Non osare far questo a te stesso. Credi che Megan mollerebbe, se fosse ancora viva?'»

La testa di lui scattò all'indietro. «'Lascia perdere mia sorella'», ruggì.

«'Non posso. Non quando ogni notte hai gli incubi perché non sei riuscito a salvarla. Non quando vedi il suo fantasma attraversare muri e soffitti ovunque ti trovi. Chase... lei desidera che trovi pace tanto quanto lo voglio io.'» Lo afferrai per la giacca con entrambe le mani.

Ma lui si sottrasse alla presa. «'Vattene. Va' a casa.'» Fece un cenno col capo, per dirmi di levarmi dai piedi.

«'Chase... no'», m'intestardii, e tornai a prenderlo per la giacca. «'Sto solo cercando di aiutarti. Non... non volevo farti arrabbiare. Ti prego...'»

«'Vattene via'», mi ordinò, fissando le mani che tenevo su di lui.

Mi accorsi di digrignare i denti. «'No. Non ti lascerò *mai*. Non resterò a guardare mentre ti distruggi da solo.'»

«'Non puoi continuare a salvarmi. Non puoi.'»

«'Non sei tu a deciderlo.'»

Anche se recitava, la sua espressione era stravolta dall'angoscia, distrutta dal dolore.

«'Non allontanare anche me. Ho bisogno di te tanto quanto tu ne hai di me'», gli dissi piano.

Ryan emise una risata strozzata, scuotendo il capo. «'Sto perdendo la ragione, eppure tu ancora vuoi che sia... che sia l'uomo che non posso essere per te.'»

Osservai il tessuto che stringevo tra le dita e poi lo guardai negli occhi, sapendo che Ryan Christensen e quel povero ragazzo del copione, Chase Sheffield, sarebbero sempre stati più che abbastanza per me. «'Non ti ho mai chiesto di essere come non sei. Se la polizia non ci aiuterà, troveremo qualcun altro che lo faccia.'»

Ryan annuì e poi, lentamente, mi cinse le spalle, attirandomi a sé. D'istinto le mie mani scivolarono sotto la sua giacca, lungo la schiena muscolosa. Appoggiai la guancia sul suo petto caldo. Per un istante dimenticai che stavamo provando delle battute, proprio come facevamo spesso a casa, quando ripassavo il copione con lui.

Ryan tirò un sospiro di sollievo e mi sussurrò: «Soddisfatta?»

Non potei fare a meno di sorridere. Ridacchiai piano e gli accarezzai la pelle della schiena.

«Era *ottima*!» riprese lui, a bassa voce. «Non posso credere che tu abbia ricordato tante battute. Sei stata fantastica. Sicura di non voler fare l'attrice?»

Quando aprii gli occhi, mi accorsi che Jonathan era accanto alla telecamera puntata dritta su di noi, le cuffie premute sulle orecchie. Accanto a lui c'era Nicole Devin, in abito di scena, con gli occhi velati e carichi di collera. Non serviva un interprete per capire cosa pensasse di ciò che aveva appena visto. Si batté una mano sulla coscia.

«Oh, merda», sussurrai.

Lei si avvicinò come una furia. Io strinsi la parte posteriore della camicia di Ryan nel pugno.

«Cosa sta succedendo?» domandò, e fece scorrere uno sguardo astioso su di me e poi su Ryan, senza mai smettere di tirare su col naso.

Ryan si frappose tra noi, e mi spinse dietro di sé. «Che vuoi dire? Sto solo ripassando le battute. Taryn mi fa da coach. Perché? Secondo te cosa succede?»

Lei mutò espressione. «Ah, credevo... non importa. Ora ci sono io.»

Lasciai andare la camicia di Ryan: era un buon momento per allontanarmi prima di causare danni irreparabili. «Vado a vedere se Jonathan ha ancora bisogno di me.»

Lei incrociò le braccia. «Sì, mi sembra un'ottima idea.»

Ero pronta a fuggire, ma qualcosa mi frenò. «Lo stavo solo aiutando. Non c'è bisogno di pensar male. Non potrei mai...»

Lei fece un sorrisetto, ma il suo naso non le dava tregua.

Alcuni amici di Thomas avevano lo stesso problema, e io cominciavo a farmi delle domande.

«No, no, infatti non è così, credimi. Va tutto bene. Credo che siamo quasi pronti», riuscì infine a dirmi con gentilezza.

Invece di guardarla negli occhi, la mia attenzione si fermò sulla strana ombra scura che aveva sul labbro superiore. Stavo per andarmene, quando notai una goccia di sangue che le usciva da una narice, andandosi a fermare sul bordo del labbro, per poi cadere a terra, dove le mancò il piede di un soffio.

«Nicole, ti sanguina il naso.» Mi sembrava assurdo che non se ne fosse accorta.

Si portò una mano al viso e, con dita tremanti, trovò il sangue.

La guardammo correre verso i camerini.

Mentre Ryan ripassava le scene, trovai un angolino tranquillo nel tendone del guardaroba in cui potevo lavorare e il Wi-Fi prendeva al massimo.

Dopotutto avevo sempre i miei affari da gestire. Anche se mi piaceva da morire vederlo nel suo elemento – mentre scherzava con la troupe, era allegro e sembrava divertirsi un mondo –, sapevo anche di essere una distrazione.

Marie non mi faceva pesare affatto la lunga assenza, ma, giorno dopo giorno, mi sentivo sempre più in colpa, dato che avevo caricato lei delle mie responsabilità. Per fortuna potevo almeno fare rifornimenti e pagare le fatture ovunque mi trovassi.

Pensai se fosse il caso di richiamare alcune delle persone che mi avevano cercata, ma non avevo nessuna voglia di risentire la voce di Thomas. Non in quel momento.

Dina, l'addetta al guardaroba, mi aveva presa sotto la sua ala protettiva come mamma chioccia. Mi aveva liberato un tavolino di legno, in un angolo, per darmi un punto d'appoggio da cui potevo anche ascoltare le chiacchiere tra lei e Darius, il suo assistente, sul resto della troupe cinematografica.

Dina mi scrutò da sopra gli occhialetti, con aria di disapprovazione. «Mi sorprende che tu non voglia andare di là a guardare Mr Christensen che gira. Sono sicura che è molto più interessante che startene qui con noi.»

Scossi il capo. «In realtà c'è molta più azione qui che là. Con voi non ci si annoia mai», sorrisi.

Il suo assistente non sembrava convinto. «Mmm. Fossi in te, terrei sempre sott'occhio quel bocconcino.»

«Darius!» strillò lei.

Darius era giovane e in un certo senso mi ricordava Jet Li, ma in una versione teatrale coi capelli bicolore, bianchi e neri. Mi fece ridere.

Lui sospirò. «Che c'è? Dico soltanto la verità. Quel ragazzo è splendido. Accidenti, dovevo fare l'attrice. Tesoro, se fossi in te terrei d'occhio quella Nicole. Se fosse in ballo il mio uomo, le farei un bel lavoretto di taglia e cuci», scherzò, agitando in aria un paio di lunghe forbici da sarto. «Sta' al tuo posto, sgualdrinella», bofonchiò.

Dina rise. «Qualcuno qui è geloso, su questo non c'è dubbio.»

Lui però alzò gli occhi al cielo. «Amica mia, ti *preeego*. Se avessi un fidanzato come lui, non permetterei mai a un'ochetta qualunque di stargli attorno. Ma, d'altra parte, basterebbe un assaggio di queste labbra per incatenarlo a vita.»

Con mio immenso divertimento immaginai la reazione di Ryan all'affermazione di Darius.

«Ah, non credo che Taryn debba preoccuparsi di Nicole. Ryan Christensen non è il suo tipo», fece Dina ammiccando, mentre puntava l'orlo a un paio di pantaloni.

Dopo quel commento, aveva ottenuto la mia completa attenzione.

Darius si accigliò. «Che *cooosa*? Mia cara, che siano etero o gay, quell'uomo è il tipo di *tutti*.»

Gli feci una smorfia.

«Non se ti piacciono le donne più degli uomini», borbottò Dina.

Sollevai la testa di scatto.

Lui sembrava sorpreso. «Dee, non sapevo avessi tendenze saffiche!»

«Cosa? Ma no, non io... Parlo di Nicole. Gira voce che preferisca la compagnia delle donne.»

«Oh, no, hai appena fatto outing per lei», esclamò lui con un gridolino.

All'improvviso, una parte di me aveva una gran voglia di festeggiare: quella notizia mi era d'immensa consolazione. Volevo saperne di più.

Dina tolse lo spillo che teneva tra le labbra e scrollò le spalle. «Così si dice.» Il suo walkie-talkie gracchiò, e lei lo prese dalla custodia che portava al fianco.

«Ms Mitchell è con te?» chiese una voce.

Lei si portò la ricetrasmittente alla bocca. «Sì.»

Qualche istante dopo, un ragazzo che indossava pantaloni kaki e una felpa verde col cappuccio mi portò via a bordo di un cart da golf. Venni messa in coppia con la controfigura di Ryan per un'altra aggiustata alle luci. Mi dissero che quella di Nicole era stata messa fuori combattimento da un'influenza intestinale, tuttavia non potevo fare a meno di domandarmi perché Jonathan avesse voluto proprio me per sostituirla. In ogni caso non importava: mi stavo divertendo da matti.

La mattina dopo ci recammo in una zona industriale della città che si trovava da tutt'altra parte rispetto a dov'ero convinta che avremmo girato. Ci fermammo davanti a un edificio lungo e basso, con guardie di sicurezza che circondavano il parcheggio.

Ryan aveva le dita intrecciate alle mie, ma ero sicura che la sua mente fosse altrove. Sapevo che genere di scene avrebbe dovuto girare quel giorno, e lui era distante e silenzioso, quasi muto.

Mike ci accompagnò rapido fuori dall'auto, fino a uno dei caravan parcheggiati là vicino.

Posai la valigetta portacomputer e la borsa e mi misi a sedere nel piccolo tinello, temendo quella giornata più di un intervento a cuore aperto senza anestesia. Era giunto il momento di spezzare quel silenzio di comodo.

«Non so come funziona di solito. Vuoi che aspetti qui dentro, per oggi? Se ti senti a disagio, non ci sono problemi.»

Ryan restò in piedi a fissarmi.

Io lo scrutavo a mia volta, in attesa di una sua decisione. «Ti chiedo soltanto di essere sincero.»

Si guardò attorno e posò gli occhi ovunque, tranne che su

di me. «Non lo so. Ti vorrei con me, ma una parte di me non se la sente. È un set privato, ma… Credi di potercela fare?»

Il primo impulso fu di mettermi a gridare «no» a pieni polmoni. La mia mente era attraversata da visioni di lui che recitava nella scena più temuta. Che cosa dovevo dire? *Oh, sì, non c'è problema. Non vedo l'ora di vederti mentre fingi di fare l'amore con Nicole. Anzi, l'ho messo nell'elenco dei miei impegni di oggi.* Per fortuna riuscii a trattenere il sarcasmo dietro cui l'istinto cercava di proteggermi.

Ryan prese una lattina di soda dal piccolo frigo e me la stappò. «Considerato che non hai risposto subito, direi che dovresti esserci. Questa roba fa parte della recitazione, Taryn, e forse, se vedrai coi tuoi occhi che non è altro che finzione scenica, allora magari…» Il suo sguardo agganciò il mio. «È solo che non voglio che quanto è successo in Florida si ripeta mai più.»

«Ryan…» Avevo una morsa allo stomaco. Il ricordo di me sotto la pioggia battente che lo guardavo mentre pensavo mi stesse tradendo con Lauren Delaney, quando in realtà stava girando, era così vivido che ancora mi sembrava quasi di sentire l'acqua scorrermi lungo la schiena.

Si mise seduto e mi prese per mano. «Stamattina hai avuto un altro incubo, e credo di sapere perché. Ne abbiamo già parlato. Sei la mia anima gemella, Tar. Credo che, se vedessi la preparazione necessaria a girare una scena come questa e tutta la gente che ci sta attorno a guardare, sapresti che non ha niente a che vedere col sesso. È soltanto un'imbarazzante illusione.»

Ricacciai indietro alcuni dei miei dubbi, cercando di non lasciarmeli scappare di bocca, consapevole che era stato il ragazzo coi capelli neri e coi denti insanguinati a farmi svegliare di soprassalto. «So che è una finzione. Non è che andrai là e lo farai davvero con lei.»

«Esatto. Non lo farò. È tutto finto. Sai che questo è il mio lavoro, e che nei miei film ci saranno scene così. E non voglio che tu finisca per odiarmi perché devo fingere di fare sesso con altre donne.»

Se soltanto la recitazione non avesse incluso il contatto pelle contro pelle… Ci guardammo negli occhi.

«A essere sincera, non so cosa aspettarmi e sono un po' spaventata. Non posso farci niente.»

Il suo sguardo s'intenerì, e mi accarezzò il polso. «Okay, allora parliamone. Di cosa hai paura?»

«Per me è tutto nuovo. Non sono *abituata* all'idea che la persona con cui sto faccia quel genere di cose con un'altra donna, davanti ai miei occhi. Tra noi ora va tutto bene, ma se dovessimo litigare e poi tu ti trovassi con un'altra e ne fossi tentato e la baciassi...»

Mi coprì la mano con la sua, accarezzandomi le nocche col pollice, dolcemente. «Non sarò tentato. Fidati di me.»

Per certi versi gli credevo. L'avevo osservato abbastanza a lungo da sapere che non guardava mai le altre donne, nemmeno se gli inciampavano addosso.

«È una delle mie paure più grandi.»

Mi sistemò l'anello di fidanzamento. «Lo so. Devi ricordare che ho già baciato un bel po' di donne, ma adesso ho trovato l'unica con cui voglio passare il resto della vita.»

Il suo sorriso giocoso mi aiutò a calmarmi.

«Okay», sorrisi anch'io.

«Quindi non sarai gelosa quando dovrò baciare le altre?»

Ridacchiai, in imbarazzo. «Non te lo posso promettere. La mia gelosia nasce dal folle amore che provo per te. Finché succede soltanto davanti alle macchine da presa, mi starà bene. Soltanto che... vorrei farti capire che non me la sento ancora. Insomma, ti ho visto baciare Suzanne e...»

«Alzati.»

«Cosa?»

«Alzati. Ti mostro una cosa.»

Scivolai fuori dalla panca.

Ryan mi prese per i fianchi e mi attirò a sé. «Ti dimostrerò la differenza tra un bacio cinematografico e uno vero.»

«C'è differenza?»

Annuì. «Ma certo.» Le sue mani calde mi sollevarono il viso mentre lui puntava lo sguardo sulla mia bocca. «Ecco un bacio da film. Pronta?»

Sentii le sue labbra posarsi sulle mie come se lo facesse soltanto per essere gentile. Quando le dischiuse, lo seguii. Baciarlo così era strano e anche abbastanza frustrante, come se stessimo facendo un ballo che non conoscevamo o ci stessimo dando un bacio al primo appuntamento, quando in realtà non vorresti affatto baciare il tizio con cui sei uscita.

«Ah-ah, niente lingua», m'intimò.

«Niente lingua?» ripetei sulla sua bocca.

«Mai.» Si tirò indietro e mi guardò negli occhi. «Ecco, invece, come bacio la mia fidanzata.»

Mi fece scivolare una mano tra i capelli, sostenendomi la testa. Il suo bacio mi consumava. Fui assalita dal desiderio di mordicchiare e succhiare quella bocca ipnotica, e mi ritrovai a gemere. Nell'istante in cui la sua lingua sfiorò la mia, accarezzandola, sentii un formicolio corrermi fino al ventre.

Portai le mani sulla parte posteriore dei suoi pantaloni e le infilai sotto la fascia elastica, su quelle natiche scolpite. «So che mi ami... Ma vederti fare l'amore con un'altra mi ucciderà», mormorai.

Lo sentii irrigidirsi per un istante. «Taryn, non farò mai l'amore con un'altra. Solo con te», mi sussurrò in tono suadente, e la sua lingua ansiosa accarezzò la mia.

Gi abbassai i pantaloni sui fianchi e gli sfregai i denti sul labbro inferiore. «Giuri?»

Ridacchiò sulla mia bocca. «Era incluso nell'accordo quando hai accettato di sposarmi, tesoro.»

Ryan sollevò il mio tesserino identificativo e interruppe il nostro bacio per il tempo necessario a sfilarmelo da sopra la testa. Con un ghigno malandrino, mi afferrò la maglietta dal davanti e la sollevò oltre il capo, ma senza farla passare dalle braccia, che così furono spinte indietro. «E il nostro contratto *sarà* vincolante.»

Fece scorrere un dito sotto l'orlo del reggiseno di pizzo e ne tirò giù un lato, cercando con la lingua umida un capezzolo già eretto. Fui percorsa da una scarica infuocata.

«Ryan...» Le attenzioni che stava dedicando a entrambi i seni mi lasciarono senza fiato. Parlare era davvero un'impresa.

«Letto», m'intimò in un sussurro carico di desiderio, mentre rapido mi spingeva lungo il corridoio.

Lui fu un po' più lento a spogliarsi, annaspando per scalciar via le scarpe mentre si sfilava i pantaloni, così sgattaiolai sul letto e lo aspettai. Considerato che avevamo appena venti minuti, mi aspettavo che volesse saltare tutti i preliminari per arrivare subito al dunque, quindi rimasi sorpresa quando, invece, mi dimostrò di non avere nessuna fretta.

Quando mi baciava in quel modo era così sensuale, mi faceva ansimare sulle sue labbra, come se avesse bisogno dei miei sospiri per respirare a sua volta. Mi succhiò il labbro, sfiorandolo coi denti, mi cullò tra le braccia mentre con la coscia mi teneva ferma una gamba. Il suo tocco mi eccitava, quelle dita che scorrevano leggere, ma al tempo stesso imprimevano la giusta pressione. Col pollice formò dei cerchi, poi mi accarezzò con la base del palmo, e poi di nuovo col pollice. Avevo una gran voglia di esplodere.

Dio, se avesse dovuto girare una sequenza come quella insieme con Nicole, avrei dovuto ammazzarla con le mie mani. Per un momento mi figurai persino la scena. Per niente al mondo avrei permesso a un'altra donna di sperimentare quel tocco sapiente.

Sentivo i miei ansiti farsi sempre più forti, respiravo a fatica e mi contorcevo sotto le sue carezze. Mi mancava pochissimo, ancora pochi secondi e sarei volata oltre il limite, ma all'improvviso lui tolse le dita e si fermò.

Che cosa? Nooo! Lo maledissi per non essere arrivato sino in fondo. *Ero così vicina.*

Ma poi Ryan mi afferrò per la coscia e mi spostò mettendomi sul fianco, il suo petto che mi scaldava la schiena, e riempì il vuoto dentro di me con qualcosa di molto più lungo e spesso. Portai indietro una mano e gli accarezzai i capelli, sentendo i suoi gemiti, il suo respiro sul collo mentre si spingeva con dolcezza dentro di me, lasciando al mio corpo il tempo di adattarsi.

«Dio, che sensazione magnifica.» Con l'avambraccio mi strinse il torace e mi posò una mano sul seno, riprendendo ad accarezzarmi con rinnovato vigore, e di nuovo mi portò pericolosamente vicina al limite.

La sua mano sinistra era intrecciata alla mia, e ci legava l'una all'altro mentre facevamo l'amore. Quando pensai che stesse per scivolare fuori e farmi cambiare di nuovo posizione, tornò dentro. Lento, inesorabile, affondò del tutto, sempre di più, facendomi impazzire.

Anche le sue dita umide tornarono e mi esposero ancora di più, coi loro movimenti circolari sulla pelle sensibile che accompagnavano le sue spinte.

A mano a mano che prendeva velocità, cominciai a trattenere l'aria, incapace com'ero di respirare a un ritmo normale, mentre l'orgasmo montava in me, sempre più potente.

«Forza, lasciati andare. Dai, piccola...»

All'aumentare del piacere serrai gli occhi tanto forte che mi stavo facendo venire il mal di testa. Le sue spinte non mi davano tregua, affondava dentro di me sempre di più. E, quando l'onda di sensazioni mi travolse, dovetti gridare, e quasi soffocai per la sua potenza. Tossii sulla trapunta, nascondendo il viso sul letto.

Ryan rallentò, senza però interrompere le carezze, che mi diedero altri tremiti di piacere.

«Ah... questo era ottimo», mi canzonò con un filo di voce, orgoglioso, senza smettere di muoversi. Mi diede un piccolo bacio sulla spalla.

Mi voltai a guardarlo e ricevetti un lungo bacio, poi lui scivolò fuori da me e mi fece mettere sul bordo del letto.

«Non hai idea di quanto sia incredibile la tua bellezza in questo momento», gemette.

Mi afferrò con entrambe le mani, prendendomi da dietro le ginocchia, e mi spinse indietro le cosce, mentre mi fissava con un misto di ammirazione e lussuria. Mi fece dondolare le gambe, sollevandomi il sedere in modo da potermi osservare da ogni angolazione.

L'orologio alla parete, però, la pensava diversamente: non avevamo più tempo. E infatti, pochi istanti dopo, qualcuno venne a bussare con foga alla porta. Sul viso di Ryan vidi il piacere che si bloccava mentre lui affondava dentro di me con ancor più forza.

«Aspetta!» gridò da sopra una spalla. «Figlio di... ho bisogno di cinque minuti in più», ansò, aumentando ancora il ritmo. Ricadde con le mani sul materasso, spingendomi le cosce il più indietro possibile, in pratica mi piegò in due mentre risaliva dentro di me. Aveva la fronte appena imperlata di sudore. «Ce la fai di nuovo?» mi chiese tenendomi per una caviglia, il fiato corto.

Non riuscivo a credere che mi avesse fatto una domanda del genere! Eravamo là per girare un film dal budget milionario, qualcuno bussava alla porta del camper per accompagnarlo sul set, e la sua più grande preoccupazione era se potevo avere un altro orgasmo? Che uomo meraviglioso.

Gli allontanai la mano e mi misi sulle ginocchia. «Non preoccuparti di me. Ora tocca a te.»

Con la voce rotta e un po' troppo acuta gridò di nuovo rivolto alla porta: «Cinque minuti!» Mi posò le mani sulle natiche, le dita affondate nella carne.

Cercavo di stringerlo con tutte le forze che mi erano rimaste, serrandolo come in una morsa. Quando cominciai a toccarmi, lui mi spostò la mano e la sostituì con la sua.

«È mia», ringhiò, e mi accarezzò come se volesse rivendicarne il possesso, mandandomi a fuoco in un secondo orgasmo.

Il mio corpo fu scosso da tremiti violenti mentre lui continuava a prendermi senza pietà. I suoi gemiti sommessi si trasformarono in un lungo mugolio gutturale quando si lasciò andare al piacere e mi colmò di tutto ciò che aveva.

Anche se Mike indossava gli occhiali da sole e cercava di mantenere un'espressione impassibile, non mi sfuggì il leggero compiacimento che gli incurvava le labbra mentre ci accompagnava al trucco. Non ebbe bisogno di parlare per congratularsi con Ryan per aver fatto sesso a metà pomeriggio: la gran pacca sulla spalla che gli diede fu eloquente.

Ryan scelse proprio quel momento per provocarmi, e con disinvoltura si passò le dita sotto il naso, come se avesse ancora addosso il mio odore. Quello scherzo tra noi mi strappò una risatina quando poi si leccò un dito e inarcò le sopracciglia, come se avesse assaggiato il mio sapore.

Uno dei truccatori, un uomo abbastanza tarchiato e un po' troppo villoso che ci era stato presentato come Buckley, era impegnato a realizzare una sorta di «copertura», che non sapevo come definire, sulle parti intime di Ryan.

«Si chiama parrucca pubica», disse Ryan in risposta al mio sguardo incuriosito, premendosela addosso sui lati per essere sicuro che l'adesivo tenesse.

Me la immaginai mentre si sollevava come una tenda troppo piccola per nascondere il palo centrale. E poi ero sicura che togliendola si sarebbe strappato dei peli, e chissà quanto faceva male. Ahi.

Forse Nicole l'avrebbe toccato in modo intimo, ma c'era una parte della sua carne che lei non avrebbe mai visto, che fosse lesbica o no. Purtroppo, il fatto che fosse nudo significava che la muscolatura sexy del suo posteriore scolpito poteva essere ripresa dalle telecamere, e questo avrebbe senza dubbio fatto prendere un bell'infarto a qualche milione di fan di «Charles Conroy». E avrebbe destato ancor più interesse per *Seaside III*, la cui lavorazione sarebbe partita in autunno.

Ryan si voltò a guardarmi con le mani sui fianchi: sembrava un bambolotto di Ken a grandezza naturale, coi genitali nascosti. «Allora, che ne dici?»

Così conciato e sorridente era davvero adorabile.

Risi. «E non è nemmeno il mio compleanno! Mi chiedo se farà male quando dovrai toglierla.»

«Si fa come coi cerotti. Stringi i denti e dai un colpo secco», bofonchiò Buckley.

Ryan espirò, preoccupato, e s'infilò una vestaglia di flanella grigia, stringendo la cintura, come un pugile pronto a salire sul ring.

Era arrivato il momento della scena in cui avrebbe avuto una donna sotto di sé, e io avrei assistito.

10

REAZIONE

«Stop! Ryan, devi abbassare un po' il braccio. Fai ombra su Nicole», disse Jonathan, un po' seccato. «No, ancora non va bene. Dobbiamo sistemare le luci. Ha una chiazza nera su tutto il viso.»

Osservai il tecnico che spostava appena uno dei riflettori accanto al grande letto, e provai sollievo per quella pausa.

Soltanto un'ora prima quel corpo nudo era tra le mie gambe e mi stava amando.

Adesso, invece, Ryan era posizionato tra quelle di Nicole, e non c'era nulla, se non quelle coperture color carne, a impedire un vero contatto tra i loro corpi.

Ryan e Nicole chiacchieravano mentre gli elettricisti lavoravano attorno a loro, ma la vista di lui sdraiato su quella donna era insostenibile. E io me ne stavo lì a guardarli come una voyeur masochista e perversa, a osservare il mio fidanzato che faceva scorrere le labbra sul corpo di un'altra donna ogni volta che il regista chiamava «Azione!» Sapevo che non era reale, che era tutta una finzione, eppure...

Ryan scostò i capelli di Nicole dal suo viso e la fissò per un attimo, prima di posare le labbra sulle sue. Lei emise un gemito e il lenzuolo che li copriva a malapena scivolò giù, spinto dal movimento dei fianchi di lui.

Un leggero tremore mi scosse le spalle. Di colpo fui strappata al presente e rivissi con precisione il dolore provato quando avevo sorpreso il mio ex fidanzato, Thomas, mentre si spingeva dentro quella squallida puttana, Cheryl Regan.

Un'angoscia insopportabile si riversò dentro di me, improvvisa.

Il giorno in cui avevo colto sul fatto Thomas, avevo giurato sul mio onore che non avrei mai permesso a nessuno di ferirmi di nuovo in quel modo e di non legarmi a un uomo che potesse strapparmi il cuore.

L'amore per una persona non dovrebbe mai concludersi in un'atroce devastazione. Eppure più volte mi ero messa in situazioni da cui ero uscita a pezzi.

Ed eccomi là, che mi torturavo di nuovo di fronte a quella farsa.

Alcuni momenti erano più sopportabili: come quando le riprese venivano interrotte e Ryan e Nicole non erano più avvinghiati. Ma, nell'istante in cui le telecamere si accendevano di nuovo, mi ritrovavo coi pugni serrati e con una gran voglia di mettermi a urlare.

Sapevo che la mia presenza metteva a disagio Ryan, che mi scrutava ansioso ogni volta che c'era una pausa. Ma non bastava certo a mettere fine a quella follia.

Non m'importava se le altre donne riuscivano a guardare i loro uomini che simulavano il sesso con altre persone; e, quando Jonathan gridò «Azione!» per l'ennesima volta, sussultai.

La bocca di Ryan sul suo mento, sulle labbra, mentre affondava sopra di lei come se la stesse prendendo davvero; era tutto così reale che un dolore sferzante mi colpì al cuore per risalire fino alla gola.

Stanno fingendo. È tutto finto.

Il lenzuolo si spostò ancora e una buona porzione del sedere di Ryan finì in bella vista. Anche se continuavo a ripetermi quel mantra, non potei impedire alla bile di montare.

Vedevo Ryan cercare con tutto se stesso di raggiungere il distacco mentale che gli occorreva per portare avanti quel lavoro. Doveva «estraniarsi da sé», per così dire, e smettere di essere Ryan Christensen. Doveva trasformarsi nel suo personaggio, Chase Sheffield, le cui azioni non avevano nessun significato per lui.

Dio, potrò sopportarlo di nuovo? Mi chiedevo se sarei mai stata abbastanza sicura, nel cuore e nella mente, per affrontare il fatto che ci sarebbero stati altri momenti come quello nel mio futuro, altre scene d'amore e contatti intimi tra chissà quale attrice dal corpo perfetto e il mio amante, il mio futuro marito. Il mio matrimonio, ancora da celebrare, sarebbe sfociato nell'ennesimo divorzio hollywoodiano?

Una cosa è essere sposata e confidare nel fatto che tuo marito non ti tradirà. Un altro paio di maniche è sapere che il suo lavoro comprenderà sceneggiature con finte scene di sesso, e avere la certezza che momenti come quello capiteranno sempre.

Per poco tempo avevo portato in grembo il figlio di quell'uomo. *Se mai avremo bambini, non potrò presenziare a ogni scena di sesso che farà. Pur sapendo con quanta facilità una situazione del genere può sfuggire di mano, portando a un legame con un'altra donna. Un giorno sarò incinta, enorme e goffa. Un giorno il sesso smetterà di essere prioritario, per lasciare il posto alle cure di un bambino innocente. Stare a casa e occuparmi della famiglia prenderanno il primo posto nella mia vita. Ryan riuscirà a dominarsi e saper riconoscere con assoluta certezza la differenza tra la recitazione e il tradimento?* Avevo mille domande e nessuna risposta.

Ryan prese le mani di Nicole e, con le dita intrecciate alle sue, gliele sollevò oltre la testa, un movimento che credevo riservato soltanto all'amore tra noi due. Il senso di tradimento che mi assalì mi trapassò il cuore come una lama infuocata, e dovetti trattenere un singhiozzo.

Jonathan aveva gridato «Stop!» e i due lo ascoltavano con attenzione. Non riuscivo più a guardare Ryan, almeno non negli occhi. Il mio sguardo si posò su tutto il resto: i grandi riflettori, i cavi che si dipanavano sul pavimento, lo schermo nero che impediva alle ombre di formarsi, i pantaloncini beige del microfonista.

Migliaia di film, migliaia di baci cinematografici. Jake Gyllenhaal ha baciato un sacco di ragazze. E io adoro i suoi film. Quando ha recitato con Anne Hathaway, il sesso tra loro sembrava vero. Anche loro erano nudi così. E con quella ragazza in Prince of Persia: Le sabbie del tempo, *la principessa, come diavolo si chiamava... Jake ha baciato anche Heath Ledger. Diverse volte. Cavoli, erano scene bollenti. Eppure recitavano. Stavano girando un film per intrattenere il pubblico, proprio come accade qui. Chissà se è per questo che tanti anni fa si è separato da Reese Witherspoon? E dopo tanto tempo è rimasto single. Magari voleva...*

Una mano decisa mi afferrò per una spalla, facendomi trasalire.

«Tutto bene?» mi chiese Mike piano. La sua espressione preoccupata non era un buon segno.

Maledizione, quanto desideravo che il mio labbro inferiore smettesse di tremare. Cercai di dissimulare, scrollando le spalle.

«Sai che ti ama.»

Mi morsi forte il labbro traditore, cercando dentro di me la forza d'infischiarmene, di far finta che non me ne importasse nulla e dire: *Ma sì, è un giorno di lavoro come un altro per lui, niente di che.*

Mi voltai a guardarlo negli occhi. «Lo so.»

«Ma non ti fa sentire meglio quando lo vedi così, vero?»

Incrociai le braccia al petto. «No, per niente.»

Sospirò. «È tutto finto, Taryn. In questo campo, gli attori considerano il bacio più o meno come stringere la mano a qualcuno», mi disse sottovoce.

Gli lanciai un'occhiata per controllare se credesse davvero in una stronzata del genere. Dal canto mio, non riuscivo a essere così comprensiva. Parlando piano, risposi: «È la tentazione che mi preoccupa, Mike. Una cosa è guardare la mela sull'albero. Un'altra è darle un morso e cominciare a pensare a come sarebbe mangiarla tutta».

«È vero, ma non puoi fargliene una colpa se fa parte del suo lavoro. La tentazione esiste per tutti, Taryn. Nemmeno tu sei immune, eppure lui si fida di te.»

Sapevo che dovevo imparare a farmene una ragione. Soltanto che era un'impresa molto più ardua di quanto mi fossi aspettata, se non impossibile.

«Non gliene faccio una colpa, e mi fido di lui... ma ti posso assicurare che, a ruoli invertiti, lui sarebbe verde di rabbia.»

Mike si passò una mano sulla testa.

«Scusami, Mike. Ce la sto mettendo tutta. Ma non posso dirti di non avere problemi a vedere l'uomo che amo in una situazione così intima con un'altra, anche se stanno recitando. Come ti sentiresti se sotto di lui ci fosse la tua ragazza?» chiesi, indicandoli con un cenno del capo.

Il suo sguardo si fece più cupo. «Non ti mentirò: credo proprio che non lo sopporterei, come sta succedendo a te. Ma cercherei anche di pensare che per costruire il genere di rapporto che c'è tra te e lui serve molto più di qualche ora di riprese.»

L'occhiata intensa che mi puntò addosso diceva: *Pensaci su, mia cara.*

Ci fu una pausa di dieci minuti. Ryan mi corse incontro mentre ancora si stava allacciando la cintura della vestaglia. Si scambiò qualche sguardo con Mike, mi prese per mano e mi portò via con sé. Trovammo un angolino nascosto e mi abbracciò stretta.

Tremavo, anche se mi teneva la testa premuta sul suo petto. Mi baciò sui capelli e sulla fronte, più e più volte.

«Almeno in questa scena potrai tenere i vestiti addosso», non potei fare a meno di dire. Cercavo di essere disinvolta e fingere che non m'importasse, se non addirittura di scherzare, ma il tono aspro che volevo trattenere continuava a filtrare dalle mie parole.

La visione di Nicole seminuda che si agitava come una sgualdrina sotto il mio fidanzato un po' troppo scoperto continuava ad avvelenare i pensieri che mi frullavano in testa. Ryan non lo sapeva, ma alle tre del mattino ero scivolata fuori dal letto per andare a farmi un pianto in segreto nella cucina del nostro appartamento.

Avevo il cuore tormentato dal terrore paranoico che, un giorno, il successo cinematografico ci avrebbe separati. Oltre a John Travolta e Will Smith, non mi veniva in mente nessun attore che fosse rimasto con la moglie per molto, molto tempo. Nemmeno i migliori giocatori di poker avrebbero scommesso sulle coppie hollywoodiane.

Quando uscimmo dal guardaroba, Ryan si chinò su di me e mi diede un rapido bacio, per poi cingermi le spalle con un braccio. «Mi piace quando sei gelosa. Mi fai sentire desiderato.»

Non aveva idea di quanto stessi impazzendo. «Ti diverti a torturarmi? Non mi hai convinta, sai. Anche se è finto, un bacio è comunque un bacio, soprattutto se è fatto per dare l'*illusione* di essere reale.»

Mi guardò serio, prendendomi la mano. «Ti ho spiegato che lei ha un sapore orribile. Tra noi non c'è stato nulla di piacevole, nemmeno alla lontana.»

Ah, sì? E se la prossima avesse un sapore migliore? Ci passavano accanto diversi membri della troupe, quindi tenni la voce bassa: «Be', *meno male*». Risi per quell'assurdità, nel tentativo di nascondere con l'ironia la sensazione di essere stata defraudata.

Mentre ci avvicinavamo al tendone del catering, bevve a lungo dalla sua bottiglia d'acqua. «So che ti ha dato fastidio vedermi fare quelle cose con un'altra. Ma non saprei cos'altro dirti a parte che mi dispiace. Col tempo ti abituerai… oppure no.»

Mi chiusi la felpa per difendermi dal freddo. «Per 'quelle cose' intendi il fatto che ti strusciavi contro Nicole come se cercassi di fotterla fino a farle bucare il materasso? Sì, è stato ben più che sgradevole, al di là della finzione.» All'angolo di un occhio mi si formò una lacrima e l'asciugai in fretta, irritata per il modo in cui avevo appena confessato la mia incapacità di controllare le emozioni.

Ryan si fermò di colpo e si rivolse a Mike. «Ci dai un minuto?»

«Certo.» Si mise a braccia conserte e si voltò per lasciarci parlare da soli.

Ryan mi spinse da una parte, dietro delle attrezzature. «Tesoro, andiamo. So che per te è stato difficile dover assistere. Dio, non vorrei mai farti soffrire. Vorrei soltanto che tu capissi che non hai motivo di sentirti triste o minacciata.»

«Lo so. Mi spiace, non voglio essere… Ci sto provando. Davvero.»

Ormai, però, l'emotività aveva preso il sopravvento, e non riuscivo più a fermarla. Sapevo bene di essere irrazionale, ma ero sicura che quasi *tutte* le donne del mondo sarebbero andate in crisi nel vedere il proprio uomo simulare un atto sessuale con un'altra per diverse ore.

«Non hai idea di quanto sia stato difficile per me. Mi piacerebbe sapere come ti sentiresti *tu* vedendomi così, con un uomo. Forse, allora, capiresti», aggiunsi scrollando le spalle.

Mi rivolse un'occhiata terrificante. «Dato che tu *non* sei un'attrice, sarà meglio che questo non accada mai, o noi due… avremo un bel problema.»

Sapevo che stavo esasperando i toni, ma non m'importava. «E perché? Forse il pensiero di me che mi struscio su un altro uomo ti fa ingelosire?»

Ryan espirò dalle narici, un chiaro segno di quanto anche lui si stesse irritando.

«Sto cercando di fidarmi ed essere tranquilla, ma per me è un'esperienza nuova, e non posso fare a meno di sentirmi tradita. Non sono abituata a dover condividere il mio fidanzato, anche se è soltanto recitazione. È stata dura, e poi credevo... be', non fa niente.»

«Aspetta un attimo, cos'hai detto? E come diavolo ti avrei *tradita*?»

Battei un piede a terra. «Hai fatto quella cosa delle mani con lei», ruggii.

«Cosa?»

«Quand'eravate... hai intrecciato le dita con lei e hai fatto quella cosa sopra la testa. Pensavo... so che sembra assurdo, ma ero sicura che fosse una cosa mia. Nostra. Ma forse mi sbagliavo.»

«Di cosa parli?»

«Con Nicole... hai fatto la cosa delle mani con lei.» Sollevai le braccia oltre la testa per dare una rapida dimostrazione. «Credevo lo facessi soltanto con me. Quando facciamo l'amore, tu mi prendi sempre le mani. Per me era qualcosa di speciale. Che facevi solo con me. Scusa, ma mi ha fatto male scoprire che non era vero.»

Mi fissava come se avessi perso il senno. Magari era così. «Mi stai prendendo in giro, vero?»

«Lasciamo stare. Non mi aspetto che tu capisca.»

Emise un lamento. Sapevo che lo stavo esasperando, ma ormai non m'interessava. Avevo anch'io delle cicatrici profonde causate da antiche ferite, e che mi ricordavano sempre di non giocare più col mio cuore.

Quando provai a cancellare gli ultimi cinque minuti, Ryan mi afferrò per le braccia. «Ce l'hai con me per come le tenevo le mani?»

Tentai di fare l'indifferente. «Non fa nulla. A quanto pare per te non è importante, ma lo era per me, e molto. Quando facciamo sesso è come se diventassimo una persona sola. Mi sembrava qualcosa di speciale. Ma adesso non lo è più», dissi, scalciando via un sassolino.

Imprecò a bassa voce. «Oh, tesoro, mi dispiace. Non ci avevo pensato. Non me ne sono reso conto.»

«Be', adesso lo sai», borbottai.

Aggrottò la fronte. «Tar, al di là di quello che pensi tu, per me è stato *doloroso*, sia nel corpo sia nella mente, fare quelle cose davanti ai tuoi occhi.»

Sentivo che era sincero. Sapevo che non mi aveva ferita di proposito.

«Ho visto come ci guardavi, e mi sono chiesto: E se fosse *questo* a distruggerla? E se fosse *questo* il motivo che la farà scappare via? So che sei ossessionata dall'idea che io possa cadere nel cliché hollywoodiano, che baciare qualche attricetta del cazzo sarà il motivo per cui la nostra storia crollerà. Ma, tesoro, ti sei soffermata a pensare come mi sento io? Quanto sia terrorizzato all'idea che l'unica donna che abbia mai amato possa correre via, spaventata dal mio lavoro?»

Scossi il capo. «No, mai. Non sei l'unico ad aver giurato che sarà *per sempre*, Ryan. Io continuerò a lottare per noi, qualsiasi cosa accada.» Lo guardai dritto negli occhi, sentendomi un mostro per non aver pensato ai suoi sentimenti. «Vederti così con quella donna mi ha fatto dare di matto. Credo di poter sopportare i baci. Insomma, ne sono quasi sicura, dammi giusto il tempo di abituarmi e… no, sento di potercela fare. Ma per quanto riguarda la nudità, il toccare tette e il falso sesso… mi spiace, ma quello per me è stato davvero troppo.»

«Anche a me ha dato fastidio.» Fece un respiro profondo, poi annuì, come se avesse preso una decisione. «Per questo ti ho voluta qui, Taryn. Tu sai che è tutto finto perché hai visto come veniva preparato.» Mi strinse al petto e mi sfiorò i capelli con le labbra. «L'unica cosa positiva, però, è che so che tu sei davvero qui per *me*. È la conferma di quello che c'è tra noi.»

Mi lambì la punta del naso con la sua e mi affondò le mani tra i capelli. Poi mi baciò con tenerezza, con un tocco più leggero di una piuma, prima di dischiudermi le labbra con la lingua. Sentivo la disperazione e il desiderio di entrambi, innescati dall'umidità delle nostre bocche e dal bisogno di trasmetterci messaggi che andavano al di là delle parole.

Mi morse piano il labbro inferiore, poi poggiò la fronte contro la mia, decidendo cosa aggiungere mentre scrutava i miei occhi in cerca di una reazione. «Quello che succede là, davanti alle telecamere, non significa nulla. Questo, invece… noi due siamo reali.»

«Lo so», sussurrai, e gli accarezzai una spalla.

«Ricordi quando ti ho raccontato della ragazza con cui uscivo, Brooke, quella che è venuta nel Maine quando giravamo il primo *Seaside*?»

Me ne ricordavo. Mi aveva detto che quella ragazza voleva il suo agente più di lui.

«Stavo girando una scena in cui dovevo baciare Suzanne, e, anziché ingelosirsi o infuriarsi, Brooke ha criticato la mia interpretazione.»

«E quindi?»

«Quindi… sono così parte di te che ti ho ferita persino per il modo in cui ho tenuto le mani di Nicole. Ora che lo so, non lo farò mai più. Però ti avevo detto che per entrare nel personaggio avrei immaginato di fare l'amore con te.»

Chiusi gli occhi e sentii la morbidezza del suo volto sul mio. «Eri molto convincente.»

Mi affondò il viso sul collo e avvertii il suo pentimento, quasi tangibile. «È stato difficile. Aveva sul serio un brutto sapore. Era… non so come descriverlo. Pessimo e basta.»

Mi accorsi che esitava, come se stesse evitando di dirmi qualcosa.

«È fortunata se non l'ho uccisa come avrei voluto. Ho paura che prenderai il suo raffreddore.»

Alzò gli occhi al cielo, ma non parlò più del fastidio che aveva provato toccandola. «Questa tua gelosia, però, mi piace molto. Non ho dubbi che mi ami davvero.»

Lo strinsi più forte. Il mio amore per lui mi arrivava fin nelle ossa.

Alla fine della settimana, superate le nuove prove di fiducia cui eravamo stati sottoposti, tornammo sul cavernoso set insonorizzato. Ryan spostò il peso su un piede e mise a segno con precisione un calcio rotante, piantando un pesante stivale nero nel petto del cattivo, Victor Mordorf, che fu scagliato in aria. Lo stuntman Timothy Hughes atterrò sulla schiena; il tavolo da pranzo di scena cedette all'impatto, spezzandosi in due. A quel punto Jonathan chiamò «Stop!»

Nella scena seguente, Ryan afferrò Victor per la camicia e gli rifilò una serie di pugni con la destra. Cominciai ad ansare, il battito cardiaco che accelerava, e fui colta da una profonda eccitazione nel vedere il mio fidanzato che malmenava quell'uomo come una specie di selvaggio. Il sollevamento pesi di prima mattina, insieme con le lezioni di arrampicata libera, stava trasformando ancora di più il suo corpo in un fascio di muscoli ben torniti. E, in quel momento, quei muscoli sembravano armi letali e al tempo stesso maledettamente sexy.

Quando Ryan eseguì a sua volta una caduta, dopo aver ricevuto un colpo al volto, trasalii. Ero preoccupatissima all'idea che rischiasse in prima persona, ma sapevo pure che si divertiva come un matto.

Strappò le luci di Natale dal finto caminetto e gettò Victor Mordorf contro la poltrona dallo schienale alto che si trovava nel soggiorno di quella che doveva essere la casa dei suoi genitori. Accecato dall'ira e dall'odio, che trasudavano da ogni sua azione, legò l'altro attore, confuso e sanguinante, avvolgendogli l'ultimo lembo di corda attorno alla gola. Ryan recitò le sue battute sputando gocce di sangue finto insieme con le minacce che pronunciava.

Vederlo in quello stato, pieno di un disprezzo glaciale ed emozioni fuori controllo, mentre ringhiava legando stretto il prigioniero, era un'esperienza insieme affascinante e spaventosa.

Sembrava spinto da un impeto sanguinario che gli aveva tolto ogni inibizione e lo aveva fatto entrare del tutto nel ruolo di Chase Sheffield, della sua esistenza fatta di morte e redenzione.

Ecco cosa significa recitare.

La sera prima, mentre ripassavamo e mimavamo quella scena a casa nostra, avevamo capito che Ryan doveva legare il nemico alla poltrona con le luci di Natale seguendo dei passaggi molto precisi. Nessuno si era reso conto di quanto potesse essere difficile annodare delle luminarie, e lui aveva sollevato l'argomento con Jonathan e il coordinatore degli stuntman,

Paul Rotham, prima di cominciare a girare, sistemando la coreografia in modo ottimale.

Per fortuna aveva evitato di riprodurre la parte in cui mi aveva torturata a morte con la lingua, facendomi avere due orgasmi incredibili mentre ero legata senza scampo a una poltrona con dieci metri di luci colorate, prese in prestito dal responsabile delle attrezzature di scena. Quelli erano dettagli privati delle nostre prove, e non era necessario che gli altri lo sapessero. Le mie labbra s'incurvarono in un sorriso al ricordo della sensazione dolorosa ma piacevole delle luci premute contro la pelle, e di come essere legata e immobilizzata aveva messo in allerta tutti i miei sensi. *Sì, mi piacerebbe rifarlo, grazie. Il prima possibile.*

Ascoltai con attenzione il dialogo. Ryan non voleva improvvisare durante la scena, quindi, prima di girare, aveva parlato con la sceneggiatrice per discutere dei cambiamenti ideati la sera prima. Con mia sorpresa, lei e Jonathan li avevano approvati. Le minacce che avrebbe dovuto pronunciare non suonavano molto bene, ma dopo le modifiche erano diventate più fluide e sinistre. In più, rispetto a com'erano state scritte in origine, si adattavano meglio alle reazioni spontanee di Chase. Ryan pronunciò le battute con naturale maestria.

«E stop!» Jonathan si tolse le cuffie, lasciandole attorno al collo. Mentre si allontanava dall'enorme videocamera diede una pacca sulla schiena a Denny e poi si voltò verso di me con un sorrisone, mostrandomi i pollici alzati. Tutti sembravano davvero estasiati dalle riprese.

Mi raddrizzai di scatto sulla sedia. *Sì! Alla grande!*

Jonathan chiese a Ryan di avvicinarsi ai monitor e riguardammo la scena. «Come ti sembra, Ryan? Sei soddisfatto?»

Lui si portò le mani sui fianchi ed emise un sospiro di sollievo, fissando attento il piccolo schermo. Era incredibile che quarantanove secondi potessero contenere tanti elementi. Si voltò a guardarmi e mi diede il cinque.

Jonathan era raggiante, e agitò un dito nella mia direzione. «È brava! Brava sul serio! Sposa questa donna e tienitela sempre accanto!»

Quelle parole mi sorpresero. «Che cosa ho fatto?»

Lui mi rispose con uno sguardo d'intesa.

«Che cos'hai fatto? Ryan ha saputo sottolineare quel che c'era da sottolineare, cara mia. Hai una capacità incredibile d'interpretare le sceneggiature e la regia, e hai migliorato la scena in modo mostruoso.»

Oh, cavolo. «Ma Ryan e io abbiamo provato e... mi sono limitata a suggerire...»

Ryan mi mise a tacere con un rapido bacio, seguito da uno sculaccione scherzoso. «È qui che stasera inciderò le mie iniziali», ruggì sottovoce.

Jonathan era in estasi. «Forse uno di questi giorni avremo modo di vedere che genere di prestazioni gli ispiri quando sei dall'altra parte della telecamera; che ne dici, Taryn?»

Mi opposi con fermezza a quell'idea. Ryan, invece, sembrava apprezzarla molto.

«Mai dire mai. E non pensare che la tua piccola prova dell'altro giorno, quella che hai fatto con lui, sia passata inosservata. Secondo me hai un talento naturale», rimarcò Jonathan.

Sollevai le mani per farlo smettere, e subito. «Oh, no. Sono qui soltanto per guardare.»

«Be', avrei qualcosa da ridire», insistette lui, poi si rivolse a Ryan. «Ti spiace se usiamo Taryn per la scena nel nightclub? Secondo me lei è più adatta.»

Scossi la testa così in fretta che il sangue si spostò da una parte all'altra e mi vennero le vertigini. Assistere era un conto; partecipare in prima persona era molto diverso.

Ryan si avvicinò. «Quale scena?»

Vedere che prendeva in considerazione l'idea con sincero interesse mi sconvolse. Ero sicura che fosse contrario.

Quando finirono di discutere e tornarono a prestarmi attenzione, sapevo di dover prendere una posizione netta. «No. Va bene lo stesso. Sono lusingata dell'offerta, ma sto bene qui, *fuori* dai piedi.»

I sorrisi e i cenni d'incoraggiamento di Ryan non mi aiutavano: continuava a farmi segno con le dita per indicare che sarei stata ripresa per pochissimo.

«È assurdo. Ho il permesso di Ryan, quindi devi farmi l'onore di concedermi un cammeo», s'intestardì Jonathan.

Quell'unica, piccola richiesta sollevò un turbine di attività.

Quando arrivò il momento, mi portarono al guardaroba, dove mi fecero mettere un paio di jeans attillati e una maglia bianca, bellissima, con le balze e lo scollo all'americana bordato di perline marroni. Invece del reggiseno, mi applicarono degli adesivi che sollevavano il seno. Dunque le probabilità che il mio décolleté avesse il suo momento di gloria cinematografica aumentavano in modo esponenziale.

Dopo che mi ebbero applicato il trucco e sistemato i capelli, giunse il momento di andare sul set. La scena sarebbe stata girata in esterna, e per le riprese era stato affittato un nightclub appena fuori Vancouver.

Cosa dovevo fare? Restare sullo sfondo. Speravo di riuscire a mescolarmi con gli altri figuranti. Il locale doveva essere stracolmo e Ryan doveva scivolare tra la folla per raggiungere la posizione giusta. Io ero tra i corpi che gli sbarravano la strada, o almeno così doveva essere, finché un aiutoregista non mi spiegò cosa sarebbe successo.

Mi presentarono altre comparse che sarebbero state vicino a me durante la scena. Eravamo un gruppo di ragazze che doveva starsene lì a divertirsi e ballonzolare a ritmo con la musica. Il problema era che non c'era musica. In realtà era tutto piuttosto silenzioso. La colonna sonora sarebbe stata aggiunta in postproduzione.

Fingere di ballare e assumere pose seducenti in silenzio era strano.

Ci spruzzarono addosso una specie di liquido lucidante, che doveva farci sembrare accaldate e madide di sudore e mi faceva scintillare le braccia nude.

Facemmo una prova: Ryan arrivava nel locale, le telecamere lo seguivano in mezzo alla folla, e doveva passarmi accanto e andare a prendere posto su uno sgabello al bancone del bar.

L'attrice Morgan Harper, che interpretava la sorella morta di Chase Sheffield, il personaggio di Ryan, era vestita come me: i nostri costumi erano identici. Ryan/Chase doveva avere un'altra apparizione del fantasma di sua sorella.

Mi puntarono addosso un'immensa telecamera, e mentre fissavo la minacciosa lente nera che avrebbe immortalato il momento in cui mi ridicolizzavo, ebbi la consapevolezza definitiva che stavo per apparire in un film vero. Le pulsazioni un po' accelerate presero un ritmo forsennato. Il cuore mi batteva così forte che mi sembrava di correre con le gambe immerse nella sabbia fino alle ginocchia. Merda.

Calmati. Ricorda quel che devi fare. Sorridi con ritrosia. Guarda Ryan negli occhi e conta fino a cinque, poi torna a guardare la ragazza mora di cui mi sfugge il nome. Ce la posso fare. Ce la posso fare. Ma come diavolo è che si chiama?

«Ambiente... azione.»

Non ebbi il tempo di aggiungere altro panico, perché finì tutto subito. Forse ero riuscita a sorridere con ritrosia, qualunque cosa fosse un «sorriso ritroso». Sperai di non essermi voltata troppo presto.

Ryan era stato freddo e distaccato, un vero professionista. Non mi aveva riservato favori particolari, né mi aveva guardata in modo diverso o inappropriato mentre giravamo. Agli occhi di chiunque, potevo essere una comparsa qualsiasi presa dalla strada. Per me era meglio così: non volevo creare problemi. Senza l'incredibile attenzione dei media e l'adorazione delle fan a renderlo così importante, era un uomo normale: dolce, attento, umile, divertente, e dava il massimo nel lavoro di attore. Sembrava davvero nel suo elemento naturale. Il mio cuore riprese un ritmo normale sotto l'impulso dell'affetto e dell'orgoglio che provavo per lui, e la sua tranquillità mi aiutò a respirare meglio.

«Però la prenderei con la mano destra», suggerì, nel corso di un'altra prova in cui mi aveva afferrata per un braccio.

«Vuoi che sussulti, o...?» chiesi, mentre continuavamo a sistemare i vari dettagli.

Qualche minuto dopo, il mio grande debutto su una pellicola era terminato e fui spostata fuori scena per lasciare il posto a Morgan. Trovai un punto in disparte da cui potevo osservare Ryan che proseguiva senza di me.

«Ora ti puoi rilassare. A proposito, sei andata molto bene.»

Mi voltai: non avevo riconosciuto la voce maschile che mi aveva parlato.

«Credo che non ci abbiano ancora presentati. Ciao, sono Aiden.»

Sbattei le palpebre diverse volte, strabuzzando gli occhi davanti alla mano piena di vene che mi tendeva l'uomo di fronte a me. Aveva i capelli dello stesso colore di Ryan e anche la pettinatura era uguale. Indossava persino i suoi stessi vestiti. La somiglianza era impressionante, anche se gli occhi di Ryan erano più belli e lui era molto più attraente di quella specie di copia. Ciononostante, ero come ipnotizzata e non riuscivo a smettere di fissarlo.

«Sono una delle controfigure di Mr Christensen... non mordo», disse.

«Ciao, scusami. Io sono Taryn.» Gli strinsi la mano: per fortuna non aveva intenzione di maltrattarmi.

Mi accorsi che Nicole avanzava nella mia direzione sfregandosi il naso, ma si fermò a parlare con qualcun altro.

Aiden fece un cenno verso la telecamera. «Ti ho osservata. Da qui mi è sembrato che facessi un ottimo lavoro.»

Sembrava un complimento sincero.

«Grazie. Spero di non aver rovinato tutto.»

Quando sorrise, gli si formarono due fossette sulle guance. «Secondo me sei andata bene. Sembravi una professionista.» Mi offrì un bicchiere d'acqua che accettai con cortesia. «Era la tua prima volta?»

Presi un sorso e annuii.

«Allora sei fortunata a essere stata scelta per quel ruolo. Sarai nel montaggio finale di sicuro. Sono poche le comparse che riescono ad avere tutto quel tempo di posa.»

Scrollai le spalle. «Sarà la mia grande occasione di diventare famosa, eh?» scherzai.

«E sono sicuro che te ne potrai vantare a lungo con le tue amiche. Secondo me, avrai modo di sfruttare questa storia per mesi.»

Risi al pensiero di Marie e Tammy che cercavano di strangolarmi. «Credo tu abbia ragione. Le mie amiche mi daranno il tormento.»

Mi accorsi che Aiden abbassò lo sguardo e lo lasciò indugiare sul mio petto, leccandosi appena le labbra. Sembrava avere un gran bisogno di essere allattato. *Sì, lo so. Non ho il reggiseno e qui dentro si gela*. Mi affrettai a incrociare le braccia al petto.

Lui scosse il capo con un movimento impercettibile, come se il mio gesto avesse spezzato l'incantesimo, e tornò a guardarmi negli occhi. «Ehi, sta venendo qui. Vuoi che gli chieda se ti fa un autografo? Magari è anche disposto a fare una foto con te. Quello sì che stenderebbe le tue amiche per un po'. Dicono che sia un tipo gentile.»

Mi sfuggì una risatina di fronte a quell'assurdità. *Questo tizio non ha la minima idea di chi sia, eh? Secondo me non gli importa nemmeno, è troppo impegnato a fissarmi le tette.*

Lanciai un'occhiata verso Ryan e mi accorsi che aveva l'aria scontenta quando si fermò a parlare con Paul, il coordinatore degli stuntman. Paul si tolse il cappello da baseball; con una mano si grattava e con l'altra mimava dei movimenti.

«No, grazie, non voglio il suo auto...»

«E... dimmi, Karen, sei di Vancouver?» m'interruppe Aiden, indicando il suolo, come a voler sottolineare il fatto che ci trovavamo in quella città.

«No. Ryan è il mio...»

Paul agitò il cappello ed Aiden si staccò dal muro.

Secondo me non ha sentito una parola di quel che ho detto.

«Merda, tocca a me. Devo mettermi al lavoro. Non scappare, mi raccomando.» Senza lasciarmi il tempo di rispondere, si allontanò rapido, voltandosi per lanciarmi un'occhiata fugace.

Scovai un posticino discreto da dove osservare il resto delle riprese. Secondo la sceneggiatura, doveva esserci una rissa al bar. Anche se Ryan eseguiva quasi tutte le scene d'azione, Aiden si occupò delle acrobazie più complesse, come quando gli spaccarono alcune sedie sulla schiena. Ero felice che fosse il suo corpo a ricevere quei colpi e non quello del mio fidanzato. Per lui avevo altri programmi, e non includevano medicare tagli o passare tutta la notte ad assisterlo mentre si contorceva dal dolore.

Aiden, che si stava riempiendo il bicchiere di plastica dal frigo accanto a me, mi fece l'occhiolino e sorrise. «Come mai te ne stai nascosta?»

Scrollai le spalle. «Cerco di non stare tra i piedi.»

Si tirò su le maniche della maglietta e, quando incrociò le braccia, i bicipiti nerboruti si contrassero. «Ah, ma non è divertente, così. Mi avrebbe fatto comodo un po' d'aiuto, in quella rissa.»

Riflettei sull'ironia dell'affermazione. «No, grazie. Vedo già abbastanza muscoli da bevitori di birra a casa. Qui faccio soltanto la spettatrice.» Era da un po' che non dovevo sedare risse nel mio pub, anche se tenevo sempre sotto mano la mia fida mazza da baseball.

Lui si guardò indietro. «Dopo questa scena, invece, ho una gran voglia di bere qualcosa. Dovremmo radunare un po' di gente e andare in qualche locale.»

Sapevo che era meglio non rispondere, così ignorai quel commento e me ne andai con una scusa, per mettermi in un punto che garantisse una visuale migliore.

Ma, dopo qualche altra ripresa, il mio amico mi raggiunse di nuovo. «A quanto pare, abbiamo quasi finito. Allora... be', hai progetti per dopo o pensi che mi concederai di portarti a cena fuori?»

«Portarmi a cena? No.» Ero sconvolta che me l'avesse chiesto. Mi allontanai, gli occhi fissi sull'uomo che invece avevo in mente di farmi servire per dessert, ma Aiden mi seguì.

Ryan incrociò il mio sguardo e, quando si accorse che stavo parlando ancora col mio nuovo ammiratore, i suoi occhi assunsero un'espressione di evidente fastidio.

«Capisco. È che speri di riuscire ad avvicinare lui, eh?» mi chiese in un tono a metà tra lo scherno e quella che mi sembrò una punta di gelosia. «Be', non per spezzare l'incantesimo, ma ho sentito dire che si è appena fidanzato, quindi temo che le tue possibilità siano davvero molto poche.»

Avrei voluto rispondergli: *No, che cavolo, sono io la sua fidanzata, idiota!* E poi ringraziarlo per aver scoraggiato una donna dal provarci con Ryan, ma lui stava già venendo verso di noi con un'espressione che non prometteva niente di buono. Mi chiesi se fosse arrabbiato per via dei tentativi di approccio da parte di Aiden, ma entro otto secondi netti l'avrei scoperto di sicuro.

«Ehi, vuoi che gli chieda... se magari ti fa un autografo o qualcosa del genere? È la tua occasione prima che se ne vada.» Aiden era troppo impegnato a osservare l'arrivo di Ryan per accorgersi che avevo alzato gli occhi al cielo.

Ryan gli strinse la mano e gli diede una pacca decisa sulla spalla. «Ciao, amico. Sei stato un fenomeno, poco fa. Tutto okay? Quel colpo sembrava piuttosto doloroso.»

La pacca «amichevole» lo fece vacillare per un istante, ma

poi Aiden gonfiò subito il petto, con l'aria di chi non prende nemmeno in considerazione l'idea che *qualcosa* possa fargli male. «Ma no, è il mio pane quotidiano. Sono bravo, sai. Ehi, senti, Ryan... credo tu abbia già incontrato questa splendida ragazza. Si chiama Karen. Karen, ti presento Ryan Christensen», aggiunse orgoglioso, come se loro due fossero amiconi.

Ryan socchiuse gli occhi. «Karen?»

Scrollai le spalle: cosa ci potevo fare? E poi non aveva senso correggerlo. Sapevo che Ryan aveva concluso per quella sera, e che potevamo andarcene.

Un istante dopo ci raggiunse anche Mike. *Il mio fedele rottweiler umano... attacca!*

«Sai, stavo proprio chiedendo a Karen se le va di venire a prendere qualcosa da bere. In centro ci sono dei gran bei locali, ma a quanto pare non se ne vuole proprio andare da qui», riprese lo stuntman, dandomi di gomito.

«Ma dai, sul serio?» mi chiese Ryan.

Sperai si accorgesse che ero seccata. «Ho cercato di dirgli di *no*, ma lui...» *Continua a interrompermi.*

«Aaah... è che hai paura di divertirti!» mugolò Aiden.

Ecco, lo vedi?

Quindi si rivolse a Ryan. «Senti, prima di andare via... non voglio metterla in imbarazzo e credo che si vergogni troppo per chiederlo, ma pensi che potresti farti una foto con lei?» Tirò fuori il cellulare, che gli cadde di mano, e bofonchiò che poi mi avrebbe spedito l'immagine.

Io cinsi la vita di Ryan con un braccio, pronta a tornare a casa con lui. Aveva la camicia bagnata di sudore. Era stata una giornata lunga, e mi sembrava davvero stanco. Inoltre avevo un mucchio di biancheria pulita da dare a Mike, dato che il servizio di lavanderia del set era riservato agli attori e non ai loro accompagnatori.

«Non posso voltare le spalle nemmeno per cinque minuti», si lamentò Ryan nel mio orecchio, dando voce all'irritazione che stava trattenendo.

Anche se fingeva di essere geloso, decisi che quello sfoggio di emotività sarebbe stato ricompensato in modo adeguato sotto la doccia, più tardi.

«Credimi, non ho fatto niente per incoraggiarlo.»

«Lo so, tesoro.» Mi strinse, scostandomi dal viso una ciocca di capelli. Mi prese il volto tra le mani e mi baciò con trasporto.

Sentii Aiden ribellarsi: «Amico, ma che cazzo fai?»

Dopo che Ryan ebbe terminato di marcare il territorio, con un leggero imbarazzo feci un passo indietro. Aiden se ne stava a bocca spalancata, sconvolto. Aveva anche l'aria di volergli mollare un pugno.

Lui lo fissò, sfidandolo per qualche istante, poi cercò di trasformare la collera in un atteggiamento scherzoso. «Questa ragazza è *mia*. A quanto pare, non ti hanno presentato come si deve la *mia fidanzata*, Taryn. E apprezzerei se la smettessi di provarci con lei. Chiaro?»

Il giorno dopo, Aiden mi evitò come la peste. In fondo me l'aspettavo. Sembrava aver trovato un nuovo obiettivo in Nicole, che subissava di attenzioni. Il suo modo di attaccare bottone era davvero esagerato.

Faceva di tutto per mostrarsi amichevole con Ryan, e anche quell'atteggiamento mi sembrava ovvio. Ryan era gentile il minimo indispensabile: non aveva preso troppo bene l'idea che un altro lupo si aggirasse attorno alla sua preda. Erano situazioni come quella a farmi dubitare che stargli vicino mentre lavorava fosse una buona idea.

Nicole, dal canto suo, sembrava piuttosto agitata.

Immaginai che fosse perché dovevano girare un'altra scena di baci, che sembrava aver innervosito anche lui, ma non ne ero sicura. Ryan era sempre sulle sue, ma stavolta lo vidi scrutare Nicole con diffidenza.

Assistetti all'allestimento della scena, al posizionamento delle telecamere e degli attori sui segni predisposti; poi il regista diede il via.

Non riuscivo a distogliere lo sguardo, nonostante le proteste del mio cuore. Vedere l'uomo che amavo baciare un'altra, anche se ero consapevole che si trattava di una finzione, mi faceva soffrire in un modo impossibile da descrivere a parole.

All'improvviso Ryan si staccò da lei, e ne fui stupita. Aveva il viso contratto in una smorfia, come se avesse appena dovuto inghiottire un orribile insetto cosparso di terriccio, anziché baciare un'attrice bellissima. La stretta in cui la teneva divenne meno amichevole.

Jonathan si sfilò le cuffie.

Ryan cominciò a insultarla e sputò a terra due volte. «Dimmi che non è quello che penso.»

«Non capisci... La situazione era così convulsa, e io...»

«Ti avevo avvisata!» L'allontanò, disgustato.

«Ryan, aspetta», lo implorò lei. Sembrava distrutta dal modo in cui l'aveva scacciata.

«Dov'è Parker? Voglio parlare con lui, e *subito*, nel mio camper», ruggì, mentre se ne andava furibondo.

Nell'istante in cui mettemmo piede nel veicolo attrezzato, Ryan corse a prendere lo spazzolino e cominciò a sfregarsi i denti, sputando e sciacquandosi più volte la bocca nel piccolo lavello della cucina. Io restai in silenzio. Poco dopo sentimmo bussare forte alla porta e corsi ad aprire. Mi ritrovai di fronte Parker Shay e Jonathan Follweiler.

«Ryan, cosa succede? Volevi vedermi?» chiese Parker.

Lui era fuori di sé. «La dovete cacciare. È una *merda*, Parker. Sento ancora in bocca il sapore di quella cazzo di roba.» Si asciugò il viso con un asciugamano.

Parker sembrava confuso quanto me. «Quale roba?»

«Nicole è una drogata, si fa di metanfetamine.»

L'altro si portò le mani sui fianchi, cercando di elaborare la notizia. «Metanfetamine? Sul serio?»

Lui annuì. «Le sniffa.»

Jonathan aveva l'aria di essere appena stato colpito da un fulmine. «Ne sei sicuro? L'hai vista mentre ne faceva uso?»

«No, ma poco fa mi è arrivata in bocca la sua saliva. Credimi, *conosco* il sapore di quella merda e ti giuro che non voglio averci niente a che fare. L'avevo già sentito mentre facevamo la scena della camera da letto e l'ho avvisata, ma quella che mi è arrivata ora era roba fresca.»

Sentii che mi cedevano le ginocchia, quindi mi misi a sedere prima di cadere a terra per lo shock. Non riuscivo a capire cosa mi avesse sconvolta di più, se il fatto che Nicole fosse una tossica o che il mio fidanzato conoscesse il sapore della droga.

Ryan sputò ancora nel lavandino. «Parker, cosa cavolo combini? È il secondo film che facciamo insieme. Credevo stessi dalla mia parte.»

«È così, Ryan. Credimi. Non avevo idea che avesse problemi di droga.»

«Queste stronzate possono anche passare sui canali via cavo, ma non le permetterò in un progetto su cui c'è il mio nome, poco ma sicuro.»

«Ryan... amico, mi spiace. Non lo sapevo. Me ne occuperò io.»

«Direi proprio di sì. Perché mi rifiuto di girare anche un'altra scena soltanto, finché il problema non sarà risolto. Le riprese sono iniziate da pochi giorni. Licenziala e prendi un'altra attrice. Una professionista, che non sia una drogata», dichiarò lui.

Jonathan sembrava irritato e frustrato quanto Ryan, e lanciava occhiate torve a Parker.

Quello emise un gran sospiro. «Sai che non è semplice. Abbiamo già girato le pubblicità, le pose.»

Ma Ryan non ne voleva sapere di calmarsi, e quell'accesso di collera stava peggiorando la situazione. Dovevo fare qualcosa. Quando incrociai lo sguardo con Parker, gli feci un cenno verso la porta, sperando mi desse il tempo di calmarlo.

«Risolveremo questa faccenda, Ryan. Cerca di rilassarti. Lascia che faccia qualche telefonata.» Si portò il cellulare all'orecchio e uscì.

Ryan si comportava in modo irrazionale, e arrivò persino al punto di tirare un pugno a un armadietto.

«Ryan...»

«Cosa vuoi? E, prima che cominci a farmi il terzo grado, l'ho provata al college, molto tempo fa. Lo sai che non mi drogo.»

Ero felice di sentirglielo dire, ma mi preoccupava di più il modo in cui continuava a colpire gli oggetti. «Lo so, tesoro. Ascoltami, so che sei furibondo, ma non credo che il modo migliore di affrontare la situazione sia fare una sfuriata e chiedere che Nicole venga licenziata.»

«Non sei tu quella che si è ritrovata con un veleno chimico in bocca, Taryn!»

«Sì, è vero. Ma devi pensare anche a quel che c'è scritto nel contratto da produttore esecutivo che hai firmato.»

Quelle parole placarono la sua ira. Il giorno in cui aveva firmato, si era ritrovato davanti una quantità di fogli pieni di astruse note legali; naturalmente non aveva controllato il documento per intero, confidando nell'okay generale dato dal suo avvocato. Ma, dato che erano in ballo diversi milioni di dollari, io l'avevo letto parola per parola, per essere sicura che al legale non fosse sfuggito niente.

«Hai due diversi tipi di obblighi nei confronti di questo film. Quando hai firmato i diritti, hai accettato la responsabilità di prendere decisioni importanti. I produttori sono tenuti a consultarsi tra loro su qualsiasi cambiamento riguardante gli attori principali, quindi devi sostenerli e comportarti in modo professionale, e non prendertela con tutti.»

Piegò le dita in aria. «Avrei tanto voluto spezzarle quel maledetto collo.»

«Lo so, ma non puoi.»

Si passò entrambe le mani sul viso. «Maledizione. Cazzo. Che cosa… Come faccio a…»

«Mettiti seduto e cerca di calmarti.»

Aveva gli occhi colmi di terrore, preoccupazione, collera, tutte sensazioni in lotta tra loro per assumere il controllo, mentre lui era aggrappato all'armadietto accanto al frigorifero da incasso. «Non mi è mai capitato di affrontare una situazione del genere, Taryn. Mi sento un fallito. Voglio dire, cosa diavolo posso fare?»

Una parte di me temeva che la droga con cui era entrato in contatto lo avesse intossicato, alterandone il comportamento. Però non avevo una conoscenza diretta degli effetti né dei sintomi che causava, quindi immaginai che doveva essere semplicemente fuori di sé. «Tesoro, siediti. Dobbiamo esaminare con cura questa situazione, in modo razionale.»

Mi sorprese vederlo obbedire, anche se respirava ancora a fatica, come un toro selvaggio messo all'angolo in una cristalleria.

«Fa' un respiro profondo. Per un momento cerca di dimenticare che sei un attore e il coprotagonista di Nicole, e prova a pensare come un produttore. Qui si tratta di affari. Innanzi tutto devi parlare con Parker in modo *tranquillo*. Sai bene che non risolverai nulla gridandogli contro.»

«Lo so, ma sono così incazzato, e...»

«È vero, tesoro. Hai fermato le riprese, quindi non possono certo ignorarlo.»

«Non tornerò là fuori. Mi rifiuto, cazzo.»

«Parla con Jonathan. Ideate insieme un piano d'azione. Il fatto che Nicole faccia uso di droghe ha fermato la produzione, quindi il film è a rischio. Adesso è questo il problema maggiore. Sono sicura che esistono chissà quante minuzie legali e contrattuali da prendere in considerazione. Poi deciderete come affrontare lei e in che modo risolvere la situazione.»

Annuì. «Non riesco a credere che sia così stupida. Avevo sospettato qualcosa fin dal primo momento in cui l'ho vista, ma non ho voluto dire nulla. Ieri, durante quella scena... lì non ho avuto dubbi.»

Adesso capivo che il suo strano comportamento non era dovuto soltanto al fatto che lo guardassi mentre fingeva di fare sesso.

«Se è così idiota da mettere a rischio quella che poteva essere una svolta nella sua carriera per colpa della droga, allora merita di subirne le conseguenze. Non è una bambina. Ma tu devi imparare a gestire situazioni di questo genere, se vorrai essere il produttore esecutivo dei tuoi film. Devi vedere la cosa in modo oggettivo», gli dissi.

Sembrava d'accordo. «Hai ragione. Su tutto. Soprattutto se vogliamo aprire una nostra casa di produzione, come ci siamo detti.»

Annuii. «Ma...» Aspettai che mi guardasse negli occhi. «Lei è giovane, e lasciandosi andare alla droga sta commettendo delle sciocchezze. La devi aiutare.»

Fece una smorfia. «*Aiutare?*»

«Sì, esatto. Ascolta, so che sei fuori di te, ma se fa uso di una droga così pesante è evidente che c'è qualcosa di serio che la tormenta.»

«E questo sarebbe un problema *mio*?»

Sapevo che ce l'aveva con la situazione, non con me. «Sì, tesoro. Invece di girare, sei chiuso qui dentro in preda alla rabbia. La gente non si droga tanto per il gusto di farlo, almeno non tutti, e non con le metanfetamine. È una settimana che sembra distrutta, quindi non credo che siamo davanti a un caso di utilizzo per puro piacere. Quella ragazza ha davvero bisogno di essere aiutata.»

«Quindi, siccome qualcuno le ha detto che è grassa o l'ha insultata, diventa un problema mio? Fantastico, cazzo.»

«Tutti meritano una seconda opportunità. L'hai appena denunciata davanti all'intera troupe. Chissà, magari l'hai spaventata abbastanza da indurla a smettere.»

Ryan rise, scettico.

«Sii il suo leader, il suo mentore. L'hai provato in prima persona, e sai bene come ci si sente sotto pressione. Lei cerca aiuto nella droga perché tenta di gestire qualcos'altro, ma, se l'attacchi e la farai licenziare, non hai idea di quanto potrebbe peggiorare. Ryan, non permettere che diventi l'ennesimo scandalo hollywoodiano. Tanti altri hanno gettato al vento la loro vita per colpa dell'alcol e della droga. C'è bisogno di qualcuno che faccia la differenza. Trova nel tuo cuore la forza di fare la differenza.»

Sollevò le sopracciglia. «E tu pensi che mi darebbe ascolto?»

«Non puoi sapere che genere d'intervento potrebbe aiutarla.»

Almeno stava riflettendo sulla mia proposta. Mi fissò per un tempo che mi parve eterno, e poi disse: «Vuoi tu il suo ruolo?»

«Che cosa?» Balzai all'indietro, come se mi avesse lanciato una granata.

«Vuoi fare la sua parte?»

«Dici sul serio?»

«Certo. Conosci i dialoghi meglio di lei e, quando abbiamo provato, la tua interpretazione era incredibilmente naturale. Sai che potresti farlo. La domanda è: lo vuoi o no?»

All'improvviso mi sentii con le spalle al muro. «Ryan, non puoi chiedermi una cosa simile e non sei nella posizione di offrirmi quel posto.»

Qualcuno bussò alla porta e riconobbi una voce femminile.
«Ryan?» chiamò Nicole.

Dal modo in cui Ryan sgranò gli occhi, capii che non aveva idea di come comportarsi. Lo presi per mano per un istante, dopodiché aprii la porta.

11

PARTENZA

«Devo essere stato proprio bravo, oggi, per tornare a casa e trovare uno spettacolo così bello», disse Ryan quando mi trovò immersa nella lettura sul nostro letto. La sua voce risuonò allegra mentre mi sorrideva con aria lasciva. Era sulla soglia, le braccia conserte, e il suo ghigno ricordava quello dello Stregatto.

Era tardi, quasi le dieci di sera; mi aspettavo che fosse stanchissimo, ma vederlo così di buon umore mi diede un sollievo enorme.

Forse, però, a lui piaceva di più il mio nuovo corpetto di pizzo color crema con mutandine coordinate. Non ero riuscita a mettermi nient'altro, dopo la doccia e la giornata spossante trascorsa con Anna Garrett e le sue carte di credito. Gli sorrisi a mia volta, pervasa dall'emozione che riusciva sempre a suscitare in me anche con un semplice sguardo.

Non lo vedevo dalla mattina, quand'era andato via con Mike, e mi faceva piacere che fosse contento nonostante le fatiche della giornata. Speravo restasse così, perché avrebbe preso meglio la notizia che stavo per dargli. Ero agitata da tutto il giorno, ma dopo aver parlato al telefono con Marie non potevo più rimandare.

Lo sconforto all'idea che presto sarei dovuta tornare a casa m'inchiodava al letto, mentre l'esaltazione di averlo di nuovo con me, dopo essere stati lontani per tutto il giorno, mi faceva desiderare di saltargli addosso e stringergli le gambe attorno alla vita. Ryan si avvicinò; con un dito seguì la spallina sottile del corpetto e poi scese lungo la schiena, dandomi una serie di brividi che arrivarono fino al ventre. Un ringhio basso e profondo gli risalì dalla gola e, quando mi provocò passandomi le dita sul labbro, gliele leccai.

«Ho pensato che, se proprio devo spendere i tuoi soldi, è meglio comprare qualcosa che ti piace.»

Mi rivolse il suo sorriso più smagliante, quello che mi faceva tremare le ginocchia.

Dio, quanto mi mancherà.

Scivolò sul letto e si mise sopra di me come un gattone pronto all'accoppiamento, baciandomi la spalla nuda con trasporto. «Oh, sì che mi piace. Molto, anzi, moltissimo.»

Con le cosce circondava le mie e, per dimostrarmi il suo apprezzamento, abbassò i fianchi, facendomi sentire l'erezione ancora fasciata dai jeans proprio tra le natiche.

Mi voltai sotto di lui e mi misi supina. Ryan intrecciò la lingua con la mia, e ancora una volta mi resi conto di quanto mi fosse mancato.

«Cazzo, sei stupenda», sospirò sulle mie labbra, e si abbassò per sdraiarsi al mio fianco. «Non vedevo l'ora di tornare da te, mi sei mancata.»

Sorrisi, elettrizzata al pensiero che provassimo la stessa cosa. Quando posò la testa sul mio petto, gli allontanai i capelli dagli occhi.

Erano passati tre giorni dalla crisi innescata dalle metanfetamine, e gli avvocati e i manager di tutti erano arrivati in città per risolvere la situazione.

«Ho sentito dire che stamattina hai fatto un ottimo lavoro», gli dissi, dandogli un bacio sulla fronte.

Lui sospirò. «Ti proibisco di frequentare ancora Anna.»

Mi tirai un pochino indietro per guardarlo in faccia. «Perché? È stata lei a confermarmi che questo completino era bello.»

Sollevò un dito e mi sorrise, rassicurante. «Ritiro il divieto. Immaginavo che ti avrebbe aggiornata.» Borbottò qualcosa a proposito di donne e gossip.

Se soltanto avesse saputo la verità... Avevo passato così tanto tempo con lei che ne sapevo di cotte e di crude su metà Hollywood.

«Anna è rimasta molto colpita da come ti sei comportato. Sei sempre convinto della tua decisione?»

Sollevò le spalle, poi le lasciò ricadere. «Non ho molta scelta, no? Quando le ho detto che era fortunata a non essere stata licenziata in tronco, è scoppiata di nuovo a piangere. Meglio per lei se tiene il naso lontano da quella roba. Se verrà colta di nuovo sul fatto, per lei è finita.» Mi guardò negli occhi. «Quasi spero che lo faccia. Ho detto a Jonathan che saresti un'ottima sostituta.»

Rimasi stupita, ma provai anche un certo fastidio. «Non sono un'attrice, Ryan. Non avresti dovuto.»

Tirò su la testa. «Perché? Di cos'hai paura?»

Ah, non molto. Che i media tirino fuori chissà quale storia da questa trasformazione? Che mi accusino falsamente di averti usato? Che escano folli teorie che la interpretano come una trovata pubblicitaria? Oppure che potrei rovinarti per sempre la carriera?

«È una *pessima* idea.»

Si fece serio. «Ma sei un talento naturale.»

Il pensiero mi fece rabbrividire, perché sapevo che il suo giudizio era di parte. «Se mai decidessi d'intraprendere quella carriera, voglio che sia per merito, non perché mi è stata servita su un piatto d'argento.»

Fece una smorfia. «Sei l'unica persona al mondo che la vedrebbe così.»

Ne dubitavo, e molto. «I tabloid si sfregherebbero le mani, Ryan, lo sai bene quanto me. Un'ombra del genere sulla tua immagine pubblica non ti gioverebbe affatto. Sarà già abbastanza grave quando usciranno i commenti sul mio cammeo.»

«Potrebbe essere il tuo debutto.»

Alzai gli occhi al cielo.

«Che c'è?» ridacchiò, e posò un braccio sulla mia pila di fogli. Prese alcune delle pagine che stavo leggendo e diede un'occhiata. Vidi la sua espressione farsi scettica e interrogativa. «Cos'è questa roba?» chiese, osservando meglio.

«Anna mi ha dato qualche documento da controllare… roba finanziaria.»

Sfogliò altre pagine, sempre più interessato a mano a mano che andava avanti. «Questo è per *Slipknot*. Perché diavolo hai… Devi… devi averla tu, questa roba? È il contratto con la casa di produzione, la Light Reel Pictures.» Smise di scorrere le carte per fissare me, come se avessi commesso il peggiore dei crimini. «Accordi di produzione, il contratto della Light Reel… Cazzo, Taryn.»

Recuperai alcuni fogli dalle sue mani cercando di sminuire la faccenda, ma sapevo che nemmeno lui conosceva certi aspetti degli accordi presi per girare *Slipknot*. «Me li ha dati in via confidenziale. Abbiamo parlato molto, e avevo tante domande. Credo mi abbia presa sotto la sua ala protettrice.»

«Non devi far avere questi documenti a nessuno», mi ammonì lui, condannando il mio comportamento azzardato.

Io gli strappai di mano le pagine che ancora stringeva, infastidita all'idea che mi ritenesse tanto sciocca, e le sistemai in una pila ordinata; tranne l'ultima, però, che studiai per avere un quadro completo. «Lo so. E tu non dire a nessuno che li ho.»

Inclinò il capo di lato. «Perché te li ha dati?»

Lo guardai. «Qualcuno deve pur gestire la nostra casa di produzione.»

Nella speranza di sviare la sua attenzione, tirai fuori da sotto la catasta di fogli il volume di progettazione architettonica di case in legno che mi aveva chiesto di comprare. «Ecco qui, questo è per te. Costruiscimi una casa, oh, Capitano, mio Capitano.» *Distrailo con qualcosa di luccicante.*

Se lo posò sulla pancia e cominciò a sfogliarlo. «Ah, fantastico. Hai già visto qualche progetto che ti piace?»

Scossi il capo. «Mi piacciono tutti.» Poi, un rumore attirò la mia attenzione. «C'è Mike di sotto?»

«No.»

Nella sua voce c'era una nota di tristezza, come se sentisse la mancanza dell'amico.

«Ryan, per me non ci sono problemi se sta qui con noi. Non è più soltanto la tua guardia del corpo. Perché non lo chiami e gli chiedi di passare? Preparo le quesadilla che vi piacciono tanto.»

Esitò. Sembrava preoccupato. «Stasera ha... altri programmi.»

«Cosa deve fare?»

Non mi rispose e andò a fare la doccia. Quando lo sentii tornare a letto mi ero quasi addormentata, poi qualcosa di appuntito mi solleticò una natica. «Cosa fai?»

Lui mi poggiò una mano sulla coscia. «Non preoccuparti. Torna pure a fare quel che stavi facendo e non ci pensare.»

Guardai indietro. «Ryan, cavolo, quello è un pennarello a inchiostro indelebile!»

«Si cancellerà... prima o poi. Ora sta' ferma.»

«Tesoro, ti prego, non disegnarmi sul culo.»

«Silenzio.» Scostò il bordo delle mutandine per avere campo libero. «Questo è il *mio* culo. Mio. Di mia proprietà», dichiarò in tono pratico.

Emisi un gemito quando mi posò la mano sul posteriore, mentre con un dito mi accarezzava in modo sapiente in mezzo alle cosce, solleticandomi. Sapeva benissimo cosa mi stava facendo.

«E questo significa che anch'io possiedo il tuo?» esalai, sempre più sensibile.

«Puoi dirlo forte. Sì, il mio corpo ti appartiene. Ti va di giocarci? Te lo lascerò fare, se vuoi», mormorò.

Sentii l'eccitazione che le sue parole suscitavano in me. «Me lo lascerai fare? Non sapevo di dover chiedere il permesso per divertirmi coi miei giocattoli. Credevo fosse il vantaggio di essere figlia unica... non dover mai condividere niente.»

Ryan si accigliò e tornò al suo disegno. «Nick si divertiva a rompermi i giocattoli. Quand'era incazzato con me faceva a pezzi le mie cose.»

L'idea di Nick che si comportava male m'intristì. Divenni scura in volto e desiderai di poter scacciare i brutti ricordi.

Lui, intanto, era presissimo da ciò che stava facendo.

«Ti diverti?» Mi guardai dietro una spalla. «Ehi, ho appena ottenuto l'autografo ufficiale di Ryan Christensen?»

Rise. «Che ne diresti di farci dei tatuaggi uguali?»

Fui colta da mille pensieri allo stesso tempo. Tanto per cominciare, mi vennero in mente le parole «dolore» e «aghi», seguite subito dalla domanda se si rendesse conto che mi stava scrivendo il suo nome sulle natiche, con inchiostro indelebile.

Le considerazioni successive fluirono come se stessi mandando avanti un film, veloci, turbinando attorno ai diversi tatuaggi che ornavano il corpo attraente di Thomas; il tribale che gli abbracciava il fianco sinistro, come un richiamo verso il Paese delle Meraviglie.

Dovetti schiarirmi la gola. «Una volta ho pensato di farmene uno. Ma poi ho lasciato perdere. Ma perché, scusa? Stai meditando sui possibili modi di marchiare la tua *proprietà*?»

Scrollò le spalle come se non fosse importante, ma ero sicura che ci avesse pensato sul serio. «Mi sembrava un'idea carina. È da tanto che ne vorrei uno, e ho pensato che potremmo farci tatuare lo stesso simbolo, o qualcosa del genere.»

Cercai di vedere cosa stava disegnando, ma mi sembrava nient'altro che una scatola con accanto una scritta. «Che cos'è?»

«Sto facendo un aeroporto. Questo è il terminal, e qui c'è la pista di atterraggio. Piantala di muoverti! Il mio jumbo deve poter atterrare.»

Rotolai subito su un fianco.

«Ehi! Possibile che non t'importa se centinaia di passeggeri si schianteranno in mare, morendo? Sei senza cuore.» La sua espressione, prima determinata, adesso era davvero abbattuta. Era proprio un bravo attore.

Sorrisi, gli strappai di mano il pennarello e salii su di lui. «Perché, il tuo aereo è forse pieno di marinai? Adesso voglio disegnare *io* sul tuo culo. Iscriverò le mie iniziali sulla *mia* proprietà.»

Anche se era sveglio dalle cinque e mezzo del mattino, si tolse l'asciugamano alla velocità della luce e si distese a pancia in giù, pronto a farsi disegnare addosso qualsiasi cosa.

«Proprietà… di… Taryn… Mitchell.» Lo scrissi in corsivo su quel posteriore sodo e scolpito, e completai l'opera aggiungendo un cuoricino in fondo alla frase.

Ryan lanciò un'occhiata indietro. «Hai fatto?»

«Sì.»

Prese il pennarello e lo lanciò più o meno nella direzione del comodino. «Vieni qui», disse, e fece scivolare una mano dietro la mia testa per attirarmi verso la sua bocca.

Aveva un sapore di menta delizioso. Gli aromi del bagnoschiuma e dello shampoo mi avvolsero nel dolce bozzolo dei profumi che amavo. Con delicatezza mi fece distendere sulla schiena. Mi affondò le dita tra i capelli, cullandomi la testa, e senza bisogno di parole mi disse che non mi avrebbe mai lasciata.

Baciare Ryan Christensen era come bere un concentrato di passione. Il mio corpo fu colmato dall'eccitazione, il desiderio del suo tocco – che era sempre lì, appena sotto la superficie – risvegliato.

Mi baciò una guancia, il punto sensibile sotto la mandibola e scese dietro la nuca. Intanto mi accarezzava lo stomaco, facendo scorrere le dita sul torace, e sollevò il top per scoprire la pelle. Le sue labbra scivolarono sul pizzo, alla ricerca del capezzolo turgido che mordicchiò con delicatezza. In breve il corpetto finì a terra senza tanti complimenti.

Gli passai le mani tra i capelli umidi mentre lui mi leccava e succhiava il seno. M'infilò una mano nelle mutandine. Gemette quando si accorse che mi ero rasata del tutto e poi di nuovo quando sentì quanto ero bagnata. «Cazzo, tesoro», espirò piano, con reverenza, riportando la lingua tra le mie labbra.

Salì lento sopra di me, usando le ginocchia per divaricarmi le cosce. Si tirò su e afferrò le mutandine, che sfilò con lentezza esasperante, come se si stesse gustando la vista.

Sollevai le gambe e sentii la seta passare oltre le caviglie. Lui mi prese per un polpaccio e mi fece posare la gamba dov'era prima, oltre la sua.

«Fammi vedere», mi chiese in un sussurro, e io allargai le gambe per lui.

Inspirò di colpo. Vidi il calore tingergli le guance, dandogli un rossore meraviglioso.

Con le dita indugiò sulla mia carne nuda. «Dio, sei bellissima», sospirò.

Mentre mi guardava con pura e totale adorazione, mi mancò il respiro.

Gli accarezzai il petto muscoloso, le curve degli addominali scolpiti, ipnotizzata da quel corpo perfetto che venerava il mio. «Ti amo», gli dissi, sostenendo il suo sguardo.

Lui mosse il capo da una parte all'altra e si abbassò sugli avambracci per baciarmi. «Io ti amo di più», giurò sulle mie labbra.

Tracciò una scia di baci lungo il mio corpo, leccò la pelle liscia del ventre appena sotto l'ombelico, divaricandomi le cosce del tutto. Guardai in basso per incontrare i suoi occhi azzurri, che a loro volta mi scrutavano per cogliere ogni mia reazione. Lo vidi chiuderli per dedicarsi a darmi piacere. Mi premette la mano libera sul torace, poi mi pizzicò un capezzolo e lo tirò.

«Oh, oh, Dio...» *Credo di aver parlato a voce alta. Non ci ha mes-*

so molto a portarmi al limite. Si asciugò il mento col dorso della mano e strisciò verso di me come una belva affamata.

Senza nemmeno capire come, mi ritrovai sopra di lui, col mio corpo che si adattava a ogni centimetro del suo mentre scivolavo verso il basso per accoglierlo dentro di me.

«Oh, Tar», gemette nello stringermi forte al petto, premendomi a sé con una mano e l'avambraccio mentre con l'altra guidava i movimenti del bacino. I nostri baci si trasformarono in ansiti a bocca aperta, naso contro naso, le labbra sulle labbra per mantenere l'equilibrio. Intrecciò le lunghe dita tra i miei capelli. «Sei meravigliosa», sussurrò, lo sguardo dritto nel mio, e poi posò di nuovo la bocca sulla mia.

Mi mise un braccio sotto la coscia destra, facendomi aprire ancora di più sopra di sé. Affondava dentro la mia carne così in fretta da togliermi il fiato. I miei umori lo inondarono ancora di più.

«Ah, sì, così... mmm», mugolò, mentre mi faceva ondeggiare più forte.

Mi mise le mani possenti sulle natiche e cominciò a spingere con rinnovato vigore. Cominciavo a vedere le stelle, e non si trattava solo di celebrità.

Con un rapido movimento mi fece mettere supina, spostandosi lungo il mio corpo con movimenti sinuosi accompagnati da altre carezze della lingua, avanti e indietro. Con delicatezza, ma in modo studiato, mi morse la carne, affondando appena qua e là, nell'interno coscia, aggiungendo un leggero dolore che ebbe l'effetto di rendere il piacere ancora più intenso. Piegò le dita dentro di me e mentre continuava a far guizzare la lingua, inarrestabile, mi sovraccaricò di sensazioni.

Restai senza fiato quanto tornò dentro di me. Intrecciò le dita della mano sinistra con le mie, fermandosi a baciarmi le nocche. «Questo è soltanto tuo», sussurrò sulle mie labbra, poi mi sollevò il braccio sopra la testa, affondando in profondità a ogni spinta.

Mi si riempì il cuore di una gioia incontenibile di fronte a quel gesto così tenero, e mi arresi del tutto alla sua volontà.

Mi spingeva sul letto come un coccodrillo affamato che divora la preda, facendomi voltare e dandomi piacere in modi che dovrebbero essere illegali.

Sentii montare la calda ondata di beatitudine dell'orgasmo. Mi penetrava sempre più a fondo, accarezzandomi la carne in modo perfetto. Non potevo più trattenermi: tutto il mio corpo gridava il bisogno di abbandonarsi. Diverse volte dovetti fermarmi a respirare, serrando gli occhi per contenere le sensazioni che mi scorrevano dentro. Affondai il viso tra le lenzuola e mi lasciai andare a quell'orgasmo devastante.

Dopo esserci ripuliti, ci accoccolammo nel letto. Il petto di Ryan mi premeva sulla schiena, in un abbraccio stretto e caldo. Feci scorrere la punta delle dita sui tendini della sua mano, sulla leggera peluria dell'avambraccio, pensando con orrore al momento in cui sarei stata costretta a dormire senza di lui. Gli baciai il braccio, adorando quell'attimo, felice di poter avere quel momento di unione con lui, in quel preciso istante. Mentre si addormentava, sentii il suo respiro regolare che mi scaldava la spalla.

La conversazione sul mio ritorno a casa poteva aspettare un altro giorno.

Fu bello poter dormire un po' di più, dato che i primi impegni di Ryan erano fissati per le dieci del mattino. Mentre ci godevamo quelle ore tranquille, sistemai le mie copie dei contratti di produzione e il programma delle riprese nella mia nuova borsa portadocumenti. Tutto ciò che mi serviva per tenermi molto occupata era riposto con cura là dentro.

La segretaria di scena di Ryan, Paula, era piena di energie e desiderosa di accontentarci in tutto e per tutto, e quando arrivammo ci portò il caffè. Mike ebbe un trattamento di favore: soltanto per lui, aveva messo da parte un bignè al cioccolato. Nemmeno Ryan ne aveva ricevuto uno.

Ricontrollai la sequenza delle riprese che ci aspettava, annotando i tempi e le scene di Ryan per quel giorno, poi decisi di ascoltare i messaggi sulla segreteria del pub.

Sentire Thomas pronunciare il mio nome per la seconda volta m'innervosì: era come se avessero deciso di fare uno scherzo crudele ai miei ricordi, unendo all'odio un senso di nostalgia. Entrambe le volte mi aveva chiesto di richiamarlo, senza dirmi per quale motivo mi cercasse, ma soltanto che era urgente. Nel secondo messaggio, però, dava più informazioni e, anche se continuava a essere vago, aveva pronunciato l'unica parola capace d'indurmi a ricontattarlo: «Melanie».

«Mi ha detto soltanto che Mel sta malissimo», confidai a Marie. Quando la chiamai, stava per aprire il pub e fare due colloqui per le posizioni di barista e cameriera. «Non ha detto perché. Solo che potrebbe non esserci abbastanza tempo.»

«Cazzo. Proverò a chiamare sua madre. È strano che non abbia cercato di contattarmi, se è tornata in città», rispose lei, distratta.

«Quand'è l'appuntamento con l'avvocato?»

«Martedì all'una. Tu ci sarai?»

«Sì, certo.»

La sentii sospirare. «Bene. Tammy comincia a diventare insopportabile. Credo sia in collera perché non l'aiutiamo coi preparativi del matrimonio, ma non so cosa dovremmo fare, in realtà. Ho parlato con sua madre della festa per gli sposi, e abbiamo pensato che potremmo farla qui al bar o andare in un posto come Jake's, sul molo.»

«Senti, torno presto. Ti chiamo appena so quale volo prenderò.»

Dovevo parlare con Ryan quella sera stessa.

Fummo accompagnati a casa da un autista della produzione, con Mike seduto davanti, come sempre. Pensavo che sarebbe entrato con noi per i soliti controlli di sicurezza, quindi restai sorpresa quando lo vidi lasciarci lì e andar via non appena accendemmo le luci dell'appartamento.

«Che strano. Dove va così di corsa?»

Ryan si strinse nelle spalle. «Non ne ho idea.»

Ero sicura che mi stesse nascondendo qualcosa e, mentre lo guardavo infilarsi un paio di pantaloni della tuta, sorrisi di quella bugia mal raccontata. «Invece lo sai. In questi giorni sparisce in continuazione. Perché non me lo vuoi dire?»

Sospirò e cedette. «Perché credo che t'incazzeresti e non voglio mentirti, quindi...»

Maledizione. Adesso sì che lo costringo a parlare. Mi tolsi i jeans e indossai i miei pantaloni da yoga preferiti. «Chi è lei?»

«'Lei', chi?»

Non mi sembra il momento di fare il finto tonto, mio caro.

Sbuffò. «Paula, la mia segretaria di scena.»

Ce l'avevo ben presente. Era alta come me; magra, carina e un po' nervosa, coi capelli corvini tagliati corti, scalati all'altezza del mento. Portava un paio di occhiali con la montatura nera, che le davano l'aria di una bibliotecaria maliziosa.

«E non è il loro primo appuntamento, vero?»

Il suo sguardo mi disse che non poteva negare.

«Fantastico. Marie ci resterà malissimo.» Uscii dalla camera da letto.

Ryan brontolò. «Ci sta solo uscendo a cena, Tar.»

La delusione era cocente.

«Questo è ciò che sai tu. E dire che chiama Marie ogni giorno, riempiendola di speranze... Lo sapevo. E pensare che l'ho anche messo in guardia.»

Lo sentii imprecare mentre mi seguiva per le scale. «Senti, Marie gli piace tantissimo. Credimi. Ma in questo momento non può esserci niente con lei, quindi cosa dovrebbe fare? Smettere di vivere?»

Non potei frenare l'ondata di collera che mi assalì, sapendo bene quanto Marie fosse già messa a dura prova da tutto il delirio che Gary le stava facendo passare. «Vorrei solo che avesse tenuto la lingua lontana dalla bocca della mia amica. Questa storia le spezzerà il cuore, ne sono sicura.»

Ryan venne con me in cucina. «L'ha baciata, d'accordo. Ma non è che le abbia giurato amore eterno.»

«Lo so bene, Ryan. Ma non è questo il punto. Le ha detto che voleva essere tenuto al corrente di ciò che le succede. E non l'ha detto soltanto a lei, ma anche a me, in privato. Non fai un passo del genere per poi uscire con la segretaria del tuo capo. Punto e basta. Avrebbe potuto mantenere le distanze, invece ha fatto una scelta precisa pur sapendo quanto Marie fosse vulnerabile. E poi che mi dici delle telefonate tutti i giorni? Non si fa così. Lei si è fidata anche se non si sentiva ancora pronta, e adesso questa storia la farà soffrire ancora di più.»

Ryan posò le lunghe gambe sul divano, incrociandole con le mie. «Lo capisco. Perché credi che abbia aspettato *settimane* per baciarti? Avrei potuto farlo sin dal primo giorno, ma ho preferito di no.»

Come no. «No, non avresti potuto.»

Il suo sguardo sicuro di sé diceva tutt'altro. «Invece sì, e lo sai. Però non volevo affrettare le cose. Non con te. Un bacio complica tutto. Me la sono presa comoda perché volevo che mi conoscessi *davvero*, prima di arrivare a una relazione fisica. Quindi capisco che il fatto che si siano baciati abbia suscitato in Marie sentimenti che vanno oltre l'amicizia.»

Mi arrampicai su di lui e mi appoggiai al suo petto. «Ora ti conosco.»

Lui si spostò, trovando una posizione comoda per entrambi. «Lo so.»

Io seguii il flusso dei miei pensieri. «A quanto pare, quei sentimenti che vanno oltre l'amicizia non sono abbastanza forti da indurre Mike all'astinenza, visto che esce con un'altra donna.»

Ryan sbuffò. «Stai esagerando. Non puoi saperlo.»

Affondai il viso nel suo petto e chiusi gli occhi. «Be', quello che so è che, siccome ha cominciato a frequentare persone che fanno parte del team di produzione, voglio che stia alla larga dalla mia migliore amica.»

Lui mi posò una mano sulle natiche. «Non credi stia a loro decidere?»

«No, decido io per lei, perché non voglio che un altro idiota le spezzi il cuore», protestai senza staccarmi dalla sua pelle. «Mike ha avuto la sua possibilità e l'ha sprecata. Spero che sarà felice con Paula.»

Quelle parole mi fecero guadagnare uno sculaccione e un pizzicotto.

«Adesso sei diventata una brontolona.»

Feci scorrere le dita nei solchi definiti tra i muscoli del suo petto. «Delusa, più che altro. Dopo quel che mi ha raccontato Marie sulle paroline che Mike le sussurra quando si sentono, credevo la considerasse speciale. Ma deve aver capito male.»

Ryan mi sollevò il mento e mi fissò con occhi di fuoco.

«Non mi guardare così. È lui quello che è andato a cena con un'altra. Dico sul serio, non permetterò a nessuno di ferirla ancora. Gary non l'ha mai rispettata, e tra l'altro questo mi porta a un'altra questione di cui dobbiamo parlare.»

Inarcò un sopracciglio.

«La mia migliore amica ha bisogno di me.»

Nell'istante in cui l'aereo si mosse sulla pista, Ryan cominciò a mancarmi terribilmente. Ero lontana da casa da quasi un mese, ma tutto mi sembrò andare a posto non appena vidi quella che consideravo la mia famiglia ad attendermi all'aeroporto. Dio, quanto mi erano mancati i miei amici. Non me ne resi conto finché non vidi i loro volti illuminarsi.

Pete fu il primo a stringermi, sollevandomi da terra. «Era ora che riportassi il culo a casa. Non ce la facevamo più senza di te.»

Abbracciai e baciai Tammy, poi gettai le braccia al collo di Marie.

Fu solo quando salimmo a bordo della Camry di Tammy che avvertii una certa tensione tra le mie amiche. Marie le aveva fatto una domanda, ma l'altra la ignorò, e sul suo viso apparve un'espressione sconsolata.

Salire le scale che portavano a casa mia fu una sensazione familiare, ma anche strana, dato che non ci tornavo da diverse settimane.

Prima di seguirci di sopra, Tammy tirò fuori qualche teglia dalla cucina del pub. «Ho pensato che saresti stata affamata e ti ho preparato il pollo fritto che ti piace tanto.»

L'abbracciai. Li adoravo tutti.

Notai alcune scatole in soggiorno e pensai che fossero di Marie. «Sei riuscita a recuperare le tue cose?»

Lei, però, scosse il capo. «No, Gary non mi lascia entrare in casa.» Indicò due sacchi dell'immondizia. «Ci sono passata l'altro giorno e li ho trovati nel portico sul retro. Sono quasi tutti vestiti invernali e roba che non metto.»

Ringhiai, esasperata per tutte e due. «In che senso non ti lascia entrare? Ti ha chiusa fuori?»

Lei scrollò le spalle. Era evidente che non reggeva più lo stress. «Troveremo una soluzione.»

Mi sorprese che non avesse abbattuto la porta a calci. «Ho chiamato la banca e mi sono assicurata che spostassero l'accredito del versamento automatico sul tuo nuovo conto. Ti è arrivato lo stipendio?»

Annuì.

«E l'assegno del quindici?»

Si massaggiò le tempie. «È finito nel conto comune. Ho ritirato duecento dollari al bancomat e lui mi ha chiamata per rinfacciarmi che gli dovevo dare dei soldi per pagare le bollette. Credo che il denaro resterà suo finché gli avvocati non troveranno una soluzione.»

Feci due rapidi conti. «Quindi, in pratica, hai gli abiti che indossi, due sacchi di vestiti invernali e cinquecento dollari.»

Il suo viso si rabbuiò e gli occhi le si riempirono di lacrime.

La presi tra le braccia. Non l'avevo mai vista così rassegnata. «Non devi preoccuparti. Ce la faremo. Chiederò alla banca di annullare l'ultimo versamento. E resterai qui, e non voglio storie. Faremo sistemare la stanza per gli ospiti, e poi al piano interrato c'è spazio.»

Marie mi posò la testa sulla spalla.

Per fortuna aveva appuntamento con l'avvocato. E io avrei fatto qualsiasi cosa per restituirle il sorriso.

Ci volle una settimana giusta giusta perché le prime indiscrezioni facessero la loro comparsa sulle copertine dei tabloid. Definire Marie «furiosa» sarebbe stato un eufemismo. La sua prima reazione, quando aveva esclamato: «Ma che cazzo...?» accanto al registratore di cassa, mentre eravamo al Whole Foods Market, aveva fatto voltare qualche testa. E, dato che aveva proseguito con un «quel figlio di» e una serie di altri appellativi sibilati a formare un unico, lungo insulto, la gente aveva cominciato a fissarci.

Mi guardò, fuori di sé. «Tu lo sapevi?»

Oh, merda.

Sbatté il giornale sul nastro trasportatore della cassa. «Tar?»

Sfoderai il mio sguardo più innocente e pietoso, ben sapendo di aver violato le regole dell'amicizia.

«Vorresti spiegarmi perché sto vedendo quello che vedo?»

No, a dire il vero no. Continuai a svuotare il carrello, prendendo tempo. «Non lo so. So soltanto che una sera sono usciti a cena, dopo che Ryan aveva concluso il lavoro.»

Mi fissava incredula. «E non hai pensato che fosse importante dirmelo?»

Sapevo che era arrabbiata con me, o quantomeno delusa. Cavolo, se fossi stata al suo posto, anch'io sarei impazzita. E mi sarei sentita ferita. «Dirti cosa, tesoro? Che aveva cenato con qualcuno?»

Guardò la copertina, sconvolta. Annunciava a lettere cubitali che l'ultima scappatella di Ryan gli era stata soffiata da sotto il naso nientemeno che dalla sua guardia del corpo. E che doveva essere quello il motivo per cui ero andata via da Vancouver. «Non posso credere di esserci cascata di nuovo! Incredibile. Chi è lei?»

«La segretaria di scena di Ryan.»

«Puttana.»

La sua rabbia mi fece trasalire. Detestavo sapere che lui frequentava un'altra, ma ancora di più mi dispiaceva mentire a Marie. «Era una cena. C'era un sacco di gente.» Mi bruciava lo stomaco. Mi ero fidata di Mike, pensavo fosse un bravo ragazzo. Non potevo spezzarle il cuore di nuovo dicendole la verità. Avevo una gran voglia di strappare quella copertina e farla a brandelli. «A quanto pare, anche Ryan mi tradisce», aggiunsi, e le restituii la rivista.

Lei la sbatté sull'espositore, con gran dispiacere della cassiera. «E pensare che ci ho parlato ieri sera», disse mesta.

«E?»

Scrollò le spalle. «Non ha accennato al fatto di essere un bugiardo di merda che se la fa con la segretaria di Ryan. Non posso credere di essermi lasciata abbindolare dalle sue stronzate melliflue. Dio, quanto sono idiota», sbraitò, e aprì la borsa.

Posai i sacchetti di mele e uva sul nastro. «Chi stai chiamando?»

«La maledetta guardia del corpo traditrice. Gli dirò che può andarsene al diavolo.»

Le strappai il cellulare di mano. «Non farlo.»

«E perché? Ridammelo.»

«No. Era soltanto una cena. Da allora, Mike è stato con Ryan tutte le sere. Sono sempre stati incollati. E tu hai firmato i documenti del divorzio un'ora fa, quindi non sei nello stato mentale adatto a fare questa telefonata.»

Marie prese un altro giornale. «Guarda qui. Secondo loro stai facendo diventare Ryan un drogato.»

«Che cosa?» Lo afferrai, e mi sentii gelare il sangue nelle vene quando lessi un titolo assurdo:

SIAMO DI FRONTE A UN ALTRO DRAMMA HOLLYWOODIANO? RYAN CHRISTENSEN DI *SEASIDE* LOTTA CONTRO LA DIPENDENZA DA FARMACI

«Sembra che Ryan Christensen stia seguendo le orme delle numerose celebrità cadute nella trappola del momentaneo benessere indotto dai farmaci. Alla redazione di *CV* è giunta voce che Ryan assuma diversi tipi di medicine per combattere la depressione. 'Fatica a sopportare la pressione', raccontano nell'ambiente. Secondo alcune fonti, inoltre, la nuova fidanzata di Ryan, la barista Taryn Mitchell, non gli è di grande aiuto. 'È proprio lei a spingerlo a farne uso, invitandolo spesso ad assumere farmaci prima delle apparizioni pubbliche. Lo sanno tutti. Se Ryan non si farà aiutare il prima possibile, questa storia potrebbe finire molto male.'»

«Ma che diavolo scrivono?» Sentivo la collera montare come uno tsunami.

Marie prese il giornale e lesse il trafiletto.

«Oh, Dio. Andiamo male, molto, molto male.» Afferrai il cellulare e mandai un messaggio a Ryan:

CHIAMAMI APPENA PUOI

Il cellulare mandò un segnale. Mi aveva risposto:

SONO AL LAVORO. COSA SUCCEDE?

CV MAG DICE CHE T'INDUCO A DROGARTI, E MARIE NON È TROPPO FELICE DELLA COPERTINA DI STARR.

EH? DROGA? COPERTINA?

MIKE E PAULA.

CHIAMAMI SUBITO.

Non era una conversazione da tenersi mentre pagavo la spesa.

2 MINUTI?

OKAY, TI AMO.

IO DI PIÙ.

Infilai il telefono in tasca.

«Maledetto Ryan Christensen. È una superstar. In teoria dovrebbe avere amici migliori», si lamentò Marie.

Il fatto che si lagnasse di Mike e non del divorzio da Gary, però, mi sembrava un buon segno.

«L'unica cosa che so è che sono andati a cena. Se avessi pensato che potesse ingannarti, ci avrei parlato. Tu più di chiunque altro dovresti sapere che sui giornali come questi c'è soltanto veleno.»

Lei aprì il tabloid alle pagine con le foto. «Le tiene una mano sulla schiena, Tar. A me ha detto che si annoiava. Brutto sacco di merda bugiardo. Sono tutti uguali, tutti. Traditori, ipocriti, maledetti stronzi bastardi.»

Quando arrivammo alla macchina, lei lasciò ricadere il corpo esile sul sedile del passeggero. «Pensi che mi restituirai il cellulare, prima o poi?»

Mi allacciai la cintura di sicurezza. «Eviterai di saltare a conclusioni affrettate e fare telefonate di cui potresti pentirti?»

«Giuro che non gli telefonerò.» Mi tese una mano.

Lo tirai fuori dalla borsa proprio mentre Ryan mi chiamava.

«Cos'è questa storia della droga?»

Ebbi l'impressione che cercasse di parlare a bassa voce.

«*CV Magazine* ha pubblicato un pezzo secondo cui prendi antidepressivi, tesoro. Come hanno fatto a scoprirlo?»

«Non è grave. Li prendono quasi tutti quelli che conosco.»

«Invece è grave. Hanno scritto che qualcuno dell'ambiente sostiene che sono *io* a costringerti a prenderli prima delle apparizioni in pubblico. Che cavolo di storia è, Ryan?»

«E l'hanno pubblicato sul serio?»

«Sì. Sono pochissimi a sapere che prendi gli ansiolitici. Non lo sanno nemmeno i tuoi genitori. *Non* è di dominio pubblico.» Lanciai un'occhiata a Marie, che conosceva la situazione medica di Ryan.

Lui imprecò a gran voce. «Adesso non me ne posso occupare. Chiama Trish, falle prendere in mano la situazione.»

«Va bene. Ci sentiamo dopo.»

Marie mi rivolse uno sguardo strano quando svoltai a sinistra anziché a destra. «Dove andiamo?»

«Dato che ci siamo, voglio risolvere la questione con la banca. Mi hanno richiamata per l'affitto arretrato della cassetta di sicurezza di mio padre.»

Venti minuti dopo avevo saldato i conti per mantenere una cassetta di cui non avevo la chiave.

«Centottanta dollari per forzarla? Pete te lo farebbe gratis», commentò Marie mentre uscivamo.

Aprii la macchina. «Credo di sapere cosa farò oggi.»

Quando arrivammo a casa posai la borsa e la copia della ricevuta bancaria sul tavolo della cucina.

«L'impiegata non ci ha nemmeno detto com'è fatta la chiave che dobbiamo cercare», disse Marie, frugando in un cassetto.

Intanto sistemai le provviste. «Non credo sia lì dentro.» Andai a prendere il cassetto più in alto della scrivania nella terza camera da letto. «Tieni, fruga tra questi documenti, io intanto cerco tra quelli. Apri le buste, tutto quello che c'è.»

Si mise a sfogliare i pacchi di documenti che mio padre aveva legato insieme con degli elastici. «Tar, queste sono bollette del gas e della luce di sei anni fa. Sono abbastanza sicura che non sia necessario conservarle.»

Diedi una rapida occhiata e presi il secchio della spazzatura. «Butta via tutti i documenti non finanziari. Non ho bisogno di tenere le vecchie bollette. Che cosa c'è in quelle nuove scatole laggiù? Sono tue?»

Marie diede un calcetto al contenitore più in basso. «No. Sono tutte lettere delle fan di Ryan Christensen.»

«Dici sul serio?»

Era una catasta alta quanto me, e occupava l'intera parete.

Aprii la scatola in cima, trovando lettere e pacchetti indirizzati a entrambi al Mitchell's Pub. «Oh, porca miseria.»

«Già. Non sapevo dove altro metterli. Ehi, qui c'è una chiave. Sembrerebbe di una vecchia Chevrolet.»

«Radunale tutte insieme.»

Presi la prima busta e la strappai con un dito. Scorsi il contenuto, da tipica fan: diceva che Ryan era bellissimo, sexy, meraviglioso. La gettai nella spazzatura. Ne notai un'altra indirizzata a me, presso il pub; la destinazione era scritto a mano, in una grafia nervosa. Arrivai soltanto a *non lo meriti, puttana* e la buttai via. Avevo un leggero tremito alle mani.

«Ricordi la sera della prima di *Reparation*, quando Ryan era nervosissimo?» Mi voltai a guardare Marie, che era seduta sul pavimento.

«Mmm-mmm.»

«Temeva che qualcuno nella calca potesse farci del male, spararci, infilzarlo con un ago mentre firmava autografi.»

Mi fissò a bocca aperta. «Davvero?»

Annuii.

Aprii una busta portadocumenti imbottita che conteneva quella che sembrava biancheria intima. «Aaargh.» Solo per averlo visto, avevo voglia di disinfettare tutta la casa.

Marie fece una smorfia. «Oh, Dio, ma sono le mutande di una ragazza?»

Mi veniva da vomitare. Era come aprire otto scatole firmate da Angelica, la stalker psicopatica. «La gente sta davvero male.»

Lanciai la busta dritta nel cestino. Quelle mutandine da zoccola sarebbero andate a inquinare il terreno, chissà dove.

Diedi un calcio agli scatoloni pieni di posta. «Sai cos'è che mi spaventa ancora di più? Quando cominci a renderti conto delle dimensioni.»

Frugai tra la posta, prendendo qualche busta indirizzata a me. La prima lettera era un misto di congratulazioni e inviti a non gettare tutto al vento. *Incredibile.* La successiva non era altrettanto gentile. Cominciarono a tremarmi sul serio le mani. *No, cazzo. Non di nuovo.*

Marie si accorse che mi stavo appoggiando alle scatole, incerta. «Che cos'è?»

Faticavo a parlare. «Ehm. Dice che mi uccideranno se non lascio Ryan.»

Mi strappò il foglio di mano. «Fammi vedere. Dov'è la busta?»

Gliela porsi.

«Il mittente non è indicato, ma c'è il timbro dell'Ohio. Devi parlarne con Ryan. Non è uno scherzo. So che non vuoi altri incidenti come quello con Kyle, ma ci sono donne fuori di testa, al mondo.»

Aveva ragione.

Niente poteva fermare un'altra pazza come Angelica, se avesse deciso di perseguitarmi e, se nelle cataste di posta alle mie spalle c'erano altre lettere come quella, allora chissà quante psicopatiche desideravano la mia fine.

12

SCHELETRI

«Taryn, quel tizio seduto al bar laggiù dice di essere del… Oh, Dio santo…»

Guardai all'istante verso Marie, che scrutava la porta del pub con occhi assassini. Dalla sua reazione pensai che Gary stesse per fare il suo ingresso nel locale, ma non avrei potuto sbagliarmi di più.

Una morsa mi strinse il petto e la gola, il cuore accelerò e subito s'innescò la reazione istintiva del «combatti o fuggi». Non ero in grado di elaborare un pensiero razionale, e intanto l'adrenalina si riversava nel mio sangue. *Come diavolo gli viene in mente di presentarsi così?*

Con la testa che mi girava, confusa, l'osservai avvicinarsi al bancone, lo sguardo basso, esitante. Incontrare un ex è una delle esperienze meno piacevoli in assoluto, ma quello non era affatto un incontro casuale.

Purtroppo, a volte, gli scheletri delle relazioni precedenti non restano sepolti per sempre. A volte, chissà perché, i morti tornano e riescono a trascinare i loro culi rognosi fuori dal buco in cui li avevi rinchiusi. La visione del mio passato che tornava a perseguitarmi mi diede la nausea. Credevo di aver relegato Thomas in recessi più inaccessibili.

Una parte di me aveva una gran voglia di gridargli contro di fermarsi e uscire subito dal mio bar, ma, quando notai il suo modo di fare e lo sguardo disperato, mi trattenni.

«Come se da queste parti non avessimo già abbastanza cazzi», esclamò Marie a voce alta. Da una settimana rifiutava le telefonate di Mike, ed era di pessimo umore. «Digli di andarsene, o ci penserò io.»

Mi accorsi subito che, sotto la giacca da moto consumata, Thomas indossava la camicia nera che diversi anni prima gli avevo regalato per Natale, e la portava fuori dai jeans. Chissà se l'aveva fatto di proposito?

Le mie dita avevano slacciato quei bottoni. Le mie mani avevano accarezzato il petto muscoloso che nascondevano.

Accidenti a lui.

Come se avessi avuto bisogno di torturarmi ancora un po', il mio sguardo cadde ben presto sul rigonfiamento vicino alla chiusura lampo. Un tempo bramavo quel... lui, con voracità. Aveva marchiato a fuoco la mia anima, facendo in modo che paragonassi a lui chiunque altro avessi frequentato.

Notai pure che aveva gli stivali da lavoro slacciati: mi sentivo una sciocca ad aver trovato quel particolare così attraente, negli anni in cui gli morivo dietro. E detestavo che un dettaglio insignificante come quello potesse ancora suscitare in me un senso di eccitazione.

I suoi lunghi capelli biondi erano arruffati e spettinati, e gli davano l'aria di chi vuole comunicare: *Sono appena scivolato fuori dal letto, dov'ero nudo e peccaminoso.* Ma anziché assumere un atteggiamento sprezzante, pronto a ricevere il mio benvenuto glaciale, mi guardò con occhi tristi, arrossati. E sofferenti?

Poggiò sul bancone le chiavi, il vecchio casco nero da moto con l'adesivo ANARCHY attaccato dietro, e un pacchetto di Marlboro light.

«Non puoi fumare qui dentro, forse è meglio se vai da un'altra parte», borbottai mentre si metteva seduto su uno sgabello di fronte a me.

Si spinse la lingua sui molari e mi squadrò. «È bello vederti, Taryn», disse con voce bassa e roca, frugandosi in tasca. Aveva un tono di scuse, e non sembrava affatto aver voglia di litigare. Il suo sguardo si spostava rapido tra me e Marie. «Potrei avere una birra o avete intenzione di buttarmi fuori?»

I segni profondi e rossi che gli cerchiavano gli occhi verdi erano davvero insoliti sul suo viso. Negli anni lo avevo visto al suo meglio e al suo peggio, ma mai così abbattuto. Doveva essere successo qualcosa di molto grave, se aveva trovato il coraggio di venire nel mio pub.

«Pensavo avessi smesso di fumare.»

Thomas poggiò i gomiti sul bancone e puntò l'indice verso il primo fusto di birra.

«Sì, lo so, vuoi una Sam Adams», dissi. Indicai il cartello alle mie spalle, che diceva a chiare lettere: LA CLIENTELA VIENE SERVITA A DISCREZIONE DELLA DIREZIONE.

«E io che pensavo che qui mi sarei sentito meglio. Davvero una grande idea», borbottò.

Se cercava comprensione, era venuto nel posto sbagliato.

Incrociai le braccia sul petto, sfidandolo. «Wow. Quindi ora sai riconoscere i tuoi sentimenti? È una novità.»

Quella frecciatina lo fece trasalire. Avevo toccato un nervo scoperto, senza dubbio. Si passò una mano sul pizzetto biondo scuro, lo stesso che un tempo gli mordicchiavo sempre. «Bel colpo. Credo di meritarlo.»

Detestavo comportarmi da stronza senza cuore con lui. Andava contro i sentimenti che ancora provavo per il mio primo amore. Lanciai uno sguardo a Marie, chiedendomi se fosse decisa a intervenire e dirgliene quattro anche lei. Stranamente, però, si tenne a distanza, anche se l'avevo sentita ridacchiare quando avevo sganciato la bomba.

Cercai di smorzare i toni: «Thomas, perché sei venuto qui?»

Mi accorsi che la sua mano destra, al cui mignolo portava ancora quello stupido anello d'argento col motivo tribale, tremò quando si mandò indietro i capelli.

Quell'anello mi riportò alla mente un momento intimo, quando avevo pensato che tutti i miei sogni si fossero finalmente avverati. Avevamo appena fatto l'amore. Eravamo nel suo primo appartamento malmesso, che si trovava sopra un negozio di souvenir sul lungomare; il suo coinquilino era fuori, in giro per locali, quindi avevamo la casa tutta per noi. Mentre mi stringeva tra le braccia, si era sfilato l'anello e me l'aveva messo al dito. «È un simbolo», aveva detto.

Quegli incredibili occhi verdi che mi spingevano a fare di tutto purché li puntasse verso di me si sollevarono e mi guardarono. «Quindi posso avere una birra, oppure no?»

Mi ricomposi in fretta. «Credi sia una buona idea bere, se devi guidare la moto? E poi pensavo avessi dato via la Harley.»

Scosse il capo e quelle labbra da ragazzaccio s'incurvarono

appena, ma non troppo. «Perché non mi offri qualche shot di whisky? Così poi magari ti faccio un favore e vado a sbattere contro un albero, appena uscito di qui.»

«È una promessa?»

Come se cercasse sostegno contro la mia insensibilità, si guardò attorno, ma trovò soltanto visi sconosciuti. Sbuffò. «Vedo che il tuo odio per me è ancora profondo. Però basta lanciarmi coltelli, oggi sono già morto dissanguato, tesoro.»

Cosa diavolo si aspettava? Era stato il mio primo amore, e l'uomo che aveva ridotto il mio cuore in miliardi di pezzettini, senza tanti complimenti. Avrei portato addosso quelle cicatrici per il resto dei miei giorni. Cercai di essere fredda, indifferente. «Non hai più il diritto di chiamarmi 'tesoro'. Che cosa vuoi?»

Sembrava sul puto di ribattere, ma poi cadde sotto un peso invisibile che gli opprimeva le spalle. «Visto che la comprensione non è sul menu... vorrei una birra, per favore.»

Doveva essere successo qualcosa di terribile.

Tutti gli anni in cui ero stata follemente innamorata di lui fecero crollare la mia forza di volontà come se fosse un muro di sabbia. Afferrai un boccale e gli versai la sua birra preferita.

Thomas fece scivolare le dita attorno al manico e prese un lungo sorso. Gliene bastò un altro per svuotare il bicchiere quasi del tutto. «Grazie.»

Mi misi a braccia conserte, in attesa.

«Senti, so di essere l'ultima persona che vorresti vedere, ma a dire il vero non saprei dove altro andare.» Si sfregò le mani sul viso. Aveva gli occhi lucidi, la bocca contratta in un'espressione affranta.

Parte del gelo che provavo si sciolse, e mi sentii assalire dalla preoccupazione.

«Sono venuto a dirti che... ecco, Mel...»

Non riuscì a finire. Lacrime che non gli avevo mai visto versare gli inondarono gli occhi, e faticava a guardarmi. Con labbra tremanti, proseguì: «Melanie, ehm... è morta stamattina».

Rimasi sconvolta. Lo shock mi travolse, stringendomi il petto in una morsa dolorosa mentre i ricordi della mia amica dei tempi di scuola mi passavano davanti agli occhi, il suo sorriso allegro e i suoi morbidi capelli rossi.

Melanie era il terzo membro del gruppetto del lavoro a maglia che formavamo con Marie, ed era l'unica di noi a essere mai riuscita a fuggire oltre i confini di Seaport. Dopo il diploma si era arruolata nell'aeronautica militare e aveva viaggiato in più Paesi di quanti noialtre potessimo anche soltanto immaginare.

Era rimasta in Germania per qualche anno, e il tempo e la lontananza avevano reso più difficile tenerci in contatto. Ma era stata la nostra amicizia, iniziata in terza media, a farmi prendere quella cotta segreta per il suo splendido fratello maggiore.

«Com'è successo?» Mi bruciava la gola, e facevo fatica a parlare.

Thomas era sopraffatto dalla disperazione. Vederlo in quello stato era doloroso. Era sempre stato iperprotettivo con la sua sorellina, e aveva l'abitudine di minacciare tutti i ragazzi che le ronzavano attorno dicendo loro che, se l'avessero fatta soffrire, li avrebbe uccisi. Mel aveva una sorta di aura magica, così magnetica che non si poteva fare a meno di desiderare sempre la sua compagnia. Una magia che aveva avuto effetto su un bel po' di ragazzi e il loro prezioso ego. All'epoca, Thomas aveva avuto il suo bel da fare.

«Lei... aveva il cancro», si sforzò di spiegare. «Si è diffuso da tutte le parti, nei polmoni, ovunque. Mi ha chiesto di... di chiamarti, perché voleva dire addio ai suoi amici.»

Quando la prima lacrima sfuggì al suo controllo, scivolandogli lungo la guancia, si alzò di scatto dalla sedia e corse verso il bagno.

Mentre cercavo di oltrepassarla, Marie mi afferrò per un braccio. «Cosa diavolo succede?»

«Mi ha appena detto che Melanie è morta stamattina.»

La sua espressione astiosa svanì. Ansimando, lasciò andare la presa. «Oh, Dio, no.»

Non persi e tempo corsi dietro a Thomas, lo presi per la giacca di pelle e lo spinsi verso la cucina vuota. Doveva spiegarmi cos'era successo.

Senza che me ne rendessi conto, lui mi prese tra le braccia, in una stretta disperata, il tessuto della mia camicia saldo nei suoi pugni. Sapevo che mostrare tanta debolezza gli costava una gran fatica, perché scalfiva la facciata impenetrabile che metteva su davanti al mondo.

A volte penso che fosse quello il motivo per cui mi aveva lasciata tante volte. Ero l'unica che riuscisse a vedere oltre la maschera, e la cosa lo spaventava a morte.

Anche se non sopportavo di permettere al mio primo amore di starmi così vicino dopo il male che mi aveva fatto, il bisogno di consolarlo spazzò via il disprezzo.

Inspirai l'odore di cuoio, spezie e pelle che ben conoscevo, e migliaia di ricordi riaffiorarono. A volte sarei stata capace di uccidere pur di avere il suo amore, purché mi mostrasse la tenerezza e l'emozione pura di cui sapevo che era capace. Eppure si frenava sempre, tenendomi a distanza di sicurezza. In quel momento, però, aveva abbassato la guardia e singhiozzava disperato tra le mie braccia.

«Si sistemerà tutto», gli dissi, anche se sapevo che le mie erano soltanto parole sciocche, pronunciate d'istinto per cercare di consolarlo. Non si sarebbe mai sistemato niente, né per lui, né per la sua famiglia, né per quelli che avevano amato Melanie. Alla morte non c'è rimedio.

«Credevo stesse migliorando», sussurrò, la voce carica di dolore. «Oh, Mel...» Afferrò di nuovo la mia camicia.

Lo lasciai sfogare per qualche istante, poi sussurrai: «Raccontami cos'è successo».

Thomas mi posò la fronte sulla clavicola e tirò su col naso. Staccò un braccio per asciugarsi gli occhi, ma l'altro rimase attorno alla mia vita. Cercai di allontanarmi da lui, ma più ci provavo più lui mi stringeva a sé.

«Ha rantolato in cerca d'aria per dodici ore, cazzo. Non mi toglierò mai dalla testa quel suono. Oh, Dio. Perché? Mi dispiace tanto di averti fatta soffrire, Taryn. Mi dispiace.» Tremava come una foglia.

«Va tutto bene.»

Aveva le labbra davvero troppo vicine al mio collo. Sentivo il suo respiro sulla pelle.

«No. Non va bene. E ora è troppo tardi. Troppo tardi per tutto. Non avrei mai dovuto farti quello che ho fatto.»

In quel momento trovai la forza di perdonarlo. La vita era troppo breve per portare un rancore tanto profondo.

«Cosa diavolo succede?» esclamò Tammy entrando in cucina, gli occhi spiritati che mi guardavano da sopra gli occhiali da sole. «Ho forse interrotto qualcosa?»

Allontanai subito Thomas, per non darle un'idea sbagliata. «Tammy, penso che ricorderai Thomas», cominciai.

«Ah-ah», fece lei in tono di rimprovero.

«Ehi, dov'è che hai messo la ricevuta del catering Aspinall?» Pete si bloccò. Non credeva ai suoi occhi. «Che cavolo succede? Cos'è, uno scherzo del cazzo?» ruggì, avanzando verso di noi.

Gli posai una mano sul petto per impedire che lui e Thomas venissero alle mani. Pete era grande e grosso, ma Thomas aveva alle spalle anni di allenamento; e poi era disperato. E sapevo che avrebbe preferito sfogarsi a suon di pugni piuttosto che piangere. «Calma, Pete. Fermati.»

«Cosa ci fa lui qui, Taryn? Hai appena trovato qualcosa di buono con Ryan, e vuoi già mandare tutto in malora? Per questo pezzo di merda?»

«Vaffanculo, Herman», reagì Thomas, ringhiando. Si asciugò quel che restava delle lacrime. «Non metterti nella merda, se non sai come uscirne.»

«No, vaffanculo tu, Sager. Hai proprio una bella faccia tosta a presentarti qui. Non pensi di aver già fatto abbastanza danni?»

«Smettetela, tutti e due.» Mi rivolsi a Pete. «È venuto a dirci che Mel…» Pronunciare il suo nome mi chiuse la gola. «Melanie è morta stamattina, okay?»

A quelle parole, lo sguardo di odio profondo che puntava su Thomas svanì di colpo. «Mel?»

Annuii, tentando di non cedere alla commozione. Non la vedevo da molto, ma la tragica notizia della sua morte era una ferita tanto fresca quanto profonda. Marie si avvicinò e mi mise un braccio sulle spalle, approfittandone per allontanarmi dal mio ex. L'avrei ringraziata più tardi.

Thomas si coprì gli occhi con le mani e sospirò.

«Oh, Dio.» Pete si chinò come se gli avessero dato un pugno nello stomaco. I sentimenti non corrisposti per Mel l'avevano tormentato per anni. Tammy cercò di toccarlo, ma lui sussultò. «Com'è successo?»

«Se l'è mangiata il cancro, coglione.»

Lasciai correre. Eravamo tutti sotto shock.

Pete lo squadrò. «Amico, per quel che vale... mi spiace tanto.»

Thomas annuì. «Taryn, ti posso parlare?»

Marie mi tirò per le spalle accompagnandomi verso la porta della cucina. «Credo che un drink farà bene a tutti.»

Lui mi seguì nel locale e prese le sue cose al bancone, poi andò in cerca di un tavolo libero. Io riempii due bicchierini di birra e lo raggiunsi. L'ultima cosa di cui aveva bisogno sua madre era perdere l'unico figlio che le era rimasto in un incidente stradale causato dall'alcol.

«Grazie per la minidose», disse, osservando il bicchiere con fastidio, ma bevve comunque.

Volevo tanto che quella storia finisse. Rivederlo mi stava distruggendo. «Dato che hai intenzione di riprendere quella trappola mortale che chiami 'moto'... lo faccio per te.»

Le sue labbra s'incurvarono appena in un sorriso. «Ricordo che m'imploravi di portarti a fare un giro sulla mia moto.»

«Già. Be', sbagliavo.»

«Ahi.»

«Tua madre non ha bisogno di un altro lutto, per oggi.»

Lo vidi trasalire. «Mia madre non la sta prendendo bene. L'hanno dovuta sedare.»

Mi dispiaceva per lei. Mrs Sager era sempre stata gentile con me, stava quasi sempre dalla mia parte.

«Se lei non se la sentisse, verresti con me alle pompe funebri? Potrei diventare pazzo, se dovessi scegliere la bara da solo.»

Perché proprio io? L'istinto consolatorio voleva dire subito di sì, ma lo misi a tacere. «È una cosa di cui dovrebbe occuparsi la famiglia, Thomas. Sono sicura che tua zia Betty è disposta a darti una mano.»

Mi scoccò quello sguardo innocente, di traverso, che mi aveva sempre convinta a fare qualsiasi cosa. «Mi stai dicendo di *no*?»

«Anche se vorrei tanto aiutarti, non posso, mi spiace. È un no.»

Annuì, fissando il tavolo. «Ho proprio fatto un casino con te, eh?»

Incrociai le braccia. «Sì. Proprio così.»

Lui accennò una scrollata di spalle, e quel gesto mi mandò su tutte le furie. «Ho sentito dire che sei sui giornali. Cos'è, esci con qualche attore famoso?» Indicò il mio anello. «E anche ricco se si può permettere un brillocco come quello. Buon per te. Meriti di essere felice.»

Assentii.

«Non voglio mentire. In questo momento vorrei tanto che stessimo ancora insieme», disse.

Quelle parole mi colpirono come un pugno. All'improvviso mi accorsi di essere felice che non fosse così. Fu come se avessi fatto un passo indietro, sufficiente a farmi capire che l'uomo distrutto seduto di fronte a me non meritava il mio cuore. Ma mi faceva comunque rabbia.

«E lo dici ora? Non venirmi a raccontare storie. Non adesso. Ti ho dato tutta me stessa, più volte. Ho detto 'sì' a ogni tua richiesta. Eri tutto ciò che desideravo. Ma sei anche quello che si è sbattuto un'altra nel nostro letto. La cosa peggiore che potessi fare.»

«Quella mattina ero arrabbiato con te», ammise.

Inclinai il bicchierino che avevo in mano, meditando sull'idea di lanciargli in faccia il contenuto. «Mi hai tradita con Cheryl Regan perché ce l'avevi con me?»

Annuì. «Ora sembra una sciocchezza, ma in quel momento mi sentivo giustificato.»

Mi accorsi che stava guardando Pete con occhi torvi.

«Giustificato?» La sola idea di essere mai stata pazzamente innamorata di quell'idiota mi sembrava sempre più assurda. «Siccome dovevo fare un favore a Pete, tu ti sei sentito in diritto di portarti a letto quella puttana di una spogliarellista, nel *mio* letto?»

«Ogni volta che ti chiamava, tu correvi. Come pensi che mi sentissi?»

«È mio amico! È così che ci si comporta con le persone cui si vuole bene.»

Mi squillò il cellulare, la suoneria di Ryan. Thomas alzò le mani, furibondo e incredulo quando vide che distoglievo l'attenzione da lui per rispondere.

«Ehi, tesoro», dissi cupa, ancora seccata dalle rivelazioni del mio ex.

«Tesoro, ciao. Che stai facendo?» mi chiese. Il suo tono disinvolto trasudava sospetto.

Sentii un formicolio lungo la schiena. Non sapevo come avesse fatto, ma in qualche modo sapeva.

Deglutii, sapendo di avere soltanto due possibilità. Lanciai un'occhiata all'uomo che un tempo adoravo, seduto di fronte a me, mentre quello cui avevo donato il mio cuore e la mia anima come se fossero gemme preziose era la voce che mi arrivava alle orecchie. Decisi di essere sincera. «Sono al pub, seduta a un tavolo, sto bevendo una birra con Thomas, il mio ex. Prima che tu vada su tutte le furie, sappi che è venuto a darmi una notizia terribile. Sua sorella è morta stamattina. Ha quasi finito la birra e, anche se sono triste per il lutto che l'ha colpito e sono *molto* addolorata perché una delle mie migliori amiche ha perso la vita per colpa del cancro, credo che andrà via tra poco.»

Ryan sospirò, come se avesse trattenuto il fiato. Sembrava sollevato. «Grazie per avermelo detto. Ti amo.» Aveva parlato con affanno, in modo un po' strano.

«Io ti amo di più.»

Thomas alzò gli occhi al cielo.

Ryan ridacchiò. «Lo so. Mi spiace per la tua amica. Stai bene?»

«Sì, sto bene.»

«Sicura?»

«Affermativo.»

«Okay, bene. Ora passami quello stronzo.»

Porsi il telefono a Thomas. «Il mio fidanzato vorrebbe parlare con te.»

Lui serrò le labbra, riluttante a prenderlo. Alla fine se lo premette all'orecchio e disse: «Sì?» Fece quel suo sorriso tutto denti che avevo visto migliaia di volte. «Che brutte minacce, da parte di uno che non sa mantenere la parola.» Lanciò uno sguardo verso il bar, dove fin dall'apertura era seduto un uomo di una certa età coi capelli dal taglio militare.

Il tizio s'infilò il cellulare in tasca, si alzò e venne verso di noi.

Thomas si protese sul tavolo, sempre con quel sorriso beffardo dipinto in volto mentre scrutava l'omone in tutta la sua altezza. «Sì, il tuo scagnozzo è proprio qui davanti a me, in effetti. Siamo nel bar di Taryn e lei ancora non mi ha buttato fuori, quindi credo che sarò io a decidere quando me ne andrò. Ah-ah. Davvero? Sì, mi piacerebbe. Possiamo scambiarci qualche consiglio. Capisco. Be', sai, vorrei tanto poter chiacchierare ancora con te, ma il tuo tirapiedi si sta innervosendo. Sì, vaffanculo anche tu.»

Thomas mi lanciò il telefono, tracannò quel che restava della birra e si alzò. «Magari digli di aspettare fin dopo il funerale, per quell'ordine restrittivo. È soltanto un suggerimento, ma immagino che vorrai essere presente quando seppelliranno mia sorella.» Si sporse sul tavolo, avvicinandosi davvero troppo al mio viso. «Posso anche aver fatto cose di cui sono pentito, ma non ho mai cercato di tenerti sotto controllo come quello stronzo. Ti consiglio di riflettere con attenzione sull'idea di sposare un maniaco del controllo. Quelli che fanno così sono i classici tipi che picchiano le mogli.»

Chiunque fosse il tizio minaccioso coi capelli corti, era evidente che cominciava a perdere la pazienza.

Thomas non si mosse, ma gli lanciò un'occhiata da sopra una spalla. «Toccami, e ti spacco quella cazzo di mano.»

Quando riportò l'attenzione su di me, lo guardai negli occhi, in cerca di qualcosa che mi ricordasse l'uomo che un tempo avevo amato. Aveva tirato su i muri, di nuovo, e mi aveva chiusa fuori. Era quella la verità su di lui. Nessuno l'avrebbe mai avuto perché lui non avrebbe mai permesso a nulla di renderlo vulnerabile.

Ryan, invece, aveva sempre messo il suo cuore nelle mie mani.

Ora che non lo vedevo più con gli occhi dell'amore, mi sembrava evidente. Sostenni il suo sguardo e gli dissi: «Mi spiace per la tua perdita».

Lui scrutò il mio viso ancora una volta, rivolgendomi il suo sorriso sghembo e triste. Ero sicura che entro qualche ora sarebbe stato così ubriaco da addormentarsi ovunque fosse.

«Pensa quello che ti pare, ma io ti amavo», disse.

«Scoparti una puttana nel nostro letto è stato un modo bizzarro di dimostrarmelo.»

«Hai ragione. Quell'errore mi perseguiterà per sempre. Ci vediamo, Taryn.»

Presi un respiro profondo e lo guardai andar via, felice di sapere che non provavo più nulla per lui.

Per quanto riguardava la mia nuova guardia, che se ne stava a qualche metro da me, Ryan mi doveva delle spiegazioni. Con le mani che mi tremavano un po' gli mandai un messaggio:

PER CASO HAI DIMENTICATO DI DIRMI QUALCOSA?

Il mio cellulare squillò venti secondi dopo.

«Se n'è andato?»

Finii il mio drink. «Sì, proprio adesso. L'hai fatto incazzare.»

«Bene. Così non prenderà l'abitudine di venire a trovarti.»

«Adoro quando sei geloso. Mi fai sentire desiderata.»

«Dico sul serio, Taryn. Se dovesse anche solo passare a bere una birra, lo voglio sapere.»

«Non ho intenzione di fuggire con lui, non hai nulla di cui preoccuparti. Ma quando pensavi di dirmi che sono una sorvegliata speciale?»

«Tesoro, non sei sorvegliata. Abbiamo assunto una guardia del corpo per la tua sicurezza, dato che non siamo lì con te. Ma saremo a casa venerdì. Ho quattro giorni di ferie.»

Quella notizia mi riempì di gioia. «Torni a casa?»

«Sì. Arriviamo verso le due. Detesto starti lontano. Da solo non riesco a dormire.»

«Nemmeno io riesco a dormire. Sono così abituata ad averti accanto... Grazie per avere ingaggiato una persona.»

«Mike e io ce lo dividiamo.»

Non capivo. «Perché Mike paga la mia guardia del corpo?»

«Non è così. È per entrambe. Mike è preoccupato per via

di Gary. A quanto pare, da una serie di controlli di sicurezza è emerso che possiede un bel po' di pistole.»

«È vero, ma...» Il pensiero che Gary potesse tentare di far del male a Marie mi mandava fuori di testa. «Aspetta, voglio andare di sopra.» Scivolai fuori dalla panca e presi il bicchiere vuoto di Thomas.

Marie era dietro il bancone, a qualche metro da me. M'infilai in cucina, superando gli sguardi incuriositi di Pete e Tammy, e imboccai i gradini che portavano a casa per riprendere quella conversazione privata con Ryan. «Non capisco. A Mike cosa importa? Marie non ci parla nemmeno più.»

«Sì, mi ha detto che lo evita, ma lui ha deciso di sistemare le cose. Senti, devi parlarle. So che le apparenze erano pessime, ma è andata molto diversamente da quel che mostravano le foto pubblicate. Mike è incazzato e molto abbattuto.»

«In che senso 'è andata molto diversamente'?»

Quando mi spiegò cosa stava facendo davvero Mike, restai a bocca aperta e, non appena concludemmo la conversazione, corsi al piano di sotto e afferrai Marie.

13

RIVELAZIONE

«Odio i funerali», disse Marie sottovoce mentre in auto ci allontanavamo dal cimitero.

Avevo il cuore a pezzi: la vista della bara sospesa sopra la fossa mi aveva riportato alla mente troppi brutti pensieri.

E rivedere Thomas così distrutto era stato doloroso.

Mi era bastato averlo incontrato qualche giorno prima, per rivivere ogni parola che c'eravamo detti, ogni ricordo che avevo di lui: tutto. Lo odiavo per aver fatto riaffiorare il passato.

Marie infilò un fazzoletto nella borsa. «Non riesco a credere che sia morta. Non sapevo nemmeno che fosse tornata a casa.»

«Lo so. Ma è giusto che non l'abbiano detto ai quattro venti. Melanie non l'avrebbe voluto.»

Marie era d'accordo. Si asciugò di nuovo il naso. «È vero. Le sue grida di protesta si sarebbero sentite fino in cielo, se la sua famiglia le avesse fatto una cosa del genere. Tu come ti senti?» aggiunse osservandomi.

Incrociai il suo sguardo. «Sto bene.»

«Passeggi sul viale dei ricordi?»

Mi conosceva troppo bene.

«È difficile evitarlo.»

«Be', piantala. Ryan non ha bisogno di vedere quel broncio da donna persa nei suoi pensieri.»

La osservai, riflettendo. «Forse potresti trarre vantaggio dallo stesso consiglio. Devi ancora affrontare Mike, dopotutto.»

Sorrise tra sé. «Lo so.»

«Quindi l'hai perdonato?»

«Sì. Mi ha detto che aveva delle questioni personali in sospeso con una ex che lo perseguitava. Non è entrato nei dettagli, ma gli credo.»

«Bene.»

Si torse le mani, nervosa. «È che non so se una relazione sia una scelta saggia, in questo momento. In fondo, sono andata in crisi per una stupida copertina di giornale.»

Sapevo bene come si sentiva. «È spaventoso vedere il proprio uomo su quelle copertine, eh?»

Lei emise un lamento, e dalla sua espressione capii che, alla fine, mi comprendeva.

«Ti capisco. Credimi. L'infedeltà di Thomas mi ha fatto dubitare di tutti. Quel genere di tradimento ti segna per sempre. Posso solo consigliarti di seguire il tuo cuore», le dissi.

«O la mia vagina», replicò con una risata.

Sorrisi.

«A proposito di gente confusa, dove stiamo andando?» mi chiese.

«Mi sono portata dietro tutte le chiavi. Pensavo che, dato che siamo nei paraggi, potremmo passare in banca prima che atterrino i ragazzi.»

Giunte a destinazione, ci sedemmo nell'atrio, in attesa che si liberasse un impiegato. Marie mi diede un colpetto su una gamba quando si accorse che la donna che veniva verso di noi mi sorrideva come una fan. Prima di passare alle cose importanti, la lasciai blaterare per qualche momento su quanto fosse bello Ryan Christensen.

L'addetta al servizio clienti ci aiutò a esaminare il sacchetto pieno di chiavi, restringendo il campo ad alcune che forse avrebbero aperto la cassetta numero 291. Durante le nostre ricerche, Marie e io avevamo trovato una quarantina di chiavi; purtroppo su nessuna era scritto a chiare lettere CASSETTA DI SICUREZZA.

«Ultima», annunciai, prima di provare quella piccola, d'ottone. Quando entrò nella serratura e la fece scattare, quasi mi girò la testa.

Tirammo fuori la scatola di metallo nero che era all'interno e la posammo su un tavolo, poi l'impiegata se ne andò per lasciarmi un po' di riservatezza.

Marie sgranò gli occhi, curiosa.

Sollevai il coperchio e trovai diverse lettere tenute insieme con un elastico così vecchio da essersi sbriciolato attorno alle buste.

Le sfogliai e mi accorsi che erano tutte indirizzate a me, da parte del soldato semplice Joseph Malone. *Chi diavolo è Joseph Malone?*

«Che cosa sono? Chi è il mittente?» chiese Marie.

«Non ne sono sicura.»

Ne aprii una, osservando una grafia mai vista prima. All'interno della busta c'era anche una banconota da venti dollari.

Cara Taryn,

spero tu abbia passato un bel compleanno. Hai cinque anni! È incredibile quanto sei cresciuta in fretta. Ti prometto che quando tornerò a casa ti porterò al negozio di giocattoli, così potrai scegliere una nuova Barbie. Ricordo quanto ti piaceva giocarci. Ora sono in un posto che si chiama Fort Gordon. È in Georgia. Credo che sarai felice di sapere che mi hanno dipinto di verde, proprio come avevi detto tu. Ora sono un soldato vero. Qui fa caldissimo. Sto imparando a fare un sacco di cose assurde, come strisciare nel fango o arrampicarmi su ostacoli alti. Sono bravo ad arrampicarmi. Ma odio strisciare nel fango. Secondo me lo troveresti schifoso anche tu.

Devo stare qui altre sei settimane, e poi, forse, attraverserò l'immenso oceano su un aeroplano enorme. Spero che tuo papà userà i soldi che ho messo nella busta per comprarti una bambola nuova da parte mia, prima che possa rivederti. So che sei una brava bambina, quindi comportati bene.

Ti voglio bene,

JOE

«Chi è Joseph Malone?»

Mi tremavano le mani. Sentii una goccia di sudore scivolarmi lungo la schiena, ma forse erano soltanto i miei nervi. «L'unica Malone che conosco è mia zia Joan. È il suo cognome da sposata.»

Frugai tra i fogli, in preda alla nausea. Dovevano esserci trenta, quaranta lettere indirizzate a me da parte sua, provenienti da ogni parte del globo. Forse mio padre mi proteggeva da uno stalker?

In fondo alla pila c'era una busta spessa, bianca con su scritta la parola *Originale* in inchiostro blu. Deglutii con forza.

Quando distesi i fogli ripiegati, fui investita da un'ondata di panico. «Oh, Dio, no. No.»

Non feci in tempo a raggiungere il cestino della spazzatura nell'angolo, che riversai l'intero contenuto del mio stomaco.

«Oh, no, Taryn», sentii dire a Marie mentre ero scossa dai conati sul contenitore metallico.

Fu lei a riportarmi a casa: io ero in stato confusionale.

Mi sedetti in un séparé del pub a leggere le lettere che parlavano della vita di Joe nell'esercito, dei suoi viaggi nel golfo Persico e, con Marie sempre al mio fianco, cercai di mettere insieme i pezzi.

Mancava un'ora all'apertura del locale, ed era in programma il concerto di una band, ma non riuscivo a smettere di piangere. Non sapevo nemmeno più per cosa piangevo. Tutto il mio mondo, tutto ciò in cui avevo creduto, era cambiato in modo radicale; quella che sino ad allora era stata la verità si era trasformata in un mare di bugie, e la realtà non si era rivelata che una folle finzione.

Non sapevo più chi fossi. Delle infinite cose che potevo trovare in una cassetta di sicurezza, quella non me la sarei mai aspettata. Era un'enormità con cui fare i conti.

Quando arrivarono Ryan e Mike ero ancora in stato di shock. Vidi Marie correre alla porta della cucina e nel momento in cui scorsi Ryan a qualche metro da me, che mi chiamava, persi il controllo, mi lanciai verso di lui e lo abbracciai come un'anima persa bisognosa d'aiuto.

«Oh, tesoro. Andrà tutto bene. Ci sono io. Sstt...» Mi lasciò piangere per un tempo che mi parve infinito, mentre mi accarezzava la schiena e mi consolava con parole piene di tenerezza. «Andiamo, usciamo di qui. Hai bisogno di prendere aria.» Mi cinse le spalle con un braccio e, senza fretta, con pazienza, mi accompagnò fino alla spiaggia.

La brezza che arrivava dall'oceano ci spingeva indietro i capelli e mi riempiva il naso del profumo salino che ben conoscevo. Passeggiammo per un po', quindi ci sedemmo sulla sabbia compatta. Ryan mi mise tra le sue gambe, accarezzandomi i capelli con dolcezza.

«Qualsiasi nome ci sia su quel documento, non cambia chi sei.»

Nuove lacrime mi rigarono il volto. Mi sentivo svuotata, stretta in una morsa. «Invece sì. Cambia tutto. Tutto ciò in cui credevo non è mai esistito.»

Scosse il capo e mi avvolse col suo corpo. «Non puoi vederla così, tesoro. Le persone che ti hanno cresciuta sono i tuoi genitori. Ti amavano. Non sei diversa soltanto perché è stato qualcun altro a generarti.»

Niente sarebbe più stato lo stesso.

«La mia vita è stata tutta una menzogna.»

«No, non è vero.»

Mi asciugai le lacrime con una manica. «Non so perché ne sono sorpresa. Ho sempre saputo di non assomigliare a nessuno dei due. Gli occhi, il naso... a volte osservavo il mio viso per ore, alla ricerca di qualcosa di loro.»

Mi appoggiai alla sua spalla, sentendo il fresco dell'oceano mescolarsi al gelo che mi scorreva in corpo. Avevo il viso appiccicoso di pianto. Le onde si susseguivano l'una dopo l'altra, sollevando una foschia nell'aria, e imitavano il movimento altalenante delle mie emozioni.

Mentre osservavo i gabbiani librarsi in volo e atterrare, fui sopraffatta dal senso di colpa. «Non ci posso credere. Sono sicura che lo sapevano tutti tranne me. Be', a questo punto immagino sia questo il motivo per cui mia madre e mia zia non si sono più parlate. Ora so che ero io la causa del loro distacco.»

Ryan mi posò il mento sulla testa. «Non prendertela con te stessa. Erano adulti, e hanno fatto le loro scelte. Tu non hai influito in nessun modo.»

Presi il foglio dalla tasca e gli mostrai il mio certificato di nascita originale. Avevo lasciato i documenti dell'adozione a casa, insieme con le lettere. «Stando alla documentazione, i miei genitori naturali avevano entrambi sedici anni quando sono nata.» Mi asciugai il viso ed espirai con forza, cercando di tornare in me. «Ricordo che mia madre mi diceva sempre che ero figlia unica perché ero così speciale che lei non aveva bisogno di altri bambini. Ma ho sempre sofferto perché non somigliavo ai miei.»

Ryan sospirò e mi strinse a sé. «Tua madre e tuo padre hanno fatto un lavoro meraviglioso occupandosi di te. Al mondo ci sono tantissime persone che non sono in grado di fare i genitori. L'hai detto tu stessa: erano soltanto dei ragazzini, Tar. E credo se la facessero sotto dalla paura.»

«Joe si è arruolato dopo il diploma. Io avevo tre o quattro anni, credo. Mi mandava denaro con ogni lettera, faceva del suo meglio. È solo che ora mi sembra di avere mille punti interrogativi.»

Mi abbracciò più forte. «Fa' tutto ciò che devi per risolvere la situazione, ma ricorda sempre che tua madre e tuo padre sono quelli che ti hanno cresciuta.»

«Avrebbero dovuto dirmelo.»

Socchiuse gli occhi: sembrava quasi volermi sgridare. «E perché? Che cosa ne avresti guadagnato?»

«Non ho mai avuto l'opportunità di conoscere le persone che mi hanno messa al mondo. Sono convinta che mio cugino Joe avrebbe voluto conoscermi. I miei genitori mi hanno tenuta all'oscuro di tutto.»

Ryan mi passò un pollice sulla guancia, cancellando una lacrima. «Forse avevano i loro motivi. Ascolta, so che ti senti spiazzata, sarebbe così per chiunque, ma sei rimasta comunque all'interno della famiglia. Hanno tutti un legame di sangue con te. Ho visto le tue foto da bambina e sono sicuro che le due persone che ti hanno cresciuta ti amavano tantissimo.»

Mentre tornavamo verso il pub, decisi che avrei scoperto quali fossero state le loro motivazioni.

Sapevo che fare quella telefonata sarebbe stato difficile. Quando rispose al telefono, ebbi una stretta al cuore.

«Ciao, zia Joan, sono Taryn.»

Ci fu soltanto silenzio, e per un istante mi dissi che forse dovevo ripeterle il mio nome. Poi sentii il suo respiro affannoso.

«Taryn?» balbettò.

«Sì, sono io.»

«Ah. Scusami, sono un po' stupita. Non pensavo che avresti mai chiamato.»

Non aveva senso girarci attorno. «Ho trovato la copia originale del mio certificato di nascita.»

Ansimò. «L'originale? Lo... l'hai saputo?»

«Non tutto. Ma so che sei mia nonna.»

Cercò di frenare le lacrime, ma la sentii cedere. Piansi anch'io. Ryan mi passò accanto, si fermò per darmi un bacio sulla fronte e un pacchetto di fazzoletti, poi mi lasciò sola.

Sapevo che era dietro l'angolo ad ascoltare. L'idea che fosse a pochi passi da me mi consolava.

«Potremmo vederci?» chiesi con voce rotta.

«Oh, tesoro, ne sarei tanto felice.»

«Anch'io. Mi puoi dire dove sono i miei genitori naturali?»

La lasciai piangere per qualche momento. Sapevo che era difficile per tutti.

«Volevo essere io a tenerti. Joey era soltanto un ragazzino, e mio marito, Paul, aveva perso il lavoro. Le cose erano... qui non saresti mai stata bene. Voglio... voglio solo che tu lo sappia», disse, mesta.

Mi morsi l'unghia del pollice, cercando di trattenere l'emotività. «Perché non parlavi più con mia madre? Eravate sorelle. Non sei venuta nemmeno al suo funerale. È stato per causa mia?»

«Oh, no, cara. Tua madre e io... non andavamo d'accordo anche prima che tu nascessi. Ti prego, non... non pensare così.»

Mi asciugai le guance. Sentivo che stava mentendo. «Dove sono i miei genitori naturali?»

Sospirò. «Joe ha una famiglia sua, ormai. Vive in California, sul lago Tahoe.»

Dal tono capii che mi suggeriva di lasciar perdere, e mi ritrovai a fare cenno di sì con la testa. «È passato molto tempo... Immagino sia meglio non tirar fuori scheletri dall'armadio.»

Tossicchiò. «Ha una moglie adorabile e due figlie. Temo che per lui sarebbe uno shock. Non credo sua moglie sia al corrente del fatto che ha avuto una figlia a sedici anni. Potrebbe non volere che si sappia.»

Cercai di farmi andare giù quel rifiuto. «Okay. E mia madre, Kelcie Tremont?»

Zia Joan tirò su col naso. «Taryn, lei... ecco... c'è stato un incidente d'auto. Era con te e Joey... ma non è stata colpa di tuo padre. Quand'è rimasta incinta i suoi genitori l'hanno cacciata di casa, e se la sono presa con lui dopo l'incidente. Quand'è successo, avevi appena sei mesi.»

Mi sentii come se mi avessero piantato un coltello nel cuore. Avevo quattro genitori, e nessuno di loro era più al mondo per me. *Perché dev'essere tutto così crudele?*

«Le somigli tanto. Volevo fartelo sapere. Ma hai gli occhi azzurri di Joey.»

Mentre trattenevo un singhiozzo, mi tremò il labbro inferiore. «Ehm, be', se... se dovessi parlare con Joe, potresti dirgli che ho scoperto la verità e che mi piacerebbe incontrarlo? Può decidere lui se... se vuole contattarmi. Per tutto questo tempo non l'ho mai conosciuto nemmeno come cugino.»

Ryan si avvicinò e mi posò le mani sulle spalle, per confortarmi.

«Glielo dirò, ma non posso prometterti nulla. Tuo padre, Dan, è stato molto duro con lui. Gli ha impedito di avere qualsiasi contatto con te. Quando Joe è tornato dal golfo ha persino sostenuto che non fosse sano di mente.»

«Ed era vero?»

«Oh, no. Soffriva di un leggero stress post traumatico, ma per fortuna non ha avuto conseguenze.»

«Se ci parli, potresti anche riferirgli che ho avuto tutte le lettere che mi ha mandato? Ho cominciato a leggerle, ma è... è difficile, in questo momento. Però voglio che sappia che le leggerò tutte.»

«Oh, va bene. Lo farò.»

Le diedi il mio numero di cellulare. «Presto mi sposerò. Il mio fidanzato e io non abbiamo ancora deciso i dettagli, ma sono molto felice. Mi tratta come una regina.»

Ryan mi diede un bacio sui capelli.

«Quindi è vero? Tu e quel giovane attore famoso siete fidanzati?» mi chiese con entusiasmo ritrovato.

Annuii, guardando Ryan negli occhi. «Sì. E lo amo da morire.»

Lui mi baciò una mano e sorrise.

«Un pomeriggio è entrato al Mitchell's Pub per sfuggire all'assalto delle fan, e adesso... be', adesso è mio.»

In qualche modo, il semplice fatto di aver pronunciato quelle parole a voce alta con qualcuno che faceva parte della mia famiglia rese tutto più reale. Quegli occhi, quel sorriso di una bellezza sconvolgente, persino quegli assurdi capelli che gli stavano dritti in testa... era tutto mio.

«Ehi, amico! Che bello vederti», fece Cory, allegro, stringendo la mano a Ryan quando arrivammo al pub.

Avevo bisogno di distrarmi dal trauma di quel giorno, e starmene chiusa in casa a rimuginare non mi era d'aiuto.

Guardai la nostra nuova barista-cameriera che si occupava senza difficoltà della ressa di clienti. Sembrava cavarsela molto bene. Il coinquilino di Cory, Trevor, faceva da filtro all'ingresso. Era strano veder lavorare per me persone che quasi non conoscevo.

Ryan si calcò il berretto da baseball del Mitchell's Pub sugli occhi e scivolò su uno sgabello accanto a Mike, che teneva d'occhio Marie come se temesse che potessero portargliela via.

«Senti ancora Francesca?» chiese Ryan a Cory.

Lui gli aprì una bottiglia di birra. «No. Al momento ha delle riprese in Australia. Abbiamo provato a tenerci in contatto, ma non mi posso permettere di prendere voli per tutto il mondo per seguirla nel lavoro. Se dovesse cambiare idea, però, sa che sono qui.»

Andai dietro il bancone, sperando di sentirmi al mio posto. Avevo bisogno di capire qual era il mio posto nel mondo. Cercai di servire un cliente, ma Cory mi allontanò. Poi cominciai a preparare un drink, ma Marie mi disse che ci avrebbe pensato lei.

Mi misi accanto a Ryan, un po' confusa. Era difficile sottrarmi alla morsa della tristezza di quel giorno. Non soltanto stavo rimettendo in discussione tutto ciò che mi era stato fatto credere riguardo alla mia vita, ma ora l'unico luogo che definiva la mia identità non aveva più bisogno di me.

«Tutto a posto?» mi chiese, preoccupato, e si girò in modo da tenermi tra le cosce.

Scrollai le spalle. Non volevo gettargli addosso tutto il mio sconforto, e mi sforzai di sorridere. «A quanto pare, non hanno bisogno del mio aiuto.»

Osservai Marie e Cory che si occupavano dei clienti, senza perdere un colpo. La nuova cameriera, Kara, preparava cocktail e stappava birre, e intanto correva di qua e di là a servire. Era vero: non c'era bisogno di me dietro il bancone del Mitchell's Pub. *È possibile essere estromessa dalla mia stessa vita?*

«Taryn, ti vuoi sedere?» mi chiese Mike offrendomi il suo sgabello.

«No, grazie. Resta pure lì.» Mi sentivo al sicuro, stretta a Ryan.

Mike continuava a fissare Marie, rapito.

«Devo dedurre che voi due avete fatto pace?» commentai.

Un sorriso scaltro apparve sul suo volto. Annuì. «Ho seguito il consiglio di Ryan.»

Inarcai un sopracciglio, felice di potermi distrarre. «E sarebbe?»

Ryan rise.

«Metterla subito a tacere con un bacio, prima che avesse l'opportunità di gridarmi contro.»

Ridacchiai. «E ha funzionato?»

Marie lanciò un'occhiata nella nostra direzione, con un sorriso malizioso.

«Lo spero proprio!» fece lui, sghignazzando.

A quel punto dovevo trovare una scusa per andare a farle il terzo grado.

«Allora? Te lo sei fatto?» le chiesi in privato, curiosa di sapere se avesse approfittato del lasso di tempo in cui Ryan mi aveva portata in spiaggia. Finsi di avere qualcosa da fare e intanto osservavo le fan andare in delirio non appena si rendevano conto che Ryan Christensen era seduto al bar.

Marie stappò una bottiglia. Aveva un'aria così colpevole da risultare quasi patetica. «Non proprio.» Mi superò dandomi una spallata, ma, quando tornò da me, sussurrò: «Però so dove dormirà stasera».

Le fan erano davvero buffe: mancava poco che svenissero. Lui firmò qualche autografo e concesse alcune foto coi cellulari, ma, dopo i primi «sì», non ci fu più modo di arginarle. Le ragazze si misero in fila. Pete era appena arrivato e cercava di fare scudo a Ryan, ma alcune delle più coraggiose provarono lo stesso a raggiungerlo.

Quando arrivai da dietro il bancone per difenderlo, lui spostò la sedia quel tanto che bastava per abbracciarmi. Mi sembrava così strano starmene là come una cliente ad ascoltare la band che suonava sul mio piccolo palco.

Ryan e Pete parlavano di qualche auto sportiva dal costo proibitivo, quando notai una testa biondo cenere che conoscevo bene avanzare verso il bar, a poca distanza da noi. Se Pete fosse stato alla porta, non l'avrebbe lasciato entrare.

Avvertii la tensione nelle spalle, fuori di me per dover affrontare anche quel problema. Con un cenno della mano, Marie intimò a Cory di non servirlo. Mike era già in allerta, la schiena dritta, pronto a balzare in piedi all'istante, se necessario.

Ryan capì che qualcosa non andava. «Cosa succede?»

«Non lo so», mormorò Mike, senza smettere di monitorare la situazione.

Mi sottrassi alla protezione dell'abbraccio di Ryan quando Thomas si diresse verso di noi, esitante, come un ragazzino che sta per ricevere una lavata di capo.

«Ehi. Sono venuto a vedere come te la passi», disse, con un'aria maledettamente imbronciata.

«Bene. E tu?»

Non avevo bisogno che mi rispondesse per sapere quanto stesse male. Aveva le labbra e gli occhi devastati dal dolore. Mi sentii morire a vederlo ridotto così.

«Non riesco a togliermi dalla testa quei suoni e quelle immagini... Non so cosa fare.» Pete ci raggiunse, e lui squadrò le spalle, sollevando una mano per avvisarlo. «Non cominciare, Herman. Non sono dell'umore.»

Ryan premette il petto contro la mia schiena. Mi fece scivolare un avambraccio sul petto, posando la mano sulla spalla. Lo immaginai che mi faceva girare su me stessa per togliermi in fretta di lì. In un attimo, Mike fu al suo fianco.

Thomas mutò espressione, assumendone una disgustata. Ryan non si era reso conto che tenendomi stretta a lui gli aveva lanciato una sfida.

«Ah, il famoso attore maniaco del controllo», disse Thomas con un sorriso inquietante, gli occhi fissi sulla presa protettiva.

«Ah, l'ex fedifrago. Cosa vuoi?» ribatté lui, stringendomi ancora più forte.

Thomas si sgranchì il collo. «Ho perso mia sorella, amico. Sono venuto a vedere come se la passano i suoi amici.»

Gli rivolsi un'occhiata di avvertimento. «Okay, basta così. Prima che qualcuno di voi si faccia venire un'idea brillante, sappiate che non ammetto casini nel mio pub. Volete parlare? Parleremo in cucina. Vuoi una birra? Trovati un posto e siediti.»

Ryan inspirò forte dal naso, come a dire: *Non ci penso proprio*. «Ti faccio le mie condoglianze, ma penso io a ciò che mi appartiene, quindi non devi preoccuparti per Taryn. E il mio amico Mike, qui, baderà a Marie. Quindi grazie per la premura, ma la tua presenza qui non è richiesta. Cos'altro vuoi?»

Thomas sorrise, accettando la sfida come se fosse il giorno del suo compleanno e avesse appena ricevuto il dono che sperava. «Adesso parla lui per te?» mi provocò. «Quando stavi con me avevi opinioni tue.»

Mi misi davanti a lui, consapevole della sua abitudine a trasformare la tristezza in motivo di scontro. *Bene*. Se una lite era quello che cercava per sentirsi meglio, allora l'avrei accontentato. «Perché *tu* mi costringevi ad arrangiarmi, visto che non t'importava niente del mio benessere.» Notai qualcosa dietro la sua spalla. Fu allora che vidi il primo cellulare puntato verso di noi. Mi girai verso Ryan e, di nascosto, gli dissi: «Stanno cominciando a fotografarci».

Lui si chinò e mi sussurrò in un orecchio: «Liberati di lui… e subito. Oppure lo farò io». Puntò su Thomas uno sguardo carico d'odio. «Credo sia ora che tu te ne vada. Qui nessuno ha bisogno di te.»

La collera di Thomas divenne evidente. Strinse le mani a pugno, e anche quello non passò inosservato. Sapevo che era venuto a parlare con me, ma in cambio aveva ricevuto soltanto insulti da gente che non conosceva.

Ryan mi fece spostare accanto a sé, per togliermi di mezzo. Nello stesso istante, Mike fece un passo avanti. Lo sguardo del mio fidanzato rimase fisso su Thomas. «Se senti il bisogno di darmi un pugno, fa' pure. Possiamo picchiarci, se questo ti fa sentire più uomo.»

«Brutto figlio di puttana presuntuoso», fece lui con sprezzo, sorridendo come se Ryan avesse appena fatto una battuta.

L'avevo già visto comportarsi così, e sapevo bene come sarebbe andata a finire.

Ryan non si fece intimidire. «Come vuoi. Ho dato e preso un bel po' di pugni. Ma stasera non sarò certo io a finire in galera per minaccia aggravata, te l'assicuro.»

«Adesso basta. Dico a tutti e due», li ammonii.

Thomas sfoderò di nuovo il suo sorrisetto, e m'ignorò. «Alla fine si stancherà del modo in cui la controlli. E, quando lo farà, io sarò qui, pronto a riprendermela. Sai, ora può anche stare con te, ma io possiedo ancora una parte di lei che tu non potrai avere mai. Persino adesso, so che le faccio un certo effetto. E, quando te la scopi, sappi che ti paragona sempre a me», aggiunse dopo essersi proteso in avanti.

Ryan s'irrigidì e io scattai, tornando a mettermi tra loro prima che potesse reagire a quella provocazione. «Piantala. Sai, per un attimo mi hai fatto pena. Adesso, però, ti stai comportando da stronzo. Vattene via dal mio pub, subito!»

Mike si portò davanti a Ryan, pronto ad affrontare Thomas che non dava cenno di volersene andare. «Amico, basta così.»

«E tu chi cazzo saresti?» sibilò lui.

«L'assicurazione», rispose Mike con calma.

«E cosa pensi di fare? Picchiarmi?»

Gli rispose in tono tanto disinvolto quanto minaccioso: «Se sarà necessario. Il mio lavoro è fermarti prima che tu possa commettere qualche sciocchezza».

Thomas mi guardò. «Sta scherzando?»

Sapevo bene che lui era capace di menare le mani, ma Mike era stato addestrato nel corpo a corpo. Non c'era dubbio su chi l'avrebbe spuntata. «Thomas, alcune persone hanno minacciato di farmi del male. Ti suggerisco di non far irritare la mia guardia del corpo.»

Mi guardò a bocca aperta. «Hai una guardia del corpo? Sul serio? E perché?»

«Perché ho qualcosa che molte altre persone vorrebbero avere.»

Ryan divenne teso, colpito dalla verità delle mie parole.

«E tu rischieresti la vita per lui?» mi schernì Thomas.

«Certo. Quando ami qualcuno, ci sono sempre dei rischi.»

Ryan sollevò il mento ancora di più, così da apparire più alto e minaccioso. Aveva il mio cuore come io avevo il suo, su quello non c'erano dubbi. E sapevo che mi stava accanto, consapevole che sarei stata pronta a gettarmi addosso a Thomas io stessa, pur di non consentirgli di fare un altro passo verso di lui.

«Ah. Be', quando ti stanchi di avere gente che ti scatta foto e cagate del genere, fammi un colpo di telefono. Sempre se non sei diventata un'arrampicatrice sociale...»

Ero così infuriata che gli andai incontro, piazzandomi davanti a Mike.

Ma il braccio di Ryan si strinse attorno alla mia vita e con un movimento rapido mi riportò accanto a sé.

«Vattene!» gridai, mentre il mio fidanzato gli si lanciava contro, bloccato prontamente da Pete e Mike, che gli impedirono di raggiungerlo.

Ryan sputava minacce costellate d'insulti, con Pete che faceva scudo a Thomas. Quando questi si girò verso la porta, Ryan mi trascinò in cucina e poi su per le scale.

Volevo gridare, urlare, lanciare oggetti, forse anche dare di stomaco, ma mi ritrovai a guardare Ryan per capire cos'avesse intenzione di fare.

«Dove sono le chiavi della tua auto?» mi chiese con una premura furibonda.

Con la mano che mi tremava indicai il gancio su cui tenevo le chiavi.

Lui se le infilò in tasca, dopodiché mi afferrò per le braccia. «Tesoro, concentrati. Aiutami a preparare una borsa con quello che ti serve per passare la notte fuori. Ce ne andiamo di qui.»

«E dove andiamo?» domandai, confusa. Mi sentivo come se mi avessero fatta a pezzi e poi rimessa insieme all'improvviso. Facevo fatica a stare in piedi, avevo le gambe intorpidite.

Il mio certificato di nascita, le bugie, Thomas, Ryan furibondo... Era troppo. Davvero troppo.

Lanciò la sua valigia accanto alla porta e mi prese per mano. «Non lo so, lo sapremo quando ci arriveremo. Ora dobbiamo andare. Cambiamo scenario.» Mentre recuperava il mio borsone dall'armadio, azionò il cellulare. «Andrea, ciao, sono Ryan Christensen. Mi serve un albergo tranquillo e riservato, fuori dai radar, entro un raggio di due ore dalla mia posizione nel Rhode Island.»

14

WEEKEND

«Non so chi hai chiamato per prenotare questo albergo, ma devi dargli un aumento.»

Ryan aprì la portafinestra che dava sul molo privato per far entrare un po' d'aria fresca e, stiracchiandosi, andò verso la ringhiera. Qualche barca correva sull'acqua, le luci che rischiaravano l'oscurità.

Eravamo finiti a Newport, in un alberghetto mozzafiato, sulla costa. Mentre ci accompagnavano in un adorabile cottage privato dipinto in colori tenui, col pavimento di parquet ad assi larghe, avevo sentito lo stress abbandonarmi. Una parete di finestre con tende morbide offriva una vista diretta sull'oceano.

«Sì, sì, proprio un bell'aumento», sussurrai, quando vidi l'enorme vasca da bagno per due persone.

Ryan rientrò, mi accarezzò le spalle, poi aprì il rubinetto dell'acqua.

Quando cominciò a spogliarmi, mi sentii un po' a disagio. Era stata una giornata troppo snervante per poter pensare al sesso. «Ryan, non mi sento…»

Mi diede un bacio su una spalla e mi disse di tacere. «Lo so, tesoro. Non è quello il nostro scopo.»

Si tolse i vestiti ed entrò nella vasca per primo, tendendomi una mano per aiutarmi a raggiungerlo. L'acqua calda regalava una sensazione magnifica e subito allentò parte della tensione. Posai il capo sul suo petto e desiderai che momenti come quello fossero la normalità, e in effetti, spesso, era così.

«Stai bene?» mormorò, quando mi accomodai su di lui.

Annuii.

«Bene. Pensa soltanto a rilassarti.» Le sue mani insaponate mi scivolarono lungo la schiena, le braccia, il collo.

«Sei molto taciturno», sussurrai dopo un po', spinta dalla necessità di spezzare il silenzio.

«Stavo pensando a qualcosa che mi hai detto il giorno in cui ci siamo conosciuti.» Mi versò altra acqua calda sul braccio, scaldando la pelle scoperta.

«Davvero?»

Mi fece immergere di più: sembrava preoccupato che avessi freddo alle spalle. Ed era così.

«Ero seduto al bancone, e tu facevi di tutto per ignorarmi.»

Ricordavo di averlo fatto, ma non volevo ammetterlo. Giocherellai con qualche bolla di schiuma che gli si era formata sul petto. «Non è vero.»

«Invece sì. Non mentire», disse stringendomi.

«Accidenti. E va bene, magari un pochino. Ero terrorizzata dalla tua presenza.»

Con le labbra poggiate sulla mia tempia, riprese: «Volevo che mi parlassi e ti ho chiesto se fossi sempre così loquace... Tu mi hai risposto qualcosa come: 'Sono certa che un po' di tranquillità e silenzio siano un sollievo'». Ci guardammo negli occhi. «Voglio soltanto che ti rilassi senza preoccuparti di niente.»

In un attimo, era riuscito a farmi trovare pace. «Se chiudo gli occhi, quasi mi sembra di poter dimenticare tutto», dissi.

«E allora chiudili.»

«Se fosse davvero così semplice.» Sentivo il suo petto sollevarsi e abbassarsi, creando delle onde nell'acqua. «Mi spiace per la storia di Thomas. Io...»

Mi sollevò il mento con le dita, in cerca dei miei occhi. «Me ne devo preoccupare?»

Scossi il capo e mi affrettai a rispondere: «No».

Lui mi lasciò andare. «Allora non è un problema. A dire il vero, un po' me l'aspettavo.»

Tornai a guardarlo. «Sul serio?»

Ryan tirò fuori il gomito dall'acqua e lo posò sul bordo della vasca. «Tar, noi due siamo su tutti i giornali. La merda torna sempre a galla. Era soltanto questione di tempo prima che uno dei tuoi ex fidanzati tornasse alla carica. Non ha niente su di te, vero?»

Trasalii al pensiero. «Non credo.»

Lui restò in silenzio così a lungo che mi venne il dubbio si fosse addormentato, ma il suo respiro nervoso mi diceva che non era così.

«Allora cos'altro ti agita?» Mi fece scorrere le dita lungo il mento. «Non so leggere nei tuoi pensieri, ma so che vanno alla velocità della luce, quindi devi dirmi cosa ti frulla per la testa.»

«La mia mente è ancora sconvolta, e lotta con la sensazione che tutto sia cambiato anche se non è cambiato nulla.»

La sua mano scivolò sul mio posteriore, per poi tirarmi la gamba sopra la sua coscia. «Ti arrovelli sul tuo ex?»

Colsi una nota preoccupata nel tono in cui me lo chiese. «No, non mi arrovello affatto. Ma sto cercando di metabolizzare. Mi ha detto di avermi tradita con quella ragazza per ripicca, perché l'avevo lasciato da solo per andare ad aiutare Pete.»

Ryan fece una risata di scherno. «Stai scherzando?»

«No.»

«Che stronzo. Peggio per lui.» Mi diede un colpetto col mento. «Saperlo ti ha sconvolta?»

Posai il capo contro l'ampia spalla, sentendo il battito del suo cuore sulla guancia. «No. Non ho mai saputo perché mi avesse tradita. Ho passato troppo tempo a pensare che non fossi abbastanza importante.»

Mi prese la testa tra le mani e mi diede un tenero bacio sui capelli. «Non pensare mai niente del genere.»

«È difficile evitarlo. Comunque... almeno ora so perché l'ha fatto.»

Mi sfiorò la fronte con una guancia. «Allora sono felice che tu abbia trovato una spiegazione. Troppi dolori del passato ci ostacolano il cammino. Il tuo, e anche il mio.»

Dovetti ricordare a me stessa che *entrambi* eravamo stati traditi dai nostri ex.

«La sua infedeltà mi ha distrutta.»

Mi sollevò di nuovo il mento e mi baciò. «Niente che io non possa sistemare.» Sorrise con gentilezza, scaldando il mio spirito provato.

L'amore che provavo per quell'uomo era così profondo che faticavo a contenerlo, sapendo che era pronto ad affrontare qualsiasi tormenta ci avesse sbarrato la strada. Avevo bisogno di baciarlo più dell'aria che respiravo.

Mi sfiorò il labbro inferiore coi denti, ma poi si tirò indietro per non lasciarsi trascinare, anche se mi resi conto che doveva lottare contro se stesso per mantenere il controllo. Sapere che teneva a bada i propri istinti per prendersi cura di me in quel modo era il dono più prezioso che potesse farmi.

Riposai sul suo petto, paga della consapevolezza che mi avrebbe aiutata a superare tutte le prove che la vita mi avrebbe riservato.

Al di là di ciò che provavo per Thomas, vederlo piangere al funerale di Melanie mi aveva distrutta emotivamente, e il pensiero della morte di lei non voleva saperne di abbandonarmi. «Non riesco ad accettare che Melanie sia morta. È così difficile.»

«È una vera tragedia. Un mio caro amico, alle superiori, è morto in un incidente d'auto. Mi è sembrato di sentire la sua voce nei corridoi per settimane, dopo quel giorno. La sera in cui è morto dovevo uscire con lui. Quando penso a quanto sono stato vicino a... Insomma, a volte mi faccio delle domande.» Prese un respiro profondo.

Lo guardai, felice di poter condividere tutto quello con lui. «Non era il tuo momento.»

«Già, forse.»

«Non la vedevo da qualche anno. Forse la nostra amicizia si era un po' raffreddata. E so che Thomas è distrutto. È venuto a cercare conforto, e quasi gli siamo saltati alla gola. In realtà questo mi fa sentire malissimo. Entrambi sono stati molto importanti per me, per tanti anni. Forse non dovevo essere così cinica con lui.»

Ryan tirò su col naso, e avrei giurato che non fosse d'accordo. «So che avete avuto un passato insieme, ma era necessario fargli capire che è lì che resterà: nel passato. Ho già abbastanza preoccupazioni senza dover pensare anche a lui che cerca di convincerti a tornare nella sua vita.»

Gemetti e avvolsi le gambe attorno alle sue. «Non riuscirà a convincermi proprio di nulla. Sai bene che non hai motivo di preoccuparti.»

«Voglio soltanto essere sicuro che le cose restino così. E in ogni caso aveva bisogno di sentirselo dire da me. Se gli lasci uno spiraglio, ne approfitterà.»

«Direi che ti sei spiegato benissimo. E comunque non ha più importanza. Ormai lui è storia.»

Ryan prese un po' d'acqua tra le mani e se la versò sul viso.

Riuscivo a percepire la sua frustrazione. «Thomas ti dà così tanto fastidio?»

«No.» Sospirò e si sfregò la fronte.

«Allora cos'hai?»

Parve esitare. «Abbiamo altre rotture di palle di cui preoccuparci.»

Sostenni il suo sguardo fin quando non si voltò. «So che non è il momento migliore per parlarne, ma voglio essere io a dirtelo prima che possa farlo qualcun altro.»

Chiusi gli occhi, temendo ciò che stava per rivelarmi.

«Marla ha minacciato di farmi causa per inadempienza contrattuale.»

Riuscii a rilassarmi ed emettere un sospiro di sollievo, prima di comprendere appieno le sue parole. «*Cosa?*»

«Ieri mi ha chiamato il mio avvocato, Len Bainbridge. Lui e David stanno cercando di risolvere la situazione, ma dovrò pagarla. Ha presentato una fattura di settantacinquemila dollari.»

«E glieli darai?»

«Dovrò farlo. Ma prima metteremo in mezzo gli avvocati più cari.»

«Dio, che donna impossibile. Secondo me è stata lei a dire alla stampa che prendi gli ansiolitici.»

«Lo penso anch'io. Ma non posso dimostrarlo, a meno che non troviamo il suo contatto. Ne parlerò con l'avvocato.»

«Be', non credo sia stata Trish. Ha troppo da perdere per comportarsi in modo così avventato. E di certo non è stato Mike. Nessuno dei miei amici lo sa, a parte Marie. La tua famiglia non parla coi giornalisti, quindi non restano che David, Marla e la farmacista.»

«David non lo farebbe.»

«E questo a che conclusione ti porta?»

«Che la lista delle persone di cui posso fidarmi si è accorciata ancora.»

Quando tornammo a casa, la domenica, mi sentivo quasi del tutto rilassata e in pace col mondo... almeno finché non fummo costretti ad avere a che fare con le quattro fan accampate davanti alla porta sul retro. Mi sconvolgeva pensare che quelle ragazze, che per l'età potevano essere universitarie, non avessero niente di meglio da fare nella vita che passare la giornata in un vialetto, nella speranza di scorgere Ryan.

Lui naturalmente fu gentile come al solito, fece autografi e si mise in posa per le foto fino a che non furono soddisfatte delle immagini ottenute.

Dobbiamo trasferirci, riflettei mentre risalivo gli scalini, cercando di fare abbastanza rumore da non trovarmi in una situazione imbarazzante, una volta entrata in casa *mia*.

Mike era stravaccato sul mio divano, con indosso un paio di pantaloni della tuta sformati, una maglietta nera senza maniche e un sorriso raggiante. Mi ricordava un enorme leone disteso al sole a pancia in su, con le gambe divaricate, che si leccava le zampe e faceva prendere aria alle parti basse.

Pensavo che avrei trovato Marie stretta a lui, a godersi la beatitudine postamplesso, ma era in cucina a preparare il caffè. «Avete tutti e due un'aria ben riposata», disse, sorridendoci.

Ryan le fece l'occhiolino e portò le nostre valigie in camera.

Presi una tazza dalla credenza. «Ieri abbiamo fatto un massaggio di coppia. Vorrei poter assumere qualcuno che mi massaggi le spalle ogni giorno. Tu invece sembri esausta, anche se felice.»

«Mi conosci bene.» Marie mi diede il cinque e portò una tazza di caffè a Mike.

Ryan aveva poggiato i piedi sul tavolino e sembrava rilassato e appagato come il suo amico. I sorrisi lascivi che giravano per il mio soggiorno avevano un che di esilarante. Mi sentii surriscaldare al solo pensiero di ciò che mi aveva fatto Ryan quella mattina... e la sera prima... e dopo i massaggi di coppia.

Dal modo in cui Mike guardava Marie, mi chiesi se si stesse già innamorando di lei.

Era seduta sul bracciolo del divano accanto a lui. Mi piaceva vederlo mentre la toccava con una familiarità piena di tenerezza, come se non potesse tenere le mani lontane da lei.

«Voi ragazzi potreste darmi una mano, oggi?» Marie ci scrutò l'uno dopo l'altro. «Vorrei andare a casa a prendere un po' delle mie cose.»

Un'ora dopo eravamo tutti nel giardino di casa di Gary. Il fatto che Marie fosse costretta a bussare alla porta della sua stessa abitazione mi mandava su tutte le furie. Quel bastardo aveva davvero avuto il coraggio di cambiare le serrature.

Gary uscì e si chiuse la porta alle spalle.

«Fammi almeno prendere i miei vestiti!» gli gridò contro lei, tremando per la frustrazione. Quando aveva cercato di chiederglielo con gentilezza, non aveva sortito nessun effetto.

Lui le agitò davanti al naso le chiavi dell'auto, impedendoci di entrare. «Avresti dovuto chiamare, prima di presentarti. Stavo uscendo. Non è un buon momento.»

Marie gemette. Sapevo quanto fosse irritata; io stessa avevo una gran voglia di strangolare quello stronzo.

Ryan decise di tentare l'approccio amichevole e non minaccioso, calmandolo. «Gary, cerchiamo di ragionare. Permettici di portar via qualcosa. I vestiti, roba del genere, e ce ne andremo via subito. Non prenderemo altro. Hai la mia parola.»

Lui fece una risata di scherno e gli si piazzò davanti. «Va' a farti fottere, Ryan. E sta' lontano da casa mia. È tutta colpa tua, sai? Andava tutto bene finché non sei arrivato tu.»

Restai sconvolta nel sentirlo parlare così. Come diavolo poteva essere Ryan il responsabile della fine del loro matrimonio?

In un batter d'occhio, Mike fu accanto a lui, spinto dall'istinto di proteggerlo. Lo vidi ribollire di rabbia mentre stringeva i pugni. Ero certa che avesse una gran voglia di dargli una lezione per il puro gusto di farlo.

Ryan sembrava sorpreso quanto tutti noi. «Colpa mia? Stai scherzando, vero?»

Marie si avvicinò alla porta. «Si può sapere cosa ti prende? Come fa a essere colpa sua? Ti sbagli di grosso.»

Gary la guardò sogghignando. «Oh, Marie, vaffanculo. Sono stanco morto di sentirti dire quanto cazzo è perfetta la loro vita, mentre la nostra fa schifo. Ryan fa questo, Ryan fa quello. Come se tutto ciò che ho fatto io per te non fosse *mai* stato abbastanza. Quindi la sai una cosa? Non me ne frega più un cazzo. Che sia qualche altro povero stronzo a soddisfare le tue aspettative. Mi dispiace per chi dovrà sopportare i tuoi modi di merda.»

I miei occhi corsero rapidi da Gary a Mike, sulla cui mandibola vidi guizzare un muscolo a quell'aggressione verbale.

Marie sembrava sul punto di crollare in ginocchio. «Ti odio», disse in un soffio, trattenendo le lacrime.

«Fa' pure», sibilò Gary come se davvero non gliene importasse più nulla.

Vedere tre anni di matrimonio sgretolarsi così era doloroso. In quanto poco tempo si può passare dalla felicità agli sguardi assassini... Mi si spezzò il cuore per lei.

Marie fece per seguirlo, ma Mike l'afferrò per un polso. Lei gli guardò la mano, poi il viso, e lo fissò mentre in silenzio le diceva di fermarsi, scuotendo il capo.

Gary sembrò infastidito dal suo intervento. «Quindi è con te che scopa, adesso? Lo sapevo. Lo sapevo, cazzo. Da quanto, eh? Da quanto ti fai fottere alle mie spalle, Marie? Non potevi avere l'attore del cazzo che ami tanto, così ti sei messa col suo babysitter. Complimenti.»

Marie ansò. «Bastardo! Sei tu che ti sei fottuto una stupida sgualdrina, non io! Dov'è la puttanella che se ne va in giro con addosso soltanto una maglietta? È dentro casa mia?»

«Qui l'unica puttana sei tu», ribatté Gary.

«Oh, Dio. Non credo alle mie orecchie.» Avevo voglia di mollargli un ceffone così forte da fargli vedere le stelle per giorni. Ma Ryan mi prese per un braccio, impedendomi di avanzare sul prato.

Mike piazzò il suo fisico massiccio di fronte a Gary, e con un gesto protettivo spostò Marie dietro di sé. «Bada a come parli, amico.»

Lui lo fissò con odio. «Fatti gli affari tuoi.»

Mi sorprese che avesse la faccia tosta di mettersi a litigare con Mike.

«Marie», sbraitò Gary, aspettandosi che scattasse.

Mike non gli toglieva gli occhi di dosso. Spostò di nuovo Marie alle proprie spalle, facendole scudo col corpo. «Non hai più niente da dirle. Adesso parli con me.»

Gary serrò il pugno, facendo sporgere alcune chiavi tra le nocche. «Ah, tu dici?»

«Lei non è più affar tuo», rispose Mike, a voce bassa, scegliendo le parole per inviare un messaggio chiaro. Non ebbe la minima esitazione, anche se aveva notato il suo gesto e quanto fosse assurdo. «Ne hai perso il diritto quando l'hai chiusa fuori da casa sua. Facciamo che vale il primo colpo messo a segno, perché ne basterà uno», aggiunse.

Gary rifletté per un momento, valutando le sue possibilità, come se avesse potuto avere la minima probabilità di vincere contro di lui. Alla fine, con riluttanza, si arrese.

«Marie, di' ai tuoi amici di uscire dalla mia cazzo di proprietà, o chiamo gli sbirri.» Mise mano al cellulare, come a voler sottolineare la minaccia.

«È anche la *mia* proprietà, sai», gli fece notare lei.

Mike gli lanciò uno sguardo omicida, poi si voltò, prese per mano Marie e la condusse verso l'auto, sospingendola davanti a sé. «Forza, andiamo.»

Gary rimase nel vialetto a godersi quel momento di gloria.

Mi accomodai sul sedile posteriore insieme con la mia amica e le misi un braccio attorno alle spalle, mentre cercavo altri fazzoletti.

«Lo odio così tanto», mi sussurrò lei tra le lacrime.

«Tesoro, casa tua ha un sistema d'allarme?» chiese Mike dal sedile anteriore, mentre guidava.

Tesoro? *E questa da dove cavolo salta fuori?*

Marie si asciugò le guance. «No.»

«Gary possiede armi?»

Il mio sguardo corse verso Ryan, che a sua volta fissava Mike.

«Sì. Ma è tutto chiuso a chiave nell'armadietto», rispose lei.

«Tutto?» domandò ancora Mike.

Lei raddrizzò la schiena. «Un tempo, teneva un revolver nel cassetto del comodino, in camera da letto. Il resto sono fucili da caccia.»

«E dove li tiene?»

«Anche l'armadietto è in camera.»

Mike annuì una volta. «E sai dove stava andando oggi? Quanto tempo starà via?»

Sentii Ryan borbottare qualcosa. Mike sollevò un dito per chiedergli di aspettare.

Marie tirò su col naso. «Non ne ho idea.»

Incrociai lo sguardo di Mike nello specchietto retrovisore.

«Taryn, mi serve un negozio di ferramenta. Dammi le indicazioni.»

Quaranta minuti dopo, con l'aiuto di un piccolo kit di attrezzi, Mike forzò la serratura di casa di Marie. E io che pensavo che la mia umiliazione pubblica a Parigi fosse stata un gran problema; potevo soltanto immaginare come sarebbe uscita sui giornali la notizia della nostra «effrazione». Mi sembrava di essere sul punto di schizzare fuori dalla pelle e poi, magari, dare di stomaco.

«Smettila di preoccuparti, Taryn», disse Mike, usando una maglietta di Gary per non lasciare impronte sul revolver che aveva trovato nel comodino. L'osservai mentre lo scaricava con gesti precisi ed esperti. «Questa è anche casa di Marie. Nessuna ingiunzione legale le proibisce di entrarci.»

Il solo vedere una pistola vicino al mio corpo era già di per sé abbastanza snervante; in più, l'idea di essere scoperti e che l'immagine di Ryan potesse finire su tutti i giornali scandalistici mi fece decidere che avevamo avuto davvero una pessima idea.

Mike indicò Ryan. «Tu esci.» Lo prese per una spalla e lo guidò verso la porta. «Marie, prendi quel che ti serve. Cerca di fare in fretta. Noi aspettiamo fuori, all'esterno della proprietà, per evitare accuse di violazione di domicilio.»

Afferrai un sacco della spazzatura e cominciai a infilarci rapida tutto ciò che Marie mi diceva di prendere, iniziando dai suoi abiti.

Se doveva correre rischi, li avrei corsi con lei.

«Ah, questo sì che è stato divertente», scherzò Ryan, sarcastico, tirando dentro l'ultimo sacchetto dalla porta sul retro. «Wow, senti che buon odore.»

Mike inspirò a fondo. «Cavolo, è vero. Taryn, corri a prendercene un po'.»

Risi. «Vado a implorare Tammy di prepararci la cena.»

Ryan si gettò un sacco nero di vestiti sulla spalla. «Invitiamoli, stasera. Potremmo uscire tutti insieme.»

Aprii la porta che dal corridoio dava sulla cucina del pub per scoprire cosa stesse facendo Tammy. Fu una gradita distrazione dall'irruzione di cui c'eravamo appena resi colpevoli. «Ehi, Tammy. C'è un profumo meraviglioso, qui.»

Lei, intanto, stava versando ingredienti nell'impastatrice di dimensioni industriali. «Oh, ciao, Taryn.»

«Ho dovuto impedire ai ragazzi di buttare giù la porta. Che cosa stai cucinando? Ha un odore buonissimo.»

Indicò una griglia. «In questo momento dei tortini alla ciliegia. Mi spiace, ma non ho avanzi.»

Lanciai un'occhiata languida alla griglia di raffreddamento e la invitai a unirsi a noi per la cena, insieme con Pete.

Lei si passò le mani sul grembiule. «Ehi, prima che tu vada, possiamo parlare un momento?» Continuava a passarsi uno straccio bagnato sulle mani, con aria preoccupata. «Tra te e Ryan va tutto bene?»

Non riuscivo a capire perché me lo chiedesse. «Sì, tutto benissimo. Perché?»

Gettò lo straccio nel lavandino. «Non so. È per via della storia di Thomas. Temevo che aveste litigato.»

«No, nessuna lite. Non abbiamo motivo di discutere.»

«Ah. È che credevo fosse andato su tutte le furie, dopo che hai abbracciato il tuo ex in quel modo. Comunque immagino tu gliel'abbia raccontato.»

Cominciai a mettermi sulla difensiva. «Tra me e Thomas non è successo proprio niente. Melanie è stata mia amica per anni. Spero non pensi che stessi facendo qualcosa di sconveniente.»

«Oh, no, non intendevo questo. Soltanto che so quanto è geloso Ryan. E così ho pensato che doveva essersi infuriato, e che fosse venuto qui per quello.»

«No. Aveva una pausa nelle riprese, quindi è tornato a casa.»

«Ah, okay. E che mi dici di Marie? Adesso frequenta Mike?» mi chiese.

Scrollai le spalle. Non capivo perché non lo domandasse direttamente a lei. «Non saprei. Si piacciono. Tu sai che Gary ha una nuova ragazza, vero?»

Qualcosa non quadrava. Non mi guardava nemmeno negli occhi.

«Tutta questa storia ci sta mettendo in una situazione davvero strana. Insomma, Pete e Gary sono amici da tanto, e adesso è come se fossimo costretti a scegliere da che parte stare.»

Mi aveva presa davvero alla sprovvista. «Nessuno vi costringe a scegliere, Tammy.»

«Be', un po' sì. Ci sposiamo tra quattro mesi, e sono invitati tutti e due. Pete e Gary sono amici da anni. Non è giusto dovergli chiedere di non venire. E sembra che a nessuno interessi quanto questa storia ci coinvolge.»

«Tammy, non so cosa dire. È il vostro matrimonio. Gary ha fatto una scelta, e Marie sta cercando di adattarsi. Lui l'ha persino chiusa fuori di casa. Che razza di uomo fa una cosa del genere?»

«Be', in fondo lei sta con Mike. Puoi biasimarlo?» ribatté.

Cominciavo a pensare che fosse andata fuori di testa. «Come ti sentiresti se Pete ti chiudesse fuori di casa e non ti permettesse di prendere la tua roba?»

«Non sapevo che l'avesse fatto. Lei è sempre stata impegnata qui negli ultimi tempi, e non è che ci vediamo più di tanto quando tu non ci sei.»

«Tutti noi stiamo affrontando molte difficoltà. Credimi. Non devi sentirti messa da parte.»

Si voltò a togliere qualcosa dal forno. «Be', dato che adesso Ryan è qui, credi di potergli chiedere se vuole essere tra i testimoni? Insomma, non ha ancora dato una risposta a Pete e venerdì ha evitato l'argomento, quando lui ha provato a parlarne. Sarebbe carino almeno sapere se potrò avere delle cavolo di damigelle oppure no.»

La sua collera mi mise in allarme. «Ma certo. È stato molto impegnato con le riprese del film, quindi sono sicura che non ha evitato l'argomento di proposito. Gli chiederò senz'altro di dare una risposta.»

Tammy sbuffò, come se le mie parole non le bastassero.

«Chissà com'è di buon umore, dopo che il tuo ex fidanzato è tornato alla carica. Gli mancava soltanto quella rottura di palle.»

Mi mancava soltanto quella rottura di palle e, per dirla tutta, anche le sue lamentele non erano da meno. Cominciavo a chiedermi se la storia del matrimonio non la stesse trasformando in una specie di mostro nuziale. Ma decisi che non l'avrei affrontata, anche se ne avevo una gran voglia. «Be', ti lascio tornare ai tuoi impegni. Farò in modo che Pete abbia una risposta.»

Non le diedi l'opportunità di aggiungere altro, superai in tutta fretta la porta e salii le scale come se il pavimento andasse a fuoco.

Quando arrivai nella cucina del mio appartamento, il sedere da urlo di Ryan sporgeva dall'anta aperta del frigorifero. «Tutto bene?» domandò.

Gli allacciai le braccia in vita e affondai il naso sul collo della sua maglietta. «Non è che potremmo fuggire insieme?»

Lui ridacchiò e mi accarezzò la schiena. «Certo. Ma come mai questa decisione?»

«A quanto pare, organizzare matrimoni fa impazzire le donne. Giurerei che a Tammy stiano crescendo zanne e artigli.»

«Oh, è tremendo. È contagioso?»

«Dio, spero di no.»

«Puoi sempre assumere una wedding planner che ti sollevi dall'incombenza», mi sussurrò all'orecchio.

Di scatto, sollevai la testa dal suo petto: avevo sentito un forte boato, e Marie gridava chiedendo aiuto dalla stanza degli ospiti. La trovai circondata da scatole e con un mucchio di roba sparpagliata attorno a lei: abiti, libri e una serie di vecchie videocassette.

«Scusate», piagnucolò, mentre sosteneva un contenitore che rischiava di precipitare dalla mensola dell'armadio. La sua espressione terrorizzata mi fece ridere. «Ho cercato di spostare una cosa, ed è caduto tutto.»

Mike prese la scatola dalle sue mani.

«Cosa c'è in tutti questi scatoloni?» chiese Ryan aprendone uno.

Io ripiegai una vecchia felpa di mia madre e la misi da parte, per sgombrare il passaggio. «È la posta inviata dalle tue fan nelle ultime settimane, tesoro. Dovresti dare un'occhiata, oppure sarà meglio buttare via tutto.»

Era stupefatto e confuso. «Tutti quanti?»

Marie fece un cenno. «Tutti. Troverai biancheria da sgualdrina, complimenti sdolcinati e altre minacce di morte.»

«Minacce di morte?»

Che cosa potevo dire? Per quanto angosciante, non era certo una novità. Diverse migliaia delle sue fan mi detestavano perché stava con me.

Tra lui e Mike passò un messaggio silenzioso, poi Ryan imprecò e trascinò una scatola nel soggiorno. Io sistemai i video e notai che su quasi tutte le videocassette c'era scritto il mio nome. Erano ricordi, d'infanzia. Ricordi che Dan e Jennifer Mitchell avevano creato per me.

D'istinto afferrai la scatola coi nastri, andai a sedermi sul pavimento della sala, di fronte al televisore, e infilai la cassetta con su scritto 4 LUGLIO 1986 – TARYN, 4 ANNI nel vecchio videoregistratore.

Ryan era sul divanetto alle mie spalle. «Ma guardati! Con tutti quei boccoli biondi.»

Sorrisi sentendomi parlottare di una nuotata con la mia Barbie, mentre mi sistemavo un paio di occhiali da sole troppo grandi sul nasino abbronzato. Indossavo un costume da bagno intero, rosa, con un pesce blu disegnato su un fianco.

«È quello?» Ryan indicò da sopra la mia spalla. «Sì, è il capanno di tuo papà.»

Riconobbi il garage grigio.

E poi lo vidi. Apparve come uno spettro evocato dai miei pensieri più reconditi, mentre usciva dal garage alle mie spalle. Alto, magro e dinoccolato, avanzava col passo incerto da ragazzino.

Era là, catturato per sempre su quel nastro.

Il ragazzo dai capelli neri.

Fu come se mi avessero iniettato ghiaccio nelle vene.

15

SCOPERTE

Fissai il televisore così a lungo che gli occhi cominciarono a farmi male. Era come se fosse uscito dai miei incubi per venire dritto da me.

Eccomi: sono quello che ti perseguita.

Ryan si era spostato dietro di me dopo aver detto a Mike e Marie che avevamo bisogno di restare da soli. Si sedette a terra, stringendomi mentre crollavo di nuovo, in silenzio.

Non mi ero nemmeno resa conto di essermi portata una mano alla bocca, finché non sentii Ryan prendermi con delicatezza il polso. «Nei miei sogni ha sempre i denti insanguinati. C'è sangue ovunque. Non ho mai...» Facevo fatica a parlare.

«È Joe?» mi chiese lui piano.

Annuii. «Credo di sì.» Riavvolsi il nastro e misi in pausa per vedere il fotogramma, ma sullo schermo si formarono righe irregolari che nascosero il suo viso.

Sentii le labbra di Ryan, il suo respiro sul collo. «È questo che a volte ti fa svegliare di soprassalto?»

«Sì. Non ho mai saputo chi fosse, per tutto questo tempo. Non è nelle foto di famiglia. Pensavo... pensavo di essermelo inventato.»

Ryan mi tolse il telecomando di mano e fece ripartire il filmato.

Il video andò avanti, mostrando soprattutto me che mi divertivo con giochi da spiaggia in una piscina rotonda di plastica, in giardino. Di tanto in tanto, Joe faceva un'apparizione, come un fantasma sullo sfondo, tenendosi in disparte, ma senza mai perdere d'occhio la telecamera.

«Lo voglio conoscere.»

Ryan mi accarezzò il viso, ascoltando i miei lamenti. «Mike può rintracciarlo, se vuoi.»

Ci riflettei un istante. «Voglio che anche lui desideri conoscermi. Non posso fare tutto da sola. Deve volermi conoscere, ma è passato molto tempo… e la gente cambia.»

Lui mi prese il viso tra le mani e mi baciò con tenerezza sulle labbra, ma fu distratto dai passi pesanti che arrivavano dalle scale.

Quando Marie andò ad aprire, sentii la voce allegra di Pete che salutava.

Ryan si spostò accanto a me e premette il tasto per espellere la cassetta. «Se cambi idea, basta che me lo dica. Possiamo assumere qualcuno che lo rintracci. Decidi tu se vuoi condividere con loro tutto questo.»

Avevo lo sguardo fisso sulla pelle tonica del suo corpo che si era scoperta quando la maglietta gli era risalita sullo stomaco. Fu la scossa di cui avevo bisogno.

Pete mi squadrò e mi fece cenno di seguirlo in sala da pranzo, dove mi prese da parte. «Hai gli occhi rossi e gonfi. Tutto okay?»

A Pete non sfuggiva nulla.

E non potevo mentirgli.

Abbassai il capo, come a voler sminuire la cosa, ma lui replicò muovendo soltanto le labbra: *Stronzate.*

Decisi che era meglio sfogarmi.

Scostai una sedia dal tavolo e chiesi a Tammy di raggiungerci. Non aveva senso dover ripetere la storia più volte.

Dopo qualche preambolo, pronunciai le tre parole che bruciavano nel mio stomaco come acido: «Sono stata adottata».

Ryan chiuse la porta della nostra camera da letto e si sfilò la maglietta, scoprendo un corpo che non mi stancavo mai di guardare. «Sai che a me non importa, vero?» Le sue parole erano gentili come gli occhi che mi fissavano con apprensione.

Avevo trascorso la serata a parlare delle mie origini coi miei amici, ed ero emotivamente sfinita. «Lo so.»

«I miei sentimenti per te non cambiano. Vorrei soltanto sapere se vuoi prendere il mio cognome, quando ci sposeremo, perché lo spero con tutto il cuore.»

Sbattei le palpebre, nel tentativo di assimilare le sue parole, poi, dentro di me, qualcosa si sciolse. «Sì, pensavo di fare così.»

Trasse un sospiro appagato e mi abbracciò. «Grazie.»

Sentii tirare l'acqua nel bagno e i bisbigli di Marie e Mike oltre la porta chiusa.

«È strano condividere la casa con altre persone», sussurrai.

«Sì, è vero. Adoro casa tua, ma spero che non vorrai vivere sopra il pub per tutta la vita.»

«O ascoltare le risatine presesso di Marie.»

«Anche», scherzò, poggiandomi una mano sulle natiche. «Ti rendi conto che Mike e io non possiamo andarcene di qui finché non sarete entrambe tanto felici quanto incapaci di camminare?»

Sorrisi. «Dovreste fare una gara. Scommettere su chi delle due crollerà per prima.»

Mi lasciò di colpo, senza darmi il tempo di capire cosa succedeva, e afferrò la maniglia della porta. «Riunione in corridoio!» gridò a gran voce.

Io mi vergognavo a morte. «Ryan!»

«Silenzio.» Incrociò le braccia possenti, in attesa.

Dio, quanto amavo quei bicipiti.

Mike uscì dalla sua stanza, anche lui senza maglietta. Aveva il fisico di un linebacker che passa la vita in palestra, per non parlare del fatto che aveva il petto liscio come il sedere di un bambino.

Ryan sollevò due dita. «Due cose: se per qualsiasi motivo esci dalla tua stanza, devi metterti qualcosa addosso. Non voglio vedere il culo nudo di nessuno che non sia la mia donna; in secondo luogo, Taryn suggerisce di fare una scommessa per la serata.»

«Ryan!»

«Zitta.» Mi spinse indietro.

Mike poggiò una mano sullo stipite della porta. «Scommessa?»

«Chi di noi due resiste di più.»

Mike mi lanciò una rapida occhiata. «Interessante. Ci sto. In termini di tempo o quantità?» chiese disinvolto, come se stessero parlando del tempo.

«A che ora è il volo, domattina?»

«Undici e tre quarti. Andiamo via per le nove», rispose Mike con la sua voce profonda.

«Tempo. Possiamo dormire in aereo.»

«Andata. Quanto scommettiamo?»

«Due bigliettoni?»

«Mi sembra giusto. Il tempo lo tengono le donne?»

«Esatto», ribatté Ryan. «E lo metteranno per iscritto, così non si potrà barare.»

«Altro?»

«No.»

«Che ore sono?»

Ryan si voltò a controllare la sveglia. «Le undici e dieci.»

Li guardai mentre si stringevano la mano.

«Buona notte, allora», fece Mike con un cenno del capo.

«Anche a te, amico.» Lui gli diede una pacca sulla spalla e chiuse la porta a chiave.

Accidenti alla mia boccaccia.

Lo sguardo lascivo che mi rivolse mi fece accelerare il cuore all'istante, riscaldandomi in tutti i posti giusti, e distraendomi alla perfezione da ogni problema. Ero diventata il coniglietto, lui era il lupo affamato ed era evidente che stava per divorarmi viva. Forse, dopotutto, la mia non era stata un'idea così stupida.

Avanzò deciso, diretto verso il mio lato del letto.

E i giochi ebbero inizio.

La sveglia suonò alle otto in punto. Avrei avuto una gran voglia di sbatterla contro il muro e farla a pezzi. Il braccio di Ryan m'inchiodava al letto, e lui era crollato. Nemmeno l'allarme lo smosse.

Sentii aprire l'acqua nella doccia, quindi premetti il tasto per rimandare la sveglia di qualche minuto, prima di trascinarmi in cucina a preparare la colazione ai ragazzi.

Marie mi raggiunse con passo incerto, strofinandosi un occhio, e bofonchiò qualcosa che somigliava a: «'Giorno. Ti sei scritta il tempo?»

«No.»

Si stiracchiò. «Dio, mi fa male tutto.»

«Già.» Anch'io avevo dolori ovunque e delle fitte ai fianchi.

Prese una busta da lettera sul bancone, la divise in due e poi afferrò una penna. «Davvero è stata una tua idea?»

Tirai fuori quattro tazze dalla credenza. «L'avevo detto per scherzo.»

«Sei stata geniale.» Mi avvicinò la penna e la mia metà di busta. «Solo, ho paura mi abbia rotto la vagina.»

A quelle parole, sputai parte del caffè, macchiando la carta. Scrissi l'ultimo orario che ricordavo di aver visto sulla sveglia: 4.50.

Marie aveva scritto 5.10.

«A quanto pare, Ryan ha appena perso duecento dollari», mormorai.

Mike entrò baldanzoso, fresco come una rosa, con indosso un paio di jeans consumati e una maglietta grigia che abbracciava ogni curva dei suoi muscoli. «Buongiorno, signore. Chi ha vinto?» Accarezzò con dolcezza una spalla di Marie.

«Tu», fece lei, e lo guardò raggiante.

Lui le sorrise e la baciò come se stessero insieme da anni. Non mi sfuggì il modo in cui le premette una mano sulle natiche, in un gesto possessivo. Mi fece sorridere.

«Paga, fulmine», disse Mike a Ryan prendendolo in giro, non appena lo vide entrare in cucina.

Lui indicò i risultati. «Ho perso per venti minuti? Che cretinata.» Con un lamento, lanciò i fogli sul bancone.

Gli versai una tazza di caffè. «Mi spiace, tesoro.»

«Venti minuti, cazzo. E tu mi hai detto di smettere», aggiunse, e mi squadrò con occhi di fuoco.

«Scusa. Ero esausta. Vuoi che ne paghi metà?»

«No, ci penso io. Ma sei in debito con me, e sappi che verrò a riscuotere», borbottò, guardandomi male e facendomi chiedere se fosse davvero in collera.

Lo seguii in camera da letto, angosciata. «Davvero ce l'hai con me?»

Ridacchiò. «Ma no, tesoro. Stavo solo scherzando. Anch'io ero distrutto. Va tutto bene. Ma sappi che il debito dovrai pagarlo sul serio.» Mi diede una gran pacca sul sedere.

Lo immaginai mentre riscuoteva il dovuto e inspirai a fondo. Detestavo vederlo fare i bagagli. Era sempre in viaggio.

Con la tristezza nel cuore, Marie e io salutammo i ragazzi con baci e abbracci nel mio soggiorno. Marie sembrava sconsolata e riluttante a lasciarli andare quanto me. Dopo che la porta di casa si fu chiusa alle loro spalle, restammo a guardarci in silenzio per un po', con la sensazione di essere svuotate.

«È stata la notte migliore della mia vita. Grazie», mi disse.

«Ti ho sentita urlare, qualche volta.»

Lei alzò gli occhi al cielo, imbarazzata. «Anch'io ti ho sentita.»

Ci battemmo il cinque, per sdrammatizzare.

Lei sbadigliò. «Non so cos'hai in mente di fare tu, ma io riporterò a letto la mia vagina rotta.»

Osservai la sua buffa camminata, che, mentre avanzava orgogliosa nel corridoio, diceva a gran voce: *Mi hanno scopata di brutto.*

«Sì, anch'io.» La seguii, afflitta dal suo stesso dolore nei fianchi e nelle cosce.

Strisciai nel letto freddo e vuoto, pensando a quanto fosse orribile dormire senza Ryan.

Qualche giorno dopo, mentre parlavo con Ryan su Skype, il distacco mi parve intollerabile. «Odio stare lontana da te.»

Lui inclinò il capo e mi osservò. «Non sei costretta, sai.»

«Lo so.» E mi ritrassi, come se le sue parole mi avessero colpita.

Mi scrutò per un lungo istante, poi tornò a guardare i documenti che aveva in mano. «Vendilo. Così sarai libera.»

Anche se ci avevo riflettuto molto, c'erano diversi motivi per cui non me la sentivo. «Non posso. Marie e Tammy hanno bisogno di me, di questo locale. Non posso abbandonare le mie amiche. E poi voglio lavorare, Ryan. Non mi piace l'idea di non fare nulla o darmi allo shopping ogni giorno.»

«Vorrei che ti occupassi di organizzare la mia vita», rispose con semplicità.

«La verità è che non vuoi affrontare tua madre», scherzai.

Si grattò la testa, distratto. Sembrava che qualcosa lo turbasse. «Anche.»

Vederlo così disattento mi rese perplessa, e mi misi a tamburellare sull'immagine del suo viso, come se così facendo avessi potuto richiamare la sua attenzione.

Alla fine, alzò lo sguardo. «Taryn, le feste, le riunioni di famiglia, le vacanze, le ferie, tutte le questioni personali sono il tuo regno. Vuole organizzare una festa di fidanzamento per noi, e va bene. Decidi, scegli le date e fissale sul calendario, e poi, quando hai finito, spiegami cosa significano le cifre sui miei investimenti perché non riesco a capire come ho fatto a perdere così tanto in un solo trimestre.»

La risposta era semplice. «Il tuo commercialista è un incapace. Il denaro dev'essere gestito, e non tenuto in un salvadanaio in attesa di pagare le bollette. Dovrebbe fare investimenti più strategici per te.»

«E allora devi sistemare tu la situazione. Aggiungo questa rottura ai tuoi doveri coniugali. Se te la senti di occupartene in prima persona, lo licenzio. Facile.»

Anche se mi lusingava, una parte di me aveva il terrore di fallire. Il fatto che fosse pronto a mettere nelle mie mani i suoi milioni mi faceva sentire piccola piccola. «Se lo desideri.»

Lui era concentrato sugli affari e continuava a controllare i documenti. «Sì, lo desidero, a partire da ora. Ti giro i file via e-mail. Sistemiamo questa faccenda perché non mi piace per niente perdere migliaia di dollari per colpa delle fluttuazioni di mercato.»

Potevo farcela. «Okay. A proposito, pensi che mi restituirai mai la mia carta di credito?»

Non sollevò nemmeno gli occhi. «No. E non chiedermelo più.»

Il suo tono brusco e autoritario mi sorprese. «Mi sembra di ricordare che mi avessi minacciata di punirmi, se avessi provato a riprenderla.»

Ottenni la sua attenzione.

«Vuoi mettermi alla prova?»

In effetti, era un'idea.

«Forse.»

La sfida accese il suo sguardo.

«Cerca di mettere il tuo delizioso culetto su un aereo, martedì. Poi penserò io a te.»

«Trish mi accompagnerà a comprare qualche vestito e per mercoledì sera ho organizzato una cena con Cal e Kelly.»

Notai l'accenno di un sorriso distendergli le labbra. Sapevo che l'idea che legassi con la sua cerchia di amici famosi lo rendeva felice.

«Bene. Ottimo. Saranno anche agli MTV Movie Awards. Sei nervosa?»

Sarebbe stata la mia prima premiazione in assoluto. Non mi ero ancora fermata a chiedermi se fossi agitata.

Ryan si guardò indietro, e in quel momento vidi Mike fare capolino sullo sfondo. «Problema risolto. Dieci minuti», sussurrò.

«Okay, grazie.» Quindi si rivolse di nuovo a me. «Allora, torni con me a Vancouver, giovedì?»

«Che cosa succede? Che problema c'è?»

Mi accorsi che stava decidendo se dirmelo o no. «Alcune fan un po' troppo entusiaste sono riuscite a raggiungere il set. Si sono mescolate tra le comparse. Abbiamo dovuto interrompere le riprese per risolvere la situazione.»

Avevo la pelle d'oca. «Hai corso rischi?»

«No.»

Non sapevo perché, ma non gli credevo. «Se fosse così, me lo diresti?»

I nostri sguardi s'incrociarono sullo schermo. «Non sono in pericolo, tesoro. Non voglio che ti preoccupi di nulla.»

Stavo per rispondergli a tono, quando Marie entrò con un immenso mazzo di rose in un vaso di cristallo. «Qualcuno ha ricevuto dei fiori», mi disse, raggiante.

Sorrisi felice a Ryan, commossa da quel gesto così dolce. «Oh, Dio, Ryan! Sono bellissimi. Grazie.» Infilai il naso in un bocciolo aperto, saggiandone il fresco profumo.

Lui parve confuso, poi arrabbiato. «Sarei felice di prendermene il merito, ma non sono stato io a mandarti quei fiori. Chi cavolo è stato?»

Aprii il biglietto e lo lessi a voce alta:

Cara Taryn,
so che non mi conosci, ma sono un tuo grande fan e spero che questi fiori rallegrino la tua giornata. Ho pensato che potessero anche infonderti coraggio...

«'Io, infatti, conosco i progetti che ho fatto a vostro riguardo', dice il Signore, 'progetti di pace e non di sventura, per concedervi un futuro pieno di speranza.'»

Buona giornata, mia splendida signora!

JEREMY

Di colpo mi venne la nausea. Lo sguardo assassino di Ryan bastava da solo a farmi impallidire.

«Non uscire di casa senza una scorta. Mai. Hai capito?» E chiamò Mike a gran voce.

«Ryan, non posso vivere nel terrore», borbottai, seccata dal fatto che il mio tranquillo anonimato fosse tormentato da psicopatici e certificati di nascita inattesi. Spinsi da parte il vaso, come se fosse una bomba a orologeria.

Sapevo che Ryan era in collera, era evidente.

«La merda sta arrivando a casa tua, Taryn. È già alla tua porta, maledizione.» Compose un numero sul cellulare e, pochi istanti dopo, Mike entrò di corsa nel suo caravan. Dopo averlo ragguagliato, Ryan chiese di Marie e le fece leggere il biglietto a voce alta. «Non deve uscire da sola, *mai*», concluse.

Ero furibonda, disgustata. Stupidi fiori… Per colpa loro dovevo stare rinchiusa in casa mia, sentendomi una prigioniera.

Ero al telefono con Andrea, che lavorava per l'agente di Ryan, e stavamo sistemando i dettagli del mio viaggio a Los Angeles per gli MTV Movie Awards della settimana successiva, quando qualcuno bussò alla porta del mio appartamento, facendomi prendere uno spavento terribile.

Fu un sollievo sentire la voce di Tammy dall'altra parte. Aprii e me la ritrovai davanti, sconvolta. L'avevo sentita di sotto, in cucina, ma era appena mezzogiorno, quindi non avevo idea di cosa l'avesse ridotta in quello stato.

«Hanno appena portato Pete all'ospedale. Mi ha accompagnata lui stamattina, quindi non ho la macchina», singhiozzò.

Chiamai Marie a gran voce, dopodiché presi la borsa e le chiavi.

«È caduto da un tetto, non so altro», aggiunse Tammy mentre correvamo alla mia auto.

Marie mi guardò preoccupata: sapeva che stavo violando un ordine di Ryan.

«Ha detto di non uscire da sola, non ha specificato con chi dovevo essere.» In realtà non m'importava niente di me; ero più preoccupata per Pete.

Tammy balzò sul sedile davanti. «Cosa succede?»

Marie salì dietro. «Ah, niente. Il solito pazzo stalker che ce l'ha con Taryn. Qualcuno ieri le ha mandato delle rose.»

Non volevo pensarci troppo, o rischiavo che mi venisse voglia di andarmi a chiudere nell'armadio con la mazza da baseball. «Non è niente di che. Soltanto dei fiori.»

«È roba da far venire i brividi», sussurrò Marie.

Raggiunsi il pronto soccorso più in fretta che potei, sapendo che Tammy era fuori di sé. Tutte eravamo stravolte dall'ansia. Ci precipitammo oltre le porte automatiche del St Luke e dentro la grande sala d'attesa.

Vidi Tammy sbiancare, quando la ragazza della reception le chiese se fosse una parente stretta. Il terrore di non sapere cosa succedeva, inducendola a pensare al peggio, era pari al mio.

«Vai», le dissi per esortarla a seguire l'infermiera. Io restai in un angolo della sala.

«Dio, spero che non sia grave», sussurrò Marie, che controllò il cellulare.

Infilai le chiavi nella borsa, cercando di tenere a bada la preoccupazione per Pete. Speravo di sapere presto qualcosa. «Hai parlato con Tammy, stamattina?»

Scosse il capo senza staccare gli occhi dal telefono. «E cosa dovrei dirle? Credo che dovrò evitare di partecipare al matrimonio, visto che Gary vuole essere tra i testimoni a tutti i costi. Sai che cosa mi fa incazzare più di tutto? Che lui *odia* i matrimoni. Abbiamo rischiato di non sposarci perché non voleva fare una bella festa. Te ne ricordi? Lo fa per dispetto. Ne sono sicura. Non so nemmeno più cosa trovassi in lui.»

«Ormai non ha più importanza, no?» le risposi, con un cenno verso le sue dita che continuavano a digitare messaggi per Mike.

Marie mi rivolse un sorriso ironico e chiuse il telefono. «È davvero una persona incredibile. Spero soltanto di non rovinare tutto.»

Guardai le previsioni del tempo sullo schermo della sala d'attesa. «Vorrei che potessi venire con me a Los Angeles.»

«Sì, anch'io. Odio sapere che giri il mondo senza di me... E poi mi manca», aggiunse, lanciandomi un'occhiata.

Sentii la nostalgia nella sua voce. «Posso chiederti una cosa?»

Lei mi guardò negli occhi.

«Cosa ne penseresti di gestire il bar a tempo pieno?»

Distolse lo sguardo e scosse il capo, come se l'idea non le piacesse. «Sai, se me l'avessi chiesto cinque mesi fa, avrei colto l'occasione al volo. Adesso, invece... Non avrei mai immaginato di divorziare a ventotto anni. A volte mi viene voglia di scappare da questa città e non tornare mai più.»

«Conosco la sensazione.»

«A parte te e mio padre, non c'è molto che mi trattenga qui.»

Annuii. «Tu e quel bar siete le sole cose che trattengano me qui. Non... non posso stare in due posti contemporaneamente e so per certo che non me la sentirei di affidare il pub a una persona qualsiasi. E poi, tu e Tammy... Non posso venderlo. Non farei mai una cosa del genere a voi due.»

«Non puoi preoccuparti per noi. Devi fare ciò che è giusto per te.» Restò in silenzio per qualche istante. «Dovremo assumere altro personale per sostituirti. Sai che posso gestire il pub, ma, se devo essere sincera, non so se lo voglio ancora. Ho pensato molto a me stessa, chiedendomi cosa farò.»

Sapevo bene come si sentiva. Dopo la morte di mio padre, c'eravamo ritrovate a tenere aperto il pub come se fosse un obbligo morale.

«E cosa vuoi fare?» le chiesi.

Sembrava incerta se confidarsi. «Be', Mike mi ha detto che c'è una grossa richiesta di guardie del corpo donne. Molte celebrità hanno cominciato a farsi proteggere da donne. Non so, dovrei imparare tecniche di autodifesa e a maneggiare le armi, prima, ma... ha cercato di convincermi a fare un tentativo.»

«Pensi che potrebbe piacerti come lavoro?»

«Devo dire che è interessante, e lui si è persino offerto di addestrarmi, quindi... Gary ha detto che sono una stronza: forse è giunto il momento di farmi pagare e farlo diventare un lavoro.»

Con mia sorpresa, la notizia non mi sconvolse più di tanto. Marie era snella, ma combattiva fin nell'anima. Però non mi aspettavo che potesse provare tanto interesse per qualcosa di così nuovo e diverso.

«Potresti essere la mia guardia del corpo», dissi scherzando, ma, nell'istante in cui quelle parole mi uscirono di bocca, mi resi conto che era un'idea fantastica.

«Be', sì. A dire il vero, ci stavo proprio pensando. A quanto pare sei una calamita per gli psicopatici.»

Ridacchiammo insieme al pensiero, finché la consapevolezza di non essere in grado di difendermi da sola non mi piombò addosso, angosciandomi.

«Non so se avrò un futuro con Mike», riprese lei, cambiando discorso. «Ma, con o senza di lui, ci sono tanti posti che vorrei vedere oltre le mura del pub. Tu viaggi molto, Mike è stato in ogni angolo del pianeta... e anch'io vorrei di più. Questa storia con Gary covava da un po'. E adesso... be', vorrei scappare e andare avanti con la mia vita.»

Vedevo il desiderio nei suoi occhi e mi dissi che, se fosse stata a Parigi con me, non mi sarebbe successo niente di male. «Quindi pensi di prendere davvero in considerazione questa possibilità?»

Annuì, poi le sue spalle crollarono. «Credo che sarei molto brava. Ma non ha importanza quello che voglio io. Dovrei seguire dei corsi, e Mike mi ha parlato di un programma di certificazione che organizza un suo amico e che dura quattro settimane. Il problema è che non ho né i soldi né il tempo. E l'ultima cosa che voglio è che Mike mi veda come una troppo attaccata alla carriera.»

Avrei venduto il bar, se fosse servito a non farle perdere la speranza. Eravamo state all'inferno e ne eravamo uscite: ero pronta a dare tutto, pur di vederla di nuovo felice. Presi il cellulare e chiamai Mike, che rispose al terzo squillo.

Quando riattaccai, Marie mi stava ancora guardando malissimo. «Non posso credere che tu l'abbia fatto sul serio.»

Cercai di ricambiare lo sguardo ammonitore. «Vuoi andartene da Seaport o no?»

«Sì, ma non gli hai dato scelta. Per forza non ti ha detto di no. Penserà che sia una povera pazza.»

Le sorrisi, mettendola a tacere. «Era *molto* entusiasta, quindi smettila di preoccuparti.»

Mandai un messaggio a Ryan per avvisarlo che Pete era ricoverato.

«E poi quell'uomo ha fatto sesso con te per sei ore consecutive. Sono sicura che questo ti dà il diritto a chiedergli un favore o due.»

«Era soltanto sesso. Non ci vedo niente di che, dietro», borbottò.

«Non credo proprio. Quel ragazzo è cotto.»

Alle mie parole, storse la bocca. «Ho già avuto ragazzi *cotti*. Non dura mai. Quando riescono a portarti a letto, non ci vuole molto, prima che sparisca il gusto della novità. Anzi, mi sorprende che non sia già successo. Presto se la farà con qualcun'altra, e io diventerò un ricordo, quindi non voglio farmi illusioni.»

Ero perplessa nel vederla così dubbiosa, ma sapevo bene come si sentiva.

«E che succederebbe se un giorno Ryan non dovesse più aver bisogno di lui? Dovrebbe trovarsi altri clienti. Non può certo portarsi dietro la sua ragazza in una valigia… A meno che non si compri una bambola gonfiabile, ma non credo avrà mai bisogno di ricorrere alle donne di plastica.»

Risi. «In effetti è davvero bello, accidenti a lui.»

«Eh, già. E nudo è ancora meglio.» Sorrise.

«Da quand'è partito va tutto bene? Sembri felice, quindi immagino che non si sia ancora trasformato in un bastardo infame.»

Ridacchiò, un po' in imbarazzo. «No. È dolcissimo. A volte anche troppo, per essere vero.»

«Ti chiama in continuazione.»

Divenne radiosa, trasformandosi in un'innamorata sognante. «Lo so.»

Lessi la risposta di Ryan, che mi chiedeva di tenerlo informato quando avessi avuto notizie di Pete. «E allora smettila di preoccuparti.»

Sbuffò. «E tu come farai?»

«Qualcosa m'inventerò. Risolveremo tutto.»

Vidi Tammy uscire dalla porta doppia e quasi balzai su dalla sedia. Era terrea, preoccupata.

«Come sta?» cominciai, non sapendo cosa chiedere, e le porsi un fazzolettino.

Lei si portò i capelli dietro un orecchio, le mani che le tremavano. «È cosciente, ma è stata una brutta caduta. Gli hanno appena fatto una risonanza, e adesso lo stanno portando a fare delle radiografie. Ha un bozzo enorme sulla fronte. Il braccio sinistro è sicuramente rotto, il ginocchio e la caviglia sono gonfissimi. Il dottore vuole assicurarsi che non abbia emorragie o versamenti interni, perché ha battuto la testa. Dicono che è rimasto svenuto per un po'.»

Le cinsi la vita e l'accompagnai a sedersi. «Com'è successo?»

Tammy si asciugò gli angoli degli occhi. «Sembra che stesse trasportando un sacco di ghiaia, quando è scivolato. È stata una caduta di due metri e mezzo.»

Marie prese il pacchetto di fazzoletti dal tavolo della sala d'attesa e si mise a sedere accanto a lei. «Si riprenderà. È un uomo forte.»

Dovemmo aspettare un'ora, ma fu un sollievo quando ci concessero di vederlo. Per poco non scoppiai a piangere nel vederlo bendato, col braccio ingessato. Pete mi sorrise con poca convinzione, come se fosse in imbarazzo. Gli presi la mano e la strinsi, mentre cercavo di non pensare a quanto quella giornata fosse stata orribile.

Il grosso bernoccolo sulla fronte e i vari tagli attorno all'occhio erano un monito inquietante, che ci ricordava quanto fosse breve il passo da un osso rotto a una tragedia.

16

LUCI DELLA RIBALTA

Salii a bordo dell'enorme Suburban nera che era stata mandata per accompagnarci agli MTV Movie Awards; tenevo saldamente l'orlo del vestito che lasciava scoperte le cosce perché non si vedesse la biancheria.

Il pensiero dei miei amici, la lenta guarigione di Pete e il fatto di non essere là a dare una mano non mi abbandonavano mai, anche se ero lontana chilometri e chilometri, dall'altra parte del Paese.

Mi sedetti rapida sul sedile singolo, quindi mi liberai dei tacchi per potermi accomodare senza problemi sul divanetto posteriore e cercai di tenere sotto controllo il nervosismo dell'attesa.

Ryan salì dopo di me. Era di una bellezza sconvolgente. Indossava jeans neri stretti, una maglietta nera scollata a V, un blazer grigio e aveva un'espressione spavalda. Il profumo della sua colonia bastava a farmi venire voglia di spogliarlo e affondargli il viso nel collo per qualche ora.

Mi lanciò uno sguardo malizioso, sorridendo con quelle labbra umide che conoscevano i miei segreti e mi ricordavano che tutte quelle smancerie tra celebrità, le direttive della squadra di organizzazione, la baraonda a beneficio dei fan, tutto faceva parte del gioco.

«Cos'hai?» mi domandò in un sussurro affamato.

La sola cosa che potevo fare era sorridere e cercare di non cedere alla follia che mi circondava. Più tardi avrei affondato il viso nelle sue nudità. Mi morsi il labbro inferiore, riflettendo sulla sensazione di far scivolare la lingua su tutti i suoi punti più nascosti. L'idea mi fece aumentare la salivazione.

Il suo sguardo divenne più intenso. «Mi piace quello che ti passa per la testa. Credi di poter trattenere quel pensiero per qualche ora?»

Mike si schiarì la gola e, a giudicare dalla risatina strozzata che si lasciò sfuggire, capii che non avevamo parlato abbastanza piano.

David si sedette davanti a me, giocherellando col Rolex come suo solito, e ci ricordò i dettagli della serata. Trish, che era sulla poltroncina singola di fronte a Ryan, ricontrollò qualche documento e spiegò cosa dovevamo aspettarci al nostro arrivo.

Dallo sguardo ansioso di Ryan ero sicura che fosse più preoccupato per me che per l'apparizione in pubblico. Avvicinò la testa alla mia e mi chiese piano: «Stai bene?»

Sulle prime, dopo aver visto la folla immensa che si era radunata, la mia mente gridò: *Col cavolo.* Ma annuii e sfoderai il mio sorriso più convincente. «Certo. Ormai è roba trita e ritrita», scherzai.

Ryan aveva intrecciato le dita con le mie, e sentivo il calore della sua mano. Poi reagì alla mia battuta con un leggero strattone e mi sorrise con la sua tipica aria impudente. «Trita e ritrita, eh? Fai la spavalda. Mi piace.»

Tuttavia, mentre rallentavamo nella fila di auto giunte per accompagnare i famosi ospiti della serata, il nervosismo e l'emozione mi serrarono lo stomaco. Mike, David e Trish scesero per primi e richiusero gli sportelli. Ryan e io ci spostammo sui sedili centrali, accanto alle portiere, e mi rimisi le scarpe, in attesa che ci dessero l'okay per scendere. Mike non ce l'avrebbe permesso finché non fossero arrivate anche le altre guardie di sicurezza e lui avesse avuto il tempo di controllare la situazione. Conoscevo la prassi: restare uniti e in movimento. Mike era sempre dietro Ryan, alla sua destra.

Ryan era turbato dal numero di persone da cui eravamo circondati. «Non parlerò con nessun giornalista», ricordò minaccioso a Trish, quando Mike aprì la portiera.

Nell'istante in cui posò piede a terra, si levò un coro di urla e grida per richiamare la sua attenzione. Fu un sollievo quando lui si girò verso di me per prendermi la mano: sapevo che saremmo stati una squadra.

«A sinistra per le foto», lo avvisò Trish, che ci accompagnò verso un'enorme parete col logo di MTV e con l'anno corrente stampati in serie.

Mi venne voglia di lasciargli la mano per non essere costretta a posare per i fotografi. La mia presenza non era importante, ormai ne ero consapevole.

Il nodo centrale erano le apparizioni dei personaggi famosi, che facevano quasi perdere la testa alla folla in delirio.

Ryan ebbe un momento d'incertezza: sulle prime non riuscì a capire cosa volessero da lui. Di solito c'era sempre qualcuno a dare indicazioni, che diceva dove andare, dove fermarsi, in quale direzione guardare. Anche se l'aveva già fatto infinite volte, il nervosismo che si celava dietro la facciata era evidente, almeno ai miei occhi.

L'osservai fare un respiro profondo e raddrizzare le spalle. In un attimo, il mio tenero amante tornò a essere la venerata stella del cinema. Si mise in posa, muovendosi con grande sicurezza, sorrise compiaciuto mentre firmava autografi e sprigionò quel suo fascino naturale che fu immortalato in migliaia di foto.

Era difficile non sentirsi in soggezione.

Osservai l'ingresso affollato, l'inizio del red carpet, in cerca di volti familiari, di pericoli, di un punto di riferimento in quel caos.

Restai in disparte mentre Ryan si metteva in posa davanti alla parete per la schiera di fotografi. Venne fatto spostare lungo il muro, guadagnando un metro dopo l'altro, i fotografi che gli gridavano di girarsi verso di loro. Quando arrivò in fondo alla parete, notai che aveva gli occhi velati per l'esposizione prolungata ai flash.

Mi tese la mano, chiamandomi a sé.

«Abbiamo...» cominciò David, ma Ryan lo interruppe e mi attirò davanti al muro. Mi fece scivolare una mano in vita, perché gli stessi più vicina, in modo che entrambi fossimo ripresi dalle videocamere.

Anche se avevo i nervi a fior di pelle per l'agitazione, cercai di dipingermi in volto il mio miglior sorriso.

«Siamo fantastici, tesoro», mi sussurrò in un orecchio, parlando con un accento buffo per alleggerire la situazione.

La consapevolezza di essere proprio dove dovevo, accanto al mio futuro marito, mi fece rilassare un poco.

Dopo le foto d'ordinanza, il nostro entourage ci spinse rapidamente verso il red carpet, evitando tutti i microfoni di ogni media immaginabile che si protendevano da oltre le transenne, mentre attori e attrici meno noti si crogiolavano in tanta attenzione. Ryan avrebbe rilasciato un'intervista nel backstage, e soltanto allora avrebbe risposto a tutte le domande.

Ci accompagnarono in una zona asfaltata, all'aperto, dove vidi Suzanne Strass, la coprotagonista di Ryan nella serie *Seaside*. Stava chiacchierando con un'altra donna, quando mi notò; mi squadrò dall'alto in basso e il suo sorriso si spense in fretta, come se la mia presenza l'avesse offesa. Sarò stata malvagia, ma qualcosa mi spinse a far sì che vedesse il grosso diamante al mio dito, un modo silenzioso per dirle: *Beccati questa*.

Sapevo che quella sera era in programma un'anteprima del secondo episodio di *Seaside*, per promuoverne il lancio imminente; in più, Ryan e Suzanne erano in lizza per diversi premi. Lei non rappresentava una minaccia per me, ma era una spina nel fianco. Non l'avrei mai perdonata per quel che mi aveva fatto passare all'inizio della mia relazione, quando con la sua lingua biforcuta mi aveva rifilato un mucchio di frottole inducendomi a credere di essere soltanto una conquista insignificante per lui. Di sicuro l'avrei dovuta sopportare per chissà quanto tempo, dato che lei e Ryan dovevano fare ancora un film e due conferenze stampa, prima di chiudere la questione. Non volevo nemmeno pensare alle interviste e ai servizi fotografici che li attendevano.

In un batter d'occhio Suzanne fu accanto a Ryan, e si mise a scherzare con lui a modo suo, dandogli dei pugnetti giocosi. «Ehi, straniero», gli disse, ridacchiando.

Lui la salutò con un abbraccio tanto dovuto quanto freddo, ma niente di più.

Poi lei si protese verso di me e mi strinse per un istante, come se fossimo amiche che non si vedevano da tanto ma che potevano pugnalarsi alle spalle da un momento all'altro. «Sono felice di vederti.»

Quel gesto così aperto mi stupì, ma feci finta di niente. «Anch'io. Come stai?» Mi dissi che ero stata abbastanza gentile. Era evidente che si sforzava di essere educata tanto quanto me.

Suzanne si agitò, mostrandosi sfinita da una carriera che

non le dava tregua. «Non ho avuto nemmeno il tempo di prepararmi per questa serata. Sono arrivata da New York proprio stamattina.»

Anche se Ryan era impegnato in un'altra conversazione con un uomo e una donna che gli si erano appiccicati come colla, intrecciò le dita alle mie, se le portò alle labbra e, nel darmi un bacio sulla mano sinistra, fece scorrere lo sguardo su Suzanne. All'inizio fui confusa da quel gesto, ma poi vidi la collera montare in lei, e mi fece sorridere.

La lasciai blaterare fingendomi rapita dai racconti, sebbene la sua sola presenza fosse sufficiente a rievocare gli spiacevoli ricordi del mio primo incontro con quella donna squallida. Era la personificazione delle storie che si sentivano sulle ragazzine ricche e viziate, e arrivò persino a lamentarsi delle orribili condizioni in cui si svolgevano le riprese. Se i suoi fan avessero saputo com'era nella vita reale, probabilmente avrebbero smesso di andare a vedere i suoi film.

Sentii Ryan stringermi la mano due volte: significava che prestava attenzione a quel che mi succedeva anche se era impegnato con ciò che David aveva predisposto per lui. Mi accarezzò la pelle col pollice, consolandomi con un silenzioso gesto di comprensione. Quella complicità mi rasserenò.

«Ryan, dobbiamo decidere cosa fare se vinciamo», s'intromise Suzanne.

Fui colta da un attacco di gelosia mentre spiegava entusiasta come pensava di accettare il premio, proponendo abili modi di mettere in scena il loro «miglior bacio». L'idea che Ryan la baciasse mi faceva impazzire. Avrei voluto prenderla per i capelli e farla roteare, ma che senso avrebbe avuto? No, dovevo tenere a bada l'insicurezza. *È un attore*, ricordai a me stessa. *Merda.*

Sentii due mani minute prendermi per la vita e sussultai, ma fu un sollievo vedere Kelly Gael e suo marito, Cal Reynolds, che mi sorridevano. L'abbracciai con trasporto.

«Non vedo l'ora che arrivi settembre», affermò Kelly, riferendosi al tour mondiale per la promozione di *Seaside II*. La prima tappa sarebbe stata Berlino. «Ho bisogno di una complice. Ti prego, dimmi che accompagnerai Ryan.»

Ryan si allungò all'indietro e rispose per me: «Certo che verrà». E, senza batter ciglio, riprese l'altra conversazione.

Sorrisi, un po' stupita di come avesse fatto a sentirci, considerato il frastuono che ci circondava. Kelly lanciò un gridolino estatico e batté le mani, quasi saltellando sui tacchi griffati. Mi aveva appena afferrata per abbracciarmi ancora, quando riconobbi un altro viso, anche se aveva un'espressione triste.

Sollevai la testa oltre la massa di capelli di Kelly per guardare meglio la coprotagonista di Ryan in *Slipknot,* Nicole Devin. Mi chiesi perché fosse così affranta. Ma c'erano troppe persone a impedirmi la visuale, quindi mi allontanai da Kelly e feci qualche passo a sinistra, costringendo Ryan a lasciarmi andare.

Sembrava che Nicole stesse implorando qualcuno, come se avesse fatto qualcosa di cui era pentita e fosse andata a chiedere perdono, ma non riuscivo a vedere il suo interlocutore. Il viso di lei sembrava così disperato che il desiderio di capire il perché si trasformò in bisogno pressante.

Se quel tizio vestito di scuro si spostasse, pensai, mentre cercavo di piegarlo alla mia volontà con la forza della mente. Fu uno shock quando si voltò a guardarmi, come se mi avesse sentita davvero. Socchiusi gli occhi, dubitando di vedere abbastanza bene da quella distanza. Lui mi mostrò meglio il profilo, e fu allora che lo riconobbi. Inspirai a fondo, sperando di sbagliarmi. Dopotutto avevo bevuto diversi bicchieri di champagne.

Quello si diede un'occhiata attorno, ma per fortuna non incrociò il mio sguardo. La cosa mi provocò una sensazione di sollievo, ma soltanto fittizia, considerato che non avevo idea del motivo per cui era là, né avevo scampato del tutto il pericolo che mi vedesse.

Ryan mi prese di nuovo la mano, interrompendo il flusso di pensieri. «Che cosa guardi?»

Avrei voluto che aspettasse ancora un po' per non farmi perdere di vista i miei obiettivi, ma si avvicinò.

Lo guardai negli occhi colmi di preoccupazione. «C'è Kyle, laggiù.»

Lui s'irrigidì. «Dove?»

«Indossa un abito scuro. Là, accanto alla donna col vestito grigio chiaro. Lo vedi?»

Ryan lo individuò e si accigliò, irritato dalla sua presenza. «Non riusciamo proprio a liberarcene», ringhiò, ormai furioso.

«Nicole è là, invece.» Si mosse un po' di gente, e fu allora che capii con chi stava parlando, il che mi confuse ancora di più. «Ma è...?»

Ryan sussultò, poi esalò il suo nome come se si stesse liberando dalle tossine: «Lauren».

Perfetto. La stronza della Florida, in carne e ossa. «Stanno litigando?»

«Sembra di sì.»

Adesso ero ancora più curiosa, come se stessi guardando uno di quei patetici reality che mettono in scena drammi surreali, ma per qualche motivo non riuscivo a distogliere l'attenzione. «Non sapevo si conoscessero.»

La mano di Ryan strinse più forte la mia, quasi a farmi male. «Nemmeno io.»

Era molto infastidito, ma, a giudicare dalle occhiate che Kyle si lanciava attorno, anche lui non sembrava molto felice di trovarsi là. L'osservai mentre faceva scorrere lo sguardo sull'abito cortissimo che scopriva un paio di gambe affusolate, a poca distanza da lui.

Pareva che Lauren cercasse di convincere Nicole di qualcosa, forse nel tentativo di calmarla. Dopodiché fu come se quella conversazione animata avesse preso una piega diversa, e Lauren strinse l'altra in un abbraccio. La confidenza tra le due mi sconvolse: Nicole le aveva appoggiato il viso sul collo, e per un attimo avrei giurato che stessero per baciarsi.

«Vieni.» Ryan mi portò via, infastidito da quella scena.

Avrei voluto opporre resistenza, riluttante a distogliere lo sguardo dalle ragazze, ma era stato molto perentorio.

Quando raggiungemmo la festa, dopo la cerimonia alla Soho House a West Hollywood, avevo già avuto modo di conoscere e chiacchierare con più personaggi famosi di quanti avrei mai creduto possibile. Il mio corpo e la mia mente fremevano per lo sfarzo e l'incanto che la professione di Ryan portava con sé, per non parlare del fatto che le centinaia di flash dei fotografi che ci aspettavano all'ingresso mi avevano quasi accecata.

Mentre ci allontanavamo in tutta fretta dalla schiera di paparazzi che ci chiamavano, urlavano e ci inseguivano, Ryan riuscì a mantenere la calma e a non montarsi la testa nonostante l'incredibile attenzione puntata su di noi. Persino io provavo un senso di superiorità per essere là con lui, consapevole che molti dei presenti a quella festa sontuosa sarebbero stati disposti a uccidere, pur di trovarsi al nostro posto.

Quella sera Ryan aveva vinto tre premi per il ruolo di Charles Conroy, ed ero così fiera di lui che era difficile non sentirmi compiaciuta. Anche quando lui e Suzanne avevano vinto il premio per il Miglior Bacio, ne ero stata orgogliosa da morire. Per fortuna non l'aveva baciata sul palco. Mi aveva promesso che non l'avrebbe fatto, affermando che ero *io* l'unica donna che avrebbe mai baciato in pubblico.

Mentre mi guardavo attorno tra la folla, il mio sguardo si posò sull'adorabile sedere di Ian Somerhalder. A pochi passi da lui c'era Zac Efron, preso da una fitta conversazione. Non m'importava niente del kit regalo coi gadget di MTV: quello che avevo davanti agli occhi era il dono più grande di tutti. Trovarmi così vicino a loro mi stava trasformando in una fan scatenata. Le mie dita chiedevano soltanto di poter tirare fuori il cellulare, scattare qualche foto e mandarla a Marie per commentarle tra grida estatiche.

'Fanculo.

Cercai di tenere a bada l'entusiasmo da eccesso di star. Ma a Marie sarebbe venuto un infarto se avesse saputo che ero così vicina a Ian da poterlo toccare, così estrassi di nascosto il telefono e, con discrezione, feci una foto. Volevo farla soffrire un po'.

«Cosa combini?» mi chiese Ryan. Sembrava abbastanza divertito, ma anche un po' seccato.

Io composi un SMS. «Torturo Marie.»

Lui mi lanciò il suo tipico sguardo da stai-scherzando?, ma non ci badai. Santo cielo, Ian Somerhalder era di fronte a me in carne e ossa e, a dire la verità, dal vivo era addirittura più bello. Marie si sarebbe messa a saltare, se gli fosse stata così vicino, e avrebbe implorato quel poveretto di farle un autografo sulla pelle, possibilmente vicino alle tette, con inchiostro indelebile.

Sentii Ryan emettere un suono sprezzante quando vide cos'avevo fotografato. «Il culo? Hai preso un primo piano del suo culo?»

Sapevo che avrei dovuto sentirmi in colpa, ma l'altruismo dominava sugli altri sentimenti. «È un regalo per Marie. La farà svenire.»

«Credevo avesse occhi soltanto per il mio, di culo.» Mise un broncio tanto triste quanto adorabile.

Ero felice che avesse preso sul ridere la mia piccola paparazzata.

«Ha usato il bagno dopo di te, Ryan. Ormai ogni aura di fascino e mistero è svanita. Ed è stata tutta colpa tua.»

Alzò gli occhi al cielo e lanciò uno sguardo prima a me, poi a Ian. «Anche lui va al bagno, lo sai, vero?»

Scossi il capo, negando l'evidenza. «No, non è vero. Lui è ancora irraggiungibile come un dio, e sappiamo tutti che le divinità non fanno la cacca.»

«Oh, andiamo! Dici sul serio?»

«Certo! Nemmeno tu la facevi... Almeno finché Marie non ha scoperto che sei un comune mortale.»

Spalancò gli occhi così tanto che per poco le sopracciglia non si confusero con l'attaccatura dei capelli. «Dunque ero un falso dio?»

Non era facile mandare SMS e, intanto, discutere con lui. «O forse un semidio costipato che viaggiava nel tempo.»

Per poco Ryan non sputò la birra che stava bevendo. «Non posso credere che parli di me in questo modo. Non siamo ancora sposati, e ho già perso il mio status di divinità.»

Scrollai le spalle, senza smettere di digitare. «L'ho capito quando ti ho visto sanguinare. Mi sono resa conto che potevi essere ferito. Gli dei non sanguinano. Si sa che sono protetti da forze soprannaturali.»

Mi posò una mano sul fianco e mi attirò al suo ventre. «Ma mi hai chiamato 'Dio' centinaia di volte, ormai. Mi stai dicendo che hai sempre mentito?»

Incontrai i suoi occhi profondi, eccitata da quel gesto aggressivo. «Se ti dicessi la verità, non potrei più vivere con te e il tuo *immenso* ego. Sai che ti venero, e questo dovrebbe bastare.»

L'osservai mentre s'inumidiva le labbra con la lingua maliziosa. Volevo quelle labbra su di me, volevo sentire il sapore della beatitudine sulla sua lingua.

Ryan tirò fuori il cellulare e lo puntò su di noi. «Vuoi una foto? Be', la voglio anch'io», mi sussurrò sulle labbra. «Guarda l'obiettivo e sorridi, piccola.» Dopo aver immortalato i nostri sorrisi, fece uno scatto alla mia bocca.

Poi qualcuno mi urtò di proposito. «Ehi! Vietato pomiciare.»

Mi voltai per trovarmi davanti la smorfia di disapprovazione di una delle attrici di *Seaside*, Kathleen Jarrett, e non potei fare a meno di notare il suo splendido abito nero di paillettes e gli occhi magnifici. Dietro di lei c'era il suo fidanzato, nonché bellissimo attore, Ben Harrison, che sorrideva mostrando un paio di fossette adorabili.

«Si è messa a fotografare il culo di Somerhalder», ribatté Ryan in tono piatto e, mentre si scolava il bicchiere di birra, mi premette l'erezione parziale contro un fianco.

Kat mi guardò a bocca aperta. «Davvero?»

L'urgenza di Ryan e la sua richiesta silenziosa mi fecero trasalire, ma Kat aspettava una risposta, e non aveva senso negare. «È per Marie. Le verrà un colpo. Ne devo fare una anche a Zac Efron, così andrà fuori di testa.»

«Oooh, io lo conosco. Vuoi che te lo presenti?» mi domandò, saltellando emozionata.

«No, non vuole», rispose Ryan al mio posto.

Kat alzò gli occhi al cielo e finì il drink. «Siamo gelosi fino a questo punto?»

Lui sbuffò e prese un altro sorso.

Allora diedi un colpetto sui suoi addominali perfetti. «Sa che amo soltanto lui.»

Ben presto fummo circondati da quasi tutto il cast di *Seaside*. Ridevamo, scherzavamo e mandavamo giù fiumi di alcol costoso. Persino Suzanne era sopportabile.

Kat posò il bicchiere sul tavolo. «Devo andare al bagno. Taryn, mi accompagni?»

Ryan si chinò per darmi un rapido bacio. «Non perderti.»

Io spostai la mano dalla sua coscia e seguii Kat tra la calca. Come mai quando sei un po' ubriaca e indossi scarpe scomode il bagno sembra sempre lontano chilometri?

Kat s'infilò in mezzo a un gruppo di persone, si voltò, mi prese per mano e mi tirò per aiutarmi a passare. Quando raggiungemmo una zona meno affollata, non potei fare a meno di ridere con lei.

Mi prese sottobraccio. «Che scena buffa.»

Stavo ancora ridendo di gusto, quando per poco non inciampai alla vista che mi si parò davanti. Per un istante non credetti ai miei occhi. Due ragazze ci stavano dando dentro di brutto in un angolo buio.

Porca miseria! Benvenuti a Hollywood.

Non sapevo se essere sorpresa o eccitata da quello spettacolo.

La cosa mi stupiva abbastanza, ma poi una delle due si staccò dall'altra e mi guardò.

Restai di sasso. *Oh, cavoli, è...*

Lauren Delaney.

Avvinghiata a Nicole Devin.

Chi l'avrebbe mai...

Nel momento in cui mi vide, Lauren si allontanò di scatto da Nicole, spingendola via. Sembrava molto agitata per essere stata colta in flagrante.

«Che cosa guardi?» mi chiese Kat, che mi tirò per un braccio.

Feci cenno verso di loro, e lei scoppiò in una risata fragorosa. Sembrava sorpresa quanto me.

«Oh, mio Dio... aspetta che lo dica a Ryan!» Rideva così tanto che temetti potesse sentirsi male. «Sta facendo diventare lesbiche tutte le sue coprotagoniste!»

La guardai con severità. «Non è divertente.»

«Invece sì! Quante probabilità c'erano?» Si lanciò un'occhiata alle spalle. «Quindi la prossima è Suzanne.»

Eravamo davanti alla porta del bagno, quando mi suonò il cellulare. Era Marie: di sicuro chiamava per gridarmi nelle orecchie le lodi del meraviglioso sedere di Ian Somerhalder.

«Ero a tanto così, avrei potuto toccarlo!» risposi esaltata, senza preamboli.

Ma, dal primo suono che emise, capii che era sconvolta. «Taryn, stammi a sentire. Mi ha chiamata Tammy. Hanno riportato di corsa Pete all'ospedale. Non so cosa sia successo, ma ha detto che ha provato a camminare e non si sentiva più una gamba, così lei ha chiamato l'ambulanza. Credo sia caduto in camera da letto.»

La leggera ubriachezza si mescolò a una potente iniezione di adrenalina e panico, e la testa cominciò a girarmi. Mi coprii l'altro orecchio con la mano, cercando di sentire nonostante il frastuono e il vociare che mi circondavano. Quando riattaccai, mi sentivo come se mi avessero presa a pugni. Lasciai Kat nel bagno e corsi al tavolo, da Ryan.

Quando mi vide, smise di parlare di colpo. «Tar?» Quell'unica parola significava: *Sei soltanto andata al bagno: cosa diavolo è successo?*

Diedi uno sguardo al cellulare che ancora stringevo, la mente assalita dall'immagine sconvolgente di Pete incapace di arrivare all'altare il giorno del suo matrimonio. «Hanno riportato Pete all'ospedale.» E gli riferii il poco che sapevo.

Lui prese un respiro profondo, poi, all'improvviso, Kat arrivò alle sue spalle, saltellando, impaziente di raccontargli la scena cui avevamo assistito prima.

Ryan restò a bocca aperta. «Mi prendi per il culo.»

Kat si stava divertendo un mondo a punzecchiarlo. «Lingue turbinanti in azione!»

Lo vidi rabbrividire. «Sei proprio sicura che fossero Lauren e Nicole Devin? Al cento per cento?»

Lei mi guardò e annuimmo entrambe.

Mentre metabolizzava la novità, lui si passò una mano tra i capelli. «Wow. Be', buon per loro… direi.»

Cercai di cambiare argomento, parlando di qualsiasi cosa che non facesse rimuginare Ryan, ma mi accorsi che la notizia ricevuta l'aveva colpito, cambiandone l'umore. Era stato con Lauren, qualche anno prima si erano frequentati e la loro storia era durata diversi mesi. E lui non era il genere di uomo che cancellava le proprie emozioni.

Ma, visto che nessuno dei due voleva farsi rovinare la serata da una cosa simile, andammo a parlare con così tanti personaggi famosi che rimasi sbalordita. Mi sembrava che tutti facessero le stesse domande: «A cosa stai lavorando?» «Hai sentito di questo o quello?» Gran parte delle conversazioni si chiudeva con entusiastiche promesse di tenersi in contatto e la frase: «Spero che prima o poi lavoreremo insieme». Era difficile distinguere tra sincerità e finzione, ma mi piaceva pensare di riuscire a indovinare.

Ryan mi aveva appena detto qualcosa nell'orecchio, quando vidi Kyle passare come una furia tra la folla, diretto verso Lauren. Ci eravamo imbattuti da poco in un nuovo ospite e, dopo le presentazioni, cercai di tenere d'occhio quei due. Kyle era furibondo. Ne ero sicura, perché aveva un'espressione che conoscevo bene. Lauren, invece, sembrava essersi intestardita, batteva un piede a terra e se ne stava a braccia conserte, con aria di sfida.

Lui cercò di afferrarla, ma lei si sottrasse alla presa scrollando le spalle. Kyle, però, non sembrava disposto ad accettare un diniego, la prese per un polso e le fece perdere l'equilibrio, così Lauren non ebbe altra scelta se non seguirlo. Lui la trascinò via come un cucciolo che non sa stare al guinzaglio, e non si voltò a guardarla nemmeno una volta mentre cercava di ribellarsi.

Anche se ero molto curiosa di sapere cosa succedesse tra quei due, era un sollievo sapere che Kyle aveva trovato un altro bersaglio su cui riversare le sue attenzioni perverse.

I fotografi ci circondavano come sciacalli mentre attraversavamo rapidi l'aeroporto di Los Angeles. Di fronte al caos che si levò quando entrammo nel terminal, il mio cuore si fermò. C'erano uomini che gridavano e ci correvano accanto, puntandoci contro le loro orribili macchine fotografiche. Il famoso Ryan Christensen prendeva un altro aereo. Perché era così importante per la stampa? Che assurdità.

Ryan si mise in spalla la sacca di tela e mi prese per mano, mentre Mike e altri tre uomini della sicurezza ci accompagnavano verso l'ingresso. Due agenti della polizia aeroportuale ci scortarono a loro volta, intimando ai paparazzi di non disturbare gli altri passeggeri e tenersi a distanza.

Ci portarono in una fila separata per i controlli di sicurezza, e per poco non caddi nel tentativo di camminare più veloce che potevo. Quando inciampai, Ryan mi lanciò un'occhiata e si fermò, aspettando che mi mettessi davanti a lui.

«Tutto a posto?» mi chiese piano, accarezzandomi la parte bassa della schiena con le dita mentre mi spingeva avanti.

Annuii, un po' incupita all'idea che i miei passi incerti sarebbero finiti nel prossimo episodio di *TMZ*.

«Che rottura di palle», ringhiò a bassa voce, in modo che lo sentissi soltanto io.

Cercai di non guardare oltre le sue spalle, ma i paparazzi non smisero di scattare e filmarci neanche quando ci mettemmo in coda.

Ryan diede un colpetto sul braccio di Mike. «Perché ci fermiamo?»

Eravamo in una corsia speciale, ma c'era comunque una ventina persone davanti a noi, e a dieci metri di distanza avevamo quella schiera d'irrefrenabili idioti che continuava a riprenderci.

Sentii uno squillo lontano, e proprio in quell'istante Ryan mi chiese: «Ti sta suonando il cellulare?»

Ero convinta di averlo spento perché stavo per salire in aereo. Non riconobbi il numero e per un attimo pensai di non rispondere, ma poi mi venne in mente che poteva trattarsi di Pete, che era ricoverato.

«Pronto, sei Taryn? Taryn Mitchell?» mi chiese una voce maschile che non riconobbi, esitante.

Di colpo mi passarono davanti agli occhi strani messaggi a sfondo religioso, e pensai che fosse il pazzo che mi aveva mandato i fiori, Jerry o Jeremy, a chiamarmi. «Chi parla?»

«Sono… ehm, sono Joe.»

La sorpresa mi tolse il fiato.

Lui si schiarì la gola, nervoso, e riprese: «Joe Malone, tuo… ehm, tuo padre».

17

RIUNITI

Ryan mi fece un cenno col capo. «Chi è?»

«Joe», sussurrai, sia per rispondergli sia per confermare a me stessa che stavo davvero parlando con l'uomo che mi aveva dato la vita. Mi ero quasi convinta che quella telefonata non fosse reale.

Ryan si tolse gli occhiali e se li agganciò sul davanti della maglietta, concentrandosi soltanto su di me.

L'uomo all'altro capo della linea sembrava sul punto di scoppiare in lacrime, e sentivo il suo respiro incerto nel telefono. Sapevo come si sentiva: anch'io avrei voluto piangere con lui.

«Già... Oh, Dio. Sai, non avrei mai creduto che... che noi... Dio, non so nemmeno da dove cominciare. È passato così tanto tempo. Ti prego, fammi sentire la tua voce. Di' qualcosa. Qualsiasi cosa», mi chiese, la voce rotta.

«Non so cosa dire... Come stai?»

Rise, imbarazzato. «Sto bene, tesoro. Bene. Un po' a corto di parole, al momento.»

«Anch'io.»

Facevo fatica a pensare. Eravamo circondati dagli agenti dell'aeroporto, che spostarono parte dei nastri che delimitavano i passaggi per farci seguire un altro percorso che conduceva ai controlli di sicurezza.

Ryan mi fece un cenno. «Tar, dovrai richiamarlo.»

Sapevo che dovevo muovermi, passare i controlli e sottrarmi alla vista dei fotografi, ma non riuscivo a schiodarmi. Strinsi più forte il telefono e balbettai una scusa imbarazzata per il pessimo tempismo. Joe ridacchiò nervoso: capiva che in quel momento non potevo continuare a parlare, dato che stavo per passare dal controllo bagagli.

Mentre infilavo il cellulare nella borsa, provai un misto di tristezza ed esultanza. La cosa più importante era che mi avesse cercata. Era un enorme passo avanti.

Ryan si tolse le scarpe, le lasciò cadere in un contenitore di plastica. Io mi sfilai la borsa dalla spalla e lo imitai, odiando con tutta me stessa la trafila che precedeva il volo.

Fu soltanto quando fummo in aria e ci servirono le prime bevande che Ryan mi chiese della telefonata: «Raccontami cosa ti ha detto».

Era difficile parlare con diversi passeggeri che ci fissavano senza la minima discrezione.

«Ha accennato all'idea di vederci.»

La sua espressione mi chiedeva: *Fantastico, e tu ne saresti felice?*

In risposta alla sua domanda silenziosa, dissi: «Sì. Ne ho bisogno».

Lui mi strinse la mano e annuì convinto, assicurandomi che avrebbe fatto in modo che succedesse.

«Oh, Dio, Taryn, giuro che la strozzo», mi annunciò la voce squillante di Marie in un orecchio, senza mezzi termini.

Dopo qualche ora di volo, quarantacinque minuti di viaggio verso l'albergo e una notte di scarso riposo su un materasso scomodissimo, non ero abbastanza sveglia da comprendere le sue ragioni. Posai la tazza di caffè e allontanai il cellulare, ma riuscivo ancora a sentirla distintamente.

Ryan si strofinava gli occhi assonnati, staccando un pezzo dell'omelette che ci aveva appena portato il servizio in camera. Avevamo cercato di dormire fino a tardi, visto che lui non aveva impegni fino all'una.

«Hai presente la ragazza che frequenta Gary? Be', ho appena scoperto che è un'amica di Tammy.»

Fu come ricevere un pugno nello stomaco, e trasalii. «Scherzi?»

«Per niente. Magari! Sono così furiosa che potrei ucciderle tutte e due.»

«E come l'hai scoperto?»

«Perché in questo momento quella puttana è nella cucina

del *tuo* pub e sta aiutando Tammy, ecco come. Sono appena scesa per sistemare i rifornimenti, ed eccola lì, che cucinava come se niente fosse. Non posso credere che Tammy mi abbia fatto una cosa del genere! Credevo fossimo amiche, e le amiche non combinano appuntamenti fra altre amiche e quello stronzo del *mio* quasi ex marito!»

Aprii le tende chiare, osservando il cielo grigio di Vancouver mentre riflettevo su quanto in fretta qualcosa di meraviglioso potesse trasformarsi in merda pura. «Le hai parlato?»

Tentennò. «No. Mi sembrava di conoscerla, poi all'improvviso ho capito dove l'avevo già vista. Sarà meglio che stia alla larga dal pub, e non voglio dire altro. Se mette ancora piede qui dentro, giuro su Dio che la prendo a pugni. Anzi, sai che ti dico? Chi se ne frega. Adesso torno di sotto e faccio un bel discorsetto a quelle due streghe!» La sentii partire alla carica.

«Aspetta un attimo! Ferma! Non vuoi farlo davvero.»

Emise un lamento furibondo. «Invece sì. Ha passato ogni limite facendola entrare qui. Voglio...»

«Aspetta! Prima ti devo fare una domanda», tentai, osservando Ryan che passava con disinvoltura accanto al tavolo da pranzo con addosso soltanto un paio di boxer.

«Cosa?» sbuffò.

«Boxer o slip?»

«*Eh?*»

«Mike. È un tipo da boxer o slip?»

Ryan sollevò uno sguardo feroce dal computer portatile, senza smettere di masticare la colazione. Io alzai un dito per chiedergli di trattenere la disapprovazione per un istante: avevo una teoria da dimostrare.

Marie inspirò. «Boxer elasticizzati. La migliore invenzione di sempre. Con l'elastico portato molto basso. Ha quella specie di solco tra gli addominali e le anche, sembra Ken... hai presente? Quelle linee a V?»

Casualmente, mi era appena capitato di ammirare il mio meraviglioso set personale di fasci muscolari, che erano stati nascosti dalla biancheria pochi istanti prima. «Sì, ho presente.»

Ryan mi fece un sorrisetto: doveva aver interpretato nel modo giusto il tono lascivo e lo sguardo affamato che gli avevo rivolto.

«Grazie», sussurrò Marie, che sembrava più calma. «So che stai cercando di placarmi, ma voglio comunque tornare giù e affrontarla. Portare qui quella ragazza *non è stato carino*, Tar. Non m'interessa vederla da un'altra prospettiva. È venuta per impicciarsi degli affari miei? Insomma, perché è qui?»

«Se devo essere sincera, non lo so, ma ti prometto che lo scoprirò. Però giurami che resterai alla larga dalla cucina finché non avrò risolto la questione, d'accordo?»

Non appena ebbi attaccato con Marie, feci un respiro profondo e selezionai il numero di Tammy, consapevole che stavo per mettere alla prova la nostra amicizia. Il tono infastidito con cui mi rispose non prometteva niente di buono.

Dopo averle chiesto notizie di Pete, passai al secondo motivo della telefonata. «Non so come chiedertelo, quindi lo dirò come viene. So che oggi hai portato una persona con te, e vorrei sapere se è la ragazza che frequenta Gary.»

Tammy sospirò, e forte. «Che differenza fa?»

Non era il caso di mettersi a fare la strafottente.

«Mi prendi in giro?»

«Ho un sacco di cose da fare e avevo bisogno di aiuto. Che ti devo dire?»

Se avessi potuto, sarei entrata nel telefono e l'avrei malmenata. «E non hai pensato che sarebbe stato un problema? Mio Dio, Tammy, come puoi essere così insensibile?»

«Non sono insensibile, Taryn. Pete è bloccato a letto, devo evadere degli ordini e domani ho appuntamento col catering del matrimonio, e nessun altro si è offerto di aiutarmi. Sai bene che, se Pete non può lavorare, sono l'unica che porta i soldi a casa. I conti dell'ospedale si accumulano, così come quelli dell'ambulanza. Mi spiace se ho dato fastidio a qualcuno, ma non avevo altra scelta.»

Mi ritrovai a sfregarmi la fronte. «E l'unico aiuto disponibile era la ragazza che ha distrutto il matrimonio di Marie?»

«Non è certo stata Amy la causa. Senti, ora non ho proprio tempo di discuterne», ringhiò Tammy.

Avevo una gran voglia di mettermi a urlare. «E va bene. Ma preferirei che non la sventolassi in faccia a Marie.»

«Non sto sventolando proprio...»

«L'hai portata lì, Tammy! Ti sei dimenticata che Marie vive al piano di sopra perché il marito che l'ha tradita l'ha anche chiusa fuori dalla sua stramaledetta casa?»

La sentii sbuffare, in preda alla frustrazione. «Non pensavo le importasse. Dopotutto lei ora sta con la guardia del corpo di Ryan, no?»

«Non è questo il punto. Nessuna donna vuole trovarsi di fronte al suo rimpiazzo. Mai!»

«Be', prima o poi dovrà farci l'abitudine. Tanto perché tu lo sappia, Pete e suo fratello Jim non si parlano più, e Pete ne ha piene le tasche, stavolta. Ha chiesto a Gary di fargli da testimone, il che significa che io non ho più una damigella d'onore, perché doveva essere mia cognata, Deb. Quindi l'ho chiesto a Amy, in modo che Marie non si senta obbligata a venire.»

«Non ci posso credere...»

«Perché? Ha detto che non voleva venire, se Gary fosse stato presente, quindi non capisco dove sia il problema.»

La mia collera raggiunse nuove, inaspettate vette.

«Ho pensato che per Marie sarebbe stato un sollievo, dato che è impegnata nella gestione del bar adesso che tu non ci sei quasi mai. Non ha comunque il tempo di aiutarmi. E nemmeno tu. Sei sempre via.»

Non c'era bisogno di una laurea in Astrofisica per capire perché fosse così arrabbiata, ma quell'accesso d'ira era davvero fuori luogo.

«Tammy, sei ingiusta.»

Sentii quello che mi parve il suono di una teglia che cadeva a terra, e nello stesso momento Tammy disse: «Oh, merda... Marie, aspetta un attimo...»

La voce di Marie mi giunse forte e chiara: «Ho una domanda molto semplice. Voglio soltanto sapere da quanto tempo ti scopi mio marito, nient'altro».

«Oh, merda» era un commento appropriato.

«Tammy, manda fuori di lì la tua amica», dissi.

Sentii Amy, l'altra ragazza, che balbettava sullo sfondo, dicendo più o meno che quando l'aveva conosciuto non sapeva che lui fosse sposato.

«Marie, non le ha mai detto di essere sposato...» intervenne Tammy.

«Non mi rivolgere la parola, Tammy. Vuoi farmi credere che la *tua amica* non sapesse che era sposato? Mi ritieni tanto ingenua da credere che tu non c'entri niente con questa storia?»

«Non c'entro. Non l'ho saputo se non dopo che si sono conosciuti», implorò lei.

«Siamo andate a Los Angeles insieme, e non ti è passato per la testa di avvisarmi che andava a letto con un'altra?»

Mi sembrava di assistere in diretta a una guerra trasmessa via cellulare. Non avevo idea di come intervenire.

«Non stava a me dirtelo.»

Che cosa? Ma che stronzata.

Marie riuscì ad alzare la voce ancora di più. *Brava.* «Non stava a te? Credevo fossimo amiche, Tammy. Amiche che si difendono a vicenda nel bene, nel male e nelle difficoltà. Ma a questo punto credo di essermi sbagliata di grosso.»

«Io *sono* tua amica! Stai soltanto...»

«Non più! E, tu... fatti venire in mente di mettere di nuovo piede nel mio pub, e ti ammazzo di botte! Hai capito?» gridò Marie.

Sentii la ragazza borbottare qualcosa.

«Bene. Spero che voi due siate felici insieme. È un povero bastardo, a letto fa schifo, e adesso è tutto tuo.»

Fu allora che Tammy riattaccò il telefono, lasciandomi scossa e agitata, sospesa a cinquemila chilometri di distanza.

«Era quello che temevo», disse Ryan, lo sguardo fisso sul portatile mentre aspettava anche lui una chiamata.

Stringevo il cellulare nel pugno, mordicchiandone un lato, e mi chiesi quando fosse cominciato quel disastro. «Cosa temevi?»

Mi lanciò un'occhiata da sopra lo schermo, poi tornò a ciò che stava facendo. «Amiche. Liti. Rabbia. Gelosia. Stronzate del genere.»

Mi grattavo la testa, nel tentativo di capire cosa intendesse.

«Ma non pensavo che sarebbe successo. Voglio dire, uno

dei motivi per cui ho deciso di farti la corte e trascinarti nella mia folle vita è stato perché ho capito quanto tu e le tue migliori amiche foste unite. Non mi aspettavo che i legami tra voi si spezzassero, quando avessimo cominciato a fare sul serio. Ma forse mi sbagliavo.»

Non riuscivo a capire se mi stesse facendo un indovinello o se fossi ancora troppo sconvolta dalla telefonata per comprendere cosa volesse dire. Lo guardai di traverso. «Ehm... come?»

«La lotta. È cominciata. Tempo fa avevo un enorme gruppo di amici, ma dopo l'uscita del primo film hanno iniziato a cadere come mosche. Le cose si sono incasinate. A te sta succedendo lo stesso schifo.» Si accucciò davanti a me, guardandomi negli occhi. «Mi dispiace.»

«Perché ti dispiace? Sono le mie amiche a litigare, non noi due. Non so cos'hai colto della conversazione, ma ho appena scoperto che la ragazza con cui Gary ha una relazione è amica di Tammy, che a quanto pare ha deciso di farsi aiutare proprio da lei nella cucina del mio pub, e adesso è là. Marie è scesa per l'apertura e se l'è ritrovata davanti.»

Ryan si accigliò. «Ho pensato che forse... Sai, gli amici cominciano a comportarsi in modo strano, quando all'improvviso tu diventi ricco e loro no, tu viaggi molto e loro no. So soltanto che la meschinità viene subito a galla, e un istante dopo ci si ritrova a litigare e saltarsi alla gola a vicenda. Tutti desiderano fama e ricchezza, ma non si rendono conto di quanta sofferenza possono portare.»

Mi presi tra le mani la testa appesantita. «Ancora non capisco dove stai andando a parare. Le mie amiche litigano...»

«E tu senti che dovresti scegliere da che parte stare.»

«Be', sì, per certi versi è così. Soprattutto perché una sta facendo del male all'altra di proposito. Non mi schiero senza riflettere, e il fatto che il mio futuro marito sia un attore famosissimo non influenza la mia decisione.»

«Sì, ma...»

«'Sì, ma' *cosa*? Sei tu la persona con cui ho deciso di stare. Se alle mie amiche non sta bene, e non credo sia così, se non sono in grado di essere felici per me e si sentono minacciate dalla mia scelta, significa che in fondo non sono delle buone amiche.

E, se sono gelose di me, spero che lo terranno per sé, perché io non sono certo il tipo che sventola la propria fortuna sotto il loro naso. Tammy è molto stressata, e sta crollando. Lo capisco. Di tanto in tanto a noi donne capita di andare fuori di testa. Posso addirittura perdonarla per non essere intervenuta nei problemi matrimoniali altrui. Quello che proprio non riesco a giustificare, però, è il fatto che sapeva che la sua amica si sbatteva il marito di un'altra amica, e ciononostante l'ha portata in casa mia.»

Ryan si mise le mani sui fianchi. «Ti amo.»

Sorrisi. «Lo so. E io ti amo di più.»

Quelle parole mi fecero guadagnare il suo tipico sorrisetto compiaciuto con tanto di naso arricciato. «Credi sia stata Tammy a farli conoscere?»

Odiavo pensar male delle persone, soprattutto se si trattava delle mie migliori amiche, ma negli anni mi era capitato di veder mostrare dei lati così oscuri da sapere bene che anche la persona più dolce e gentile poteva trasformarsi in un mostro.

A proposito di persone che diventano mostri, ci mancava poco che sbattessi giù lo schermo del portatile di Ryan pur di non ascoltare nemmeno un altro secondo delle stronzate condiscendenti che il suo manager stava sparando durante la videoconferenza.

Stavo parlando con la nostra addetta stampa, Trish, di alcuni cambiamenti nel programma di Ryan, quando lo vidi sbattere il pugno sul tavolo.

«Ho perso quarantacinquemila dollari negli ultimi sei mesi, quindi non venirmi a dire che devo lasciar gestire le cose a Mercer. Gli idioti come lui devono darsi una svegliata, perché io *controllo* la mia situazione finanziaria. Se non sanno come evitare che perda denaro, troverò qualcun altro che se ne occupi.»

Mentre aggiornavo la mia agenda principale, Ryan colpì di nuovo il tavolo, coi gomiti. Lo sentii chiudere la chiamata e quando lo guardai vidi che si teneva la testa tra le mani. C'era così tanta gente che ficcava il naso nei suoi affari e gli diceva come comportarsi che mi domandavo per quanto tempo ancora avrebbe retto la pressione.

Poggiai la penna e attraversai la stanza. Non appena mi guardò, mi misi a cavalcioni sulle sue cosce, abbracciandogli le spalle calde e nude, e lo strinsi forte.

Chiusi gli occhi e gli posai una guancia sulla testa, accarezzandogli i capelli, il collo, mentre anche lui stringeva le braccia attorno a me. Restammo a lungo in silenzio, respirando insieme, lottando contro quella follia meglio che potevamo.

Ci guardammo negli occhi e ci baciammo con dolcezza, rassicurandoci l'un l'altra con sorrisi affaticati.

«Hai già cambiato idea?» mi chiese incerto, il pollice infilato in un passante dei jeans.

Avevo capito cosa mi stava chiedendo, e scossi il capo. «Mai. Sei mio.»

Quelle parole gli fecero piacere, senza dubbio. Mi guardò di sottecchi, un po' in imbarazzo. «Finché morte non ci separi?»

Lo baciai teneramente. «E forse anche un po' di più.»

«Allora, sentiamo: Tammy è fuori di sé per lo stress; mi viene da chiedermi cosa ci succederà quando organizzeremo il nostro matrimonio.»

Feci un piccolo respiro. «Se devo essere sincera, non vorrei fare niente di eccessivo. Mi piacerebbe una cerimonia semplice e carina.»

«Semplice e carina, eh?»

Annuii. «Sai, soltanto familiari e amici. Romantica. Elegante. Magari con qualche luminaria sugli alberi.»

Mosse le cosce, facendomi rimbalzare un pochino. «Luminarie... Va bene, e cos'altro?»

Ci pensai su. «Magari potremmo farlo all'aperto.»

«Con dei tendoni, o cose del genere?»

Il pensiero mi fece fare una smorfia. «Non credo di volere un grande tendone bianco.»

Si grattò una guancia. «Vuoi la cerimonia in chiesa, o...»

In realtà non avevo preferenze. «Non ho un'idea precisa, e a dire il vero non entro in una chiesa dalla morte di mio padre, quindi... Tu, invece, cosa vorresti?»

Scrollò le spalle, evasivo. «Nudi su una spiaggia?»

Mi accigliai e gli diedi una gomitata.

«Dico davvero! Non so. All'aperto mi piace. O magari anche al chiuso, non so dove, però. Sono aperto a suggerimenti.»

«Credo che abbiamo tutto il tempo per decidere. Ma forse prima dovremmo concentrarci sulla nostra vita nel peccato.»

Ryan mi fece scivolare le mani sul sedere, le dita salde. «Mi piace l'idea. Ho già cominciato a fare progetti.» Di colpo aveva riacquistato vitalità, come se un fuoco gli si fosse acceso nelle viscere. Aprì l'album degli schizzi su cui scarabocchiava sempre. «Bene, è arrivato il momento di disegnare la nostra casa.»

Ryan era già tornato sul set a girare quando riuscii a parlare di nuovo col mio padre biologico. Fu una telefonata di quasi un'ora, ma nessuno dei due fece caso al tempo. Chiacchierare con lui fu facile e piacevole, ma, anche se tenemmo la conversazione su toni leggeri, la sua voce mi sembrò piena di rimorsi.

Durante le riprese me ne restai nel camper attrezzato di Ryan a occuparmi un po' di tutto, dagli ultimi consuntivi finanziari alla scelta della porta d'ingresso della nostra nuova casa.

Al suo rientro, la cabina oscillò un po'. «Ciao, tesoro. Che fai?» mi chiese, lanciandomi un'occhiata. L'osservai lasciare alcuni fogli sul bancone.

«Ah, vediamo, da dove comincio? Sei sicuro di volerlo sapere?»

Prese una bottiglia d'acqua fresca dal piccolo frigo. «Se la metti così, no… Ma raccontami pure.»

«Hai tempo?»

Prese un sorso e inclinò il capo. «Un quarto d'ora. Potresti farmi un riassunto?»

«Okay… Marie e Tammy sono ancora in lite, Pete è disperato perché è bloccato a casa e non può lavorare, tua madre ha detto che ha fissato la nostra festa di fidanzamento a casa sua per il 22 luglio e l'ho segnato sulle nostre agende, e la scorsa settimana, non so quando, Cory ha cominciato ad andare a letto con la nuova cameriera assunta da Marie. Ah, e ho parlato con Joe», aggiunsi, agitando in aria il cellulare.

Ryan sembrava sorpreso. «Wow. E io che pensavo che l'azione fosse tutta là fuori», disse con un cenno. «Cory si fa la biondina che ho conosciuto, oppure Marie ne aveva assunta anche un'altra?»

«No, è quella che hai conosciuto, Kara.»

Annuì. «Be', buon per lui, direi.»

«Ma non per me. Soprattutto se si lasceranno fra atroci sofferenze.»

Lui s'infilò nella piccola zona pranzo e si sedette di fronte a me. «È il genere di rotture che devi affrontare quando gestisci un'impresa. Anche se immagino sia più un problema di Marie.»

«È il mio bar. Quindi è un problema mio. Anche se lo sto evitando da settimane, ormai. E lei, poi, ha già i suoi, di problemi.»

Ryan si passò un pollice sul sopracciglio e mi guardò serio. «Non posso dirti io cosa fare, ma sai da sola che non puoi essere in due posti allo stesso tempo. E Mike è così triste che, se non vedrà Marie al più presto, mi toccherà spedirlo a Seaport.»

In effetti, negli ultimi tempi era di pessimo umore.

«Lei vuole diventare una guardia del corpo», lo informai.

Mi sorprese non vederlo turbato all'idea. Prese un altro sorso d'acqua e l'osservai mentre lo mandava giù. C'era qualcosa di molto, molto sexy in lui. «Mike me l'ha detto.»

Anche la notizia che Mike gliene avesse parlato era sorprendente, visto che non era tipo da confidarsi.

«Te l'ha detto?»

Annuì. «Sì. Ne abbiamo parlato un po'.»

«Marie mi ha raccontato che lui le ha dato il suo pieno appoggio.»

Ryan fece una smorfia, come se nascondesse un segreto. «L'amore fa questo effetto.»

«È innamorato?» mi stupii.

«È lampante, no? Lei è molto attraente, ma anche una tipa combattiva. Hai presente quel suo modo di fare un po' esuberante? È proprio quello di cui lui ha bisogno.»

Sorrisi. «Sì, è vero. Non è una che si lascia mettere i piedi in testa. E, quando beve, peggiora.»

Scivolò fuori dalla panca e si mise sul divano, poggiandoci sopra i piedi. «E tu che cosa ne pensi? Perderai la direttrice del locale.»

«Credo che debba fare ciò che la rende felice.»

Lui appoggiò la testa sulle mani. «La penso come te. Soprattutto se lei e Mike vanno d'accordo. Se avessero lavori complementari sarebbe la cosa migliore. E per noi sarebbe una doppia vittoria.»

«Doppia vittoria?»

Mi lanciò uno sguardo come a dire: *Non è evidente?*

Non gli avrei chiesto a cosa si riferisse. In un certo senso ero bloccata sull'altra allusione insita nel suo discorso. «Vuoi che venda il bar.» Non fu una domanda, ma una constatazione che mi uscì di bocca in un sussurro.

La sua espressione accigliata era già una risposta. Prese un altro sorso d'acqua e, prima di parlare, mi scrutò. «Voglio che tu faccia ciò che è giusto per noi. Il fatto che tu abbia un'impresa è bellissimo, ma le continue preoccupazioni che ti dà non lo sono, quindi bisogna fare qualcosa.»

Da un punto di vista, aveva ragione, però eravamo fidanzati da qualche settimana appena. Era un errore da parte mia cercare di proteggermi? Tenere un asso nella manica in caso di emergenza? In fin dei conti, avevo ancora un certo istinto di autoconservazione.

«Potremmo parlarne in un altro momento?»

«Certo», rispose senza esitare.

«Come vanno le cose sul set? Nicole come se la cava?»

Ryan parve incerto. «Riga dritto.»

«Credi sia pulita?»

Si grattò la fronte. «Non ha scelta, dato che ho chiesto di sottoporla al test antidroga ogni settimana. Può essere incazzata con me quanto le pare: finché recita nel *mio* film, si terrà alla larga da quella merda e penserà soltanto al lavoro.»

Annuii. «Le hai proposto una terapia psicologica?» Sapevo che non era molto propenso a immischiarsi.

«No, ma ho scambiato due parole con lei. Una sola ricaduta, e la faccio portare via dal set in manette.»

«Non gliel'hai detto sul serio, vero?»

«Certo che sì. Non ho tempo da perdere a fare il babysitter. Deve risolvere da sola i suoi problemi. E poi non sono affari nostri. Adesso, però, dobbiamo tornare di là. Sono venuto a prenderti.»

«Hai bisogno di me?» Lo guardai come a chiedere: *Dici davvero?*

Si passò una mano sul costume di scena, che consisteva in un paio di pantaloni da rocciatore molto belli che gli avrei comprato di sicuro alla prima occasione di shopping. «Sì. Mi piace averti attorno.»

«Non voglio stare tra i piedi. Pensavo di essere una distrazione.»

«Taryn, mi basta sapere che respiri per distrarmi. Sapere che sei qui, chiusa in questo camper a fare chissà cosa che non posso vedere… anche quella è una distrazione.»

Idem.

E io che pensavo d'innervosirlo. L'idea che mi volesse vicino mi scaldò il cuore. Imparavo moltissimo facendo l'osservatrice silenziosa, e preferivo stare sul set che chiusa là dentro. «Be', dal momento che hai bisogno di me…»

Ryan si alzò di scatto e in un secondo fu a pochi centimetri dal mio viso, pronto a rivelarmi i suoi pensieri. «Sì, è così. Sei la mia musa.»

Sapevo che mi stava stuzzicando, ma quelle labbra sexy mi facevano pensare a quanto ero fortunata, soprattutto se lo immaginavo con quel fisico atletico e sudato sul set. «La tua musa, eh?»

Sorrise e assentì. «Mmm-mmm.»

«Credevo di essere la tua schiava del sesso.»

Mi guadagnai un sorriso più ampio e un bacio lascivo.

«Anche», mormorò lui, e sentii il sapore delle gomme alla menta che gli avevo infilato in tasca.

Volevo ancora la sua lingua. «Sai di buono.»

«Mi lascerò assaggiare tutto, se vuoi… più tardi. A proposito, c'è una posizione che non abbiamo ancora provato e mi chiedevo se t'interessa…»

Era così vicino che dovetti scostarmi un po'. «Soltanto una?»

Lui socchiuse gli occhi. «Hai una mente perversa e una bocca che mi fa venire in mente di tutto. Per questo sei perfetta per me.»

Le nostre labbra si unirono in un bacio affamato, che terminò con un lamento da parte mia per il fatto di dovermi separare da lui. «Prima che ti lasci trascinare…»

«Allora sarà meglio che inventi un altro modo per distrarmi, oltre a infilarmi la lingua in bocca.»

Lottai contro la sua stretta e sussurrai: «Ho parlato con Joe per quasi un'ora».

Si tirò indietro, un po' sorpreso. «Ah, sì? E…?»

Provai a cacciare via la delusione e la tristezza che mi avvolsero all'improvviso, ad affrontare l'argomento con ottimismo, ma era difficile. L'uomo che mi aveva dato la vita mi teneva a distanza, e non potevo fare a meno di soffrirne. In quell'ora mi ero sentita più respinta che accolta da lui.

«È andata bene, soltanto che… insomma, mi ha raccontato di sua moglie e della sua famiglia. Ha due figlie adolescenti che a quanto pare sono tue grandi fan.»

Ryan mi scrutò con attenzione. «Davvero? Ho la sensazione che ti abbia detto qualcosa che ti ha infastidita. Te lo leggo negli occhi.»

Mi appoggiai allo schienale. «Ha detto che non smetterà mai di rimpiangere di avermi data via, ma era giovane e non aveva idea di come si cresca un bambino e… Sono sicura che è pieno di rimorsi.»

Mi si sedette accanto. «Lo immagino. E v'incontrerete?»

«No.»

«Perché no?»

«Ryan, non faccio parte della sua vita da moltissimo tempo.»

«E allora?»

«Non è così semplice. Abbiamo chiacchierato, e lui è contento che finalmente io abbia scoperto la verità, ma non se la sente ancora di parlare di me con sua moglie. Non sa come la prenderebbe, visto che non le ha mai detto di aver avuto una figlia, quand'era ragazzo. Teme che andrebbe su tutte le furie.»

Ryan si grattò la fronte. Sembrava irritato. «Be', che situazione del cazzo.»

«Sta a lui scegliere. Non posso certo chiedergli di mettere in pericolo la felicità della sua famiglia, anche se vorrei tanto incontrarlo.»

Scrollò appena le spalle. «Un uomo dovrebbe sapersi gestire.»

«Quando sono nata, era un ragazzino. Non posso fargliene una colpa. Deve decidere ciò che è meglio per loro.»

Ma lui non sembrava d'accordo. «Che lavoro fa?»

Per un istante mi parve che volesse proteggermi, come se avesse bisogno di sapere se Joe era abbastanza bravo da poter essere il mio vero padre assente.

«È un imprenditore nel ramo degli impianti elettrici. Ha una società sua. Dice che si occupano di molte nuove costruzioni e hanno così tanto da fare che faticano a star dietro a tutto.»

Ecco, forse bastava.

Le sue labbra ebbero un guizzo e lui annuì. «Bene, un'occupazione onesta. Sembra un gran lavoratore.»

Chi sei, tu, e dove hai messo il mio fidanzato ventisettenne?

«Sua moglie lavora?»

«Sì, è un'igienista dentale.»

Quelle parole gli fecero inarcare un sopracciglio e, di nuovo, mosse la testa in segno di assenso. Era come se avesse trovato un legame con suo padre, che era dentista. «E le figlie? Quanti anni hanno?»

«Abby ne ha quattordici, Eli undici. Da come ne parla, sembrano in gamba.»

Ryan parve rilassarsi un poco, ma poi disse: «Senti, so che hai dovuto affrontare questo… questo shock. E continuerò a essere paziente e a sostenerti, ma non permetterò a qualcuno che conosci appena di farti star male. Prima che aprissi quella cassetta di sicurezza, andava tutto bene, almeno per quanto fosse possibile. Però questa storia ti sta trascinando in un vortice di sofferenza, potrebbe anche essere Gesù Cristo, ma non me ne frega niente; se quell'uomo non ti dà benessere e felicità, allora sarà meglio che sparisca il prima possibile. Te lo dico chiaro e tondo, Taryn: non permetterò che tutto questo ti divori. Se non ha le palle di affrontare le conseguenze delle sue azioni, allora, per quel che mi riguarda, può anche tornare a essere uno sconosciuto. Sei già stata ferita abbastanza, e nessuno ha il diritto di renderti triste. Non voglio».

«Lo so», protestai con un filo di voce.

«No, non credo che tu lo sappia. Hai avuto un'esistenza felice e inconsapevole. Adesso, invece, metti tutto in discussione, come non avevi mai fatto. Devi quindi concentrarti su ciò che hai di bello e di vero nella vita. Me. La mia famiglia. Noi siamo delle costanti. Non me ne andrò mai, e lo sai. Uno sconosciuto che ha fatto da donatore di sperma non merita la quantità di pensieri che gli stai dedicando. Dan e Jennifer erano i tuoi genitori, e so che ti sono stati portati via troppo presto, ma, se hai bisogno di riferimenti materni e paterni, i miei genitori non vedono l'ora di farsi avanti e colmare quel vuoto. Questo tizio, Joe, non ha nessuna influenza sulla nostra vita. Contiamo soltanto tu e io. Se i tuoi amici vorranno fare scelte che non prevedono un futuro con noi, nemmeno quello sarà un problema. Per niente. Liberiamoci della merda e troviamo dei nuovi amici. Circondiamoci di persone che tengono a noi e ci amano. Noi funzioniamo così.»

Aveva ragione. Ragione da vendere, come sempre. Avevo già riconosciuto il timore dell'abbandono quando avevo pensato che i genitori di Ryan lo stessero portando via da casa mia, prima che ci fidanzassimo. Tutte le persone cui volevo bene, prima o poi, mi lasciavano. Tutte. E, adesso, un uomo che nemmeno conoscevo stravolgeva le mie emozioni e i miei pensieri soltanto perché sentivo il bisogno di recuperare qualcosa, di capire perché avevo dovuto scoprire di essere stata adottata.

Nonostante tutto, le sue ultime parole mi avevano fatto venir voglia di ridere. «Funzioniamo così?»

«Esatto», ribatté, all'inizio serio, ma poi la sua bocca s'incurvò in un sorriso. «Non hai nessun rapporto con lui. Lui non ne vuole creare uno con te? Nessun problema. Per come la vedo io, uno stronzo in meno che potrebbe minare la nostra felicità.»

A quel pensiero, sorrisi anch'io; riusciva a farmi innamorare di lui ogni giorno di più.

Lo sguardo di Ryan si posò sulle mie labbra, e lui inclinò il capo all'indietro, mormorando: «Vieni qui». E si chinò a baciarmi.

Io gli cinsi le spalle con un braccio per essergli ancora più vicina, mentre con l'altra mano gli accarezzavo i morbidi riccioli sulla nuca. Quando li tirai, mugolò sulla mia bocca.

«Ho bisogno di passare una giornata a baciarti», bisbigliai.

Mi scostò le ciocche di capelli che scendevano accanto al seno. «Domani. Tutta la mattina. Niente telefoni né computer. La tua bocca e il tuo corpo saranno soltanto miei.»

Qualcuno bussò alla porta. «Ryan, dieci minuti.»

Le sue spalle crollarono, insieme con le mie, e con lo sguardo corse verso lo schermo del mio computer. «Che cosa guardavi?»

Avevo dimenticato la ricerca che stavo facendo su Internet. «La strepitosa porta per la nostra nuova casa. Ti piace?»

«Sì, fammi vedere.» Raddrizzò la schiena, sorridente, e si avvicinò al computer per avere una visuale migliore. «*Mica male*. Aggiungila alla lista.»

Be', era stato facile.

«Vuoi vedere anche altro?»

«Perché? Hai già progettato tutta la casa?»

«No, però Marie mi ha mandato alcune immagini. Dice che qui è dove ci dovremmo sposare.» Aprii la posta elettronica e visualizzai gli allegati a schermo intero.

Ryan socchiuse gli occhi, poi li spalancò. «Wow. No, torna indietro. Indietro. Ferma. Porca miseria, è fichissimo. Dove si trova?»

«In Italia. Si chiama Grotta Palazzese. Cosa ne pensi?»

Il suo sorriso si allargò mentre osservava il ristorante che si trovava all'interno di una grotta, con una vista mozzafiato sul mar Mediterraneo. «Meraviglioso. Italia? È questo che vuoi? Qualcosa del genere?»

Scrollai le spalle; non avevo ancora deciso. «Non saprei. Ma ha tutta l'aria di essere un posto pazzesco dove cenare.»

Mi scoccò quella sua occhiata che diceva che mi avrebbe portata in capo al mondo per farmi avere il matrimonio dei miei sogni, purché gli avessi detto di *sì*.

«Secondo me dobbiamo andare a fare un sopralluogo, anche solo per cena. Ma questo ci riporta al fatto che dovresti liberarti delle tue responsabilità, Tar.»

«Lo so. E forse ho trovato una soluzione.»

«Davvero?» chiese, incuriosito.

Quando gli spiegai la mia idea, ne fu più che felice. Era addirittura sollevato.

Andare in Italia era più facile a dirsi che a farsi. Dopo qualche altro giorno a Vancouver con Ryan, tornai nel Rhode Island da sola. Giugno era quasi al termine, Marie era abbastanza giù di corda, Tammy non parlava quasi più con nessuna di noi due e Pete annegava nei debiti, dato che non sarebbe più stato in grado di salire scale e fare lavori manuali per chissà quanto tempo.

Dire che non vedevo l'ora di tornare a tutto questo sarebbe stato una bugia. Per fortuna, almeno i paparazzi e i giornali scandalistici erano stati clementi, pubblicando soltanto foto in cui Ryan e io eravamo allegri e impegnati a fare shopping, qualche giorno prima.

Ci eravamo divertiti a fare una passeggiata, ammirando il paesaggio e comprando oggetti di cui non avevamo bisogno ma che potevamo permetterci. Io avevo preso uno splendido bracciale antico di diamanti che gli era costato una piccola fortuna, mentre lui si era comprato una bella catenina di platino con una medaglietta d'acciaio con un simbolo tribale su un lato e il mio nome inciso sull'altro.

Adesso, però, ero seduta sul sedile del passeggero della mia auto, accanto a Marie, che era venuta a prendermi all'aeroporto, e i momenti incantevoli trascorsi con Ryan non erano che un ricordo, purtroppo.

Guardavo il panorama che mi scorreva accanto con la sensazione di avere un déjà-vu, e mi chiedevo se la situazione si sarebbe mai sistemata.

Tornare al Mitchell's Pub iniziava a pesarmi, e non era un segno positivo.

«Hai prenotato il volo?» chiesi.

Chissà se almeno quella parte del piano avrebbe funzionato.

Marie mi lanciò una rapida occhiata. «Sì. Le lezioni cominciano il 9 luglio.»

Pensai agli impegni che avevo in programma, consapevole

che sarebbe stato un problema, ma non avevo intenzione di rovinare i suoi progetti.

«Perderai la festa di fine riprese di Ryan per colpa mia.»

La guardai, e sentii montare la tensione. «Mike dovrebbe imparare a tenere chiusa quella boccaccia.»

Lei scoppiò a ridere. «E, anche se non me l'hai detto, so che il 22 dovrai essere a Pittsburgh, a casa dei suoi genitori.»

«Non era mia intenzione tenerlo segreto.»

In realtà sì, e a Marie l'avrei detto soltanto dopo la sua partenza.

Superò un camper lentissimo sulla corsia centrale. «Bugiarda. Hai detto che non avevi nessun impegno fino al 7 agosto, quando ci saranno i Teen Choice Awards.»

Era proprio quello il mio problema, in soldoni. Dal momento che non potevo clonarmi, dovevo rinunciare a qualcosa, come aveva detto Ryan.

«Preoccupati dei tuoi impegni, che ai miei penso da sola», ringhiai, ma naturalmente stavo scherzando.

«Ho pensato che avreste cercato di andare in Italia la settimana prima di quella.»

«No. Ryan non sa se deve prima andare a Los Angeles. È in attesa di conferma. Tu quando tornerai?» le chiesi mentre frugavo nella borsa.

«Il 28 luglio.» La sua voce ebbe un picco d'emozione, che rese la risposta più simile a una domanda. Ebbi la sensazione che cercasse di sondare il terreno. Sapeva bene che non avevo nessun altro su cui contare.

«E, quando ti rivedrò, sarai una macchina da guerra supermuscolosa», scherzai. Volevo farle capire che sostenevo in pieno la sua decisione.

Marie mi rivolse un sorriso incerto. «Non devo per forza andare a questa sessione, Taryn. Posso rimandare. Magari di un anno... So che ti metto in difficoltà.»

Giocherellai con l'anello. «No, non è affatto così.»

«Taryn, sto andando troppo di corsa. Non so nemmeno se Mike vuole una relazione stabile. Passo le giornate a litigare con Gary su chi deve avere il tostapane e cazzate del genere. Forse non dovrei fare scelte azzardate.»

«Se è ciò che desideri, allora buttati. È giunto il momento di fare quello che vuoi tu, per una volta.»

«Ma...»

«'Ma' cosa? Vuoi rinunciare ai tuoi sogni perché non hai certezze sulle intenzioni di Mike? Vuoi fare la guardia del corpo, scoprire se ti piace? Allora fallo. E niente 'ma'. Non ti sentivo così presa da qualcosa da anni. Se vuoi intraprendere una nuova carriera, è il momento buono. Stai sprecando le tue conoscenze e capacità, bloccata dietro il bancone del bar.»

«Non sono bloccata...»

«Invece sì. È così per tutte e due. Dobbiamo voltare pagina.»

«Ma ho bisogno di uno stipendio, Taryn. Non posso vivere senza lavorare», ribatté.

Sospirai. «Ne abbiamo già parlato.»

«Non puoi pagarmi se non me lo sono guadagnato. Mi hai già prestato i soldi per l'avvocato, e ci vorrà un po' prima che ottenga un accordo di divorzio e possa restituirteli.»

«Marie, che cosa ti ho detto?»

Sbuffò. «Non è giusto. Non puoi continuare a mantenere le tue amiche.»

Mi voltai sul sedile per guardarla, senza dirle che, se fosse stato necessario, mi sarei fatta liquidare parte dell'eredità per fronteggiare le spese. Il bar andava meglio, ma non era abbastanza per coprire la paga di diversi dipendenti a tempo pieno. «Tu faresti lo stesso per me, e lo sai.»

«Dovrai assumere uno o due baristi e qualcuno che diriga il locale. Non posso aspettarmi che tu prenda qualcuno per due settimane soltanto e che poi lo licenzi quando tornerò. Cory se la cava, ma sai bene quanto me che è giovane e non è pronto ad assumersi tutte quelle responsabilità. E poi cosa succede se vado là e scopro che non ce la faccio? Mike mi ha detto che i corsi sono molto intensi... c'è l'addestramento al combattimento, t'insegnano a sparare mentre rotoli a terra e cose così. Insomma, io che cavolo ne so di come si disarma o si prende a calci in culo una persona? L'ultima volta che ho menato le mani ero al liceo e ho dato un pugno in faccia a Sophie Lithgow perché mi aveva dato della sgualdrina.»

Risi. «È comunque un punto di partenza. E poi è stato un pugno da manuale. Se lo meritava: ha dato della sgualdrina a *entrambe.*»

«Sì, ma almeno io mi ero meritata il titolo», si gloriò lei.

«No, non è vero.»

Mi lanciò uno sguardo di traverso, come a voler insinuare che, invece, era così.

Restammo in silenzio per un chilometro circa, poi riuscii a condividere con lei la mia preoccupazione maggiore. «Ryan mi ha suggerito di nuovo di vendere il bar.»

Spalancò la bocca di scatto. «Perché?»

«Perché non posso sdoppiarmi.»

Emise un piccolo gemito. «E tu pensi di volerlo fare?»

L'istinto mi diceva di rispondere di no, invece dissi: «Non lo so. Ci sto riflettendo».

Marie scosse il capo con decisione. «Secondo me, non devi vendere.»

Ero felice che l'avesse detto. «È tanto sbagliato voler mantenere una forma di protezione?»

«Cavolo, no! Guarda cos'è successo a me. Quel bastardo mi ha chiusa fuori dalla mia stessa casa! Sono riuscita a recuperare soltanto qualche vestito, e adesso lui minaccia di spaccare il servizio di porcellana che ci ha regalato sua zia per essere sicuro che non l'avrò mai. Non so dove sarei andata, se non mi avessi accolta tu. Non voglio dire che Ryan ti farebbe qualcosa di simile. Se devo essere sincera, credo che andrebbe bene anche se trovassi un'altra attività e vendessi il bar, ma la mia esperienza mi dice che devi avere una scialuppa di salvataggio.»

La saggia donna dentro di me era rimasta scottata troppe volte dagli uomini, quindi avere una rete di sicurezza era una necessità impellente. «Detesto sentirmi così.»

«Lo so. Che cosa ci diceva sempre tua madre?»

«Che si trova spazzatura a ogni angolo della strada, ma bisogna cercare un uomo dal cuore d'oro?»

«No, no. Anche quello era un buon consiglio, ma io parlavo di quando ripeteva che devi essere sicura che il tuo uomo ti ami più di quanto tu ami lui. Per Ryan il sole sorge e tramonta sul tuo deretano, quindi penso che tu sia in buone mani», disse.

Ripensare ai tempi in cui mia mamma mi dispensava quelle perle di saggezza mi scaldò il cuore. «Mia madre era una donna intelligente.»

Marie sorrise. «Eh, sì. Peccato che io non sia mai stata a sentirla.»

Mi grattai la testa. «Sì, e siamo in due. Ma stavolta lo farò.»

«Giusto. Lasciando perdere il cattivo ragazzo per scegliere quello *figo*.»

Per qualche strano motivo mi passò davanti agli occhi un'immagine del poderoso fisico di Mike Murphy, senza maglietta. «Mike è un discreto figo.»

Lei sorrise. «Direi proprio di sì. È lui il motivo per cui sono sicura di dover chiudere i conti con Gary. Non mi ero accorta di quanto stessi male finché non ho conosciuto lui. Per Gary non sono mai stata una priorità. Non ha mai messo i miei bisogni davanti ai suoi. Se ripenso al nostro rapporto, anche prima che ci sposassimo, non mi ha mai fatta sentire importante. L'hai visto anche tu. E, dopo un po', la merda ti logora. Mike, invece... So che ha dovuto chiedere diversi favori per far accettare la mia iscrizione al corso. Si è preso cura di me senza la minima esitazione. Sempre.»

«Mike è di pessimo umore... Ryan sta per spedirlo qui, e *presto*. Per fortuna stanno per chiudere *Slipknot*», la informai.

S'illuminò. Era bellissimo vederla così. «Sul serio?»

Sorrisi a mia volta. «Crede che Mike sia innamorato di te.»

«Davvero?»

«Davvero davvero.»

Mantenne quell'espressione estatica per qualche istante, poi disse: «Ryan è pazzo di te, sai. Però... ti prego, non vendere il bar».

Non ero molto convinta.

«Mi spiace di non poter venire alla vostra festa di fidanzamento dai genitori di Ryan. Sono sicura che Ellen vi riempirà di cibo fino a scoppiare.»

Il dispiacere di Marie nel pronunciare quelle parole era manifesto.

Mi fece venire in mente qualcos'altro che dovevo fare: era giunto il momento di verificare se la mia grande idea avrebbe funzionato.

«Oggi sono andata a trovare Pete», dissi a Ryan in videochiamata su Skype, quella sera.

Povero amico mio. Capivo benissimo la tortura di dover portare il gesso. E l'andatura zoppicante non passava inosservata.

«Come sta?» mi chiese lui disteso sul letto, il portatile sulle gambe. Era senza maglietta e doveva essere appena uscito dalla doccia, perché la pelle era un po' arrossata e deliziosamente umida.

Dio, che visione stupenda.

«Hai idea di quanto sia difficile parlare con te in quello stato?»

Fece una smorfia. «Quale stato?»

«Sei nudo, e tutto il resto...» Agitai una mano, incapace di descriverlo a parole.

Ryan sorrise e si accarezzò il petto. «Ti piace quello che vedi?»

«Lo sai che mi piace.»

Posò di lato il portatile, in modo che la webcam mostrasse ciò che si stava accarezzando in quel momento. Mi sentivo come una teenager che guarda un porno, col mio spettacolino privato inscenato nientemeno che da Ryan Christensen.

«E vedi qualcos'altro di interessante?»

Arrossii: ero molto nervosa. «Oh, Dio, Ryan! E se qualche hacker potesse vederti? È così che le immagini private... Fermati! Vuoi che il video di te che ti tocchi diventi virale?»

Lui spostò lo schermo e tornò a puntarsi la videocamera sul viso, su cui adesso era dipinta un'espressione autoritaria. «Non lo vedrà nessuno. Porta il computer sul nostro letto e togliti i vestiti.»

Il suo tono risoluto mi fece trasalire, e provai una strana spinta a obbedirgli. Eppure, l'idea di fare qualcosa di così rischioso su Internet mi dava una certa ansia. «Ryan...»

Lui, però, non sembrava in vena di ammettere repliche. «Subito, Taryn.»

Funzionò.

Sebbene di malavoglia, portai il computer in camera e mi distesi, ma rimasi vestita.

Eravamo entrambi su un fianco, un braccio piegato per sorreggere la testa. Osservai le sue dita muoversi verso lo schermo.

«Mi manchi», disse piano, sbriciolando ogni mia resistenza. «Mi manca il senso di completezza che provo quando sei tra le mie braccia. Tu ti senti mai così? Come se fossi incompleta, quando siamo lontani?»

Avrei voluto attraversare lo schermo con la mano e toccarlo. «Sempre. Mi sento incompleta.»

Si passò un dito sulle labbra. Era il gesto più sexy del mondo, come se la sua fame di me fosse palpabile. «Sai qual è la parte del tuo corpo che preferisco?»

Deglutii, immaginando che la risposta fosse la più scontata. Ma non volevo dargli la soddisfazione d'indovinare.

«Non lo sai? Sono le tue labbra. E non per il motivo che potresti pensare. Il modo in cui s'incurvano mi fa sempre domandare cosa ti passa per la testa. Tra le tue labbra e i tuoi occhi, di solito riesco a capire cosa pensi in modo abbastanza preciso. Forse non te ne accorgi, ma sono una finestra aperta sulla tua anima.»

Osservai il suo viso, la pelle delicata delle guance nel punto in cui s'incontrava con l'ombra della barba che gli cresceva sulla mascella, le ciglia di una lunghezza straordinaria che incorniciavano quegli occhi seducenti da un milione di dollari, la linea decisa del mento. «Anche i tuoi occhi ti tradiscono, sai?»

«Se tu fossi qui, ti bacerei subito. Continuerei fino ad averti nuda sotto di me, che sospiri sulle mie labbra. Quasi mi sembra di sentire la tua pelle liscia come seta mentre t'infilo le dita nelle mutandine.»

Cominciavo a pensare che in effetti le videochiamate potevano portare vantaggi notevoli. Mi stava seducendo col dolce ritmo delle parole e delle immagini che evocava nella mia mente.

«Passati lentamente un dito sul collo, fino alla base della gola. Voglio che senti i miei baci mentre faccio l'amore con te.»

Obbedii. Ogni volta che mi diceva di bagnarmi le dita o pizzicarmi la pelle, mi eccitavo sempre di più, finché non mi ritrovai madida di desiderio, tra ansiti e gemiti. Mi ero toccata molte volte nei periodi in cui non stavo con nessuno, ma quella era un milione di volte meglio.

Un milione.

Ryan aveva spostato lo schermo in modo che potessi vederlo mentre si sistemava. Il mio cuore impazzito stava finalmente rallentando, quando lo mosse di nuovo, per puntarselo sul volto.

Il suo sorriso soddisfatto mi riempì di gioia. «Dovresti videosedurmi più spesso», gli dissi.

Lui rise allegro e si mandò indietro i capelli. «Preferirei farlo di persona, ma in qualche maniera dobbiamo pur sopravvivere.»

«Non mi ero mai resa conto che guardarti mi facesse eccitare tanto.»

Le sue labbra ebbero un guizzo. «Ah, io sì. A me basta sentire la tua voce per eccitarmi. Tutto il resto è un'aggiunta.»

Mi misi a pancia sotto. «Sì, giusto. La mia voce ti eccita da morire.»

Dalla sua espressione capii che era serissimo. «Futura moglie, in passato abbiamo fatto sesso telefonico e ora non soltanto posso vederti il viso, ma anche le tette. Fidati. Adesso però raccontami di Pete, a meno che tu non voglia passare al secondo round, e ti avviso: sono quasi pronto.»

Lo guardai impilare qualche cuscino sotto la testa, poi per un attimo puntò la videocamera per mostrarmi il punto esclamativo che chiosava la sua ultima affermazione.

Quando fui di nuovo in grado di parlare, mormorai: «Pete sta malissimo».

«Hai sistemato la faccenda con Tammy?»

«No, ma lo farò. Immagino che siamo ancora invitati al matrimonio. Vuoi sempre essere tra i testimoni? Mi ha chiesto la tua conferma. Se non volessi più, ti capirei. Non lo conosci da tanto, e...»

Lui m'interruppe: «Gli ho già detto di sì. Ho dato la mia parola. Sapranno che la mia presenza creerà un certo trambusto, ma, se per loro non è un problema, io ci sto. Li ho avvisati. D'altra parte non permetterei a nessun altro di camminare al tuo fianco fino all'altare. Non se ne parla».

Adoravo saperlo così possessivo, mi faceva sentire al sicuro, adorata. «È la tua risposta definitiva?»

Mi lanciò un'occhiataccia dallo schermo, poi rispose: «È la mia risposta definitiva *per sempre*. Ti sta bene, tesoro?»

Se pensavo che una volta Thomas mi aveva piantata durante una festa, senza curarsi di come sarei tornata a casa né se sarei riuscita ad arrivarci viva, mi stava benissimo. «Sì.»

«Brava la mia ragazza.»

Dite quello che vi pare, ma io ero maledettamente felice di essere *sua*, senza incertezze.

«E cos'ha detto dell'altra proposta?»

Il ricordo di come Pete aveva reagito a ciò che gli avevo chiesto mi fece sorridere ancora di più. «Sembrava che gli avessi offerto un miracolo.»

«Quindi è assunto?»

«Sì, cominciamo l'affiancamento domani.»

18

SOTTO LA PIOGGIA

Fuori pioveva a dirotto. Era uno di quei rovesci così forti da far temere che l'acqua passasse anche attraverso il tetto. Mi avvicinai alla porta della casa dei genitori di Ryan e la socchiusi, per osservare la pioggia che scendeva.

Ryan aveva concluso le riprese di *Slipknot*, e la festa riservata al cast era stata davvero memorabile. Pete aveva imparato subito a gestire il pub in modo eccezionale, consentendomi di tornare da Ryan a Vancouver. Nicole si era ubriacata e aveva cominciato a biascicare insinuazioni su come fosse colpa di Ryan se la sua amante, Lauren Delaney, non era presente. Sapevo con assoluta certezza che lui non aveva il minimo interesse per la sua vita sentimentale, ma lei sembrava convinta che avesse fatto cancellare Lauren dalla lista degli invitati.

Forse Ryan aveva esagerato un po' quando le aveva detto che, se era fortunata, poteva trovare lavoro come cameriera, quando la stampa fosse venuta a sapere che era una drogata; ma almeno così era riuscito a farle chiudere la bocca.

In molti vedono soltanto le foto delle celebrità sorridenti alle prime e nei servizi fotografici; se il pubblico avesse la minima idea di cosa succede sui principali set cinematografici, resterebbe sconvolto. C'era di tutto: scontri di personalità, ego smisurati, differenze nei metodi di recitazione e nell'interpretazione delle scene.

Ma erano passati due giorni, Ryan finalmente aveva un po' di tempo libero e avevamo una festa di fidanzamento in famiglia cui pensare.

Ryan fece scorrere una mano sui miei pantaloncini color kaki e mi afferrò per un fianco, guardando sopra la mia spalla. «Dai, spostiamoci fuori, sul portico», disse mentre mi spingeva oltre la soglia.

Erano le sette e mezzo di sera, e il cielo era plumbeo, minaccioso; il calore del giorno era stato spazzato via, e dal vialetto asfaltato si levava una nube di vapore. Tesi una mano sotto il flusso d'acqua che scorreva oltre il bordo delle grondaie.

«Una volta Nick e io abbiamo lavato la macchina di nostro padre durante un acquazzone come questo. È stato uno spasso. Papà ci ha dato un secchio e le spugne e ci ha messi al lavoro, anche se non ci rendevamo conto di stare lavorando. Eravamo tutti insaponati e zuppi, ma ci siamo divertiti un mondo.»

L'acqua fresca mi scorreva rapida sulla mano mentre immaginavo quei due ragazzini pestiferi che scorrazzavano di qua e di là, armati di spugne insaponate. «Wow, certo che viene giù a catinelle!»

«Eh, sì. L'ultima volta che ho visto piovere così forte eravamo...»

M'irrigidii, e anche lui. Smise di parlare.

Mi si affacciò alla mente il ricordo doloroso della luce dei fari che guizzavano tra le gocce di pioggia, del suono di pneumatici che stridevano sulla strada bagnata e di un clacson che m'intimava di togliermi di mezzo, in quella via del centro di Miami. Una visione terrificante, accompagnata dalla sensazione di essere stata pugnalata al cuore quando lo avevo visto baciare Lauren. Fui pervasa dal desiderio di spazzar via tutta quella sofferenza. Era passato del tempo, eppure i ricordi erano così vividi... Per fortuna, riuscivo a tenerli separati dal presente e non permettevo a quei terribili istanti di sopraffarmi.

«Non avrei dovuto... non volevo», fece Ryan, tentennante, poi sussurrò una sfilza d'imprecazioni contro se stesso.

Spostai l'attenzione su di lui, cercando di mantenere i pensieri sotto controllo. «Va tutto bene.»

All'improvviso lui mi prese per un polso e mi trascinò verso la parte scoperta del portico. «Io... *Cazzo.* Vieni», m'intimò.

«Dove andiamo?»

Scese dal portico e si mise proprio sotto il getto d'acqua che ricadeva dalla grondaia.

«Cosa stai facendo?» gli chiesi, mentre una cascata gli si riversava addosso.

Lui sorrise malizioso e scosse la testa, dopodiché si chinò e mi afferrò, facendomi piegare le ginocchia. Mi sentii sollevare di peso sopra la sua spalla nuda e poi l'acqua gelida m'infradiciò i capelli, le spalle e la schiena, strappandomi un grido: «Ryan!»

«Forza, piccola.» Scalzo, avanzò sul vialetto inondato. Indossava soltanto un paio di pantaloncini, dato che saremmo dovuti rimanere in casa.

La pioggia era fredda ma mi rinfrancò, scacciando i pensieri dalla mia mente e facendomi preoccupare solo di quanto mi stavo inzuppando.

«Cosa fai?» ridacchiai, mentre lui proseguiva.

«Creo nuovi ricordi», si affrettò a rispondere, e si fermò soltanto quando raggiunse il piccolo torrente che si era creato lungo la strada.

E dire che avevo pensato di non poterlo amare ancora di più, ma il sentimento che provavo raggiunse nuove vette. Girammo su noi stessi, e lui mi alzò le gambe in modo che stessi in equilibrio sulla pancia, sopra la sua spalla. Avevo le gambe zuppe di pioggia e ridevo di quel momento giocoso. «Sei pazzo!»

Mi girava la testa, ma mi sentivo libera.

Ryan fece finta di lasciarmi cadere a terra. «Mi ami?»

Io mi aggrappai alla parte posteriore dei suoi pantaloncini fradici. «Sì!»

Mi sollevò ancora di più le gambe. «Come?»

«Sì!» Risi più forte e, mentre mi faceva scivolare dietro di sé, gli scoprii le natiche.

Lui saltò in una grossa pozzanghera. «Dillo!»

«Ti amo!»

Ruotò su se stesso e i capelli bagnati mi s'incollarono al viso. «Che cosa? Non ti sento. Sai, piove, dovrai parlare più forte.»

«Ti amo!» urlai, scostandomi le ciocche dagli occhi mentre con l'altra mano stringevo i suoi pantaloncini.

«Come hai detto?»

«Ti amo!» Gli diedi una pacca sul quel sedere perfetto e bagnato.

«Mi ami?»

Mi faceva girare la testa, saltando e roteando in quel modo. «Ti amo!»

Lui mi strinse le cosce. «Mi sposerai, Mitchell?»

«Sì! Non farmi cadere!»

Ma mi fece scendere ancora di più, e la maglietta bagnata mi si tese fastidiosamente sotto il seno.

«Sì? 'Sì' cosa?»

Ridevo così forte che mi era venuto un male terribile tra le costole. «Sì, ti sposerò!»

Mi posò a terra, sotto la fredda pioggia battente. Mi afferrò per un fianco, mentre si passava l'altra mano tra i capelli, sulla nuca. Un istante dopo mi baciò. Sotto l'acquazzone. Sotto il getto d'acqua che scendeva dalla grondaia di casa dei suoi genitori, appena fuori Pittsburgh. Mi baciò con tutto se stesso, e anche di più. Mi accarezzò i capelli, mandandoli indietro. Mi morse le labbra e intrecciò la sua lingua con la mia. Mescolando i nostri respiri affamati.

Imprimendo nella mia mente nuovi ricordi legati alla pioggia.

Facendo risplendere la sua luce su di me, nel bel mezzo di una tempesta.

Le mie mani trovarono la sua schiena liscia e muscolosa, il petto, il collo e il viso.

Mio.

Mio, mio, mio.

«Ti amo», sussurrò.

«Io di più.»

Ryan si staccò da me per regalarmi uno dei suoi sorrisi smaglianti. La sua felicità era come un dono, soprattutto perché sapevo che in gran parte dipendeva da me. E l'avrei custodito per sempre.

Ma dovevo ancora vendicarmi per il modo in cui mi aveva sballottata. Mi chinai, raccolsi un po' d'acqua nei palmi e gliela gettai addosso.

«Ah, è così?» Scalciò contro il getto d'acqua, e mi spruzzò gli stinchi.

Non mi sentivo così libera da moltissimo tempo. Imitai il suo gesto e, quando lui si chinò per raccogliere la pioggia a sua volta, continuai a scalciare e schizzarlo, finché non fu ancora più zuppo.

Ryan si tirò su, mi squadrò con aria assassina. «Ti consiglio di correre», intimò.

Io scattai nella pioggia, ma riuscii a percorrere a piedi nudi soltanto la lunghezza del cortile dei vicini, prima di essere raggiunta e sollevata di peso.

Con un gran sorriso dipinto in volto, Ryan mi portò all'angolo in cui il canale di scolo del viale era stracolmo. La pioggia era così forte che l'acqua si riversava fino in strada.

«Venivamo a giocare qui», disse, mentre camminava tenendomi stretta al petto. «Nick e io. Ricky Beidler viveva in quella casa laggiù. Ne combinavamo di tutti i colori.»

Mi fece finire in una pozza che mi arrivava alle caviglie. Fu allora che la guerra acquatica si fece seria. Persino il reggiseno era inzuppato, e rivoletti mi scorrevano lungo la schiena.

«Tutto qui, Christensen?» lo schernii, scalciando ancora e gettandogli addosso una piccola ondata.

Lui rise e si mandò indietro i capelli, quindi mi prese per la vita e mi mise a sedere proprio in mezzo all'acqua. Quando mi sentii inzuppare tra le natiche, lanciai un altro gridolino.

Anche lui si mise seduto accanto a me nella corrente. «Vieni qui», mi ordinò a voce bassa, e mi afferrò sotto le ascelle per prendermi in grembo.

Cominciava a piovere un po' meno, ma per quel che m'importava, mentre me ne stavo là nell'acqua, tra le braccia di Ryan, poteva anche mettersi a grandinare. Lui mi scostò i capelli dalla fronte e si chinò per baciarmi.

Nei suoi occhi c'era uno sguardo pieno d'amore, uno sguardo che valeva più di mille parole. Lo abbracciai, facendogli scivolare una mano lungo il collo bagnato e i capelli annodati, mentre il suo bacio e il significato che portava con sé mi entravano fin dentro le ossa.

Eravamo le uniche due persone al mondo.

Sedute lungo la strada.

In un piccolo torrente.

Sotto la pioggia.

Fu così che il mio splendido uomo portò via il male e lo sostituì con qualcosa di meraviglioso.

Era quasi l'una di pomeriggio quando sentii la madre di Ryan, Ellen, sbuffare per la trentaduesima volta… o era la trentatreesima? Mi trovavo davanti al mio computer portatile, in cucina, mentre Ryan era fuori a sistemare l'auto, ignorando il desiderio di sua madre di rispettare orari precisi per i pasti.

Promisi a me stessa che allo sbuffo seguente sarei andata a vedere cosa succedeva, e così fu.

«Chiedigli se è pronto per mangiare un panino», mi disse Ellen in tutta fretta, assicurandosi che gli portassi il suo messaggio in garage.

«Certo, nessun problema», risposi, e dentro di me aggiunsi: *Sì, madre*.

Trovai Ryan, o meglio le sue gambe e i calzoncini coi tasconi che gli scendevano sui fianchi e lasciavano scoperti un bel po' di pelle tonica e accenni di peluria. Era disteso supino sotto il cofano della sua Shelby e, a giudicare dalle strisce di grasso su quei pantaloncini sexy, mi dissi che forse stava cambiando l'olio. Quel ragazzo possedeva un patrimonio di ventinove milioni di dollari, ma era troppo *maschio* per pagare qualcuno che svolgesse un lavoro del genere. Benedetti lui e la sua umiltà.

Gli diedi un colpetto a un piede. «Ehi, meccanico supersexy. Come va là sotto?»

Si tirò su quel tanto che bastava per sorridermi. «Direi bene.»

Con le mani sporche di grasso, che gli chiazzava anche la maglietta bianca con lo scollo a V e un avambraccio, e gli attrezzi stretti nel pugno, era ancora più affascinante.

«Sei così carino, là sotto... Quasi quasi mi viene voglia di farmi cambiare l'olio da te. Che ne pensi?»

Ne ricavai un altro sorrisetto compiaciuto. «Credo che non ti basterebbe un cambio dell'olio. Secondo me hai bisogno di una bella messa a punto *e* di un bel po' di lubrificante.»

«Come minimo! E anche una lucidata e una passata di cera», scherzai.

«Brava, continua a suggerire porcherie: me lo stai facendo venire duro.»

«Tu continua a fare il meccanico sporco e sexy, e potrei anche saltarti addosso qui fuori, sul vialetto.»

In risposta ricevetti diverse alzate di sopracciglia.

«A tua madre sta venendo un attacco isterico perché oggi non hai ancora mangiato. Quanto ti manca per finire?»

Non era pensabile che prendesse in mano un panino con tutto quell'olio addosso, quindi non aveva senso proporgli di mangiare prima che si fosse ripulito.

Emise un lamento. «Ma non ha niente di meglio da fare? Mangerò quando mi verrà fame. Sono ancora pieno da ieri sera.»

Stavo per rispondergli, quando gli suonò il cellulare. Era su un panno accanto a una bottiglia aperta di Gatorade.

«Lo prendi tu? Chi è?»

Mi accucciai e lo raccolsi, inclinando lo schermo per leggere nonostante il sole. «Il tuo avvocato, Len Bainbridge.»

«Rispondi, io ho le mani troppo unte.»

Toccai lo schermo e dissi: «Salve, Mr Bainbridge, sono Taryn Mitchell».

«Oh, salve, Taryn. Come va?» mi salutò allegro.

Dopo qualche convenevole, mi chiese di Ryan.

Ma lui era ancora sotto la macchina e mi aveva dato istruzioni precise.

«Sono spiacente, in questo momento non può rispondere. Se lo desidera, può lasciarmi un messaggio.»

Ryan inarcò un sopracciglio di fronte a tanta formalità.

«Sì, per favore, gli dica che gli stiamo inviando i documenti dell'accordo con la Brown and Sullivan. Dovrebbe leggerli e, se non ci sono problemi, procederemo col rimborso.»

«Okay, perfetto. Glielo dirò.»

«Grazie. Ah, sì, un istante. Grazie, Miriam. Sì, quasi dimenticavo: Miriam sta inviando l'accordo prematrimoniale perché ne prenda visione. Dovrebbe riempire i campi relativi alle sue richieste nel caso di scioglimento del matrimonio. È piuttosto intuitivo. Ma naturalmente, se dovesse avere dubbi, mi può chiamare.»

Il mio cervello si era fermato alla parola «prematrimoniale».

«Taryn, è ancora lì?»

Mi strozzai con la saliva e fui assalita da un accesso di tosse.

Quando mi chiamò per nome la seconda volta, riuscii ad assentire. «Riferirò», rantolai.

Ryan scivolò da sotto l'auto e si pulì le mani su un vecchio straccio. Mi guardò, socchiudendo un occhio per il sole intenso. «Che cos'ha detto?»

Avete mai sentito quell'ondata di calore, quella che t'investe un attimo prima di avere una crisi isterica, svenire o dare di stomaco? Ecco, io mi sentivo così.

«Non voglio i tuoi soldi, Ryan», riuscii a dire, anche se mi sentivo confusa e lontana dalla realtà.

Lui aveva milioni in banca. Credevo fossimo su un altro livello, ma a quanto pareva mi sbagliavo. E, chiaramente, cercava protezione dietro qualche clausola.

«Nemmeno un centesimo», boccheggiai, nel tentativo di far passare la voce attraverso la gola serrata. «Mi so guadagnare da vivere, e se metteremo al mondo dei figli mi aspetto che mi aiuti a crescerli al meglio e in salute, ma non venderò casa mia, nel caso dovessi decidere di lasciarmi e mi serva un posto in cui andare. Credo che queste questioni sarebbero scontate in una causa di divorzio, ma non toccherei mai il tuo denaro, perché sei stato *tu* a guadagnarlo. Non ti farei *mai* una cosa del genere. Stai costruendo la casa per noi sulla tua proprietà, non è mia e mai lo sarà. Voglio che tu lo sappia. Non te la porterei mai via.» Non mi resi conto che stavo piangendo fin quando non mi si offuscò la vista.

Ryan si alzò di corsa. «Tesoro, mi stai spaventando a morte. Di cosa diavolo parli?»

Io sollevai il braccio e gli porsi il telefono. Avrei dovuto essere furibonda, ma per qualche motivo non lo ero. Ero soprattutto disperata e ferita. «Il tuo avvocato ti sta inviando l'accordo prematrimoniale che gli hai chiesto. Sappi che lo firmerò. Mi sembra giusto. Hai diritto a stare tranquillo.»

Reagì come se l'avessi preso a pugni. «Ehi, ehi, aspetta un momento. Quale accordo prematrimoniale? Io non l'ho richiesto.»

Agitai il cellulare, come a voler dimostrare le mie ragioni. «Lui diceva tutt'altro.»

Ryan si abbassò per cercare il mio sguardo. «Taryn, tesoro, giuro su *Dio* che non l'ho incaricato di preparare quel documento. Cado dalle nuvole tanto quanto te. Ma voglio andare a fondo della questione, puoi starne certa. Dammi il telefono, lo richiamo all'istante.»

Ero pronta a consegnarglielo, ringraziando il cielo perché

non pensava che volessi svuotargli le tasche e non mi credeva tanto avida da fare una cosa del genere, ma all'ultimo ritrassi la mano.

Mi sfregai il viso. «Aspetta. Prima che tu lo faccia, dovremmo discuterne. So che non si può avere la certezza di restare insieme per sempre, ma vorrei mettere per iscritto che non voglio i tuoi soldi. Mi aiuterai a sostenere le spese per l'istruzione dei nostri figli, se ne avremo, tutto qui. Ma non voglio alimenti né niente del genere, perché non mi devi nulla.»

Lui mi afferrò per un braccio. «Ehi, smettila... smettila subito.»

Ma ormai ero un fiume in piena e non potevo più fermarmi: «No, è importante parlarne! Tu hai un *mucchio* di soldi, Ryan. Non sono certo stata io a guadagnarli col duro lavoro, ma tu. Sono tuoi, fino all'ultimo centesimo. E non mi aspetto il becco di un quattrino se le cose tra noi non dovessero funzionare come speravamo. Poi ci sono la proprietà che hai comprato e tutto il resto. Anche quella appartiene a te. Il fatto che si trovi vicino alla casetta dei miei non mi dà il diritto di...»

«Basta!» mi ordinò, alzando la voce, deciso. «*Non* voglio parlare di questo argomento.»

Non so perché mi sentissi tanto frustrata, eppure era così. «Ma dobbiamo», insistetti.

Lui mi guardò serio e mi diede un leggero strattone. «No, non è vero. Se vuoi che stia tranquillo, allora smettila di parlare di queste stronzate.»

«Prima o poi dovremo farlo, lo sai bene quanto me. C'è troppo in gioco...»

Il suo sguardo si fece furioso. «Lascia che ti chieda una cosa: Dan e Jennifer Mitchell avevano firmato un accordo prematrimoniale?»

«Ryan, questo è...»

Alzò la voce per interrompermi: «I tuoi genitori l'avevano firmato, Tar? Sì o no?»

«Sono quasi sicura di no, ma non è questo il punto.»

Sollevò una mano per farmi tacere. «Secondo te i *miei* genitori là dentro hanno un cazzo di contratto?»

Mi limitai a fissarlo per non dovergli rispondere.

«Te lo dico io: non ce l'hanno. E ti posso assicurare che non ho chiesto all'avvocato di prepararne uno.» Cominciò a dare ditate sullo schermo del cellulare.

Quando gli chiesero di attendere, respirava con affanno. «Non appena esce dalla riunione, gli dica che voglio sapere chi diavolo gli ha chiesto di compilare un accordo prematrimoniale per me.» Riattaccò senza nemmeno salutare. Poi se ne andò infuriato verso la porta della cucina, e io non potei fare altro che seguirlo.

«Ryan, cosa ti succede? Sembri in collera», disse Ellen mentre lui era al lavandino.

«Non sono in collera, mamma. Sono *incazzato*.»

Lei mi lanciò una rapida occhiata per capire se fossi stata io a causare quell'accesso d'ira. «Che succede?» insistette.

«Tu e papà avete un accordo prematrimoniale?» le domandò con un ringhio ben udibile.

Sul viso di sua madre si dipinse un'espressione confusa. «No.»

Ryan mi lanciò lo sguardo ecco-te-l'avevo-detto da sopra una spalla.

Ellen era più intelligente di quanto pensassi. Alzò le braccia e si sfilò dalla conversazione, arretrando, come se sul pavimento della cucina fosse appena stata posata una bomba a orologeria.

«Ryan, per loro era diverso. I nostri genitori non avevano la somma di denaro che hai tu, e...»

Anche se mi dava le spalle, la mano che si sollevò di scatto, fendendo l'aria nella mia direzione, era un ordine di arrendermi chiarissimo.

Restai là, in silenzio, a guardarlo chino, le braccia premute sul bordo del lavandino in acciaio inossidabile, come se stesse cercando di tenere a freno le proprie emozioni.

«Continuiamo a tornare sempre allo stesso punto. So bene che non esistono garanzie», mormorò verso il lavandino, poi si voltò a guardarmi. «Ma il motivo per cui i nostri genitori non hanno voluto un accordo prematrimoniale è che non hanno pianificato il loro matrimonio pensando all'eventualità che finisse.»

Scostai una sedia dal grande tavolo ovale, spinta dal bisogno di sorreggermi. Ryan aveva dato voce ai miei pensieri. «Lo so.»

«Vuoi che tra noi cominci così? Vuoi un documento che dichiari che, se faccio lo stronzo o non mi metto a tavolino per risolvere i nostri problemi, tu ti vedrai piovere addosso qualche milione?»

Scossi il capo. «No. Ma a quanto pare c'è qualcuno che la pensa diversamente.»

Lui serrò le labbra, furioso e frustrato. Si mandò indietro i capelli, grattandosi la testa, e sfogò la collera con uno sbuffo sonoro. Sapevo che di quello non avevo colpa.

«Non prenderei mai niente da te, comunque.»

Abbassò le spalle. «Per questo voglio darti tutto.»

Restai senza fiato. «Ma ho già quello che voglio. L'amore non ha prezzo.»

Si avvicinò al tavolo, tirò fuori la sedia accanto alla mia e si accomodò. Le nostre ginocchia si toccavano.

«In molti sono preoccupati per lo stato delle tue finanze, Ryan. Come hai detto anche tu, c'è chi vuole mettere sotto contratto persino le foto del matrimonio. È così che dev'essere, bisogna mettere tutto nero su bianco.»

Mi prese una mano. «Voglio che tu sappia che mi priverei di tutto, pur di non perdere te.»

Io gli appoggiai il viso nel palmo dell'altra. «Voglio che tu ti senta per sempre al sicuro con me, anche se questo significa dover firmare un contratto che te lo garantisce.»

«Tar, so bene che non sei un'approfittatrice. Sei la persona più generosa che abbia mai conosciuto. Non voglio che un simile pezzo di carta incomba tra noi due», aggiunse, l'espressione meno tesa.

«Clausola di recesso», sussurrai.

«Cosa?»

«Clausola di recesso. Definisce il modo in cui tutto verrà diviso in caso di divorzio. Lo sai che Marie e Gary stanno litigando per chi deve prendere il televisore o i piatti?»

Lui sospirò, disgustato, e mi guardò negli occhi. «E tu pensi che potrebbe succedere anche a noi.»

Scossi la testa, ma i fatti erano innegabili. «Vedo la mia migliore amica col cuore spezzato che cerca di far funzionare una nuova relazione, e nel frattempo deve litigare per il tostapane. Lei e Gary hanno resistito tre anni. Non voglio che tu debba mai preoccuparti che io voglia portarti via il televisore.»

Ryan si protese in avanti, dandomi un tenero bacio sulle labbra. «Le nostre vite saranno fuse l'una nell'altra. Avremo una famiglia. Ma non ho intenzione di cominciare il nostro matrimonio decidendo come dovrà finire. Per me la famiglia è importante. Tesoro, prima di metterci a litigare su un cavolo di tostapane andremo a fare terapia di coppia per risolvere i nostri problemi.»

«Ne sei davvero convinto?»

«Certo. Taryn, so che avere una relazione con me comporta un carico di stress che le persone normali non si troveranno mai ad affrontare. Ma, se togli quello, resto io. E sono soltanto un uomo.»

«Lo so... È che la storia dell'accordo mi ha colta alla sprovvista», dissi con un gran sospiro.

«Per me è stato lo stesso. E hai ragione, ne dobbiamo parlare. Se vuoi che firmi un documento in cui ti assicuro che non ti tradirò mai, lo farò.»

Mi tornarono in mente i saggi consigli di mia madre. «No, non ne ho bisogno, perché in fondo so che il mio uomo ha un cuore d'oro.»

Sapere che metteva l'anima nel nostro rapporto faceva tutta la differenza del mondo.

19

RADICI

«E quest'adorabile donna è la mia folle cugina Shannan», annunciò Ryan, allegro, abbracciando con scherzosa confidenza la successiva della fila di persone venute a salutarci.

A quanto pareva, sua madre aveva invitato alla nostra festa di fidanzamento tutto il parentado e l'intero vicinato. Avevo conosciuto così tanta gente che la mia mente era in affanno.

Ryan afferrò Shannan per la vita, facendole ricadere sul viso i lunghi capelli castani.

«No, mettimi giù!» strillò lei, mentre si agitava e, quando lui la posò a terra, dovette risistemarsi la camicia, rossa in viso. «Sei un pazzo.» E gli diede una pacca.

Era meraviglioso vederlo così felice e rilassato nel ritrovare la sua numerosa famiglia. Non riuscivo a smettere di sorridere.

«E chi è questo bellissimo ometto?» chiese Ryan accarezzando la testa di un bambino adorabile. Doveva avere sette, otto anni, e stringeva un casco nero da skater.

«È Caden. Non lo vedi da un po'», rispose Shannan.

Lui parve stupito. «Caden? Amico, come sei cresciuto! L'ultima volta che ti ho visto eri alto così.»

Il piccolo lo squadrò con grande attenzione. «Somigli a quel tipo che sta nel film che piace tanto alla mamma.»

Shannan parve imbarazzata da quella rivelazione, e sospinse il figlio per incitarlo ad andare a giocare.

Ryan incrociò le braccia. «Mi stai dicendo che a tua mamma piace il mio film? Parli di questa signora qui? Quella che diceva che non andavo bene per quel ruolo?»

Lei rispose con una scrollata di spalle.

A quella notizia, Ryan assunse un'aria estatica.

«Be', sì. Zia Nancy e zia Stacy vengono sempre a guardarlo. Però, tutte le volte che si vede quella ragazza, Gwen, zia Nancy si mette a protestare.»

«Caden!» gridò Shannan.

«Mamma, ho fame. Quand'è che sono pronti gli hot dog?» chiese lui.

«Mamma, anch'io voglio un hot dog. E posso andare in piscina?» domandò una bimbetta bionda meravigliosa, tirandole i pantaloncini.

L'idea della piscina era ottima. A Pittsburgh faceva davvero caldo a luglio.

«Presto, tesoro. Saluta Ryan e Taryn. Si sposeranno tra poco. Lei è mia figlia Lauren», dichiarò Shannan, orgogliosa.

Mi bastò sentir pronunciare quel nome per trasalire. Ma quella bimba bellissima e l'orrida Lauren che conoscevo non avevano proprio niente in comune.

Mentre mi guardavo attorno tra il giardino e il patio pieni di persone sorridenti, mi sentii sopraffatta dal numero di parenti stretti di Ryan. Sua madre, Ellen, aveva quattro sorelle, e ognuna di loro aveva diversi figli e nipoti. Suo padre, Bill Christensen, aveva due fratelli. Era presente persino il nonno ottantaduenne, Nels Christensen, che si congratulava col nipote per la «splendida scelta».

Dopo essere stata presentata ad altri zii, zie, nipoti e figli, mi sedetti al lungo tavolo nel patio. Ci avevano già domandato diverse volte quando ci saremmo sposati e avevamo ricevuto suggerimenti su tutto, dalle chiese ai catering, sino a quali fossero i fiori migliori. Il solo pensiero di dover organizzare e decidere tanti dettagli mi causava una certa agitazione.

Immaginai la porzione di chiesa di Ryan che s'inclinava sul lato, stracolma di parenti chiassosi, mentre dalla mia parte c'era al massimo una ventina di anime sperdute che si aggrappavano ai banchi.

Mia madre aveva un solo fratello, Bobby, e una sorella. Ma non sentivo zia Joan da quando l'avevo chiamata per dirle che avevo scoperto chi erano i miei genitori naturali. Zio Bobby viveva in Texas, e non lo vedevamo mai. Al, il fratello di mio padre, aveva due figli. Fine. Di colpo mi sentii sola.

Ryan era seduto accanto a me in costume da bagno, il piatto che strabordava di cibo, con in cima un hamburger in equilibrio precario che mi sembrava affogato in ketchup e maionese.

Passai le dita sulle gocce d'acqua che gli bagnavano la pelle baciata dal sole, felice della semplicità della nostra festa.

I suoi genitori avrebbero potuto trasformare quell'evento in una questione di Stato imbarazzante, con tanto di catering e camerieri, ma con mio grande sollievo avevano optato per un semplice e tradizionale barbecue di famiglia. Suo padre e altri uomini lavoravano alla griglia, mentre le donne formavano capannelli per preparare le migliori insalate di pasta o scambiarsi le ricette dei quaranta diversi tipi di torte e biscotti che avevano portato. La vita era semplicemente meravigliosa.

«Avete già deciso quando vi sposerete?» chiese zia Rita. Aveva i capelli grigio argento tagliati corti e quell'aura salutare merito di una vita vissuta in infradito e senza un pensiero al mondo nelle Florida Keys. Lei e suo marito avevano preso un aereo apposta per partecipare alla nostra festa. La sua cucciola di Yorkshire di nome Katie ci scrutava con attenzione, abbarbicata sul suo grembo.

Ryan stava affrontando l'hamburger. Notai che mi lanciava un'occhiata.

«Abbiamo dato uno sguardo alle date possibili, ma siamo stati così impegnati che non abbiamo avuto il tempo di decidere. Forse l'anno prossimo. Ryan ha un programma piuttosto serrato.» *Ecco. Dovrebbe bastare, come risposta.*

Zia Rita serrò le labbra, mostrando una punta di fastidio. «Sai, è il problema dell'essere famosi. Si mette la carriera davanti agli affetti. Per questo la maggior parte dei matrimoni è una farsa. Lei fa i film, lui fa i film, e nessuno ha tempo di far funzionare il matrimonio.»

Vidi Ryan irrigidirsi. Conoscevo ogni sfumatura del suo linguaggio del corpo ed ero sicura che si stesse mettendo sulla difensiva. Posò l'hamburger e si pulì le mani. «Taryn non fa l'attrice», la corresse, mentre si passava il tovagliolo sulle labbra.

Rita lo fissò con uno di quegli sguardi materni che dicevano tutto senza bisogno di parole. «Ma tu sì.»

Lui colpì il bordo del tavolo con gli avambracci, come un avvocato pronto a ribattere. «E allora? Cosa c'entra?»

Io guardai verso Shannan, che faceva di tutto per fingere di non ascoltare la conversazione, ma il modo in cui si aggrappava ai braccioli della sedia la smentiva. Osservai il dialogo silenzioso tra lei e sua sorella Nancy, che diceva: *Oh-oh, la mamma non gliela farà passare liscia*, e *Meglio a lui che a me.*

Zia Rita accarezzò Katie con grande tenerezza. «Ragazzo mio, c'entra, perché devi trovare il tempo di occuparti delle cose che contano qui.» E si toccò il cuore. «Altrimenti lo sfarzo e la bella vita ti trasformeranno nel solito stereotipo della celebrità.»

«Stereotipo?» ripeté lui, offeso.

«Sì. Se devo essere sincera, trovo assurdo il comportamento civettuolo degli attori. Non devi dimenticare come sei stato cresciuto.»

Ryan sbatté la forchetta nel piatto, pronto a farsi valere. «L'ho mai fatto?»

«No, ma voglio ricordarti che non devi confonderti con quella marmaglia e far vergognare la nostra famiglia.»

«Be', potete dormire sonni tranquilli, non ho nessuna intenzione di mettere in imbarazzo la famiglia.»

La zia parve felice di sentirglielo dire. Eppure, aggiunse: «Vuoi sapere perché tutte quelle relazioni tra gente famosa non funzionano?»

«Ecco, ci siamo», gemette Nancy.

Shannan saltò su: «Mamma, forse non è la situazione migliore per mettersi a sentenziare».

Ma lei le ignorò. «No, dico davvero. Ascoltate. Tutti voi pensate che non sappia di cosa parlo, ma leggo i giornali e guardo i notiziari di continuo. Quel che voi ragazzi tendete a dimenticare è che l'emozione e la novità di una relazione non durano. Tutti, in tutte le storie d'amore, incontrano degli ostacoli quando litigano e non vanno troppo d'accordo, e la tentazione di ritrovare la freschezza dei primi momenti, per sentirsi apprezzati e desiderati, è sempre in agguato. Altrimenti ecco che ci si sente di nuovo tristi e si avverte l'impulso a ricominciare da capo. L'unico modo per resistere è mantenere in vita l'emozione nel rapporto che si vive. Tenete a mente queste parole.»

«Ve lo dice una campionessa mondiale, che ha divorziato dal suo primo marito», commentò scherzosa zia Betty, passando loro accanto.

Rita si agitò sulla sedia. «Jerry era un idiota. Le regole hanno delle eccezioni.»

«Ah, quindi esistono delle eccezioni. Sarà meglio che m'informi, o rischio di disonorare la famiglia», fece Ryan, seccato.

«Sì, caro il mio saputello, eccezioni. Per esempio quando il partner ha una dipendenza dall'alcol o dal gioco d'azzardo. Quand'è troppo ubriaco per tenersi stretto un lavoro. Eccezioni che spero di non dover mai ravvisare nei nostri figli, te incluso, mio bel fenomeno.»

Ryan prese un sorso di birra, facendoselo passare tra i denti, ed emise il suono che faceva sempre quando era esasperato. «Vorrei sapere se hai fatto questo stesso discorsetto ai tuoi due generi laggiù, o se hai deciso di condividere le tue perle di saggezza soltanto con me.»

«Credimi, sanno che li scuoierei con le mie stesse mani, se tradissero le mie figlie», ribatté la zia con grande convinzione.

Ryan si appoggiò allo schienale e ricambiò lo sguardo indagatore di lei. «Bel tentativo, ma non hai risposto alla domanda. Hai o non hai fatto lo stesso discorso anche a loro?»

«I miei generi non vivono in mezzo alla tentazione e alla promiscuità.»

Nancy era mortificata. «Mamma, non è il caso di...»

«E questo che cosa c'entra?» la interruppe Ryan. «Niente impedirebbe a Brent o Jake di rimorchiare la cassiera del supermercato o una segretaria condiscendente, potrebbero persino cercare di farsi la babysitter. Tu ne fai una questione di moralità, ma il mio lavoro non ha niente a che vedere con la mia morale.»

«È risaputo che i personaggi dello spettacolo sono più propensi al tradimento di...»

«No, tu stai mettendo in discussione i miei valori e mi giudichi basandoti sul fatto che sono un attore. Non lo merito e non ne sono affatto contento», riprese lui, infilzando l'insalata di pasta con la forchetta.

In quel momento stava passando Janelle con un piatto pieno di cibo mentre con l'altra mano sosteneva sua figlia Sarah, che aveva in equilibrio su un fianco. Le tesi le braccia, perché avevo finito di mangiare e avevo bisogno di distrarmi dal clima pesante che si respirava attorno a me. «Fammela tenere. Vieni qui, piccolina. Ciao, tesoro. Mi fai compagnia mentre la mamma cena? Che ne dici?»

Distrarmi con Sarah, che sbatteva la sua bottiglietta di succo di frutta sul tavolo, fu un vero sollievo. Misi un po' di ambrosia sulla punta del mio cucchiaio e trovai una boccuccia spalancata pronta ad accoglierla.

Ryan mi guardò e fece un cenno verso di me. «La vedi, zia Rita? Ho tutto ciò di cui ho bisogno, e anche di più, quindi non temere che non riesca a restare fedele», disse agitando una mano nella mia direzione.

Quando gli altri persero interesse nel passatempo di far sentire Ryan uno stronzo, cominciarono ad alzarsi dal tavolo.

Bora Bora... primo volo in partenza, gli dissi solo con le labbra quando sollevò lo sguardo dal piatto.

Lui mi fece un sorrisetto e si chinò in avanti, cingendomi le spalle con un braccio. «Non so cosa farei senza di te. Se non ci fossi, impazzirei.»

Gli sorrisi di rimando, e tanto bastò per guadagnarmi uno dei suoi baci più ardenti, come se volesse premiarmi o ringraziarmi. «Immagino che zia Rita non sarà invitata al matrimonio.»

«Chi se ne frega di loro. Fuggiremo insieme.»

Il giorno dopo ci fu una festicciola più piccola, con un bel po' di hamburger, alcol e qualche amico di Ryan che avevo conosciuto alla festa di compleanno che gli avevo organizzato a novembre.

Ryan si tuffò in piscina per riemergere proprio accanto al mio materassino gonfiabile. Quindi si appoggiò sul bordo con gli avambracci, facendomi perdere l'equilibrio. Tra le risa, cercai di aggrapparmi all'estremità, nel tentativo di salvarmi la vita. «No! Ti prego, non farmi cadere.»

Lui sorrise allegro, si sporse in avanti risalendo con tutto il petto e mi baciò perdutamente. Io gli scostai i capelli umidi dalla fronte, assaporando il cloro sulle sue labbra mentre intrecciava la lingua con la mia. «Mmm, birra e patatine.»

Ridacchiò sulla mia bocca. «Allora forse per pranzo dovresti mangiare me.» Lo sguardo malizioso nei suoi occhi non prometteva niente di buono. Immerse un angolo del materassino nell'acqua.

«Ti prego», piagnucolai. Mi stavo godendo il sole e speravo di approfittarne per abbronzarmi un po'.

«Okay, sarò gentile.»

Gli accarezzai un braccio e sentii il calore che s'irradiava dalla sua pelle. «Hai le spalle rosse. Vuoi che ti metta un po' di crema solare?»

«Nah, sto bene.»

Sì, benissimo, fino a quando non si lamenterà perché non riesce a dormire. «Se ti scotti, ti daranno molto fastidio.»

Ryan lanciò un'occhiata al punto che stavo sfiorando con le dita. «Lo sento soprattutto sulla schiena. Ma non resterò ancora a lungo, tesoro. Scott e Laura stanno per andare via, e vorrei parlare con lui di alcuni pezzi della Shelby che mi servono.» Sfiorò l'orlo del pezzo di sopra del mio bikini. «Questo l'hai preso in Spagna?»

Annuii, ricordando con tenerezza la nostra rapida battuta di shopping a Barcellona. «Me l'hai comprato tu.»

«È carino. Ho buon gusto. Ehilà, salve mio piccolo amico capezzolo... Anch'io sono felice di vederti.» Fece ruotare il materassino, così da dare le spalle a tutti gli altri. Fu allora che mi attirò a sé, abbassò la testa e passò i denti sopra il tessuto.

Per la serie «siamo discreti»...

Avvertii come una morsa allo stomaco. «Ryan», dissi in un gemito implorante.

«Sstt.» E bloccò la mia blanda disapprovazione con un bacio appassionato, mentre infilava indice e pollice sotto il reggiseno, facendomi inarcare al suo tocco. Spostò il costume quel tanto che bastava per poter leccare la pelle che aveva scoperto, succhiandola con tanta foga che mi parve di sentirlo in più punti contemporaneamente.

Cominciavo a non ricordare più perché volessi fermarlo. «Potrebbero vederci.»

Riportò la bocca sulla mia. «Non m'interessa. Ti voglio da morire, e subito. Aggrappati a me, non se ne accorgerà nessuno.»

Lanciai un'occhiata agli altri, che se ne stavano nel patio a bere e godersi la brezza. «Sono a meno di dieci metri da noi. Sono sicura che lo capiranno.»

«Gli dirò di andarsene.»

Riportai lo sguardo verso il patio, dove Janelle stava spalmando un po' di crema protettiva sulla piccola Sarah. «Ryan…»

«E va bene. Torneremo qui fuori stasera, dopo che li avrò mandati via.»

«E perché, Mr Christensen? Vuoi giocare a pallanuoto?»

Il suo viso tornò sul mio e lui mi parlò di nuovo sulle labbra, senza smettere di pizzicarmi il capezzolo con abbastanza forza da farmi sussultare. «No, voglio giocare a nascondi il sottomarino. E anche al motoscafo.»

Il sole era così forte che, sebbene indossassi gli occhiali scuri, i riflessi mandati dall'acqua erano quasi accecanti. Mi schermai con la mano per poterlo vedere in volto. E in quel momento notai un luccichio su un albero del giardino dei vicini. Spostai subito il costume per ricoprire la parte che Ryan aveva scoperto.

Guardai di nuovo e vidi ancora il piccolo lampo di luce. «Che cos'è quello?»

Lui si voltò nella direzione che gli indicavo. «Dove?»

«Lassù, sull'albero.» Scorsi un movimento, e sulle prime pensai che fosse un procione oppure un gatto, ma poi riuscii a distinguere un ginocchio.

«Cosa diavolo…» Ryan nuotò fino al bordo della piscina e s'issò fuori dall'acqua.

Mentre anch'io mi affrettavo a uscire dalla piscina, vidi l'uomo scendere dall'albero. Raggiunsi il vialetto e sorpresi il fotografo d'assalto intento a superare la siepe dei vicini, turbato, la macchina fotografica stretta in pugno. Si accorse di Ryan soltanto quando sbucò dalla fila di auto lungo il viale d'accesso a casa dei suoi.

Il fotografo cominciò a correre.

Ryan partì come un missile.

Mike mi superò esclamando: «Oh, merda!»

Scott e Matt gli furono subito dietro. Scott gettò a terra il bicchiere di plastica pieno di birra e in quello stesso istante Ryan fece un balzo e atterrò il paparazzo nel giardino dei vicini.

Quando li raggiunsi, era seduto cavalcioni sull'uomo, e cercava di strappargli di mano la macchina fotografica. L'altro provò a sferrargli un pugno, ma lui lo schivò, e venne colpito a una spalla.

«Figlio di puttana.» Ryan caricò e lo colpì in pieno volto, con quella sorta di scoppio inquietante di quando le nocche si abbattono su carne e ossa.

«Ryan, fermati!» gridai, mentre lui continuava a menare pugni.

Mike lo prese da dietro e lo staccò dal fotografo, lanciandolo sull'erba come un sacco di patate da ottantadue chili.

«Cosa cavolo vuoi? Sei impazzito?» chiese il fotografo, che cercava di rialzarsi, e si passò le dita sul labbro insanguinato.

«Ryan. Ryan, calmati, amico.» Mike era costretto a tenerlo schiacciato a terra sotto il suo peso.

«Scott, prendi quella cazzo di macchina fotografica. Togli la memoria», ordinò Ryan.

«No! Non la toccare!» gridò Mike.

Ryan riuscì ad alzarsi. «Ha scattato foto di Tar e me. Non voglio che vengano divulgate.»

«Non toccate la macchina fotografica», disse il fotografo, deciso.

«Dammi quella cazzo di memory card, o finirò quello che ha cominciato lui», lo minacciò Scott.

«Va' al diavolo. Non sono tenuto a darvi proprio niente.»

Scott ignorò l'ordine di Mike di non fare nulla e diede un calcio alla mano dell'uomo, strappandogli la fotocamera.

Nel momento in cui il paparazzo cercò di riafferrarla e di bloccare la gamba di Scott, Ryan balzò di nuovo su di lui. L'uomo ruotò e gli diede una gomitata in pieno volto, facendogli uscire un fiotto di sangue dal naso. A quel punto Matt si lanciò nella mischia e lottò col fotografo finché non riuscì a bloccarlo faccia a terra nell'erba.

In lontananza si sentivano le sirene della polizia. Intanto Mike cercò di dividerli, ma i ragazzi di Pittsburgh stavano dando a quel tipo una bella ripassata.

Ryan si alzò a fatica e sputò sangue dalla bocca. Poi raccolse la macchina fotografica da terra, tolse la scheda di memoria e rimise l'apparecchio accanto alla testa del paparazzo.

Le sirene si avvicinavano. Ryan aveva le mani insanguinate per via dell'emorragia al naso. Ormai il trambusto aveva attirato l'attenzione di tutto il vicinato e anche la coppia di anziani proprietaria del giardino uscì di casa.

Scott si tolse la camicia e la porse a Ryan, che cominciò ad asciugarsi il viso coperto di sangue.

«Seduto!» gridò Matt all'uomo, e quando quello provò ad alzarsi gli diede una spinta.

Ryan appallottolò la camicia, mi guardò e di nuovo riportò l'attenzione su quell'indumento insanguinato, che infine mi porse.

L'auto della polizia arrivò di gran carriera e si fermò facendo stridere gli pneumatici sull'asfalto. Non appena l'agente scese dalla macchina, ordinò a Ryan e agli altri di stendersi faccia a terra. Non potei trattenere le lacrime, nel vedere che Ryan veniva ammanettato e maltrattato come un criminale.

Un attimo dopo, dalla direzione opposta, sopraggiunse un altro SUV della polizia a sirene spiegate.

Il padre di Ryan e Mike cercarono di spiegare la situazione ai poliziotti, mentre il fotografo blaterava di come fosse stato assalito, vedendosi distruggere l'attrezzatura.

Ryan sembrava teso, distrutto. Aveva il petto nudo insanguinato e proteso in avanti a causa delle manette. Anche il costume da bagno era coperto di macchie di sangue, e un rivolo gli scendeva fino al ginocchio.

Mi fece cenno di avvicinarmi.

«Tesoro, stai bene?» Gli ripulii il mento con la camicia.

«Mi serve un asciugamano. Aspetta...»

Mi abbassai, appoggiando un ginocchio a terra. Il suo sguardo era stato piuttosto eloquente.

«Sta' attenta con quella. Falla sparire.»

Strinsi forte la stoffa per impedire che ciò che vi era avvolto cadesse. «Sei in arresto?»

Lui serrò gli occhi per un istante. «Non lo so. Dovresti chiamare David. E il mio avvocato. Ah, e senti anche Trish», sussurrò in fretta. Poi, con un'imprecazione, sputò altro sangue.

Adesso che l'adrenalina stava cessando di fare effetto, vedevo gli eventi degli ultimi dieci minuti abbattersi su di lui in tutta la loro forza.

Mentre Ryan veniva interrogato dalla polizia, arrivò a tutta velocità anche un'ambulanza. Tremavo tanto da aver paura che le ossa mi scappassero fuori dalla pelle.

«Lo portano all'ospedale?» chiese Ellen in preda al panico, mentre arrivava di corsa con un asciugamano.

I paramedici si occuparono innanzitutto di Ryan, tamponando il sangue dal viso e dal naso. Sapevo bene perché si rifiutava di andare al pronto soccorso: di sicuro avrebbe sollevato un vespaio tra i media. Dovevamo mantenere un profilo basso.

L'anziano vicino, che avevo conosciuto il giorno prima quand'era venuto alla nostra festa con la moglie, si avvicinò a Ryan per parlargli. «Come stai, figliolo?»

«Ho visto giorni migliori, Mr Doughten. Mi spiace per la confusione.»

Lui puntò uno sguardo arcigno sul paparazzo. «Dunque quel bastardo era appostato su un mio albero, eh? E spiava la tua famiglia?»

Ryan annuì, gli occhi fissi a terra. «Ci stava facendo delle foto.» Sembrava davvero in imbarazzo a starsene ammanettato di fronte a un uomo per cui nutriva molto rispetto.

«Delle foto, eh? Ah, Gesù, Giuseppe e Maria. Non ti danno tregua, eh, ragazzo?» disse, grattandosi gli ispidi baffi grigi. Dopodiché mi squadrò dalla testa ai piedi, e le sue labbra ebbero un guizzo.

Gli si avvicinò un poliziotto.

«Come? Diamine, certo che voglio sporgere denuncia. Quel figlio di buona donna si è arrampicato sul mio albero, violando la mia proprietà. Si merita una bella denuncia. È assurdo», fece Mr Doughten, sollevando un dito incurvato dall'artrite.

«E contro Mr Christensen?» domandò l'agente, mentre lungo la strada sfrecciava un'altra auto della polizia, coi lampeggianti accesi.

«Ma no. Quel ragazzo conosce il mio giardino meglio di me. Mi taglia l'erba da quand'è diventato abbastanza grande da guidare il trattore. È un bravo figliolo. E anche quei suoi due amici aiutano Lil e me da anni. Hanno piantato tutti gli alberi della vita che vede laggiù. E Scotty mi ha pavimentato il vialetto. Sono tutti bravi ragazzi, di buona famiglia. Ora faccia il suo lavoro e li liberi dalle manette. Li lasci tornare alla loro festa.»

Il poliziotto si rivolse a Ryan. «Mr Dooley sostiene che gli ha rubato la memoria della macchina fotografica.»

Ryan confessò di averla estratta. «Ma non ce l'ho. Dev'essermi caduta da qualche parte laggiù, nell'erba.»

Dopo aver cercato nel prato per qualche momento aiutandosi con una torcia, l'agente si arrese. Ritrovarla non doveva essere la sua priorità.

Proprio quando pensavo che l'avrebbero rilasciato, informarono Ryan che era in arresto per disturbo alla quiete pubblica. Sentii il sangue rombarmi nelle orecchie, e tutto mi parve più luminoso. Era come se la terra mi si stesse sfilando da sotto i piedi. Il padre di Ryan afferrò la moglie, che cercò di lanciarsi verso l'auto della polizia. Piangeva, ed era sotto shock quanto me.

Anche Matt e Scott vennero arrestati. I tre furono spinti sul sedile posteriore dell'auto. L'agente più vicino a Ryan lo fece entrare in macchina e chiuse la portiera.

Mentre me ne stavo lì a guardarlo da dietro il finestrino, lui non si girò verso di me.

«Prendo la macchina e li seguo», annunciò Bill Christensen. Mike lo seguì.

Restai sorpresa quando li vidi tornare poco più di un'ora dopo. David non era stato felice di sentirmi quando l'avevo chiamato, ma non ci potevo fare proprio niente. Ero ancora al telefono a parlare fitto con Trish, quando sentii sbattere le portiere dell'auto nel vialetto.

Ryan quasi non mi guardò, e nel passare in cucina si limitò a lanciarmi un'occhiata di traverso. Salì di corsa le scale e aprì l'acqua della doccia.

Bill lanciò le chiavi sul bancone e rispose a sua moglie: «Sono stati incriminati e rilasciati. Dovranno presentarsi tutti in tribunale, poi scopriranno a quanto ammonta la multa».

Volevo andare da Ryan, ma ero sicura che avesse bisogno di spazio. Mike era seduto fuori, con la testa tra le mani, a prendersela con se stesso.

Mi misi a sedere di fronte a lui e poggiai i gomiti sulle ginocchia. «Stai bene?»

Lui mi fissò per un istante, poi scosse la testa in silenzio. «Non sarebbe mai dovuto succedere. Ho sbagliato tutto.»

«Non è vero.»

«Invece sì. Sono troppo vicino.»

«Vicino a cosa?» *Alla follia? Benvenuto nel club.*

«A te e Ryan. Sono stato troppo rilassato. Sono stato meno attento di quanto dovessi. Oggi non ho nemmeno fatto un semplice controllo del perimetro.»

«Mike, non puoi vedere tutto. Quel tizio si era arrampicato su un albero.»

Si raddrizzò di colpo. «Taryn, è il mio *lavoro*. Voi due mi pagate perché vi protegga da stronzate come questa. Oggi ho deluso entrambi. Devo dare le dimissioni. Ha bisogno di una persona nuova, una che sappia vedere con distacco i pericoli e il cliente.»

«Oh, no. Non darai affatto le dimissioni. Quell'idiota era salito così in alto che non avresti potuto vederlo a meno che non ti fossi messo al centro della piscina. Io me ne sono accorta soltanto perché il sole si è riflettuto sull'obiettivo. Da terra non avresti mai potuto scorgerlo, quindi smettila di darti tutta la colpa.»

«Oggi il mio capo è stato arrestato», ringhiò a denti stretti.

«Il tuo *capo* avrebbe potuto chiedere a te d'inseguire il fotografo, ma non l'ha fatto. Non sei responsabile delle azioni di Ryan.»

«Non sarebbe stato necessario, se io avessi fatto il mio lavoro.»

La sua dedizione e il modo in cui si condannava erano ammirevoli. Non sarebbe stato così stravolto, se non avesse tenuto a noi. Mi chiesi se Marie avesse avuto modo di vedere quel lato di lui. «Sei sempre così sensibile?»

Spalancò gli occhi di colpo. «Che cosa?»

«Un errore in un anno intero, e sei pronto a mollare.»

«Non sto mollando. Il punto è mettervi in mani migliori. Non ho saputo rispettare i limiti, e così ho compromesso la mia posizione e vi ho esposti entrambi al pericolo.»

Stava davvero esagerando.

«Be', non ti puoi licenziare.»

«Perché no?»

«Perché non te lo permetto», risposi senza esitazioni.

«Senti, se è per via di Marie, non permet...»

«Marie non c'entra. La questione è che voglio che a vegliare su di lui sia qualcuno di cui *mi fido*. Mike, tu sei l'unico della squadra con cui lavora che abbia la mia piena fiducia. Vivo meglio sapendo che lo segui come un'ombra. La tua sola presenza gli infonde una fiducia e una tranquillità che non potrebbe mai avere con nessun altro.»

«Fiducia e tranquillità non gli garantiscono la sicurezza, Taryn.»

«Mike, potevi anche circondarlo di guardie armate, ma non l'avresti salvato da un cretino arrampicato su un albero con un teleobiettivo. Ryan è già abbastanza stressato. Vorrebbe sentirsi normale. Chi avrebbe potuto pensare che non gli fosse concesso nemmeno nel giardino di casa sua? E poi anche tu hai bisogno di rilassarti, ogni tanto.»

«Sì, ma...»

«Niente 'ma'. Non ti dimetti, quindi non ci pensare più.»

Ryan uscì con addosso un paio di pantaloncini e in volto un'espressione corrucciata. «Dov'è la scheda di memoria?»

Io lo seguii in casa e gliela consegnai, chiedendomi di quanto spazio avesse ancora bisogno. Mi fermai a riflettere al tavolo della cucina, poi decisi che non ne potevo più e mi feci coraggio. Sapevo per esperienza diretta quanto fosse umiliante essere ammanettati.

Lo trovai seduto alla scrivania della sua vecchia camera da letto che fissava il computer portatile. Notai che aveva collegato alla porta USB il lettore di memoria della nostra videocamera. «Tutto okay?»

Sollevò lo sguardo verso di me. «Sono stato arrestato per la prima volta in tutta la mia cazzo di vita. Che ne dici?»

«So come ci si sente.»

Mi lanciò un'occhiata rabbiosa, e mi accorsi che gli si stava formando un livido violaceo sotto l'occhio sinistro.

«Hai voglia di sfogarti un po'?»

Fece un sospiro profondo, come se si stesse liberando di tutta la negatività. Tenne gli occhi chiusi per un momento. «No. Non voglio sfogarmi.»

«Vuoi che ti lasci solo?» aggiunsi, in un sussurro.

Sbuffò di nuovo e si sfregò la fronte.

Lo presi per un sì e mi girai verso la porta.

«Tar, aspetta... vieni qui.» Mi tese la mano, e io la presi.

Quando mi accolse in grembo, espirai l'aria che avevo trattenuto senza rendermene conto. Mi strinse fra le braccia e affondò il viso nel mio collo. Allora gli passai le dita tra i capelli umidi, e intensificai l'abbraccio.

«Tar, non ne posso più. Non lo sopporto. Non possiamo nemmeno prenderci una giornata di riposo senza che ci seguano. È venuto a casa dei miei genitori. *Dai miei genitori*. È troppo.» Mi guardò dritto negli occhi.

Gli sfiorai il livido sulla guancia. «Sono d'accordo.»

«La gente non si rende conto... loro non sanno come ci si sente a essere senza privacy. L'unica cosa che gli interessa sono le foto delle persone che frequento e di qualsiasi cazzo di cosa faccia, come se fosse loro diritto sapere. E per cosa? Per vedere che sono come tutti gli altri? Cristo, Tar. Tu stessa sei stata investita da un'auto per colpa mia.»

Gli presi il viso tra le mani. «Non è stata colpa tua. Non dire così.»

Ma lui si staccò da me. «Invece è così. Se quella pazza ti perseguitava, era a causa mia. E quegli scatoloni pieni di posta comparsi a casa tua? Le lettere minatorie? E cos'è successo a Parigi? No, sono stanco di questa vita. Basta.» Era sempre più risoluto.

Spostò un braccio per poter usare il mouse, e sullo schermo apparvero file su file d'immagini. Ryan imprecò, grattandosi la fronte. «Ci stava dietro da quando siamo arrivati. Figlio di puttana.»

«Oh, Dio. Queste sono di ieri?»

«Esatto. Quel bastardo ha fotografato tutta la mia famiglia. Ce n'è persino una in cui tengo in braccio Sarah. Maledizione!»

Con occhi sgranati, lo guardai sfogliare centinaia di foto. E quando vidi un primo piano della lingua di Ryan sul mio seno, in piscina, mi parve di aver ingoiato una pietra. Quel maledetto aveva fatto così tanti scatti che quasi sembrava di poter vedere un filmato dei nostri momenti privati, intimi. Avevo una gran voglia di vomitare.

«Fine dei giochi. Basta. Dopo il terzo *Seaside*, ho chiuso.»

20

CONTRACCOLPO

«È stato arrestato, Taryn. Non posso fare nulla. La sua foto segnaletica ormai è sui registri pubblici», mi spiegò Trish.

Ma non m'importava. Erano passati quattro giorni dall'incidente, ogni tabloid e giornale scandalistico avevano pubblicato la foto di Ryan livido e sporco di sangue, e volevo che la smettessero.

Mi nascosi in un angolo dell'ufficio del bar per essere sicura che Ryan non potesse sentire la conversazione, anche se l'ultima volta in cui l'avevo visto era ancora a letto. Ed era l'una. Mi sentivo in un vicolo cieco.

«Lo so. Ha chiamato l'avvocato di Ryan. Anche se riescono a far cadere l'accusa, l'immagine resterà. Trish, non la sta prendendo molto bene.»

Lei sospirò. «Volevo parlargli, cercare di capire se vuole che intervenga, ma non risponde alle mie chiamate. Non è il primo personaggio famoso che si è visto pubblicare la foto segnaletica. Noi possiamo passare al contrattacco con la stampa positiva, oppure lasciar esaurire la notizia, cosa che succederà.»

«Sì, be', al momento la stampa è scatenata.» Avevo cominciato a far mia l'abitudine di Ryan di grattarsi la fronte. «L'avvocato ci ha fatto sapere che il fotografo si è rivolto a un legale. Vuole farci causa per un milione. Ci credi che quel bastardo ha la faccia tosta di chiederci di pagare l'incasso che ha perso insieme con le foto che voleva vendere ai media?»

«Ci credo.»

«Ryan non è più in sé. Questa storia l'ha gettato nella depressione; non so cosa fare. Ha addirittura perso peso. Non mangia quasi nulla. Vuole soltanto dormire o starsene steso sul divano. Si comporta come un recluso.»

«Lasciagli qualche giorno per sbollire. Il suo ego ha preso una bella botta.»

Mi morsicai l'unghia del pollice. «Qui non si tratta soltanto del suo ego. Dice che vuole smettere di recitare.»

«Che cosa?» strillò Trish. «No. Pessima idea. Davvero pessima. Distruggerà la sua carriera. In questo ambiente i ritorni sulla scena sono molto difficili. Adesso è all'apice del successo. Se si tira fuori, puoi dire addio ai botteghini sbancati.»

«Trish, quel tizio aveva più di mille foto nostre. La polizia ha trovato delle bottigliette piene di urina nel giardino dei vicini. Si era persino camuffato per non essere notato sull'albero! Chissà da quanto tempo stava lassù.»

«Oh, cavolo. Ho sentito parlare di lui. Lo chiamano Fast Freddy. Fa il freelance per una delle agenzie di foto di celebrità più grandi di Los Angeles. È l'idiota che per poco non ha fatto ammazzare Bieber due settimane fa, inseguendolo sulla superstrada di Santa Monica soltanto per fargli una foto. È gente che non conosce limiti.»

«Sono sciacalli.» Guardai il calendario che avevo in mano, chiedendomi come avrei fatto a rimettere Ryan in carreggiata.

«Perché non ve ne andate in vacanza, state un po' fuori per qualche giorno?»

«Gliel'ho suggerito, ma non vuole andare in aeroporto, perché non vuole essere visto in pubblico. Gli ho detto che nascondersi non è una soluzione e che dovrebbe dimostrare a tutti di star bene e andare avanti con la sua vita, ma è come parlare a un muro. Da quando siamo tornati, ho il bar pieno di giornalisti e fotografi. Ho dovuto assumere due buttafuori perché siamo travolti dai fan curiosi. È una pazzia. Devo portarlo via di qui, ma non vuole uscire.»

Trish sospirò. «Detesto sollevare l'argomento, ma ho saputo dell'ultima trovata di Marla.»

Inspirai a fondo, terrorizzata al solo udire il nome di quella donna. «Non so come le sia venuto in mente di poterla fare franca presentandoci un conto del genere. Vorrei tanto infilarle la sua citazione su per il culo.»

Pete fece capolino dalla porta dell'ufficio, agitando il suo cellulare. «Tar, Ryan ti chiama.»

Chiusi in tutta fretta la conversazione con Trish e m'infilai il telefonino in tasca. Ryan si rifiutava di mettere piede nel pub:

sosteneva che se si fosse fatto vedere avrebbe causato troppi problemi al mio locale. Le sue fan non avevano proprio il senso della misura. Cominciavano a pensare che, se c'ero io, allora c'era anche lui. E adesso davano la caccia anche a me.

Quando entrai in casa, lui mi guardò storto. «Perché non rispondi al cellulare?»

«Perché ero impegnata in un'altra chiamata.»

«Ah. E con chi parlavi?»

«Stavo risolvendo un problema. Perché?»

Le spalle che di solito erano squadrate e solide adesso erano incurvate come sotto il peso di una sconfitta. Non si faceva la barba da diversi giorni, e il massimo che si era concesso in quanto a cura di sé era stato qualche doccia e passarsi una mano tra i capelli per pettinarli. Indossava una maglietta logora e un paio di pantaloncini di cotone consunti che lo facevano somigliare più a un senzatetto che a una celebrità multimilionaria.

Si strofinò un occhio con una nocca. «Non c'è un motivo. Mi sono svegliato e non sapevo nemmeno dove fossi, tutto qui.»

Detestavo vederlo tanto abbattuto. «Hai fame? Ti va di pranzare?»

Lui scrollò le spalle e si avviò scalzo lungo il corridoio per raggiungere il suo secondo posto preferito: il lato sinistro del divano.

Mi sedetti accanto a lui, raggomitolandomi al suo fianco. Sembrava meno agitato quand'ero sotto la sua protezione. «Hai ancora quelle foto dei posti che volevi visitare, quelle che mi hai fatto vedere a Natale?»

Mentre scorreva i canali in televisione, si sfregò i piedi scalzi l'uno con l'altro. «Dovrebbero essere ancora nel cassetto in camera da letto, sotto le mie magliette. Perché?»

«Credo che dovremmo sceglierne uno e partire. Mandare tutto al diavolo per qualche giorno. Sole, mare… Ti andrebbe?»

Prese un gran sorso da uno dei tanti bicchieri d'acqua che aveva disseminato per casa. Almeno non si era dato all'alcol per lenire la depressione. «Tar, ne abbiamo già parlato. Quante volte ti devo ripetere che non voglio andare da nessuna parte, in questo momento? Non potremmo restarcene tranquilli, per favore? Ho la sensazione di aver fatto il giro del mondo ottanta volte. Voglio soltanto rilassarmi.»

Affondò nel divano, sprofondando ancora di più nella depressione.

Comprendevo il suo desiderio di una pausa, ma non si stava comportando in modo normale. Non usciva di casa da quand'eravamo arrivati.

«Che fine hanno fatto i tuoi progetti per la nostra immensa casa?»

«Sono nella mia cartella. Perché?»

Mi alzai, stanca di guardarlo fare zapping all'infinito tra gli oltre cento canali. Misi i suoi schizzi accanto al computer e accesi la stampante. Per prima cosa cercai un lavandino da fattoria in rame che avevo visto una volta su una rivista. Trovai quello che mi piaceva, lo stampai e lo attaccai a una pagina bianca del suo blocco. Sapevo che Ryan mi stava osservando, ma feci finta di non accorgermene.

Alla fine, la curiosità ebbe la meglio. «Che cosa fai?»

Cerco di farti pensare a qualcos'altro, come il nostro futuro. «Ho trovato alcune cose che vorrei aggiungere.»

Lui si appoggiò allo schienale del divano, esaminando i suoi splendidi disegni. «Forse potrei tornare al college e finire gli studi.» Ma di colpo si rabbuiò. «Chi prendo in giro? Non posso certo frequentare un'università.» Lanciò il blocco sul tavolo e tornò ad accasciarsi al suo posto.

Era terribile. Odiavo vederlo così chiuso in se stesso. Persino la nostra vita sessuale era a un punto morto. Ryan aveva perso ogni forma di passione.

Serviva un intervento drastico. Corsi in corridoio, appesi il cartello NON DISTURBARE alla porta dell'appartamento in modo che Mike o Marie non entrassero senza preavviso, dopodiché andai in camera da letto e mi spogliai.

Quando tornai in soggiorno con indosso soltanto mutandine e reggiseno bianco, se non altro riuscii a ottenere uno sguardo incuriosito. Gli tolsi il telecomando di mano, spensi il televisore e mi sedetti a cavalcioni su di lui.

«Cosa stai facendo?» mi sussurrò, e nella sua voce c'era un

leggero ammonimento, come se il fatto che fossi quasi nuda sulle sue gambe avesse bisogno di una spiegazione.

«Rivoglio il mio Ryan.»

Incurvò le labbra, serio, poi la sua espressione mutò per lasciare il posto a quello che mi sembrava uno spaventoso rifiuto.

«Parlami.»

Mi posò le mani sui fianchi, s'irrigidì e parve volermi spingere all'indietro e verso l'alto, sollevandomi da sé. «E dovevi spogliarti per parlarmi?»

«Ho pensato fosse un buon modo per ottenere la tua piena attenzione. In questo momento dovremmo essere in spiaggia da qualche parte a spassarcela, fare l'amore, divertirci, goderci la giovinezza e la vita. Invece ti stai chiudendo in te stesso. Non mi rivolgi più la parola. Quasi non mi tocchi nemmeno. Mi stai facendo paura.»

Le sue mani mi spinsero via, un segnale chiarissimo del fatto che non aveva nessuna intenzione di portare avanti la conversazione. Io mi aggrappai agli avambracci: non volevo che mi scacciasse.

La disperazione mi serrava la gola coi suoi artigli. «Ti prego, non mi allontanare. Ti prego. Non ce la faccio più.»

Il suo sconforto mi pesava sul petto come un macigno.

Cercò di scivolare via da sotto di me e, in quell'istante, nel mio cuore appena guarito si aprì una nuova ferita. «Ryan, non lo fare. Dio, ti prego… Me l'avevi promesso!»

Lui si fermò. «Che cosa vuoi?»

Il modo in cui mi respingeva era insostenibile. C'ero già passata, e mi sarei fatta ammazzare pur di non rivivere quell'esperienza. Uomini che mi riempivano di promesse e speranze per poi rimangiarsi tutto alla prima occasione. Be', non l'avrei permesso!

«Mi stai spezzando il cuore. Non te ne rendi conto? È questo che vuoi, che mi allontani da te? Vuoi scacciarmi? È davvero *questo* che vuoi?» Sapevo di aver alzato la voce, ma ormai ero davvero troppo incazzata.

«Voglio stare un po' tranquillo. Tutto qui. È così difficile da capire?»

Per un attimo lo guardai furiosa, sconvolta dalla durezza

delle sue parole. «Certo. Vuoi *stare tranquillo*, prego, fa' pure.» Feci per scendere dalle sue gambe, ma lui mi afferrò le cosce.

«Dove vai?»

«A vivere la mia vita. Non ti stai *calmando*, ti stai consumando, ti lasci divorare vivo da tutta la merda che ti frulla in testa. Se non vuoi parlare con me, liberarti di questo peso e guardare avanti, allora puoi restare qui seduto a *calmarti* da solo. Fammi sapere quando hai finito.»

«Fermati», mugolò.

«E perché? Fino a un attimo fa mi stavi mandando via.»

Mi fissò, gli occhi pieni di dolore, socchiusi e avvelenati dai pensieri negativi. «Perdonami.»

Io gli presi una mano, la strinsi nella mia e me la premetti tra i seni, avvicinandola al mio cuore più che potei. «Non devi chiedere scusa, tesoro. Devi *parlare* con me.»

Lui scosse il capo, lottando, incapace di trovare il coraggio e le parole.

«Parlami», lo implorai piano.

Aveva le labbra serrate, scuro in volto.

«Una volta mi hai detto che un uomo deve prendere in mano la sua vita. E pure che non avresti mai smesso di comunicare con me. Me l'hai giurato. Quindi parlami!»

Era così sconsolato. «Non riesco a liberarmene. Non ne esco.»

Gli baciai con dolcezza le dita, in paziente attesa, cercando d'incoraggiarlo a continuare.

«Dio, sei così bella», disse piano, ma con grande convinzione. Mentre rifletteva, il suo sguardo corse verso il basso e si fermò sul mio ventre.

Gli lasciai tempo, felice che almeno avesse ricominciato a toccarmi.

«Adesso saresti stata al settimo mese di gravidanza.» Mi accarezzò la pancia piatta.

«Oh, tesoro...» sospirai in un lamento, implorandolo di non riprendere quel discorso.

«Ci penso in continuazione. Mi chiedo se sarebbe stata una bambina con gli occhi azzurri come noi o un bambino dai lineamenti simili ai miei. Come sarebbe stato il suo viso.»

Avrei tanto voluto che i baci potessero cancellare la tristezza dal suo volto. «Avremo dei figli bellissimi… quando sarà il momento di metterli al mondo. Te lo giuro.»

Mi diede un colpetto sullo stomaco. Non sembrava d'accordo con me. «Era il nostro primo bambino, e io te l'ho portato via. La mia *carriera* ce l'ha portato via», aggiunse, pronunciando quella parola come se fosse qualcosa di negativo.

Gli sollevai il mento, distrutta dal vederlo così sperduto. «No, Ryan, smettila. Ogni cosa accade per un motivo. Non possiamo controllare tutto. Ce la saremmo cavata, ma non eravamo pronti per avere un figlio. Dobbiamo essere una coppia forte prima di mettere al mondo un bambino. Quello che mi è successo… non puoi caricarti anche quel peso. Non devi. Non te lo permetterò.»

Ryan continuava a non essere d'accordo con me, come se qualcosa lo bloccasse. «Quando hai abortito c'era così tanto sangue… Avevo paura che morissi.» Si morse il labbro inferiore, gli occhi lucidi.

«Sono qui, tesoro. Sono qui con te», gli dissi posando il viso sulla sua mano.

Lo sguardo puntato sulla mia gamba, con un dito tracciò una linea invisibile. «A volte dimentico quanto sei forte. Anzi, quanto sei *inaffondabile*. La vita continua a ferirti, ma tu ti rialzi sempre e comunque.»

Intrecciai le dita con le sue. «Perché ho qualcosa per cui vale la pena lottare. Una promessa che vale per l'eternità. Tu mi fai desiderare di essere più forte.»

Sbuffò e si mosse sotto di me. «E io sto davvero facendo un ottimo lavoro nel tenerti al sicuro. Già, sono un vero campione.»

Gli afferrai il collo e lo spinsi di nuovo contro il divano. «Smettila, non dire così. Nessuno mi ha mai fatta sentire protetta e amata quanto te.»

Lui scrollò il capo, sconfitto.

«Ryan, così vincono loro.» Gli passai le mani tra i capelli e li tirai finché non riuscii a guardarlo negli occhi. Lo baciai con un desiderio disperato, come se avessi potuto spezzare l'incantesimo che lo trascinava in quel baratro. «Combatti con me», sussurrai sulle sue labbra, che sembravano volermi negare ogni passione. «Tesoro, ti prego. Da sola non posso farlo. Ho bisogno di te. Ho bisogno di te.»

Serrò i denti, come se il dolore che tratteneva con tanta forza stesse per erompere. Un singhiozzo soffocato gli risalì in gola. «Sono così stanco, Taryn», disse, la voce rotta nello sforzo di non crollare. Ma il dolore non aveva altre strade, doveva emergere. «Troppo stanco. Riesco soltanto a provocare dolore a entrambi.»

Una lacrima gli scivolò lungo una guancia. Poi un'altra. Sapevo che mostrarsi in tutta la sua debolezza lo stava uccidendo, ma doveva liberarsi, scacciare via quella sensazione che lo stava consumando come un demone che gli divorava l'anima. Vederlo piangere fu l'ultima goccia per me. Alla fine, aveva ceduto alla pressione, e la cosa mi faceva impazzire.

«Non è vero! Sei l'amore della mia vita, il mio migliore amico! Non importa cosa ci riserva la vita, Ryan, prenderemo tutto, nel bene e nel male… Nel bene e nel male. E ce la caveremo, perché noi funzioniamo così.»

Mi strinse forte al petto, aggrappandosi a me come se gli fossi necessaria per respirare.

Affondò il viso nel mio collo, e io gli abbracciai la testa. «Oh, tesoro, ce la faremo. Amore mio, sai già cosa devi fare. Hai smesso di prendere le medicine.»

Tirò su col naso, accigliato. «Non voglio prendere quella merda, Tar. Non voglio farmaci.»

«Ma hai gettato il tuo corpo nella confusione. Non puoi smettere di prenderli all'improvviso.»

«Pillole per tirare avanti… e poi cosa mi aspetta? Pillole per dormire? E per stare sveglio? Così ci si uccide e basta. Sai quanto odio quella roba, Tar!»

Gli presi il viso tra le mani. «Ryan, guardami. Quando dopo l'incidente il medico mi ha dato gli antidepressivi, ho fatto delle ricerche. La mia situazione era passeggera. Tu soffri di attacchi di panico da molto tempo, anche da prima di allora. È quando smetti le medicine che il tuo umore crolla.»

Ma lui continuava a opporre resistenza: «Non voglio affidarmi ai farmaci, Tar. Non voglio».

Gli asciugai le lacrime coi pollici, cancellando le tracce fisiche del suo stress. «Non importa. Ne hai bisogno. Devi regolare la serotonina. Non è un segno di debolezza, Ryan. E non ti rende un uomo meno degno. È soltanto uno squilibrio fisico, tutto qui. Non c'è nulla di cui vergognarsi.»

Chiuse gli occhi. «Ho cercato di gestirlo da solo, ma è come se non potessi liberarmene. È un circolo vizioso. Lo sguardo deluso di mio padre quando mi hanno fatto salire nell'auto della polizia... So di avergli spezzato il cuore. È tutta colpa mia. Mia.» Si sfregò il palmo al centro del petto. «Sento un peso che mi preme addosso, proprio qui. Come se ci fosse seduto un elefante. A volte mi sembra di non riuscire a respirare.»

«Lo so, ma possiamo cambiare le cose. Tu non sei un drogato, Ryan. Hai bisogno di prendere una pillola per tenere sotto controllo l'equilibrio chimico del tuo corpo. Tutto qui.»

«Okay... ricomincerò a prenderle. Non posso più vivere così», concesse in un sussurro.

«Ti fisso un appuntamento col mio medico. Ti faremo sorridere di nuovo, è una promessa.»

Era lunedì. Eravamo tornati a Seaport da due settimane quando il mio padre biologico mi richiamò. Ero con Ryan, Mike e Marie alla spiaggia di Sandy Cove, dove ci godevamo il caldo e una giornata splendida. Ryan e Mike stavano facendo qualche lancio con un pallone da football, mentre dalla comodità delle sdraio Marie e io ci godevamo la vista incredibile di loro due abbronzati e senza maglietta.

Vedere Ryan sorridere di nuovo, mentre si divertiva, mi dava una gioia assoluta.

Era come se fosse ringiovanito. Stava prendendo delle nuove medicine per l'ipotiroidismo, e il suo umore era cambiato in modo radicale. Gli feci cenno di avvicinarsi.

Lui aprì la borsa frigo, prese due bottigliette d'acqua fredda, ne lanciò una a Mike e si sedette sulla borsa. «Cosa succede?»

«Ho appena parlato con Joe.»

Si mise gli occhiali da sole sopra la testa e mi scrutò con aria interrogativa. «E?»

«Vorrebbe che andassimo al lago Tahoe.»

Emise un sospirone. Non sembrava troppo felice all'idea. «Non saprei.»

Okay, diciamo che il suo entusiasmo non si era nemmeno presentato all'incontro.

Restammo in silenzioso stallo per qualche momento, poi lui disse: «Voglio essere sincero. Non ci vedo nessun vantaggio. Quell'uomo non ha mai fatto parte della tua vita, e preferirei se le cose restassero così».

Fui distratta per un attimo da Mike, che tendeva la mano verso Marie. Bastò il suo sguardo a farmi venire il batticuore. La fece alzare dalla sdraio e, senza dire una parola, si allontanò con lei tenendola per mano, guardandola come se fosse una gemma preziosa. Adoravo vederli così uniti mentre passeggiavano tra la spuma delle onde, l'uno accanto all'altra, con Marie che si aggrappava con entrambe le mani al braccio muscoloso di lui. Lo guardava adorante, e Mike ricambiava allo stesso modo. Era come assistere ai momenti più belli di una storia d'amore.

«Sono una coppia meravigliosa.»

Ryan si guardò alle spalle, poi tornò a fissarmi. «Un po' come noi», ridacchiò.

Io sorrisi. «Lo so.»

Sollevò il mento. «Sono molto fortunati.»

Ero così felice di veder sbocciare il loro amore che mi sentivo quasi scoppiare. «Sono d'accordo.»

Ryan smise di sorridere. «Tornando alla questione Joe... Taryn, vorrei poter eliminare tutti gli elementi incostanti, le variabili. Finalmente ci stiamo rimettendo in piedi, e non mi va di mettere tutto a repentaglio. Se lo vuoi incontrare ci organizzeremo, ma io dovrò essere presente. E, al primo segnale di follia, ti metto su un aereo e ti porto via.»

«Io voglio incontrarlo.»

Si morse il labbro inferiore. «Ha chiarito la faccenda con sua moglie?»

«Sì. Ha detto che è stata comprensiva, e che anche le figlie mi vogliono conoscere.»

Lui annuì, dopodiché mi puntò addosso uno sguardo indagatore. «Sei sicura di voler andare a fondo di questa faccenda?»

Sapevo che voleva soltanto proteggermi da altre sofferenze. «Sì. Se non lo faccio, resterò per sempre col dubbio. Ho bisogno di placare quella parte di me, Ryan.»

Per quanto riluttante, non poteva darmi torto. «D'accordo. Se ne hai così bisogno, faccio prenotare il volo.»

Gli sorrisi. Non c'era bisogno che mi dicesse «ti amo», perché sapevo già che era così. «Grazie, tesoro.»

Si rimise gli occhiali da sole sul naso. «Pete se la caverà nella gestione del locale mentre non ci siamo?»

Ripassai con la mente il calendario degli impegni. A breve ci sarebbero stati i Teen Choice Awards, poi Ryan doveva andare a Los Angeles per le prove in vista del terzo *Seaside*.

Annuii, sicura di aver preso la decisione giusta. Pete aveva perso tutte le prenotazioni che aveva per l'estate, dato che era stato costretto a passare il suo lavoro a un'altra persona, quindi era più che felice di lavorare con me. «Ce la farà di sicuro. Mi aiuta da un po', ormai, quindi conosce bene il lavoro.»

«Anche Tammy sembra più felice.»

Ripensai alla chiacchierata che avevo fatto con lei un paio di giorni prima, quando avevamo appianato qualche divergenza. Lei e Marie si tenevano ancora a distanza per non litigare, però Marie ormai l'aveva superata quasi del tutto. Mike, che la trascinava a letto tutte le sere, anche se il letto era quello della mia camera degli ospiti, l'aveva aiutata ad affrontare il tradimento di Tammy.

«Vogliamo provare a servire un piccolo menu nel pub. In base alle reazioni, decideremo come procedere. Magari darà il tuo nome a un sandwich.»

Ryan alzò gli occhi al cielo.

Io guardai il cellulare per controllare l'orario. «Dovremmo andare. L'appuntamento col costruttore è tra due ore.»

Si alzò, sistemandosi la collanina con la medaglietta, quella con su scritto il mio nome in modo da «tenermi sempre sul cuore», e cercò di vedere dove fossero finiti Mike e Marie. «Sei d'accordo sull'aggiunta di cui abbiamo parlato?»

Guardai Mike che faceva roteare Marie tra la spuma, e desiderai che Gary potesse vedere quanto era più felice, adesso. La sua insensibilità meritava una bella lezione. «E Mike lo è?»

«Il capo del mio servizio di sicurezza ha bisogno di una centrale operativa, e sono sicuro che di notte dormirei meglio sapendo che la tua nuova guardiana ha un'abitazione appropriata.»

Per quanto l'idea mi piacesse, lui stava dando un po' troppe cose per scontato. «Ha soltanto seguito un corso, Ryan... Non sappiamo cosa accadrà.»

Il suo sorrisetto mi disse che era meglio informato di me.

«Che cosa sai che io non so?» chiesi, sorridendo a mia volta.

Lui scrollò le spalle con disinvoltura. «Diciamo che, qualsiasi cosa abbiamo pianificato, voi due signore non potete farci proprio un bel niente.» Mi porse la mano. «Andiamo. Se vuoi incontrare Joe, dobbiamo prenotare un viaggio per il lago Tahoe.»

21

SENZA DIFESE

«Piantala di agitarti. Sembri una guardia vera», scherzai rivolta a Marie, che continuava a sistemarsi le maniche.

Per il primo incarico sul red carpet, a Los Angeles, Mike le aveva fatto indossare un completo semplice con giacca e pantaloni neri, una camicetta color crema e un paio di scarpe pratiche, con poco tacco. Anche se era nervosa come non mai, era davvero perfetta.

Da quand'era tornata dal corso intensivo, Mike aveva lavorato con lei su ogni tipo di situazione, da come scendere dalla limousine alla gestione di uno scontro fisico. Le aveva anche insegnato le parole in codice da usare per comunicare con lui. Era davvero interessante conoscere tutto ciò che Mike faceva dietro le quinte per proteggere le persone.

Era ormai così inserito nella nostra vita quotidiana che faticavo a rendermi conto che, quando stava con noi, *lavorava*. Per la maggior parte del tempo avevo la sensazione che ci stesse vicino perché era il migliore amico di Ryan.

«Continuo a pensare che potevo essere efficiente anche con un abito più sexy. Voi siete tutti elegantissimi, mentre io somiglio a una professoressa inflessibile», si lamentò lei.

«Tieni a mente la formazione su cui ci siamo esercitati», mormorò Mike dal sedile davanti della macchina, guidata da un autista. Era il suo modo di ricordarle che era là per lavoro, e non per passare una bella serata con me.

Sapevo che l'abbigliamento scelto per lei aveva lo scopo di confonderla con gli altri, e non di farla notare. Insieme con loro, Ryan e io avevamo simulato diversi scenari nel soggiorno di casa mia, e Mike ci aveva persino mostrato alcune tecniche di autodifesa, nel caso remoto in cui ci fossimo trovati costretti a difenderci. Capivo bene perché farle indossare una gonna non sarebbe stato un'idea brillante.

«Pensavi d'inginocchiarti sulla testa di qualcuno?» le sussurrai, prendendola in giro.

Mike le aveva mostrato come bloccare una persona e immobilizzarla mentre noi venivamo allontanati da una «minaccia». Se il movimento veniva eseguito in modo corretto, l'aggressore poteva godere di un primo piano del cavallo dei pantaloni di chi lo bloccava, o di una «presa vaginale», come la chiamavamo Marie e io per scherzo.

Lei alzò gli occhi al cielo e mi guardò. «Nelle ultime settimane ho sparato con sette pistole diverse, e ho una buona mira. Sta' attenta.»

Ridacchiai. «Non farti sopraffare dai flash. Cerca di non guardarli direttamente, o vedrai macchie nere per tutta la sera. È come se ti accecassero.»

Aspettammo incolonnati lungo la strada che conduceva all'enorme Gibson Amphitheatre, dove le star erano attese per i Teen Choice Awards. Era il primo incarico di Marie come mia guardia del corpo, sotto le direttive del suo nuovo capo, Mike Murphy.

Mi chiedevo come avrebbe funzionato la relazione col capo/fidanzato, ma per il momento non c'erano stati intoppi. Lei pareva felice di eseguire i suoi ordini, e mi sembrava che la cosa lo eccitasse. Se le dava un comando, lei obbediva all'istante, e a lui spuntava quel sorrisetto orgoglioso che gli incurvava un solo angolo della bocca. Mike cercava di darsi un tono, ma bastava quel piccolo segnale a smascherarlo, e Marie si divertiva un mondo.

Mike poteva pensare ciò che voleva, ma in realtà era Marie ad avere in pugno la loro relazione.

La vidi sfiorare il microfono nascosto nell'orecchio. «Sì, okay. Verde per noi.»

Ryan si chinò verso di me. «Sembra *Spia contro spia*, hai presente?»

«Si esercitano nel loro codice sadomaso. Frustami, padrone. Sono stata cattiva.» Quando Marie mi mostrò il dito medio, ridacchiai e gli diedi una gomitata.

Ryan inclinò il capo, con una risatina. «È da un po' che non ti lego. Ma le manie di dominazione di questi due mi stanno ispirando.»

Mike si sporse in avanti. «Se avete finito, siamo i prossimi a scendere.»

Marie si era calata nella parte, e quando uscii dall'auto era seria e pronta all'azione.

Ryan mi tenne con sé per qualche metro, ma poi venne trascinato sulla destra per salutare le fan e firmare autografi. Io mi tolsi di mezzo, come mi era stato insegnato in occasione di tutti gli altri eventi.

Marie era alla mia destra e controllava la situazione. Mike l'aveva fatta esercitare a farmi scudo e allontanarmi da potenziali minacce e, dato che era destrorsa, avrebbe usato il braccio sinistro per afferrarmi. Chi avrebbe mai immaginato che dietro quei movimenti ci fosse uno studio preciso? Mike conosceva bene la procedura. Sapeva gestire le firme degli autografi e le pose per le fotografie meglio di come avrebbe mai potuto fare un ufficio stampa o un manager, visto che nell'ultimo anno era stato con Ryan in ogni apparizione pubblica.

«Vedi come tiene lontani gli oggetti dal viso di Ryan?» dissi a Marie.

Mike teneva una mano sollevata, in modo che tutto ciò che le fan cercavano di mettere sotto gli occhi di Ryan per avere un autografo non si avvicinasse troppo.

«Cazzo, Taryn… alla prima mi sembrava ci fosse il delirio, ma qui è una follia assoluta. Sembrano ragazzine fanatiche», mi sussurrò lei, osservando le centinaia di persone ammassate dietro le transenne e in lotta per ottenere l'attenzione di Ryan anche per un solo istante.

«È quasi come a Parigi.»

Si voltò di scatto. «Era così?»

Annuii e cercai di non lasciarmi sopraffare dal ricordo. Ormai cominciavo ad abituarmi, ma quella era soltanto la seconda volta in cui Marie aveva a che fare col «fandemonio» che seguiva la stella del cinema Ryan Christensen ovunque andasse, e mi sembrava piuttosto scossa. Ryan, dal canto suo, appariva molto più a suo agio, persino allegro, mentre regalava alle ammiratrici ciò che desideravano con tutte se stesse.

«Mike è stato tutta la mattina al telefono con gli addetti alla sicurezza dell'evento per coordinare le operazioni.»

Le risposi con un cenno del capo, poi mi guardai attorno. Notai le altre guardie che si muovevano alle nostre spalle. Sapevo che Ryan e Mike non avrebbero lasciato sola Marie, se fosse successo qualcosa.

«Quindi, in pratica, cosa devo fare? Restare qui con te e basta?» mi domandò lei, mentre con aria professionale lanciava occhiate in ogni direzione, in cerca di eventuali pericoli.

«Vuoi sapere se devi farmi da babysitter? Esatto. È proprio quel che stai facendo.»

Lei reagì con una smorfia al mio tentativo di scherzare.

Feci un cenno verso Ryan e Mike. «Quei due pensano che non abbiamo idea di cosa stava succedendo.»

Marie annuì. «Dopo la storia di Kyle, è abbastanza evidente il motivo per cui Ryan volesse affidarti a una guardia del corpo donna. L'ho capito qualche tempo fa, quando Mike ha cominciato a parlarmi di quanto sia bello lavorare nella sicurezza personale. Una volta se l'è anche lasciato scappare, dicendomi proprio che Ryan voleva fosse una donna a proteggerti.»

«Sì, direi che il loro piano è abbastanza trasparente.»

«Cosa ne pensi, gli diciamo che li abbiamo scoperti?»

«E lasciarsi sfuggire l'opportunità di prenderli in giro? No. Fa tutto parte del suo grande piano per assicurarsi che io non mi annoi e non mi metta nei guai mentre lui è impegnato a fare l'attore famoso.»

Marie guardò oltre le mie spalle, senza mai abbassare la guardia. «Da parte mia posso dire che non ho la minima intenzione di lamentarmi. Sto con un uomo bellissimo che è anche una macchina del sesso, e posso seguire la mia amica in capo al mondo. Non sarà certo un problema accompagnarti in giro per negozi.»

Non potei fare a meno di ridere.

«Comincerò a prendere lezioni di yoga, se Mike mi farà avere una carta di credito aziendale, te lo dico fin d'ora.»

«Pensa in che guai potresti finire se fossi anche una contorsionista.»

Fu colta da un accesso di ilarità. «Dimmi un po', il mio contratto prevede anche l'assicurazione sanitaria? Perché potrei averne bisogno.»

«Non lo so, ma potrei permetterti di fissare il culo di Ryan Christensen per dieci minuti in più al giorno.»

Sembrava sconvolta. «Soltanto dieci minuti? Uffa! Sai, se un anno fa mi avessi detto che avrei fatto parte dell'entourage di Ryan Christensen, ti avrei presa per pazza. È tutto così incredibile. E non te la prendere se lo dico, ma ha un culo magnifico.»

Osservai i volti delle fan illuminarsi quando Ryan si fermò davanti a loro, ed era pure sorridente.

«Che cosa diceva sempre mia madre? 'I sogni si possono avverare, se puntiamo nella loro direzione.'»

«Tua madre era una donna davvero intelligente», affermò lei convinta, mentre entrambe lanciavamo occhiate ai magnifici culi di Mike e Ryan.

Ripensai all'immagine del viso sorridente di mia madre, infastidita dal fatto che, col passare degli anni, a volte faticavo a ricordarne i lineamenti.

Con un sorriso, Ryan salutò una volta per tutte le ammiratrici urlanti, quindi si diresse a passo deciso verso di me, che lo aspettavo. Mi prese una mano, se la portò alle labbra, mi diede un piccolo bacio sulle dita, intrecciandole poi con le sue, e riprese a camminare.

Quella dimostrazione di affetto in pubblico, così naturale, mi lasciò senza fiato. Credo non fosse nemmeno consapevole del modo in cui quei gesti spontanei facevano svanire il mondo attorno a noi, e di quanto una sua gentilezza mi facesse battere il cuore rapido come le ali di un colibrì. Sapevo che dovevamo soltanto andare a posare per qualche foto, ma pur di stargli accanto mi sarei esposta anche al fuoco in prima linea.

Adesso che prestavo più attenzione a ciò che avveniva dietro le quinte, mi rendevo conto di quanto Mike facesse per noi. La cerimonia di premiazione filò liscia, senza problemi, e Ryan ricevette una grande tavola da surf come premio per il Choice Movie Actor. Fu meraviglioso vederlo sul palco mentre ringraziava i suoi sostenitori. Fece un discorso breve ma adorabile, e poter rivedere il vecchio cast di *Seaside* nel backstage fu fantastico.

Alla fine della cerimonia, Mike e Marie ci aspettavano per accompagnarci alla destinazione successiva, una cena insieme con loro, Cal e Kelly al sontuoso ristorante Koi.

Grazie al cielo Marie era con noi quando i paparazzi ci assediarono all'uscita dal locale. Mike fece in modo che l'autista ci venisse a prendere proprio davanti al ristorante, così che potessimo lasciare l'edificio in sicurezza. Ryan mi teneva per mano, Marie era al mio fianco e ripeteva alla schiera di fotografi gli ordini impartiti da Mike, cioè di tenersi indietro e lasciarci passare. Avevo bevuto due bicchieri di vino e mezzo e, dopo essere stata accecata dai flash, ero felice di non dover guidare.

«Ecco perché le celebrità hanno spesso incidenti. Non vedo un cavolo. Guardali! Perché diavolo si sono piazzati davanti alla macchina?» borbottò Marie.

I paparazzi si spintonavano l'uno con l'altro, nel tentativo di ottenere lo scatto migliore di noi all'interno dell'auto. Ryan si schermava gli occhi con le mani, e mi accorsi che Marie faceva lo stesso. «Sai, ho sempre pensato che i personaggi famosi facessero così per non farsi fotografare... ora so che è per proteggere la vista!»

Quelle parole mi tornarono in mente quando affrontammo la solita calca di fotografi che provava a intercettare il nostro volo all'aeroporto di Los Angeles. Per fortuna, quando atterrammo a Reno, in Nevada, c'era soltanto qualche viaggiatore armato di cellulare con fotocamera.

Ero nervosa, emozionata e terrorizzata mentre attraversavamo di corsa l'aeroporto per salire sul SUV con autista che ci aspettava accanto al marciapiede. Mi ero sempre chiesta come facessero le celebrità ad andar via così in fretta; be', era tutta questione di tempistiche e coordinazione.

Mike ci tenne la portiera aperta, sempre per garantire la nostra sicurezza. Persino il salire in macchina era organizzato nei dettagli. Ogni volta io ero la prima, e Ryan il secondo. Non appena i «capi» erano al sicuro, saliva anche Marie. Mike sedeva sempre davanti, accanto all'autista, ed era lui a occuparsi dei nostri bagagli. Ryan Christensen non aspettava mai la valigia al nastro trasportatore.

Cominciavo a pensare che Mike meritasse un aumento consistente. Avergli dato la mia migliore amica avvolta in un bel nastro rosso non mi sembrava abbastanza.

Ryan mi prese per mano e me la strinse per rassicurarmi, sorridente. Non aveva bisogno di chiedermi se fossi nervosa all'idea d'incontrare il mio padre naturale: conosceva già la risposta. La notte precedente non avevo quasi chiuso occhio.

Mentre aspettavamo che caricassero le nostre borse, Ryan diede un'occhiata ai messaggi. «Abbiamo un problema.»

Il mio primo pensiero fu che i paparazzi potessero averci seguiti, immaginando che andassimo a Reno per sposarci. In effetti anche Trish era giunta a quella conclusione quando le avevo detto dove eravamo diretti. Non avevo certo bisogno di altri problemi, ma dal tono di Ryan ero sicura che fosse di natura personale.

Lui incrociò il mio sguardo. «Mi è arrivata un'e-mail da Trish. A quanto pare, un'amica di Tammy ha scritto su Twitter che m'incontrerà al suo matrimonio, a settembre.»

Tutto il mio nervosismo esplose in un accesso di collera violenta. «Scherzi?»

«Magari.» S'infilò il telefono in tasca. «Be', ormai è fatta. Avevo detto di non spargere la notizia. Nessuno mi ascolta mai. Il loro matrimonio diventerà un circo mediatico. Ma, porca...» Mi puntò addosso uno sguardo di fuoco. «Sai che sarà un delirio. Avevo avvisato Pete dei rischi che correva. Se la notizia della mia presenza viene divulgata, vi ritroverete con dei cazzo di elicotteri che vi sfrecciano sopra la testa.»

Marie sbuffò dal sedile posteriore. «Mi chiedo quale sua stupida amica sia stata.»

«Sta' calma», mormorai, prendendo il cellulare.

«Non penso proprio», ribatté sarcastica, in tono di sfida.

Io alzai gli occhi al cielo e, mentre l'autista sistemava le valigie nel bagagliaio, chiamai Tammy. «Non risponde.»

«Certo che non risponde. Sa che sei con me», commentò Marie.

Ryan sapeva bene quanto m'irritasse quell'astio, dover sopportare battute, frecciatine e cambi di umore quando fino a poco tempo prima eravamo state amiche per la pelle. Potevo soltanto sperare che la causa della follia di Tammy fosse lo stress cui era sottoposta.

«Devo sistemare questa situazione», mormorai.

«E perché? Lei si è voluta gloriare del fatto che Ryan parteciperà alle sue nozze. Sono cavoli suoi, non tuoi. Avrebbe dovuto tenere a freno quella linguaccia.»

«Sono d'accordo. Non è un tuo problema, Tar», borbottò Ryan.

Anch'io, in fondo, la vedevo così. Però… «Quando arriviamo in albergo proverò a chiamare Pete. Ha il diritto di sapere cosa succede, soprattutto se c'è la possibilità che qualcuno rovini il suo matrimonio.»

Ma lo sguardo di Ryan lasciava intendere che ormai era troppo tardi per impedirlo.

Il panorama di cui si godeva dall'hotel Ritz-Carlton sul lago Tahoe era incredibile. Gli alti pini, le montagne imponenti e lo spettacolare complesso alberghiero invitavano a godere del lusso più sfrenato. All'interno, al centro dell'atrio, c'era un immenso camino in pietra, che si elevava per sedici metri d'altezza, come mi aveva spiegato il concierge.

Fummo accompagnati a un piano privato, dove trovammo la suite più sfarzosa che avessi mai visto.

«Wow… sono così felice di essere tua amica», sussurrò Marie rivolta a Ryan.

Lui sorrise e mi tolse la borsa dalle spalle.

La suite aveva finestre enormi con una vista meravigliosa sulle montagne. Soltanto una persona al mondo era in grado di scovare tanto lusso. «Andrea?»

Ryan mi fece l'occhiolino. «Già.»

«Quella ragazza merita un grosso aumento.»

«Chi è Andrea?» chiese Marie, che girava di qua e di là per non perdersi nemmeno un dettaglio.

Fu Ryan a rispondere: «È la dea degli agenti di viaggio. Dovrebbero esserci due camere da letto matrimoniali. Scegliete voi. Mike e io attenderemo la vostra decisione sorseggiando questa bottiglia omaggio di cognac.»

Insieme con Marie passai da una stanza all'altra.

«Questo posto è più grande di casa tua», sospirò lei.

Il senso di beatitudine toccò l'apice quando vidi l'enorme cabina doccia piastrellata. «Lo so.»

«Adoro avere ricche celebrità per amici», mormorò, accarezzando un asciugamano bianco e morbido ripiegato sul pianale del bagno come se fosse una creatura vivente. «Quando arriva Joe?»

«Domani. Porterà la moglie e le ragazze.»

Marie entrò in un'altra stanza che somigliava a un piccolo soggiorno o a un rifugio con una splendida vista sulle piste da sci vuote. «Perché non andate voi a casa sua?»

Mentre la seguivo sfiorai i ricchi tessuti. Persino le tende erano di gran lusso. «Ryan voleva un terreno neutrale, ma, ora che vedo questo posto, forse risulterà un po' eccessivo. Inoltre non voleva un luogo pubblico, nel caso l'incontro non dovesse andare bene. È il suo modo di tenere la situazione sotto controllo.»

Per andare a visitare l'altro lato della suite passammo dal salotto principale, dove i ragazzi c'indirizzarono sorrisi lascivi.

Marie sussurrò un'imprecazione. «Se finisce per scegliere alberghi come questo, per quel che mi riguarda Ryan può lasciarsi travolgere dalle manie di controllo quanto vuole.»

«Io voglio questa camera.»

«D'accordo, sono abbastanza simili tra loro. Per fortuna c'è una stanza enorme a separarci... Ma stanotte cerca di non esagerare, okay?» aggiunse, con una piccola gomitata.

La seguii fuori, e notai che mi bastava guardare Ryan con addosso una semplice maglietta grigia portata fuori dai jeans per farmi balzare il cuore in petto. «Marie, che ne dici di una scommessa?»

Lui si voltò a guardarmi, sorpreso, ma si ricompose subito. «Che *genere* di scommessa, Taryn?»

«Chi di noi due crolla per prima.»

Mike esplose in una gran risata.

Io mi dipinsi in volto un sorriso baldanzoso, anche se in

realtà ero stanca morta. «Ho duecento dollari in contanti. Gli uomini terranno il tempo.»

Ryan tamburellò sul mobile bar. «Ottimo! Questo sì che è parlare. Mi piace come ragioni, tesoro.»

Marie agitò il capo, in cerca di aiuto da parte di Mike. Sapevo che non aveva con sé duecento dollari, ma il cenno rassicurante del suo uomo le disse che poteva accettare. Così, scosse i lunghi capelli castani. «Ci sto.»

Sbattei i duecento dollari sul grande tavolo da pranzo in mogano scuro e lucido, accanto al piatto di Marie, senza nemmeno fermarmi. Sapevo di aver perso, non aveva senso discutere.

Mike cominciò a ridere.

Ryan uscì dalla stanza sistemandosi i capelli con le dita. «Non fare lo spiritoso, Murphy. L'altra notte non ha dormito.»

Versai due tazze di caffè, nutrendo il desiderio di potermelo iniettare in vena. La sera prima dovevo essere svenuta all'istante, dopo il secondo, meraviglioso orgasmo. In pratica, dopo essere *venuta* ero anche *andata*. Non ricordavo altro.

Mike prese le banconote dal tavolo, le ripiegò con cura e le infilò nella scollatura di Marie. Lei rise, sfoggiandole sul petto come una medaglia d'onore.

Tuttavia, quel momento scherzoso non bastò a tranquillizzarmi. Avevo i nervi a fior di pelle fin da quando avevo aperto gli occhi. *Chissà come sarà? Quando lo vedrò, riconoscerò in lui qualcosa di me? Si rivelerà un grandissimo stronzo, facendomi pentire della decisione di conoscerlo?* Avevo molte domande senza risposta che non mi facevano godere del divertimento di aver perso la nostra piccola gara.

Quando, nel primo pomeriggio, il telefono della suite squillò, per poco non schizzai fuori dalla mia stessa pelle. Sapevo di cosa si trattava ancor prima che Mike riattaccasse. «Sono arrivati. Sono nel ristornate, seduti al tavolo dello chef.»

Ryan mi prese il viso tra le mani, e mi accarezzò le guance coi pollici mentre puntava nei miei occhi uno sguardo colmo di preoccupazione. «Qualsiasi cosa accada, non permetterò che questa giornata si concluda con amarezza. Se andrà bene, li inviteremo qui nella suite. In caso contrario, dopo pranzo li lasceremo andar via e ci getteremo questa storia alle spalle. Okay?»

«Okay», annuii.

«D'accordo, tesoro.» Si chinò per suggellare la promessa con un bacio.

Facevo fatica a respirare; ero così in ansia che non riuscivo quasi a muovermi. Ryan mi fece strada, tenendomi la mano per tutto il tempo, quasi trascinandomi con sé. Camminava con sicurezza, come sempre. Quelle spalle larghe potevano sostenere il peso di ogni mia preoccupazione.

Per prima cosa vidi le due ragazzine: gli sguardi sconvolti e ammirati quando scorsero Ryan Christensen che avanzava verso di loro erano quasi comici. Data la reazione di gioia assoluta, non c'era dubbio che l'avessero riconosciuto.

Non so perché mi sorpresi quando vidi Joe per la prima volta. Forse perché l'unica immagine che avevo di lui era quella di un adolescente magro e dinoccolato coi capelli neri come la notte, e non mi aspettavo di trovarmi di fronte a un uomo massiccio, che mi ricordava Tim McGraw.

Il mio sguardo passò dalle sue spalle ampie al fisico slanciato, fino al pizzetto ben rasato e ai capelli castani tagliati corti. Le guance erano accese da una leggera abbronzatura che colorava anche il resto del corpo. Mentre mi avvicinavo, mi sorrise socchiudendo gli occhi.

Quando notai i suoi occhi azzurri espirai tutta l'aria che avevo nei polmoni: erano identici ai miei. La sensazione di riconoscere *finalmente* i miei tratti nel volto di qualcuno m'investì in tutta la sua potenza, come se avessi ricevuto un colpo in pieno petto. Sentii un singhiozzo formarsi e bloccarsi in fondo alla gola.

Per qualche strano motivo mi aspettavo che fosse più vecchio, dato che era mio padre, ma dovetti ricordare a me stessa che tra noi c'erano soltanto sedici anni di differenza. Joe aveva quarantaquattro anni, e non sembrava affatto abbastanza vecchio da avere una figlia della mia età.

Con gli occhi quasi serrati, posò una mano sulla spalla di

sua moglie, stringendola, e mi accorsi che gli tremava il labbro inferiore. Poi si allontanò da lei per venire da me. Notai il tremito nei suoi muscoli, che gli conferiva una camminata incerta.

Ryan mi tirò per la mano e mi spostò davanti a sé; mi sospinse appena, lasciandomi libera di fare quegli ultimi passi.

«Oh, la mia bimba», balbettò Joe, lottando contro i singhiozzi.

Fu allora che non riuscii più a trattenermi.

Calde lacrime mi corsero lungo le guance. Non sapevo nulla di quell'uomo, eppure c'era qualcosa in lui che mi dava sicurezza. Un istante dopo mi ritrovai tra le sue braccia forti, le mani premute dietro la nuca, il viso affondato nel suo petto.

«Ventotto anni. Non è passato un solo giorno senza che ti pensassi, in questi ventotto anni. Grazie per avermi fatto questo regalo», farfugliò in un sussurro.

Annuii. Non riuscivo a parlare, ma sentivo tutto il suo dolore e la sua felicità. Potevo soltanto immaginare quanto avesse sofferto, costretto a separarsi dal sangue del suo sangue.

Joe mi prese per le spalle e mi allontanò da sé di qualche centimetro. «Lasciati guardare. Non ci posso credere. Credevo… credevo che questo giorno non sarebbe mai arrivato», disse, la gola serrata.

Sapere che il nostro incontro lo emozionava quanto me era un sollievo.

Prese un respiro corto. «Sei uguale a tua madre, Taryn.»

Mi ritrovai ad annuire, dandogli ragione, anche se non avevo mai visto nemmeno una foto della donna che mi aveva data alla luce.

«Vorrei tanto che fosse qui e ti vedesse cresciuta, ma sono sicuro che è in cielo e oggi ci guarda col sorriso.»

Joe fece per asciugarmi una lacrima da una guancia, e di riflesso mi passai una mano sul viso. «È bello sapere da chi ho preso gli occhi, finalmente.»

Il suo sorriso si allargò, e iniziai a chiedermi cos'altro avessimo in comune.

Mentre io abbracciavo sua moglie Jill, Ryan e Joe si strinsero la mano e si presentarono.

Dopo un pranzo sereno, Ryan li invitò a venire con noi nella suite.

Marie era bravissima a intrattenere le due ragazze, mentre Ryan e io sedevamo con Joe e sua moglie e parlavamo in privato.

Joe sembrava sincero, anche se cauto. «Posso soltanto immaginare quanto sia stato difficile per te scoprirlo in quel modo. Credevo che tuo padre avesse distrutto tutte le prove. Non avrei mai pensato che le conservasse.»

Presi un sorso di caffè, cercando di alleggerire un po' il sovraccarico emotivo. «Teneva tutto in una cassetta di sicurezza.»

Lui annuì. «C'erano le mie lettere, tutto quanto?»

Posai la tazza. «C'erano anche duemila dollari circa.»

Si grattò la testa e per un attimo serrò le labbra. «Mi sono sempre chiesto se ti fossero arrivati i soldi che ti mandavo. Tuo padre non li avrebbe mai toccati. Doveva pensare che provenissero dallo spaccio, o qualcosa del genere.»

Spaccio?

Si passò una mano sulla bocca. «Ho avuto qualche problema, prima di arruolarmi. Diciamo che lo zio Sam mi ha aiutato a liberarmi di quella merda molto in fretta.»

Non ne dubitavo. «Ho fatto preparare dei titoli di risparmio per le tue figlie. Voglio che siano loro ad avere i duemila dollari.»

Joe sollevò le dita, come a volermi rimproverare, ma parlai prima di lui: «È per il loro futuro. Apprezzo la tua generosità, ma non è necessario».

Sua moglie, Jill, prese in mano la situazione: «Grazie, Taryn. È un pensiero davvero gentile. Le ragazze andranno al college prima che ce ne renderemo conto, perciò ne faremo senz'altro buon uso». Quindi si rivolse a Ryan. «Anche se devo dire che per loro incontrare te è stata un'esperienza di valore inestimabile. Da quando gliel'abbiamo annunciato, non sono riuscite a star zitte un momento. La più grande era convinta che la stessimo prendendo in giro finché non ti ha visto entrare nella sala ristorante. Non potrò mai ringraziarvi abbastanza per *tutto* quello che oggi avete dato alla mia famiglia.»

Ryan sorrise, ma agitò una mano come a voler sminuire la cosa. «Farò in modo che abbiano qualche foto insieme con noi da portare con sé.»

Joe e sua moglie ne sembravano felicissimi. Poi lui tornò a guardarmi, osservandomi con attenzione, come se fossi fatta di vetro. «Immagino che avrai chissà quante domande.»

Era un eufemismo.

«Sono così tante che non so nemmeno da dove cominciare.»

Lui poggiò i gomiti sulle ginocchia. «Chiedimi tutto. Anche Jill ha il diritto di sapere. So di aver sconvolto pure lei.» Prese la mano di sua moglie. «Ma, come le ho già detto, ero convinto che non ti avrei più rivista, quindi avevo preferito non sciocarla.»

Lei gli sorrise, rassicurante, e gli accarezzò il dorso della mano. «Non sono sconvolta. In fondo non eri che un ragazzo.»

Lui scrollò le spalle, come se volesse fare ammenda per i suoi peccati. «Un ragazzo che ha messo incinta la sua fidanzata adolescente.»

Ryan incrociò le gambe, poggiando un piede sul ginocchio opposto, e cercò la mia mano. «E di questo ti ringrazio», disse, mentre se la portava alle labbra per darmi un bacio. «Hai dato la vita alla donna che amo. Non esiste dono più grande di questo.»

Tra loro due ci fu uno scambio silenzioso, come se si fossero compresi a vicenda.

Joe sembrava sollevato. «Almeno ho fatto qualcosa di positivo. Sono felice di sapere che è in mani tanto buone.»

Mi sentii arrossire. Ero nelle migliori mani possibili. Quanto diversa sarebbe potuta essere la mia vita, se i miei genitori non mi avessero abbandonata. Mi tornarono alla mente piccole parti delle lettere che Joe mi aveva scritto mentre era nell'esercito. Tutte sembravano volermi dire che aveva combinato un mucchio di guai, da adolescente.

Strinsi forte la mano di Ryan. «Frequentavi Kelcie quando andavi alle superiori?»

Joe lanciò un'occhiata a sua moglie, chiedendole il permesso di parlarne. Lei gli rispose con un sorriso gentile.

«Sì. Eravamo compagni di banco durante le lezioni di matematica. Io copiavo sempre da lei. A quindici anni abbiamo iniziato a fare coppia fissa.»

Era evidente che stava rivivendo ricordi pieni d'affetto.

«Eravamo anime gemelle: tutti e due eravamo dei terremoti, e odiavamo i nostri genitori. Quando l'ho messa incinta, a dire il vero ho pensato che fosse l'occasione giusta per cambiare vita. Speravo che almeno sua madre ci avrebbe mostrato comprensione, invece ha buttato sua figlia fuori di casa. E il padre di Kelcie... quel bastardo comandava su tutti col pugno di ferro. Ancora oggi sono convinto che picchiasse la moglie, anche se non ne ho mai avuto le prove. Non erano brave persone, nessuno dei due.»

Non avevo mai riflettuto sul fatto che i miei nonni potessero essere considerati «cattive persone».

«Comunque, ho cercato di portarla via. Abbiamo anche pensato che, visto che era rimasta incinta, i miei genitori l'avrebbero presa in simpatia e l'avrebbero accolta in casa... Be', non è stata una grande idea, devo dire», aggiunse con una risatina.

Ryan si protese in avanti. Qualcosa l'aveva infastidito.

Ma lui fece subito marcia indietro. «Non mi fraintendere, entrambi ti abbiamo desiderata. È solo che... ecco, mio padre era stato licenziato, e mia madre non guadagnava molto. Kelcie ha cercato di farsi aiutare dai servizi sociali per sfamarti. Eravamo due ragazzini, avevamo appena imparato ad allacciarci le stringhe da soli.»

«Ti sogno sempre coi capelli neri», dissi, toccando i miei senza rendermene conto.

Joe parve colto alla sprovvista. «Davvero? Be', in effetti me li tingevo. Volevo essere un punk rocker. Per poco mia madre non ha pianto quando mi sono ripreso i soldi delle lezioni di piano per comprare una chitarra con appiccicata una bella A di 'anarchia'.»

Ryan mi lanciò un'occhiata. «Be', ora sappiamo da dove viene il tuo talento musicale.»

Sorrisi. Mia madre non sapeva nemmeno accendere l'autoradio.

Joe sgranò gli occhi. «Suoni qualche strumento?»

Annuii. «Ho cominciato col pianoforte e poi ho imparato a suonare la chitarra acustica da autodidatta.»

«E ha anche una splendida voce», aggiunse Ryan accarezzandomi un braccio.

Joe sembrava colpito. «Wow! È fantastico!»

Dopo qualche istante di silenzio, diedi voce alla domanda che più di tutte mi tormentava: «Ti sogno molto spesso, Joe. Nel sogno c'è sempre mio padre, Dan. E voi due lottate. Intendo che vi *picchiate,* fisicamente. C'è sangue. *Tanto* sangue. Sui tuoi denti, sulla tua bocca».

Lui trasalì e scosse il capo. «Taryn...»

«No, ho bisogno di sapere. Faccio sempre lo stesso sogno, e dopo tutti questi anni voglio delle risposte. Ho incubi spaventosi, orribili...»

Ryan spalancò la bocca: all'improvviso aveva capito. Io annuii a conferma delle sue conclusioni, consapevole di non avergli mai spiegato del tutto perché, a volte, mi svegliavo terrorizzata. Adesso capiva. Gli strinsi la mano più forte.

Joe puntò lo sguardo verso di me, le labbra serrate in una linea tesa.

«E finiscono sempre nello stesso modo. Tu dici: 'Non ti farei mai del male, piccolina'. Poi i tuoi denti si coprono di sangue.»

Sapevo di essere molto insistente, ma non m'importava. A quel punto, dovevo conoscere la verità.

L'espressione di Ryan crollò sotto il peso di una tristezza carica di dolore. Non gliene avevo mai parlato prima. Forse si sarebbe infuriato per averlo scoperto così, ma ne avremmo discusso in un altro momento.

«Taryn», cominciò Joe, in un tono che voleva essere di avvertimento.

«Ho bisogno di sapere. Perché? Perché continuo a fare sempre lo stesso sogno?»

Esitò, trattenendo il fiato, ma io non ce la facevo più ad aspettare. Il sogno era sempre uguale, e adesso sapevo che non era soltanto frutto della mia immaginazione. Continuavo a rivivere un ricordo. «Ti prego, dimmelo e basta.»

Joe sbuffò, poi mi guardò di nuovo. «Era il 4 luglio, subito prima che partissi per il campo di addestramento. Sai che la tua madre naturale è morta in un incidente d'auto, vero?»

«Me l'ha detto tua mamma», annuii.

Lui si rabbuiò, ferito dai ricordi che stava rivivendo. «È successo subito dopo Natale. Non avevi ancora compiuto due anni. Tua madre, Jennifer, e zio Dan... be', se la passavano bene dal punto di vista economico. Lui aveva appena avuto una grossa promozione alla Corning, mentre i miei genitori stavano per perdere la casa.»

Deglutii con forza a mano a mano che le risposte cominciavano a riempire gli spazi vuoti.

«Zia Jennifer ti voleva con tutte le forze. E io ho fatto qualcosa di molto stupido. Ero… ero un buono a nulla, e ho iniziato a frequentare le persone sbagliate.»

Sollevai una mano: non volevo sapere di essere stata usata come merce di scambio. «È questo il vero motivo per cui le nostre madri non si parlavano più?»

Joe parve interdetto, poi fece un cenno col capo per confermare.

«Taryn», gemette Ryan.

Sapevo che voleva dirmi che non dovevo sentirmi in colpa per quanto era successo.

Gli risposi con un mugolio d'avvertimento. Avevo ancora molte altre domande da fare. «E allora cos'è successo il 4 luglio?»

Joe ebbe un attimo di esitazione e, invece di rispondere, puntò lo sguardo sul tappeto elegante sotto i suoi piedi.

«Joe, i miei genitori sono morti, ormai. Ho il diritto di conoscere la verità. Che cos'è successo?»

«Niente di che. C'è stato un picnic di famiglia, nulla di speciale.»

Non sapevo perché, ma ne dubitavo.

Lo vidi scavare più a fondo, le spalle larghe che piano piano crollavano. «Forse ero un po' scontroso, date le circostanze. Il nostro accordo prevedeva che tu non sapessi mai che loro non erano i tuoi veri genitori. Ho dovuto giurare che non te l'avrei mai rivelato. Mi ha…» Gli si chiuse la gola e dovette interrompersi. «Mi ha ucciso doverlo fare, Taryn. Eri la mia piccolina. *Mia.* Ti ho tenuta in braccio non appena sei uscita dalla pancia di tua madre, e ti ho giurato… ho *giurato* che mi sarei sempre preso cura di te. Ti cullavo, ti nutrivo e ti leggevo le fiabe quando avevi le coliche e non riuscivi a dormire. E poi, quando quel bastardo che correva troppo sulla strada ghiacciata ci è venuto addosso, sono rimasto da solo con te. Sapevo che era meglio non uscire, ma metterti sul seggiolino e portarti un po' a spasso in macchina era l'unico modo per farti addormentare. Dovevo farlo!»

Jill gli posò una mano tremante su una gamba, per rassicurarlo.

Anche le mie dita cominciarono a fremere. Nel sogno sapevo di essere da sola con lui e sentivo che mi accarezzava i capelli, mormorandomi parole di scuse. Poi, all'improvviso, arrivava mio padre, pronto a ucciderlo. Forse il mio modo di vivere l'intimità e l'ansia da abbandono avevano origini terribili?

La stretta che sentivo al petto aumentò insieme col timore per la risposta alla domanda che stavo per fare. «Mi hai fatto del male?»

Joe trasalì. «Che cosa? Oh, Dio, no. Certo che no.»

«E allora perché mio padre ti ha picchiato? Ti ha preso a pugni come un pazzo, fino a farti sanguinare. Era un uomo molto equilibrato. Perché ti avrebbe aggredito in modo tanto brutale?»

Mi lanciò uno sguardo torvo, il respiro affannato dalla frustrazione. «Perché ti ho detto la verità! Ti ho parlato della tua vera madre e ti ho rivelato che ero tuo padre, e che, qualsiasi cosa fosse accaduta, nessuno ti avrebbe mai cancellata dal mio cuore. Tu sei *mia* figlia. Ecco perché!»

22

FIASCO

Sentivo l'aereo scendere di quota mentre si avvicinava a Providence. Avevo controllato l'orario di arrivo sullo schermo, contando da uno a sessanta per distrarmi dal cambiamento di pressione che mi aveva fatto tappare le orecchie. Non avevo più gomme da masticare, sentivo un leggero dolore ed ero stanca morta.

Una grande parte di me, però, era sollevata. Conoscere Joe e la sua famiglia, potermi riconciliare con quel pezzo della mia vita, mi aveva sfiancata dal punto di vista emotivo, ma era stata un'esperienza utile. Ed ero partita dal lago Tahoe sperando che la mia anima in pena potesse finalmente trovare serenità.

Joe mi aveva mostrato una foto di Kelcie e, quando avevo superato lo shock nello scoprire quanto le assomigliavo, mi aveva detto che potevo tenerla. Strinsi la borsetta, abbracciando l'immagine che avevo infilato nel portafoglio. Kelcie Tremont era morta due mesi prima di compiere diciotto anni, in una fredda sera invernale.

L'ultimo suo gesto prima di lasciare questa terra era stato occuparsi di me, anche se dall'incontro con Joe era evidente che lui si sentisse in colpa per quanto era accaduto, perché era stato lui a suggerire di portarmi a fare un giro in auto. Gli avevo tenuto la mano a lungo, e per qualche momento avevamo parlato, da soli, di perdono.

Ryan allungò una mano oltre il bracciolo e mi diede un colpetto su una gamba, accarezzandomi la coscia coperta dai jeans. Incontrai i suoi occhi profondi. Un istante dopo, mi resi conto di una cosa: a un certo punto della nostra storia, Ryan e io avevamo sviluppato la capacità di dirci mille parole con un solo sguardo. Ci capivamo con facilità, e in quel momento lui voleva sapere su cosa stessi rimuginando.

«Devo parlare con Pete», risposi.

Negli ultimi tre giorni avevo dovuto affrontare molte novità, e mi ero vista costretta a rimandare quella chiacchierata.

Ryan annuì, ma sentivo che era preoccupato. Sapevo che aveva molto da fare; le riprese del terzo *Seaside* sarebbero iniziate di lì a tre settimane, e lui sarebbe dovuto rimanere a New Orleans per tre mesi e mezzo.

«Ci parleremo insieme. Devo dirtelo, Taryn, il comportamento di Tammy mi ha infastidito. Le hai permesso di portare i suoi affari nella tua cucina senza problemi. Se Pete ha uno stipendio è soltanto grazie a te, e so che siete amiche da tanto tempo, ma, se vuole continuare a fare la parte della sposa isterica, può farlo a spese di qualcun altro.»

Aprii la bocca per rispondere, ma dovetti richiuderla per consentirgli di proseguire nel suo sfogo.

«Non sopporto più tutte queste sciocchezze. E, se dover organizzare un matrimonio rende pazze le donne, sarà meglio che il nostro sia semplice e senza pretese.»

Ah, sì? «Quindi niente zie prevenute, eh?»

«Esatto», rise.

Avevo voglia di rispondere: *Pete è mio amico, e la proprietaria del bar sono io*, ma mi tornò in mente il modo in cui Thomas era abituato a rimarcare il confine tra ciò che era mio e ciò che era suo, e non volevo che il rapporto con Ryan fosse così. Volevo che lui esprimesse liberamente le proprie opinioni, e sapevo che stava cercando di proteggermi. Dopo tanti anni vissuti a contatto con delle sanguisughe, sospettava di tutti.

Una volta atterrati e tornati al mio appartamento, ero così distrutta che l'unica cosa che desideravo era andare a dormire. Di certo non avrei voluto ritrovare l'ingresso invaso da nuovi scatoloni.

«Cosa diavolo è tutta questa roba?» mugolò Ryan, e si mise ad aprire uno dei contenitori.

Mike fece lo stesso. «Sembra altra posta delle fan.»

Ryan richiuse i lembi di cartone e prese le valigie. Non serviva un udito troppo sensibile per capire che stava ordinando a Mike di gettare via tutto, prima che potessi trovare altre lettere minatorie o d'insulti. E, considerata la quantità di posta arrivata, per un calcolo statistico dovevano essercene senz'altro.

Il suo cellulare emise un segnale. Stava evitando qualcuno, ed ero abbastanza sicura di aver capito di chi si trattava. «Non puoi continuare a ignorarlo.»

Ryan lanciò la valigia sul letto. «Invece sì.»

«È il tuo manager.»

«Non aveva il diritto di fare quello che ha fatto», ribatté con un lamento.

«Allora diglielo.»

«Sono ancora troppo arrabbiato, finirei per licenziarlo.»

Scrollai le spalle. «E allora licenzialo.»

«Non posso.» Si sfilò le scarpe.

«Saresti pronto a buttare Tammy e i suoi problemi fuori dalla mia cucina, ma se il tuo manager si prende la libertà di chiedere un accordo prematrimoniale non credi di dovergliene dire quattro?»

Mi fissò, le mani sui fianchi. «Tu vuoi che lo licenzi.»

Io feci una pila di panni da lavare, e non mi sfuggì la similitudine tra quel gesto e la nostra conversazione. «È una domanda o una constatazione?» Speravo di non finire in un'impasse.

Lui scrollò le spalle. «Entrambe.»

Maledizione. «Non è il mio manager. Non devo avere a che fare con lui quanto te, quindi non sta a me decidere.»

Posò anche la borsa sul letto. «Ma non ti piace.»

Incrociai il suo sguardo. «E questa è una domanda o una constatazione?»

«Constatazione.»

Ripresi a dividere la biancheria. «No, non mi piace, ma questo lo sapevi già. Si è comportato in modo subdolo troppe volte, quindi per quel che mi riguarda è una persona inaffidabile. Non è d'accordo con te su come dovresti gestire la tua vita, quali ruoli dovresti cercare di ottenere, e non ha mai nascosto il fatto che mi considera un'intrusa. D'altra parte, però, io non ho idea di come dovrebbe essere un talent manager. Ma so che devi avere una certa fiducia nelle persone che lavorano per te. Quindi la domanda torna a te: ti fidi di lui?»

Inspirò a fondo, e le sue spalle s'incurvarono sotto il peso della delusione. Sapevo che quel pensiero doveva tormentarlo da un po', ed ero felice che alla fine lo stesse affrontando. «Una volta mi fidavo.»

Per essere diplomatica e non influenzare la sua decisione con le mie opinioni, gli chiesi: «E cos'è cambiato?»

«Len Bainbridge è il *mio* avvocato. David non ha il diritto di discutere con lui, a mio nome, di un accordo prematrimoniale, per non parlare delle richieste di esclusive fotografiche.»

Non potevo essere più d'accordo. Mi faceva molto piacere che ci fosse arrivato da solo.

Il giorno dopo mi ritrovai davanti a un'altra situazione delicata.

«Tammy, la tua amica Amy ha pubblicato un post con la notizia che lui sarà al tuo matrimonio.» Avevo cercato di essere gentile e comprensiva, ma al tempo stesso diretta, senza giri di parole. Sapevo che non era stata lei a diffondere l'informazione, ma doveva affrontare le conseguenze.

I suoi grandi occhi castani, la cui espressione mi diceva che non capiva cosa volessi, mi fissavano dall'altra parte del tavolo. «E allora?»

Forse non mi ero spiegata bene, o forse le sfuggiva il nocciolo della questione. Intrecciai le dita, provando a mantenere la calma. «Allora, questo significa che il giorno del vostro matrimonio è molto probabile che la chiesa sia assediata da fotografi, giornalisti e fan. Quasi tutti i siti di gossip hanno già scritto che la data riferita è quella del *nostro* matrimonio, Tammy. A loro non interessa se siete voi a sposarvi. Vedono un tweet su Ryan e un matrimonio, e i notiziari sganciano la bomba. Il sito Internet di *CV* ha persino pubblicato un falso invito con tanto di data.»

Con un lamento, Pete si appoggiò allo schienale e lanciò un'occhiata furibonda alla sua fidanzata. Mi dispiaceva vederli così, a dover lottare contro cose su cui non avevano nessun controllo.

A quel punto Tammy capì. Così come per me divenne evidente che, nel momento in cui Ryan e io ci fossimo sposati, mantenere il più assoluto riserbo su data e luogo sarebbe stato la priorità.

«E adesso?» chiese Pete.

Ryan fece un gran sospiro. «Amico, sai che voglio starti vicino quel giorno, ma la merda che mi accompagna ovunque vada rischia di prendere il sopravvento. La data delle vostre nozze è stata postata in una risposta al messaggio originale su Twitter, e da lì si è diffusa.»

Pete si girò verso Tammy, torvo. «Hai fatto un casino.»

L'espressione di lei divenne affranta, e io sentii un tuffo al cuore. «Pete, non è colpa sua», la difesi.

Tammy era sul punto di scoppiare in lacrime. «Non sono stata io!»

Lo presi per un braccio, sperando di attirare la sua attenzione prima che cominciasse lo scontro, ma non ci riuscii.

Lui colpì il tavolo col pugno libero. «Ah, no? E allora chi è stato?»

Tammy parve risentita. «Non capisco perché te la prendi con me in questo modo.»

Ryan cercò di farli ragionare: «Sentite, ormai quel che è fatto è fatto. Ho soltanto paura che il vostro giorno più bello venga rovinato da questa storia, tutto qui. Taryn e io siamo perseguitati dai media».

Lei si asciugò una lacrima. «Rovinato? Cioè? Mi stai dicendo che devo annullare tutto?» Stava per essere sopraffatta dal panico.

«No, tesoro, non è così. È il vostro matrimonio, e sarete *voi* le persone più importanti. Vorremmo solo evitarvi interferenze.»

Pete, però, era fuori di sé. «Amy non poteva proprio tenere chiusa quella boccaccia, eh? Ti ho messa in guardia su di lei più di una volta, e adesso guarda cos'ha combinato. Non voglio quella stronza al nostro matrimonio.»

Tammy si ritrasse, rannicchiandosi sulla sedia. «È la mia damigella d'onore, Pete. Perché tu hai voluto Gary come testimone.»

«Certo, ma non avevo idea che si sbattesse la tua amica alle spalle di Marie. Non soltanto quella è una puttana dalla lingua lunga, ma anche una rovinafamiglie. Non voglio che la frequenti ancora. Non è la benvenuta in casa mia.»

Tammy si alzò di scatto, facendo stridere la sedia sul pavimento. Se fosse stato possibile uccidere con lo sguardo, lui sarebbe stato un uomo morto. «Non credo alle mie orecchie.»

«Cos'è che non ti torna? Che la tua amica è una puttana o che è una rovinafamiglie?»

«Va' all'inferno», ruggì lei.

Pete si rilassò sulla sedia. «Tesoro mio, a volte ho la sensazione di esserci già.»

Tammy gemette per la frustrazione, mostrò il medio a Pete e se ne andò furibonda, verso la cucina.

Ryan si grattava la nuca, confuso quanto me da ciò che era accaduto negli ultimi dieci minuti. «Amico, mi spiace. Non volevamo causarvi problemi.»

Pete agitò una mano, scacciando quel pensiero, poi se la passò sul viso. «Non preoccuparti, Ryan. Questo matrimonio è così stressante che Tammy mi sta facendo diventare pazzo.» Si diede un'occhiata attorno, quindi mi guardò dritto negli occhi. «Non sapevo che Gary avesse una tresca con quella ragazza, lo giuro. Amy era a casa nostra una volta, quand'è passato lui. Sono andati subito d'accordo, ma non credevo significasse qualcosa. Pensavo fossero semplicemente amichevoli. Ho detto a Tammy di avvisare la sua amica che doveva stare alla larga da lui, perché era sposato, ma a quanto pare il messaggio non è mai stato recapitato.»

Gli credevo. Da quando lo conoscevo, Pete non mi aveva mai mentito. Mi diceva sempre tutto con sincerità, nel bene e nel male.

«Che cosa facciamo?» gli chiesi.

Si strinse nelle spalle. «Ho appena bandito la ragazza del mio testimone, Marie e Tammy non si parlano più, i paparazzi vi daranno la caccia se vi farete vedere, e ho anche fatto incazzare la mia futura moglie. Non lo so. A dire il vero, non lo so proprio.»

Quattro giorni dopo, Ryan prese un volo per Los Angeles per cominciare le prove del terzo *Seaside*, mentre io restai nel Rhode Island. Pete aveva appuntamento col fisioterapista, quindi Marie e io eravamo di nuovo insieme dietro il bancone del bar a preparare cocktail e stappare birre, come ai vecchi tempi.

Vidi Tammy uscire dalla cucina, gli occhi puntati sul foglio che aveva in mano. «Taryn, ho la prima bozza del menu del pranzo.» Quando per poco non andò a sbattere contro Marie, si fermò di colpo.

Come due magneti che si respingono, le osservai mentre scartavano di lato, senza nemmeno salutarsi. Marie si voltò e se ne andò dall'altra parte del bancone. Le labbra di Tammy s'incurvarono verso il basso.

Aveva ancora il foglio tra le mani, ma tutta la sua attenzione era per la freddezza con cui Marie l'aveva respinta. In effetti, non potevo biasimarla; dopotutto, quando tradisci un'amica non puoi certo aspettarti che poi ti accolga a braccia aperte. Ma per il bene della mia salute mentale dovevo restare neutrale, sebbene fossi consapevole che anche il mio rapporto con Tammy era cambiato per sempre.

«Mi rivolgerà mai la parola?» Dalla sua espressione era evidente quanto fosse addolorata e che desiderasse far pace.

Mi asciugai le mani sullo straccio da bancone e me lo infilai in tasca, poi presi la stampa di Tammy. «Non lo so. Credo che dovrai riconquistare la sua fiducia, se vorrai parlare di nuovo con lei.» Sentii il cellulare vibrare nella mia tasca davanti. Odiavo rispondere ai numeri che non conoscevo, ma decisi di farlo comunque. «Pronto?»

Mi rispose una voce maschile, roca e profonda: «Sì, buongiorno. Potrei parlare con Miss Taryn Mitchell, per cortesia?»

Giornalista? Stalker? Fan impazzito? Hacker? La mia mente enumerò le varie possibilità. «Chi parla?»

«Mi chiamo Todd Brandwell. Chiamo dall'ufficio del direttore di medicina legale della città di New York, e sto cercando di contattare una parente stretta di nome Taryn Mitchell. Il suo nome era nella lista dei contatti.»

Il terrore s'impadronì delle viscere. «Parente stretta? Mi scusi, ha detto che sono nella lista?»

«Sì, se lei è Taryn Mitchell.»

Il panico mi risalì nella gola, chiudendola. Cominciai a pensare a dove si trovavano tutte le persone più importanti per me, a partire da Ryan. Lui era a Los Angeles, mi aveva chiamata non appena era atterrato e avevo ricevuto un SMS malizioso non più di venti minuti prima. Cercai di farmi venire in mente altri nomi. «Sono io. Che cos'è successo?»

«Miss Mitchell, mi duole informarla che James Pantelanio è deceduto la scorsa notte. Se può annotarsi il numero di questo ufficio...»

Di colpo riuscii di nuovo a respirare: quel nome non mi diceva niente. «Mi perdoni... chi?»

«James Pantelanio», ripeté, pronunciandolo lentamente.

Non mi suonava familiare nemmeno l'indirizzo di Los Angeles che mi riferì.

«Temo di non sapere chi sia. Non la posso aiutare.»

«Avevamo anche un altro numero d'emergenza, registrato a nome di un locale, il Mitchell's Pub. Ho provato a chiamare ma mi risponde sempre la segreteria telefonica.»

Il cuore mi tornò in gola. Quella persona era in possesso di tutti e due i miei numeri. Alcuni stalker erano in grado di...

«Il signor Pantelanio era un uomo di settantadue anni, alto circa un metro e settanta, sessantatré chili, capelli scuri brizzolati.»

Non mi viene in mente nessuno...

«Era un grande fumatore. Crediamo facesse il fotografo, ma non riusciamo a trovare un datore di lavoro...»

«Aspetti. Ha detto James, vero?»

«Sì, signora.»

Ebbi un tuffo al cuore. Che fosse lui? «Forse lo conosco. Potrebbe inviarmi una foto?»

Dieci minuti dopo avevo davanti agli occhi la patente dell'uomo che mi aveva salvato la vita, che si era inginocchiato nella fanghiglia e nella neve e mi aveva rianimata quand'ero stata investita da un'auto. Non riuscii a fermare le lacrime all'idea che il dolce fotografo italiano conosciuto come Jimmy Pop fosse morto.

23

CENERI E CONFETTI

«È in una piccola scatola di mogano. Devo dire che è molto bella.»

Ryan sospirò. Non era felice di sapere che ero andata a New York a prendere le ceneri di un noto fotografo deceduto, soprattutto visto che negli ultimi tre anni quell'uomo l'aveva seguito ovunque; ma ero stata l'unica a farsi avanti, ammettendo di conoscerlo, e mi sentivo obbligata a rendergli omaggio. Marie mi aveva accompagnata in quei due giorni di viaggio, così Ryan si era tranquillizzato almeno un po'. «E cosa ci farai?»

«Credo che metterò Jimmy Pop sullo scaffale più in alto, tra Jim Beam e Johnnie Walker.»

Lo feci ridere. «Mi sembra il posto perfetto.»

Mi appoggiai al bancone. «Lo penso anch'io. Mi sono detta che così potrà tenere d'occhio il locale. Ho anche tre delle sue Nikon. Il coroner mi ha dato tutti gli effetti personali che aveva con sé. Ho persino tre copie del certificato di morte. Perché mi ha messa nell'elenco di persone da contattare in caso di emergenza, Ryan? Non ha senso. Quasi non ci conoscevamo.»

«Non lo so. Forse non poteva fidarsi di nessuno?»

Sfiorai con un dito la croce in pietra che decorava il coperchio, e sentii crescere nel petto il senso di angoscia che si avverte quando muore una persona cara. Somigliava alla croce che mi era stata data prima che chiudessero la bara di mio padre. Presi un respiro profondo. «Forse. Ma perché proprio io?»

«Sapeva che sei una ragazza intelligente e saggia; non mi sorprenderebbe scoprire che ti è stata anche lasciata una piccola fortuna.»

Gemetti. *No, basta con le eredità.*

«Forse ha pensato che avresti fatto buon uso del suo denaro, Tar. Non aveva figli né parenti: a chi altro poteva lasciare tutto?»

Sentii qualcuno parlare con lui in sottofondo.

«Tesoro, ora devo andare. Ti chiamo dopo.»

Marie portò la scaletta dietro il bar. «Ho sentito dire che vuoi mettere Jimmy Pop lassù. Possiamo spostare il Patrón e il Cabo Wabo, così avrai abbastanza spazio.»

Mentre mi passava una bottiglia, vennero a consegnarci dei fiori. Mike ne aveva mandati a Marie due giorni prima, e mi chiedevo se stesse cercando di blandirla per qualche motivo in particolare.

Quella composizione, però, non era altrettanto magnifica. Sembrava di quelle che si comprano al supermercato.

Il fattorino era alto, giovane, poteva avere poco più di trent'anni, ma i capelli castani erano molto radi, e aveva cercato di mascherare la calvizie con una specie di riporto. Indossava occhiali da sole troppo grandi per il suo viso. Forse li portava da quando andavano di moda, negli anni '80. Ma a inquietarmi davvero era il modo in cui mi guardava.

Per fortuna c'era un grosso bancone a separarci.

«Posso aiutarti?»

Era nervoso: sembrava quasi tremare per l'agitazione. «Ho dei fiori, una... una consegna Tah...» Quando incrociò il mio sguardo, parve smarrirsi. «Per te.»

Marie scese subito dalla scaletta e lo squadrò. Avevamo appena aperto il locale e ancora non c'erano clienti.

Feci un cenno verso il mazzo di fiori. «Grazie. Li puoi lasciare là, in fondo al bancone, d'accordo?»

Il fattorino non si mosse, ma continuò a fissarmi in modo strano, come un cervo accecato dai fari di un'auto.

Marie era circospetta e lo scrutava con grande attenzione. «Per quale fioraio lavori? Sui fiori che consegni non c'è mai il nome del negozio.»

Lui fece un passo indietro. Sembrava pronto a scappare, mentre lei avanzò, infilando la mano nella fessura di cinque centimetri fra il ripiano del bancone e la parte superiore del nuovo frigo ad apertura frontale.

«Ecco, be'... Sono per Ms Mitchell. Volevo... volevo soltanto darle... dei fiori.»

Osservavo Marie con la coda dell'occhio, non osando staccare lo sguardo dallo sconosciuto.

La mano di lei aveva trovato ciò che cercava, e la ritrasse.

Il ragazzo indossava una camicia blu a maniche corte e un paio di pantaloni che somigliavano a una divisa, ma nulla nel suo abbigliamento indicava che fosse un fattorino.

«Sono soltanto dei fiori. Alle donne piacciono gli uomini che portano loro dei fiori. È la norma. Fa parte del processo di corteggiamento», continuò a spiegare lui.

Lo sguardo indagatore di Marie lo stava mettendo in agitazione.

L'unica cosa che desideravo era che lasciasse i suoi stupidi fiori e se ne andasse. Mi stava terrorizzando. «Grazie per il pensiero. Sono molto belli.» Cercai di sorridere, sperando gli bastasse sapere che li avevo apprezzati. «Però non posso accettarli. Sono fidanzata, e non…»

«Taryn», m'interruppe Marie in un sussurro.

«Ne ho provati diversi tipi», mormorò lui, stavolta rivolto ai fiori.

Cosa?

«So che detesti le margherite e i garofani. Credimi, ho imparato la lezione. Finiscono sempre nel cassonetto nel vicolo. Di solito tieni le rose più a lungo, più o meno una settimana, finché non appassiscono. Vado sempre a controllare quali non ti piacciono. Le conservi tra le pagine dei libri?»

Nei libri? Non ci capivo più niente. Non avevo visto né rose né altri fiori, per quel che ne sapevo. «Scusa?»

«Quelle che hai tenuto, intendo.» La sua bocca s'incurvò in uno strano sorriso. «Quelle rosse… Ce n'era una dozzina, ma ne sono state buttate via soltanto dieci. Le ho contate. All'inizio ci sono rimasto male che le avessi buttate, ma poi ho capito che lo facevi coi fiori che non ti piacevano. So che non puoi tenerli tutti, anche se ci speravo. Se li metti nella carta cerata durano di più. D'ora in poi ti porterò soltanto rose.»

«Scusa, ma non so di cosa…»

«Mi ricordano le tue labbra morbide e rosse. Quelle rosse le hai conservate più a lungo.»

Marie mosse una mano in basso, facendomi un cenno frenetico. «Ci penso io, Taryn», ruggì, senza togliere gli occhi di dosso da quel tizio.

Lui si accigliò, e le puntò addosso uno sguardo collerico. «Non le parlare con quel tono», l'ammonì il folle.

«Stammi bene a sentire: non porterai altri fiori a Ms Mitchell. Non sei più il benvenuto in questo locale. Non provare a contattarla in nessun modo. Ti prego di prendere i tuoi fiori e andartene subito. Se ti rifiuti di allontanarti o se proverai a tornare, chiamerò la polizia. Hai capito?»

Sembrava ferito; muoveva le labbra senza emettere nessun suono, e questo mi spaventò ancora di più. L'adrenalina mi si riversò nelle vene. Iniziai a cercare vie di fuga e ripassare strategie di difesa: il telefono per chiamare la polizia era alle mie spalle, ma sarebbe stata una mossa troppo evidente. Avevo il cellulare in tasca, ma prima dovevo sbloccare lo schermo. Il pannello dell'impianto di sicurezza del corridoio di sopra era troppo lontano. La nostra fida mazza da baseball era nell'angolo, ma per prenderla dovevo passare accanto a Marie e alla scaletta.

«Vedi le videocamere lassù, nell'angolo?» chiese lei, indicando.

Videocamere? Quando diavolo le abbiamo installate? Ne abbiamo parlato, ma era tanto per dire, e poi costano molto. Qualcuno si beccherà una bella strigliata per non avermi fatto sapere che ho un sistema di sorveglianza all'interno del pub.

Il mio corteggiatore indesiderato le guardò, confuso quanto me.

Marie era calma e sicura di sé. «Adesso la società di sicurezza ha la tua foto.»

Quelle parole lo fecero incazzare definitivamente. Ma non guardò nemmeno Marie. Ce l'aveva con me. «Volevo soltanto un appuntamento con te, e tu invece mi tratti come... come un criminale qualsiasi? Chi credi di essere? Ti senti migliore di me? Tanto perché tu lo sappia, ho una laurea in Ingegneria chimica! Forse avresti preferito scoprirlo prima di minacciarmi di chiamare la polizia, eh?»

Marie cercò di farlo ragionare usando un tono più dolce: «Andiamo, adesso calmati».

«No! Non mi calmo affatto! Dopo tutti i soldi che ho speso per piacerti? Voi donne siete tutte uguali. Ostentate i vostri corpi provocando gli uomini, e poi cosa fate? Gli togliete ogni speranza, come fossero soldati sperduti nel deserto che non chiedono altro se non un sorso d'acqua.»

Soldati nel deserto? Dio, questo tizio è fuori di testa, e adesso è anche arrabbiato.

All'improvviso vidi ciò che Marie aveva tirato fuori da sopra il frigo: una pistola dall'aria molto minacciosa che lei maneggiava con gran disinvoltura.

Oh, Dio… videocamere? Pistole? Cosa sta diventando questo posto, una specie di campo di battaglia? A questo punto Mike potrebbe spuntare in mezzo al locale a bordo del TARDIS *del Dottor Who da un momento all'altro.*

«Ti chiedo per l'ultima volta di uscire di qui, o mi vedrò costretta a chiamare le autorità.» Il tono di Marie non ammetteva repliche.

Sconfitto, il ragazzo sbuffò, ci guardò male, mi chiamò «stronza senza cuore» e mi fece morire di paura tirandoci addosso il mazzo di fiori.

Accadde tutto così in fretta che non ebbi il tempo di reagire. I fiori mi colpirono un braccio e ricaddero sul bancone.

Il cuore mi batteva all'impazzata. Quel tipo era completamente pazzo. Mentre mi toglievo di dosso gipsofile e foglie di palma, mi accorsi che Marie si era messa in posizione di tiro, la pistola nera minacciosa puntata e pronta a far fuoco. «Fermo! Taryn, chiama la polizia!» gridò.

L'ordine non parve fare effetto su di lui: gli bastò vedere la pistola per cominciare ad arretrare rapido verso la porta.

Pete entrò dalla cucina fischiettando, del tutto inconsapevole di quel che stava succedendo. Si fermò di colpo. «Ma che…?»

Approfittando del momento di distrazione, il pazzo colse l'occasione per fuggire.

Marie abbassò l'arma, mentre Pete era a bocca aperta, sconvolto. «Gesù! Cosa cavolo è successo?» Corse alla porta d'ingresso e la chiuse a chiave.

Marie armeggiò con la pistola e la rimise in una custodia nera, chiuse il cinturino e la ripose nel nascondiglio, l'intercapedine sopra il frigo. Sapeva che la stavo guardando, ma m'ignorava con disinvoltura.

Ero quasi senza fiato. «Tieni una pistola dietro il bancone?»

Mi lanciò un'occhiata indifferente e scrollò le spalle.

La mia collera salì di livello. *Col cavolo* che avrei lasciato correre!

«Era nascosta.»

Mi appoggiai al bancone per sostenermi. «Di chi è quella pistola?»

«Mia.» Il suo viso era impassibile, ma faticava a respirare, come me.

«Da quant'è che possiedi una pistola?»

Prese un bicchiere da birra e lo riempì d'acqua fino a metà. «L'ho presa dopo aver finito il corso. È una Glock nove millimetri. La vuoi vedere?»

La gente armata uccide altra gente.

Non ebbi esitazioni. «No.»

«Dovrei portarti al poligono e insegnarti a sparare. È divertente!»

«Marie, perché diavolo hai un'arma?»

«Me l'ha comprata Mike. È un regalo per aver completato il corso. Ha paura che Gary possa cercare di spararmi, quindi vuole che sia pronta a fare fuoco per prima. Non riesco ancora a credere alla scena che ha fatto quel folle. Mi ha spaventata a morte.»

Ma erano soltanto un mucchio di bugie. Gary non si opponeva più alle condizioni del divorzio ed era troppo impegnato a spassarsela con quella Amy per preoccuparsi di lei. Finché Marie non cercava di prendergli altro denaro, non era più nemmeno un puntino sul suo radar.

«Tanto perché tu lo sappia, ho fatto richiesta per portare un'arma nascosta, quindi ogni volta che saremo in viaggio è probabile che sia armata. Smettila di guardarmi come se mi fosse cresciuta una seconda testa.»

Pete era al centro del pub e ci guardava con occhi spiritati. «Non è che mi spieghereste cosa cazzo è successo?»

Lo misi a tacere con un cenno della mano. Il fatto che, per proteggermi, la mia migliore amica puntasse armi contro le persone era più importante. «Perché ne sento parlare soltanto adesso?»

«Pete, chiama la polizia. È il protocollo. Bisogna denunciare ogni tipo di minaccia.» Prese un sorso d'acqua, distogliendo lo sguardo da me. «Tar, il fatto è che tu dovresti poter vivere senza temere per la tua sicurezza. Adesso la tua sicurezza è il *mio* lavoro, così come lo è essere il più possibile trasparente e non farti preoccupare per la tua incolumità. Le guardie del corpo dovrebbero essere visibili, ma anche invisibili. Capito?»

«Credevo che mi avresti accompagnata in occasione degli eventi pubblici, niente di più. Non mi ero resa conto che l'avessi presa tanto sul serio.» Il pensiero che la mia amica del cuore mettesse a repentaglio la sua vita per proteggermi, all'improvviso, divenne tanto concreto quanto spaventoso. Era quasi intollerabile.

Lei spalancò gli occhi. «Certo che la prendo sul serio. E *molto*!»

Fui sopraffatta dal senso di colpa, che mi schiacciò il petto. In fondo, avevo pensato che l'avessimo presa come mia guardia del corpo per darle la scusa di venire in viaggio con me e Ryan, un po' come una copertura. Ma, dopo averla vista puntare un'arma contro qualcuno, la realtà delle cose era evidente. Le corsi incontro e l'abbracciai. «Scusami, non me n'ero resa conto. Grazie. Ti voglio bene.»

Mi accarezzò la schiena. «Anch'io te ne voglio, Tar. Abbiamo molto da imparare sugli stalker e su come gestirli, ma ti giuro che d'ora in avanti ti terrò al corrente di tutto, okay?»

Annuii, gettandole ancora le braccia al collo.

Pete si schiarì la gola e ci mostrò il cellulare. «La polizia è in arrivo.»

Tornai a cercare con lo sguardo le videocamere nell'angolo del soffitto. C'era anche una piccola cupola scura proprio sopra il registratore di cassa. «Qualcuno mi spiega quando sono state installate? A quanto pare, nessuno si è degnato d'informarmi.»

Pete gemette. «Ah, cazzo, mi sono dimenticato di dirtelo. Hanno montato tutto ieri, mentre eri a New York a recuperare le ceneri del paparazzo. Ma è una cosa positiva. Abbiamo ripreso quel tizio.»

Marie si scostò i capelli dalle spalle. «Ho fatto in modo che guardasse in alto, quindi avremo un'immagine precisa del suo volto. Dio, spero di non essermi messa nei guai estraendo l'arma. Altrimenti Mike mi romperà il culo.»

Potrebbe anche non essere un problema, no?

«Sai cosa intendo», mi disse in tono lamentoso. «Taryn, detesto dirtelo, ma credo non sia una buona idea che tu continui a stare al bar.»

«Cosa?» *Mi sta cacciando dal mio locale?*

«Sono d'accordo», disse Pete con aria solenne.

Marie riprese: «Sei troppo avvicinabile, così. Non era la prima volta che quello psicopatico veniva qui. Cerca di consegnarti fiori da diverse settimane. Inoltre questo è un luogo pubblico. Niente impedisce a quelli come lui di prendere, entrare e minacciarti. Ho paura che l'unica soluzione sia toglierti di qui. Che ti piaccia o no, ormai sei famosa, un personaggio pubblico. La tua condizione ti ha messa in pericolo».

M'irrigidii. Quello era il *mio* pub, e adesso mi venivano a dire che non ci dovevo entrare? «Non sono famosa.»

«Oh, sì che lo sei! Anche *People* ha pubblicato articoli su di te. So che non ci credi, ma è così», ribatté lei.

Non ero affatto d'accordo. «Ma tantissime celebrità hanno locali, ristoranti, cose del genere. Non è poi così diverso.»

Marie rise. «Sì, è vero. Ma non ti capiterà mai di entrare in un ristorante di Robert De Niro e chiacchierare con lui mentre ti prepara un cheeseburger.»

Un senso di disperazione indescrivibile s'impossessò di me nel sentirmi dire che non ero più la benvenuta nel mio pub. Un istante dopo, però, cominciai a essere anche molto incazzata. Era tutta colpa di un cretino e dei suoi stupidi fiori.

Pete mi mise un braccio sulle spalle. «Piccola, lo so che è dura da digerire, però Marie ha ragione. Ormai sei un personaggio pubblico.»

«Quel tizio ha ammesso di frugare nella tua immondizia, Taryn! E per cosa? Per sapere quali fiori butti via? È assurdo. Hai visto anche tu quanto ha dato di matto. Non voglio nemmeno pensare a come sarebbe potuta andare se tu fossi stata qui da sola. Credi che Ryan sia paranoico? Ha tutti i motivi per esserlo. Il mondo è pieno di psicopatici pieni di merda.»

Per quanto odiassi ammetterlo, avevano ragione loro. «Quindi cosa devo fare?»

«Lascia che sia Marie a dirigere il pub. Sarebbe perfetta per gestire tutto», suggerì Pete.

Marie tuttavia era irremovibile. «No. Mi spiace, ma Taryn sa che il mio cuore ormai è lontano da questo posto. Ho deciso d'intraprendere una nuova carriera.»

Sapevo che Pete voleva solo essere diplomatico. Negli occhi teneri di quel ragazzone c'era un desiderio inespresso. «Pete, adesso sei tu a dirigerlo. Che ne diresti di farlo diventare il tuo lavoro fisso?»

Marie lo guardò, cercando di leggere dentro di lui. «Ti piacerebbe farlo per i prossimi anni? Così Taryn non dovrebbe più pensarci.»

Lui annuì, sicuro di sé. «Certo, ne sarei felicissimo. Gli affari di Tammy stanno andando sempre meglio. Guadagna più di quanto prendevo io lavorando nelle costruzioni. E se decidiamo di proseguire con l'idea di servire anche cibo, con un menu per il pranzo e la cena, arriveranno sempre più clienti.»

«Ma ogni investimento di capitale dovrà avere prima la mia approvazione. Chiaro?» Ero ancora seccata per l'impianto di sicurezza.

«Anche per le cose che non paghi tu?» chiese Pete.

Socchiusi gli occhi. «Chi ha pagato le videocamere, Pete?»

«Mi sembra di sentire delle sirene.» Si avvicinò alla vetrina.

Provavo il desiderio irrefrenabile di saltargli alla gola e costringerlo a parlare. «Peter?»

Lui mi guardò con l'aria di chi la sa lunga. «Chi pensi sia stato? Mi hanno costretto a dire di sì, *quei due*. E non pensare d'incazzarti. Non avrai argomentazioni valide, quando scopriranno cos'è successo qui oggi. Nemmeno una.»

Maledizione... Pete aveva ragione.

Chiusi la zip del vestito nero lungo fino al ginocchio di Marie e lisciai la splendida seta, facendo attenzione a non tirare i ciuffi leggeri che erano sfuggiti all'acconciatura. Erano passate quasi tre settimane dall'incidente al pub, e da allora avevo impiegato tutto il mio tempo libero prodigandomi per far riappacificare Tammy e Marie, e alla fine le avevo costrette. Be', forse non proprio costrette, ma di sicuro ci avevo messo del mio.

La loro ultima lite era nata per dei bastoncini di mozzarella. Sul serio. Non avrei saputo definire l'entità della loro assurda discussione, perché nessuna delle due sembrava in grado di ragionare; posso dire soltanto che avevano alzato la voce a tal punto che riuscivo a sentirle fin dal piano di sopra.

Avevo concluso la videoconferenza col nostro architetto e costruttore per andare a vedere cosa fosse tutto quel chiasso. Sapevo che Marie era ancora incazzata perché l'amica di Tammy continuava a uscire con Gary, e lei non aveva fatto niente per fermarli, ma, dopo la lite tra Tammy e Pete di qualche settimana prima, Gary ed Amy erano stati esclusi dalle nozze. Così non c'era più nessuna damigella, e Tammy era stata colta dalla crisi isterica prematrimoniale più violenta del mondo.

E io non ne potevo più di quella follia.

Ero anche abbastanza furba da sapere che si stavano attaccando con tanta foga perché, in fondo, volevano cessare le ostilità e lasciarsi tutto alle spalle. Più la tiravano per le lunghe, più le avrebbe avvelenate.

Ma dopo mezz'ora e un'enorme quantità di accuse assurde, ero riuscita a ottenere che si abbracciassero.

Il giorno prima del matrimonio di Pete e Tammy, Ryan e Mike erano tornati a Seaport. Ero pronta a tutto perché il mio caro amico Pete sposasse la donna che gli aveva rubato il cuore, e affinché quella donna potesse portare con sé il ricordo di un matrimonio meraviglioso.

Quando entrammo in soggiorno e vedemmo Ryan e Mike elegantissimi, Marie e io restammo di sasso. Erano entrambi di una bellezza sconvolgente, coi loro smoking neri e con le cravatte rosse. Stavano accanto alle finestre che davano sul davanti della casa, e il sole del pomeriggio conferiva loro un aspetto onirico.

«Oh, mio Dio», sussurrò Marie.

Sapevo benissimo cosa intendeva. Una tale bellezza doveva essere dichiarata illegale, perché poteva risultare persino letale.

«Mio», mormorai, crogiolandomi nella consapevolezza che Ryan mi apparteneva davvero.

«Io prendo quello a sinistra», mi disse lei in un sussurro.

Marie e io avevamo ricevuto istruzioni molto semplici: indossare un abito da cocktail nero di seta. Ma con Ryan fasciato in uno smoking Ralph Lauren mi sentivo vestita in modo inadeguato. Lui fece il giro del divano, gli occhi dritti nei miei. Quando lo vedevo così elegante, restavo sempre senza fiato.

Da perfetto gentiluomo qual era, mi prese la mano e se la portò alle labbra per un bacio. «Sei meravigliosa.» Fece un passo indietro per ammirarmi e si accigliò. «Manca qualcosa, però.» Si rivolse a Mike. «È una mia impressione, o questo fantastico quadretto è incompleto?»

Mike squadrò Marie dalla testa ai piedi, e le girò attorno. «Mmm. Già, hai proprio ragione. Come se fosse *quasi* perfetto, ma non finito, ecco.»

Mi venne da ridere: ci stavano esaminando come se fossimo opere d'arte.

«Saranno i capelli?» riprese Mike.

Ryan toccò con delicatezza uno dei boccoli che mi sfioravano le guance. «No, non credo. I tuoi capelli sono meravigliosi», disse con reverenza.

Io sorrisi. Eravamo state quasi due ore dal parrucchiere per quelle acconciature.

Fissandomi le labbra, Ryan tentò di nuovo: «E se fossero le scarpe?»

«Le scarpe? Fammi controllare», fece Mike, che si accovacciò di fronte a Marie e, per verificare, sollevò l'orlo del vestito fino a metà coscia. Lo sentii emettere un gemito lascivo dall'altra parte della stanza. Dopodiché le accarezzò lento la gamba, fermandosi per posarle un bacio sul ginocchio. Quando arrivò alla caviglia, la temperatura del mio soggiorno si era fatta davvero rovente. «Le scarpe vanno bene, Ryan.»

Eh, già, il loro giochetto stava facendo venire la bava alla bocca a entrambi.

Osservai Ryan passarsi la lingua sul labbro inferiore, per inumidirlo, invitante, provocante. Maledizione, avevo una gran voglia di succhiarglielo e impedirgli di torturarmi ancora.

Mi attirò al petto avvicinando il naso al mio collo. «Dio, che buon odore… delizioso», mi sussurrò in un orecchio.

Sentii le sue dita scorrermi lungo il collo e seguire la scollatura squadrata, generando un'ondata di tensione nel mio ventre. Mi diede un bacio leggero alla base della gola. «Secondo me, è il collo», mormorò, mentre mi sfiorava la pelle coi denti. Si tirò su, in un movimento lento e studiato. «Mike, controlla il collo.»

Quando riprese a strusciare il viso su di me, sorrisi. «Continua così, e ti costringerò a fare l'amore con me invece di portarmi al matrimonio.»

Lo sentii sorridere. «Giurami che non diventerai pazza quando ci sposeremo.»

Gli cinsi la vita, mentre un calore umido si formava nelle mie mutandine. «Te lo giuro.» Era così vicino a me: sentivo la sua erezione. L'accarezzai. «Sei contento, adesso? Hai tutto questo ben di Dio, e non c'è tempo per giocarci un po'.»

Lui gemette. «Te lo riserverò per dopo. Stanotte ti voglio fare mia senza fretta.»

Proprio quando cominciavo a crogiolarmi in quel pensiero eccitante, sentii Marie lanciare un gridolino. Aveva in mano una scatola piatta.

«Ne ho una anche per te.» Ryan s'infilò una mano nella tasca posteriore dei pantaloni e tirò fuori una scatolina stretta e sottile, con sopra impresso il logo HW.

Quando tolse la copertura di feltro, restai senza fiato. «Oh, mio Dio, Ryan! È meravigliosa.» Toccai il collier di diamanti e notai la piccola R in oro bianco fissata accanto alla chiusura.

Quella di Marie era altrettanto spettacolare, anche se aveva un motivo diverso. E naturalmente il suo ciondolo era a forma di M.

«Ci hanno appena messo il collare?» scherzò lei, sfiorando il gioiello.

Ryan ridacchiò. «Più o meno.»

«Hai problemi a essere di qualcuno?» le chiese Mike.

«Saresti tu quel qualcuno?»

Lui le posò le forti mani sui fianchi, attirandola a sé. «Esatto, sarei io. Ti sta bene?»

Il sorriso di lei era impagabile. «Oh, sì. Mi sta benissimo.»

Sentii un clacson suonare.

«Credo siano venuti a prenderci», disse Ryan.

Proprio come mi aspettavo, il vicolo dietro casa mia era invaso da uno sciame di paparazzi che circondava la limousine nera. Nonostante ciò che la gente pensa del lusso di viaggiare a bordo di una limousine, la verità era che farne il giro era una vera rottura, soprattutto se s'indossavano un abito elegante e i tacchi alti.

«Maledizione. Pensavo di averli depistati con la notizia della nostra presenza al Chateau Marmont. Niente da fare», sospirò Ryan.

Mike salì a bordo per ultimo. «Già, non ha funzionato. Comunque me l'aspettavo. Resta il piano B.»

Intrecciai le dita con Ryan. «Piano B?»

Lui annuì. «Abbiamo organizzato un cordone di sicurezza per l'evento. Li terrà lontani dalla chiesa e dal ricevimento.»

«Pete ne è al corrente?»

Ryan mi baciò la mano. «L'ho chiamato un paio di giorni fa. È tutto organizzato. Presta attenzione a come si svolgeranno le cose. Il nostro matrimonio dovrà essere esclusivo e privato.»

«Maldive», sussurrò Mike.

Ryan gli fece un cenno d'assenso.

All'esterno della chiesa episcopale di St Andrew era radunata una piccola folla. Ebbi un tuffo al cuore. I nostri incubi stavano diventando realtà.

Ryan mi strinse la mano.

Mike scese e ci aprì la portiera, mentre Marie respingeva l'assalto dei fotografi.

Quando fummo a qualche metro dai gradini della chiesa, ci fermammo e ci voltammo. Come se fosse una delle nostre solite apparizioni in pubblico, Ryan e io ci mettemmo in posa per la stampa. Sorridemmo e concedemmo loro ciò che desideravano tanto. L'unica differenza fu che lui non firmò nessun autografo.

Cercò di sovrastare il frastuono con la sua voce: «Siamo qui per festeggiare il matrimonio di amici molto cari. Spero che avrete la gentilezza di rispettare la loro privacy. Grazie».

Una volta in chiesa ebbi modo di scambiare qualche parola in privato con Pete, e versai lacrime di gioia. Insieme avevamo affrontato gioie e dolori, e ci eravamo sempre fatti coraggio a vicenda.

Marie fu la prima a percorrere la navata. Aveva occhi soltanto per Mike, che non conosceva a fondo Pete ma era stato felice di essere incluso tra i testimoni per contribuire a rendere speciale quel giorno.

Superai la soglia, immaginando che fosse il *mio* gran giorno.

Vidi Ryan prendere un respiro rapido, e il suo sorriso mi lasciò senza fiato.

Era magnifico accanto all'altare, da dove osservava il mio incedere con espressione adorante.

Desideravo sposarlo più di qualsiasi altra cosa al mondo.

24

LA RESA DEI CONTI

Nei cinque mesi che seguirono il matrimonio di Pete e Tammy, mentre Ryan lavorava alle riprese del terzo *Seaside*, andammo in California, Portogallo, Inghilterra, Louisiana, Pennsylvania, New Jersey e di nuovo in Inghilterra.

L'attenta organizzazione di Ryan aveva dato i suoi frutti. Anche se lavorava dodici o addirittura quattordici ore al giorno, da parte mia ero felice e appagata di poter stare con la mia migliore amica. Tempo prima ero venuta a sapere che lo stipendio di Mike era pagato quasi interamente dagli studi, dal momento che la sicurezza personale faceva parte degli accordi contrattuali di Ryan ed era una clausola specifica per le apparizioni in pubblico; clausola che ora includeva un'intera squadra di sicurezza. Marie spesso scherzava, dicendo che la pagavo per essere mia amica.

Noi due ci tenevamo molto occupate, pianificando tutto, dall'arredamento dell'enorme casa che sarebbe stata costruita non appena la primavera avesse portato con sé un clima più mite, fino al nome della società di produzione che Ryan e io volevamo fondare. Anche le ore trascorse col cast e con la squadra che lavorava a *Seaside* contribuivano a far scorrere le giornate in grande allegria.

Avevo assunto la gestione degli affari di Ryan, e gli facevo quasi sempre da assistente personale. Il che non mi dispiaceva: il programma intenso e la sequenza febbrile degli eventi mondani mi tenevano fuori dai guai.

Avevo persino trovato un amico nell'avvocato di Ryan, Len Bainbridge, che mi aveva aiutata a risolvere la questione dell'eredità di quasi un milione di dollari che il buon cuore di Jimmy Pop aveva deciso di lasciarmi. Il Children's Hospital di Los Angeles era stato davvero riconoscente quando mi ero presentata con un assegno in memoria del famoso fotografo.

Era stata una giornata meravigliosa.

Tutto andava incredibilmente bene anche al Mitchell's Pub. Pete aveva dovuto assumere diverse persone per venire incontro alla crescente richiesta degli ottimi piatti che Tammy preparava in cucina. Maggie, l'anziana signora che possedeva la panetteria di fronte al mio locale – quella da dov'era fuggito Ryan il giorno in cui ci eravamo conosciuti –, voleva andare in pensione e sperava di vendere il negozio. Anche Tammy aveva dovuto fare ricorso a nuove assunzioni, e desiderava spostare la sua attività di catering in quella panetteria. Quindi stavamo lavorando anche a quel progetto.

Marie mi prendeva in giro dicendo che sarei stata in grado di gestire una società multimilionaria con un cellulare e un computer portatile. Cominciavo a pensare che avesse ragione.

Adesso, però, eravamo a Manhattan, pronti a iniziare il tour promozionale del film di Ryan, *Thousand Miles*.

Eravamo atterrati a New York il giorno prima, e tutto andava per il meglio, finché non arrivammo alla conferenza stampa e trovammo *loro*.

Di colpo cominciarono a sudarmi le mani e i miei sensi si misero in allerta. Facevo fatica a deglutire e avrei tanto voluto avere in mano una mazza da baseball, o meglio ancora quella splendida pistola nera di Marie.

Ryan li notò una ventina di secondi dopo di me. Quando li scorse socchiuse gli occhi, imprecò e mi guardò serio. Ero sicura che, se avesse potuto, mi avrebbe trascinata in albergo e mi avrebbe costretta a restarci.

Gli presi una mano, intrecciando le dita alle sue in un legame indistruttibile. «Non se ne parla. Li affronteremo insieme.»

Era furibondo. «C'era da aspettarselo che Kyle fosse qui con lei. Vorrei spaccargli la faccia.»

Non riuscivo a smettere di fissarlo. «Ah, sì? Tu prendi lui. A lei penso io.»

Mike era impegnato con la scarsa sicurezza del posto, quindi fu l'ultimo ad accorgersi della presenza del suo ex collega.

Un ragazzo che faceva parte dello staff ci avvicinò con in mano una scatola che conteneva del materiale elettrico. «Mr Christensen, ho il suo microfono.» Gli appuntò l'apparecchio alla camicia e fece passare il filo sotto i vestiti. Ryan sollevò un braccio per consentirgli di collegarlo a una piccola trasmittente che gli venne fissata dietro i pantaloni.

Ci raggiunse David, il manager, che giocherellava col Rolex. «Okay, Ryan. Tu e Lauren Delaney avete in programma un'intervista congiunta con *Moviefone* tra una decina di minuti, poi terrete le altre interviste separatamente. Abbiamo tre sale, quindi faremo entrare e uscire i giornalisti a intervalli di dieci minuti, con una pausa ogni ora.»

Non potevo fare a meno di tenere d'occhio il lato opposto della sala, dove c'erano *quei due*.

«Sì, okay. Come vuoi.» Ryan strinse la bottiglietta dell'acqua, facendo scricchiolare la plastica. «Cosa succede, Mike? Questa storia non mi piace per niente», ringhiò.

«Non ne ho idea. So che la PSG lo ha allontanato subito dopo l'incidente. Non l'avrebbero riassunto, non dopo quell'episodio. Dev'essere qui per un incarico privato.» Si avvicinò. «Hai un'ordinanza restrittiva nei suoi confronti?»

Ryan mi scoccò un'altra occhiataccia. «No.»

«Non mi sembrava necessaria», aggiunsi io, ferma sulla mia idea originaria.

«Volevo che stesse alla larga da Taryn. Se si avvicina o mi passa davanti, lo ammazzo.» Non stava affatto scherzando. «Ho bisogno di parlare con Lauren, prima di cominciare. Potresti scoprire se la seguirà in tutto il tour promozionale?»

Mike annuì. «Vedo cosa riesco a farmi dire.»

Quando si accorse di chi stavamo osservando con preoccupazione, David si liberò della donna che organizzava le interviste. Finalmente si era reso conto della situazione. Corse da Ryan. «Cristo. Non voglio altri casini, Ryan. A questo punto devi mettere da parte le tue incazzature personali e comportarti con professionalità. Forse Taryn preferisce aspettarti in albergo, in modo da evitare problemi?»

Lui lo squadrò con occhi spiritati. «Credo sia giunto il momento di separarci, David.»

Mi sorprese che avesse scelto proprio quel momento per farlo.

Il manager balzò all'indietro, sgomento. «Che cosa?»

«Vuoi tenerti stretto il tuo lavoro? Allora questa è *l'ultima* volta che cerchi di allontanare la mia donna. Ci siamo capiti? Non ho nessun bisogno che tu mi venga a dire come comportarmi.»

«Stavo solo suggerendo che potrebbe essere opportuno tenerla lontana da eventuali problemi, tutto qui.»

«David, sei davvero uno stronzo. Credo sia meglio se te ne vai da solo, prima che ti licenzi», lo schernì lui.

Si avvicinò una donna con una cartelletta. «Mr Christensen, è tutto pronto, possiamo cominciare. Lei sarà nella sala A. Mi segua, prego.» Gli indicò la direzione, facendogli strada.

«Sì, soltanto un momento.» Mi prese per un gomito. «Sta' lontana da lui. Trova Trish e resta incollata a Marie, d'accordo?»

Gli diedi un bacio e corsi a cercare il bagno delle donne. In fondo all'ampio corridoio trovai un tavolo da buffet con alcune bottigliette d'acqua immerse nel ghiaccio. Proprio quando pensavo di essere al sicuro, sentii la pelle accapponarsi: avevo avvertito la sua presenza un istante prima che mi raggiungesse.

«Taryn.»

No, no, merda. Più si avvicinava, più forte mi arrivava l'odore della sua colonia.

Decisi di evitare lo scontro e tentare la via della gentilezza. «Kyle.»

Mi guardò di sottecchi. «Ti trovo bene.»

Afferrai con forza una bottiglietta, sentendo la condensa che mi bagnava la mano, fredda come il brivido che mi corse lungo la schiena. «Grazie.»

«Ti avevo già notata, ma non ho avuto la possibilità di farti le congratulazioni per il fidanzamento.»

Sentii il leggero sforzo nella sua voce, dovuto al tentativo di mostrarsi sincero.

Avrei voluto ignorarlo del tutto, ma era un'impresa, così mi limitai a ringraziarlo di nuovo.

«Ho sentito che Ryan ha avuto un momento di follia... Che ha fatto, ha preso a pugni dei fotografi?»

Quel tentativo di provocarmi mi fece risalire un'ondata di calore lungo il collo. Certo, non poteva lasciarsi sfuggire l'occasione di toccare i tasti dolenti.

«Quando arrivano al punto di arrampicarsi sugli alberi per

violare la nostra privacy, direi che se lo meritano. E poi ormai è acqua passata.»

Prese un sorso d'acqua, riflettendo sulla mia risposta. «È che mi ha sorpreso che abbia macchiato la sua immagine perfetta in quel modo.»

Lo fissai con astio. «Hai finito?»

Lui prese un tovagliolino. «Sai, poteva essere tutto diverso.»

«Sì, potevo farti finire in galera.»

Ridacchiò. «Sei sempre arguta. Bene, ottimo.»

«Non dovresti fare la guardia a qualche porta? Starai violando il protocollo, lasciando la tua donna senza protezione.»

Si avvicinò. «Devo forse preoccuparmi?»

Io risi. «Non penso proprio, anche se non credo che la tua presenza qui sia casuale. Sono felice per te e Lauren. Dico davvero.»

Sentii un rantolo emergere dal suo petto.

«Adesso chi è il bugiardo? Oppure c'è ancora una punta di gelosia lì dentro?»

Non potei fare a meno di ridere ancora. «Oh, no. Sta' tranquillo, nessuna gelosia. A dire il vero, anzi, devo dire che la tua unione con quella stronza cospiratrice mi sembra davvero perfetta.»

Lui ebbe l'audacia di ringhiarmi contro: «Nemmeno la tua aggressività è cambiata».

«Cosa vuoi fare, Kyle? Sbattermi di nuovo contro un muro per farmi cambiare idea?»

Emise un suono disgustato, di gola, e si girò verso di me con in volto un'espressione che sembrava di sincero pentimento. «Ti ho fatto del male, lo so. Me ne rendo conto. So di essermi comportato in modo sciocco e avventato... Non mi aspetto che tu mi creda, ma sappi che volevo davvero proteggerti.»

Avevo una gran voglia di prenderlo a schiaffi. «Sei fortunato se non ti ho fatto arrestare.»

«Lo apprezzo molto. Senti, ho tenuto fede al patto. Ti ho più infastidita, da allora?»

«No. Ma alla prima occasione non hai potuto fare a meno di buttare lì una delle tue grette battute su Ryan. E *questo* m'infastidisce.»

«Lui ha quello che voglio io.»

Lottai per non alzare gli occhi al cielo. «Hai Lauren.»

Scosse il capo, con un tremito nelle labbra. «Sì, ma sai, è buffo... a quanto pare, non sono il suo *tipo*. Ma non m'importa, perché tanto lei non è mia.»

«Be', mi spiace.»

Sospirò. «Mi perdonerai mai?»

Non ne potevo più. «Vuoi la verità? No. E, finché saremo qui per le interviste, ti suggerisco di fare un favore a te stesso e stare alla larga da noi due.»

Non sapevo dove stavo andando, ma mi diressi verso l'ultimo punto in cui avevo visto Ryan e Mike. Mi tremavano le mani. Davanti agli occhi mi scorrevano le immagini di Kyle che mi spingeva contro la porta in fondo alle scale di casa mia, gettandomi in una spirale di terrore che mi avvolgeva fin nelle ossa.

Trovai Trish su una sedia: stava parlando al cellulare. Marie era accanto a lei. Mi arrivò un SMS, e stavo proprio per aprire il messaggio, quando sentii una voce familiare che non avrei mai potuto dimenticare, stridula e nasale.

Fu Trish a dar voce ai miei pensieri: «E lei cosa diavolo ci fa qui?»

Marla voltò appena la testa e, quando ci notò, smise di parlare per un istante.

La bile mi risalì nello stomaco. Non avevo ancora visto nemmeno cinque minuti del film, eppure *Thousand Miles* si stava già trasformando in un viaggio all'inferno. «Credo di voler tornare a casa», sussurrai.

Trish si girò sulla sedia. «Anch'io. A quanto pare Ms Delaney ha un nuovo ufficio stampa. C'era da aspettarsi che assoldasse gli scarti di Ryan.»

Era stato lui a mandarmi il messaggio. Lo mostrai a Marie. «Vuole che lo raggiunga.»

Lo trovai in una sala con quello che sembrava un mezzo tendone di stoffa nera. Dietro le sedie era stata appesa la locandina di *Thousand Miles*. La zona delle riprese era illuminata da riflettori e c'erano alcuni ventilatori in azione per tener fresca la stanza.

Ryan sembrava appena uscito da un frullatore. «Devi stare là dentro?» gli chiesi, abbracciandolo.

Proprio in quel momento Kyle passò nel corridoio e ci lanciò una rapida occhiata. Io non potei fare a meno di sbuffare.

«Ti ha detto qualcosa?»

M'irrigidii. Non volevo dirgli che avevo parlato con lui; che senso poteva avere? «Meglio che tu lo sappia subito: Lauren ha assunto Marla Sullivan.»

Fece un passo indietro. «Cosa?»

«C'è anche Marla. È appena arrivata.»

«Mi prendi in giro?»

«Magari. Sta facendo la parte dell'entusiasta.»

Per un attimo temetti che Ryan potesse schizzar via e passare attraverso il tetto.

«Fantastico.» Si grattò la fronte, poi mi prese per mano e mi portò via con sé. Puntò uno sguardo severo su Mike. «Dov'è David?»

Una ragazza lo raggiunse di corsa. «Mr Christensen, siamo pronti per partire col prossimo gruppo.»

«Mi serve un minuto», le rispose.

Raggiunse David a passi decisi. «Tu lo sapevi?» gli chiese con un cenno del mento in direzione di Marla.

La notizia lo colse alla sprovvista, oppure il suo manager era bravissimo a fingersi ignaro. «Di cosa parli?»

«Parlo della presenza della donna che mi ha fatto causa per aver rescisso il contratto e del tizio che ha aggredito la mia fidanzata. Ora rispondi: sapevi che sarebbero stati qui?»

«Ehm, ho scoperto un paio di giorni fa che Lauren aveva firmato con la società di Marla, ma credevo che l'avrebbe affidata a qualche subalterno. Come potevo immaginare che sarebbe venuta di persona?»

Ryan gemette, in preda alla frustrazione. «Questa storia mi mette in difficoltà, da un punto di vista fisico e finanziario, e la cosa non mi piace affatto.»

«Okay, avrei dovuto avvisarti che Lauren si fa rappresentare dall'agenzia di Marla, ma non pensavo fosse importante.»

«Invece lo è. Sai bene che ha impugnato la liquidazione che le ho versato, sostenendo che le devo di più. Potevi almeno informarmi. Sono sempre più dell'idea che non posso fidarmi di te.»

David sembrava offeso. «Non dire così. Ho sempre avuto a cuore i tuoi interessi.»

«Per questo hai chiesto a Len di preparare un accordo prematrimoniale?»

«Sì, è così. Dobbiamo proteggere i nostri introiti.»

«Da chi? Quella donna non usa i miei soldi nemmeno per fare benzina! L'unico che li spende sei *tu*. So cosa c'è scritto sul contratto, David. Avevi paura di perdere la tua quota dei diritti sulle foto del matrimonio?» gridò.

David alzò le mani, in segno di resa. «Non lo farei mai, e mi spiace molto se la pensi così. Se vuoi rischiare metà del tuo patrimonio con una donna da cui un giorno divorzierai, fa' pure.»

Ryan era furioso. «Ecco la differenza tra te e me, David. Alla fine di queste interviste, credo sia meglio che le nostre strade si dividano.»

L'altro lo afferrò per un braccio. «Aspetta, amico. Non ricominciamo.»

Lui fissò la sua mano con astio. «Ti consiglio di togliermi le mani di dosso e andartene. Non sto scherzando.»

Invece di rallegrarmi per la dipartita di David, tenni lo sguardo su Lauren.

Sembrava fin troppo allegra e spumeggiante, come se si stesse divertendo un mondo a vederci soffrire.

A noi due, stronza. Adesso tocca a te.

Mentre, sempre a Manhattan, raggiungevamo la prima di *Thousand Miles*, raddrizzai la cravatta di Ryan. Indossava un abito nero Hugo Boss con la cravatta a motivi cachemire viola e neri, che si intonava alla perfezione al colore del mio abito da cocktail.

Fece scorrere un dito sul tessuto del corpetto e poi sulla splendida collana di diamanti che mi aveva regalato. «Sei meravigliosa.»

Riusciva sempre a farmi sentire speciale. Speravo di non dare mai per scontata la fortuna che avevo.

«Anche tu non sei niente male», risposi.

Non ero spaventata come la prima in cui avevo partecipato a una première, ma la folla oceanica e la ressa di fotografi pronti all'assalto bastavano a farmi tremare sui tacchi. I flash di centinaia di macchine, il rombo della folla che mi chiamava perché mi voltassi... Era ben più che surreale.

Dovevo riconoscerlo: sia Lauren sia Ryan erano attori pazzeschi. Di fronte alla stampa sapevano fingere un'intesa e una cordialità davvero credibili. Erano riusciti a trovare un accordo, decidendo che in presenza del pubblico si sarebbero comportati in modo civile. In privato, però, Ryan non la poteva sopportare. Mi aveva assicurato che non avrebbe mai più lavorato con lei. Non era molto incline al perdono, soprattutto se in ballo c'erano i miei interessi, e gliel'aveva chiarito senza mezzi termini.

Non appena finì la proiezione, fummo accompagnati a una festa lussuosa nella sala da ballo del Gramercy Park Hotel. Per fortuna Ryan aveva preso accordi per essere seguito ovunque dalla squadra addetta alla sua sicurezza, e quello significava poter contare sul sostegno morale di Marie.

Mentre Ryan era impegnato in una fitta conversazione col direttore della fotografia, la mia amica mi accompagnò al bar. Mi guardò con aria preoccupata. «Taryn, detesto dirlo, ma il film era sensazionale.»

Trovai una zona con dei divanetti e mi accomodai. «Sì, è vero. Ryan è stato magnifico anche stavolta. Ma alcune scene non mi sono andate giù facilmente.»

Come quella della cena con Lauren, che a Miami mi era sembrata un vero appuntamento e mi aveva dato una fitta bruciante al petto. Mi tornò in mente come Ryan mi aveva tenuto stretta la mano durante quelle immagini. Ricordava bene quanto me cos'era accaduto fuori dal ristorante quella sera, la sera in cui l'avevo lasciato.

Nel momento in cui il suo personaggio si era proteso in avanti sul tavolo per baciare Lauren, Ryan mi aveva cinto le spalle con un braccio, mi aveva preso il viso tra le mani e mi aveva baciata con tale passione da farmi venire le lacrime agli occhi per la felicità. Non aveva voluto che guardassi lo schermo. Non era quella la realtà. La sua bocca sulla mia, le sue mani che mi accarezzavano le guance, l'amore che provava per me... era quello il mondo reale.

Marie sedette su una poltroncina blu accanto a me. «Ancora non mi pare vero di essere a un'altra festa postpremière. È tutto così incredibile.»

Presi un sorso di vino bianco dal bicchiere che avevo in mano. «Lo so. Adoro le decorazioni fatte per promuovere il tema del film. Ryan dice che per la prima di *Seaside*...»

Ero a metà frase, quando Marie spostò l'attenzione su qualcun altro. Mi voltai e pensai: *Oh, merda,* non appena vidi Lauren Delaney in piedi davanti a noi con indosso l'orribile, nonché costoso abito che ben si abbinava alla sua espressione accigliata.

Quando si accorse che non mi faceva nessuna paura, si appiccicò in volto un sorriso forzato. «Volevo soltanto farti le congratulazioni per il fidanzamento.»

Certo, come no. «Grazie.»

Cos'altro potevo rispondere?

Lei mi fece scorrere addosso un rapido sguardo indagatore. «Già, be', ti consiglio di trattarlo bene, o dovrai vedertela con me.»

Quella era una novità. «Ah, davvero? E a te perché interessa?»

Tirò su col naso, senza mollare il colpo. «Ryan è stato una persona importante per me per tanti anni.»

Marie accavallò le gambe e sollevò un sopracciglio, scettica. «È stato prima o dopo che scopassi con Lucas Bank alle sue spalle? So che i giornali scandalistici non sempre ci azzeccano. Vorrei verificare qual è la linea temporale corretta.»

Mi venne voglia di darle il cinque.

Lauren restò senza parole per un istante, ma poi si riprese e sorrise. «Credi di sapere tutto. Perché non te ne torni al paesello da cui sei strisciata fuori?»

«Sei seria? Con tutte le risposte salaci che potevi darmi, hai scelto proprio questa?»

Incrociò sul petto le braccia ossute. «Pensi di averlo accalappiato... Be', goditi il tuo quarto d'ora di gloria.»

Col pollice mossi l'anello di diamanti, quello di fidanzamento, mandandole un chiaro messaggio. «Credo che durerà un po' più di così. Sai, io non sarò *mai* una puttana idiota come te, che te ne sei andata in giro a tradirlo. Quello che non capisco è cosa te ne importa Se mai dovesse finire tra noi, ho la sensazione che non ti prenderebbe nemmeno in considerazione.»

Lauren assunse un'espressione arcigna. «Riprendermelo sarebbe facile.»

«Perché, credi che gli piacerebbe una cosa a quattro con te, Nicole e Kyle? Non credo proprio», la schernii.

Ero sicura che stesse digrignando i denti. Avevo fatto centro. *Bene.*

«Hai appena visto il nostro film. Credi che fosse soltanto recitazione? Se fossi in te starei molto attenta.»

Marie balzò dalla sedia. «La stai minacciando?»

«Perché?» ruggì una voce profonda che conoscevo molto bene.

Mi voltai di scatto e vidi Ryan sopraggiungere alle spalle di Lauren. Sembrava in collera.

Lei impallidì.

Lui la spinse da parte e venne a sedersi sul bracciolo accanto a me. «Dimmi, Lauren: a cosa dovrebbe stare attenta la mia fidanzata?»

Esitò. «Era soltanto un modo di dire.»

Ryan si alzò, invadendo il suo spazio vitale. «Ascoltami bene, perché non te lo ripeterò. Per tutta la durata del tour promozionale, ti terrai alla larga da me e dalla mia futura moglie. E vale anche per quella drogata della tua amichetta e quella merda della tua guardia del corpo. Chiaro?»

Lei gli sorrise con ritrosia. «Da quando sei diventato così puritano? Quando vivevamo insieme eri piuttosto avventuroso. Dovresti accettare il genere di vita che il nostro lavoro ci consente di avere, prima di diventare troppo vecchio per godertelo. Giocare a mamma e papà è una vera noia. Perdi tutto il divertimento e le feste. Hai già infilato la lingua in bocca a Nicole. Immagina quante altre cose potresti fare.»

Ryan sbiancò. «Non ci penso nemmeno.»

«Mi sembrava che ti piacesse quando ci scopavamo insieme quella deliziosa direttrice di scena.» Lauren si chinò verso di me per essere sicura che la sentissi. «Te l'ha mai raccontato, Taryn? Delle nostre avventure a tre?»

Lui la prese per un braccio. «Non rivolgerle la parola. E non far finta che quel che è successo *una volta* fosse la norma.»

Lei ridacchiò. «Cos'è, siamo diventati omofobi?»

«Non m'interessa cosa fanno gli altri. Quel che mi dà fastidio sono le stronze bugiarde che fanno di tutto per distruggere la mia relazione, e le loro amichette tossiche che s'immischiano del mio modo di vivere. Alla tua sgualdrinella è andata di lusso se non l'ho fatta licenziare quando ne ho avuto l'opportunità. Per quel che ti riguarda, invece, ho chiuso con te nel momento in cui l'istinto mi ha detto che non dovevo fidarmi. Non farò due volte lo stesso errore. Se ti azzardi anche solo a respirare nella direzione di Taryn, farò in modo che tu *e* Nicole possiate dirvi fortunate se riuscirete a fare qualche comparsata nei peggiori teatri.»

Ero felice che l'avesse affrontata, ma l'ultima cosa che mi aspettavo quella sera era scoprire che Ryan aveva fatto sesso con due ragazze insieme. Dovevo convincermi che le sue avventure più sconsiderate, ormai, appartenevano al passato.

Guardai fuori dalla finestra del nostro albergo e mi godetti la splendida alba su Roma. Era l'ultima tappa del tour promozionale di *Thousand Miles*, e nel giro di qualche ora saremmo stati a bordo di un altro aereo, diretti negli Stati Uniti.

Sentii il petto caldo di Ryan premermi sulla schiena. Mentre mi abbracciava misi le mani sulle sue. «Non voglio tornare a casa.»

Lui mi diede un bacio sul collo. «Non ci torniamo.»

Cercai di capire se stesse scherzando. «No?»

«No. Facciamo una deviazione di tre giorni.»

Sembrava un'idea meravigliosa.

«Posso chiedere dove andiamo, o è una sorpresa?»

Ridacchiò. «Be', in un certo senso è una sorpresa, ma posso dirti che c'è un ristorante incredibile, costruito all'interno di una caverna su una scogliera, che la mia fidanzata voleva tanto vedere...»

Era meglio che vincere alla lotteria.

«Sul serio? Non lo dici soltanto per scherzo, vero?»

Mi diede una piccola sculacciata. «Non scherzerei mai su una cosa del genere. Mike ci porterà anche Marie. Andremo noi quattro, ma non mi aspetto di vederli troppo spesso.»

Ero così felice che cominciai a saltellare e battere le mani.

Anche lui saltò, prendendomi in giro. «Vuoi un'altra buona notizia?»

Sorrisi ancora di più. «Sì!»

«Andremo a Polignano a Mare in elicottero.»

Non stavo più nella pelle.

«Quindi fa' i bagagli, perché ci vengono a prendere tra due ore.»

Dopo averlo baciato con foga per quell'enorme sorpresa, corsi in giro per la stanza, sbrigandomi a preparare le valigie.

Ryan piegò la camicia elegante che aveva indossato la sera prima. «Porta soltanto ciò che ti serve e mettilo in uno zaino. Nell'elicottero non c'è molto posto per i bagagli.»

Dovevo riorganizzare tutto. Avevo tanta di quella roba nella borsa che il contenuto cominciava a debordare.

«Voglio sentire Mike, per sapere se vengono con una macchina», disse Ryan.

Io tirai fuori dallo zaino la grossa busta portadocumenti che mi avevano dato il giorno prima alla conferenza stampa. Cominciavo a pensare che mi stavo trasformando nella valigetta vivente di Ryan Christensen. Ero piena di ricevute, biglietti e documenti firmati.

Feci un mucchio coi fogli più importanti, dicendomi che quella busta sarebbe stata perfetta per raccogliere il tutto. Purtroppo, però, non andò come speravo. Dovetti svuotarla sul letto, cercando di scegliere ciò che dovevamo tenere.

Biglietti, brochure di ogni genere. *Buttare, buttare…*

Quando aprii uno dei volantini contenuti nella busta, qualcosa cadde sul materasso. Era una pagina di una rivista ripiegata su se stessa, a formare una specie di piccola custodia.

Cosa diavolo era? L'aprii e restai senza fiato.

Mi tremavano le mani. «Ryan?»

Cogliendo il mio tono allarmato, corse da me.

«Che cos'è?»

Sembravano pezzetti di talco pressato, ed erano un bel po'.

Lui osservò ciò che avevo tra le mani, poi cercò di togliermelo. «Che cazzo... Non li far cadere.»

«Che roba è?»

Annusò con cautela, poi fece una smorfia. «Non ne sono del tutto certo, tesoro, ma credo sia cocaina.»

25

BASTA COSÌ

Camminavo nervosa avanti e indietro mentre Mike e Ryan esaminavano il contenuto della bustina.

«Credo che Ryan abbia ragione. Sono quasi sicuro si tratti di cocaina», dichiarò Mike.

Mi si serrò la gola. Quella roba era nel mio zaino.

Mike mi scrutò con occhi inquisitori. «Dove hai detto di averla trovata?»

«Era là.» Indicai la busta.

La prese e ci guardò dentro. «Cos'altro c'era?»

Frugai tra i documenti, mettendo da parte quello che mi sembrava il contenuto originario.

«Da dov'è arrivata quella busta?» chiese Ryan.

Dire che era incazzato era un grande eufemismo.

«Ricordi quella bella ragazza coi capelli rossi? Quella con la gonna attillata e due gambe lunghe così?» Mi avvicinai la mano al collo. «È stata lei a darmela. Ha detto che era per te.»

Lui sferrò un pugno al tavolo da pranzo, accompagnando il gesto a una sequela di improperi.

«Credo che dovremmo buttare tutto nel water», propose Mike, che non sembrava affatto contento dello scoppio d'ira di Ryan. «E poi faremo un controllo accurato di tutti i nostri bagagli. Tasche delle camicie, pantaloni, sacchetti, dobbiamo passare in rassegna tutto. Marie, aiuta Taryn. Cerca da tutte le parti, e intendo proprio *ovunque*.»

Marie e io rovesciammo le nostre valigie.

«Fa' una lista di nomi. Ci sono soltanto pochi sospetti, qui. Se scopro chi è stato, gli taglio la gola e lo seppellisco con le mie mani», disse Ryan.

Mike scosse il capo. «Abbiamo toccato tutti quella busta, quindi le impronte ormai saranno inutili. Non penso che rivolgerci alle autorità sarebbe una buona idea. Possiamo fare tutte le congetture che vogliamo, ma, se nessuno se ne vanta o confessa, credo che non sapremo mai chi è il responsabile.»

Ryan si alzò, prese la bustina e andò in bagno. Sentii tirare l'acqua diverse volte. Le prove erano sparite.

Quando tornò, fissava Mike come se avesse il potere di dargli delle risposte.

Lui era altrettanto irritato. «Non so che dirti, amico. Qualcuno ha cercato d'incastrarti. Se avessero beccato qualcuno di noi con quella roba, saremmo finiti in galera.»

«Eh, già, cazzo!» fece Ryan, esasperato.

Mike si passò una mano sulla testa. «Be', la buona notizia è che l'hai trovata prima che cercassimo di lasciare il Paese. Siamo arrivati con un volo di linea, e questo significa che la droga dev'essere stata comprata qui. A meno che non chiamiamo la polizia, non c'è modo di avviare un'indagine, e tu hai appena buttato le prove nel gabinetto.»

«Era nel mio zaino», mormorai sconsolata, cercando di non piangere mentre frugavo tra i vestiti di Ryan in cerca di altra droga nascosta. Rovesciai le tasche. Mi sentivo violata, distrutta. «Sarei finita in prigione.»

Quel pensiero mi atterrì. Le lacrime mi offuscarono la vista, mentre singhiozzi dolorosi mi risalivano in gola. Mi vidi di nuovo in manette, trascinata via come una tossica per essere rinchiusa per chissà quanto tempo in un carcere femminile... Era un'angoscia insostenibile.

Avevo sopportato tanto, dall'essere arrestata al vedere Ryan portato via sul sedile posteriore di un'auto della polizia, con tutto lo stress, il senso di perdita, le bugie, i sacrifici...

Non ne potevo più. Era troppo.

Ryan si mise in ginocchio accanto a me. «Ehi, ehi, tesoro. Andrà tutto bene. Sta' tranquilla.»

Tremavo tanto che non riuscivo a respirare. Quanto ancora potevo sopportare?

«Anche la cocaina adesso... Non ce la faccio. Voglio andare a casa. Portami a casa.»

Lui mi prese tra le braccia e mi strinse a sé. Mi baciò sulla testa, cullandomi. «Sì, ti porto a casa. Saremo soltanto tu e io, tesoro. Tu e io. Cancelleremo tutto il resto, te lo giuro. Basta così. Non voglio più che tu debba sopportare tutto questo.»

Lo sentivo parlare, ma non riuscivo a credergli.

Cos'avrebbe impedito a Lauren, Nicole o magari a un manager scontento di ripetere un gesto così folle?

Niente.

Quando Ryan aveva detto che avevamo bisogno d'aria per schiarirci le idee, non scherzava. Si appoggiò a me, scaldandomi, per guardar fuori dal mio lato dell'elicottero: aveva insistito per proseguire la vacanza, anziché tornare negli Stati Uniti. Mi aveva tenuta per mano finché non eravamo usciti dall'albergo di Roma. Forse temeva che volessi lasciarlo.

Il viaggio a Polignano a Mare fu davvero una distrazione.

Ryan era molto nervoso e quando arrivammo in hotel non fece che camminare avanti e indietro nella nostra stanza. Aprii le finestre, cercando un po' di tranquillità sulla terrazza.

Mi fece scivolare le braccia attorno alla vita. «Che splendida vista.»

Una descrizione che non rendeva giustizia al grande mar Mediterraneo.

«È davvero spettacolare. Grazie. È stata una buona idea venire qui. Grazie per avermici portata.»

Lui mi diede un bacio sul collo, trattenendosi per qualche istante. «Taryn, non mi lasciare.»

Lo guardai negli occhi, scioccata da quella richiesta, e scorsi il timore nel suo sguardo. Mi si strinse il cuore.

«Eri così silenziosa. Ho paura di sapere cosa ti passa per la testa.»

«Ryan, non vado da nessuna parte. Io ti amo.»

Sospirò e le sue labbra trovarono le mie. «Grazie al cielo. Non so cosa farei senza di te. Sei il mio cuore, Taryn. Il mio cuore. Non ho idea di chi ci abbia fatto una cosa del genere, ma giuro che lo scoprirò. Me la pagheranno.»

Scossi il capo. «La vendetta non porta mai niente di buono. E qualsiasi tentativo di ritorsione ci causerebbe soltanto altri problemi. No, la scelta migliore è lasciar perdere.»

Posò la fronte sulla mia spalla. «Non posso.»

«Tesoro, è necessario. Se dovesse filtrare una notizia del genere, saresti di nuovo nell'occhio del ciclone. No. Basta. Siamo già stati abbastanza umiliati, e sono sicura che tanto i giornali torneranno comunque a occuparsi di noi per qualcos'altro. Magari tu starnutirai, oppure io avrò un attacco isterico la prossima volta che dovrai baciare un'attrice... C'è sempre qualcosa.»

«No, non stavolta. Ho chiuso, Taryn. Ho sempre desiderato fare l'attore, ma in cambio non ricevo che sofferenza. Quindi la smetto. Quando torneremo negli Stati Uniti, annuncerò il mio ritiro.»

Lo guardai di nuovo negli occhi: non riuscivo a capire se dicesse davvero. «Ma, Ryan, tu ami il tuo lavoro.»

Mi baciò ancora, poi poggiò la fronte sulla mia. «Non più.»

Ryan non aveva scherzato. Una volta tornati a casa, annullò ogni apparizione pubblica, declinò ogni richiesta di servizi fotografici e interviste, tutto. Un contratto lo vincolava alla promozione dell'ultimo *Seaside,* ma non volle fare altro.

Trish e io eravamo riuscite a convincerlo a non rilasciare dichiarazioni pubbliche sul suo ritiro, facendogli notare che in quel modo avrebbe attirato di più l'attenzione. E non era ciò che desiderava, soprattutto dopo che si era dovuto presentare in tribunale per via del fotografo che aveva preso a pugni.

Si dedicò anima e corpo alla costruzione della nostra casa, al punto che quasi ci trasferimmo nel capanno da pesca di mio padre per controllare da vicino il progresso dei lavori.

Marie aveva un incarico a Los Angeles, insieme con Mike, come agente privato per un giovane attore che veniva perseguitato da uno stalker. Viaggiava così tanto che era difficile tenerci in contatto, e mi mancava moltissimo. Tuttavia sapevo che era impegnata: non poteva certo chiacchierare al telefono mentre proteggeva qualcuno, o avrebbe rischiato di farsi ammazzare.

La vita da star di Ryan era congelata. Per qualche settimana i media si erano domandati dove fosse andato a finire, ma poi altri personaggi famosi avevano occupato le prime pagine con le loro vicende, e lui era finito nel dimenticatoio.

Be', almeno finché non era venuto a fare la spesa con me e lo avevano riconosciuto. Si era persino fatto crescere un po' di pizzetto per camuffarsi, ma non aveva funzionato.

Una sera, quando finalmente riuscii a parlargli dell'incidente della cocaina, Ryan aveva acceso un bel fuoco nel caminetto e ci accoccolammo sul pavimento a fare una lista dei sospetti.

Io puntai tutto su Nicole Devin. Lauren l'aveva portata con sé nel tour promozionale in Europa, e quelle due non facevano altro che sniffare.

A Roma c'era anche Kyle, ma per me non era in cima all'elenco. Mi aveva quasi sempre ignorata, mentre ci aveva provato con la rossa gambe lunghe che mi aveva dato la busta, e lei mi era sembrata abbastanza sensibile al suo fascino.

Lui, però, aveva un movente e l'opportunità.

Pure Marla Sullivan era una buona candidata. Ma, anche se quella stronza con la voce nasale sarebbe di sicuro impazzita di gioia nel vedere Ryan finire in disgrazia, non mi sembrava capace di arrivare a procurarsi della cocaina.

Poi c'era David. Un uomo subdolo, crudele e infingardo. Ryan l'aveva licenziato in via ufficiale a Roma, spiegando chiaro e tondo a quel furbastro che doveva levarsi dai piedi. Aveva perso le staffe quando Ryan aveva chiamato Aaron, il suo agente, per assicurarsi che la notizia arrivasse anche a lui. Nei giorni seguenti, David aveva passato un bel po' di tempo a guardarci male e parlare nell'orecchio a Marla, quindi non sembrava un'ipotesi troppo remota che quei due fossero in combutta e avessero cospirato contro di noi.

C'erano anche altre persone che avevano seguito il tour promozionale, ma eliminammo in fretta chiunque non avesse un movente preciso.

Tuttavia non riuscimmo a fare progressi, se non quello di stendere un elenco di persone che speravamo di non dover frequentare mai più. D'altra parte, ci eravamo tolti la soddisfazione di sapere che chiunque avesse tentato d'incastrarci aveva fallito miseramente.

Anche se Ryan si teneva occupato, non mi sembrava affatto felice. C'era sempre un velo di tristezza in lui, come una crosticina che non voleva saperne di guarire. Cominciavo a sentirmi in colpa, come se avesse abbandonato il suo lavoro di attore soltanto per me.

Per quanto mi facesse piacere non essere più sotto i riflettori, in cuor mio sapevo che Ryan non poteva sentirsi davvero realizzato senza recitare.

Ce l'aveva nel sangue.

Eccelleva nel suo lavoro più che in ogni altra cosa: il suo posto era davanti alle telecamere.

Ryan non viveva più: si limitava a esistere. Faceva qualsiasi cosa pur di non ammettere che non lavorare lo rendeva infelice. Ma non c'era bisogno che lo dicesse: lo conoscevo abbastanza bene da sapere cosa lo affliggeva.

Avevamo fissato la data delle nozze per il 20 ottobre e avevamo seguito il consiglio di Mike, decidendo di sposarci alle Maldive. Non m'importava dove l'avremmo fatto: se c'era una villa vicino al mare in cui rifugiarci, per me era perfetto.

Ma, anche se desideravo sposarlo con tutto il cuore, non potevo. Non così. Volevo che fosse di nuovo se stesso prima di giurarmi amore eterno, e in quel momento non era più lui.

La luce che avevo sempre visto danzare nei suoi occhi era svanita.

Era piegato nello spirito, e quello mi distruggeva.

Avevo convinto Ryan a tornare a Seaport insieme con me, con la scusa di alcuni affari da sbrigare al bar, mentre in realtà avevo bisogno di una buona connessione Wi-Fi che al capanno non era disponibile. Avevo un'idea ben precisa del regalo di nozze che volevo fargli, ma per realizzare il mio piano mi serviva tempo.

Visto che il pub non era molto affollato, decidemmo di pranzare di sotto. Morivamo dalla voglia di assaggiare i nuovi piatti serviti da Tammy. Persino in casa arrivava un profumino delizioso.

«Hai richiamato il tuo avvocato?» gli chiesi, mentre cercavo di non ustionarmi le labbra con la zuppa francese di cipolle che mi stava facendo sbavare.

Lui annuì, masticando un sandwich al pollo.

«Alla fine non hai voluto l'accordo prematrimoniale. Ne sei sicuro?»

Mi guardò negli occhi. «Certo. Perché, tu lo vuoi?» Prese un tovagliolino e si fece prestare una penna da una delle nuove cameriere. «Ho qualcosa di meglio.» L'osservai mentre ci scriveva qualcosa, facendo attenzione a non strapparlo. «Dopotutto, la nostra storia d'amore è cominciata quando mi hai dato il tuo numero di telefono. Ricordi?»

Ero curiosissima di sapere cos'avesse scritto. Spostai un piede sopra il suo, sotto il tavolo. «È ovvio che me ne ricordo. Te l'ho scritto su un tovagliolo del Mitchell's Pub.»

«A proposito, ce l'ho ancora.» Sorrise felice e, quando ebbe finito, mi spinse davanti il messaggio.

Sorrisi anch'io, poi scoppiai a ridere quando lessi: *Prometto di non litigare mai per il tostapane*. Significava molto per me, considerato che Marie e Gary si erano scontrati anche per oggetti insignificanti.

Mi feci dare la penna, presi un altro tovagliolo e scrissi: *Prometto di non rubarti mai il tostapane né il televisore.*

Lui rise e tamburellò sul tovagliolo. «Sarà meglio includere anche il telecomando per quando guardo le partite di hockey, tesoro. Tanto per essere chiari. Dammi la penna, tocca a me.»

Mentre scriveva, andai al bancone e me ne feci dare un'altra.

Tornai e trovai la scritta: *Prometto di comprare un televisore tutto per te, così non litigheremo sul programma da guardare.*

Era davvero divertente. «Ma niente golf.» E sul mio scrissi: *Prometto che non prenderò mai i tuoi soldi.*

Mi fissò per qualche istante e si accigliò. «Tar, non c'è nemmeno bisogno di dirlo.»

Il messaggio che mi consegnò subito dopo diceva: *Prometto*

che non mi lamenterò mai di come spenderai i miei soldi. «E, se si tratta di acquisti per la casa, non voglio sapere niente di tende e roba del genere. Se mi ami, non mi chiederai mai di pensare cose simili.»

«Okay, non ti porterò a comprare le tende. Messaggio ricevuto.» Misi il tovagliolino in cima alla pila che cominciava a farsi corposa e scrissi: *Prometto di essere una buona moglie.*

Ero ammaliata dal suo sorriso.

In risposta ebbi: *Prometto di essere un buon marito.*

Osservai i suoi occhi azzurri pieni d'amore che per me significavano tutto. «Se continuiamo così, non avremo bisogno di scrivere le promesse per il matrimonio.»

«Be', se la metti in questi termini...» Ryan ne scrisse un altro in tutta fretta: *Prometto di cominciare e concludere ogni giorno e ogni notte dicendoti che ti amo.*

Avevo voglia di farmi prendere tra le sue braccia. Mi protesi sul tavolo e lo baciai. Superare una dichiarazione del genere era davvero difficile. Alla fine scrissi: *Prometto di amare soltanto te, fino al mio ultimo respiro.*

«Finché morte non ci separi», sussurrò. Poi scrisse: *Prometto di amarti per sempre.*

«E allora...» Gli sbattei davanti: *Prometto di prendermi sempre cura di te.*

Lui diede un colpetto al mio giuramento e sorrise. «Su questo faccio affidamento. Sai che ho molte necessità.»

Ed eccone un altro: *Prometto di avere occhi soltanto per te.*

Quelle parole mi colpirono dritto al cuore.

In fondo al tovagliolo aggiunsi: *Finché avremo vita entrambi?*

Mi sorrise con calore, fece l'occhiolino e annuì.

Ricambiai subito con: *Prometto di farti un pompino nel giorno del tuo compleanno.*

Ryan sollevò il tovagliolo con l'aria di chi ha vinto alla lotteria, ma poi chiese: «Soltanto per il compleanno?» Frugò nella sua pila e tirò fuori quello su cui avevo scritto che mi sarei sempre presa cura di lui. «Credo di aver bisogno di cure extra, tesoro. Anzi, di cure costanti.»

Scrissi ancora: *Prometto che, per quanto tu possa aver bisogno di cure, non ti farò mai dormire sul divano.*

Sollevò un dito per farmi aspettare mentre scriveva: *Prometti di dirmi sempre se qualcosa ti fa star male?*

Sotto aggiunsi: *Sì, e tu?* E glielo riconsegnai.

Lui scrisse il suo *Sì* sotto il mio e lo sottolineò due volte.

Il mio giuramento successivo diceva: *Prometto di trovare ogni giorno il modo di renderti felice.*

Cercò il tovagliolo con sopra la promessa del pompino. «Non è che potremmo modificare questo in una promessa giornaliera, o magari per ogni ora? Mi renderebbe davvero felice e sarebbe un modo fantastico per prenderti cura di me, tutto in una volta.»

Aveva un'aria così speranzosa... Come potevo dirgli di no? Frugai nel mio mucchietto e trovai quello che diceva che mi avrebbe amata per sempre. «Dato che hai promesso questo, vedrò cosa posso fare.»

Ryan distese le braccia, mi prese le mani e se le portò alle labbra, posando un tenero bacio sull'anello di fidanzamento.

26

SPOSAMI

La fuga di Ryan dai riflettori non durò a lungo. Aveva smesso di leggere copioni e di prendere in considerazione ruoli da milioni di dollari, e questo mi preoccupava più di quanto potesse rendersi conto. Sapevo bene che stava mettendo a repentaglio la sua carriera, e che se voleva restare in cima alla lista degli attori del momento non poteva perdere troppo tempo. Per fortuna, la première di *Day of Dawn*, il secondo film della serie *Seaside*, lo trascinò di nuovo davanti alle telecamere.

Fu come se non si fosse mai allontanato. Non mi ero resa conto di quanto mi sarebbe mancata quella vita frenetica finché non l'avevo perduta. Ma, soprattutto, avevo una gran voglia di rivedere Mike e Marie, ed ero felice che Ryan avesse in programma un altro tour promozionale, perché così saremmo stati di nuovo tutti insieme.

La prima si svolse a Los Angeles, e questo mi facilitò nel portare avanti i miei progetti segreti. Mentre Ryan era impegnato coi giornalisti, incontrai due importanti produttori per negoziare un acquisto da duecentomila dollari.

Dovetti vendere le azioni di famiglia nell'industria vinicola, ma investire nel futuro di Ryan era più importante di qualsiasi altra cosa. E tutto andò secondo i piani, senza intoppi.

Il momento positivo trovò conferma anche due settimane dopo. Eravamo a Berlino e Mike entrò di corsa in camera nostra, seguito da Marie, con dipinto in volto un sorriso grande quanto il Texas.

«Non ci crederai mai», disse, tenendo il cellulare davanti a sé. «Mi è appena arrivato un messaggio del mio amico Nix, che si occupa di sicurezza a Los Angeles. Se questo non ti mette di buon umore, non so cosa possa farlo.»

Non avrei mai dimenticato l'espressione di Ryan nel sentir dire che David Ardazzio, quarantacinque anni, quel giorno era stato arrestato per essere stato trovato in possesso di tre grammi e mezzo di cocaina.

Giustizia era fatta. Finalmente potevamo gettarci alle spalle quell'orribile incidente.

Ma quello era successo quattro settimane prima. Adesso stavo ammirando le splendide acque cristalline dalla meravigliosa terrazza della nostra villetta sul mare, alle Maldive, e mi preparavo a compiere i miei ultimi passi da single. Il mio sposo era nell'alloggio dei suoi genitori, e di sicuro si sentiva nervoso quanto me.

«I capelli sono stupendi», disse Marie, mentre aggiungeva un po' di lacca per fissarli. Me li aveva legati in una coda morbida, cotonandoli un po' per farli sembrare più folti.

Le diedi un colpetto scherzoso. «Non esagerare con la lacca. Vorrei che Ryan potesse toccarli senza restarci incollato.»

Tammy reggeva i miei sandali e sorrideva come se nascondesse un segreto. «Con o senza scarpe?»

«Devi essere scalza, Taryn, è l'unica», intervenne Janelle.

Tammy ridacchiò. «Be', puoi anche decidere di non indossarli, ma almeno li devi leggere.»

Leggere? «Di cosa parli?»

Emozionatissima, mi porse i sandali da sposa di Stuart Weitzman nuovi di zecca. Li capovolsi e, sotto una delle suole, trovai un messaggio scritto a penna:

Sei la mia migliore amica,
sei il mio amore,
sei la mia vita.
Non vedo l'ora
che diventi mia moglie!
Con amore,
Ryan

Quelle parole mi tolsero il respiro. Dovetti coprirmi la bocca per non mettermi a balbettare cose senza senso. Mi ero sempre figurata l'uomo che un giorno avrei sposato, e lui era riuscito a trasformare quell'immagine in un sogno incredibile.

Il nervosismo svanì. Sapevo con assoluta certezza che il mio Ryan mi desiderava tanto quanto io desideravo lui.

Con le lacrime che mi rigavano il viso, porsi la scarpa a Ellen in modo che potesse leggere anche lei le dolci parole di suo figlio. Tammy si era già abbandonata alle lacrime, facendomi piangere ancora di più, sebbene tutte mi sgridassero perché mi stavo rovinando il trucco.

Qualche minuto dopo, la madre di Ryan tirò fuori il mio abito. Era di seta bianca, con un nastro sottile che s'incrociava sulla schiena nuda. La prima volta in cui l'avevo provato, avevo ricevuto quattro cenni d'approvazione, ma adesso, mentre lo indossavo, mi battevano i denti.

Janelle tirò fuori la collana coi tre diamanti, il «qualcosa di nuovo» che mi aveva regalato Ryan. Avevo il fermacapelli con le perline di mia madre, che aveva messo quando aveva sposato mio padre, il mio «qualcosa di vecchio». E, anche se avrei tanto voluto che i miei genitori fossero ancora vivi per accompagnarmi in quel giorno speciale, sentivo che stavano vegliando su di me. Li vedevo nei raggi di sole che si facevano strada fra le nuvole e nella brezza tiepida che mi accarezzava la pelle.

Jill teneva una scatolina. «Questo è da parte mia e di Joe. Grazie, Taryn, per averci resi partecipi di questo tuo momento. Non sai quanto è importante per tuo padre e per me che tu ci abbia voluti.»

L'abbracciai e le diedi un bacio su una guancia. «Grazie a voi per essere venuti.»

Lei mi sfiorò il viso e sorrise. «Forza, aprila.»

Sollevai il coperchio con dita incerte e, quando vidi il braccialetto di zaffiri, sussultai. «Oh, mio Dio! È bellissimo!»

«Ti serviva qualcosa di blu», disse, felice.

«Grazie di cuore! Mi aiuti a metterlo?»

Fu Janelle a riportarmi alla realtà con una delle sue battute: «Dobbiamo andare, presto. Questa è la parte facile. Il difficile sarà non ucciderlo quando ti fa incavolare.»

Ellen annuiva, e io la guardai a bocca aperta. «Mi stai dicendo che a volte hai voglia di uccidere il padre di Ryan?»

«Oh, sì. Non capita spesso, forse tre o quattro volte l'anno, ma succede, mia cara, eccome», ammise.

Lanciai un'occhiata a Tammy.

Anche lei era d'accordo. «Ho minacciato di morte Pete in aereo, mentre venivamo qui.»

Marie stava finendo di sistemarmi l'abito, e all'improvviso notai un bagliore sulla sua mano. Quando mi aveva truccata non aveva niente sulle dita.

Mi voltai così in fretta che per poco non caddi a terra. «Oh, mio Dio! Cos'è quello?»

Lei sorrise, imbarazzata. «Ieri sera Mike mi ha chiesto di sposarlo!»

Ero così felice che faticavo a contenere l'entusiasmo. *Cos'altro potrebbe succedere di meglio?* L'abbracciai con foga. «Come? Quando?»

Ridacchiò. «Ieri sera. Mi ha portata a fare una passeggiata sulla spiaggia e mi ha detto che nessuna donna l'ha mai fatto sentire così e che non potrebbe immaginare di vivere senza di me.»

Credo di aver urlato e poi mi ritrovai a tirarle con forza la mano sinistra per poter ammirare la grossa pietra che aveva al dito.

«Ha detto che non voleva più aspettare per chiedermelo, e non voleva pensassi che la spinta gli fosse arrivata dal fatto che vi sposate voi o cose del genere.»

La strinsi di nuovo, sussurrandole parole di congratulazioni. Era un passo enorme, ma adesso sapevo che sarebbe stata parte della mia vita per sempre. Dopotutto, la sua casa con tre camere da letto era praticamente incollata alla mia: ci separava soltanto un piccolo portico.

Marie mi sorrise. «Che ne dite di celebrare le nozze? Ryan Christensen ti sta aspettando.»

Sentii bussare alla porta, poi vidi il mio padre biologico, Joe, fare capolino da dietro l'uscio. «Siete tutte vestite e pronte?»

La sua espressione imbarazzata mi strappò un sorriso.

Ryan aveva fatto arrivare Joe e la sua famiglia per farmi una sorpresa. Poteva anche non essere stato lui a crescermi, ma senza Joe non avrei avuto quel momento, e significava molto per me.

Il sole stava cominciando a tramontare quando attraversai la spiaggia con le gambe che mi tremavano. Joe mi dava il braccio, sostenendomi.

Non appena vidi Ryan accanto all'uomo che avrebbe officiato la cerimonia, fui pervasa da un senso di sollievo.

Quando lo scorsi, le mani giunte davanti a sé, i capelli appena mossi dalla brezza oceanica, quel sorriso mozzafiato che riservava soltanto a me, niente ebbe più importanza. Quell'uomo era tutto per me.

Mi sarebbe stato accanto in salute e malattia, nel bene e nel male, in ogni difficoltà. Avevamo fatto incorniciare le nostre promesse scherzose scritte sui tovaglioli e le avevamo appese sopra il nostro letto, per ricordarcele sempre e non dare mai niente per scontato.

Nell'istante in cui Ryan mi prese le mani, ogni nervosismo mi abbandonò, portato via tra le spire del vento.

Mi svegliai sorridendo, tra mille piccoli baci che mi solleticavano una spalla. Dovevo essermi addormentata esattamente con quello stesso sorriso. Gli accarezzai un braccio per fargli capire che ero sveglia.

«Buongiorno, Mrs Christensen», disse Ryan, mentre mi baciava il collo, facendomi il solletico.

«Buongiorno, maritino...» Diedi uno sguardo all'orologio. «Anzi, buon pomeriggio, maritino. Credi che sentiranno la nostra mancanza se non ci presentiamo a cena?» chiesi, rotolando per affondare il viso nel suo petto.

Lui ridacchiò. «Non ho nessuna voglia di alzarmi. È per questo che hanno inventato il servizio in camera.»

Feci scorrere le dita sulla sua fede nuziale di platino, con dentro inciso il mio giuramento, TUA PER SEMPRE. Sperai che non fosse soltanto un sogno. «Non ti ho ancora dato il mio regalo di nozze.»

Ryan sorrise e mi diede un bacio sulla fronte. «La cosa che hai fatto ieri sera, quand'eri sopra di me e mi cavalcavi, è stato un dono magnifico.»

Io gli diedi una gomitata. «Simpaticone. Aspetta.» Scivolai fuori dal letto.

«Regalo numero due: mia moglie completamente nuda.»

Arricciai il naso, facendogli una smorfia, e recuperai la scatola sottile che avevo avvolto in una lamina d'oro.

Lui se la rigirò tra le mani per esaminarne entrambi i lati. «Che cos'è?»

Tornai sotto le lenzuola. «Un sogno.»

Socchiuse gli occhi. «Un sogno?»

«Sì. I sogni si possono avverare, se puntiamo nella loro direzione.»

Si portò i capelli all'indietro.

Dio, quanto era sexy. Sperai di non smettere mai di notarlo.

Fece scivolare in avanti una gamba e mi diede un colpetto col piede. «Davvero?»

«Sì.» Gonfiai i cuscini che avevo sotto la testa e strofinai il viso sul suo braccio.

«Be', allora forse ho buttato le tue pillole anticoncezionali nella spazzatura.»

Non me l'aspettavo. «Ti senti pronto?»

Ryan scrollò le spalle. «Sono pronto a tutto ciò che la vita metterà sul nostro cammino.»

«Bene. Però adesso apri il regalo!»

«Carta dorata, eh?» Fece scivolare il pollice sotto un lembo della carta e la strappò.

«Già. Proprio così. E dentro c'è un biglietto che vale oro.»

Scosse la scatola e il coperchio si sollevò. Quando lo vidi accigliarsi, per un istante sprofondai nel panico.

«Una sceneggiatura? L'hai comprata tu?»

«Sì. È della TLC Productions.»

La esaminò di nuovo. «È quella che mi hai chiesto più volte di finanziare. Tar, nessuno voleva farlo.»

«Esatto. Abbiamo un appuntamento con Jeff Westfield alla Universal, quando ti tornerà la voglia di metterti i pantaloni.»

Ryan era sconvolto. «Hai già parlato coi produttori?»

Sorrisi, orgogliosa. «Sì. C'è dentro anche Anna Garrett. Gira voce che *diversi* registi famosi siano interessati.»

«Ti sei data da fare», ridacchiò.

«Certo. E tutto alle tue spalle.»

Lui serrò le labbra. «Davvero vuoi che torni a recitare? Dopo quello che ci è successo?»

Avevo colto il cambio di tono nella sua voce e gli premetti una mano sul cuore. «Sì, lo voglio. La tua anima ne ha bisogno per vivere. Il resto… tutto il resto sono soltanto dettagli.»

EPILOGO

NIENT'ALTRO CHE PREMI

Respira... concentrati sulla respirazione... No, se trattengo il respiro è meglio.

Okay, okay... ce la posso fare. Adesso non va poi così male. Respira ancora, lentamente. Inspira, espira, inspira, espira. Speriamo non manchi ancora molto. Non so quanto ancora potrò resistere prima che sia davvero troppo tardi.

Wow, che tende elaborate. Certo che c'è proprio un sacco di stoffa appesa al soffitto. Chissà se con tutte quelle luci lassù fa più caldo?

Non riesco a credere che Johnny Depp sia seduto proprio dietro di me. Questo posto è pieno di gente famosa. Chissà dove saranno Bill ed Ellen. Per fortuna ci sono anche loro, qui, da qualche parte. Si risparmieranno un viaggio.

Ah, maledizione, eccone un'altra... Resisti. Dio, che male! Respira, respira. Mille e uno, mille e due, mille e tre...

Ma perché proprio adesso? Non potevi aspettare un giorno in più... Sarebbe bastata anche qualche ora. Piccolo rompiscatole impaziente, sei uguale a tuo padre.

Respira dalla bocca, Taryn. Se non ti fai notare troppo, non se ne accorgerà nessuno.

Devo dirglielo?

Forse sì.

Ma, se glielo dico adesso, gli prenderà un colpo. È già così nervoso. No, non farlo, aspetta ancora un po'. Ce la posso fare. Chissà se riuscirò ad arrivare alla macchina.

Conta. Devi contare. Perché non ho messo l'orologio? Ah, già, ho indossato questo bracciale di diamanti da centomila dollari che ci ha prestato Harry Winston. Conterò il valore dei diamanti che indosso... Uno, braccialetto da centomila dollari, due, collana con pendente a goccia centomila dollari, tre, gli orecchini pesanti che mi stanno tirando i lobi centomila dollari... Respira, respira.

Okay, cominciano a essere più ravvicinate. Le ultime due erano a meno di tre minuti l'una dall'altra. Diglielo.

«Ryan? Ehm, tesoro... quanto pensi che durerà ancora?» chiesi con voce stridula, mentre mi sistemavo sulla poltroncina.

Lui guardò l'orologio che gli avevo regalato per Natale. «Credo una decina di minuti. Perché? Sei agitata?»

«No, non agitata», sospirai, cercando di sorridere.

Si voltò a guardarmi. «Tar, sei tutta sudata. Ti senti bene?»

Respiravo a denti stretti. «Pessimo tempismo.»

Sgranò gli occhi. «Tempismo?»

«Eh, sì. Qualche giorno prima del previsto.»

«Stai dicendo che è il momento? Intendi proprio *adesso*?»

«Posso resistere. Ma una volta dato l'annuncio... Mmm.»

Respiri rapidi e leggeri. Ah, cazzo, che male. Spero di non sporcare questo abito da quattromila dollari.

«Quando sono cominciate?» chiese, cercando di mantenere la calma ma senza riuscirci.

«Prima», risposi.

«Sul red carpet?»

«Prima ancora», sussurrai, trattenendo un gemito di dolore. «Quand'ero al trucco.»

«Taryn! Sono passate quasi cinque ore! Dobbiamo andare subito. Vuoi andare via? Dimmi se è il momento di andare.» Stava andando nel panico ed era sul punto di balzare via dalla sedia.

«Sta' tranquillo», mormorai tra un'ondata e l'altra, e lo afferrai per una manica dello smoking per farlo stare seduto. «Va tutto bene. Ma sarà meglio non trattenersi.»

Non appena finii di dirlo, il mio addome fu investito da una nuova scarica di dolore lancinante. Trattenni il fiato e serrai gli occhi. Erano sempre più frequenti e dolorose.

«Taryn, se è ora di andare, andiamo. Non ho nessuna intenzione di mettervi in pericolo.»

«Non è detto.» Odiavo quand'era così pessimista. Era una persona intelligente.

«Se vuoi, andiamo via subito. Non è un problema», ripeté, sconsolato.

Ma io non ero disposta a cedere, e strinsi i denti. «No, non andremo da nessuna parte finché non apriranno quella busta e sentiremo pronunciare il tuo nome. È il tuo momento. Capita una volta sola nella vita. Posso resistere.» Respirai affannosamente tra le labbra tese. «Ma credo di poter affermare che la piccola tigre e io non parteciperemo alla festa di premiazione», aggiunsi, nel tentativo di alleggerire la tensione.

«Tesoro...» cercò di rispondere.

«Zitto. Non voglio rinunciare a questa serata. C'è ancora tempo», sussurrai.

Avevo dovuto mentire: era già abbastanza terrorizzato per tutti e due.

Lo presi per mano. L'avremmo affrontata insieme, come avevamo sempre fatto. Uniti, come una squadra.

Alla fine di quell'interminabile presentazione, l'immenso sipario calò sul palco.

«Quando diranno i nomi, verremo inquadrati. Te lo dico perché tu sia pronta», sussurrò Ryan e, senza farsi notare, mi asciugò la goccia di sudore che mi stava scivolando lungo il collo.

«Lo so. Ci hanno già puntato addosso la telecamera. Vedrò la luce rossa e continuerò a sorridere, te lo prometto. Anzi, sorriderò di più.»

«Sei sicura di voler aspettare?»

«Sì, ma ora sta' zitto. Non perderei questo momento per niente al mondo. Insomma, sai cosa intendo», risposi, rassicurante.

La sua scarpa di cuoio lucido scivolò sul pavimento e diede un colpetto ai miei tacchi bassi.

La musica partì.

«Signore e signori, accogliamo sul palco Daniel Day-Lewis, Tom Hanks, Sean Penn, Jack Nicholson e Dustin Hoffman, due volte vincitori del premio Oscar come miglior attore.»

Ryan mi strinse la mano, e mi accorsi che anche lui tratteneva il respiro. Mi prese sottobraccio e mi aiutò ad alzarmi per applaudire gli attori che salivano sul podio. Quei cinque uomini dal talento incredibile avrebbero annunciato ciascuno un attore in lizza per il premio come miglior attore protagonista.

Quando venne fatto il nome di Ryan, sorrisi, orgogliosa. Jack scherzò dicendo che, se proprio doveva, avrebbe condiviso volentieri lo status di sex symbol. E ridemmo tutti di cuore quando affermò che, se non si sapeva chi fosse Ryan Christensen, di certo bastava chiedere a una donna qualsiasi di età compresa tra i sei e i novantasei anni per scoprirlo.

Come al solito, mentre sorrideva, Ryan si passò una mano sulla fronte.

Ero davvero fiera di lui, e quella sensazione mi ripagava del dolore che stavo sopportando.

Qualsiasi cosa fosse successa da quel momento in poi, Ryan era stato ufficialmente in nomination per il premio Oscar.

Si portò le nostre mani unite alle labbra. Entrambi abbassammo lo sguardo durante quegli istanti che ci parvero interminabili.

«E l'Oscar va a...»

Trattenni il fiato, mentre dentro di me si avvicendavano i tremiti dovuti ora all'emozione, ora alle contrazioni.

Ryan mi stringeva le dita così forte che cominciavo a non sentirle più: mi aveva bloccato la circolazione.

«Ryan Christensen... *Isletin*.»

Credo di aver gridato.

Tutti si alzarono per applaudire, nessuno escluso. Registi, celebrità, musicisti, l'intero teatro era in piedi ad acclamarlo.

Ryan sembrava aver appena ricevuto un colpo in pieno stomaco. Si chinò e mi baciò. Io non riuscivo a smettere di sorridere, anzi, ridevo di felicità.

Mi baciò ancora, poi mi accarezzò la pancia e si diresse verso i gradini che portavano sul palco. Dagli angoli degli occhi mi scivolarono lacrime di pura gioia.

Dalla sua espressione impagabile era evidente che l'idea di aver vinto lo sconvolgeva. Sperai che non fosse sopraffatto al punto di non riuscire a parlare. Era visibilmente scosso; almeno per me era evidente. Quando salì gli scalini, aveva la bocca aperta per l'incredulità, e la sua mano corse nervosa sulla fronte.

Mi alzai ad applaudirlo, sopportando con coraggio il dolore delle contrazioni mentre il mio corpo si preparava a dare alla luce nostro figlio.

L'osservai meravigliata stringere la mano e ricevere abbracci e congratulazioni da cinque degli attori più rappresentativi dei nostri tempi. Erano i suoi eroi, i suoi mentori, uomini che ammirava e rispettava, con la speranza di poter raggiungere le loro stesse vette.

Ryan era al centro del palco con la statuetta d'oro stretta fra le dita, ancora spiazzato di fronte al sogno di una vita che diventava realtà. Finalmente aveva esaudito il suo desiderio più grande. La sua carriera artistica aveva raggiunto l'apice.

«Grazie», ripeté più volte al microfono. Aveva gli occhi fissi su di me.

Si sedettero tutti per ascoltare il suo discorso di ringraziamento. Era stato restio a prepararlo fino all'ultima sera, quando l'avevo costretto a scrivere quello che avrebbe detto se mai fosse toccato a lui.

«Grazie ancora. È un onore incredibile poter essere qui di fronte a tutti voi.» Si grattò la fronte. Era nervosissimo.

Respira, tesoro, respira.

«Non credevo che sarei mai riuscito a raggiungere quest'obiettivo, ma poi qualcuno mi ha convinto del contrario, dicendomi che i sogni si possono avverare, se puntiamo nella loro direzione.» Mi strizzò l'occhio. «Quel qualcuno è mia moglie, la mia adorata Taryn, ed è a lei che devo la mia presenza qui. Due anni fa mi ha detto che questa sceneggiatura era da Oscar, e sono felice di averle dato ascolto.» Espirò e fece una risatina nervosa, agitando il premio a riprova delle sue parole.

Io gli mandai un bacio e mi passai una mano sulla pancia, spostando un piedino verso il basso. Il nostro piccolo non vedeva l'ora di venire al mondo.

Ryan prese il foglietto che aveva infilato nella tasca interna della giacca, su cui aveva annotato i nomi delle persone che voleva ringraziare. Ero felice che avesse messo la cravatta argentata e la camicia bianca con lo smoking nero. Era di una bellezza sconvolgente.

Un'altra forte contrazione mi assalì. Afferrai i braccioli della poltroncina e li strinsi forte per resistere. Stavolta era davvero difficile continuare a sorridere.

Ryan guardò verso la folla. «Prometto che sarò molto breve, perché mia moglie mi ha rivelato qualche minuto fa di essere in travaglio da ben cinque ore, e non voglio costringerla a partorire il nostro primo figlio qui, in prima fila.»

Il pubblico rise e applaudì.

Lui armeggiò col foglietto, cercando di distenderlo con mani nervose. «Tesoro, digli di aspettare un attimo, me la sbrigo in un minuto.»

Risero tutti di nuovo.

Si grattò le sopracciglia. «Però così mi sono tradito», mormorò, quasi a se stesso, ma lo sentirono tutti. Scrollò le spalle e tornò a guardare i cinque uomini che erano ancora sul palco con lui. «Va be', almeno i tabloid smetteranno di fare congetture e i giornalisti di chiedere. È un maschio!» informò tutti, con un sorriso orgoglioso.

Si levò un boato.

«Non so quale parte di questa serata sia più incredibile, se aver vinto questo premio o la nascita di mio figlio, ma sono felice che siano capitati nello stesso giorno, così potrò dire senza ombra di dubbio che *oggi* è il giorno più bello della mia vita.» Fece qualche respiro, nel tentativo di ritrovare la calma. «Voglio ringraziare mio padre e mia madre. Qui, da qualche parte, ci sono anche loro. Papà, lancia un urlo, così ti trovo.»

Da qualche parte in un angolo, in fondo al teatro, sentii suo padre gridare: «Siamo qui!» E non potei fare a meno di sorridere.

Ryan riprese il suo discorso, ringraziando il meraviglioso regista, la squadra, i coprotagonisti ed esprimendo tutta la sua gratitudine per essere stato scelto tra gli altri candidati.

Fu un vero sollievo quando finì, e mi sentii pervadere dalla gioia nel vedere diverse superstar dargli pacche sulle spalle mentre si spostava su un lato del palco.

«Mrs Christensen, chiamiamo un'ambulanza?» mi chiese un'assistente di scena, che mi aiutò ad alzarmi.

«No... mi bastano mio marito, i suoi genitori e la limousine», risposi ansando tra le contrazioni.

Quattro ore dopo, il 9 marzo, alle ore 23.40, Mitchell Ryan Christensen fece il suo debutto. Tre chili e mezzo, 50,8 centimetri. Una perfetta versione in miniatura di suo padre, con tanto di occhi azzurri.

«Ah, che bello essere a casa», sospirò Ryan quando attraversammo la soglia della nostra pretenziosissima casa in legno da cinquecentocinquanta metri quadrati.

Il nostro bambino di cinque giorni era avvolto in un morbido vestitino di felpa blu con l'immagine di cuccioli di cane sulla punta dei piedi. Era ben legato al seggiolino dell'auto e aveva dormito per tutto il viaggio dall'aeroporto.

Cominciai subito a liberarlo per poterlo prendere in braccio.

«Chiama tutti, di' che siamo arrivati. Sono sicura che Pete e Tammy correranno a vederlo», ridacchiò Ryan, mentre portava dentro le valigie.

«Tra un momento. Prima sistemiamoci.»

Lui prese l'Oscar dall'astuccio in feltro che lo custodiva. «Questo lo metterò in ufficio.»

«No! Mettilo sul camino, dove possiamo ammirarlo», mi opposi subito.

Ridacchiò.

«Nessuno entra mai nel tuo ufficio, tesoro... Mettilo quassù.» Spostai qualche foto del matrimonio, per fare spazio alla statuetta. Dopodiché mi sedetti sul divano con nostro figlio e gli mostrai le foto di tutti nel giorno delle nostre nozze.

Il sorrisone di Pete nella fotografia mi mise di buon umore. Quel viaggio era stato una seconda luna di miele per lui e Tammy, e in quella settimana lei era rimasta incinta. La loro bambina, Madison, aveva otto mesi.

Scherzavamo sempre sull'eventualità che un giorno i nostri figli potessero mettersi insieme. Non si sa mai come possono andare le cose... tutto è possibile.

Mi ero così preoccupata di cosa avrei fatto della vita, e alla fine tutto si era risolto da sé. Moglie, madre, compagna, amante... Mi sentivo così appagata.

Ryan ci raggiunse nella veranda che dava sul lago. Poggiò i piedi sul tavolino e lanciò a terra la scatola che aveva in mano. «Fallo tenere a me, adesso», sussurrò, facendo scivolare la mani attorno al nostro bimbo. «Vieni qui, ometto. Vieni da papà.»

Vedere mio marito così innamorato di suo figlio mi riempiva di gioia.

«Cosa c'è nella scatola?» chiesi, mentre osservavo il sole che calava sulle cime dei sempreverdi.

Lui rise. «Sceneggiature. Altre sceneggiature.»

«Be', tesoro, in fondo hai un Oscar soltanto. Se ne avessi due, potremmo usarli come fermalibri.»

Mi sorrise. «Nah, me ne basta uno. Forse al secondo potresti pensare *tu*, no?»

Alzai gli occhi al cielo. «Non credo proprio. E poi non sono un'attrice.»

«Ma potresti, se ci provassi. Dopotutto sei tu quella che continua a dire che tutto è possibile, se puntiamo nella direzione giusta.»

Allora mi stava a sentire.

Spostai una gamba sotto il tavolo e gli diedi un colpetto sul piede.

CAPITOLO BONUS

Mentre sviluppavo la trama di Una stella nel mio cielo*, all'inizio avevo scritto questo passo per la sequenza originaria del sogno. Ho poi deciso di tagliarlo perché non volevo rivelare troppi elementi. Volevo che l'adozione di Taryn fosse un colpo di scena.*

A mano a mano che delineavo il personaggio di Taryn, mi domandavo quali potessero essere gli ultimi ricordi di Joe che le causavano l'incubo ricorrente del «ragazzo dai capelli neri» e cos'avesse allontanato sua madre dal resto della famiglia.

Ho ricordi molto teneri di quand'ero la «portatrice di birra» di mio padre nelle occasioni in cui lui e gli altri uomini della famiglia giocavano a lanciare i ferri di cavallo, quindi questa scena proviene in parte dalla mia infanzia. Ogni anno andavamo a fare un picnic nello stesso posto, e il garage grigio di mattoni nella proprietà sembrava sempre qualche grado più fresco rispetto alla calura esterna.

La ragazzina bionda che rubava cubetti di ghiaccio tenendo una Barbie nell'altra mano? Ero io.

Buon divertimento.

IL CAPANNO DA PESCA DEL NONNO

4 luglio 1986

«Ehi! Sta' attenta, tesoro!»

Le grandi mani di papà mi presero da sotto le braccia e mi sollevarono da terra. La grande U di metallo lanciata da zio Al rimbalzò proprio dietro il piede di papà, e ricadde con un tonfo leggero, come un sussurro nell'erba.

«Taryn, cerca di fare attenzione. Non voglio che ti arrivi addosso un ferro di cavallo. Ti farebbe male.»

Il suo labbro inferiore sporgeva come un grasso vermone. Era così buffo. Avevo voglia di prenderlo e strizzarlo.

Ero appollaiata sulle braccia di papà e guardavo zio Al fare strane smorfie mentre roteava il braccio, mirando verso la punta arrugginita che sbucava dal terreno. Il rumore metallico faceva un po' paura. Pensavo che i cavalli che portavano quelle grosse scarpe dovevano essere giganteschi. Come elefanti, o anche di più. Come case. Quanto avrei voluto cavalcarne uno.

«Papà, hai le guance tutte rosse.»

Lui mi diede qualche bacio sul viso. «Anche le tue, piccolina. Mamma deve metterti ancora un po' di crema. E chi hai qui? Chi sarebbe questo tizio?»

Agitai il braccio della bambola per salutare. «Lui è Ken. È il mio ragazzo.»

«Il tuo ragazzo, eh?» Sollevò un sopracciglio, scrutandomi con un occhio solo. «E cos'è successo ai suoi pantaloni?»

Indicai la mia piccola piscina gonfiabile, dove galleggiavano i pantaloni di Ken. C'era anche Barbie in acqua.

«Devo fargli un bel discorsetto per aver mostrato le chiappe in pubblico?»

Ridacchiai. «Adesso mi porti nell'acqua grande?»

«Siamo a due punti per noi», disse lui orgoglioso, spostandomi su un suo fianco per recuperare una U di metallo.

Gli diedi un colpetto su una guancia. «Papà?»

Mi fece quel sorriso pieno di denti e capii che l'avevo conquistato. «Tra un minuto, tesoro. Prima papà e zio Al devono stracciare zio Andy e il nostro amico Bean, laggiù. Non avvicinarti al lago senza mamma o papà. Capito? Resta dove ti posso vedere.»

Guardai zio Al bere dalla bottiglia di vetro scuro, inclinandola in alto, verso il cielo, per prendere anche l'ultima goccia. «Ehi, Taryn!» mi chiamò. «Mi faresti un favore grande grande? Potresti buttare questa nella spazzatura e portare a me e... ehm, e a tuo padre altre bottiglie? Le trovi nel garage. Sarai la nostra aiutante speciale.»

Mi ritrovai a correre, piena di felicità. Volevo essere la miglior aiutante speciale del mondo.

Nell'ampio garage grigio era più fresco che fuori, al sole. Infilai le mani nel secchio gelato colmo di cubetti di ghiaccio e me ne infilai in bocca uno, come faceva papà. Mi fece male ai denti, ma sulla lingua era fantastico. Erano come caramelle segrete e speciali, che si trasformavano in acqua. E ne avevo un secchio intero a disposizione.

«Ehi! Cosa fai là dentro?»

Quella voce mi fece fare un gran salto, e lasciai andare subito il cubetto. Mi avevano scoperta. Mi veniva quasi da piangere.

Joey. L'avevo riconosciuto subito, anche se quando gridava mi faceva ancora paura. Aveva i capelli dello stesso colore della mia cameretta di notte, e gli coprivano gli occhi, ma i suoi denti erano bianchissimi. Chissà se conosceva i mostri che vivevano sotto il mio letto.

«Sei troppo giovane per bere, piccolina», mi disse serio.

Joey camminava in modo un po' strano. Come se una gamba non funzionasse bene. Prese la bottiglia scura dalle mie mani e la rimise nel ghiaccio. Volevo chiedergli se era sua mamma a colorargli di nero le unghie. Pensavo che i ragazzi non mettessero lo smalto.

Si accucciò davanti a me, prese tra due dita una ciocca di capelli bagnati che mi pendeva davanti al viso e me la spostò dietro un orecchio.

«Come sei bella.» Sospirò e socchiuse gli occhi, felice. «Sei uguale a tua mamma.»

Ero orgogliosa, raggiante. La mia mamma era bellissima.

«E poi, guarda, hai già perso qualche dente. Quanti anni hai, adesso?»

Distesi una mano e allungai le dita tutta fiera, ricordandomi di tenere chiuso il pollice.

Joey si sedette sul pavimento a gambe incrociate. «Wow. Quattro. Stai diventando proprio grande e intelligente. Dio, quanto vorrei che la tua mamma fosse qui e ti vedesse. Sarebbe così felice. Hai i suoi capelli e il suo viso, sai?»

Sentii che socchiudevo gli occhi. Il colore dei capelli di mia madre era marrone, come il pennarello che usavo per disegnare la terra e gli alberi. Non giallo ranuncolo come i miei.

Lui si avvicinò. «Sai tenere un segreto? Che resti soltanto tra noi due?»

Forse gli Aiutanti Speciali Segreti avevano anche dei segreti.

«Tu e io abbiamo gli occhi dello stesso colore. Vedi?» I suoi erano di un azzurro profondo, come il cielo in alto, dietro le nuvole gonfie e morbide. Sembrava triste, e fece sentire triste anche me. «Mi piacerebbe tanto che tu potessi rivedere la tua mamma. Purtroppo, però, non è possibile.»

Non mi piaceva quello che stava dicendo. Avevo voglia di correre da lei. «Perché no?»

Sospirò forte, a fatica. «Perché… la tua vera mamma vive in paradiso, con gli angeli.»

Adesso sì che mi veniva da piangere. E da urlare. «Non è vero! La mia mamma è là.»

Joey mi guardava dritto negli occhi. «Ascoltami. Il nome di tua madre è… era… Kelcie. E ti amava tantissimo. Solo che…»

Mi chiesi quale nuvola del cielo fosse il paradiso.

«Maledizione, vorrei avere più tempo. Vorrei… sai, non so quando potrò rivederti», disse piano.

«Perché?»

«Sai che cos'è l'esercito?»

Annuii e mi grattai il naso. «Ti dipingeranno di verde?»

Forse il verde gli sarebbe stato meglio del nero. È il colore dell'erba.

Lui sorrise, poi ridacchiò. «No. Ma dovrò indossare dei vestiti speciali e mi taglieranno tutti questi», disse passandosi una mano tra i capelli scuri. «Magari potresti scrivermi quando sarò lontano, e farmi dei bei disegni. Ti andrebbe?»

Mi sarebbe tanto piaciuto avere della carta, in quel momento. Joey mi ricordava una zebra. Se avessi corso abbastanza veloce, sarei potuta andare a prendere un pennarello dalla borsa dei miei giocattoli.

«Taryn, tesoro, guardami. Ricordati sempre che questo è il nostro segreto. Non dovrai dirlo a nessuno. Giuramelo. Giura.»

Io annuii.

Allora mi prese tutte e due le mani nelle sue. «Dio, ho fatto tanti erro...» Tirò su col naso alcune volte. Poi fece segno di sì col capo e mi guardò ancora negli occhi. «Ma sistemerò tutto. Voglio essere migliore per te. Qualsiasi cosa ti dicano, qualsiasi cosa sentirai, sappi che ti voglio bene. Ti ho *sempre* voluto bene. Ricordatelo. Pa... Joey ti ama tanto. Sarai sempre la mia bambina.»

Una lacrima gli scivolò lungo una guancia. E poi un'altra. Gli gettai le braccia al collo, perché gli abbracci forti fermano sempre le lacrime.

«La mia piccolina. Ti voglio tanto, tanto bene.»

«Anch'io», sussurrai.

«Mi raccomando, va' sempre a testa alta e sii fiera di te stessa. Non farti *mai* mettere i piedi in testa. Mai. Sii forte. Impegnati a scuola. E...»

Nell'istante in cui mio padre mise piede nel garage, Joey abbassò le braccia.

«Cosa fai? Che succede qui dentro?»

Papà sembrava arrabbiato e ce l'aveva con Joey. Lo tirai per i pantaloni. «Papà? Mi porti a vedere Kelcie?»

Lui abbassò lo sguardo su di me. «Cosa?»

In realtà avevo voglia di prendere un altro cubetto di ghiaccio e di andare a fare un giro in macchina con l'aria fredda che mi soffiava sul viso. Forse sulle nuvole c'era una grande piscina. «Kelcie. In paradiso. Mi ci puoi portare?»

Papà afferrò Joey per la camicia. «Che cosa le hai detto? Parla, e subito!»

Joey lanciò un grido e cercò di spingerlo via. Danzarono accanto alla grande scala argentata appoggiata alla parete, e mi spaventai quando Joey cadde fragorosamente a terra. Papà lo colpì in faccia e i suoi denti bianchi divennero rossi.

Papà grugnì. «Stupido idiota irresponsabile. Sei soltanto un pezzo di merda, un cretino buono a nulla.»

Arrivarono molte persone, di corsa, e tutti si misero a urlare.

Mamma prese papà per un braccio e lo tirò. «Dan! Lascialo!»

Mi tappai le orecchie, perché mi facevano male. Volevo tanto che Ken fosse con me.

Avevamo tutti e due bisogno di qualcuno con cui giocare.

RINGRAZIAMENTI

Vorrei ringraziare tutte le persone che mi hanno aiutata a tradurre questo sogno in realtà, prestando orecchio alle mie sciocchezze e guidandomi con mano gentile.

Al primo posto, e al più importante, mio marito Cory e mio figlio Ryan, che mi hanno concesso il tempo, lo spazio e la libertà per vagare ogni giorno nei miei mondi immaginari. Voi mi avete permesso di capire che i sogni si possono avverare, se puntiamo nella loro direzione. Avere il sostegno della famiglia è ciò che fa la differenza.

Questo romanzo non sarebbe diventato quello che è senza l'instancabile aiuto della mia carissima amica Janeia Hill. È stata lei a leggermi, a criticarmi, ad ascoltare i miei piagnistei, a ripetermi almeno un migliaio di volte di non lasciar perdere, a stimolarmi con nuove idee, a tirarmi le orecchie e a prendermi a calci nel sedere, sempre pronta a darmi il suo tempo e il suo appoggio con generosità. Grazie per avermi tenuta per mano durante questo incredibile viaggio.

Alla mia migliore amica degli ultimi venticinque anni, Marie S. Sei tutto per me.

Alle ragazze dell'FP: la vostra amicizia è qualcosa d'inestimabile, e per me significa tutto. Grazie per il vostro sostegno, la saggezza, l'affetto incrollabile e l'accoglienza. Mi sento molto fortunata ad avere ciascuna di voi al mio fianco. Non riesco a immaginare una squadra migliore con cui fare storia.

A tutti gli amici di Facebook e Twitter: riuscite a rendere ogni giorno speciale.

Alla mia editor ninja, Amy Tannenbaum, grazie per aver creduto in me. Mi hai fatta un po' arrabbiare su quel «divorava», ma credo che questo tu lo sappia già.

Un enorme grazie alle persone dell'Atria Books. Judith Curr, sei una donna incredibile, e ti ringrazio dal profondo del cuore per avermi dato una possibilità. Grazie alla tua squadra instancabile – Chris Lloreda, Kimberly Goldstein, Samantha Cohen, Alysha Bullock, Dana Sloan, Jeanne Lee, Paul Olsewski, Ariele Fredman, LeeAnna Woodcock e Julia Scribner –, grazie per aver saputo far rendere al meglio questo romanzo.

Un ringraziamento speciale a quella bomba di energia della mia agente, Jane Dystel, e alla sua altrettanto fantastica compagna di battaglie Miriam Goderich, della Dystel and Goderich Literary Management. Grazie per avermi concesso un'occasione, e per avermi preso sotto la vostra ala protettrice.

Rachel Van Dyken

RICORDATI DI SOGNARE

A volte sembra che tutto sia finito…
Invece è un nuovo inizio

Per due anni, è come se non avessi vissuto; ero persa in un baratro di dolore, da cui credevo non sarei più riemersa. Poi ho incontrato Wes Michels. Lui è il raggio di sole che ha squarciato le tenebre della mia esistenza, la luce che mi ha ridato la speranza e la forza di ricominciare. Mi sono affidata ciecamente a lui, anche quando tutti mi dicevano di non farlo: Wes è troppo ricco, troppo impegnato a diventare la nuova stella del football e, soprattutto, troppo corteggiato per rimanere fedele a una ragazza come me. Non sanno quanto si sbagliano. Non conoscono il suo cuore e sono all'oscuro del suo segreto. Su una cosa però avevano ragione: non avrei dovuto innamorarmi di lui. Ho paura che, se resterò ancora una volta sola, sprofonderò di nuovo nel baratro. Perché adesso so che ogni giorno passato con Wes potrebbe essere l'ultimo…

Letto, riletto, commentato e consigliato da legioni di fan in tutto il mondo, *Ricordati di sognare* è un romanzo struggente e carico di speranza. Perché quella fra Kiersten e Wes è una storia d'amore unica come ogni storia d'amore, e universale come solo le grandi storie d'amore sanno essere.

NORD

J. Lynn

RIMANI CON ME

Avevo deciso di andarmene lontano
Avevo deciso di chiudere tutte le porte
Avevo deciso d'ignorare il mio cuore

Ma poi tu hai invaso la mia vita...

Lo studio è la sua salvezza. Per troppi anni, da quella maledetta notte che ha mandato in fumo tutte le sue speranze, Calla ha vissuto in un limbo di dolore e di rimpianti. Un limbo da cui è uscita grazie all'università, che le ha offerto una seconda occasione. Almeno fino al giorno in cui scopre che la madre – con cui lei non parla da anni – le ha prosciugato il conto, impedendole d'iscriversi all'ultimo anno. Calla è quindi costretta a tornare a casa per affrontare la donna che, ancora una volta, rischia di distruggere i suoi sogni. Tuttavia, dietro il bancone del bar gestito della madre, trova Jax James. Ammalianti occhi scuri e fisico mozzafiato, Jax è il genere di «distrazione» che Calla non può permettersi in un momento simile. Jax però non ha nessuna intenzione di farsi mettere da parte, anzi sembra sempre pronto ad aiutarla e a tirarle su il morale, con quel suo atteggiamento spavaldo e il sorriso disarmante. E, per la prima volta dopo tantissimo tempo, Calla sente di non essere più sola ed è come se il vuoto che ha dentro si stesse a poco a poco colmando. Ma, quando inizia a ricevere minacce e strane visite nel cuore della notte, Calla si rende conto di essere stata trascinata in un gioco pericoloso e molto più grande di lei. Il legame con Jax le darà la forza per superare anche questa prova o sarà la «debolezza» che la farà crollare?

NORD

Finito di stampare
nel mese di febbraio 2015
per conto della Casa Editrice Nord s.u.r.l.
da Grafica Veneta S.p.A. di Trebaseleghe (PD)
Printed in Italy